W0309371

Sarah Challis

Frühling in Charlton House

Sarah Challis

Frühling in Charlton House

Roman

Deutsch von Ulrike Bischoff

Wunderlich

Die Originalausgabe erschien
2001 unter dem Titel «Turning for Home»
bei Headline Book Publishing, London

1. Auflage März 2004
Copyright © 2004 by Rowohlt Verlag GmbH,
Reinbek bei Hamburg
«Turning for Home» Copyright © 2001 by Sarah Challis
Alle deutschen Rechte vorbehalten
Satz aus der Adobe Caslon PostScript PageMaker
bei Pinkuin Satz und Datentechnik, Berlin
Druck und Bindung Clausen & Bosse, Leck
Printed in Germany
ISBN 3 8052 0777 8

In Liebe für Alexander

Meinen Freunden
aufrichtigen Dank für ihren Rat:
Charlotte Davis, Landwirtin;
Jane Galpin, Trainerin;
und Nick Hoare, Hufschmied.

Kapitel 1

Maeve Delaney war sechsundzwanzig Jahre alt und besaß ganze fünfunddreißig Pfund. Sie hatte ihr Geld sorgsam gezählt und erfreut festgestellt, dass die aus Hosentaschen und vom Grund ihrer Handtasche zu Tage geförderten Münzen eine hübsche runde Summe ergaben. Das schien ihr ein gutes Omen. Schon manches Mal hatte sie in ihrem Erwachsenenleben weniger Geld besessen, andere Male dagegen weitaus mehr. Als sie nun an einem freundlichen Septembertag durch Regents Park ging, war ihr klar, dass etwas passieren musste. Meist ergab sich ja etwas. Das Positive an ihrer gegenwärtigen Lage war, dass sie ein Dach über dem Kopf hatte, auch wenn man ein besetztes Haus in Bethnal Green nicht gerade als Heim bezeichnen konnte; dass Mohammed einen Job als Kellner in einem algerischen Restaurant gefunden hatte, vorerst also versorgt war und sie nicht verhungern lassen würde; und dass sie tausend Meilen von dem letzten katastrophalen Mann in ihrem Leben trennten, ein Mann, der ihr das Blaue vom Himmel versprochen, sich dann aber als Lügner und Betrüger erwiesen hatte. Trotz ihrer bedrohlich bescheidenen Verhältnisse hatte Maeve einen optimistisch federnden Gang und ein Auge für die Schönheit des Morgens. Sollte sie zufällig eine Bank in der

Sonne finden, wollte sie sich ein Weilchen setzen, an gar nichts denken und auf eine Eingebung zu warten.

Natürlich könnte sie ihren Vater in Belfast anrufen, er würde ihr ein Flugticket nach Hause schicken. Aber das war ihr allerletzter Ausweg. Seit sie mit siebzehn in einem Anfall von jugendlichem Trotz unter Türenschlagen und wütendem Geschimpfe von zu Hause abgehauen war, hatte sie ihn nur einmal um Hilfe gebeten: Damals war sie in Mexiko an irgendeiner Infektion erkrankt, und die Nonnen, die sie pflegten, hatten geglaubt, sie müsse sterben. Er hatte ihr telegraphisch das Geld für den Rückflug geschickt und das Klosterkrankenhaus mit panischen Anfragen bombardiert. Als sie sich jedoch so weit erholt hatte, dass sie nach Hause fliegen konnte, geschwächt, bleich und spindeldürr, hatte es nur ein paar Tage gedauert, bis die Spannungen zwischen ihnen erneut einen Sturm aufpeitschten wie jenen, der sie als Jugendliche aus dem Haus getrieben hatte. Das Haus bebte, die Fenster klapperten, und die neuen Vorhänge mit ihren Volants und Troddeln wehten bei diesen Ausbrüchen. Die arme Bethany, seit kurzem die zweite Mrs. Delaney und Architektin der neuen Innenausstattung, duckte sich vor Angst. Sie war eine sanfte, träge Frau mit friedlichen Rehaugen und üppiger Figur und kaum älter als Maeve. Allein schon ihre Fülle schien die Wutanfälle ihres Mannes zu dämpfen wie eine Decke, die über ein Feuer geworfen wird. Sie erstickte seine schlechte Laune mit ihrer Passivität und saugte seinen Zorn auf wie Löschpapier. Nur wenn er besonders bösartig wurde, glitt ihr eine dicke Träne über die Wange, worauf ihn sofort Reue überwältigte. Maeve war völlig anders. Wie ein Skorpion, der zum Stich ansetzt, baute sie sich auf und stand ihrem Vater in nichts nach, was Jähzorn und spitze Zunge anging. So war es schon seit jeher. Sogar äußerlich waren sie sich wie aus dem Gesicht geschnitten: klein, dunkelhaarig, hellhäutig mit vorwitziger Himmelfahrtsnase und großem, lebhaftem Mund. Gefährliche Menschen. Klug, sprunghaft und unberechenbar. Maeves Vater war ein angesehener Strafverteidiger. Ebenso gut hätte er auch ein brillanter Verbrecher sein können.

Ihre Mutter hätte Maeve niemals gebeten, ihr aus der Klemme zu helfen. Juanita Delaney lebte mittlerweile in Südfrankreich. Ihre halb spanische exotische Schönheit stand kurz vor dem endgültigen Verfall. Mit ihrem zu aufdringlichen Make-up, ihrem Herumgestöckel auf zu hohen Absätzen, dem zu exzessiven Rauchen und Trinken, dem zu tiefen Dekolleté und den ehemals berühmten, heute aber hühnerdürren Beinen jagte sie Maeve Angst ein; sie behielt ihre Mutter lieber als dunkle Schöne in Erinnerung, die von all ihre Mitschülerinnen bestaunt wurde. Ihre eigenen dicken gepuderten rosa-weißen Mütter in ihren hässlich steifen Kleidern hatten sich vorgedrängt wie eine Herde neugieriger Kühe, wenn Juanita am Elternsprechtag mit einem unerhörten Hut hereingerauscht oder in einem offenen Cabrio mit einem unbedeutenden sonnengebräunten Schauspieler am Steuer vorgefahren war. Maeve hatte gern mit ihr angegeben, sich insgeheim aber nach etwas mehr Normalität und Mütterlichkeit gesehnt.

Die ungewöhnliche Ehe ihrer Eltern ging in die Brüche, als Maeve zwölf war. Ihre Mutter versetzte ihr den Todesstoß, indem sie mit einem exaltierten französischen Filmproduzenten durchbrannte. Damals hatte sie Maeve bereits aufs Internat geschickt, zunächst in Irland, anschließend auf eine vornehme katholische Privatschule bei Windsor. Seitdem hatte Maeve ihre Mutter nur noch selten gesehen. Und jedes Mal war sie stärker beunruhigt. Selbst als Kind erkannte sie klar und peinlich berührt den Abstieg, der sich in ihrem Trinken, der Abfolge immer unattraktiverer und hoffnungsloserer

Männer und ihren verzweifelten Versuchen äußerte, Jugend und Glamour zu bewahren. Ihr entging keineswegs, dass ihre Mutter im Grunde ihres Herzens zutiefst egoistisch war und sich nur dafür interessierte, eine begehrenswerte Frau zu bleiben.

Maeve ging schnell. Sie tat alles zügig. Bummeln kannte sie nicht. Seit sie siebzehn war, traf sie ihre eigenen Entscheidungen und war auf sich gestellt. Wenn etwas schief ging, war ihr völlig klar, dass sie selbst schuld daran war. Das gefiel ihr. Frei zu sein vom Einfluss anderer. Ihre Eltern konnten machen, was sie wollten. Ihr war es egal. Sollte ihr Vater doch eine Kosmetikerin mit nur einer Gehirnzelle heiraten. Sollte ihre Mutter ruhig zu einer verlebten alten Säuferin werden. Die beiden führten ihr Leben und sie selbst ihr eigenes.

Fünfunddreißig Pfund. Sie musste sich einen Job suchen. Ihr fielen die fünfhundert Pfund ein, die Carlos ihr schuldete. Sie hatte ihn verlassen, ohne sich das Geld von ihm zurückgeben zu lassen. Sechs Monate hatte sie auf seiner Charteryacht im Mittelmeer als Köchin gearbeitet. Im April hatte alles angefangen wie ein Traum, doch bis zum August war es in einen Albtraum umgeschlagen. Die Partnerschaft, die er ihr versprochen hatte, endete in Trunkenheit und Missbrauch. Der sanfte Liebhaber des Frühjahrs verwandelte sich in einen Besitz ergreifenden Dämon. Außer Resten von Sonnenbräune und verblassenden blauen Flecken hatte sie nichts vorzuweisen.

Maeve gehörte jedoch nicht zu den Menschen, die über vergangenes Unglück lange brüteten. Seit sie freiwillig die Schule ohne Abschluss verlassen hatte, war sie eine glühende Verfechterin der Schule des Lebens und der Universität der harten Schläge. Sie schrieb Carlos als Erfahrung ab. So etwas würde ihr nicht noch einmal passieren.

Heute Morgen war sie auf dem Weg durch den Park nach

St John's Wood zu ihrer Freundin Sophie, um bei ihr zu baden. Die liebe Sophie war großzügig mit ihrem Badeöl und besaß dicke, flauschige Handtücher. Natürlich von bester Qualität. Sie hatten auf der sorgfältig zusammengestellten Geschenkeliste für ihre Hochzeit gestanden. Voller Vorfreude dachte Maeve an das dampfende Badewasser. Als Gegenleistung passte sie auf die beiden zweijährigen Zwillinge, Freddy und Flora, auf. Es war eine faire Abmachung, die beiden entgegenkam. In der Regel hatte Maeve kein Mitleid mit anderen. Die Tatsache, dass Sophie von ihrem Mann verlassen worden war, weckte bei ihr kein Mitgefühl. Wer einen Mistkerl heiratet und sich von ihm Kinder machen lässt, hat es nicht besser verdient. Aber Maeve sah durchaus, dass Sophie eine schwere Zeit durchmachte. Sie war einfach zu nett, das war ihr Problem.

In der Ferne entdeckte Maeve eine leere Bank unter Bäumen, aber von der Sonne beschienen. Dort wollte sie sich hinsetzen und nachdenken.

Mit angezogenen Knien hockte sie sich auf die Bank wie ein angelnder Gnom auf einen Giftpilz. Ihre Probleme lagen auf der Hand. Kein Geld. Kein Job. Keine Wohnung. Zuerst brauchte sie einen Job und musste so lange in dem besetzten Haus bleiben, bis sie ein bisschen Geld gespart hätte, um sich eine Wohnung zu suchen. Eine Stelle als Kellnerin war jederzeit zu bekommen, wurde aber schlecht bezahlt. Das Gleiche galt für Putzstellen. Sie sprach einigermaßen fließend Französisch, Spanisch und Griechisch und könnte versuchen, einen Job als Fremdenführerin zu finden. Allerdings war sie nicht gerade versessen darauf, in London zu bleiben. Die Stadt war teuer und schmutzig, außerdem hatte sie das Gefühl, den Kontakt zu Gleichaltrigen verloren zu haben, die ständig in Pubs und Clubs herumhingen oder Klamotten kauften. Ach, das war ein weiteres Problem. An Garderobe besaß sie nur das, was sie in aller Eile hatte zusammenklauben können, als sie von der Yacht geflohen war. Ein Paar ausgetretene Turnschuhe, zwei schmuddelige Hosen, T-Shirts und ein Sweatshirt. Die schwarze Lederjacke, die sie trug, gehörte Mohammed. Mit fünfunddreißig Pfund in der Tasche konnte sie nicht viel kaufen. Nicht, wenn sie davon auch noch leben musste. Von Mohammed wollte sie sich nichts borgen, weil er endlich anfangen wollte, seiner weitläufigen Familie in Ägypten Geld zu schicken. Vielleicht konnte Sophie ihr etwas zum Anziehen leihen, wenn sie auf Jobsuche ging? Aber Sophie war groß, fast einsachtzig. In die meisten ihrer Kleider hätten zwei von Maeves Sorte hineingepasst. Mist.

Ein gut gekleideter älterer Mann ging langsam vorbei, er trug zwei Einkaufstüten voller Lebensmittel. Maeve schaute ihm hungrig nach. Sie sah ein Paket Croissants obenauf. Unter den Arm hatte er eine Zeitung geklemmt. Er lächelte die seltsam elfenhafte Gestalt freundlich an. Wieder so eine Obdachlose, dachte er. London war voll von diesen seltsamen jungen Leuten mit ihren verschlossenen toten Gesichtern, schmuddeligen Schlafsäcken und Hunden an Kordeln. Selbst während des Blitzkriegs, an den er sich noch gut erinnerte, hatte es so ein jämmerliches Elend nicht gegeben. Als er vom Hauptweg zu seiner Wohnung in Primrose Hill abbog, verrutschte die Zeitung, die er sich unter den Arm geklemmt hatte, und die Zeitschrift, die er hineingelegt hatte, fiel heraus. Da er recht schwerhörig war, bemerkte er nicht, wie sein Lesefutter für die kommende Woche auf den Kies fiel, und ging langsam weiter. Als Maeve fünf Minuten später an diese Stelle kam, war der alte Mann längst auf der anderen Seite der belebten Hauptstraße verschwunden. Maeve hob die dünne Zeitschrift auf, die sie zwar nie gelesen, aber schon oft an Zeitungsständen gesehen hatte. Ihr Vater hatte dort einmal einen umstrittenen Artikel über den Friedensprozess in

Nordirland veröffentlicht und sich über die Menge empörter Leserbriefe gefreut. Für Maeve war es ein Glücksfall, dass ihr interessanter Lesestoff praktisch vor die Füße fiel, und eine Abwechslung gegenüber den Revolverblättern, die Leute in der U-Bahn oder in Bussen liegen ließen, war es allemal.

Als sie im Weitergehen die Zeitschrift durchblätterte, fiel ihr Blick als Erstes auf eine Anzeige: «Betreuerin/Gesellschafterin für ältere, behinderte Dame mit eigenem Haus in Somerset gesucht. Weiteres Personal vorhanden. Geeigneter Kraft wird gemütliche Unterkunft und gute Bezahlung geboten. Beste Referenzen erforderlich. Kochkenntnisse und Führerschein erwünscht.»

Gott, dachte Maeve, ich habe einen Job gefunden.

Sophie war allerdings nicht ihrer Ansicht.

«Maeve, du bist bekloppt. Verrückt. Das ist doch reine Zeitverschwendung. Ausgerechnet du als Gesellschafterin einer sabbernden alten Schachtel? Du bist doch geradezu berüchtigt für deine Ungeduld. Das würdest du grässlich finden – das hältst du doch gar nicht aus, auf dem Land in einem knarrenden alten Mausoleum festzusitzen. Sieh dich doch bloß mal an – du siehst aus, als kämest du aus der Gosse. Völlig verlottert. Dich lässt doch niemand auch nur in die Nähe seiner Oma.»

«He, Sophers!», protestierte Maeve. «Du weißt doch, dass ich auch nettere Seiten habe. Ich liebe deine Gören, oder etwa nicht?» Sie zog Flora auf ihre Knie. «Du hast nichts dagegen, mich auf sie aufpassen zu lassen, oder? Du hast keine Angst, dass ich sie in den Wandschrank sperre, wenn du weg bist. Ich mag alte Leute.»

«Du kennst doch gar keine!», hielt Sophie ihr entgegen.

Maeve dachte nach. Da dieser Einwand der Wahrheit entsprach, ignorierte sie ihn.

«Ich mache mich zurecht – falls ich ein paar ordentliche

Kleider auftreiben kann. Referenzen sind kein Problem. Du kannst mir ein Zeugnis schreiben. Mohammed schreibt mir sicher auch eins. Gott, ich frage mich, ob er überhaupt schreiben kann. Er kann ja behaupten, dass er ein Scheich ist oder so was und dass ich mich um seine Sultansmutter gekümmert habe. Ich schreibe mir selbst eins.»

Sophie war entsetzt. «Meine Güte! Du wirst noch im Gefängnis landen!»

«Sei nicht albern. Schließlich habe ich nichts zu verbergen. Ich habe kein Strafregister. Ich stehle nicht. Ich bin keine Pyromanin. Allein deshalb bin ich schon ideal. Komm schon, Sophers. Siehst du denn nicht, dass dieser Job im Augenblick genau das Richtige für mich wäre? Ich könnte alles sparen, was ich verdiene, und hätte freie Kost und Logis, bis mir einfällt, was ich anderes machen könnte.»

Sophie wirkte skeptisch. Sie mochte Maeve, die in den ersten elenden Wochen im Internat eine Schlafnische mit ihr geteilt hatte. Sie hatte sich als Fels in der Brandung erwiesen, als Fergus sich aus dem Staub gemacht und sie mit den vier Monate alten Zwillingen im Stich gelassen hatte. Sie hatte ihr unter die Arme gegriffen, die Babys abgenommen und die Wohnung sauber gemacht, was wesentlich mehr wert war als bloßes Mitgefühl, das sie nur zum Weinen gebracht hätte. Aber gegen diesen Plan hatte sie erhebliche Bedenken. Sophie rang sich zu einer offeneren Einstellung durch. Für sich selbst hatte sie nie etwas anderes gewünscht als eine großartige Hochzeit in Weiß, eine große Familie mit glücklichen Kindern, einen treu sorgenden Ehemann und einen eigenen Herd mit allem Drum und Dran, und jetzt saß sie als allein erziehende Mutter in einer Kellerwohnung. Sie war gezwungen, ein Leben zu akzeptieren, das sie sich nicht ausgesucht hatte und im Grunde ihres Herzens missbilligte. Sie glaubte an die Ehe und hatte jedes der Versprechen, das sie am Traualtar abgegeben hatte, ernst gemeint. Aber das alles hatte letztlich nicht gezählt. Was spielte es also für eine Rolle, wenn Maeve unehrlich war? Die Welt gab offensichtlich keinen Deut um Ehrlichkeit. Sie hatte gehört, dass Fergus mit einer blonden Bankangestellten ausging, während sie den verdammten Zwillingswagen die Kellertreppe hinauf bugsierte und jeden Abend völlig erschöpft vor irgendeinem geistlosen Fernsehprogramm hockte. Nein, sie würde Maeve helfen.

«Okay, Mädchen, ich mach mit. So was kann ich gut. Ich meine, schließlich könnten es meine Eltern sein, die in so einer Anzeige eine Betreuerin für meine Oma suchen, oder? Ich weiß genau, was sie erwarten. Lass uns erst mal das Zeugnis schreiben. Sollen wir sagen, dass du bei meinen Kindern Kindermädchen warst? Hör zu, um die Ecke ist ein Secondhand-Laden, der ist voll mit langweiligen Klamotten, wie du sie brauchst. Ich kann es gar nicht abwarten, dich in einem marineblauen Faltenrock aus Polyester zu sehen … aber die sind ja jetzt wieder modern, oder?»

Maeve richtete sich auf, um ihre Freundin zu umarmen, immer noch Flora auf dem Schoß.

«Du bist klasse, Sophers», sagte sie.

Während Maeve badete, setzten sie gemeinsam das Zeugnis auf, das Sophie ihr ausstellen sollte. Maeve ließ sich ein bisschen zu sehr mitreißen und stellte sich dar wie Mutter Theresa, aber nachdem Sophie den Ton etwas gemäßigt hatte, waren beide mit dem Ergebnis zufrieden. In den Tiefen eines Koffers verwahrte Sophie noch von ihren Eltern einen Rest edlen Briefpapiers mit Prägung. «Darauf habe ich die Danksagung für meine Hochzeitsgeschenke geschrieben», erklärte sie wehmütig. Nun wollte sie das Zeugnis darauf schreiben.

Flora und Freddy krabbelten zwischen ihnen herum, fasziniert von Maeve in ihrem Schaumberg. Als sie ihnen kleine

Schaumhäufchen auf den Kopf türmte, kreischten sie vor Lachen, bis Flora Freddy schubste, er sich den Kopf an der Badewanne stieß und die ganze Sache mit Gebrüll endete. Im Handumdrehen brachte Maeve sie wieder zum Lachen, indem sie im Wasser untertauchte und dann ganz langsam auftauchte. Die Zwillinge kreischten vor Begeisterung und strahlten mit runden tränennassen Gesichtern.

Als Maeve aus der Wanne stieg und nackt durch die Wohnung huschte, brüllten alle wieder vor Lachen.

«Zieh dich an», sagte Sophie. «Die ganze Straße kann dich sehen.»

«Nur zu!», antwortete Maeve. «Ein Penny pro Peep ist doch ziemlich billig!»

Schließlich blieb ihr nichts anderes übrig, als wieder in ihre alten Kleider zu schlüpfen. Selbst Sophies T-Shirts wirkten an ihrer zierlichen Figur wie Minikleider.

«Wenn wir ein Sandwich gegessen haben, gehen wir in den Oxfam-Laden», erklärte Sophie. «Wie viel kannst du ausgeben?»

«Etwa zehn Pfund», sagte Maeve. «Ich besitze auf der ganzen Welt nur noch fünfunddreißig Pfund. Kann ich, wenn wir wieder zurück sind, mal von hier aus bei der Telefonnummer anrufen, die in der Anzeige steht, und darf ich deine Adresse angeben? Ich kann den feinen Pinkeln schließlich nicht erklären, dass ich in einem besetzten Haus wohne. Ich werde behaupten, dass ich bei einer Freundin wohne, und wenn sie dann aus irgendwelchen Gründen zurückrufen sollten, kannst du ihnen ja sagen, dass ich nicht da bin, und eine Nachricht aufschreiben.»

Bei ihrem chaotischen Mittagessen warfen die Zwillinge mit Marmite-Broten und Möhrenstückchen um sich.

«Sie sind müde», sagte Sophie. «Sobald sie im Buggy sitzen, werden sie schlafen.» Sie machten die Kinder sauber, wechselten Windeln und zwängten ungelenke Ärmchen und Beinchen in warme Kleidung.

«Ich weiß nicht, wie du das aushältst», erklärte Maeve. «Ich würde sie einfach nackt rumlaufen lassen und mit dem Schlauch abspritzen.»

«Warte nur ab. Diese liebe Oma ist bestimmt inkontinent. Bald darfst du auch Windeln wechseln.»

«Verdammt!», schrie Maeve. «Daran habe ich noch gar nicht gedacht. Aber warte mal. ‹Weiteres Personal vorhanden.› Das heißt doch wohl, dass es eine Krankenschwester oder so was gibt? Das ist dann ihre Aufgabe.»

«Sei dir mal nicht zu sicher», warnte Sophie. «Ich glaube kaum, dass sie eine Gesellschafterin suchen würden, wenn es eine Krankenschwester gäbe.»

«Na ja», sagte Maeve. «Die Hürde nehme ich, wenn es so weit ist. Na los, Zwillinge. Wir gehen raus. Sophie, wie schaffst du es bloß, diesen Riesenkinderwagen zehnmal am Tag die Treppe hochzuschleppen? Das ist ja was für einen Packesel.»

«Es bleibt mir wohl nichts anderes übrig», sagte Sophie, während sie den Zwillingswagen auf den Bürgersteig bugsierten, jede einen Zwilling unter dem Arm. «Es ist ja niemand da, der mir helfen könnte. Ich habe mich bei Fergus darüber beklagt, aber er hat nur gesagt, wenn ich einen Garten haben will, was ich natürlich will, müsste ich mich eben damit abfinden.»

«Ich möchte mal wissen, womit er sich abfindet. Natürlich abgesehen von dem gewaltigen Nachteil, Fergus zu sein. Aber daran dürfte er sich mittlerweile gewöhnt haben ... wie an einen Geburtsfehler.»

Sophie lachte. Sie setzte die Zwillinge in den Wagen und schnallte sie an. Maeve schob den Wagen in rasantem Tempo die Straße entlang, was den Zwillingen begeisterte Schreie entlockte. «Komm schon, Soph! Ich will versuchen, den Wagen nur auf den Hinterrädern zu fahren!»

Soll ich das wirklich mitmachen, fragte Sophie sich, als sie den spindeldürren Beinen und dem wehenden dunklen Haar ihrer Freundin nachschaute. Gemächlich ging sie hinter ihr her. Soll ich ihr Beihilfe leisten? Sie wird die arme alte Frau umbringen. Sie fertig machen. Sophie hatte Visionen von einem umgekippten Rollstuhl, dessen Räder sich nach einem irrsinnigen Rennen in der Luft drehten, während Maeve sich vor Lachen bog. Sie dachte auch an Maeves andere Seite, ihre Melancholie, die Finsternis, in der sie manchmal tagelang brütete und für niemanden eine geeignete Gesellschaft war. Nein, dachte sie, ich sollte das wirklich nicht tun. Sie beschloss, der Sache ein Ende zu setzen, solange es noch ging.

Der Second-hand-Laden war zehn Minuten Fußweg entfernt, und als sie dort ankamen, hatte Sophie noch immer nicht den Mut aufgebracht, Maeve ihren Entschluss mitzuteilen. Ihr war klar, dass sie kindische Angst vor dem unausweichlichen Wutanfall und dem rasenden Zorn ihrer Freundin hatte. Sie fühlte sich zurückversetzt in ihre Schulzeit, als Maeve mit ihrer Begeisterung und der schieren Kraft ihrer Persönlichkeit jeden Widerspruch weggefegt und sie in Eskapaden verwickelt hatte, die Sophie als Fehler empfand. Es war herrlich, in Maeves Anerkennung zu schwelgen, aber schrecklich, ihre kalte Missbilligung zu spüren.

«Hör mal, Maeve», setzte Sophie an der Ladentür an. «Ich glaube, ich kann das nicht machen. Ich finde, dass es ein Fehler ist. Wirklich. Du bringst dich in Schwierigkeiten, da bin ich sicher. Das geht bestimmt schief – ich meine, ernstlich schief. Nicht, dass ich dir nicht helfen will …»

Maeve blitzte sie wütend an. «Okay. Schön. Ich bitte sehr selten jemanden um Hilfe. Ich mache es allein. Hier.» Sie schob Sophie den Buggy zu. «Bis bald mal. Du hast noch nie Mumm gehabt.» Und damit stapfte sie in den Laden.

«Maeve!», jammerte Sophie elend, aber sie war schon zwischen den Kleiderständern verschwunden. Sophie sah nur noch das Wirbeln der Kleider, während Maeve sich wütend durch den Ständer wühlte.

Ach, verdammt! Sophie würde sich nicht einschüchtern lassen. Schließlich war sie inzwischen erwachsen. Langsam ging sie zurück. Als sie die Stufen zu ihrer Haustür erreichte, waren die Zwillinge eingeschlafen, und ihre Köpfchen nickten friedlich. Wenn sie die beiden jetzt aus dem Buggy holte, würden sie aufwachen und weinen, aber im Wagen konnte sie sie unmöglich in die Wohnung schaffen. Sie setzte sich auf das Mäuerchen vor dem Haus und wusste nicht, was sie tun sollte. In letzter Zeit war sie oft so zögerlich, fühlte sich verloren und orientierungslos. Lächerliche Kleinigkeiten machten sie ratlos wie die Frage, ob sie die Zwillinge zuerst füttern sollte, wenn sie sehr müde waren, obwohl sie wusste, dass sie vermutlich schreien und den Löffel wegwerfen würden, oder ob sie die beiden lieber schlafen legen sollte, obwohl sie wusste, dass sie bald vor Hunger schreiend wieder aufwachen würden. Sophie schloss die Augen und spürte die Sonne warm auf ihrem Gesicht. Sie war so müde. Manchmal wünschte sie, sie könnte einfach fortgehen. Mit dem Bus irgendwohin fahren. Fort von dieser ständigen Sorge und der erdrückenden Last der Verantwortung. Voller Neid dachte sie an Maeve, die sich um niemanden zu sorgen brauchte außer um sich selbst. Seit sie die beiden rosigen Winzlinge zur Welt gebracht hatte, hatte sie nicht einen sorglosen Augenblick verbracht. In diesen ersten albtraumhaften Monaten hatte sie mit milchtropfenden Brüsten, fettigem, strähnigem Haar und sackig hängendem Bauch dagestanden und versucht, Fergus' Vorwürfe zu verstehen.

«Schau dich doch mal an!», hatte er geschrien. «Sieh dich

doch mal so, wie ich dich sehe. Du bist völlig verschludert. Ich halte das nicht aus.»

Er hatte sie ins Badezimmer gezerrt und gezwungen, sich im Spiegel zu betrachten. Ihr Gesicht starrte sie mit vor Erschöpfung toten Augen an.

Flora stöhnte schnaufend und öffnete und schloss eine rosige Faust. Sophie betrachtete sie liebevoll und zugleich erschrocken. Wie konnte sie nur so etwas denken? Ständig hatte sie eine irrationale Angst, als Mutter zu versagen und von irgendeiner Behörde, einer Sozialarbeiterin als unzulänglich befunden zu werden. Angst, dass Fergus Anspruch auf die Zwillinge erheben könnte. Tag für Tag empfand sie diese Bedrohung. Schließlich hatte sie als Ehefrau nicht viel getaugt, wie sollte sie da sicher sein, dass sie den Zwillingen eine gute Mutter war? Das war die Geißel, mit der Sophie sich peinigte. Nicht einen Augenblick durfte sie Maeve beneiden. Nein, Maeve war die Verzweifelte, Beraubte.

Sophie stand auf und schob langsam den Buggy wieder die Straße entlang. Ihre Beine schmerzten, und die Sonne machte ihre Lider schwer. Fast hätte sie im Gehen einschlafen mögen. Um sich zu beschäftigen, ging sie in die Bäckerei und kaufte ein paar Doughnuts mit Marmelade. An der Tür des Second-hand-Ladens blieb sie stehen und äugte hinein. Drei ehrenamtliche Helferinnen, die sonst meist recht brüsk und wenig hilfsbereit waren, um nicht irrtümlich mit bezahlten Verkäuferinnen verwechselt zu werden, standen bewundernd um Maeve herum, die in einem hübschen pink-golden karierten Kostüm herumstolzierte. Als sie Sophie sah, riss sie die Tür auf.

«He! Guck mal, Sophers! Komm rein. Chanel! Was für ein Schnäppchen! Wie findest du es? Ist es nicht toll?»

Sophie sagte gar nichts.

«Und guck mal! Kinderjeans, die wie angegossen passen,

und ein ganzer Haufen Shirts und Zeug. Ach, komm schon, Soph. Sei kein Spielverderber!»

«Ja.» Sophie zuckte die Achseln. «Na ja. Um dieses Kostüm tragen zu können, musst du schon eine winzige Elfenfigur haben.»

«Deshalb kostet es ja auch nur zehn Mäuse. Es gibt nicht viele winzige Chanel-Elfchen wie mich in der Gegend.»

«Hier», sagte Sophie, deren Gutmütigkeit wie üblich die Oberhand gewann. «Ich schenke es dir. Mein Vater hat mir heute Morgen einen Scheck geschickt. Ja, du siehst wirklich wunderbar aus», gab sie zu. «Völlig verwandelt. Und was ist mit Schuhen? Turnschuhe kannst du dazu nicht tragen.»

«Schuhe von Toten kann ich nicht tragen, meine Süßen», sagte Maeve in einem Long-John-Silver-Ton und verdrehte die Augen beim Anblick der Schuhreihen. Sophie musste ihr Recht geben. Die getragenen Schuhe wirkten tatsächlich ein bisschen gespenstisch mit ihrem abgestoßenen oder von Ballen und Hühneraugen verformten Oberleder.

Maeve nahm ihre neue Jeans und ein Shirt und ging hinter einen Vorhang, um sich umzuziehen. Die Helferinnen diskutierten, wie die Kasse funktionierte und gaben zuerst 2500 Pfund, dann 2,50 Pfund ein, bevor sie den richtigen Betrag trafen. Sophie reichte ihnen einen Zehn-Pfund-Schein.

«Für das Kostüm.»

Maeve spähte hinter dem Vorhang hervor und zog die Jeans hoch.

«Du bist ein Schatz, Soph!» Als sie merkte, dass Sophie entsetzt die blauen Flecken auf ihren Rippen anstarrte, sagte sie: «Ach das. Keine Sorge. Der Übeltäter ist aus meinem Leben gestrichen. Außerdem habe ich ihm ein blaues Auge verpasst. Ein richtiges Veilchen.»

Arm in Arm gingen sie zurück, die riesige Plastiktüte mit Kleidern an den Griff des Buggys gehängt.

«Es tut mir Leid», sagte Maeve. «Entschuldige, dass ich dich überhaupt gefragt habe. Ich respektiere deine Entscheidung völlig, keine Falschaussage zu machen. Du warst schon immer ehrlich, stimmt's? Die Schule hat dich nicht lügen gelehrt wie mich.»

«Hör mal, Maeve, ich werde nicht direkt lügen, aber ich gebe dir ein Leumundszeugnis und sage, dass du auf die Zwillinge aufgepasst hast, und meine Adresse kannst du auch angeben. Aber du musst mir versprechen, dass du dich verantwortungsvoll benimmst, verstehst du?»

«Klar, Baby. Du kennst mich doch!»

Sophie seufzte. Leider ja. Mit ein bisschen Glück würde Maeve nicht einmal zu einem Vorstellungsgespräch eingeladen, dachte sie.

Henry Bantham, der die Annonce auf Anweisung seiner australischen Ehefrau, Bunty, geschaltet hatte, starrte finster aus dem Fenster seiner Bank. Mrs Tripp, seine Privatsekretärin, hatte ihm gerade mitgeteilt, dass Janet Cook schon wieder angerufen hatte. Mrs Cook war die derzeitige Haushälterin seiner Mutter. In letzter Zeit war kaum ein Tag vergangen, an dem sie sich nicht über das eine oder andere beschwert und mit fristloser Kündigung gedroht hätte. Bunty musste er diese Anrufe verschweigen, sonst hätte sie kurzen Prozess mit Mrs Cook gemacht und damit die Lage nur noch verschärft. In Wirklichkeit waren sie auf sie angewiesen, bis sie einen Ersatz für sie gefunden hatten. Henry schloss die Augen und rieb sich seine weißen Brauen. Was sollte er nur machen?

Natürlich wäre es besser, seine mittlerweile vierundachtzigjährige Mutter würde in ein Seniorenheim gehen. Bunty hatte sich ausgiebig umgesehen und mehrere durchaus akzeptable Einrichtungen gefunden, wo sie ihre eigenen Möbel mitbringen konnte. Ein Heim erlaubte sogar, dass sie ihren grässlichen alten Hund Esau mitnahm. Das Problem war ihre feste Entschlossenheit, nicht aus Charlton, ihrem Haus in Somerset, wegzugehen, und die Tatsache, dass sie zwar durch ihre Arthritis mehr oder weniger verkrüppelt, aber noch im Vollbesitz ihrer geistigen Kräfte war. Charlton gehörte ihr zwar noch, aber Henry hatte vor, dorthin zu ziehen, wenn er sich in fünf Jahren zur Ruhe setzte. Bunty brannte darauf, mit der Renovierung und Modernisierung des Hauses anzufangen, und nahm kein Blatt vor den Mund, ihren Mann als rückgratlosen Schwächling zu verurteilen, weil er nicht rigoroser mit seiner Mutter umging. Henry fühlte sich völlig erdrückt zwischen diesen beiden starken Frauen. Bunty konnte sagen, was sie wollte, aber mittlerweile hatte er die Lage weitgehend unter seine Kontrolle gebracht, indem er die finanziellen Angelegenheiten seiner Mutter regelte und ihr einen monatlichen Betrag zahlte, aus dem auch die Löhne ihrer Angestellten in Charlton bestritten wurden. Zum Glück waren Geldangelegenheiten ihr lästig, und so überließ sie es vollständig ihrem Sohn, dem Bankier, ihr zu sagen, wie viel Geld sie zur Verfügung hatte. Er hatte bei ihr die irrige Annahme geschürt, sie könne es sich kaum leisten, länger dort zu wohnen. Verhungern lassen konnte er sie zwar nicht, aber er würde es schon schaffen, dass die Annehmlichkeiten eines Heims im Vergleich zu Charlton geradezu verlockend wirkten.

Dann gab es noch dieses Problem mit den Haushälterinnen. Mrs Tripp hatte vorgeschlagen, diese Anzeige zu schalten, nachdem Bunty endlos über die Ausgaben für die Stellenvermittlungen gewettert hatte. Henry hatte eingewandt, dass ein Seniorenheim wesentlich mehr kosten würde, zumal wenn man bedachte, dass sie vielleicht neunzig und älter werden könnte. Janet Cook und ihresgleichen kamen anfangs immer recht gut zurecht, aber es dauerte nie lange, bis seine Mutter Kartoffelbrei auf den Teppich spuckte und sich gründlich unbeliebt machte. Die augenblicklichen Beschwerden drehten sich um ihre Sprache. Offenbar hatte sie Mrs Cook als fette Schlampe bezeichnet. Mrs Tripp hatte nur gelacht, als er ihr das erzählte. «Ist sie denn eine?», hatte sie gefragt.

«Ist sie was?»

«Eine fette Schlampe?»

Henry hatte schweigend die Stirn gerunzelt. Manchmal überraschte Mrs Tripp ihn. Er wandte sich vom Fenster ab. Die Bilder, die er auf Buntys Drängen an den Wänden seines Büros hatte aufhängen lassen, beleidigten das Auge. Große Kleckse und Spritzer in grellen Farben, hingeschmiert von Aborigines, wenn er sich recht erinnerte. Er drückte auf einen Knopf seiner Gegensprechanlage und sagte: «Mrs Tripp, haben wir schon Anworten auf unsere Anzeige?»

«Ja, Henry.» Das war auch so eine Sache. Sie hatte angefangen, ihn Henry zu nennen, seit sie Fortbildungskurse für Frauen-Empowerment besuchte. «Bislang drei. Soll ich sie Ihnen reinbringen?»

Henry seufzte. «Nein. Kümmern Sie sich bitte darum. Ich kann nicht noch mehr Zeit darauf verschwenden.»

Nebenan in ihrem Büro öffnete Diana Tripp eine Schreibtischschublade und nahm einen Schokoladenkeks heraus. Diese Vormittagsnascherei gönnte sie sich als Stressbremse. Sie griff nach ihrem Notizblock. Unter den drei Namen hatte sie jeweils einige Notizen gemacht. Den ersten Namen strich sie durch. Ein junger Krankenpfleger war unpassend. Die anderen beiden kamen schon eher in Frage. Eine war eine Haushälterin im Ruhestand aus Yorkshire, eine gesprächige alte Jungfer, die offenbar dringend ein Dach über dem Kopf suchte. Die andere war ein bisschen komisch. Eine junge Frau. Nordirin. Keine richtige Schul- oder Berufsausbildung, aber eine Liste recht ausgefallener Jobs. Sie hatte als Kindermädchen, Köchin und bei irgendeinem arabischen Prinzen gearbeitet. Mrs Tripps Bleistift verharrte über dem Notizblock, bevor sie den Namen mit einem Häkchen versah. Sie würde sich Referenzen vorlegen lassen und mit beiden ein Vorstellungsgespräch bei Henry vereinbaren.

Sophie nahm den Anruf entgegen. Zum Glück schliefen die Zwillinge gerade und quengelten nicht im Hintergrund.

«Nein, Miss Delaney ist im Augenblick nicht da. Ich bin Mrs Manners, ihre Vermieterin. Kann ich ihr etwas ausrichten? Ja, ich bin sicher, das geht. Ich sage ihr, dass sie zurückrufen soll, falls sie es nicht schafft. Wenn Sie nichts von ihr hören, können Sie davon ausgehen, dass sie kommt. Sie kann ihre Zeugnisse oder Referenzen ja mitbringen. Soll ich ihr eine Wegbeschreibung weitergeben?»

Nach dem Gespräch legte Sophie den Hörer mit gemischten Gefühlen auf. Jetzt steckte sie bis zum Hals in der Sache drin. Das Chanel-Kostüm hing in ihrem Schrank, und Maeve wollte gegen Mittag anrufen, um zu hören, ob es Neuigkeiten gab. Das Vorstellungsgespräch sollte am nächsten Tag stattfinden. Offenbar sollte die Stelle dringend besetzt werden. Sophie nahm den Umschlag mit dem Zeugnis, das sie geschrieben hatte. Sie zog den steifen teuren Briefbogen heraus und las, was sie geschrieben hatte. Ja, es stimmte, dass Maeve auf ihre Kinder aufgepasst hatte. Es stimmte, dass sie immer zuverlässig, ehrlich und verantwortungsbewusst ihre Pflichten erfüllt hatte. Es stimmte, dass sie sie seit vielen Jahren kannte und dass sie einfallsreich, kompetent, lebhaft und extrovertiert war. Es stimmte, dass sie eine talentierte Köchin war. Es stimmte jedoch nicht, dass sie sie aufrichtig empfehlen konnte. Wieso nicht, fragte sie sich. Was hatte Maeve so Beunruhigendes an sich, das Schwierigkeiten anzuziehen schien und sie auf unbekanntes Terrain lockte, auf das Sophie sich nie vorwagen würde? Maeve war risikofreudig. Das war es. Sie ging weiter und schneller als jeder andere Mensch, den Sophie kannte. Rastlos suchte sie Zerstreuung und dachte sich Eskapaden aus. Sophie konnte sich lediglich mit der Überzeugung trösten, dass ihre Freundin der alten Dame nie wirklich schaden würde, weder absichtlich noch unabsichtlich. Dazu besaß sie zu viel gesunden Menschenverstand. Aber was würde sie ansonsten alles anstellen? Sophie konnte den Gedanken nicht ertragen.

Maeve war begeistert, als sie die Neuigkeit hörte.

«He! Das ist doch toll, Soph! Morgen, ja? Mohammed muss mir mein Zeugnis schreiben, sobald er von der Arbeit kommt. Er ist brillant. Weißt du, was er sich ausgedacht hat? Er hat einen Freund, der im Ritz arbeitet, und von dem hat er sich Briefpapier mit Briefkopf stibitzen lassen. Das war Mohammeds Idee. Das sieht total überzeugend aus. Er schreibt eine Menge arabisches Zeug.»

Sophie stöhnte. Dieser Mohammed war ihr suspekt. Maeve hatte ihn auf der Fähre von Griechenland kennen gelernt, als er mit falschem Pass und Visum nach England unterwegs war. Typisch, dass Maeve sich mit ihm angefreundet hatte. Sophie konnte sich denken, dass sie ein Verhältnis miteinander hatten, aber Maeve stritt es lachend ab. «Schade. Er ist unwahrscheinlich schön, aber er hat einen reichen Schweizer Freund.» Mohammed kannte sämtliche illegalen Einwanderer in London und hatte durch sie von dem besetzten Haus erfahren und den Job in dem Restaurant bekommen. Maeve machten diese flagranten Gesetzesbrüche anscheinend nichts aus, was Sophie ärgerte, da sie aus einer altgedienten Soldaten- und Beamtenfamilie stammte und ein angeborenes Pflichtgefühl besaß.

Sie war wütend, als es am nächsten Morgen klingelte und Maeve mit Mohammed vor ihrer Tür stand. Sie sah die schmuddeligen Turnschuhe und karierten Beine einer Kochhose vor ihrem Kellerfenster, als sie die Tür öffnen ging. Wütend funkelte sie Maeve an, die jedoch an ihr vorbeihuschte, ohne es zu bemerken, und über die Schulter sagte: «Hi, Soph! Ich habe Mohammed mitgebracht.» Mohammeds Strahlen war so voller Wärme und Schönheit, dass es Sophie völlig entwaffnete und sie sofort Tee aufbrühte. Er setzte sich auf ihr abgenutztes Sofa, während Freddy und Flora ihn stumm anstarrten.

Als Sophie auffiel, dass zum ersten Mal seit Monaten ein Mann in der Wohnung zu Besuch war, schlüpfte sie bei nächster Gelegenheit ins Schlafzimmer, besprühte sich mit Parfüm und legte Lippenstift auf. Wie albern, dachte sie, wenn man seine Vorlieben bedenkt, aber er sah wirklich gut aus. Als sie wiederkam und er sie anlächelte, erwiderte sie sein Lächeln befangen. Er hatte kurzes schwarzes Haar und tief braune Haut. Seine regelmäßigen Züge, und seine großen leicht vortretenden Augen besaßen eine kühle Schönheit, und sein breites Strahlen mit blendend weißen Zähnen machte ihn noch attraktiver. Sophie kannte sich in antiker Kunst nicht sonderlich gut aus, aber sie meinte, ein solches Profil schon oft in Marmor und Stein gehauen in großen Museen Europas gesehen zu haben. Er war so ganz anders als der sandfarbene Fergus mit seinem karottenroten Haar, der in ihren Flitterwochen in der Sonne schweinchenrosa wurde und sich pellte und der mit seinen gedrungenen Zügen und den kleinen rötlich braunen Augen etwas von einem Fuchs oder Wiesel hatte. Mittlerweile erkannte Sophie das, aber damals war sie wohl blind vor Liebe gewesen.

Mohammed trank seinen Tee und lächelte, während Maeve das Kostüm aus Sophies Kleiderschrank holte und eine Modenschau veranstaltete. Freddy und Flora starrten Mohammed weiter wie gebannt an. Sophie setzte sich lächelnd. Gerade wollte sie Mohammed ein paar höfliche Fragen über seine Familie, sein Zuhause und seine Arbeit stellen, als Maeve wieder hereinkam. Sie hatte ihre dunkle Mähne zu einem Knoten aufgesteckt und ihre Hippie-Armreifen unter die Ärmel der Kostümjacke geschoben, um sie zu verstecken. Ihre Beine waren recht braun, und obwohl ihre nackten Füße alles andere als sauber waren, wirkte sie schick, elegant und recht erwachsen und respektabel, wie Sophie zugeben musste.

Mohammed war entzückt. «Du sein ganz anderes Mensch», sagte er. «Schöne Kleider.»

«Du brauchst eine Handtasche», erklärte Sophie. «Dieses Ethno-Ding kannst du unmöglich mitnehmen.» Sie holte eine schicke Ledertasche, die ihre Mutter ihr geschenkt hatte.

Maeve hängte sie sich über den Ellbogen, stolzierte im Zimmer auf und ab und sagte in königlichem Tonfall zu Mohammed und den Zwillingen: «Wie geht es Ihnen? Kommen Sie von weither?»

Die Schuhe blieben ein Problem. «Dann muss ich eben meine alten Turnschuhe anziehen», sagte Maeve mit liebevollem Blick auf ihre Schuhe.

«Unmöglich», erklärte Sophie. «Sie ruinieren die ganze Wirkung.»

«Ach», tat Maeve ihren Einwand ab, «das merkt doch niemand, und wenn doch, sage ich einfach, dass ich immer jogge – ich bin im Training. Das wirkt energiegeladen und beeindruckend.» Sie joggte schattenboxend durch die Wohnung.

«Nein», sagte Mohammed, der offensichtlich eine lebhafte Phantasie besaß. «Sag, du haben gerade für sehr alte, schläfrige Dame gesorgt, und in den Schuhen du gehen wie kleine Maus und machen kein Lärm.»

«Toll, Mohammed», sagte Maeve. «Das wird ihnen gefallen!»

«Du nix zählen glückliche Küken, bevor sie da sind», strahlte Mohammed.

Sie sind beide verrückt, dachte Sophie.

Es war durchaus verzeihlich, dass Sophie Maeve nicht nur für skrupellos, sondern auch für frei von all den Sorgen und Pflichten hielt, von denen sie sich erdrückt fühlte. Als Maeve in ihrem Second-hand-Chanel-Kostüm an diesem Nachmittag durch die Straßen der Londoner City stolzierte, wirkte sie wahrhaftig wie der Inbegriff strahlender Zuversicht. Ihre dünnen braunen Beine tänzelten über das Pflaster, die Turnschuhe strahlten nach einem Schnelldurchgang in Sophies Waschmaschine in respektablem Weiß, und das rosa Kostüm wirkte so schmeichelhaft und heiter, dass die Leute sie im Vorbeigehen anlächelten. Der Knoten, zu dem sie ihr dunkles Haar aufgesteckt hatte, und ein Hauch Lippenstift und Lidstrich machte sie älter und attraktiver. In der Hand hielt sie Sophies Wegbeschreibung, wie sie von der Bushaltestelle Bishopsgate zu gehen hatte. In zehn Minuten sollte sie Mr Henry Bentham in der Bentham's Bank treffen, einer der wenigen verbliebenen Privatbanken des Landes. Doch obwohl Maeve nach außen hin zuversichtlich wirkte, war sie innerlich nervös und ängstlich. Sophie ahnte ja nicht, was es sie kostete, sich dem bevorstehenden Vorstellungsgespräch zu stellen, wie sehr sie es verabscheute, ihr Leben unter die Lupe nehmen zu lassen, und dass sie sich tief im Inneren als Versagerin empfand, die niemandem etwas zu bieten hatte. Groß aufzutrumpfen und Unsinn zu reden war ihre starke Seite, aber in letzter Zeit fiel es ihr zunehmend schwerer, mit diesen leeren Floskeln durchzukommen.

Mit sechsundzwanzig wurde Maeve klar, dass einige der impulsiven Entscheidungen, die sie früher getroffen hatte, falsch waren. Sie wusste, dass sie intelligent war, aber mit einem guten Mittelschulabschluss konnte man auf dem heutigen Arbeitsmarkt nichts mehr werden, zumal nicht hier in der Londoner City, wo es scharenweise junge Frauen von Mitte zwanzig bis Anfang dreißig in schicken Kostümen mit Doktortiteln und Diplomen gab. Natürlich bewarben sie sich nicht um dieselben Stellen wie Maeve, aber ihr war klar, dass sie sich nicht mehr brüsten konnte: «Wenn ich gewollt hätte, hätte ich auch studieren können.» Das klang nur noch jämmerlich. Solche albernen Ausreden beeindruckten niemanden. Sie besaß keine besseren Qualifikationen als eine durchschnittliche Verkäuferin oder Kellnerin. Ihr fiel ein, wie ihr Vater sie angebrüllt hatte: «Du wirst noch als Verkäuferin am Wühltisch bei Woolworth enden!» Er hatte Recht gehabt. Ohne Ausbildung konnte sie keine großen Ansprüche stellen.

Auch der Rest ihres Lebens hielt keiner eingehenden Prüfung stand. Bislang war ihr nicht eine wirklich erfolgreiche Beziehung zu einem Mann geglückt. Mit untrügerischem Instinkt hatte sie sich die Unzuverlässigen, Gefährlichen, Ausschweifenden und Gewalttätigen ausgesucht. Fast ausnahmslos jede Affäre, auf die sie sich eingelassen hatte, endete mit einem Gefühl von Versagen und Trauer. Sie hatte den Eindruck, dass sie als Frau keine wahre, dauerhafte Liebe erwecken konnte. Sie wusste nicht, was sie falsch machte, aber von klein auf hatten die Menschen, an denen ihr lag und denen sie vertraute, sie enttäuscht. Die beiden Menschen, die sie am meisten auf der Welt liebte, ihr Vater und ihre Mutter, hatten es nicht geschafft, zusammen zu bleiben. Damals hatte sie das Gefühl, als Kind unzulänglich zu sein, weil sie die Bindung zwischen ihnen dreien nicht so fest zu schmieden vermochte, wie andere Kinder in geborgenen Familien es offenbar schafften. Sie war nicht stark oder wichtig genug, ihre Mutter glücklich und zufrieden zu machen. Ihr Vater zog die Gesellschaft dummer Frauen und Flittchen vor. So sehr Maeve sich auch bemühte, gelang es ihr doch nicht, sich und sie in eine Familie zu verwandeln. Sie blieben drei streitende Einzelpersonen.

Dieses schreckliche Gefühl, persönlich zu versagen, nagte an Maeve. Sie kaschierte es mit äußerlicher Abgebrühtheit und Unbekümmertheit und gab sich alle erdenkliche Mühe, nur auf sich selbst, nie auf andere zu vertrauen. Solange ihr an nichts und niemandem lag, konnte ihr niemand weh tun. Wenn sie niemanden liebte, konnte sie nicht zurückgewiesen werden. Dennoch sehnte sie sich danach, etwas Besonderes zu sein, für jemanden der Grund zu sein, morgens aufzustehen. Maeve sehnte sich nach rückhaltloser Liebe. Sie glaubte nicht, dass jemand sie schon einmal wirklich und wahrhaftig geliebt hatte – jedenfalls nicht um ihretwillen, als der Mensch, der sie war.

Mit durchweg egoistischen Motiven machte sie sich nun auf den Weg nach Bishopsgate. Sie wollte ein paar Monate Geld verdienen und in einer etwas angenehmeren Unterkunft leben als in dem besetzten Haus. Sie brauchte etwas Zeit, sich zu erholen und Kraft für ihren nächsten Angriff aufs Leben zu tanken. An der alten Frau, für die sie gleich fürsorgliches Interesse heucheln würde, lag ihr rein gar nichts. Sie war lediglich Mittel zum Zweck. Maeve war selbstsüchtig genug, keinen Gedanken an sie zu verschwenden. Sie blieb lediglich eine schemenhafte Gestalt. Maeve hatte die Absicht, ihre Pflichten der Dame gegenüber mit dem geringst möglichen Aufwand zu erledigen. Mit ein bisschen Glück war sie nicht allzu nervig, und falls doch, würde Maeve sich ihr gewachsen zeigen.

Mit dieser Überzeugung schwang Maeve die schwere Tür der Bentham's Bank auf und erklärte der Hochglanz-Empfangsdame, dass sie um 15 Uhr einen Termin bei Mr Henry Bentham hatte.

Rückblickend war Henry klar, dass Maeve ihn an diesem Nachmittag in einem schwachen Moment erwischt hatte. Mrs Tripp hatte ihm gerade eine weitere Beschwerde von Janet Cook über seine Mutter weitergegeben, die sich offenbar in den Kopf gesetzt hatte, eine Party zu geben, und bei einem Weinhändler in Castle Cary beträchtliche Mengen Getränke bestellt hatte. Zum Glück hatte der Weinhändler sein Geschäft schon vor Jahren aufgegeben, aber das war lediglich ein weiterer Beleg für ihre zunehmende Senilität und die Schwierigkeit, eine geeignete Betreuerin für sie zu finden.

Maeves Erscheinung war anfangs nicht gerade ermutigend. Sie war viel zu jung, ihr Strahlen zu breit, ihre Energie zu deutlich spürbar. Henry war an abgewirtschaftete apathische Wesen gewöhnt, die durch eine zerbrochene Ehe oder den Tod ihrer alten Eltern aus der Bahn geworfen waren und dringend eine Stellung brauchten, die ihnen ein Dach über dem Kopf bot. Nach Henrys Erfahrung füllten diese Art Frauen die Rolle der «Betreuerin» nach eigenem Selbstverständnis aus. Mit entsprechenden Fähigkeiten oder Neigungen hatte das nichts zu tun.

Als er Maeve jedoch nach ihren Erfahrungen und Qualifikationen fragte, kam Henry der Gedanke, dass sie vielleicht imstande wäre, seine Mutter in den Griff zu bekommen. Offenbar hatte sie bereits mehrere äußerst verantwortungsvolle Stellungen innegehabt. Eine hatte sogar mit dem Adel zu tun – zugegeben, arabischem Adel, aber dennoch beeindruckend. Sie besaß anscheinend gewisse Erfahrungen in der Pflege alter Menschen, eine Grundausbildung in Erster Hilfe (dass sie diese als Rettungsschwimmerin am australischen Strand gemacht hatte, sagte Maeve ihm nicht), konnte einen Haushalt effizient führen, hatte sogar für mehrere ziemlich hochtrabende Leute gekocht, zwei Saisons lang als Zimmermädchen gearbeitet und als Krönung auch noch dieselbe Schule besucht wie seine Nichte. Er erklärte ihr die Arbeitszeiten und die Urlaubsregelung, für die eine Aushilfe von der Agentur bereitgestellt werde. Dabei befiel ihn plötzlich die Sorge, dass der angesetzte Lohn nicht ausreichen könnte, Maeve zu einer Zusage zu bewegen, und so stockte er ihn im Geiste um einige hundert Pfund im Monat auf. Mühelos log er über den Gesundheitszustand seiner Mutter, die Kündigung der derzeitigen Betreuerin, nannte seine Mutter einen «Schatz», betonte seine Liebe zu ihr und seine Sorge um ihr Wohlergehen und fügte hinzu, auch seine Frau Bunty möge sie sehr. Schließlich erkundigte er sich, wann Maeve anfangen könne. Als er hörte, dass sie sofort verfügbar sei, war die Sache entschieden.

Maeve saß geduldig da, während er Charlton beschrieb. «Nicht groß, allerdings ohne jeden Komfort, ungeeignet für einen alten Menschen, aber meine Mutter ist fest entschlossen, dort zu bleiben, solange sie kann. Es ist seit fast siebzig Jahren ihr Zuhause.» Wie er erklärte, machte die Lage des Hauses außerhalb eines kleinen Dorfes einen Wagen unerlässlich, für den er gern einen Teil der Unterhaltskosten übernehmen wolle. Er umriss die finanziellen Regelungen, die er treffen würde, und Maeves Verantwortung für die Haushaltskasse. Seine Mutter brauche lediglich schlichte Kost und esse ohnehin nicht viel. Gäste empfange sie nicht mehr. Sie sei mobil genug, sich im Haus mit Unterstützung zu bewegen, und könne im Sommer ein wenig in den Garten gehen. Eine Putzfrau käme an drei Vormittagen in der Woche, außerdem gebe es einen Gärtner, der diverse Arbeiten draußen erledige. Maeve sei für die Wäsche und das Bügeln zuständig, wobei sie größere Teile in die Wäscherei geben könne. Eine Friseuse komme einmal im Monat ins Haus, um seiner Mutter die Haare zu waschen und zu legen. Von zwei großen Londoner Kaufhäusern könne sie diverse Luxusartikel auf Rechnung beziehen, ihre Ausgaben würden von Henry geprüft. Seine

Mutter spiele gern Scrabble, löse Kreuzworträtsel, und er hoffe, dass Maeve diese Interessen teile. Schließlich erkundigte er sich, ob Maeve noch Fragen habe.

Maeve schaute ihm in die Augen. «Nur eine», sagte sie. «Braucht Ihre Mutter eine Pflegerin? Ich bin keine qualifizierte Krankenschwester, wissen Sie. Ich kann Tabletten austeilen und so, aber das ist auch schon alles.»

«Nein, das braucht sie nicht», antwortete Henry einigermaßen wahrheitsgemäß. «Bei dieser Stelle geht es vor allem darum, ihr zu ermöglichen, zu Hause zu bleiben und die nötige Hilfe zu geben, die sie braucht, um dort zu wohnen. Wenn ihr Zustand sich verschlechtert, sind meine Frau und ich uns durchaus bewusst, dass sie in ein Pflegeheim muss, aber so weit sind wir noch nicht. So, wenn sonst nichts mehr ist …»

Er stand auf und reichte Maeve die Hand. Sie bemerkte den Nasser-Fisch-Händedruck.

«Ich muss die Angelegenheit natürlich noch mit meiner Mutter besprechen», erklärte Henry, «aber ich hoffe sehr, dass ich Ihnen bald Bescheid geben kann. Ihre Telefonnummer haben wir?»

Maeve bejahte und trippelte mit einem unbekümmerten Winken hinaus.

Henry lehnte sich zufrieden zurück. Recht hübsches Mädchen, dachte er, auf diese leicht zerzauste irische Art. Gute Beine. Schickes Kostüm. Lebhaftes Gesicht. Das würde seiner Mutter gefallen. Mrs Cooks schwerfällige Kuh-Erscheinung hatte ihr von Anfang an missfallen. Über die Gegensprechanlage erkundigte er sich bei Mrs Tripp:

«Haben wir Referenzen?»

«Ja», antwortete Mrs Tripp, die Maeve recht gut eingeschätzt hatte und annahm, dass sie zumindest für ein bisschen Unterhaltung sorgen würde. «Wie fanden Sie sie? Ziemlich anders als das Übliche.»

«Mir gefiel sie», erklärte Henry. «Ich finde, wir könnten sie für eine Probezeit von einem Monat einstellen. Sie würde Mutter ein bisschen aufheitern, glaube ich.»

«Oder sie endgültig fertig machen», fügte Mrs Tipp im Stillen hinzu.

«Hatten Sie den Eindruck, dass sie die Stelle haben wollte?», erkundigte Henry sich. «Falls wir sie ihr anbieten?»

«Schwer zu sagen», antwortete Mrs Tripp. «Ich hätte gedacht, so eine Stelle wäre das Letzte, was ein junges Mädchen haben wollte, aber vielleicht für ein paar Monate …» Sie ließ den Satz unbeendet.

«Was ist mit dieser anderen Frau? Der Hausdame?»

«Sie hat heute Morgen angerufen. Leider ist sie gefallen und hat sich den Knöchel gebrochen.»

«Bieten Sie dem Mädchen die Stelle an», sagte Henry, der es nicht ertragen konnte, Dinge in der Schwebe zu lassen, und an Buntys Nörgelei dachte. «Als Notbehelf taugt sie allemal.»

«Sind Sie sicher?», fragte Mrs Tripp. «Wir könnten die Anzeige ja noch einmal schalten.»

«Nein», entschied Henry. «Wir riskieren es.» Er freute sich schon darauf, Mrs Cook mitzuteilen, dass sie gehen könne.

Kapitel 2

Sophie war zwar enttäuscht, aber keineswegs überrascht, nichts mehr von Maeve zu hören. Ihr Aufbruch aufs Land war typisch für sie verlaufen. Am Tag vor ihrer Abreise nach Somerset hatte sie mit zwei Plastiktüten voller Kram, den sie bei Sophie deponieren wollte, vor ihrer Wohnungstür gestanden.

«Hör mal, Maeve, ich habe doch selbst kaum Platz. Das siehst du doch. Die Wohnung platzt aus allen Nähten vor Kinderklamotten. Was ist das denn überhaupt?» Sie griff in eine der Plastiktüten und zog ein altes Schulheft heraus. Bevor Maeve es ihr abnehmen konnte, hatte sie es schon aufgeschlagen. Seite für Seite war mit Maeves fein säuberlicher Handschrift beschrieben.

«Das sind private Sachen», erklärte Maeve vehement. «Die nehme ich überall mit. Aber dieses Mal dachte ich, ich könnte sie dir anvertrauen, da ich nicht vorhabe, lange in dieser Stellung zu bleiben. Aber wenn du nicht kannst, geht es eben nicht.»

«Ach, schon gut», gab Sophie nach wie üblich. «Wenn du mir versprichst, dass es wirklich wichtige Sachen sind und kein Müll. Du kannst sie unten in meinen Kleiderschrank zu meinen Schuhen legen. Aber nur, wenn es nicht für lange ist.»

Maeve gab ihr im Vorbeigehen einen Kuss.

«Jesses, Sophie. Wie viele gleiche Paar Schuhe hast du eigentlich? Und alle geputzt und auf Schuhspannern. Wie eine kleine Armee. Im Gleichschritt marsch.»

Sophie schloss entnervt die Augen. Wieso vermittelte Maeve ihr mit solchen Bemerkungen immer das Gefühl, langweilig und ältlich zu sein? Sah sie denn nicht ein, dass man ordentlich und gut organisiert sein musste, wenn man mit zwei Kleinkindern in einer winzigen Wohnung lebte?

«Wann fährst du?», fragte sie, als Maeve aus dem Schlafzimmer kam. Sie ging in die Küche, setzte den Wasserkessel auf und gab löslichen Kaffee in zwei Becher.

«Morgen früh. Mit dem Zug um zwölf Uhr dreißig von Paddington nach Castle Cary. Ist das nicht ein reizender Name? Da muss ich mir dann ein Taxi zum Haus nehmen. Ich habe Bankier Bentham gesagt, ich hätte ein Auto, weißt du. Er dachte anscheinend, für den Job bräuchte ich einen Wagen, aber was soll's. Hör mal, Soph, kann ich mir diese weiche Reisetasche aus deinem Schrank ausleihen? Wenn ich ankomme, muss ich doch ordentlich aussehen, oder? Der erste Eindruck und so. Da ist der Plastiktüten-Look nicht angebracht. Sie ist nämlich eine Lady. Habe ich dir das überhaupt schon erzählt? Lady Pamela. Ist das nicht herrlich? Klingt nach Tanztee und Tennis, oder? ‹Lady Pamela beim Eröffnungstreffen der South Somerset Water Beagles in Little Gusset.›»

«Oder Great Chilpruff», fiel Sophie in ihr albernes Spiel aus der Schulzeit ein. «Mit ihrer Freundin Horatia Grebe Watling …»

«O ja! Perfekt», sagte Maeve. «Jedenfalls fahre ich morgen. Ich rufe dich an, wenn ich da bin und Zeit hatte, mich umzusehen.»

Das lag mittlerweile fast zwei Wochen zurück, und Sophie

war gekränkt, dass sie nichts von Maeve gehört hatte. Als sie die Sachen der Zwillinge packte – sie wollte übers Wochenende zu ihren Eltern fahren –, grübelte sie niedergeschlagen darüber, dass sie Maeve immer noch beneidete und sich für ihr eigenes Schicksal und ihre Lebensweise bemitleidete. Schon in der Schule hatte sie sich bei Maeves Erzählungen über ihr Zuhause danach gesehnt, ihre eigenen konventionellen liebevollen Eltern gegen etwas Aufregenderes einzutauschen. Während Maeve die Sommerferien in Südfrankreich verbrachte, fuhr Sophie nach Cornwall. Während sie von einem pickeligen Jungen aus Radley geküsst wurde, ging Maeve mit einem korsischen Fischer aus. Während sie sich als Teenager wagemutig zum ersten Mal in einem Pub in Rock betrank, hatte Maeve Sex in Nizza. Und so ging es weiter. Selbst als sie heiratete – für Sophie der Gipfel ihrer Träume –, war Maeve unbeeindruckt geblieben und hatte sogar einige Zweifel gesät.

«Was siehst du bloß in ihm, Sophie?», hatte sie gefragt. «Willst du wirklich den Rest deines Lebens mit Fergus verbringen? Entschuldige, aber das begreif ich nicht.»

Gekränkt und wütend hatte Sophie beschlossen, bei der Hochzeit nur mit kleinen Blumenmädchen in die Kirche einzuziehen. Lieber hätte sie es gesehen, wenn Maeve ausnahmsweise einmal hinter ihr als Brautjungfer den Mittelgang zum Altar entlanggegangen wäre. Sie hatte gehofft, dass Maeve neidisch wäre. Sie hätte es besser wissen müssen.

Und nun führte sie hier dieses halbe Dasein. Sie liebte die Zwillinge, sie waren das Beste, was sie je zustande gebracht hatte, und bedeuteten ihr mehr als alles andere auf der Welt. Aber es war eine unausweichliche Wahrheit, dass das Leben an ihr vorbeiging, während sie zu Hause blieb, sich um die Kinder kümmerte und von Fergus' Unterhaltszahlungen lebte. Sie weigerte sich, diese Situation als Falle zu bezeichnen. Freddy und Flora konnten keine Falle sein, aber sie musste zugeben, dass die beiden Kinder unter zweieinhalb Jahren sie effektiv ans Haus fesselten. Mit ihrer Geburt hatte sie ihre Freiheit verloren. Ihr fiel ein, dass Fergus von Anfang an nicht sonderlich begeistert auf ihre Schwangerschaft reagiert hatte. Er fand, es sei noch zu früh, sie seien noch nicht gut genug gestellt. Als sie dann erfuhr, dass sie Zwillinge erwartete, war ihr klar, dass er entsetzt reagieren würde. Sie wagte kaum, es ihm zu sagen.

Er tobte. Schrie, fluchte, warf Möbel um, lief puterrot an, was sich mit seinem roten Haar biss. Er nannte sie eine dumme Kuh, dass sie überhaupt schwanger geworden sei. Sie erzählte niemandem davon, nicht einmal Maeve. Es war zu demütigend. Danach begegnete er ihr wochenlang mit kalter Wut. Noch nie hatte Sophie sich so elend gefühlt.

Ihr war klar, dass sie ohne ihn besser dran war, trotz der ständigen Verantwortung und der einsamen Plackerei. Die Wochenenden bei ihren Eltern waren ihre einzige Erholung, und selbst diese meinte sie sparsam dosieren zu müssen, weil ihre Mutter es übertrieb und immer völlig erschöpft aussah, wenn sie wieder fuhren. Ihre Mutter hätte gern gesehen, wenn sie nach der Trennung von Fergus wieder nach Hause gezogen wäre. Sie hatte sogar eine Meile von ihnen entfernt ein kleines Cottage gefunden, das zu vermieten war. Die Verlockung war groß, aber Sophie hätte es als Flucht empfunden, ihr nachzugeben. Sie wollte in London bleiben und ernsthaft versuchen, unabhängig zu sein. Außerdem wollte sie, dass die Zwillinge ihren Vater kannten; vor allem aber sollte Fergus sich nicht aus der Verantwortung stehlen können. Wenn sie wieder zu ihrer Familie zurückgegangen wäre, hätte er sich einfach benehmen können, als hätte es sie nie gegeben. Sie wollte in London bleiben, wo sie und die Kinder ihn daran erinnerten, dass ihre Ehe tatsächlich existiert hatte.

Die vorsichtige, bedächtige Sophie, die sich immer an die

Regeln hielt, hatte eine schwerwiegende Fehleinschätzung getroffen und musste teuer dafür bezahlen. Maeve dagegen, die nur selten vorsichtig oder vernünftig war, schien immer unbeschadet davonzukommen. Sophie neidete ihr die Freiheit von jeglicher Verantwortung, und dieser verrückte Job bestätigte sie wieder einmal darin. Einfach zu gehen und über Nacht das Leben umzukrempeln erschien ihr ungemein reizvoll, so unmöglich es für sie auch war. Sophie hätte zu gern etwas über Lady Pamela erfahren. Sie konnte gar nicht abwarten, die Geschichten zu hören, die Maeve ausspinnen würde. Sie wollte von Maeves Vitalität profitieren und daran erinnert werden, dass das Leben voller Abenteuer, Vergnügungen und endloser Möglichkeiten steckte und nicht nur aus Waschen, Füttern, Einkaufen und Sorgen um genmanipulierte Nahrungsmittel, Sicherheit, vorsichtiges Autofahren und Kindersicherungen bestand.

Ich war immer schon ein bisschen langweilig, dachte Sophie, aber jetzt bin ich todlangweilig. Fergus hatte Recht. Aber dann dachte sie sich: Verdammt. Natürlich bin ich anders als früher, anders als Maeve. Mutter zu sein hat mich zwangsläufig verändert. Zum einen bin ich müde. Zum anderen bin ich allein. Flora und Freddy. Um sie dreht sich alles. Sie sind wichtiger als ich. Sie erdrücken mich. Was ich will, zählt nicht mehr, außerdem will ich ohnehin nur das Beste für sie. Wie Maeve kann ich nie werden. Um ehrlich zu sein, konnte ich noch nie so sein. Ich gehöre zu der Sorte Frauen, die nach einer Einkaufsliste einkaufen und ihre Schuhe putzen. Maeve ist ein Freigeist.

Während Sophie im Zimmer der Zwillinge hin und her ging, sorgfältig Kleider zusammenfaltete und ordentlich in einen Koffer packte, fiel ihr Blick auf ihr Spiegelbild in der Kleiderschranktür. Sie sah blass, müde und mager aus. In ihrer sackigen Hose und dem Sweatshirt, das glatte blonde

Haar mit einem Band zurückgehalten, sah man ihr an, dass sie sich mit ihrem Aussehen keine Mühe gab. Darum konnte sie sich wahrhaftig nicht kümmern. Solange sie sauber war, sah sie nicht ein, was ihr Aussehen für eine Rolle spielen sollte. Sie verzog das Gesicht und erinnerte sich, wie sie für Mohammed Parfüm und Lippenstift aufgelegt hatte. Sie fragte sich, wie er wohl zurechtkommen mochte. Er hatte ihr den Namen des Restaurants genannt, in dem er arbeitete, und sie eingeladen, dort einmal essen zu gehen und die Babys mitzubringen. Er hatte gesagt, sie seien dort willkommen. Bei dem Gedanken, was Fergus wohl davon halten würde, dass seine Kinder etwas mit einem illegalen homosexuellen Einwanderer zu tun hätten, der in einem besetzten Haus wohnte, musste sie grinsen. Aber Mohammed war so nett, so warmherzig, freundlich und ehrlich an den Kindern interessiert. Sie merkte, dass sie ihn gern wiedersehen würde.

Als es an diesem Nachmittag an der Tür klingelte und Mohammed davor stand, empfand Sophie daher eine Mischung aus Freude und Enttäuschung.

«Komm rein», sagte sie, «aber ich bin auf dem Sprung, zu meinen Eltern zu fahren. Wie geht's? Hast du was von Maeve gehört? Ich habe heute Morgen noch an dich gedacht.»

Mohammed kam herein. Er wirkte fremd mit seiner Lederjacke und dem dunklen Teint. Sophie bemerkte, dass er zwei schwere Goldringe und eine Goldkette trug. Er kam eindeutig nicht in Frage. Nicht einmal als Freund. Na gut, vielleicht in seinem Heimatland, aber hier in London war er zu peinlich.

Als Flora und Freddy zu ihm liefen, kniete er sich auf den Boden und breitete die Arme aus.

«Wie geht es ihnen? Die kleinen Engel. Kleine Küken.» Er war viel versessener auf die beiden als Fergus. Er hob sie hoch und warf sie in die Luft.

«Mein Gott!», schrie Sophie. «Sei vorsichtig.»

«Keine Sorge», beruhigte Mohammed sie. «Ich haben viele, viele Nichten und Neffen.» Das beruhigte Sophie keineswegs. «Ich liebe Kinder», fügte er strahlend hinzu. Und als er die Berge von Gepäck sah, bot er an: «Ich kann dir helfen. So viele Koffer ist zu viel für dich.»

«Also, eigentlich …» Sophie hatte sich schon gefragt, wie sie gleichzeitig den Wagen beladen und die Zwillinge im Auge behalten sollte. Sie hatte beschlossen, sie im Buggy anzuschnallen und in der Wohnung zu lassen, während sie zwischen Auto und Wohnung hin und her ging, aber das wagte sie nur, wenn sie einen Parkplatz unmittelbar vor dem Haus fand. Solche logistischen Probleme nervten sie. «Da wäre ich dir sehr dankbar. Aber zuerst musst du eine Tasse Tee oder sonst was trinken.» Sie schaute verstohlen auf die Uhr. Eine halbe Stunde konnte sie ihm geben.

Mohammed setzte sich auf das Sofa, auf jedem Knie einen Zwilling. Beide starrten ihn verwundert an. Flora tatschte in seinem Gesicht herum, und Freddy untersuchte interessiert seine Ringe.

«Ich kommen, weil Maeve angerufen hat. Sie ist sehr geheim, aber sie will, dass ich dich besuchen und sagen, sie in Ordnung und sie kommt nächste Woche Montagabend zu dir. Dienstag sie hat frei. Sie fragt, ob das in Ordnung für dich. Sie ruft mich auf der Arbeit an. Warum sie nicht bei dir anrufen, ich nicht verstehen. Aber jetzt ich haben Handy, darum alles einfach.» Er holte das Gerät aus der Jacke.

Sophie gab sich alle Mühe, ihn zu verstehen.

«Also, ja», sagte sie. «Es ist in Ordnung, wenn Maeve am Montag kommt. Ich würde sie gern sehen. Ich brenne darauf, alles von ihr zu hören. Klang sie okay? Ist sie zufrieden? Ich begreife nicht, wieso sie mich nicht einfach angerufen hat. Hast du ihre Nummer? Wieso kann ich sie nicht anrufen?»

«Das ich nix verstehen», sagte Mohammed achselzuckend, «aber sie mein Handynummer haben und mich anrufen, dann ich sagen ihr von dir. Ich sagen ihr auch, ich haben neues Zimmer bei Freund. Khaled, Freund aus Kairo. Ich schreiben Adresse auf.» Er holte ein Stück Papier aus der Tasche. «Auch mein Handynummer. Ich manchmal denken – Entschuldigung –, du brauchen Mann zu helfen. Maeve sagen, ich sollen aufpassen auf ihre sehr gute Freundin, und hier bin ich, Mohammed.»

Sophie lächelte. «Vielen Dank. Also, einen besseren Augenblick hättest du dir gar nicht aussuchen können. Es wäre mir wirklich eine große Hilfe, wenn du bei diesem ganzen Kram mit anpacken könntest. Aber im Großen und Ganzen komme ich ganz gut zurecht.» Sie war erleichtert, dass Mohammed nicht gekommen war, um sie um Hilfe zu bitten, wie sie vage befürchtet hatte, sondern um ihr Hilfe anzubieten. Dafür schämte sie sich ein bisschen. Sie nahm Mohammed die Zwillinge ab, um sie für die Fahrt umzuziehen, und reichte ihm Tee und Schokoladenkekse, da sie mehr nicht anzubieten hatte.

Als sie fertig gepackt hatte, trug er alles, einschließlich der Kinder, in mehreren Partien zum Auto. Als sie die Wohnungstür zweimal verschloss, kamen ihr treulose Zweifel an Mohammeds Ehrlichkeit. War es klug, ihn wissen zu lassen, dass ihre Wohnung das ganze Wochenende leer stand? Na ja, jetzt war es zu spät, sich darüber Sorgen zu machen. Er hielt neben ihrem Wagen Wache. Höflich hielt er ihr die Fahrertür auf, während sie nachschaute, ob er die Zwillinge in ihren Kindersitzen richtig angeschnallt hatte. Sie wollte ihm eigentlich nicht anbieten, ihn ein Stück mitzunehmen, aber da sie ihn nicht einfach auf dem Bürgersteig stehen lassen konnte, brachte sie ihn zur U-Bahn-Station, die fast auf ihrem Weg lag. Seine weite Jacke füllte den Beifahrersitz aus. Sophie fiel auf, dass er als erster Mann in ihrem Auto saß, das ihr Vater ihr vor sechs Monaten geschenkt hatte. Als sie auf der durchgezogenen Doppellinie hielt, um ihn aussteigen zu lassen, und er sie ansah, um sich zu verabschieden, gab es einen merkwürdigen Moment, in dem ihre Blicke sich trafen und etwas sehr Tiefes, Unausgesprochenes zwischen ihnen geschah. Ziemlich erschüttert fuhr Sophie weiter. Was war das? Hatte sie in seinem Blick Mitleid gesehen? Sorge? Mitgefühl? Zuneigung?

Mohammed stand auf dem Bürgersteig und wunderte sich über dieses merkwürdige englische Mädchen, das auf eine Weise allein war, wie es in seiner Heimat unvorstellbar wäre. Ihr bleiches Gesicht, ihr farbloses Haar und die klaren, ehrlichen Augen gefielen ihm. Sie war tapfer und stark, aber so traurig. Er sah sie mit ihren Babys durch London fahren und fand, dass der kleine Wagen zwischen den Bussen und Lastern verletzlich wirkte. Seine gefühlvollen braunen Augen füllten sich mit Tränen, als er an die warmherzige Geborgenheit seiner eigenen Familie dachte. Er fühlte sich weit weg von seiner Heimat und sehr einsam. Schniefend ging er die Treppe zur U-Bahn hinunter.

Henry fiel es nicht schwer, Bunty zu überzeugen, dass es richtig von ihm war, Maeve einzustellen. Bunty hörte ihm ohnehin nur halb zu, da sie lediglich hören wollte, dass Lady Pamela endlich in ein Heim zog. Alles andere interessierte sie kaum.

Sie und Henry bewohnten ein großes, komfortables Haus in Putney, besaßen eine Jagdhütte in Schottland und eine Wohnung in der Schweiz. Es bestand also keine dringende Notwendigkeit, die Liste ihrer Immobilien um Charlton zu bereichern, aber Henry wollte sich in einigen Jahren zur Ruhe setzen, und sie hatten beschlossen, dann nach Somerset zu ziehen. Charlton war kein Haus, wie Bunty es sich ausgesucht hätte, aber Henry hing daran, da er dort aufgewachsen war, und die Lage in der sanft hügeligen Landschaft, aber unweit einer Haupteisenbahnlinie, war gut. Doch da das Haus grauenhaft altmodisch und antiquiert war, brannte Bunty darauf, rechtzeitig vor ihrem Einzug mit den Umbauten anzufangen. Nach Buntys Ansicht besaß es mehrere erhebliche Nachteile. Zum einen war es kein hochherrschaftliches Haus, sondern nur ein großes Bauernhaus mit niedrigen Decken und Flügelfenstern. Es gab nicht ein Zimmer, das groß genug war für Feste, wie Bunty sie gern veranstaltete. Das Wohnzimmer an der Südseite war ganz hübsch mit seinem Natursteinkamin und den Fenstern zum Garten, aber es war zu klein für die Zahl der Gäste, die Bunty gewöhnlich einlud. Die Küche mit ihrem Spülstein, den altmodischen Schränken und dem uralten, launischen Gasherd war schlichtweg primitiv. Es gab unzählige Speisekammern und Wildbretschränke, eine alte Milchküche, eine Käserei und eine Hintertreppe zu den Dachkammern, wo früher Dienstmädchen gewohnt hatten. Die Haupttreppe mit ihren breiten Stufen und dem anmutig geschwungenen Geländer war recht imposant. Oben befanden sich sechs Schlafzimmer und zwei grauenhafte Badezimmer, die man nur herausreißen konnte. Es gab nicht einmal eine Zentralheizung, nur uralte Nachtspeicheröfen und Kaminfeuer. Es war einiges zu tun, aber solange Lady Pamela dort wohnte, konnten sie unmöglich mit dem Umbau anfangen.

Diese Verzögerung ärgerte Bunty so, dass sie regelmäßig darüber schimpfte. In einer unausgesprochenen Übereinkunft, wie es sie in den meisten langjährigen Ehen gibt, akzeptierte Henry, dass er eine energische, willensstarke junge Frau von australisch-blond-grellem Aussehen geheiratet hatte, deren Attraktivität und Persönlichkeit seine eigene weit in den Schatten stellte. Um dieses Ungleichgewicht aufzuwiegen, musste Henry seine gesellschaftliche Stellung und seine Liquidität in die Waagschale werfen und Bunty das bieten, was sie vom Leben erwartete.

Bunty war nicht dumm und wusste sehr gut, auf welcher Seite das Brot gebuttert war. Obwohl sie mittlerweile zweiundfünfzig war, ihre Schönheit allmählich verblasste und sie ein bisschen kräftiger wurde, erinnerte sie sich noch gut an das Haus mit Blechdach in Wollongong bei Sydney, in dem sie aufgewachsen war. Sie hatte schwer arbeiten müssen, um sich vom Erbe ihrer Familie frei zu machen – ihrer schlampigen, kettenrauchenden Mutter, ihrem arbeitslosen Vater und ihren nichtsnutzigen Schwestern. Als sie vor dreißig Jahren eine Stelle als Sekretärin in der australischen Filiale der Bentham's Bank in Sydney bekam, hätte sie in ihren kühnsten Träumen nicht zu hoffen gewagt, dass der linkische, stille Henry ein Auge auf sie werfen könnte. Er war blass, groß, leicht gebeugt, hatte eine eingefallene Brust und spindeldürre Beine, war also das genaue Gegenteil des braun gebrannten, sportlich-muskulösen australischen Idealmannes, aber da Bunty gesellschaftliche Stellung und Zukunftsinvestitionen im Blick hatte, fiel es ihr nicht schwer zu bewerkstelligen, dass er sich in sie verliebte und ihr einen Heiratsantrag machte.

Wie Bunty vermutet hatte, war Henry als Mann eine Enttäuschung, und so unterdrückte sie ihre körperlichen Bedürfnisse und verlagerte ihre Begierden auf materielle Freuden. Geld auszugeben und Freunde einzuladen waren ihre Hauptbeschäftigungen, und beides beherrschte sie perfekt. Da Henry ein alter Langweiler war, suchte Bunty Zuflucht bei lauten, lärmenden Freunden, die Partys liebten, und Henry bezahlte die Rechnungen. Dieses Arrangement kam ihnen beiden entgegen.

Ihre drei Kinder kamen im Abstand von vier und sechs

Jahren zur Welt. Charlie, der Jüngste, war mittlerweile in der letzten Klasse der Mittelschule. Die Älteste, Amanda, war verheiratet und erwartete ein Baby, und die Mittlere, Clemmie, war verlobt.

Als Mutter war Bunty ebenfalls energisch und mischte sich in alles ein. Das versetzte ihre Familie fast in einen Lähmungszustand, der sie zu eigenem Handeln unfähig machte. Sie waren so an ihre alles niederwalzende Energie gewöhnt, dass sie, auf sich gestellt, praktisch zum Stillstand kamen und nicht zu ihrem eigenen Tempo fanden.

Henrys Mutter war einer der wenigen Menschen, den Bunty nicht einzuschüchtern vermochte. Lady Pamelas Alter, ihr Titel und der erste Eindruck, den sie auf Bunty bei ihrer Ankunft in England gemacht hatte, dämpften ihr ansonsten so ausgeprägt herrisches Wesen. Vor dreißig Jahren war Bunty noch nie einem Menschen wie Lady Pamela begegnet und hatte zum ersten Mal erlebt, dass es ihr die Sprache verschlug. Seither hatte sie nie den Mumm aufgebracht, der alten Dame Paroli zu bieten oder ihr Schicksal in ihre Hände zu nehmen – denn als Zukunft konnte man es wohl kaum bezeichnen. Stattdessen lag sie Henry wegen seiner verdammten Mutter in den Ohren, und er sah sich gezwungen, zwischen den beiden Frauen zu lavieren.

Um halb acht Uhr morgens rief Henry seine Mutter an, um ihr mitzuteilen, dass Mrs Cook durch eine neue Kraft ersetzt würde. Er wusste, dass sie schon wach war und Mrs Cook um diese Zeit noch nicht ans Telefon ging.

Lady Pamela lag noch im Bett. Sie war seit fünf Uhr wach und hatte sich mühsam mit ihrem Rollator zum Badezimmer geschleppt. Das verflixte Ding verhakte sich ständig an Möbelstücken und stieß an Türrahmen. Gute zwanzig Minuten hatte sie gebraucht, um den Flur zu überqueren und auf die Toilette mit dem erhöhten Sitz und den eigens angebrachten

Haltegriffen zu gelangen. Anschließend machte sie sich auf den mühsamen Rückweg. Durch das Flurfenster sah sie den ersten Schimmer der Morgendämmerung in der Dunkelheit. Wieder ein Tag. Sie hörte das laute Schnarchen durch Mrs Cooks Tür. Diese wenigen Stunden, in denen sie schon wach war, während Mrs Cook noch schlief, waren ihr kostbar. Dann hatte sie wieder das Gefühl, ihr Haus für sich zu haben, ungestört von den herrischen Einmischungen dieser grässlichen Person und ihrem ständigen Gerede.

Langsam schlurfte sie zurück in ihr Zimmer. Auf dem Tablett stand der elektrische Wasserkocher für ihren Morgentee bereit, daneben Tasse, Untertasse und Milch. Sie schnupperte an der Tasse und verzog das Gesicht. Chlorbleiche. Dieses fürchterliche Schrapnell gab Chlorbleiche ins Spülwasser. Wen kümmerte es schon, wenn die alte Tasse braun angelaufen war? Es war doch nur Tee. Sie hob den Wasserkocher an und merkte am Gewicht, dass Mrs Cook abends vergessen hatte, ihn zu füllen. Noch einmal ins Badezimmer zu gehen, war ihr zu mühsam. Dann gab es eben keinen Morgentee. Wieder ein kleines Vergnügen, das ihr versagt blieb. Gott, es war zum Verrücktwerden, so hilflos zu sein.

Langsam, wie Lady Pamela mittlerweile alles tat, setzte sie sich auf die Bettkante und schob die alten Beine auf die Matratze. Ihr Nachthemd rutschte hoch und gab den Blick auf ihre blau geäderten, hageren, schuppigen Beine frei. Lady Pamela betrachtete sie mit Abscheu. Früher war sie berühmt für ihre Beine gewesen. Sie erinnerte sich noch gut an das Gefühl der Seidenstrümpfe, das erregende Ziehen der Strumpfhalter, das warme, weiche Fleisch dazwischen. Und jetzt das. Und der Geruch des Alters. Sie spürte, dass er an ihr haftete. Sie lehnte es ab, sich von dieser Cook baden zu lassen, musste sich aber von ihr beim Ein- und Aussteigen in die umgebaute Wanne helfen lassen. Nur einmal in der Woche fand dieses

Ritual statt. Kein Wunder, dass sie roch. Sie zog die Steppdecke hoch und lehnte sich in die Kissen. Wieder ein Tag. Das Leben war nur noch lebenswert, solange sie hier in ihrem geliebten Charlton bleiben konnte. Wäre das erst einmal vorbei, wäre sie bereit zu sterben. Ihre Hände, die auf der Steppdecke lagen, waren immer noch schön; lange Finger, knotig vom Alter und mit vortretenden Venen auf dem Handrücken, aber formschön und elegant. Ihr Verlobungsring mit dem Diamanten und die Eheringe funkelten. Bunty brannte darauf, sie in die Finger zu bekommen. Buchstäblich. Sie würden ihr natürlich nicht passen, bei ihren plumpen Händen mit den Stummelfingern. Wenn Lizzy noch leben würde, hätte sie die Ringe bekommen. Die schöne, brillante Lizzy. Alles, was man von einer Tochter nur erhoffen durfte. Mittlerweile wäre sie fünfzig, schon lange verheiratet, vielleicht schon wieder geschieden, wie so viele ihrer Generation, mit erwachsenen Kindern.

Wie immer versetzte der Verlust Lady Pamela einen Stich. Henrys Schwester war mit neunzehn an Meningitis gestorben, und seitdem war nichts mehr wie vorher. Sie hatte damals im ersten Semester Medizin studiert, wollte Gutes tun, den Menschen dienen, und Lady Pamela hatte sie dafür bewundert. Ihr eigenes Leben als Ehefrau eines hochrangigen Diplomaten wirkte im Vergleich dazu müßig und wertlos. Sie war so stolz auf die Ernsthaftigkeit und den strahlenden Glauben ihrer Tochter an sich selbst gewesen. Alles vorbei. Verschwendet. Und Henry war übrig geblieben. Der arme langweilige Henry, der sich in der Bank abstrampelte. Als ernsten, phantasielosen kleinen Jungen hatte sie ihn geliebt, liebte ihn natürlich auch heute noch, konnte aber nichts mit ihm anfangen, es gab keine Gemeinsamkeiten zwischen ihnen. Sie erinnerte sich, wie Lizzy morgens auf ihrem Bett gesessen hatte, wie sie zusammen gelacht, geredet, gelästert,

Bücher getauscht, telefoniert und eingekauft hatten. Lizzy hätte ihre Verbundenheit mit Charlton verstanden.

Lady Pamela schloss die Augen. Sie hörte immer noch das Schnarchen. Bald würde der Wecker Mrs Cook aufschrecken und einen weiteren Tag voller Ärger einläuten. Ihr war durchaus klar, dass sie auf Mrs Cook angewiesen war, um in Charlton bleiben zu können, aber es gab manches, was sie einfach nicht ertragen konnte. Da wäre es besser, tot zu sein. Aber ihr Körper war stark, das Herz kräftig, wie der Arzt sagte. Ihr drohten noch Jahre eines Lebens, für das sie keine Verwendung hatte. Sie schaltete das Radio auf ihrem Nachttisch ein; die eindringliche Stimme des Nachrichtensprechers hallte durchs Zimmer und vermittelte Informationen aus einer Welt, mit der Lady Pamela sich kaum noch verbunden fühlte. Ihre eigene Welt war auf dieses Schlafzimmer, das Teetablett, das alte Haus, den alten Hund, der in der Küche schlief, und Janet Cook zusammengeschrumpft, die auf der anderen Seite des Flures schnarchte.

Als Henry anrief, um ihr mitzuteilen, dass er eine neue Betreuerin gefunden hatte, vermochte Lady Pamela ihre Sehnsucht nach einem schnellen, gnädigen Tod nicht abzuschütteln. Sam würde sie natürlich nur ungern verlassen. Auch den hässlichen alten Esau nicht. Aber abgesehen von diesen beiden hielt sie nicht mehr viel im Leben.

«Was ist los, Mutter? Du klingst nicht sonderlich erfreut», sagte Henry ärgerlich.

«O doch, doch», antwortete sie müde. Im Stillen dachte sie: Was spielt es schon für eine Rolle? Eine selbstsüchtige alte Frau, ein altes Haus, eine Menge Erinnerungen … das alles ist doch egal.

Später konnte sie sich gar nicht mehr erinnern, warum Henry angerufen hatte.

Mit gemischten Gefühlen über das vergangene Wochenende fuhr Sophie nach London zurück. Natürlich war es schön gewesen, zu Hause zu sein. Ihre Mutter hatte nichts in ihrem alten Zimmer verändert. Die Frisierkommode stand immer noch voller Fotos von Ponys und Schulfreundinnen, in den Kommoden lagen ihre alten Kleider, und auf dem Bett saßen ihre Teddys und geliebten Plüschtiere. Es war merkwürdig, morgens in diesem vertrauten Zimmer zu liegen und das Gefühl zu haben, die Uhr sei zurückgedreht. Freddy und Flora schliefen im Gästezimmer nebenan, in dem früher Sophies dritter Bruder Jack gewohnt hatte. Seine Cricket-Trophäen und Schulfotos waren noch da, aber die Poster von nackten Mädchen hatte Mrs Gladwell weggeworfen.

Das Schönste war, einmal ausschlafen zu können. Ihre Mutter hatte die Zwillinge aus dem Bett geholt, sobald sie sich morgens meldeten, und Sophie hatte endlich einmal den inneren Wecker abschalten und lange schlafen können. Gegen zehn Uhr hatte ihre Mutter ihr sogar Frühstück ans Bett gebracht, knusprig braunen Toast mit Honig, und sie verwöhnt wie eine Kranke. Es war himmlisch, einmal völlig abschalten zu können und von häuslichen Pflichten befreit zu sein.

Trotz alledem war Sophie ungeduldig, gereizt und unfähig, ihre Dankbarkeit zu zeigen; es ärgerte sie, dass die liebevolle Fürsorge ihrer Mutter anscheinend aus dem Glauben erwuchs, ihre Tochter sei das hilflose Opfer grober Ungerechtigkeit. Sophie fühlte sich verpflichtet, Fergus zu verteidigen und zu beweisen, dass sie allein fertig wurde. Auch das Theater um die Zwillinge nervte sie. Es verleitete die beiden nur dazu, sich schlecht zu benehmen, völlig aufzudrehen und quengelig zu werden.

«Mum, lass sie einfach in Ruhe. Es ist alles in Ordnung. Du musst dich nicht ständig mit ihnen beschäftigen. Zu Hause bekommen sie auch nicht so viel Aufmerksamkeit.

Nein, sie brauchen keinen Saft und auch keinen Keks. Bitte, Mum.»

Am Samstagnachmittag hatte ihre Mutter ihren Vater überredet, auf die Kinder aufzupassen, damit sie und Sophie einen Einkaufsbummel in Oxford machen konnten. Mrs Gladwell hatte darauf bestanden, Sophie ein paar Kleider zu kaufen. Sie besaß ein gutes Auge für Schick und ließ Sophie eine Lederhose und einen roten Rollkragenpullover anprobieren. «Du bist ja so schlank geworden, Liebes, sie stehen dir bestimmt wunderbar.» Ihre Mutter hatte Recht und bezahlte strahlend mit ihrer Kreditkarte. Außerdem verwöhnte sie Sophie mit luxuriösen Dessous.

«Ich erinnere mich noch gut, als ihr Babys wart, habe ich mich nach ein paar hübschen, aufreizenden Sachen gesehnt.»

Sophie hatte sich schon so lange nicht mehr sexy oder hübsch gefühlt, dass sie nicht überzeugt war, ob braun-rosa Spitzen daran etwas ändern könnten, aber sie war ihrer Mutter dennoch dankbar für ihren Versuch.

Als sie zum Wochenende bei ihren Eltern angekommen war, hatte ihr Zuhause tröstlich unverändert gewirkt. Sophie und ihre Brüder waren in dem hübschen gelben Natursteinhaus in einem Dorf bei Oxford aufgewachsen. Da auf der Dorfstraße inzwischen mehr Verkehr herrschte, konnten Kinder hier nicht mehr wie früher auf einem Pony reiten oder mit dem Fahrrad fahren, aber die Seitenstraße, in der Sophies Eltern wohnten, war immer noch ruhig. Das Haus stand hinter einer hohen Mauer mit schmiedeeisernem Tor. Der Garten war das liebste Hobby ihres Vaters, seit er Rentner war und nicht mehr in einer Londoner Bank arbeitete. Der Rasen war makellos geschnitten und gewalzt, die Beete von jeglichem Unkraut befreit. Die Frühlingsbepflanzung bestand aus Zwiebelblumen, farblich sortiert in Reih und Glied gesetzt. Alles unter Kontrolle zu halten war John Gladwells

Motto. Die Oberhand behalten. Nichts aus dem Ruder laufen lassen.

Die Wiese hinter dem Garten, auf der Sophies Pony gestanden hatte, war als Weide verpachtet und stand voller weißer Schafe. Ihr Vater hatte das Tor zu der kiesbedeckten Einfahrt offen gelassen. Als sie zur Hintertür fuhr, sah sie, dass er den Weg schon geharkt hatte. Manchmal hatte sie den Verdacht, dass sie Fergus nur geheiratet hatte, um seiner Ordnungsliebe, seinem peniblen Regiment zu entkommen, aber solche Gedanken waren ketzerisch, wo ihre Eltern ihr so viel Halt und Unterstützung gegeben hatten, nachdem ihre Ehe in die Brüche gegangen war.

Als sie die Zwillinge aus dem Wagen holte, hörte sie selbst hier, wo es früher immer so ruhig war, entfernt den Verkehrslärm von der Hauptstraße und das Dröhnen eines Flugzeugs im Landeanflug auf Heathrow.

Ihre Mutter, die ihren Wagen gehört hatte, kam an die Hintertür, küsste alle entzückt und ging Arm in Arm mit ihrer Tochter in den Garten zu Sophies Vater, der gerade das Laub vom Rasen kehrte. Die Zwillinge stolperten in den rotgoldenen Laubhaufen herum, und Jules, der alte Labrador, begrüßte Sophie stürmisch. Als sie ihren Vater zur Begrüßung küsste, ließ er den Drahtbesen fallen und schloss sie in die Arme, was ihr Tränen in die Augen trieb. Alles erinnerte sie schmerzlich an das, was sie verloren hatte.

Am Sonntagmittag hatte ihre Mutter Freunde zu einem Umtrunk eingeladen. Darunter war ein jüngerer, allein stehender Mann, den sie gerade erst entdeckt hatte. Er war der Neffe eines befreundeten Ehepaares und hatte kürzlich eine Forschungsstelle in Oxford erhalten. Entsetzt hörte Sophie, wie ihre Mutter flüsternd erklärte: «… hatte wirklich eine sehr schwere Zeit … und sie ist so ein Schatz …» Sophie musste schnell Freddy auf den Arm nehmen und in die Küche flüchten, um nicht laut zu schreien. Es war, als hätte sie eine schreckliche Behinderung oder eine schwere Krankheit, die jeden Augenblick wieder ausbrechen und alle in Verlegenheit bringen könnte, wenn man sie nicht vorwarnte.

Als sie sich so weit beruhigt hatte, dass sie wieder ins Zimmer gehen und mit diesem Mann namens Mark reden konnte, stellte sie fest, dass er deprimierend in sich gekehrt und langweilig war. Durch das lange Schlafen und den Alkohol war sie ganz benommen und musste zweimal gähnen, während er redete. Beim zweiten Mal brach er mitten im Satz ab und schaute sie beleidigt an, worauf sie ihm mühsam erklären musste, dass die Zwillinge ihr keine Nacht Ruhe gönnten und ihr Gähnen nichts mit der faszinierenden Schilderung seiner Arbeit zu tun habe.

Nach dem Essen machte sie mit den Zwillingen ein Mittagsschläfchen, aus dem ihre Mutter sie erst bei Einbruch der Dämmerung mit einer Tasse Tee weckte. Sie setzte sich ans Fußende ihres Bettes und sagte: «Wirklich, Sophie, Liebes, Daddy und ich finden, hier in unserer Nähe würde es dir viel besser gehen. Wir können dir doch helfen, weißt du, und das möchten wir auch gern. Du siehst so müde aus. Du kannst wirklich nicht so weitermachen, so ganz allein. Weiß Fergus eigentlich, wie schwer du es hast? Warum kann er dir nicht eine Hilfe bezahlen, ein Kindermädchen oder ein Au-pair-Mädchen? Wenn du hier unten wärst, könnten wir dir zur Hand gehen und dir eine Chance geben, dein Leben wieder in den Griff zu bekommen.»

«Mum, das haben wir doch schon alles durchgekaut», sagte Sophie. «Es ist furchtbar lieb von euch, aber ich glaube wirklich, dass ich das allein schaffen will. Ich kann nicht hierher zurück, wo jeder mich kennt. Ich weiß nicht, warum ich das so empfinde, aber es ist nun mal so. Fergus sagt, er kann es sich nicht leisten, mir ein Kindermädchen zu bezahlen. Sein Anwalt sagt, die Kosten müsste ich aus meinem Unterhalt bestreiten, aber das kann ich nicht. Ein Au-pair-Mädchen könnte ich mir gerade noch leisten, aber ich habe keinen Platz dafür. Ein Kindermädchen kommt nicht in Frage. Ich müsste ganztags arbeiten, um daran auch nur denken zu können.»

Sie beugte sich vor, nahm die Hand ihrer Mutter und sagte bemüht munter und zuversichtlich: «Wie ich die Sache sehe, habe ich noch zwei Jahre Schinderei vor mir, bis die Zwillinge in eine Kindertagesstätte gehen und ich mir eine Teilzeitarbeit suchen kann. Ich könnte in eine weniger teure Wohngegend ziehen, wie Fergus ständig vorschlägt, aber da, wo ich wohne, ist es so ruhig und sicher, und ich liebe den Garten. Außerdem nimmt Fergus die Kinder so höchstens für einen Tag zu sich. Es ist einfacher für ihn, in unsere Wohnung zu kommen und sich mit ihnen zu beschäftigen, wo sie all ihre Sachen und ihre gewohnte Routine haben. An dem Tag kann ich ausgehen, und das ist nicht halb so schlimm wie früher, als er mit ihnen übers Wochenende zu seiner Mutter nach Suffolk fuhr. Am schlimmsten war, ihnen nachzuschauen, wenn sie abfuhren. Das konnte ich kaum ertragen. Und wenn ich aus London fortziehen würde, müsste er sie natürlich über das Wochenende fortholen. Alles wäre viel förmlicher. Wenn ich jetzt mal ins Kino oder zum Frisör gehen möchte, kommt Fergus einfach vorbei. So ist er viel stärker einbezogen.»

Eigentlich ist das eine Lüge, dachte Sophie. Wenn sie ihn fragte, erklärte er immer, es passe ihm gerade nicht. Aber das wollte sie ihrer Mutter nicht eingestehen, die nun ihre Hand tätschelte, aufstand und aus dem Fenster schaute.

«Ach, Sophie», sagte sie, «es ist mir so arg, dich in dieser Lage zu sehen. Es tut mir Leid, aber ich könnte den Mann umbringen ...»

Sophie seufzte. «Nicht, Mum. Das macht es auch nicht einfacher.»

Der Abschied am Montag war schrecklich. Als die Zwillinge gut im Wagen verstaut waren, den ihr Vater gründlich nachgesehen hatte – Reifen, Öl, Batterie, Frostschutzmittel –, und ihre neuen Kleider in den bunten Tragetaschen auf dem Rücksitz lagen, umarmte Sophie ihre Eltern.

«Vielen Dank für alles», sagte sie mit Tränen in den Augen. Ihre Mutter schloss sie in die Arme, und ihr Vater umarmte sie beide.

«Es tut mir Leid, dass ich so eine Heulsuse bin», schniefte sie. «Aber dass ihr so lieb seid, macht mich fertig.»

«Wir sind immer für dich da, Schatz», sagte ihr Vater. «Auf uns kannst du dich immer verlassen. Wir kommen sofort, wenn du uns brauchst.»

«Danke. Danke für alles, und entschuldigt, dass ich so unleidlich war.»

Jetzt war es an ihrer Mutter zu weinen.

«Na, kommt schon», beschwichtigte ihr Vater sie. «So geht das nicht. Ihr bringt die Zwillinge noch ganz durcheinander. Lächle, bevor du gehst. Nächste Woche kommen wir nach London, um ins Theater zu gehen, dann sehen wir euch ja bald wieder. So, und jetzt fahr und ruf uns an, sobald du zu Hause bist.»

Als Sophie aufbrach, rang sie sich ein Lächeln und ein fröhliches Winken ab, doch sobald sie außer Sichtweite war, bog sie in einen Feldweg und heulte vor Selbstmitleid. Als Freddy ebenfalls zu weinen anfing, musste sie sich zusammenreißen.

«Tut mir Leid, ihr Süßen», sagte sie. «Mami ist albern. Jetzt geht es ihr wieder besser. Wisst ihr was? Heute Abend kommt Maeve uns besuchen. Das wird bestimmt lustig.»

Als Maeve schließlich an ihrer Tür klopfte, war es schon nach zehn Uhr, und Sophie war wütend. Auf der Rückfahrt hatte sie im Supermarkt Steaks, Salat und billigen Wein besorgt, aber jetzt war es zu spät, noch zu kochen. Sie war zu müde. Die Zwillinge hatten während der Fahrt fast unentwegt gequengelt und gezankt und waren erst fünf Minuten vor Ende der Fahrt eingeschlafen. Als sie die beiden mit roten, verweinten Gesichtchen zu Hause auf den Boden stellte, war die Wohnung kalt, feucht und ungemütlich.

«Seid still!», fuhr sie die Kinder an. «Seid still! Alle beide! Ich halte das nicht aus. Ich tu ja, was ich kann. Mir gefällt das auch nicht.» Ihr war klar, dass es unsinnig war, so mit Babys zu reden. Ihr barscher Ton ließ die beiden nur noch entschlossener brüllen, und sie steckte sie ohne Umstände in ihre Betten, wo sie bebend vor Wut mit offenen Mündern dastanden.

Nachdem sie den Wagen ausgeladen und die Heizung aufgedreht hatte, zog sie die Vorhänge zu und schenkte sich einen Drink ein. Sobald sie sich ein bisschen beruhigt hätte, wollte sie die Zwillinge waschen, für die Nacht umziehen, sich mit ihnen aufs Sofa kuscheln und ihnen eines ihrer Lieblingsbücher vorlesen. Es war ihre Pflicht, ihnen Sicherheit und Geborgenheit zu geben, auch wenn ihre eigene Welt keines von beidem besaß. Sie schämte sich ihrer Schwäche und erinnerte sich an die aufrüttelnden Fernsehbilder von jungen Müttern, die mit ihren weinenden, hungrigen Babys durch verschneite Landschaften flüchteten oder sich auf Traktorhängern drängten, während hinter ihnen ihre Häuser zerbombt oder niedergebrannt wurden.

Ich darf mich nicht beklagen, sagte sie sich. Überhaupt nicht. Sie war froh, dass Maeve bald kommen würde.

Maeve kam mit dem Taxi, was schon die erste Überraschung darstellte. Sophie war auf dem Sofa eingeschlafen, wachte aber auf, sobald sie Maeve auf der Straße mit dem Taxifahrer reden hörte, bevor sie an ihrer Tür klingelte. Da stand sie, gut aussehend mit Sophies Reisetasche und einem karierten Köfferchen in einem marineblauen Jackett und einem weichen roten Schal. In einer Wolke frischer Luft und teuren Parfüms küsste sie Sophie.

«Soph, Schatz, guck nicht so böse. Es tut mir Leid, dass ich so spät komme, aber siehst du, dein Telefon ist nicht richtig aufgelegt.» Sie deutete auf den Apparat. «Ich habe versucht, dich anzurufen.» Als Sophie später darüber nachdachte, fiel ihr auf, dass das nicht stimmen konnte. Ihr schnurloses Telefon besaß keine Gabel, auf die man den Hörer hätte legen können. Es war typisch, dass Maeve sich mit einer Lüge herausredete und sie ihr glaubte. «Ich bin einfach nicht weggekommen», erklärte Maeve. «Weißt du, geregelte Arbeitszeiten gibt es in dem Job nicht. Du kannst nicht einfach abhauen, wenn deine Arbeitszeit um ist, und diese Frau von der Agentur hatte einen Platten und kam zu spät, um mich abzulösen. Ich musste einen späteren Zug nehmen.» Maeves Atem roch nach Alkohol.

«Du hast getrunken», wandte Sophie ein, bereute es aber sofort. Sie klang vorwurfsvoll und weinerlich.

«Habe ich, Schätzchen», sagte Maeve, kramte in ihrer Tasche und holte eine teure Flasche Scotch heraus. «Ich habe im Taxi einen Schluck getrunken. Hier.» Sie reichte Sophie die Flasche und warf ihren Mantel aufs Sofa. «Ich muss mal.» Damit verschwand sie im Badezimmer und ließ Sophie mit der Flasche in der Hand stehen.

Beunruhigt betrachtete Sophie den offenbar neuen Mantel mit dem teuren Etikett. Der Mantel, das Taxi, der Scotch, der Koffer, in dem Gott weiß was war. Der rote Schal, den sie vom Boden aufhob, war aus Kaschmirwolle. Was heckte Maeve bloß aus? Sophie stellte die Flasche Whisky auf die Arbeitsplatte in der Küche. Sie wollte sie nicht anrühren, geschweige denn davon trinken.

«Maeve», sagte sie, als ihre Freundin wiederkam. «All dieses Zeug. Wo kommt das her?» Erleichtert stellte Sophie fest, dass ihre Freundin immer noch die Kleider trug, die sie in dem Second-hand-Laden um die Ecke gekauft hatte.

Maeve schaute sie scharf an. «Moment mal, Mädchen. Sei nicht so misstrauisch. Glaubst du etwa, ich hätte sie ausgeraubt oder so was?»

Genau das war Sophie durch den Kopf gegangen, aber sie musste es abstreiten. «Natürlich nicht. Aber woher hast du die Sachen? Ich meine, dieser Mantel muss ein Vermögen gekostet haben …»

«Ja. Vor dreißig Jahren. Komm schon, Sophs. Ganz locker. Freust du dich denn gar nicht, mich zu sehen? Tut mir Leid, dass ich so spät komme.» Unterdessen kramte sie im Kühlschrank herum und entdeckte die Steaks. «He, he! Was ist das denn? Soll ich kochen?» Sie schenkte zwei Gläser Whisky ein und reichte Sophie eins. «Steak-Sandwich? Wie wär's? Du hast ein Ciabatta in der Kühltruhe … Kräuterbutter mit viel Knoblauch und Senf. Ist doch noch nicht zu spät, oder?»

Allein beim Gedanken an den Geruch von gebratenem Fleisch wäre Sophie eben noch schlecht geworden, aber Maeve hatte ihr Appetit gemacht.

«Klingt großartig. Entschuldige. Ich bin völlig erschlagen. Ich bin heute Nachmittag erst nach Hause gekommen. Die Zwillinge waren grässlich. Oder vielmehr, ich war grässlich. Ich war es leid, auf dich zu warten. Muss wohl eingeschlafen sein. Tut mir Leid.» Sie streckte den Arm aus, aber Maeve schlug nach ihrer Hand. Körperkontakt war nicht ihre Sache.

«Setz dich mit deinem Drink wieder aufs Sofa», befahl sie. «Während ich koche, kannst du mir was erzählen, und dann erzähle ich dir alles über mich. Das ist vielleicht eine Geschichte.»

«Na ja, mir geht's gut», erklärte Sophie wenig überzeugend. «Ich meine, uns allen geht es gut. Das Wochenende war nett, wirklich. Es war schön, aus London rauszukommen …» Sie brach ab. Es gelang ihr nicht, über sich zu sprechen und unterhaltsam zu sein. Ich bin so langweilig, dachte sie. «Gut», «nett», obwohl es in mancherlei Hinsicht alles andere als gut ging und ganz und gar nicht nett war. Offenbar verfügte sie nicht über das geeignete Vokabular, um zu schildern, wie es ihr tatsächlich ging und wie sie sich in Wirklichkeit fühlte. Sich immer tapfer geben. Ihren Eltern gegenüber und jetzt auch ihrer besten Freundin gegenüber.

Sie spürte einen dicken Kloß im Hals und spülte ihn mit einem großen Schluck Whisky hinunter, um nicht in Tränen auszubrechen. Ich bin nur müde, dachte sie. Müde und von Hormonen überschwemmt.

«Aber sag mal, wieso diese Geheimniskrämerei mit dem Telefon?», fragte sie. «Wieso hast du mich nicht angerufen? Wieso lässt du mir von Mohammed etwas ausrichten?»

«Ach! Das ist wegen Lady P. Eine richtige alte Schreckschraube. Sie hat gern alles unter Kontrolle. Es gibt nur ein Telefon, und das steht in ihrem Schlafzimmer, und ich darf es nicht ohne ihre Erlaubnis benutzen. Ich konnte nur anrufen, als sie im Badezimmer war. Ein paar Mal habe ich versucht, dich zu erreichen, aber du warst nie zu Hause. Ich wusste, dass ich Mohammed auf der Arbeit erreichen konnte. Aber das werde ich alles noch ändern. Ich lasse mich nicht wie ein Dienstmädchen behandeln. Wo hast du den Senf, Soph?»

«Im Schrank rechts neben dem Kaminvorsprung.»

Maeve kramte im Schrank herum und holte die Pfanne heraus. Bald verbreitete sich der köstliche Duft nach heißem Olivenöl und Knoblauch, der Sophie immer an Urlaub im Ausland erinnerte.

«Wie geht es deinen Eltern?», rief Maeve über das Brutzeln des Fleischs und das Brummen der Abzugshaube, was Sophie Gelegenheit gab, wieder ein «Gut» oder «Sehr gut» einzuflechten. Jetzt fing sie tatsächlich an zu weinen. Große Tränen kullerten ihr über die Wangen, während sie zusammengekauert auf dem Sofa hockte und ihr Glas an sich drückte. Schwungvoll schob Maeve die brutzelnden Steaks in das vorgewärmte Brot, das vor Kräuterbutter triefte.

«Mmm», sagte sie und reichte Sophie einen Teller. Es war ein deftiges Essen, das gut gekaut werden wollte und vorerst jede Unterhaltung unmöglich machte. Maeve saß auf einem Kissen zu Sophies Füßen, den Rücken gegen das Sofa gelehnt. Sophies Tränen hatte sie nicht bemerkt.

«So», sagte sie, wischte sich den Mund und trank an ihrem Whisky. «Und jetzt erzähl ich dir alles.»

Kapitel 3

Also, ich fange ganz am Anfang an», sagte Maeve. «Weißt du, wie es war, als ich aus London losgefahren bin? Ich war nicht gerade begeistert über den Job als solchen, aber gleichzeitig wirklich froh, dass ich für die nächsten Monate was gefunden hatte. Ich erwischte den Frühzug. Das Kostüm hatte ich nicht angezogen, mich aber einigermaßen ordentlich zurechtgemacht und sah respektabel genug aus, um eine alte Dame nicht zu erschrecken. Der Zug fuhr ins tiefste Devon oder sonst wohin und setzte mich mit deiner Reisetasche am Bahnhof ab. Eingleisige Strecke, nichts als Ruhe und Frieden. Muhende Kühe, ländlicher Geruch und so. Auf dem Parkplatz nur Kombis und Allradantriebe. Keine Taxis. Und ich! Jesses, dachte ich. Das halte ich nicht aus. Das ist nicht meine Szene. Sobald die Leute merken, dass ich Irin bin, denken sie, ich bin auf einem schwarzweißen Pony im Hochmoor aufgewachsen. Du weißt ja, dass das nicht stimmt. Ich bin Städterin. Habe in meinem ganzen Leben noch keine Gummistiefel besessen. Kenne nicht einen einzigen Vogel mit Namen. Kann keine Eiche von einer Esche unterscheiden. Durch und durch Städterin. Wo der Asphalt endet, hört für mich das Leben auf. Da stand ich also in all diesem Grün und der Feuchtigkeit und dachte: Soph hatte Recht, das ist ein Riesenfehler.

Dann kam ein Taxi, und ich sagte: ‹He, können Sie mich zu dieser Adresse fahren?› Der Taxifahrer sagte: ‹Kein Problem, meine Liebe›, und verstaute meine Sachen im Kofferraum. ‹Steigen Sie ein›, sagte er mit einem Seitenblick auf mich. ‹Und was machen Sie hier?›

Genau wie die Iren – neugierig. Das bin ich gewöhnt. ‹Ich soll mich um Lady Pamela in einem Haus kümmern, das Charlton heißt. Kennen Sie sie?›

Er schaute mich wieder an und sagte: ‹Verdammt! Das glaub ich nicht!›

‹Wieso nicht?›, fragte ich.

‹Sie sehen nicht so aus›, sagte er. ‹Nicht wie die anderen.›

‹Die anderen?›, fragte ich. ‹Waren es schon viele?›

‹O ja. Schon eine ganze Reihe.›

‹Wie ist sie denn nun?›, fragte ich.

Er dachte ein Weilchen nach und sagte: ‹Also, sie ist ne richtige Lady, das steht fest.›

‹Das kann alles heißen›, sagte ich. ‹Erzählen Sie mir von den anderen.›

‹Die waren nicht wie Sie!›, war alles, was er sagte. Dabei fuhren wir die ganze Zeit langsam durch diese triefend grüne Landschaft, mussten immer wieder mal anhalten, um einen Trecker vorbeizulassen, kamen an Bauernhäusern und Cottages vorbei, wie man sie auf Weihnachtskarten sieht, allerdings in strahlend weißem Schnee mit Sonnenschein, nicht in dickem braunem Morast. An den Toren standen Kühe bis zu den Knien im Matsch, und auf den schlammigen Wegen häuften sich Kuhfladen. Ich hatte das Gefühl, lebendig in einem Misthaufen begraben zu werden.

‹Sind wir noch nicht bald da?›, fragte ich. Man hatte mir gesagt, das Haus sei nicht weit vom Bahnhof.

‹Fast›, sagte er. ‹Es ist nicht mehr weit. Die Tour mache ich alle vierzehn Tage mit ihrem Freund.›

‹Ihrem Freund?›, fragte ich. ‹Wessen Freund?›

‹Ihrem. Lady Pamelas.›

‹Lady Pamelas?› Ich dachte, ich hätte mich verhört. ‹Lady Pamela ist an die Achtzig. Sie kann doch unmöglich einen Freund haben.›

‹Nicht?! Ich bin fest gebucht, ihn alle zwei Wochen vom Zug aus London abzuholen. Er verbringt den Tag in Charlton und fährt mit dem Sechs-Uhr-fünfundzwanzig-Zug zurück. Im Sommer ein bisschen später. Regelmäßig wie ein Uhrwerk. Kommt schon seit Jahren. Netter alter Herr. Ich nenne ihn Mr Sam. Sagt, er ist Kunsthistoriker. Schreibt Bücher und so. Es heißt, er ist schon seit dreißig Jahren ihr Freund.›

Jesses, dachte ich, und war gleich ein bisschen munterer. Ein Freund ließ hoffen, dass Bettpfannen, Geseire und Demenz nicht alles war. Dann bogen wir in einen winzigen Weg an einem kleinen grünen Dreieck ein und fuhren durch ein Tor zu einem wirklich schönen Haus. Ich weiß nicht, was ich eigentlich erwartet hatte, vermutlich etwas Großartiges wie in *Wiedersehen in Brideshead*, weil dieser Bankier, Bentham, so reich aussah. Aber es sah weder riesig noch hochherrschaftlich aus, sondern hübsch und gemütlich. Ein Haus, wie die BBC es für eine Jane-Austen-Verfilmung nehmen würde. Ein Reithosen- und Häubchen-Haus, das mit seiner großen Haustür und den Fenstern aussieht, als ob es lächelt – verstehst du, was ich meine? Ein Haus mit lächelndem Gesicht?

Vor dem Haus stand ein Wagen. Eine von diesen kleinen grässlich lindgrünen Karren mit dicken Hintern. Du weißt schon, so eine Farbe, von der man sich nicht vorstellen kann, dass jemand sie freiwillig aussucht. Ein Auto, wie sie immer an der Spitze einer langen Schlange zu finden sind, während die Fahrer der anderen Wagen vor Wut kochen. Er war voll gepackt, offensichtlich war jemand dabei abzureisen. Ich bezahlte den Taxifahrer; er hieß George, gab mir seine Visitenkarte und sagte mir, er würde kommen und mich retten, wenn ich mal verzweifelt wäre. Gerade wollte ich den Türklopfer an der Haustür betätigen, als die Tür aufging und eine Frau herausgestürzt kam. Ende fünfzig, rosiges Gesicht, rosa Pulli, dick, Hosen, Kinderstiefelchen mit hohen Absätzen, dümmliches Gesicht. ‹Ich bin Mrs Cook›, sagte sie, ‹und Sie müssen Maeve sein.› (Sie sprach es aus wie Mauve). ‹Ich kann nur sagen, dass ich Ihnen alles Gute wünsche, meine Liebe. Ich mag Lady Pamela sehr, aber ich muss sagen, dass sie äußerst anstrengend geworden ist. Und unverschämt. Wenn ich eins nicht ertragen kann, dann ist es Unverschämtheit. Und Undankbarkeit.›

Guter Start, was? Ach, Mrs Cook, ich persönlich liebe gerade diese beiden Eigenschaften. Sie zeigte mir im Schnelldurchgang das Haus, bis wir schließlich in ein kleines Wohnzimmer kamen, wo sie bergeweise Papiere und Listen vorbereitet und an eine Kork-Pinnwand geheftet hatte. Namen und Telefonnummern, den Tagesablauf und solche Sachen. Sie zeigte mir Lady Pamelas Pillen und sagte, sie käme nicht mehr allein damit zurecht, und erklärte, das Abendessen stehe in der Speisekammer bereit. Dann verschwand sie, als ob sie es gar nicht abwarten könnte, sich aus dem Staub zu machen. Ich stand in der Tür und sah ihrem Wagen nach.

Als sie weg war, fühlte ich mich ganz komisch. Es war unglaublich still. Das Haus war leer und ruhig. Lady Pamela machte angeblich oben ein Mittagsschläfchen. Und ich stand da in einem völlig fremden Haus mit dieser riesigen Verantwortung auf den Schultern. Ich hätte George anrufen und mich aus dem Staub machen können, ohne dass jemand mich hätte aufspüren können. Aber das tat ich natürlich nicht. Ich ging hinein, schloss die Tür und schaute mich ausgiebig um, wobei ich mir vorkam wie ein Eindringling – es ist schon komisch, in den Möbeln und Sachen anderer herumzuschnüffeln.

Mir fiel auf, dass es Unmengen schöner antiker Möbel, Bilder und Zeug gab, was ein hübsches Sümmchen wert sein musste, dass aber in letzter Zeit kaum was am Haus gemacht worden war. Keine Zentralheizung, nur schäbige alte Teppiche, blätternde Farbe, schmuddelige Tapeten. Es gab eine unglaublich antiquierte Küche mit Speisekammern, eine Art Milchküche und eine Stiefelkammer voll mit komischen alten Gartenhüten, uralten Schuhen, einem modernen zusammenklappbaren Rollstuhl und einer Art Nachtstuhl, der mir ganz und gar nicht gefiel.

Mrs Cook hatte sich in einem kleinen Wohnzimmer mit Lehnsessel, Elektroöfchen und Fernseher eingerichtet. Zwei verdorrte Topfpflanzen und eine halbe Flasche Tia Maria ohne Schraubverschluss, aber mit toten Fliegen hatte sie da gelassen. Das Abendessen, das ich in der Speisekammer fand, bestand aus ein paar Scheiben von diesem hauchdünnen, eckigen nass-rosa Zeug, das sich Schinken schimpft, einem Paket Fertigpüree, zwei Tomaten und einem wässrigen Reispudding. Sie hatte eine Art Politik der verbrannten Erde betrieben. George, ich werde dich brauchen, dachte ich. Es ist ein Großeinkauf im Supermarkt fällig.

An der Vorderseite des Hauses gab es ein hübsches Wohnzimmer mit hohen Fenstern und Blick in ein friedliches Tal und ein ziemlich großartiges Esszimmer, aber sie wirkten unbewohnt und allzu ordentlich, wie Kulissen für ein Stück, das noch nicht angefangen hat. Die offenen Kamine waren schwarz, leer und sauber gefegt. Nach meiner Einschätzung hatten sie seit einer Ewigkeit kein Feuer mehr gesehen.

Dann ging ich nach oben. Neben der Küche entdeckte ich eine kleine knarrende Hintertreppe für Dienstmädchen und Gesinde vermutlich, aber die Haupttreppe war breit und hatte in der Mitte der Stufen einen altmodischen roten Treppenläufer. An den Wänden hingen Jagdszenen, meist mit eleganten Männern mit Zylindern, die in Gräben fielen, andere zeigten, wie Vögel, Hirsche oder bedrohte Tierarten, vermute ich, geschlachtet wurden. Als sich oben auf dem dämmrigen Flur etwas bewegte, bekam ich einen mächtigen Schrecken, aber es war nur ein kleiner haariger Hund, der freundlich mit dem Schwanz wedelte. Es war einer von diesen formlosen Hündchen, bei denen man zweimal hingucken muss, um zu erkennen, wo vorne und hinten ist. Er sah ziemlich alt und zausig aus. Wie ein Krebs tappte er seitwärts und verschwand in einem Zimmer, dessen Tür offen stand. Da ich drinnen ein Radio hörte, klopfte ich an die Tür, worauf eine sehr wache und jung klingende Stimme ‹Herein!› rief. Sie schlief überhaupt nicht, sondern lag im nachmittäglichen Zwielicht.

Es war mir unangenehm, in ihr Schlafzimmer zu gehen, während sie im Bett lag. Soweit ich sehen konnte, lag sie angezogen unter der Bettdecke in einem großen alten Mahagonibett. Als sie an der Nachttischlampe herumfummelte, sagte ich: ‹Das kann ich machen!› Darauf sagte sie: ‹Ich bin nicht völlig behindert, wissen Sie›, dann warf sie etwas um und fluchte ‹verdammt› oder etwas ähnlich Unflätiges; sobald das Licht anging, musterten wir uns eingehend.

‹Also, Sie sind viel zu jung›, erklärte sie. ‹Was denkt Henry sich eigentlich?›

‹Bin ich nicht›, sagte ich. ‹Ich bin gar nicht so jung, wie ich aussehe. Genau wie Sie.› Das gefiel ihr. Ich merkte sofort, dass sie eitel war.

‹Kommen Sie näher›, sagte sie. ‹Also wirklich, Sie sind ja winzig. Kaum größer als ein Kind.›

‹Etwa so wie Sie, schätze ich›, antwortete ich, weil ich sah, wie klein sie war. ‹Aber was zählt, ist doch die Qualität, oder? Ich mag zwar klein sein, aber ich bin eine zähe kleine Stute, wie man da, wo ich herkomme, über Pferde sagt.› Ich weiß nicht, woher ich das hatte, es kam mir aus dem Nichts in den Sinn. Ich meine, wo ich herkomme, redet kein Mensch über Pferde. Jedenfalls kam es bei ihr gut an.

‹Natürlich, Sie sind Irin. Woher kommen Sie? Kennen Sie die Carews, die Castlemains, die Guinnesses? Das waren alles Freunde von uns, von Bumper und mir.›

‹Die Namen kenne ich natürlich. Aber mein Vater ist der Erste aus meiner Familie, der nicht mit vierzehn von der Schule abgegangen ist. Um was Besseres zu werden. Er ist Anwalt. Ich habe mein Bestes getan, die Familientradition der Nutzlosigkeit fortzuführen, und deshalb bin ich jetzt hier gelandet. Oh, das klingt unhöflich …› Aber Lady Pamela lachte. Sie hatte ein winziges runzeliges Gesicht und einen breiten Mund wie ein Äffchen, und ihr weißes Haar war zu einem geraden Pagenkopf geschnitten.

‹Was kann ich jetzt machen?›, fragte ich, um eifrig und willig zu wirken.

‹Gehen Sie raus, während ich aufstehe›, sagte sie.

‹Okay. Ich gehe und bringe meine Reisetasche nach oben.›

Ich hatte mir die anderen Schlafzimmer angesehen und das Zimmer auf der gegenüberliegenden Seite des Flures entdeckt, wo Mrs Cook geschlafen hatte. Sie hatte das Bett abgezogen und die Decken gefaltet, aber ein Hühneraugenpflaster und benutzte Papiertaschentücher im Papierkorb liegen lassen. Ich wollte lieber oben in den Mansarden wohnen, die weniger erdrückend eingerichtet waren und eine herrliche Aussicht hatten, auch wenn der Anblick der vielen Felder mich dazu treiben könnte, aus Verzweiflung aus dem Fenster zu springen.

Ich packte meine Tasche aus, bezog das Bett mit frischer Wäsche aus dem Wäscheschrank und ging wieder zu Lady P., um zu fragen, ob sie eine Tasse Tee wollte. Sie war auf und trug einen Tweedrock, der sich hinten wohl in der Unterhose verfangen hatte. ‹Gehen Sie nicht nach unten?›, fragte ich.

‹Nicht seit meiner Hüfte›, sagte sie. ‹Die Letzte wollte die Verantwortung nicht übernehmen, mich hinunter und hinauf zu bringen.›

Ich musterte das Dreieck aus Lehnsessel, Tischchen, an dem sie wohl ihre widerlichen Mahlzeiten aß, und Bett. Das war ihr Leben. Ich konnte mir nicht vorstellen, wo sie ihren Freund unterbrachte, wenn er sie besuchte. Doch sicher nicht im Bett?

‹Ich helfe Ihnen nach unten, wenn Sie möchten›, bot ich an.

Statt meine Großzügigkeit zu honorieren, fragte sie: ‹Wo haben Sie Ihre Sachen hingebracht?› Als ich es ihr sagte, wurde sie richtig kratzbürstig und erklärte, ich könnte nicht oben wohnen, ich müsse da schlafen, wo Mrs Cook geschlafen habe, oben würde ich nicht hören, wenn sie mich um Hilfe riefe.

‹O doch, das höre ich›, erklärte ich. ‹Ich habe Ohren wie ein Habicht.› Über diesen völlig unpassenden Vergleich mussten wir beide lachen, obwohl sie wütend auf mich war.

‹Sie sind ein albernes Mädchen›, sagte sie. ‹Ich weiß wirklich nicht, was Henry sich dabei denkt, Sie herzuschicken. Sie müssen wieder gehen.›

Ich ignorierte diese Bemerkung und sagte: ‹So, wenn Sie keinen Tee möchten und mich nicht brauchen, gehe ich jetzt spazieren, und dann schau ich mal, was ich aus diesem grässlichen Abendessen machen kann, das man uns hingestellt hat.›

‹Sie können nicht spazieren gehen›, wandte sie ein. ‹Sie haben nicht frei. Sie haben noch nicht Feierabend.›

‹Ich gehe nicht weit›, versicherte ich ihr. ‹Willst du mitkommen, du hässliches Hündchen?› Ich stupste ihn mit dem Fuß an.

‹Nein, Esau geht nicht mit Ihnen›, sagte sie. ‹Er lässt mich nie allein.› Aber er stand auf, wedelte mit dem Hinterteil und trippelte mit mir die Treppe hinunter.

Du alte Hexe, dachte ich grinsend bei mir. Man muss schon selbst eine Hexe sein, um eine andere zu erkennen, stimmt's, Soph?»

Maeve griff nach der Flasche, die sie neben sich auf den Boden gestellt hatte, und schenkte ihr Glas nach. Als sie Soph noch etwas Whisky anbot, legte diese die Hand auf ihr Glas. «Ich darf nicht», sagte sie. «Ich muss morgen früh mit den Zwillingen aufstehen. Da kann ich nicht auch noch einen Kater vertragen.»

«Wer will schon Mutter sein?», sagte Maeve. «Was für ein Preis, um sich von Fergus bumsen zu lassen.»

Sophie stöhnte. «Erinnere mich nicht daran. Erzähl weiter.»

«Also, um es kurz zu machen», sagte Maeve, «ich schaute mich draußen ein bisschen um und entdeckte unter anderem einen Hühnerstall und einen ziemlich großen Gemüsegarten. Ich hatte keine Ahnung, wo Hennen ihre Eier legen, wenn sie welche legen, aber ich fand ein kleines Türchen im Hühnerhaus und dahinter vier kleine Nistkästen und vier braune Eier. Da die Hennen anscheinend nichts dagegen hatten, dass ich sie ihnen wegnahm, steckte ich sie in die Tasche. Im Gemüsegarten wuchs Rosenkohl, Lauch, Zwiebeln, Spinat und Brokkoli. Ich holte mir eine Plastiktüte aus dem Haus und pflückte etwas Spinat. Dabei rechnete ich damit, dass mich jeden Moment jemand anbrüllen würde, aber es war niemand da, und da das Gemüse für Lady Pamela war, fand ich es durchaus vertretbar, mich zu bedienen. Offensichtlich war hier das Territorium des Gärtners, von dem Bankier Bentham mir erzählt hatte. Ich schnüffelte in den Nebengebäuden hinter dem Haus herum und entdeckte einen leeren

Kohlenschuppen und einen Holzschuppen mit einem kleinen Stapel Kaminholz. Außerdem fand ich ein Fahrrad, das bis auf die platten Reifen halbwegs in Ordnung schien. Der Hund war mir längst abhanden gekommen. Da es allmählich dunkel wurde, ging ich in die Küche, schaltete das Licht an, fand ein Radio, wusch den Spinat und stellte Geschirr, Tafelsilber und hübsche Weingläser aus dem Esszimmerschrank auf ein Tablett. Mrs Cook hatte mir aufgetragen, das Abendessen um Punkt sieben Uhr zu servieren. Ich suchte an allen erdenklichen Stellen nach alkoholischen Getränken, fand aber nichts. Daher ging ich hinauf, klopfte an Lady Pamelas Tür und ging hinein, um die Vorhänge zuzuziehen, die Sachen wegzuräumen, die sie auf dem Boden verstreut hatte, und ihr Bett zu machen. Sie ließ sich von mir Kamm, Spiegel und Lippenstift geben und zog sich die Lippen nach, wobei sie ihren Mund einigermaßen traf.

‹Wo ist Esau?›, fragte sie.

‹Keine Ahnung. Er ist abgehauen, als ich mich draußen umgeschaut habe.›

Das freute sie offensichtlich. ‹Ich habe Ihnen ja gesagt, dass er nicht mit Ihnen gehen wird›, sagte sie mit triumphierendem Grinsen.

‹Möchten Sie einen Aperitif? Die Sonne steht über der Rahnock und so.›

Sie musterte mich scharf. ‹Trinken Sie?›, fragte sie.

‹Na klar›, antwortete ich. ‹Aber unten habe ich nichts gefunden. Wo steckt das Zeug?›

Eine Weile schaute sie mich an. Ich sah, dass sie überlegte, ob ich Säuferin bin. Anscheinend kam sie zu dem Schluss, dass ich keine bin, denn sie sagte: ‹Ich habe ein paar Flaschen hier oben. Im Schrank da drüben. Sam hat sie mitgebracht.› Sie deutete auf eine Tür, hinter der ich einen tiefen Wandschrank fand – fast schon ein Ankleidezimmer – mit Stangen voller Kleider und Regalen mit Hutschachteln und Schuhen. In einem Karton gab es neben ein paar leeren Flaschen eine große Flasche Gin, etwas Sherry und Wermut. Ich holte Gin und Wermut heraus.

‹Gin und so?›, fragte ich. ‹Möchten Sie das? Sicher mit Eis und Zitrone oder lieber mit einer gefüllten Olive? Ob ich das unten finde?›

‹Es geht auch so›, sagte sie und deutete auf ein schweres Kristallglas auf einem Tablett. ‹Ich glaube kaum, dass ich gesagt habe, Sie könnten auch einen haben›, fügte sie hinzu, als sie merkte, dass ich mich nach einem zweiten Glas umsah.

‹Na, kommen Sie!›, sagte ich. ‹Christlich teilen! Ich soll doch eine Gesellschafterin sein, oder? Es ist nicht sonderlich gesellig, allein zu trinken. Ich sage Ihnen was, wenn wir diese Flasche leer gemacht haben, bezahle ich die nächste. Wie wär's?›

Sie musste lachen. ‹Na, dann los.›

Ich lief nach unten und kam mit Eis in einer Schale und einem zweiten Glas zurück. Zitrone oder Oliven gab es nicht. Ich weiß gar nicht, wieso ich mir überhaupt die Mühe machte, danach zu suchen.

Ich mixte uns einen starken Drink, suchte Papier und Stift, schrieb eine Liste, was wir alles brauchten, und las sie ihr vor.

‹Meine Liebe, Sie glauben wohl, ich strotze vor Geld? Was für eine lächerliche Liste. Ich esse kaum etwas.›

‹Also, ich schon. Ich lass mich morgen von George in die Stadt fahren und mache einen Großeinkauf. So, ich schenke noch einmal nach, und dann mache ich Ihnen Abendessen.›

Als ich ihr pochierte Eier auf dampfendem Spinat brachte, war sie angenehm überrascht. Sie behauptete zwar, das könne sie unmöglich alles essen, sonst würde sie die ganze Nacht wach liegen, schlang es aber trotzdem komplett hinunter. Ich nehme an, sie war halb verhungert. Ich aß mit dem Teller auf den Knien in ihrem Zimmer, obwohl sie mir sagte, Mrs Cook habe nie mit ihr gegessen. ‹Also, ich hasse es, allein zu essen›, sagte ich.

Hinterher fragte ich, ob sie ein Kreuzworträtsel machen oder Scrabble spielen wolle, aber sie guckte mich an, als ob ich verrückt wäre. Dieses ganze Zeug, das Bankier B. mir erzählt hatte, war Blödsinn. Sie sagte: ‹Sicher nicht. Ich möchte mir *The Bill* ansehen.› Also ging ich, meine Sachen wegräumen, was etwa fünf Minuten dauerte. Ich stöberte noch ein bisschen in den anderen Zimmern herum, verschaffte mir einen Überblick über den Grundriss des Hauses und entdeckte das Badezimmer, das ich benutzen sollte. Es war eisig kalt, da es nur einen winzigen Heizstrahler an der Wand hatte. Gut, dass wir im Internat waren und jahrelang ohne jeden Komfort auskommen mussten, stimmt's, Soph? Wie es in Mrs Cooks Anweisungen stand, brachte ich gegen neun Uhr eine heiße Schokolade nach oben und machte das Teetablett für den Morgen fertig. Lady P. macht sich morgens selbst eine Tasse Tee, weil sie immer früh wach ist. Ich blieb noch ein bisschen bei ihr, um zu sehen, wie viel Hilfe sie beim Ausziehen brauchte. Durch die Arthritis in ihren Händen hatte sie Schwierigkeiten mit Knöpfen, und so schlug ich vor: ‹Kommen Sie, ich mache das.› Ich knöpfte ihr Strickjacke und Bluse auf und bemühte mich, das komische alte Unterhemd und ihren Körper zu übersehen, der wirkte wie ein gerupftes Hühnchen. Auch mit ihrem Rock kam sie nicht zurecht, daher öffnete ich Knopf und Reißverschluss und machte mich aus dem Staub, allerdings erst, nachdem sie hoch herrschaftlich gesagt hatte: ‹Sie können gehen.› Ich hörte sie ins Bad schlurfen, um sich zu waschen. Ich wartete ein Weilchen, bevor ich noch einmal an ihre Tür klopfte und fragte, ob sie noch etwas brauche und ob ich ihr ins Bett helfen solle, aber sie sagte nur in ziemlich scharfem Ton: ‹Ich bin nicht völlig behindert, wissen Sie. Sie können diese grässliche Musik leiser machen.› Sie konnte das Küchenradio hören. ‹Okay. Schlafen Sie gut›, sagte ich, dachte aber im Stillen: Du jämmerliche alte Fledermaus. Sie antwortete nicht.

Am nächsten Tag lernte ich die Zugehfrau kennen, Mrs Day, eine schreckliche Plaudertasche, die mit lautstarker Stimme den Lärm des Staubsaugers übertönte. Ich sagte ihr, dass ich nachmittags gern im Wohnzimmer den Kamin anzünden und Lady P. nach unten holen würde, worauf sie Mrs Cooks Trockenblumensträuße im Kamin stapelte und Holzscheite darüber schichtete. Da mildes Wetter herrschte, öffnete ich die Fenster, und wir räumten gemeinsam die Möbel um, damit das Zimmer etwas gemütlicher wurde. Von ihren Qualitäten als Putzfrau war ich nicht gerade angetan. Sie staubsaugt nur die Teppichmitte und verteilt den Staub mit einem Staubwedel, aber sie ist freundlich und hilfsbereit. Ich dachte, von ihr könnte ich einiges erfahren, aber anscheinend kommt sie erst seit ein paar Monaten zu Lady Pamela, nachdem die alte Zugehfrau, die offenbar blind, taub und einbeinig war, sich zur Ruhe gesetzt hatte. Nachmittags putzt Mrs Day auf einem Luftwaffenstützpunkt. Sie bot mir an, mich in ihrem klapperigen alten Auto mitzunehmen, falls ich mal in den Ort müsste. Zweimal wöchentlich spielt sie Bingo, und einen Abend pro Woche geht sie mit ihrem Mann in den Pub, verglichen mit mir führt sie also ein ziemlich ausschweifendes Leben. Frank, ihr Mann, ist Stallknecht auf einem Bauernhof. Sie sagt, da er nach Gülle stinkt, wäscht sie seine sämtlichen Kleider mit Dawnfresh-Weichspüler, worüber wir beide lachen mussten.

Als ich sie nach dem Gärtner fragte, sagte sie, sie habe ihn zwar ab und an gesehen, aber kaum mit ihm gesprochen. Er sei ein bisschen seltsam. Wohnt in einem Cottage ein Stück weiter oben an der Straße. Er heißt Dick Jack oder Jack Dick, das wusste sie nicht so genau. Ich schaute mich draußen nach ihm um und fand ihn beim Kartoffelnausmachen. Er war um die fünfzig, trug eine Wollmütze und schielte auf einem Auge, sodass ein Auge mich ansah, während wir uns unterhielten, und das andere über meine Schulter guckte – sehr irritierend. Er war anscheinend vergrätzt, weil ich Spinat gepflückt hatte, daher erkundigte ich mich, welche Regelung sie über Gemüse und Eier getroffen hätten. Er sagte: ‹Also die konnte sie nicht brauchen. Wollte nie welche.›

‹Wer ist die?›

‹Die Letzte. Die Dicke. Nur gefrorenes Zeug, hat sie gesagt. Allergisch gegen Eier und so.›

‹Also ich hätte gern jeden Tag was Frisches. Wenn Sie nicht möchten, dass ich es selbst pflücke, könnten Sie es bitte für mich tun und es mir an die Hintertür stellen? Auch Eier bitte.› Seine Augen schweiften wild herum.

‹Sie können verschwinden›, sagte er.

Ich sagte strahlend: ‹Danke. Ich werde es Lady Pamela ausrichten. Zum Mittagessen hätte ich gern ein paar Kartoffeln, bitte.›

‹Verschwinden Sie›, wiederholte er, bückte sich aber, hob ein paar Kartoffeln auf und gab mir drei oder vier.

Das war also das Lokalkolorit. Ich hatte George angerufen, und er holte mich nachmittags ab und fuhr mich nach Castle Cary. Ich muss zugeben, dass der Ort eine angenehme Überraschung war. Es ist eine hübsche alte Kleinstadt mit gewundener Hauptstraße und vielen niedlichen kleinen Natursteinhäuschen, alle gut gepflegt mit Katzen zwischen den Geranien im Fenster. Es gibt ein herrliches Eisenwarengeschäft mit Vogelhäuschen, Papierkörben und Plastikschüsseln auf dem Bürgersteig und einen Metzger namens Lush, ‹Saftig›! Ist das nicht herrlich? Das großartige Rathaus sieht aus wie aus einem Roman von Thomas Hardy: Zwei weiße Tauben, ein Uhrturm, und neben einer Stechpalme mit roten Beeren steht eine Holzbank unter einem Hinweisschild für die öffentliche Toilette. Außerdem gibt es noch ein paar interessante Geschäfte – eins verkauft anscheinend nichts anderes als Troddeln für herrschaftliche Vorhänge – und einige urige Pubs. Bankier Bentham hat arrangiert, dass ich bei der Bank, an deren Fassade die Zahl 1826 in Stein gemeißelt ist, Geld von Lady P.s Haushaltskonto abheben kann. Auf der Hauptstraße gibt es einen wirklich guten Supermarkt, der außer Dosenpfirsichen und Weißbrot noch alle möglichen teuren Köstlichkeiten führt. Ich machte einen Großeinkauf und kaufte auch etwas Wein. Nachdem George mich zurückgefahren hatte, schaute er sich noch das Fahrrad an und packte es in den Kofferraum seines Taxis, um es für mich reparieren zu lassen.

Abends machte ich Lady Pamela Lammkoteletts. Sie erklärte zwar, sie könne sie nicht essen, tat es aber dennoch, und dazu tranken wir ein Glas Wein.

Der Wein und das Essen ließen ihre Augen funkeln, aber das hielt nicht lange an. Bald sagte sie mir, ich solle das schmutzige Geschirr wegräumen und ich sei zu laut. Ich half ihr, sich für die Nacht fertig zu machen, und dann ging ich. Als ich die Tür schloss und ‹Gute Nacht, Lady Pamela, schlafen Sie gut›, sagte, antwortete sie nicht.»

Maeve gähnte und reckte sich. ‹Das reicht für heute Abend, Schätzchen. Du siehst geschafft aus, und ich bin beschwipst. Gib mir nur eine Decke, dann lege ich mich aufs Sofa. Gott ist das schön, hier zu sein.»

«Es ist schön, dich hier zu haben», sagte Sophie pflichtschuldig, meinte es aber auch ehrlich.

«Maeve, du erzählen so komische Geschichten, aber ich viel nix verstehen», sagte Mohammed, als alle zusammen am nächsten Morgen in strahlendem Herbstsonnenschein im Park Hampstead Heath spazieren gingen. «Wie kommen, dass du ganz allein mit die alte Dame in diese alte Haus? Wie kommen, dass ihre Familie, Söhne und Töchter sie ganz allein lassen? Sie dich nix kennen, du sie nix kennen – du nettes Mädchen, ja, aber sie nix wissen das. Du sein fremd. In meine Land das nicht möglich. So alte Dame immer leben mit ihre Kinder. Das ist reiche Familie, aber nix gut.»

Zwischen Maeve und Mohammed schob Sophie den Kinderwagen. Sie war glücklich. Mohammed hatte locker den Arm um ihre Schulter gelegt, und Maeve hatte sich bei ihr untergehakt. Ihre Berührung war beruhigend. Sie fühlte sich weniger isoliert, weniger vom Leben abgeschnitten, nicht mehr ganz so vom Leben auf eine einsame Insel gespült. Die Sonne schien und die Bäume leuchteten rotgolden unter dem strahlend blauen Himmel.

«Das ist schon komisch, was», sagte Maeve. «Ich meine, ihre Familie ruft ziemlich oft an, aber ehrlich gesagt, es könnte Gott weiß was passieren. Ich kümmere mich wenigstens einigermaßen um sie. Ich meine, sie beklagt sich zwar ständig, und ich glaube, im Grunde haben Henry und die Schwiegertochter aufgegeben. Sie wollen ihre Ruhe haben und von Lady P. so wenig wie möglich belästigt werden. Solange sie nicht völlig vernachlässigt wird und für ihre Grundbedürfnisse gesorgt ist, sitzen sie die Sache einfach aus. Sie stellen sich auf den Standpunkt, dass sie ein langes, schönes Leben hinter sich hat und nicht ewig leben kann. Meine Aufgabe ist eigentlich nur, sie sozusagen zu verwahren. Aber es ist schon komisch, so eng mit jemandem zusammenzuleben, ohne eine echte normale Beziehung zu ihm zu haben. Ich meine, ich bin doch nur da, weil ich dafür bezahlt werde. Ob ich sie mag oder nicht, spielt keine Rolle. Wie ich herausgefunden habe, gab es noch eine Tochter, die jung gestorben ist. Sie war offensichtlich ihr Liebling. Ich nehme an, wenn sie noch leben würde, wäre alles anders. Aber wenn ich so darüber nachdenke, möchte ich bestimmt nicht um meine schreckliche Mutter herumspringen, wenn sie mal alt wird. Lady P. hat ein paar Freunde, die sie anrufen und besuchen, aber sie sind auch schon alle ziemlich alt. Jeden Morgen liest sie zuerst die Todesanzeigen in der Zeitung, um zu sehen, wer von ihnen den Löffel abgegeben hat. Sterben ist das Interessanteste, was sie noch machen.»

Mohammed fiel ihr aufgeregt ins Wort: «Ihr Engländer seid so kalt und frostig wie euer verdammtes Land. Diese alte Dame sollen Liebe fühlen am Ende von Leben, nix Fremde, die nur für Geld da ist.»

«Ich biete eine Dienstleistung an», erklärte Maeve, «und ich wage zu behaupten, dass es mir leichter fällt als ihrer Familie, nett und freundlich zu sein. Mehr wird von mir nicht erwartet. Sie fände es bestimmt furchtbar, wenn ich sie mit Gefühlsduseleien überschütten würde. Eigentlich ist sie ziemlich witzig. Als wir uns neulich zusammen Fotos anschauten, zeigte ich auf eins und fragte: ‹Ist das Ihr Mann?› Aus Höflichkeit sagte ich noch was von einem interessanten Gesicht oder so, worauf sie spontan antwortete: ‹Bumper war ein völliger Langweiler und bestimmt nicht interessant!› Ich sagte: ‹Aber Sie waren doch über fünfzig Jahre mit ihm verheiratet!› Darauf erwiderte sie: ‹Wissen Sie, es gibt Schlimmeres als Langeweile.›»

«Fünfzig Jahre!», sagte Sophie traurig. «Und meine Ehe hat keine zwei Jahre gehalten.»

«Da kannst du dich glücklich schätzen, Kindchen!», erklärte Maeve.

Aufgebracht fiel Mohammed ein: «Ich das alles nix verstehen. Hier sein Sophie, schöne, nette Frau – nein, das ist Wahrheit – mit netten Kindern und kein Mann. Hier sein alte Dame mit reiche Familie, alt und ganz allein mit Maeve, die sich nix für sie interessieren, nur für sich, weil sie auch ganz allein. In mein Land das nix möglich für Frauen. Sie haben immer Familie, die sich kümmert.»

«Moment mal», sagte Sophie, «hier hat man aber auch eine gewisse Entscheidungsfreiheit. Meine Familie hat mich gebeten, wieder nach Hause zu kommen und bei ihnen zu leben, aber ich wollte nicht. Deshalb bin ich allein. Abgesehen davon, dass Fergus mich verlassen hat, meine ich. Maeve ist sicher aus eigenen Stücken allein, und das gilt wohl auch für Lady Pamela. Sie möchte weiter dort leben, wo sie ist.» Sophie wollte es nicht sagen, aber sie hatte in *Marie Claire* entrüstete Artikel über den unsäglichen Stand der Frauenemanzipation in Mohammeds Heimatland gelesen. Sie war sich nicht ganz sicher, ob da nicht irgendwo auch Beschneidung von Frauen mit im Spiel war.

Maeve hatte jedoch keinerlei Bedenken, ihre Meinung zu äußern. «Ja, und wo du herkommst, Freundchen, haben die Frauen keine andere Wahl», erklärte sie rundheraus. «Sie sitzen in ihren Familien fest, die sie behandeln, wie es ihnen passt, manchmal wie Sklavinnen. Komm mir nicht mit diesem Mist. Ich bin in einer ziemlich zerrütteten Familie aufgewachsen und konnte es nicht abwarten wegzukommen.»

Mohammed hüllte sich in beleidigtes Schweigen. Westliche Frauen waren ihm ein Rätsel. Er hatte gesehen, wie sie mit nackten Brüsten in Griechenland am Strand lagen, provozierende Kleider trugen und machten, was sie wollten. Manche benahmen sich sogar wie Männer. Er begriff das nicht. Bei solchen Frauen war es kein Wunder, dass in England die Familien nicht funktionierten.

«Aber du kannst sagen, was du willst, ich habe die alte Schachtel aufgemuntert», erklärte Maeve. «Ich sorge dafür, dass sie anständiges Essen bekommt und an der Flasche hängt. Für Lady P. ist das eine starke Verbesserung.»

«Und der Whisky, Maeve? Und die Kleider, die du anhattest? All die Sachen in deinem Koffer?» Sophie gefiel es ganz und gar nicht, dieses Thema anzuschneiden, aber sie wollte unbedingt Bescheid wissen.

«Sie hat gesagt, ich soll mir nehmen, was ich will. Sie trägt die Sachen sowieso nicht mehr. Ich habe in ihrem Kleiderschrank herumgestöbert und alles anprobiert. Ich habe etwa die gleiche Größe, die sie früher hatte, obwohl sie sich diebisch gefreut hat, dass meine Taille etwas dicker ist. Sie war begeistert. Es war, als würden alte Erinnerungen wach. Ich schätze, sie war mal ein ganz schöner Feger, wisst ihr. Bumper hat nicht in der Familienbank gearbeitet. Er war Diplomat, daher haben sie einen Großteil ihres Lebens im Ausland in allen möglichen exotischen Ländern verbracht. Sie war kurz nach diesem Happy-Valley-Skandal in Kenya. Es war wohl eine ziemlich pikante Angelegenheit. Sie hat Kleider von Schiaparelli, Balenciaga und Chanel. Natürlich ist das meiste heute unmöglich und gehört vermutlich ins Museum. Aber ich habe mir genommen, was ich haben wollte. Dieser Mantel ist aus Kaschmirwolle. Fühl mal.»

«Und der Whisky, Maeve? Das Taxi? Wie kommt es, dass du dir so was plötzlich leisten kannst?»

«Also, den Whisky habe ich einfach durch die Haushaltskasse geschleust. Guck nicht so schockiert. Wenn ich zusammenrechne, wie viele Überstunden ich mache, verdiene ich etwa zwei Pence die Stunde, da habe ich ja wohl ein Anrecht auf ein paar Extras.»

Sophie stöhnte.

«Und die Kosten für das Taxi, Liebchen – also, ich habe zwei Wochenlöhne bekommen, und da unten gibt's nichts, wo ich sie ausgeben könnte, warum also nicht? Hat mir das Leben leichter gemacht, und außerdem war ich zu spät dran, schon vergessen?»

«Und wie läuft es finanziell?», erkundigte Sophie sich, die

sich schon fragte, wann Maeve wieder auf der Straße liegen würde.

«Ich bekomme pro Woche einen Festbetrag für die Haushaltskasse, den ich bei der Bank in Castle Cary abheben kann. Alle Extrarechnungen muss ich Sohn Henry schicken. Zum Beispiel die Rechnung vom Spirituosenladen, wo ich anschreiben lasse.»

«Was?», fragte Sophie fassungslos. Mit Sicherheit würde Maeve ins Gefängnis wandern.

«Seine Sekretärin sagt, das geht in Ordnung. Ich habe auch eine Satellitenschüssel installieren lassen und einen Videorekorder gemietet. Henry kann es sich leisten. Er schwimmt in Geld. Die alte Schachtel hat nicht mehr viele Jahre zu leben, da soll sie doch so viel Spaß wie möglich haben.»

«Und was ist mit ihrem Freund? Ist er schon aufgetaucht?»

«Noch nicht. Er kommt nächste Woche. Ich werde sämtliche Register ziehen. Ihnen ein richtig schönes Mittagessen kochen. Stell dir mal vor, Mrs Cook hat ihnen eine tiefgefrorene Quiche aus dem Supermarkt hingestellt und sich für den Tag aus dem Staub gemacht. Offenbar passte ihr sein Besuch ganz und gar nicht.»

Es war mal wieder die alte Geschichte, dachte Sophie. Im Vergleich zu Maeves spannenden, faszinierenden Erlebnissen nahm sich ihr eigenes Leben langweilig und öde aus.

Sie setzten sich auf eine Parkbank und holten Freddy und Flora aus dem Kinderwagen. Mit schrillem Lachen, rosigen Gesichtern und glänzenden Augen spielten und tobten sie im goldenen Herbstlaub. Als sie Verstecken spielten und die Kinder ihre Köpfe in ihren Schoß legten, die plumpen Händchen fest auf die Augen gepresst, während Mohammed hinter einem Baum in der Nähe verschwand, dachte Sophie mit aufwallender Liebe, ich bin der glücklichste Mensch auf der Erde, dass ich diesen Augenblick erleben darf.

Mohammed hatte sein Schmollen aufgegeben. Er spielte gern mit den Kindern und wusste instinktiv, womit er sie unterhalten konnte. Allerdings wirkte er müde und ein bisschen exotisch in seiner schwarzen Lederjacke und der Fanmütze des Fußballvereins West Ham United, fand Sophie. Als er sich neben sie setzte, lächelte sie ihn an und erkundigte sich, was seine Arbeit machte. Anscheinend wurde er dort ausgebeutet und unterbezahlt.

«Warum machst du das überhaupt? Sie können dich doch nur so behandeln, weil du illegal hier bist. Wieso fährst du nicht nach Hause zu deiner Familie, die du so vermisst?»

Maeve schnaubte. «Soph, da hat er doch nichts. Keinen Job, keine Zukunft. Er schickt jeden Penny, den er verdient, nach Hause, damit sie was zu essen haben und seine Schwestern auf die Schule schicken können. Er muss hier bleiben und arbeiten.»

Sophie schaute ihn mitfühlend an. Warum kann nicht alles einfacher sein, dachte sie. Menschen müssten ein Recht auf Arbeit, genug zu essen und Sicherheit haben. Auf Liebe. Kinder müssten Väter haben. Warum läuft alles immer so schief?

«Hört mal», sagte Maeve, «ich möchte, dass ihr übernächstes Wochenende zu mir kommt!»

Kapitel 4

Henry», sagte Bunty ein paar Tage später, «man hört kaum noch was von deiner Mutter. Wie kommt dieses neue Mädchen zurecht?»

Sie saßen beim Frühstück, und Henry ärgerte Bunty damit, dass er seine fein säuberlich gefaltete Zeitung gewissenhaft von vorne bis hinten las. Manchmal bekam Bunty gesellige Anwandlungen, und das war heute Morgen der Fall. Sie hatte einen Blick in ihre eigene Zeitung geworfen, ein Boulevardblatt mit großen Schlagzeilen, aber nichts Interessantes entdeckt. Nachrichten aus dem Ausland interessierten sie nicht, da gab es anscheinend nur hungernde schwarze Kinder und bärtige Muslims, die sich gegenseitig umbrachten.

Pflichtschuldig legte Henry seine Zeitung beiseite.

«Anscheinend läuft alles bestens. Mutter hat sich anfangs sehr beklagt. Sie sagte, sie sei zu jung, zu laut und so weiter, aber ich glaube, sie hat sich inzwischen an sie gewöhnt. Mrs Tripp hat sich um ein paar Dinge gekümmert, um die das Mädchen gebeten hat: ein neues Telefon – Mutter hat den einzigen vorhandenen Apparat mit eiserner Hand kontrolliert, was ich gar nicht wusste. Und einen Videorekorder zu mieten scheint mir durchaus vernünftig. Nein, alles in allem läuft es wohl sehr gut.»

Bunty legte den Kopf schief. Ein neues Telefon, Videorekorder. Das gefiel ihr ganz und gar nicht.

«Also, Henry, das ist kein Ferienparadies oder das Savoy. Ich hoffe, du hast dem Mädchen gesagt, dass es seine Privatgespräche bezahlen muss. Wozu braucht sie einen Videorekorder? Abends soll sie deiner Mutter Gesellschaft leisten, nicht Videos gucken. Das hast du ihr hoffentlich klar gemacht, Henry.»

«Ich habe gar nicht mit ihr gesprochen, Bunty. Mrs Tripp hat sich darum gekümmert und, soviel ich weiß, festgestellt, dass Miss Delaney sich über ihre Pflichten völlig im Klaren ist.» Henry hoffte sehr, dass seine Frau es sich nicht in den Kopf setzte, sich einzumischen. Es war eine angenehme Abwechslung, endlich einmal Ruhe an der Charlton-Front zu haben. Der Ärger mit Mrs Cook hatte ihn arg mitgenommen. Allerdings war ihm klar, dass es um seine Ruhe geschehen wäre, falls er die Satellitenschüssel und den Pferderennkanal erwähnen sollte.

Bunty runzelte die Stirn. Sie war zwar in gewisser Weise froh, dass ihre Schwiegermutter keinen Ärger machte und Henrys Zeit nicht allzu sehr in Anspruch nahm, andererseits war ihr nicht daran gelegen, dass alles zu reibungslos lief. Da sie schließlich vorhatten, Lady Pamela aus Charlton in ein Heim zu verfrachten, war es nur gut, wenn die Lage so bald wie möglich unhaltbar wurde. Bunty stand den Initiativen anderer misstrauisch gegenüber, und nach allem, was sie über dieses Mädchen gehört hatte, fand sie sie äußerst anmaßend. Ein Videorekorder! Bunty war an Betreuerinnen gewöhnt, die alles hinnahmen, wie es war, und die das Gefühl hatten, in ihrer Position keine Verbesserungen oder Änderungen vorschlagen zu dürfen.

«Sie hat Mutter übrigens nach unten geholt», sagte Henry. «Anscheinend jeden Tag. Sogar in den Garten. Das hat Mutter sehr aufgemuntert.» Als ihm einfiel, dass Bunty sich darüber sicher nicht freuen würde, fügte er hastig hinzu: «Ich fürchte allerdings, dass es nicht lange anhalten wird. Bestimmt benimmt Mutter sich bald wieder unmöglich, und das dürfte dieses Mädchen sich wohl kaum gefallen lassen. Ich hoffe nur, sie bleibt lange genug, um uns eine kurze Atempause zu verschaffen.»

Das war natürlich wahr, dachte Bunty. Die Geschichte konnte nur mit Tränen enden, und sie musste Henry unbedingt sagen, dass dieses Mädchen die letzte Betreuerin war. Da Bunty bis Weihnachten einige wichtige gesellschaftliche Ereignisse zu organisieren hatte, fiel ihr ein, dass eine Ruhepause in der unendlichen Geschichte mit Lady Pamela ihr keineswegs ungelegen kam. Sobald sie im neuen Jahr von ihrer jährlichen Westindienreise zurückkehrten und ein bisschen zur Ruhe gekommen wären, wollte sie sich ernstlich auf die Suche nach einem passenden Seniorenstift machen und darauf hinarbeiten, dass ihre Schwiegermutter bis zum Frühjahr umzog. Bis dahin sollten sie diese ärgerliche junge Frau vermutlich zum Bleiben ermuntern.

Nachdem Henry zur Arbeit gegangen war, rief Bunty bei einer Firma an, die Fernsehgeräte verlieh, und erfuhr, dass die Miete für einen Videorekorder um die acht Pfund im Monat betrug. Nicht übertrieben, fand Bunty. Das würde sie nicht ruinieren. Trotzdem mussten sie dieses Mädchen im Auge behalten.

Da sie nicht zu den Menschen gehörte, die Dinge schleifen ließen, rief sie gleich Diana Tripp an.

«Nein, Diana. Stellen Sie mich nicht zu Henry durch. Ich wollte mit Ihnen sprechen. Haben Sie einen Augenblick Zeit?»

«Sicher, Bunty. Was kann ich für Sie tun?»

Bunty sträubten sich die Nackenhaare, zum einen, weil

Diana sie mit Vornamen anredete, und zum anderen, weil sie sich benahm, als sei sie willens und imstande, ihr gnädigst einen Gefallen zu erweisen.

«Dieses Mädchen», sagte Bunty, «dieses Mädchen, das Sie und Henry für seine Mutter gefunden haben. Henry sagt, sie hat um Erlaubnis gebeten, verschiedene Dinge anzuschaffen. Hören Sie, Diana, ich weiß, dass Sie lediglich versuchen, Henry diese Angelegenheiten abzunehmen, um ihn nicht damit zu behelligen, aber es wäre mir lieber, wenn Sie solche Bitten in Zukunft an mich weiterleiten würden.»

Es entstand eine kurze Pause. Selbst durch die Telefonleitung spürte Diana Tripp, wie Buntys imposanter Busen vor Entrüstung und Widerspruchsgeist schwoll. Ihr fielen ihre Empowerment-Kurse ein.

«Bunty», sagte sie, «als Henrys Sekretärin ist es meine Aufgabe, seine Anrufe entgegenzunehmen, zu filtern und die wichtigsten durchzustellen. Er hat mich ausdrücklich gebeten, mich um alles zu kümmern, was Miss Delaney betrifft, und das habe ich mit seiner Erlaubnis auch getan.»

«Ja», sagte Bunty, «aber in Zukunft leiten Sie diese Angelegenheiten an mich weiter.»

«Wenn das so ist, stelle ich Sie besser zu Ihrem Mann durch, Bunty. Als seine persönliche Assistentin nehme ich Anweisungen zuerst und vor allem von ihm entgegen. Da Sie selbst mal Sekretärin waren, verstehen Sie das sicher.» Im Stillen brüllte Diana Tripp: «Ja!» Und hob triumphierend die Faust wie ein Fußballer, der ein Tor geschossen hat.

Es entstand eine Pause, während Bunty darüber nachdachte.

«Nein, das ist nicht nötig», erklärte sie kühl und fügte so viel sagend, wie sie nur konnte, hinzu: «Ich spreche heute Abend mit ihm. Auf Wiederhören.»

«Auf Wiederhören, Bunty.»

Diana Tripp gönnte sich einen kleinen Schokoriegel aus ihrer Schreibtischschublade. Lektion drei, «Wie sage ich nein zu Tyrannen», hatte sich als nützlich erwiesen. Sie freute sich schon darauf, ihrem Kursleiter von diesem Erfolg zu erzählen.

Sam Elwes, mittlerweile an die Achtzig, fuhr nicht mehr gern Zug. Die monatliche Reise nach Somerset war die größte Entfernung, die er heutzutage noch zurücklegte. Die damit verbundene Sorge um Abfahrts- und Ankunftszeiten, der Fahrscheinkauf durch die dicke Glasscheibe am Schalter, hinter der die Fahrkartenverkäuferin unverständlich die Lippen bewegte, die Suche nach einem Sitzplatz und später wieder nach dem Fahrschein, um ihn dem Schaffner zu zeigen – all das zusammen versetzte ihn in «einen Zustand», wie er es nannte. Und dann gab es nicht einmal ein ordentliches Mittagessen, auf das er sich hätte freuen können. Aber nichts würde ihn davon abhalten, seine Pammy zu besuchen. In der Tasche zu seinen Füßen befanden sich eine Flasche Gin und einige Tüten Kartoffelchips, wofür er eine ziemliche Schwäche entwickelt hatte. Sobald er die Treppe zu Pammys Zimmer bewältigt hatte, schenkte er ihnen beiden einen ordentlichen Schluck ein, und dann stießen sie an und legten los. Er konnte sich nicht mehr erinnern, wo er überall mit Pammy Gin getrunken hatte. In ganz London sicher schon. Und in Paris. Und vor vielen, vielen Jahren, als sie sich vor dem Krieg kennen gelernt hatten, in ganz Nordafrika und Italien, nach dem Krieg dann in Kenya und Singapur. Ihre Wege hatten sich oft gekreuzt, anfangs rein zufällig – Sam war im selben Regiment wie Bumper – und später absichtlich. Sam liebte Pammy wohl schon seit fünfundfünfzig Jahren, manchmal mit, meist aber ohne Unterbrechungen, und sie liebte ihn ebenfalls, auch wenn sie es nie zugeben wollte.

Natürlich hatte er Affären gehabt, von denen er nur wenige bereut hatte, aber geheiratet hatte er nie. Dafür hing er zu sehr an Pammy, die sein Leben geprägt und ihn zu dem einsamen alten Junggesellen gemacht hatte, der er heute war. Das war natürlich Unsinn. In seinem ganzen Leben war er noch nie einsam gewesen. Als renommierter Kunsthistoriker hatte er eine faszinierende und einträgliche Karriere hinter sich. Mit seinem gewinnenden Wesen und seiner großzügigen Denkweise hatte er sich überall Freunde gemacht. Er war ein beliebter und immer noch sehr gefragter Mann.

Sams Äußeres hatte die Menschen schon immer für ihn eingenommen. Als junger Mann war er groß, blond und gut aussehend; als Achtzigjähriger war er zwar geschrumpft, leicht gebeugt und etwas rundlich, aber durchaus noch imposant. Seine Züge waren immer noch gewinnend, und sein Gesicht hatte trotz Falten und Altersschlaffheit kaum an Schönheit eingebüßt. Er war stets frisch rasiert, hatte rosige gesunde Haut und volle Lippen. Die Jahre hatten seine Mundwinkel nicht nach unten gezogen, vielmehr wirkte er ständig amüsiert und gütig. Seine auffallend blauen Augen schauten aufmerksam über halb runden Brillengläsern in die Welt. Man sah ihm an, dass er ein ausgefülltes, glückliches Leben hinter sich hatte.

Als der Zug nun den Bahnhof Castle Cary erreichte, stand er auf, fuhrwerkte umständlich mit Hut, Handschuhen und Stock herum und hätte fast den Gin vergessen. Als er schließlich den Wagen durchquert hatte, versetzte ihn die elektrische Zugtür in Panik. Immer hatte er Angst, dass sie nicht aufgehen könnte und er weiterfahren müsste. Nachdem der Zug gehalten und er auf den Türöffner gedrückt hatte, gab es jedes Mal einen aufreibenden Moment, in dem gar nichts passierte. Es war jedes Mal dasselbe, aber es brachte ihn immer wieder aus der Fassung. Vorsichtig stieg er aus dem Zug und verspürte wie immer einen Anflug von Erregung bei dem Gedanken, Pammy wiederzusehen. George wartete schon, um ihm zu helfen; er nahm ihm die Tasche ab, erkundigte sich, wie es ihm ginge, öffnete ihm die Wagentür seines Taxis und sorgte dafür, dass er auf dem Rücksitz bequem saß.

«Na, George. Wie haben Sie sich gehalten?»

Das fragte Sam immer, und George antwortete jedes Mal: «Kann nicht klagen, Sir. Und selbst?»

«Sehr gut, George. Wirklich sehr gut. Die üblichen Wehwehchen, aber davon abgesehen, wirklich sehr gut.»

«Sie werden sehen, dass sich seit Ihrem letzten Besuch einiges geändert hat», verkündete George, als sie Richtung Charlton fuhren.

«Verändert?», fragte Sam beunruhigt. In seinem Alter bedeuteten Veränderungen meist nichts Gutes.

«O ja, es hat sich einiges verändert», wiederholte George, «allerdings zum Guten, würde ich sagen.»

«In welcher Hinsicht?», fragte Sam, der sich nicht vorstellen konnte, was sich bessern könnte, abgesehen vom Mittagessen natürlich.

«Sie werden schon sehen», sagte George geheimnisvoll.

Sie hielten vor dem Haus. Es war warm, und die Haustür stand offen, was ungewöhnlich war. Als er mühsam aus dem Taxi stieg und seine Sachen herausholte, wehte ein ungemein köstlicher Duft zu ihm herüber. George zwinkerte ihm verschwörerisch zu und stieg wieder ein. Sam klopfte mit seinem Stock an die offene Tür und rief laut die Treppe hinauf, wo sie sicher schon auf ihn wartete.

«Pammy! Pammy! Ich bin es, Sam. Darf ich hereinkommen?»

«Ich bin hier, Sam!», rief sie von irgendwo ganz in der Nähe. Da die Wohnzimmertür offen stand, ging Sam hinein. Im Kamin loderte ein Feuer und ließ das Zimmer gemütlich und einladend wirken. Jemand hatte die Möbel umgeräumt, vor einem der bodentiefen Fenster war ein Klapptischchen für das Mittagessen eingedeckt. Auf einer Anrichte stand ein Tablett mit Flaschen bereit. Sam sah Eis und Zitrone. In einer anderen Ecke stand ein großes Fernsehgerät.

Pammy saß in einem Sessel am Feuer. Sie sah aus wie immer und reichte ihm die Hand.

«Sam, Schatz. Schön, dich zu sehen.»

«Und dich, meine Liebe.» Er küsste sie auf die Wange und nahm ihre Hand.

«Aber was ist das alles? Du hier unten? Liebling, wie wunderbar.»

«Das liegt an dem Mädchen», erklärte Lady Pamela. «Der Irin, wie ich sie nenne. Das hat sie alles gemacht. Du wirst sie gleich kennen lernen. Sehr von sich eingenommen und steckt voller Ideen. Wirklich anstrengend und weiß einfach nicht, wann Schluss ist. Ein albernes Kind.» An ihrem Ton erkannte Sam, dass Pammy von ihr begeistert war.

«Und was ist mit dieser anderen – die so grässlich gekocht hat?»

«Weg, Gott sei Dank. Ich muss es Henry hoch anrechnen, dass er die Irin gefunden hat. Eine ungewöhnliche und einfallsreiche Wahl für ihn. Ach! Gin! Wie schön, Liebling. Schau mal, sie hat uns eine Bar eingerichtet! Du kannst die Flasche da drüben hinstellen und uns beiden sofort ein Glas einschenken. Wenn sie den Gin riecht, kommt sie gleich herein. Sie ist unverschämt geradeheraus. Eigentlich eine völlig unangemessene Gesellschaft für eine alte Dame. Chips, köstlich! Sollen wir jeder eine Tüte essen? Meine Güte, Schnittlauchkäse, geräucherter Schinken, Grillfleisch. Welche Sorte, Schatz?»

Sam, der gerade Gin einschenkte, hielt inne, um aus dem Fenster zu schauen. Es war so lange her, seit sie dieses Zimmer benutzt hatten. Es war eine große Wende, wieder ein Feuer im Kamin, die Möbel poliert und Pammy als Herrin im Haus zu sehen. Als sie sich nach ihrem Sturz und der Operation vor ein paar Monaten in ihr Zimmer zurückgezogen hatte, erschien ihm das irgendwie als Teil eines unumkehrbaren, unaufhaltsamen Niedergangs, der zu Gebrechlichkeit, Senilität und Tod führt. Er hatte sich darauf ebenso eingestellt wie auf die Tatsache, dass er in nicht allzu ferner Zukunft denselben Weg einschlagen würde.

«Also, das ist wirklich eine große Überraschung!», sagte er, reichte ihr ein Glas, setzte sich auf den Sessel ihr gegenüber und beugte sich steif vor, um ein Holzscheit aufs Feuer zu legen. Esau schnarchte leise auf dem Kaminvorleger. «Und jetzt erzähl mir, wie das alles gekommen ist.»

Maeve hatte in der Küche das Lamm angerichtet und die Soße abgeschmeckt. Durch die offene Küchentür lauschte sie, was im Wohnzimmer vorging. Sie wollte taktvoll sein und das alte Paar nicht stören. Knusprige Bratkartoffeln und Lauch in Sahnesoße aus Jack Dicks Garten standen in Schüsseln bereit. Trotz seiner anfänglichen Feindseligkeit hatte er jeden Morgen frisches Gemüse vor die Küchentür gestellt und einmal in der Woche auch Eier. Als sie Lady Pamela davon erzählte, sagte sie: «Um ehrlich zu sein, ich hatte ihn völlig vergessen. Wenn man wochenlang da oben ist, verliert man völlig den Kontakt und weiß nicht, was vorgeht. Er war immer ein guter Gärtner und konnte auch gut mit Pferden umgehen. Ich schätze, Mrs Cook hat ihm gesagt, er braucht kein Gemüse mehr zu bringen. Sie mochte nichts Schmutziges. Eigentlich hatte ich geglaubt, der Gemüsegarten wäre Henrys Sparmaßnahmen zum Opfer gefallen.»

Gut, dachte Maeve, jetzt habe ich sie lange genug allein gelassen. Sie ging durch den Flur und klopfte an der Wohnzimmertür.

Sam schaute auf und sah ein Mädchen, das mit dem wirren schwarzen Haar, der verblichenen Jeans und dem rot-orange gestreiften Pulli aussah wie eine Vierzehnjährige.

«Das ist die Irin», verkündete Pammy.

Ob es ihr etwas ausmacht, so genannt zu werden, überlegte Sam. Typisch Pammy, und nicht sonderlich sensibel.

«Hallo, Mr Elwes», sagte das Mädchen ohne eine Spur von irischem Akzent und reichte ihm die Hand. «Was ist mit meinem Gin?», fragte sie Lady Pamela lachend.

«Was habe ich dir gesagt?», erklärte Pammy.

«Das Mittagessen ist fertig, falls Sie soweit sind», sagte Maeve. «Soll ich es in fünf Minuten bringen? Meinen Drink nehme ich mit in die Küche.» Ohne auf eine Einladung zu warten, schenkte sie sich ein großes Glas Gin und Tonic ein.

Während sie ihnen den Rücken kehrte, musterte Sam sie eingehend. Ein kleines, aber feminines Hinterteil, ein schmaler Rücken. Abgetretene schäbige Turnschuhe. Sie unterschied sich so verblüffend von Mrs Cook, dass es ihm die Sprache verschlug. Er merkte, dass Pammy ihn amüsiert ansah, und hob die Augenbrauen.

«Also dann in fünf Minuten?», sagte Maeve strahlend und verschwand mit ihrem Glas in der Küche. Sam ging sich die Hände waschen und half dann Lady Pamela vom Sessel auf den Stuhl an dem für zwei Personen gedeckten Tisch. Maeve kam mit zwei Tellern zurück und brachte anschließend eine braun gebratene Lammkeule, gewürzt mit Knoblauch und Rosmarin. Ein paar dicke Scheiben waren bereits abgeschnitten. Sie reichte sie Sam, damit er sie auf den Tisch stellte, und holte Gemüse und Soße.

«Meine Liebe, das sieht ja köstlich aus. Sie verwöhnen uns!», sagte Sam.

«Ist mir ein Vergnügen», erklärte Maeve. «Und jetzt lasse ich Sie in Ruhe essen. Hier sind Minzsoße und Johannisbeergelee. Sie haben sich bestimmt eine Menge zu erzählen. Rufen Sie einfach, wenn Sie den Pudding haben möchten.» Damit verschwand sie wieder.

«Pammy, Schatz! Was für eine Entdeckung! Wie schön von Henry!»

«Ja, nicht wahr», stimmte Lady Pamela zu. «Obwohl Henry keine Ahnung gehabt haben dürfte, wie sie sich machen wird.» Sie nahmen sich Gemüse und genossen ein Weilchen schweigend das Essen.

«Sie ist eine ausnehmend gute Köchin, so viel steht fest. Spanische Mutter. Das hat sie wohl von ihr. Seltsame Kindheit. Die Eltern haben sich schon früh getrennt. Sie hat St. Theresa's besucht.»

«Aber was macht ein Mädchen wie sie hier? Pammy, Liebste, du musst zugeben, dass es für jemandem in ihrem Alter nicht gerade eine reizvolle Stellung ist, sich in tiefster Provinz um eine schwierige alte Frau zu kümmern.»

«Ich glaube kaum, dass sie vorhat, lange zu bleiben», sagte Lady Pamela. «Ich bin für sie vermutlich nur ein Notbehelf. Allerdings hoffe ich sehr, dass sie meine letzte Betreuerin ist.» Die beiden alten Freunde konnten über ihren bevorstehenden Tod so unumwunden sprechen, als hätten sie mit ihm eine Verabredung getroffen und warteten nur darauf, dass er sie einhielt.

Als Maeve hereinkam, um ihre Teller abzuräumen und einen Krümelkuchen mit Apfel und Sahne zu bringen, unterbrachen sie ihr Gespräch.

«Ich lasse das alles stehen», erklärte sie mit einer Geste zum Tisch, «und fahre ein bisschen mit dem Fahrrad raus, solange es noch schön ist. Lassen Sie einfach alles, wie es ist. Und vergessen Sie nicht das Pferderennen im Fernsehen, Lady P. Sie haben gesagt, heute Nachmittag käme ein großes Rennen.» Noch bevor Lady Pamela äußern konnte, dass sie und Sam nach dem Mittagessen gern eine Tasse Kaffee tranken, war sie verschwunden.

Sam, der ihre Gedanken las, sagte: «Ich kann den Kaffee

machen. Oder du kochst ihn, und ich trage das Tablett herüber.» Und so machten sie es denn auch, ließen aber den Esstisch stehen, wie Maeve es gesagt hatte. Da man sie ein Leben lang bedient hatte, war es für sie unvorstellbar, solche Dinge selbst zu erledigen.

Als sie später mit ihrem Kaffee am Feuer saßen, schaltete Lady Pamela das neue Fernsehgerät ein und wählte den Pferderennkanal. Während die Pferde in Cheltenham für das zweite Rennen an den Start gingen, nickten beide ein.

Maeve radelte durch das Tor von Charlton und passierte die beiden malerischen Cottages an der Straße. So schön sie auch waren, wirkten die winzigen Fenster finster und das graugrüne Reetdach vernachlässigt. Die Haustüren hatten seit Jahren keinen neuen Anstrich bekommen. Maeve konnte sich vorstellen, dass es innen feucht und düster war. Aus einem Schornstein quoll Rauch, und als Maeve langsam vorbeiradelte, bemerkte sie in einem Fenster das Flimmern eines Fernsehers und meinte, Jack Dick davor sitzen zu sehen. Beide Gärten wirkten gepflegt, und wo das Gelände zu den Feldern hinter Charlton anstieg, sah Maeve ordentliche Gemüsebeete mit schokoladenbrauner Erde.

Hinter der nächsten Kurve fing das Dorf an: Weitere Cottages, ein oder zwei davon schick renoviert mit geschnitzten Namensschildern, eine Sackgasse mit phantasielosen Sozialwohnungen, eine Tankstelle mit rudimentärem Lebensmittelgeschäft und Poststelle, weitere Cottages, Manor Farm, ein hübscher Natursteinbau mit einer Weide voller schwarzbunter Kühe, ein Kriegerdenkmal auf einem kleinen Rasendreieck, ein Gemeindesaal mit Anschlagtafel, und das war es auch schon. Hinter dem Dorf kroch das gewundene Sträßchen einen bewaldeten Hang hinauf – ein steiler Anstieg mit dem Fahrrad – und führte dann in lang gezogenen Kehren zwischen hohen Böschungen und von Hecken gesäumten Feldern vorbei an zwei Bauernhöfen, die Bed and Breakfast anboten. Fahrzeuge, die sich hier begegneten, kamen nur aneinander vorbei, wenn eines in einen einmündenden Feldweg auswich. Wer auf den Milchtankwagen traf, musste manchmal eine Viertel Meile rückwärts setzen. Von ihren Taxifahrten mit George wusste Maeve, dass die nächsten Häuser erst im zwei Meilen entfernten South Charlton standen, wo es eine Kirche, einen Pub und eine Grundschule gab. Sie stieg vom Fahrrad, um die Mitteilungen am Gemeindesaal zu lesen. Da hing die sechs Wochen alte Ankündigung eines fliegenden Händlers, ein Fahrplan für den Bus, der zweimal wöchentlich von South Charlton nach Wincanton fuhr, und eine kindlich bunte Werbung für eine Spielgruppe in South Charlton. Der Bibliotheksbus kam nun mittwochs statt donnerstags. Jemandem war ein schwarzweißer Kater namens Paddy entlaufen. Wenn er auch nur einen Funken Verstand besaß, hatte er sich im Bus aus dem Staub gemacht, dachte Maeve, und suchte nun einen Dick Whittington, mit dem er nach London gehen konnte.

Es war sehr still. Eine junge Frau etwa in Maeves Alter kam mit einem Baby auf dem Arm aus einem Cottage, setzte es auf den Rücksitz ihres Wagens und fuhr davon. In Gärten hing Wäsche auf der Leine, eine rote Katze saß auf einem Torpfosten, aber ansonsten gab es keine Spur von Leben. Maeve überlegte, ob sie nach South Charlton radeln sollte. Soweit sie sich erinnerte, hatte auch dieser Ort nicht viel zu bieten. Eine unendliche Langeweile überfiel sie. Lange halte ich das nicht mehr aus, dachte sie. Wie können Menschen nur hier wohnen? Sicher, es war schön hier, aber sie zog Gegenden vor, in denen es vor Leben wimmelte: Wintersportorte, Häfen voller Boote, griechische Inseln mit weißen Dörfern und einer Taverne hinter jeder Ecke. Hier leben alle hinter verschlossenen

Türen, dachte sie, ein öffentliches Leben gibt es gar nicht. Sie überschlug den Zustand ihrer Finanzen. Von ihrem bisherigen Verdienst hatte sie etwa die Hälfte gespart, war also noch weit davon entfernt, wirklich flüssig zu sein. Eine Weile musste sie wohl noch bleiben. Eigentlich machte es ihr Spaß, sich um die alte Dame zu kümmern, und sie war stolz auf ihren Erfolg, aber für Maeve konnte das Leben nicht schnell genug gehen. Sie brauchte neue Herausforderungen. Außerdem brauchte sie, offen gestanden, einen Mann. Sie konnte sich nicht erinnern, je so lange ohne Sex ausgekommen zu sein.

Sie stieg wieder auf ihr Rad und fuhr langsam die Straße hinauf. Sie war nicht einmal auf Liebe vorbereitet: jene Sauberer-Slip-frische-Laken-rasierte-Beine-Bereitschaft, wie Sophie es nannte, was Maeve typisch für ihre Freundin fand. Sie selbst hatte die schönsten Erfahrungen ohne Höschen oder Laken gemacht. Strand, Boote, Sand am Hintern – das waren die schönsten Erlebnisse. Sie hatte gehört, das Landleben pulsiere vor Sex, allerdings merkte sie davon hier nichts. Vielleicht galt das für die Pferdenarren mit ihren hautengen Reithosen und den klammernden Schenkeln. Maeve hatte noch nie viel für Pferde übrig gehabt.

Vielleicht würde ein Bauer es mir besorgen, überlegte sie. Wenn ich lange genug hier auf meinem Fahrrad herumhänge, treffe ich vielleicht einen. Je wilder, desto besser. Sie dachte an den Jungbauernverein und erinnerte sich, in der Zeitung, die Mrs Cook liegen gelassen hatte, von einem Ortsverband in Castle Cary gelesen zu haben. Gummistiefelweitwurfwettbewerbe oder Diskussionsrunden zum Thema ‹Viehfutter selbst pressen oder rollen› fand sie zwar wenig verlockend, aber Heckenlegen klang schon viel versprechender. Mist. Bisher hatten sich Männerbekanntschaften immer von selbst ergeben. Sie musste auf ihr Glück vertrauen, wie sie es immer gemacht hatte.

Sie schaute auf ihre Uhr. Halb drei. Da der Pub gleich schloss, lohnte es nicht weiterzufahren. Sie wendete wackelig auf der Straße und radelte zurück. Ein Feldweg, der links von der Straße abzweigte, sah aus, als ob er zu den Koppeln hinter Charlton führte. Über den Baumwipfeln erkannte sie das Dach des Hauses. Diesen Weg probierte sie aus.

Lady Pamela schreckte aus dem Schlaf hoch. Sam war aufgestanden und sagte gerade etwas zu Maeve, die den Mittagstisch abräumte. Sie fragte sich, wie lange sie wohl geschlafen hatte. Im Fernseher lief immer noch die Übertragung aus Cheltenham.

Mit einem Blick in ihre Richtung sagte Maeve: «Sie ist wach. Ich kann sie fragen.»

«Was fragen?»

«Wem gehören die Pferde auf der Weide hinter dem Hof?»

Lady Pamela überlegte eine Weile. Pferde? Die Pferdewelt schien in weiter Ferne zu liegen. Als Bumper noch lebte und sie sich in Charlton zur Ruhe gesetzt hatten, war das ihre Welt gewesen.

«Sie meinen die alten Stuten? Zwei alte Stuten? Sind sie immer noch da? Das ist schon so lange her …»

«Ich weiß nicht, ob sie alt oder Stuten sind», sagte Maeve.

«Es sind zwei alte Stuten. Die Letzten ihrer Linie. Bumper hatte Erfolg mit seinen Pferden, wissen Sie. Wir hatten eine sehr gute Stute, sie hieß Ballerina, von dem wunderbaren Hengst Dancing Master. Mit ihr fing alles an. Ihre Nachkommen machten sich sehr gut. Wir hatten im Laufe der Jahre eine Menge Sieger. Diese beiden sind April Dancer und Sylphide Song. Sie müssen mindestens zweiundzwanzig oder dreiundzwanzig Jahre alt sein. Seit Bumper tot ist, bekommen sie ihr Gnadenbrot. Er wollte, dass wir sie behalten, das stand in seinem Testament. Deshalb sind sie immer noch hier.

Jack kümmert sich um sie. Ich habe Ihnen ja erzählt, dass er gut mit Pferden umgehen kann.»

«Verstehe», sagte Maeve enttäuscht. Sie hatte gehofft, die Pferde könnten ihr neue Möglichkeiten eröffnen, statt nur wieder zu Jack Dick zu führen. Pferde an sich interessierten sie nicht, aber in ihrer Vorstellung verband sie damit Rennen, Springreiten und eine glamouröse, schnelllebige Gesellschaft.

«Sind das die beiden letzten Pferde?», fragte Sam. «Ich dachte, du hättest noch diesen Hengst, der so gut lief und sämtliche Rennen gewann. Wie hieß er noch gleich? Auch etwas mit Dancing?»

«Stimmt», antwortete Lady Pamela. «Irish Dancer. Er war unser letztes Rennpferd. Das war nach Bumpers Tod. Aber er ist zusammengebrochen, war das nicht nach Towcester? Du warst damals bei mir, Sam. Es war ganz schrecklich.»

«Zusammengebrochen?», fragte Maeve. «Ich wusste gar nicht, dass Pferde einen Nervenzusammenbruch haben können. Etwa in der Art: Ich kann nicht mehr, das Leben ist zu schrecklich?»

Lady Pamela schnaubte verächtlich. «Ich kann gar nicht glauben, dass Sie Irin sind! Zusammenbrechen heißt, dass die Sehnen nachgeben, die Sehnen in den Beinen. Normalerweise während eines Rennens.»

«Ist das dann das Ende?», fragte Maeve. «Sind sie fertig, wenn das passiert?»

«Nicht unbedingt. Es kann wieder heilen. Es gibt eine schreckliche Behandlung mit einem sogenannten Thermokauter. Aber sie ist sehr langwierig. Ob sie je wieder Rennen laufen können, ist fraglich. Wir haben ihn letzten Endes dieser Prozedur unterzogen, aber als er nach einem Jahr geröntgt wurde, war das Ergebnis nicht sonderlich ermutigend, daher habe ich beschlossen, es zu lassen. Soviel ich weiß, ist er immer noch auf Mitchells Gestüt, wo er trainiert worden ist.

Er kommt mit den Jungpferden auf die Koppel. Bumper hat genaue Anweisungen zu seinen Pferden hinterlassen, damit sie versorgt sind. Sonst hätte Henry sie abgestoßen, und das wusste Bumper.»

«Ach Gott, das ist ja wie in *Black Beauty*!», sagte Maeve. «Erzählen Sie mir von diesem Pferd. Was hat er alles gewonnen? Sein Name gefällt mir: Irish Dancer. Ein Name, der Glück bringt. Das spüre ich.»

Lady Pamela lachte. «Sein Vater war ein gutes irisches Pferd, Leprechaun King. Unser Hengst hat sämtliche Rennen gewonnen oder sich zumindest platziert. War für Cheltenham qualifiziert. Wie es aussah, war er der Favorit, und dann brach er im letzten Rennen zusammen. Ich werde nie vergessen, wie er an den Start ging und lospreschte. Der arme Jerry Murphy ritt ihn und wurde gründlich durchgeschüttelt. Er war ein großes, hässliches Tier wie die meisten Nachkömmlinge von April Dancer. Er war eingebildet, sagt man das nicht so? Ganz von sich eingenommen. So gut, so fit. Und dann kam er gebrochen zurück. Verkrüppelt. Konnte sich kaum bewegen. Das war auch mein letztes Rennen.»

«Und wie alt ist er jetzt?», fragte Maeve.

«Mal sehen. Das liegt mindestens drei Jahre zurück, er muss also elf oder zwölf sein, denke ich.» Lady Pamela schwieg gedankenverloren.

Maeve hatte ihr Tablett voll geräumt und stand nun mit den Händen in den Hüften da. «Übrigens, um das Thema zu wechseln, hätten Sie was dagegen, wenn ich ein paar Freunde hierher einlade?», fragte sie. «Sie werden Ihnen gefallen. Nur übers Wochenende. Haben Sie was dagegen?»

Mit einem Ruck war Lady Pamela wieder in der Gegenwart, aber immer noch von ihrem schmerzlichen Verlust erfüllt und reagierte scharf. «Was für eine unerhörte Bitte? Wer sind diese Leute?»

«Freunde. Meine besten Freunde. Wissen Sie, hier ist ja nichts los, das müssen Sie doch zugeben, und darum finde ich, wenn ich bleiben soll, muss ich ab und zu ein paar Freunde einladen dürfen.»

Sam hörte dem Gespräch interessiert zu. Wie bei den meisten Streitgesprächen verstand er beide Seiten. Er konnte nachfühlen, dass die Pferde schmerzliche Erinnerungen bei Pammy geweckt und sie der Gegenwart entrückt hatten. Das hatte er schon öfter bei ihr erlebt. Und immer blieb er aus ihrem Kummer ausgeschlossen und hatte gelernt abzuwarten, bis es vorüberging.

«Das ist mein Haus», erklärte Lady Pamela, «und ich finde, Sie müssten wirklich verstehen ...»

«O ja», fiel Maeve ihr ins Wort, «ich weiß. Sie möchten keine Störung, und ich verspreche Ihnen, Sie werden kaum merken, dass sie hier sind. Sie sind ganz ruhig – viel ruhiger als ich. Ich verspreche Ihnen, dass sie Ihnen gefallen werden. Das wird eine nette kleine Party, wie Sie sie früher veranstaltet haben. Das bringt ein bisschen Leben in die Bude.»

Sam räusperte sich. «Ich glaube, Lady Pamela möchte sichergehen, dass dieser Besuch, wenn sie ihn einmal zulässt, nicht länger dauert als ein Wochenende und nur wiederholt wird, falls sie es ausdrücklich erlaubt.»

«Klar», sagte Maeve. «Ich meine, sie sind keine Schnorrer. Sie müssen beide zurück nach London zu ihren Jobs und ... so weiter.» Sie hielt den Augenblick nicht für geeignet, die Zwillinge zu erwähnen, da sie sich nicht sicher war, ob Lady Pamela etwas für Kleinkinder übrig hatte. Oder wie sie zu Mohammed stehen würde. «Jedenfalls können Sie ja mal drüber nachdenken», sagte sie und brachte das Tablett in die Küche. Kurz darauf steckte sie den Kopf zur Tür herein. «Mr Elwes, wie wäre es, wenn Sie mit Lady P. ein bisschen nach draußen gingen? Bis Sie wieder zurück sind, habe ich Scones zum Tee aufgebacken.»

«Dieses Mädchen ist unerträglich», grummelte Lady Pamela. «Wie kommt sie dazu, so etwas vorzuschlagen? Charlton ist mein Zuhause, und sie ist eine Angestellte. Das ist kein Hotel oder eine Jugendherberge für ihre Freunde. Und wie kann sie es wagen, dir zu sagen, was du mit mir zu tun hast. Ich lasse mich nicht behandeln wie einen Gegenstand.»

«Denk nur an Mrs Cook», riet Sam, der schon an die Scones dachte.

Als sie später Arm in Arm durch den welkenden Rosengarten mit seinen frühabendlichen Schatten schlurften, sagte Sam: «Weißt du, ich würde es ihr erlauben.»

«Was?»

«Ihre Freunde einzuladen. Nur für ein Wochenende. Vielleicht macht es dir ja auch Spaß. Aber Henry würde ich nichts davon erzählen.»

Lady Pamela schwieg. Sie wollte ihre Entscheidung selbst treffen.

Am folgenden Wochenende konnte Sophie ohnehin nicht nach Charlton kommen. An diesem Samstag hatte Fergus die Zwillinge. Sie hatten am Telefon vereinbart, dass er sie gegen zehn Uhr abholen und abends wiederbringen würde. Sophie wollte wissen, was er tagsüber vorhatte, aber Fergus konnte es nicht leiden, wenn sie seine Aktivitäten überwachte.

«Also, um wie viel Uhr willst du sie wiederhaben?», fragte er, ihre Frage ausdrücklich ignorierend.

«Es geht nicht darum … wann ich sie wiederhaben möchte, sondern was du den ganzen Tag mit ihnen machen willst. Es ist nicht einfach, wenn du keinen Wagen hast.»

«Ich kann mit ihnen zu mir gehen», sagte Fergus.

Das hatte Sophie befürchtet. Der Gedanke, dass Fergus

Flora und Freddy in seine Wohnung mitnehmen könnte, die er mit einem trinkenden Börsenmakler teilte, beunruhigte Sophie sehr. Sie stellte sich bildlich vor, wie sie zwischen leeren Bierdosen und überquellenden Aschenbechern spielten.

«Außerdem kann ich mir einen Wagen leihen.»

«Aber nicht mit Kindersitzen. Du nimmst besser meinen Wagen.»

«Meine Güte, Sophie. Hör auf, so ein Theater zu machen. Du nervst. Kinder haben über weite Teile der Geschichte auch ohne Kindersitze und Sicherheitsgurte überlebt.»

Sophie schloss die Augen. Es war der übliche Vorwurf: Sie war langweilig und nervte wegen der Kinder herum.

«Okay», sagte sie. «Okay. Ich erwarte dich um zehn.» Damit legte sie auf.

Der Samstag dräute als peinigende Qual, die es zu überstehen galt. Sie bemühte sich zu überlegen, was sie ohne die Zwillinge anfangen sollte. Die wenigen Freundinnen, zu denen sie Kontakt gehalten hatte, verbrachten das Wochenende meist außerhalb Londons oder mit ihren Partnern, um die kostbare gemeinsame Freizeit zu genießen. Ihnen wollte sie sich nicht aufdrängen. Nach einigem Nachdenken rief sie in dem schicken Frisiersalon an, den sie als Single immer besucht hatte, und meldete sich für Samstagmorgen zum Haarewaschen und -föhnen an. Der Salon lag abseits der Marylbone High Street, wo es nette Geschäfte gab, in denen sie ein paar Stunden herumstöbern konnte. Nachmittags würde sie nach Hause gehen und ein Mittagsschläfchen halten.

Das Problem war nur, dass sie sich von diesem Salon für ihre Hochzeit hatte frisieren lassen. Simon war eigens am Samstagmorgen nach Oxfordshire gekommen, um ihr die Haare zu waschen, auf dicken Lockenwicklern in Korkenzieherlocken zu legen und die Tiara aufzusetzen, wie sie es sich vorgestellt hatte. Sie konnte sich nicht erinnern, ob er wusste, dass ihre Ehe zerbrochen war. Vermutlich musste sie das alles noch einmal durchkauen. Achselzuckend erklären: «Na ja, es hat nicht funktioniert.» Die lächerlichen Ausreden vorbringen, die Leute für das Scheitern ihrer Ehe erfanden, um ihr menschliches Versagen zu entschuldigen, ihre Unfähigkeit, sich den Richtigen auszusuchen und ihn glücklich zu machen, und die Wahrheit zu kaschieren, dass sie eben nicht liebenswert waren. Wieder in diesen Salon zu gehen war ein Fehler. Sophie rief noch einmal an und sagte ihren Termin ab.

Wie erwartet war Maeve wütend, als sie ihr am Telefon erklärte, dass sie doch nicht nach Charlton kommen könne.

«Scheiß auf Fergus!», sagte sie. «Dann tauschst du eben das Wochenende mit ihm. Oder du lässt die Kinder bei ihm und kommst allein. Wieso denn nicht? Er ist durchaus imstande, auf sie aufzupassen. Gib ihm eine Chance. Warum nicht? Sophie, sei nicht so ein Jammerlappen. Einen Tag kommen sie auch mal ohne dich aus, weißt du.»

«Ich kann nicht für einen Tag die ganze Strecke fahren. Abends muss ich wieder hier sein, um sie ins Bett zu bringen.»

«Warum? Meine Güte, Sophie, er ist ihr Vater. Er kann ihnen ja wohl auch ihre blöden Schlafanzüge anziehen, oder?» Als sie Sophies Widerstreben spürte, fügte sie wütend hinzu: «Ach, ich geb's auf!»

«Überlass die Entscheidung bitte mir, Maeve. Hör endlich auf, mich herumzukommandieren. Wenn sie ein bisschen älter sind …»

«Sie werden nie alt genug, dass du sie loslässt», sagte Maeve spitz.

Innerlich versuchte Sophie, sich selbst zu überreden. Fergus konnte sie mit zu seiner Schwester nehmen. Claire würde auf sie aufpassen. Ihr vertraute sie. Claire lebte mit ihrem Mann, einem Bankangestellten, in Fulham und hatte selbst drei Kinder und ein Kindermädchen.

Später, nachdem sie etwas getrunken hatte, rief sie Fergus an. Im Hintergrund hörte sie das Fernsehgerät oder Stimmen.

«Gibst du eine Party?», fragte sie.

«Nur ein paar Freunde», sagte er. «Also? Was gibt's?»

Nachdem sie es ihm erklärt hatte, wurde er wütend.

«Verdammt, Sophie, wieso weißt du eigentlich nie, was du willst? Es ist verflixt spät, Claire jetzt noch zu fragen. Das ist nicht fair ihr gegenüber. Wieso kannst du dir das nicht früher überlegen?» Das war so unfair, dass es Sophie die Sprache verschlug. Sie hatte bisher noch nie ihre Verabredungen abgesagt, während Fergus das häufig tat.

Etwas später rief er zurück und sagte Bescheid, dass Claire einverstanden sei. Sie würde Sophie am nächsten Morgen anrufen. Er war netter, freundlicher, ein paar Drinks weiter.

«Wohin willst du denn?», erkundigte er sich. Offenbar war ihm aufgegangen, oder jemand hatte ihn darauf aufmerksam gemacht, dass eine Einladung übers Wochenende nur gut sein konnte. Wenn Sophie sich mit einem anderen Mann träfe oder wieder heiratete, wäre das wesentlich besser, als sie als Mühlstein an seinem Hals zu haben.

Völlig zerschlagen ließ Sophie sich auf ihr Sofa fallen und zupfte an den Baumwollflusen ihrer Schlafanzughose. Vermutlich hatte Maeve Recht. Sie sollte Flora und Freddy ab und an in die Obhut anderer geben. Mittlerweile war sie wirklich Besitz ergreifend und neurotisch. Wenn sie nicht bei ihr waren, hatte sie ständig Angst um die beiden. Unaufhörlich schwirrten in ihrem Kopf Bilder von grauenhaften Unfällen herum, über die sie in der Zeitung gelesen hatte: Kinder, die an Erdnüssen erstickten, aus Fenstern fielen oder in Badewannen ertranken. Außer ihr selbst konnte sie niemandem vertrauen, niemand war sich der Gefahren wirklich bewusst – nicht einmal ihre Mutter, und Fergus schon gar nicht.

Auch um sich hatte Sophie Angst. Was war sie schon ohne die beiden? Sie wollte es gar nicht wissen. Sie wollte, dass ihre Kinder sie brauchten und bedingungslos liebten, und sie wollte sie mit niemandem teilen. Die Abhängigkeit ihrer Kinder von ihrer Mutter sollte nicht verwässert werden. Hieß das, dass sie eifersüchtig Besitz ergreifend war? Vermutlich ja. Sie erinnerte sich, wie Flora geweint hatte, als Fergus die beiden neulich nach seinem Tag mit ihnen nach Hause gebracht hatte; als er gehen wollte, hatte sie sich mit plumpen Händchen an seine Hosenbeine geklammert. Fergus war gerührt, das hatte Sophie gemerkt und mit Eifersucht und Wut auf Floras Verrat reagiert.

Heiße Tränen kullerten über Sophies Wangen. Es war ganz offensichtlich falsch, so an ihren Kindern zu hängen, ein Krankheitssymptom. Aber wie konnte eine Mutter zu sehr lieben oder sich zu sehr um ihre Kinder kümmern?

Wenn ich nicht allein wäre, wäre alles anders, dachte sie. Ich hätte einen Ausgleich im Leben, einen Mann, um den ich mich kümmern könnte und der für mich sorgen und sich die Sorge um die Kinder mit mir teilen würde. Ich bin unausgeglichen, weil ich allein bin. Und ich bin so müde. So müde.

Gegen drei Uhr morgens wachte Sophie durchgefroren und mit steifem Nacken auf dem Sofa auf. Sie machte sich eine Wärmflasche und aß ein Butterbrot. Ein paar Stunden Schlaf blieben ihr noch, bevor die Zwillinge aufwachten und in ihrer unermüdlichen Munterkeit einen neuen Tag begannen.

Kapitel 5

Am Tag nach Sams Besuch saßen Maeve und Lady Pamela mit ihrem Whisky am offenen Kamin, die Vorhänge gegen einen kalten Abendhimmel zugezogen. Zwischen ihnen herrschte eine herzliche Atmosphäre. Lady Pamela hatte es genossen, Sam wiederzusehen, und Maeves Bemühungen zu würdigen gewusst. Auch wenn sie es nicht sagte, hatte sie sich gefreut, dass Maeve sich taktvoll rar gemacht und die beiden ihren Erinnerungen überlassen hatte. Maeves Bitte, Freunde nach Charlton einladen zu dürfen, hatte sie zwar geärgert, aber da sie immer auf Sams Ratschläge hörte, hatte sie Maeve im Laufe des Abends den Besuch erlaubt.

Nun schaute sie zu ihrer Gesellschafterin hinüber und bemerkte, wie ihr blasses Gesicht im Feuerschein glühte. Die schwarze Mähne hatte sie in einem abenteuerlichen Winkel zu einem Knoten aufgesteckt und hielt das geschliffene Whiskyglas mit knochigen Händen ans Gesicht wie ein Eichhörnchen eine Nuss. Sie schaute in die Flammen und wirkte nachdenklich. Was für ein merkwürdiges Wesen, dachte Lady Pamela. Zäh wie Leder, nicht im herkömmlichen Sinne hübsch, aber sie hatte etwas an sich – Energie, Vitalität, Witz –, was ihr gefiel.

Maeve überlegte, wie merkwürdig es doch war, hier mit einer alten Frau am Kamin zu sitzen, mit der sie nichts verband. Es könnte ihr letzter Abend auf Erden sein, und sie verbringt ihn mit mir, die ihr nichts bedeutet. All die Jahre erfüllten privilegierten Lebens, all die Freunde und Bekannten, die Reisen und Partys – und das ist davon übrig geblieben. Sie empfand nicht gerade Mitleid mit Lady Pamela, die sich immerhin eine behagliche Umgebung leisten konnte. Aus der Zeitung wusste Maeve, dass manche alten Leute allein in kalten Wohnungen starben oder an Unterernährung und Vernachlässigung litten.

Wenn Maeve über ihre eigene Lage nachdachte, fühlte auch sie sich fehl am Platz und aus der Bahn geworfen, als habe das Leben sie aus der Hauptströmung, wo sie damit rechnen durfte, dass die Ereignisse sie mitrissen und ihr Möglichkeiten in den Weg legten, in einen toten Seitenarm getrieben. Hier hatte das Leben sich unweigerlich dem gemächlichen Tempo der ihr anvertrauten alten Dame angepasst. Routine und Ordnung herrschten vor, und ein Tag verging wie der andere. Noch nie hatte Maeve so viel Zeit gehabt, zu schlafen, zu essen und zu lesen, und sie fühlte sich, als hätten sich alle ihre scharfen Kanten abgeschliffen und als fließe das Blut träge in ihren Adern. Die langen Phasen des Schweigens, die ereignislosen Abende, die einsamen Spaziergänge, die unglaubliche Eintönigkeit der Landschaft waren ihr unheimlich. Bisher hatte sie instinktiv die Gesellschaft junger, rastloser Menschen gesucht, die sich am Rand der Spielwiesen dieser Welt sammelten. Sie war es gewöhnt, spät aufzustehen und bei Morgengrauen schlafen zu gehen, benebelt von Alkohol oder Drogen. Sie hatte gelernt, jedes Insichgehen zu meiden und ihre Kraft aus ständiger Aktivität zu schöpfen.

Maeve war diese seltene Gelegenheit, nachzudenken und

Bilanz ihres bisherigen Lebens zu ziehen, alles andere als willkommen. Zu viel Nachdenken konnte sie in das schwarze Loch der Depressionen führen, das nie allzu weit von ihrem Weg entfernt lauerte. In Charlton hatte sie es bislang vermieden, in seine Tiefen zu stürzen, aber es war dennoch vorhanden. Als sie das Glas an die Lippen hob, bemerkte sie Lady Pamelas Blick und fühlte sich unbehaglich. Sie scheute davor zurück, ihre Gefühle zu zeigen, und spürte eine Vertraulichkeit in der Luft, die ihr unangenehm war. Hastig sagte sie: «Erzählen Sie mir von Charlton. Von diesem Haus. Hat es Ihnen schon immer gehört?»

«Es gehörte meinem Vater. Es war früher das Wittum des Gutes, auf dem ich aufgewachsen bin, Eastcott Hall. Es wurde nach dem Krieg verkauft und ist heute ein Golfclub mit Hotel. Das Gut gibt es nicht mehr. Mein einziger Bruder ist im Krieg gefallen, und mein Vater hatte keine Kraft mehr dafür. Nach seinem Tod ging der Titel an seinen Bruder, und mit Onkel Tonys Tod zwanzig Jahre später starb diese Linie aus. Es ist also alles fort. Nur Charlton ist geblieben. Ich bin hierher gezogen, als ich Bumper heiratete. Mein Vater hat mir das Haus geschenkt.»

«Und wie war Bumper?»

«Im Krieg war Bumper ziemlich fesch. In Uniform sah er hinreißend aus, und als wir uns kennen lernten, verliebten wir uns sehr bald. Das war damals so. Wissen Sie, es war Krieg. Das machte alles dringlich. Man wollte weiterkommen und leben, solange man konnte. Viele meiner Freundinnen hatten geheiratet, und ich machte es ihnen nach. Wir heirateten standesamtlich, als er Urlaub hatte. Zwei Freunde als Trauzeugen, anschließend Champagner im Ritz. Das war es. Aus den Flitterwochen in Cornwall rief ich meine Eltern an. Sie waren natürlich schockiert, aber das passierte damals ständig.»

Maeves Interesse war geweckt. Lady Pamela schilderte ein unberechenbares Verhalten, wie es ihrem eigenen entsprach. Wenn sie je heiraten sollte, dann so.

«Was hatte Bumper an sich?», erkundigte sie sich. «Warum haben Sie sich für ihn entschieden?»

«Ach, er sah damals gut aus. Sehr groß und stark. Damals war er noch nicht aufgeblasen. Lustig war er zwar nie, aber eindeutig attraktiv, und er war in mich verliebt. Im Laufe des Krieges machte er Karriere, und als der Krieg zu Ende ging, war er an der Abfassung der Friedensverträge und Reparationen beteiligt und wurde unerträglich eingebildet. Seine Arbeit nahm ihn sehr in Anspruch. Er hatte für kaum etwas anderes Zeit.

Über weite Teile des Krieges und auch hinterher lebte ich allein hier in Charlton. Hier wurde Henry geboren und später Elizabeth. Später, als Bumper Diplomat war, zogen wir viel in der Welt herum, aber Charlton war immer mein Zuhause, und ich verbrachte hier so viel Zeit wie möglich. Wissen Sie, damals hatte eine Diplomatenfrau eine Rolle zu spielen. Ich war ziemlich gut darin. Gesellschaften geben, sich elegant anziehen, die Leute kennen. Aber man stand ständig im Blickfeld der Öffentlichkeit, und Bumper hielt große Stücke auf korrektes Benehmen. Nur wenn ich hier war, konnte ich all das fallen lassen und ich selbst sein. Bumper besaß keine andere Seite. Er war immer steif und korrekt, selbst in seiner Freizeit. Er war lieber in London, mittendrin im Geschehen, wo er wichtige Männer in seinem Club treffen konnte, statt hier unten mit mir und den Kindern zusammen zu sein.»

Das konnte Maeve gut nachfühlen.

«Nachdem er sich zur Ruhe gesetzt hatte, machte er Pferderennen zu seinem Hobby. Er kaufte die Stute, von der ich Ihnen erzählt habe, Ballerina. Mit ihr fing alles an. Ich überredete ihn, sie zu einem Trainer hier in Somerset zu geben, und obwohl er nach wie vor lieber in London war, verbrachte er mehr Zeit hier, nachdem er mit dem Pferdezüchten angefangen hatte. Aber eigentlich verabscheute er das Landleben. Für ihn war unser Zuhause in London.»

«Aber was für ein Mann war er?», fragte Maeve und versuchte, ihn sich in diesem Wohnzimmer vorzustellen und seine Gegenwart zu spüren.

«Bumper war ein kalter Mann. Ich glaube, deshalb war er ein so guter Diplomat. Er zeigte nie Gefühle. Aber er liebte seine Pferde. Einmal sah ich, wie er in den Hof ging. Ballerina stand mit ihrem letzten Fohlen in einer Box. Er streichelte ihre Nase und küsste sie. Eine äußerst ungewöhnliche Geste, wenn man ihn kannte.»

Maeve stellte sich die Ehe vor, die Lady Pamela andeutungsweise beschrieben hatte. Sie dachte an ihre eigenen Eltern und an ihre heftigen Streitereien mit Geschrei und Türenschlagen. Wie frostig klang dagegen Lady Pamelas Eheleben. Jahre der Pflichterfüllung und des formvollendeten Auftretens. Sie überlegte, wie Sam in dieses Bild passte, wagte aber nicht danach zu fragen.

Sie konnte sich nicht vorstellen, bei einem Mann zu bleiben, den sie langweilig und eingebildet fand. Frauen ihrer Generation wollten Männer als Liebhaber und Freunde, nicht als Versorger. Sie wusste, dass sie sich kaum ein Urteil darüber erlauben durfte, da sie sich unweigerlich in die schlimmsten, unzuverlässigsten Männer verliebte, aber zumindest waren sie amüsant. Wenigstens für ein Weilchen, bis ihr Charme sich abnutzte.

«Und wie war er als Vater?», fragte sie.

«Ach, distanziert, denke ich. Aus kleinen Kindern machte er sich nicht viel, und dann waren beide auf dem Internat, und als sie wiederkamen, waren sie erwachsen, und er interessierte sich mehr für sie.» Lady Pamela stockte, und Maeve spürte, dass sie sich heiklem oder schmerzlichem Terrain näherten. Vermutlich hing es mit dem Tod ihrer Tochter zusammen.

Um wieder auf sichereren Boden zu gelangen, sagte sie: «Wo wir gerade über Männer reden, fällt mir ein, dass ich keinen habe. Seit ich hergekommen bin, habe ich nicht einmal mehr einen zu Gesicht bekommen. Mrs Day erzählte mir, dass es hier einen Luftwaffenstützpunkt gibt und dass alle Mädchen aus dem Dorf dort auf der Suche nach einem Mann tanzen gehen. Ihre Tochter hat einen Berufssoldaten geheiratet, und ihre Enkelin, die erst sechzehn ist, hat gerade ein Baby bekommen, von dem Mrs Day vermutet, dass der Vater aus der Kaserne ist.»

Lady Pamela schaute Maeve an. So offen über das Bedürfnis nach einem Mann und vermutlich nach Sex zu sprechen war ihr neu. Sie hatte zwar gerade ein bisschen von ihrer Persönlichkeit offenbart, was sie Mrs Cook gegenüber nie getan hätte, aber derart vertraulichen Klatsch mit einer Frau so unterschiedlichen Alters und ungleicher Stellung auszutauschen war für sie unerhört. Maeve behandelte sie fast wie eine Freundin oder Gleichrangige. Lady Pamela war unschlüssig, ob sie sich geschmeichelt fühlen oder missbilligend reagieren sollte.

Maeve legte ihren Blick ganz richtig aus und grinste. «Keine Sorge! Der Gedanke, in Scheunendiscos zu gehen, reizt mich nicht. Dafür bin ich zu alt und noch nicht verzweifelt genug. Trotzdem. Die beste Gelegenheit bietet sich wahrscheinlich im Pub, aber dahin komme ich nur mit dem Fahrrad, und das ist mir bisher zu weit. Wenn Sophie mit ihrem Auto kommt, können wir die Gegend ein bisschen weiter erkunden. Gucken Sie doch nicht so schockiert. Es ist doch ganz natürlich, einen Mann zu suchen. Ich wette, als Sie jung waren, sind Sie auch auf Anmache gegangen.»

Nun musste Lady Pamela grinsen. «Was für ein grässlicher

Ausdruck! Ich kann mir denken, was er bedeutet, aber nein, das habe ich nie gemacht. Zu meiner Zeit ging es sehr förmlich zu. Junge Männer lernte man nur kennen, wenn man ihnen vorgestellt wurde. Der Krieg hat natürlich manches verändert. Hat den Mädchen wesentlich mehr Freiheiten gegeben, vor allem wenn sie bei den Hilfsdiensten waren. Wissen Sie, ich habe einen Krankenwagen gefahren, bevor Henry geboren wurde. Eigentlich glaube ich doch, dass wir manchmal auf Anmache gegangen sind.» Etwas Spitzbübisches trat in ihre Miene. «Meine Freundin Joan und ich gingen manchmal tanzen und schauten einfach mal, was sich so ergab. Manchmal brachte uns jeden Abend ein anderer junger Mann nach Hause!»

«Da sehen Sie's», sagte Maeve. «*Plus ça change* und so.»

Sie stand auf, um ihre Gläser nachzuschenken und ein Scheit aufs Feuer zu legen.

«Und wie war Ihre Kindheit?», fragte sie, als sie sich wieder in den Sessel setzte und ein Bein an sich zog. «Ich habe gerade mal nachgerechnet. Sie müssen im Ersten Weltkrieg geboren sein. Da war alles noch mit langen Röcken, Hüten und Pferden, oder? Und Sie wohnten oben in dem großen Haus mit einer ganzen Armee von Dienstboten? Jesses, haben Sie in Ihrem Leben Veränderungen erlebt.»

«Meine Kindheit war völlig unspektakulär, aber nach heutigen Maßstäben recht ungewöhnlich. Ich kann mich kaum erinnern, dass meine Eltern darin eine Rolle spielten. Ich hatte ein wunderbares Kindermädchen namens Thomas.»

«Thomas?», sagte Maeve. «Ein Typ?»

«Seien Sie nicht albern. Sie wurde bei ihrem Familiennamen genannt, wie alle Dienstboten. Ellen Thomas hieß sie. Ich betete sie an, sie war für mich viel wichtiger als meine Eltern. Ich war praktisch ständig mit ihr zusammen. Mein Bruder ging zuerst auf ein privates Gymnasium und anschließend nach Eton, aber ich hatte eine Gouvernante und bin nie zur Schule gegangen. Man brachte mir bei, meine Eltern zu lieben, und das tat ich natürlich auch, aber meine Zuneigung galt Ellen.

Als ich sechzehn war, ging sie fort. Ich hatte den Sommer bei Cousinen in Frankreich verbracht, und als ich nach Hause kam, rief meine Mutter mich in den Salon unseres Londoner Hauses und teilte mir mit, dass Thomas eine Stellung bei einer anderen Familie angenommen hatte. Ich war wie vor den Kopf gestoßen, es brach mir das Herz. Ich konnte es gar nicht glauben, bis ich nach oben unters Dach gelaufen war, wo sich das Kinderzimmer befand, und feststellte, dass ihre sämtlichen Sachen fort waren. Sie hatte mir ein steifes Briefchen da gelassen, in dem sie mir alles Gute wünschte, und als Abschiedsgeschenk ein Gebetbuch. Danach behandelte man mich wie eine Erwachsene, ich aß mit meinen Eltern im Esszimmer, bekam ein Schlafzimmer im ersten Stock und eine Zofe, die mir beim Ankleiden und Frisieren half.» Sie schwieg ein Weilchen und schaute ins Feuer. «Ich glaube, ich bin nie ganz darüber hinweggekommen, dass Thomas einfach so gegangen ist.»

Maeve meinte einen Anflug von Selbstmitleid in Lady Pamelas Stimme zu hören. Sie konnte es nicht ausstehen, wenn Leute sich selbst Leid taten. Sie war unfähig, Mitgefühl zu äußern und etwas Tröstliches zu murmeln, wie es anscheinend erwartet wurde. Stattdessen sträubten sich ihr die Nackenhaare.

Sie konnte es sich nicht verkneifen, spitz zu sagen: «Etwa um diese Zeit zog meine Familie aus dem Moor nach Belfast, um in der Fabrik zu arbeiten. Meine Oma musste schon mit vierzehn in der Fabrik arbeiten. Morgens ging sie im Dunkeln barfuß zur Arbeit, ein Stück Brot und Speck in Zeitungspapier gewickelt, das für den Tag reichen musste. Ich muss oft an sie denken, wenn ich mich beschissen fühle.» In

Wahrheit war diese Geschichte so gut wie erfunden. Maeve erinnerte sich nur vage, dass ihr Vater ihr einmal etwas in der Art erzählt hatte. Besonders das Stück Brot und Speck entsprang ihrer Phantasie.

Lady Pamela bedachte sie mit einem frostigen Blick. «Ich möchte Sie bitten, mir keine Predigten zu halten, Maeve. Dafür bin ich zu alt. Damals waren andere Zeiten, harte Zeiten. Kindheit war ein Luxus, den sich nur die Reichen leisten konnten, und selbst privilegierte Kinder lebten oft in Verhältnissen, die man heute für barbarisch halten würde. Sie hatten zwar materielle Sicherheit, genug Essen und Kleidung, aber sie fühlten sich oftmals nicht geliebt oder erwünscht. Ihnen wurden alle möglichen Grausamkeiten angetan. Reichtum verschafft einem Kind nicht unbedingt Glück oder Geborgenheit, wissen Sie.»

«Wem sagen Sie das?», erwiderte Maeve. «Okay, ich gebe Ihnen Recht. Aber Hunger zu haben, keine Schulbildung zu kriegen und in beengten unhygienischen Wohnungen zu leben war auch nicht gerade ein Spaß.»

«Was glauben Sie eigentlich, in was für einer Welt ich gelebt habe? Ich habe mehr Armut gesehen, als Sie sich ausmalen können», sagte Lady Pamela. «In der ganzen Welt. Und oft habe ich erlebt, dass Würde und Armut Hand in Hand gehen.»

«Reiche Leute haben gut reden. Von wegen die Armen besitzen etwas, was für Geld nicht zu kaufen ist, aber wie viele Reiche geben denn schon alles weg, um auch so leben zu können? Jesus hat ja wohl gesagt, dass eher ein Kamel durch ein Nadelöhr geht, als dass ein Reicher in den Himmel kommt. Das ist, weil die Reichen blind gegen die anderen sind. Sie leben in ihrer eigenen Welt, geschützt durch ihr Geld. Sie können das ganze Elend um sie her gar nicht sehen. Oder sie sehen es und lernen, es zu ignorieren.»

«Meine Liebe, wie gut oder christlich Menschen sind, hat nichts damit zu tun, ob sie reich oder arm sind. Das kommt von innen. Das habe ich zumindest festgestellt. Und jetzt lassen Sie uns damit aufhören, denn ich glaube, im Grunde sind wir einer Meinung. Geld hin oder her, ich sehe ein, dass es sich wesentlich bequemer reich und unglücklich leben lässt als arm und elend.»

Lady Pamela musste sich sehr zurückhalten, Maeve nicht zu fragen, was sie denn dazu beitrug, das Los jener Armen zu bessern, für die sie sich so einsetzte. Oder sie zu fragen, ob eine kostspielige Schulbildung nicht mit der Verantwortung einhergehe, sie klug zu nutzen. Wie Lizzie es empfunden hatte. Sie war fest entschlossen gewesen, die Welt zu verbessern, Ärztin zu werden und etwas gegen Ignoranz, Krankheit und Armut zu tun.

Als könne Maeve ihre Gedanken lesen, sagte sie: «Ich wollte nicht auf dieses Internat gehen, wissen Sie. Gott, man hat mir oft genug unter die Nase gehalten, was das kostet. Ich wäre lieber zu Hause geblieben und in Belfast auf ein staatliches Gymnasium gegangen. Aber sie wollten mich aus dem Weg haben, und da war das Internat die Lösung. Ich habe es gehasst. Mir ist es da genauso ergangen wie Ihnen, als Sie merkten, dass Thomas auf und davon war. Hundeelend. Sie wollten mich nicht mal in den Ferien zu Hause haben.

Wissen Sie, einmal kam niemand mich abholen. Sie hatten sich gestritten, wer von ihnen an der Reihe war, und ich fühlte mich so gedemütigt, immer noch da zu sitzen, nachdem all die anderen Mädchen schon vor Stunden abgeholt worden waren, dass ich mir ein Taxi rief und mich in ein Hotel in Windsor bringen ließ. Da verbrachte ich das Wochenende, schaute fern und ließ den Zimmerservice kommen. Bis meine Eltern mich vermissten, hatte ich schon ein Vermögen ausgegeben. Mein Vater musste mit seiner Kreditkarte bezahlen.

Den Rest der Woche verbrachte ich bei Sophie. Sie hatte natürlich alles: Brüder, ein Pony, eine Mutter mit Haarband, einen Vater, der Rasen mähte und sie hänselte. Es kam mir vor wie die perfekte Familie. Ständig stellten sie mir Fragen, besonders ihre Mutter. Der armen Soph war es so peinlich, weil sie genau wusste, worauf sie aus war. ‹Und wo lebt deine Mutter jetzt, Maeve? Ach, Südfrankreich, wie *schön*. Hat sie wieder geheiratet? Ach, sie lebt allein? Ich verstehe …›, und so weiter. Je mehr sie über mich erfuhren, umso unpassender wurde ich als beste Freundin für Sophie.

Genau wie bei Ihnen und dieser Thomas glaube ich auch, dass ich nie vergessen kann, dass meine Eltern mir das angetan haben, mich auf eine vornehme katholische Mädchenschule in England zu schicken. Mich, ein Einzelkind aus einer zerrütteten Familie mit irischem Akzent, einer nymphomanischen Alkoholikerin als Mutter und einem republikanischen Schürzenjäger als Vater. Ich passte in keiner Weise dahin.»

«Sie glaubten, dass es für Sie das Beste sei», sagte Lady Pamela bestimmt, «und sicher war es das auch. Es hat Sie gelehrt, eigenständig und unabhängig zu werden.»

«Ja, allerdings», sagte Maeve grinsend. «Und außerdem hat es mir Sophie gebracht.»

Ach, Sophie. Sie kam ein bisschen überraschend. Als sie am Samstagmorgen eintraf, hörte Lady Pamela den Wagen nicht auf dem Kies und merkte erst, dass Maeves Besuch da war, als die Wohnzimmertür aufging und Maeve den Kopf hereinsteckte. «Sie sind da, Lady P. Soll ich sie reinbringen?»

Lady Pamela legte die Sportseiten des *Telegraph* beiseite. Lieber hätte sie einen Moment Zeit gehabt, Lippenstift aufzulegen und sich die Nase zu pudern. Aber immerhin hatte sie heute etwas mehr Sorgfalt auf ihre Kleidung verwandt als sonst. Maeve hatte sie darauf aufmerksam gemacht, dass ihr blassblauer Pullover vorn einen Fleck hatte – der ihr bei ihrer nachlassenden Sehfähigkeit entgangen war –, und hatte ihr geholfen, darüber ein Tuch mit einer Türkisbrosche mit Diamant festzustecken.

«Ist sie nicht hübsch?», hatte sie gesagt, als sie das Schmuckstück aus der Schatulle aussuchte. «Sam hat sie mir geschenkt, als Lizzie geboren wurde.»

Maeve hatte weiter in der Schmuckschatulle voller Broschen, Anstecknadeln und Ohrringe gestöbert. «Sie haben ein paar hübsche Stücke. Es wundert mich, dass sie nicht in einem Bankschließfach oder sonst wo sicher verwahrt liegen.»

«Das wären sie, wenn es nach Henry ginge. Er versucht ständig, damit durchzubrennen. Bunty würde sie liebend gern in die Finger bekommen, das weiß ich, aber nur über meine Leiche, was ja letzten Endes auch so kommen wird. Es ist nichts wirklich Wertvolles dabei, hauptsächlich Erinnerungsstücke, von denen ich mich selbst jetzt noch nicht trennen möchte.»

«So», sagte Maeve, als sie den Schal feststeckte. «Das sieht cool aus.»

Lady Pamela hielt einen Handspiegel hoch. «Danke, meine Liebe. Sehr cool!»

Nachdem Maeve in der Küche verschwunden war, um den Eintopf fertig zu machen, kramte Lady Pamela noch ein Weilchen in ihrer Schmuckschatulle und erinnerte sich, wann und zu welchem Anlass sie jedes Stück bekommen hatte. Die Diamantnadel war ein Geschenk zu ihrem dreißigsten Geburtstag. Die Smaragdohrringe hatte sie nach einer der glücklichsten Wochen ihres Lebens im Pariser Hotel George V unter der Seife gefunden. Den Diamantfuchs hatte Bumper ihr nach dem Rennsieg eines seiner Pferde geschenkt. All das hätte natürlich Lizzie bekommen.

Ein bisschen verwirrt schaute Lady Pamela auf, als sie Maeves Stimme hörte. Ein großes, schlankes Mädchen mit glattem farblosem Haar stand mit dem Rücken zum Fenster und schaute unsicher zu ihr herüber.

«Das ist Sophie, Lady Pamela», erklärte Maeve.

Das Mädchen trat näher und reichte ihr die Hand. Sie hatte eine leise, sanfte Stimme. «Vielen Dank, dass Sie uns erlaubt haben, Maeve zu besuchen», sagte sie.

Lady Pamela musterte ihr Gesicht. Gegen das Licht war es schwer zu erkennen, aber sie hatte auffallend glatte Haut, weiche, unausgeprägte Züge und große, sanfte Augen.

«Und das», sagte Maeve und schob jemanden nach vorn, «ist Mohammed.»

Zu ihrer Verwunderung sprang plötzlich ein sehr dunkler, sehr schöner junger Mann vor, kniete sich neben ihren Sessel und nahm ihre Hand.

«Ach! Lady Pamelas», sagte er. «Ich sein ganz weg vor Freude.»

Meine Güte, dachte Lady Pamela. Es war sehr lange her, seit sie einen so schönen Menschen gesehen hatte. Oder einen so dunklen. Verflixt ärgerlich, dass sie keinen Lippenstift aufgelegt hatte. Sie hatte es nicht eilig, ihm ihre Hand zu entziehen.

Sophie war krank vor Sorge und brachte kaum zwei zusammenhängende Worte heraus. Fergus hatte Flora und Freddy wie geplant abgeholt. Wie sie zugeben musste, hatten die beiden ziemlich fröhlich ausgesehen, als sie auf dem Rücksitz seines geliehenen Wagens angeschnallt saßen und ihre sorgfältig gepackten Koffer und die Kühlbox mit Freddys Ziegenmilch gegen seine Ekzeme und sämtlichen Mahlzeiten, die Sophie für sie vorbereitet hatte, im Kofferraum verstaut waren. Fergus hatte sich barsch und sachlich benommen und nicht einmal einen Blick auf den Zettel mit der Adresse und Telefonnummer geworfen, die Sophie ihm für Notfälle jeglicher Art gab.

«Okay, viel Spaß», hatte er gesagt. «Sagt eurer Mummy Tschüs, Kids.» Flora hatte durch das Wagenfenster gestrahlt und mit plumpem Händchen ein unbekümmertes Winken imitiert. Freddy hatte für einen Moment erschrocken ausgesehen, fand sie, als er merkte, dass sie nicht mitkam. Sein vor Kummer verzerrtes Gesichtchen verfolgte sie. Nach zwanzig Minuten hatte sie bei Claire angerufen, aber niemand war an den Apparat gekommen. Dann war Mohammed aufgetaucht. Sie hatte sich zusammenreißen und für die Fahrt nach Somerset fertig machen müssen. Unmittelbar vor der Abfahrt hatte sie noch einmal angerufen, aber immer noch keine Antwort bekommen. Ob sie schon jetzt einen Unfall hatten? Sie hörte den Anrufbeantworter und die Mailbox ihres Handys ab. Keine Nachrichten. Es war zwecklos. Sie musste aufbrechen. Mohammed redete ununterbrochen und lief ihr ständig vor die Füße in seinem gnadenlosen Bemühen, ihr zu helfen. Ihr graute vor der Fahrt mit ihm, da er so viel Aufmerksamkeit beanspruchte.

«Hör mal», sagte sie, als sie nebeneinander im Wagen saßen, «ich habe furchtbare Kopfschmerzen. Macht es dir etwas aus, wenn wir nicht reden?»

Darauf floss er vor Fürsorglichkeit förmlich über und wollte ihr Kopf und Nacken massieren.

«Das geht nicht, während ich fahre», wandte sie ein und hätte am liebsten geschrien: «Lass mich in Ruhe, lass mich bitte in Ruhe!» Trotzdem drehte er sich zu ihr und knetete mit kräftigen Fingern ihren Nacken.

«Das so hart», stellte er fest. «Kein Wunder du haben Kopfweh.» Schon bald merkte Sophie zu ihrer Verwunderung, dass er ihr guttat. Ihre Schultern entspannten sich und sackten von ihren Ohren in eine normalere Position.

«Für dich sein komisch ohne Kinder, ja? Das dich machen so nervös. Aber Vater sein gut für Kinders. Ich denken. Du müssen froh für sie sein.» Sophie war wütend. Wie konnte er es wagen, eine Meinung über Dinge zu äußern, von denen er keine Ahnung hatte?

«Mein Vater tot, wenn ich kleiner Junge war. Mein Vater hatten Laden auf Fahrrad in Kairo. Er verkaufen Brot aus großen Korb. Einmal Polizei kommen und sagen: ‹Wo sein deine Papiere?› Er waren zu arm für Papiere. Sie ihn nehmen zu Polizei und nehmen seine Laden weg. Mein Vater nicht kommen zu Hause. Am Abend meine Mutter mir sagen, geh zu Polizei und sag, mein Vater nicht mehr da. Polizei mir kleine Jungen sagen: ‹Komm mit.› Sie mich bringen in Leichenhaus und zeigen meine Vater, wie totes Fleisch auf Tisch. Er hatten Herzanfall. ‹Ist das dein Vater?›, sie mich fragen. Ich müssen zu meine Mutter und Schwesters und ihnen sagen, unser Vater tot. Das sein furchtbare Sache.»

Sophie schaute ihn an. «Mohammed, das tut mir so Leid. Was für eine schreckliche Geschichte.»

Mohammed zuckte die Achseln. «Lange vorbei. Aber ich ihn immer noch vermissen, ich immer wollen gut sein für seine Erinnerung.»

«Und deine Mutter? Wie ist sie zurechtgekommen? Wie viele wart ihr? Kinder, meine ich.»

«Sieben Kinders. Mein Vater Familie uns nehmen, aber meine Mutter nicht glücklich. Zwei Jahre danach sie wieder heiraten.»

O je, dachte Sophie und fürchtete schon die übliche Geschichte vom bösen Stiefvater, die sicher nun folgen würde.

«Er sehr gutes Mann», sagte Mohammed. «Er gutes Vater für uns alle. Er mir helfen mit Schule für Ingenieur. Er nett zu meine Schwesters. Aber dann er auch sterben. Jetzt meine Mutter wohnen in Haus, das er gekauft.»

Also doch fast ein Happy End, dachte Sophie. Ihr Mitgefühl für Mohammed hatte sie verrückterweise aufgemuntert und ihr etwas die Sorge um ihre Kinder genommen. Sie nahm sich vor, von der ersten Tankstelle auf der Autobahn noch einmal anzurufen. Sie wollte nur hören, ob Freddy in Ordnung war. Natürlich ist er das, dachte sie. Kinder überleben schreckliche Traumata. Dennoch verfolgte sie seine unglückliche Miene das ganze Wochenende, auch noch lange nachdem Claire ihr versichert hatte, dass sie sich keine Sorgen zu machen brauche und er zufrieden mit seinem Vetter Ben spielte. Im Hintergrund hörte sie sogar fröhliche Stimmen und Lachen, was ihr noch mehr zusetzte.

In dieser Verfassung traf Sophie also in Charlton ein. Als Erstes fiel ihr auf, dass die Landschaft hier viel ländlicher wirkte als in Oxfordshire. Sanfter, grüner, saftiger. Als sie in Wincanton von der A303 abbogen und über schmale Landstraßen fuhren, hatte sie das Gefühl, in ein völlig anderes Land zu kommen. Milchkühe standen an morastigen Weidenzäunen, auf den Hügeln grasten Rinder, Wiesen waren von Schafen gesprenkelt. Es war eine Gegend der Viehzüchter mit Weideland und hohen Hecken und nur wenig Ackerbau. Mohammed, der von England bisher nur London kannte, war sprachlos. So viel Gras, so viel Platz. Wo waren all die Menschen? Sophie konnte sich vorstellen, dass Maeve ähnlich empfand. Sie fragte sich, wie sie in einer so fremden Umgebung zurechtkam. Nachdem sie sich zunächst einmal verfahren hatten, fanden sie schließlich die Einfahrt nach Charlton.

Was für ein hübsches Haus, dachte Sophie. Die Haustür stand einladend offen, und als sie aus dem Wagen stiegen, tauchte Maeve in Küchenschürze auf und begrüßte sie überschwänglich. Sie hing an Mohammeds Hals wie eine Klette.

«Ein Mann, ein Mann», kreischte sie. «Gott! Ich nehme dich, glaube ich, als Geisel.»

Mohammed schwang sie erfreut herum wie ein Kind.

«Kommt rein», sagte sie, als er sie wieder auf den Boden

stellte. Sie folgten ihr durch die Diele in eine große unordentliche Küche, die deutlich erkennen ließ, dass hier Maeve wirtschaftete. Die Spüle stand voller Abwasch. Auf dem Boden türmten sich Töpfe. Der Gasherd war schmutzig. Aus einem Wäschekorb mit offenbar ungebügelter Wäsche schaute ein kleiner Hund auf.

«Entschuldigt die Unordnung!», sagte Maeve. «Es gibt eine phantastische Putzfrau, aber sie war seit drei Tagen nicht mehr da, und ich will verdammt sein, wenn ich ihren Job auch noch mache.»

Sophie empfand das als Schlag ins Gesicht. Unordnung konnte sie nicht ertragen. Dazu war der Zwang, aufzuräumen und sauber zu machen, bei ihr zu stark ausgeprägt.

«Lady P. ist nebenan», sagte Maeve. «Ich stelle euch vor, und dann fahren wir in den Pub. Das Mittagessen steht schon fertig im Backofen.»

«Kannst du sie denn allein lassen?», fragte Sophie besorgt.

«Meine Güte, Soph, fang nicht damit an. Gerade habe ich dich von deinen Kindern losgeeist, was schon ein kleines Wunder ist. Jetzt fang nicht an, dich hier auch noch für alles verantwortlich zu fühlen.»

«Geht das denn?»

«Na klar. Sie ist weder invalide noch gaga. Sie kommt gut alleine klar.»

Sie gingen durch die Diele in ein hübsches helles Wohnzimmer. Erleichtert bemerkte Sophie, dass es einigermaßen ordentlich war und Maeve im Kamin ein Feuer angezündet hatte. Eine zierliche alte Frau saß in einem großen Lehnsessel vor einem großen Fernsehgerät. Ihr weißes Haar war zu einem glatten Bob geschnitten, und trotz ihres Alters sah sie in ihrem blass-blauen Pullover und dem hübschen Halstuch attraktiv aus. Ihr intelligentes Gesicht ließ unter der gepuderten Haut einen klar geschnittenen Knochenbau erkennen. Für einen Moment wirkte sie leicht verblüfft, reichte dann aber Sophie die Hand. Als Mohammed mit einem dramatischen Satz vorsprang und sich neben sie kniete, sah Sophie, wie ihre Augen beim Anblick seiner Jugend und Schönheit leuchteten. Er setzt seinen Charme erbarmungslos ein, dachte sie. Und es wirkt selbst bei dieser alten Frau. Allerdings gehört sie wohl zu der Sorte Frau, die immer Spaß an Männern hatte.

Später fuhren sie das kurze Stück nach South Charlton und saßen im *Dog and Duck* an einem wackeligen Eichentisch am lodernden Kaminfeuer, vor sich ein halbes Pint Apfelwein, eine Cola für Mohammed und Tüten Kartoffelchips. Es war ruhig im Lokal. An der Theke hockten ein paar Einheimische, Männer, die in Jeans und Arbeitsstiefeln ein bisschen schmuddelig wirkten. Ob die Frauen und Kinder, die an einem Tisch saßen, zu ihnen gehörten, war nicht ersichtlich. Bemerkungen gingen hin und her, und gelegentlich drückten die Kinder sich bei den Männern herum und bettelten um noch etwas zu trinken oder um Chips. Beide Grüppchen starrten Mohammed unverhohlen an, der überschäumender denn je war, nachdem er gerade Lady Pamela für sich erobert hatte. Das Zwielicht im Pub ließ seine Zähne besonders hell strahlen und unterstrich sein exotisches Aussehen. Eine der Frauen tuschelte mit ihrer Freundin, und beide schauten kichernd und feixend in seine Richtung.

«Na ja», sagte Maeve und schaute sich um. «Nicht gerade viel los hier, das steht fest. Immerhin bin ich jetzt seit drei Wochen zum ersten Mal mit mehr als drei Leuten in einem Raum …» Sie verstummte, als die Tür sich schwungvoll öffnete und ein Mann hereinkam. Er war um die dreißig, ähnlich gekleidet wie die anderen, besaß aber mehr Elan und Stil. Sein Gesicht war unter braunem Haar braun gebrannt. Während er in seiner hinteren Hosentasche nach Geld kramte, schaute er sich im Lokal um und bemerkte Maeve.

«Morgen», sagte er freundlich in ihre Richtung.

Der Wirt unterbrach sein gemächliches Gläserpolieren. «Das Übliche, Rob?», fragte er.

«Ja, bitte, Tom.» Die Männer an der Theke flachsten mit Rob herum, der offenbar einen Viehlaster fuhr.

Sophie beobachtete, wie Maeve ihn musterte. Kurz darauf stand sie auf, nahm ihre Gläser und ging an die Theke, wo sie sich neben ihn lehnte.

«Hi», sagte sie. Er drehte sich zu ihr um und lächelte – zwar nicht so strahlend wie Mohammed, aber doch fast.

«Hi», antwortete er. Die Männer auf den Barhockern kicherten. Es dauerte nicht lange, bis er Maeve zu einem Drink eingeladen und sich mit ihr für den Abend in Castel Cary verabredet hatte. Die Frauen am Tisch musterten Maeve von oben bis unten: den hübschen kleinen Hintern mit dem kunstvollen Riss unter der linken Pobacke, den eingelaufenen Pulli, den teuren Samtschal um ihren Hals, das zu einem Knoten aufgesteckte dicke dunkle Haar. Sie besaß jene reizvolle Wildheit, die sie auf Anhieb erkannten. Außerdem fackelte sie nicht lange. Rob hatte gute Chancen.

Sie brachte Rob mit an den Tisch und machte ihn mit Sophie und Mohammed bekannt. Mohammed wirkte eingeschnappt. Sophie lächelte.

«Wir treffen uns heute Abend, Soph. Okay? Rob sagt, er und seine Freunde gehen samstags in einen Pub in Cary.»

Auf der Rückfahrt nach Charlton sagte Sophie: «Du bist erstaunlich, Maeve. Er war kaum zwei Minuten im Pub, da hast du ihn dir schon geschnappt!»

«Ach! Ich bin eben verzweifelt», sagte Maeve munter. «Er spielt übrigens Rugby, es dürften also noch vierzehn weitere da sein – kleine Wieselige und große Stürmische. Für jeden etwas, was, Mohammed?»

Letzten Endes gingen an diesem Abend nur Sophie und Maeve aus. Mohammed, dessen Religion Alkohol verbot, erklärte, er sei zu müde, was man ihm auch ansah. Er musste in dem Restaurant schwer arbeiten und ging nachmittags noch in einer Grundschule putzen. Ihm war es lieber, in Charlton zu bleiben und fernzusehen, wie er sagte. Das geräumige Haus war für ihn offenkundig etwas völlig Neues. Das Zimmer, das er sich mit seinem Freund Khaled teilte, war winzig. «Wenn einer von uns aufsteht, der andere müssen in Bett sein», erklärte er.

Sophie war sich nicht sicher, ob es schicklich war, ihn mit Lady Pamela allein zu lassen. Als sie mit Maeve allein in der Küche war und Berge schmutzigen Geschirrs spülte, während Maeve zum Abendessen Rührei machte, sagte sie:

«Hör mal, Maeve. Im Ernst. Ist es wirklich okay, Mohammed hier zu lassen? Ich meine, was soll Lady Pamelas Familie denken?»

«Wie meinst du das? Er wird sie wohl kaum vergewaltigen oder mit dem Silber durchbrennen, oder?»

«Na ja. Nein. Aber so war das schließlich nicht ausgemacht. Ich meine, sie erwarten doch, dass du bei ihr bleibst …»

«Wo ist denn da der Unterschied? Wir fragen sie selbst, wenn du möchtest. Sie wird begeistert sein, sich von ihm von vorn und hinten bedienen zu lassen.»

Sophie merkte, dass sie nur ihren Atem verschwendete, hatte aber dennoch ein ungutes Gefühl. Als sie und Maeve schließlich gegen halb sieben aufbrachen, saßen die beiden jedoch zufrieden am Kamin und schauten sich im Fernsehen *Blind Date* an. Mohammed hatte sich bereit erklärt, Lady Pamela nach oben zu helfen, und sie hatte Maeve versichert, dass sie zufrieden sei, mit ihm allein zu bleiben.

«Wir können uns über Kairo unterhalten», sagte sie. «Bumper und ich haben vier Jahre dort in einem schönen

Haus auf der Insel Zamalek im Nil gelebt. Ich liebe Kairo. Ich werde Mohammed meine Fotos zeigen.»

«Siehst du?», sagte Maeve zu Sophie. «Und jetzt hör auf zu meckern.»

Sophie stand der Sinn gar nicht nach Ausgehen, aber ihr blieb nichts anderes übrig. Sie hatte ihre Lederhose und den roten Pulli angezogen, sich ein bisschen geschminkt und trug das Haar offen.

«Wow!», sagte Maeve. «Du siehst toll aus.» Sie hatte sich eine andere Jeans angezogen und trug dazu Cowboystiefel.

«Das sind meine FMS», erklärte sie mit ein paar Tanzschritten. «Meine Fick-mich-Stiefel. Bis jetzt hat es immer funktioniert.»

Als Sophie in die Stadt fuhr, war sie schrecklich niedergeschlagen. Sie hatte keine Lust auszugehen, in einem lauten, verräucherten Pub unter lauter Fremden zu sitzen und sich den Anschein zu geben, als amüsiere sie sich. Das hatte sie alles hinter sich. Schon früher hatte es ihr keinen Spaß gemacht, und mit einem Mal wurde ihr klar, dass sie Fergus geheiratet hatte, um dem grässlichen Singledasein und der Männersuche zu entkommen. In ihrer jetzigen Situation fühlte sie sich sicherer, nicht mehr auf dem Markt, aus dem Rennen und völlig von den Kindern in Anspruch genommen. In letzter Zeit empfand sie sich nicht einmal mehr als sexy. Sie wollte nicht wieder in die Arena gezwungen werden, aber es war typisch für Maeve, sie zu einer solchen Eskapade zu bewegen. Immerhin hatte sie den Wagen und konnte zurückfahren, wann sie wollte. Notfalls sollte Maeve sich ein Taxi nehmen. Sophie würde es sogar bezahlen.

Im Pub lief alles genauso, wie Sophie es sich vorgestellt hatte. Sie kämpften sich durch eine Gruppe junger Männer und Frauen, bis sie zwei freie Plätze an einem Tisch entdeckten. Maeve ging an die Theke, um Getränke zu holen, und blieb eine Ewigkeit aus. Durch das Gedränge konnte Sophie sie nicht einmal sehen. Sie spielte mit dem Bierdeckel auf dem Tisch herum und bemühte sich, dem Gespräch des Pärchens an ihrem Tisch nicht zuzuhören.

«Wer war denn da?»

«Du weißt schon. Die Üblichen.»

«War Di da?»

«Nein.»

«Sie hat gesagt, sie wollte nicht hin.»

«Sie war ja auch nicht da.»

«Wie war es denn?»

«Wie immer.»

All das unterbrochen von langen Pausen.

Ein Seitenblick auf das Mädchen zeigte Sophie, dass die beiden verlobt waren. Meine Güte, dachte sie.

Maeve kämpfte sich mit zwei Gläsern Bier zum Tisch zurück.

«Schnell, trink aus», sagte sie. «Da hinten ist noch ein Raum. Wir spielen Dart. Dieser blöde Rob ist mit einer Frau hier!» Ihre Augen funkelten und sie sprühte vor Energie. «Eine Tussi mit blond gefärbten Haaren und ein Paar Melonen im Schaukasten.»

Sophie bahnte sich mit Maeve einen Weg durch das Gedränge. Männer hoben ihre Biergläser hoch, um sie durchzulassen, ein oder zwei machten anzügliche Bemerkungen, wie sie an einem Samstagabend im Pub üblich waren. Das Hinterzimmer war genauso voll und, wenn möglich, noch lauter. Rob kam herüber und küsste Maeve auf den Mund, worauf die Blondine sie wütend anfunkelte. Er gab auch Sophie einen Kuss und legte seine Arme um beide.

«He! Jungs! Wie wär's damit?», rief er seinen Freunden zu. Sophie musterte eine Gruppe stämmiger junger Männer, einige mit kahl rasierten Köpfen, die lachend und trinkend um ein Dartbrett standen. Rob stellte sie flüchtig vor, und sofort war Maeve mittendrin, lachte und flirtete. Es gab offensichtlich eine Diskussion über ihr Gewicht, und jemand hob sie auf und reichte sie herum wie ein Päckchen, bis sie auf dem Schoß eines jungen Mannes landete, der an einem Tisch saß. Sophie wusste, dass sie in dieser Hinsicht hoffnungslos war. Sie war viel zu still, zu groß und zu zurückhaltend. So zog sie sich in eine Ecke zurück, wo sich die unscheinbareren Mädchen versammelt hatten, und fand ein Stück Wand zum Anlehnen und eine Tischecke, auf der sie ihr Glas abstellen konnte. Jemand fragte sie, was sie trinken wollte, und bald tauchte ein neues Bier auf. Sie waren ein aufgeschlossener Haufen.

«Hier. Möchtest du dich setzen?», bot ein dunkelhaariges Mädchen ihr an und rückte ein Stück auf der Bank, um ihr Platz zu machen. «Ich bin Stella. Das ist Jane.»

«Hi», sagte Sophie. «Ich bin Sophie.»

Die jungen Frauen waren nett. Beide trugen Eheringe. «Da drüben ist meiner», sagte Stella und deutete auf einen der Männer mit Glatze. «Kevin. Janes Mann Daniel ist da drüben. Sie sind alle in der Rugby-Mannschaft.»

«Ach, verstehe», sagte Sophie.

«Du bist auch verheiratet», stellte Stella fest und zeigte auf Sophies Ehering.

«War», erklärte Sophie. «Ich bin geschieden.»

«Er ist mein zweiter Mann», sagte Stella mit einem Kopfnicken in Richtung Kevin. «Mein erster war ein richtiger Mistkerl. Hat nur drei Monate gehalten.»

Sophie lächelte erleichtert. Aus dieser Richtung hatte sie also keine Kritik zu erwarten.

«Dan ist übrigens auch Janes zweiter, stimmt's, Jane? Obwohl sie beim ersten Mal nicht verheiratet war. Hat aber die beiden Kinder gekriegt. Er war auch ein Mistkerl, oder, Jane?»

Jane nickte fröhlich. «Ja.»

«Hast du auch Kinder?», erkundigte Sophie sich.

«Ja. Wir haben jede drei. Nur Jason ist von Kevin. Abby und Solitaire sind von Dean, meinem ersten Mann. Er war eigentlich in Ordnung, bis wir geheiratet haben. Allergisch gegen die Ehe war er, stimmt's, Jane?»

Jane nickte freundlich.

«Ach, verstehe», sagte Sophie. Erstaunlich, wie sie mit alledem fertig wurden, dachte sie. Saßen an einem Samstagabend hier im Pub, obwohl sie dieses schiffbrüchige Familienleben mit sich herumschleppten, und wirkten doch ziemlich unbeschadet. Was für Lebenskünstler.

«Und was ist mit dir?», erkundigte sich Jane.

«Ich habe Zwillinge», sagte Sophie.

«Herrlich! Hast du gehört, Stell? Zwillinge. Ich wollte auch immer Zwillinge. Sind sie eineiig?»

«Nein», sagte Sophie und dachte: Wie merkwürdig, bei diesen beiden fühle ich mich wie ein ganz normaler Mensch. Erklärungen sind überflüssig. Mitgefühl wurde nicht erwartet. Alle Männer waren Mistkerle, und damit war alles gesagt. Zufällig war sie in einem Hafen weiblicher Solidarität gelandet.

«Dein Mann, war er …?»

«Ja», sagte Sophie. «Ein Mistkerl.»

Nachdem der Wirt mindestens zweimal verkündet hatte, dass er jetzt die letzten Bestellungen entgegennahm, tauchte Maeve auf. Sie war leicht beschwipst, hatte ein rotes Gesicht und einen Mann im Schlepptau.

«Soph, du musst unbedingt Matt kennen lernen. Er ist Tierarzt, aber das Tollste ist, dass er in Charlton wohnt. Ist das nicht aufregend? Er wohnt auf dem Bauernhof im Dorf.»

Matt, ebenfalls leicht angetrunken, hielt lange Sophies Hand und suchte nach den passenden Worten.

«Hi, Matt», sagte Sophie. «Na, wie schön für Maeve, dass sie einen Trinkkumpan im Dorf hat.»

Matt, der ein schlankes, kantiges Gesicht und schlaffes braunes Haar hatte, sagte grinsend: «Auch schön für mich, das kann ich dir sagen. Sie senkt den Altersdurchschnitt um glatte zwanzig Jahre oder so.»

«Hör mal, Soph, noch ein Zufall. Matt hat sich gerade das Rennpferd von Lady P. angeschaut …»

«Was für ein Rennpferd?», fragte Sophie.

«Hab ich dir das nicht erzählt? Ich habe entdeckt, dass sie ein wirklich gutes Pferd hat. Es ist herrlich – er heißt Irish Dancer, extra meinetwegen, aber er hatte das Bein kaputt und hat seit drei Jahren nichts gemacht. Also, Matt hat gerade das Bein geröntgt. Der Trainer wollte das so. Ist das nicht ein Zufall? Und er glaubt, das Pferd ist wieder okay und kann Rennen laufen. Morgen verfrachten wir Lady P. ins Auto und fahren hin, um es uns anzugucken, ja? Wie wär's, Matt? Kommst du mit?»

«Kann nicht. Muss morgen meinem Vater auf dem Hof helfen. Aber ich rede mit Lady Pamela drüber, wenn sie will. Mitchell wollte sie sowieso anrufen und fragen, was sie jetzt machen will.»

«Verstehe», sagte Sophie, die das kaum interessierte und nur darauf brannte, die Sprache auf die Heimfahrt zu bringen. Mit einem Blick auf die Uhr überlegte sie, ob es schon zu spät war, Claire anzurufen und zu hören, ob alles in Ordnung war.

«Maeve, können wir gehen?»

«Okay, komme gleich.» Damit zog sie Matt zur Tür, vermutlich um zum Abschied ausgiebig mit Matt zu knutschen, dachte Sophie. Sie verabschiedete sich von Stella und Jane und merkte plötzlich, dass sie drei den ganzen Abend wie angewachsen dagesessen hatten. Als sie zu ihrem Wagen ging, sah sie Matt und Maeve auf dem Parkplatz knutschen und ärgerte sich. Es war so verdammt unwürdig. Schließlich brachte Matt Maeve zu ihrem Wagen, öffnete die Beifahrertür und half ihr beim Einsteigen.

Maeve wollte wieder aussteigen, aber Sophie packte sie am Arm.

«Meine Güte, Maeve, beruhig dich. Ich warte nicht länger. Entweder du kommst jetzt mit, oder du kannst sehen, wie du nach Hause kommst.»

Matt fuhr anscheinend noch mit Freunden in einen Nachtclub. Bei offener Autotür führte Maeve eine dieser schier endlosen Diskussionen, wann und wo sie sich wiedersehen würden. Schließlich schrieb sie Matt ihre Telefonnummer aufs Handgelenk und ließ Sophie fahren.

«Tschuldige, Sophs», sagte sie. «Aber er ist okay, oder? Einen so Guten konnte ich mir doch nicht entgehen lassen.»

«Ist mir gar nicht aufgefallen», sagte Sophie spitz, lenkte dann aber ein. «Nein, er macht einen ganz netten Eindruck.»

«Hast du dich gut amüsiert?», fragte Maeve. «Tut mir Leid, dass ich nicht mehr zu dir gekommen bin, aber es war so voll, und ich bin bei dieser Rugby-Mannschaft hängen geblieben.»

«Es war ganz nett», sagte Sophie, dachte aber bei sich: Wie kann sie erwarten, dass ich mich amüsiert habe?

«Du konntest natürlich nichts trinken, stimmt's? Hast du jemanden kennen gelernt?»

«Ja, Stella und Jane.»

Maeve spürte die angespannte Atmosphäre. «Sei doch nicht so, Soph. Du hättest genauso viele Leute kennen lernen können wie ich. Wenn du dir aber auch gar keine Mühe gibst …»

«Hör zu, Maeve, wir sind verschieden, okay? Belass es einfach dabei. Ich kann mich nicht so benehmen wie du.»

«Was meinst du damit, so benehmen wie ich? Bei dir

klingt das, als hätte ich die ersten fünfzehn schon vor dem ersten Bier durchgefickt.»

«Lass nur, Maeve. Das ist einfach nicht meine Szene, das ist alles.»

«Nein. Scheißmärtyrertum und Leidensmiene, das ist deine Szene …» So ging es weiter. Als sie in verbissenem Schweigen nach Charlton kamen, war Sophie überzeugt, Maeve zu hassen. Im Haus hörten sie Gelächter aus dem Wohnzimmer, wo Lady Pamela mit Mohammed auf dem Sofa saß, umgeben von Schachteln mit Fotos.

Strahlend schauten sie auf.

«Ich hatte einen köstlichen Abend mit Mohammed», erklärte Lady Pamela. «Wir haben uns über so viele Orte unterhalten, an die ich mich noch gut erinnere …»

Mohammeds Augen leuchteten. Seit er seine Heimat verlassen hatte, war er niemandem mehr begegnet, der so viel Interesse an seinem Land hatte.

«Er kann gar nicht glauben, dass Bumper und ich oft bei König Farouk zu Gast waren. Er war ein ganz schöner Playboy, das kann ich euch sagen. Wir haben Kairo 1950 verlassen, und er ging später nach einem Militärputsch ins Exil.» Lady Pamela bemerkte die finsteren Mienen und fragte: «Was ist los? Sie beide sehen ziemlich wütend aus. Eines muss ich noch sagen, Maeve: Bunty hat angerufen, während Sie aus waren. Ich bin natürlich ans Telefon gegangen, aber Mohammed rief etwas aus dem Arbeitszimmer – er suchte nach den Schachteln mit den Fotos –, und Bunty hat sich furchtbar aufgeregt, weil sie meinte, eine Männerstimme gehört zu haben. Ich habe ihr gesagt, dass es das Radio war, aber ich denke nicht, dass sie mir geglaubt hat. Ich finde, es wäre besser, wenn sie nicht erfährt, dass Sie Freunde übers Wochenende hier hatten. Sie glaubt gern, dass ich in den letzten Zügen liege, wissen Sie.»

«Scheiße», sagte Maeve und funkelte Mohammed wütend an. «Na ja, sie kommen sowieso nicht wieder her.»

Damit verschwand sie ins Bett und überließ es Sophie und Mohammed, aufzuräumen und Lady Pamela nach oben zu helfen. Sophie erkundigte sich, ob sie noch etwas für sie tun könne, machte ihr eine Wärmflasche, brachte ihr etwas zu trinken und füllte den Wasserkessel für den Morgentee. Sie mussten lange nach ihrer Brille suchen, die sie schließlich unter dem Sofa entdeckten, und Esau musste noch einmal nach draußen gelassen werden. Er verschwand, und Sophie wartete an der offenen Küchentür und rief in die Dunkelheit nach ihm. Sie räumte die Küche auf und hängte die Geschirrtücher an die Herdstange.

Mohammed kam herunter und fragte, ob alles in Ordnung sei.

«Ja. Ein bisschen müde, das ist alles.» Sie lächelte ihn an, und er lehnte sich neben sie an den Gasherd. Mit einem Finger strich er ihr übers Kinn. Den Tränen nahe, ließ sie den Kopf hängen, dass ihr Haar ihr Gesicht wie ein Vorhang verdeckte. Sanft schob er es ihr hinters Ohr, hob ihr Kinn an und küsste sie. Völlig überrumpelt ließ sie zu, dass seine Zunge sich einen Weg in ihren Mund bahnte, und erwiderte sogar seinen Kuss. Ihr Körper reagierte auf eine Weise, die sie völlig vergessen hatte, und ließ ihre Eingeweide schmelzen. Lange küssten sie sich, und Mohammeds Hände wanderten über ihre Brüste und zwischen ihre Beine.

«Nein, Mohammed. Ich bin noch nicht so weit», murmelte sie. Er zog seine Hand fort, schob sie hinten in ihren Hosenbund und tastete sich in ihren Schlüpfer vor. «O Gott …»

Esau war schon lange wieder im Haus und schnarchte in seinem Korb, als Sophie und Mohammed das Licht ausschalteten und nach oben gingen.

Kapitel 6

Als Sophie am nächsten Morgen nach unten schlich, war Maeve schon auf und machte Frühstück. Sophie hatte kaum geschlafen und fühlte sich beschwingt, nervös und ein bisschen zittrig. Sie wusste zwar nicht genau, wieso das, was zwischen Mohammed und ihr vorgefallen war, ihr Verhältnis zu Maeve beeinträchtigen sollte, war aber dennoch verlegen und befangen. Maeve pfiff munter und hatte offenbar die schlechte Laune vom Vorabend vergessen.

«Hi», sagte sie. «Gut geschlafen? Tut mir Leid, dass ich euch gestern Abend einfach alles überlassen habe. Ich war ein bisschen sauer, aber jetzt ist alles wieder vergessen. Okay?» Sie legte etwas Brot zum Toasten auf die heiße Herdplatte und schüttete kochendes Wasser in den Kaffeefilter. «Kaffee ist gleich fertig.»

«Ja. Also, tut mir Leid, dass ich so grantig war. Komm, ich passe auf den Toast auf.» Sophie hätte gern gefragt, ob Mohammed schon auf war, wusste aber nicht, ob sie seinen Namen aussprechen konnte, ohne sich zu verraten. Sie drehte den Toast um, froh, eine Beschäftigung zu haben, auf die sie sich konzentrieren konnte, um Maeves Blick auszuweichen.

«Seid ihr beide noch lange aufgeblieben?», erkundigte

Maeve sich harmlos und stellte Lady Pamelas Frühstück auf einem Tablett zurecht.

Das war Sophies Gelegenheit.

«Ja, sind wir, Maeve», sagte sie, wobei sie sich räuspern musste und eingehend den Toast betrachtete. «Weißt du, wir … irgendwie haben wir angefangen … also, es hat damit angefangen, dass er mich geküsst hat und dann …» Sie musste aufsehen und bemerkte Maeves Miene. Sie wirkte eindeutig feindselig.

«Was, ihr hattet Sex?», fragte sie rundheraus.

«Nein! Also, nicht so richtig. Aber fast. Ich war mir nicht sicher, ob ich es wollte, weißt du.»

Maeve lachte, allerdings war es eher ein kurzes verächtliches Schnauben. Sie ahmte Sophie nach: «‹Nicht richtig› … Mein Gott, Soph, du klingst wie ein Schulmädchen. Aber wenn ich es richtig bedenke, hätte jedes Schulmädchen mit ein bisschen Grips ja zu einem Fick mit einem so tollen Mann wie Mohammed gesagt.»

Sophie fühlte sich zu Unrecht angegriffen.

Maeve redete weiter: «Aber mal ehrlich, ich bin froh drüber. Wird dir guttun. Hat er dir von seinen Freunden erzählt?»

Sophie fragte sich, ob Maeve mit Absicht grausam war. Es machte ihr ganz offensichtlich etwas aus.

«Ja, hat er. Außerdem hattest du es mir schon erzählt.»

«Ach ja. Na ja, wenn er es dir gesagt hat, ist ja alles in Ordnung.» Maeve schob die beiden Scheiben Toast auf das Tablett und ging hinaus. Sophie lehnte sich elend an den Herd. Maeve tat gerade so, als sei das, was gestern Abend passiert war, etwas Schmutziges, für das Sophie sich schämen müsste. Aber sie wollte das Gefühl nicht verlieren, das Mohammed ihr gegeben hatte. Endlich hatte sie sich selbst wieder einmal gespürt. Ihr Körper, der so lange unter einer dicken undurchdringlichen Haut gefangen war wie ein Stück Käse im

Wachs, hatte sich geregt und auf seine Zärtlichkeiten reagiert. Sie hatte gar nicht überlegen oder sich bemühen müssen. Das sexuelle Verlangen war stärker denn je hochgewallt und hatte sie mitgerissen. Für Sophie war das ein Grund zu feiern. Sie hatte völlig vergessen, wie es sich anfühlte, wie schön es war, was für ein Gefühl von Gesundheit und Lebendigkeit es ihr vermittelte.

Auch wenn Maeve sich darüber lustig machte, hatte sie Mohammed nicht mit nach oben in ihr Bett genommen, weil sie nicht sicher war, ob sie mit den Konsequenzen fertig werden könnte; außerdem hatte sie den Eindruck, dass so ein Benehmen in einem Haus, in dem sie gewissermaßen zu Gast war, ungehörig und unanständig wäre.

Maeve kam wieder und schenkte ihnen beiden Kaffee ein. Das Schweigen war bedrückend.

«Hier», sagte sie und reichte Sophie einen Kaffeebecher. Sie stellte sich neben sie und wärmte sich das Hinterteil am Herd. Sophie rückte näher und starrte in ihren Kaffee.

«Du kannst sicher sein, dass ich es bei ihm versucht habe. Ich meine, man trifft schließlich nicht viele Männer wie ihn, die sich fürs Mittelblatt einer Zeitschrift eignen, oder?», sagte Maeve. «Aber er steht nicht auf mich. Ich bin nicht sein Typ. Er mag weichere, mütterlichere Frauen. Freunde hat er, weil er in Griechenland darein geraten ist, als er versucht hat, hierher zu kommen. Ich glaube, in seiner Kultur ist Homosexualität ohnehin nicht so was Ungewöhnliches. Ich meine, ich glaube, er hat vor zu heiraten und so.» Sie stockte und sagte dann: «Hör zu, Soph, ich war eifersüchtig, als du es mir erzählt hast. Irgendwie habe ich das Gefühl, dass er mein Revier ist, aber ich sehe ein, dass das lächerlich ist. Es ist schon okay.»

Sophie schaute sie an. «Aber wir haben nichts weiter miteinander. Wir gehen nicht zusammen. Das haben wir gestern Abend beschlossen. Er will es genauso wenig wie ich. Es ist einfach so passiert. Um ehrlich zu sein, ich wusste gar nicht, dass ich so empfinden würde. Darauf war ich überhaupt nicht vorbereitet. Ich wusste nicht mal, dass er mich so mag. Er ist so gutmütig und lieb, dass er nett zu allen ist. Außerdem wusste ich nicht, dass ich es so sehr wollen würde, Maeve. Es wäre wirklich ganz einfach gewesen, gestern Abend mit ihm zu schlafen. Aber ich weiß nicht, wie ich mich heute Morgen gefühlt hätte. Ich meine, es gibt schließlich Aids, oder? Und durch die Zwillinge hat sich für mich vieles verändert, für mein Empfinden, was ich machen kann und was nicht. Aber Maeve», Sophie sah ihre Freundin mit strahlenden Augen an, «es war herrlich. Er war wunderbar. Es war einfach so schön.»

«Warum ist die Sache zwischen dir und ihm dann so unmöglich?», fragte Maeve. «Kommt für dich kein Mann in Frage, der nicht im Pony-Club war?» Sie konnte sich den Sarkasmus nicht verkneifen. Sophie war wie ein Hündchen, das darum bettelte, ihm einen Tritt zu versetzen.

«Maeve, du weißt doch warum! Von meiner Seite ist es doch rein körperlich. Ich würde ihn eigentlich nur benutzen. Ich will ihn nur zum Freund haben, mehr nicht. Wenn du drüber nachdenkst, haben wir überhaupt keine Gemeinsamkeiten. Nichts, worauf sich eine richtige Beziehung aufbauen ließe. Das sieht er auch so. Er will wieder in seine Heimat und ein traditionelles muslimisches Mädchen heiraten. Wir haben uns nur hinreißen lassen, das ist alles.» Sie sah Maeve an, dass sie mit solchen Überlegungen nie zu kämpfen hatte.

«Na ja, gut, Mädchen!», sagte Maeve und gab ihr einen Kuss. «Und sag niemals nie. Ich sehe nicht ein, was falsch daran sein soll, eine heiße Affäre mit ihm zu haben, aber was soll's.» Sie wechselte das Thema. «Also, ich habe einen Plan für heute. Mit Lady P. habe ich schon darüber gesprochen. Fährst du uns rüber, damit wir uns dieses Pferd anschauen können, Irish Dancer? Der Stall, in dem es steht, ist kurz hinter South Charlton. Lady P. hat schon den Trainer angerufen und angekündigt, dass wir kommen. Sobald wir wieder hier sind, gibt es ein schnelles Mittagessen, und dann kannst du mit deinem Lover Boy nach London zurückfahren, bevor der Sonntagnachmittagsverkehr einsetzt. He, Soph! Da fällt mir was ein! Du solltest Fergus Mohammed vorstellen!» Sie kicherte, und Sophie stimmte ein.

«Was der wohl sagen würde? Oder seine Mutter? Sie guckt sowieso schon immer, als hätte sie einen schlechten Geruch in der Nase. Sie sind so grässliche Snobs. Wenn das nicht ein Riesenspektakel gäbe, würde ich ihn als meinen neuen Freund ausgeben!» Sophie fiel ein Stein vom Herzen, weil zwischen ihr und Maeve alles geklärt war, außerdem empfand sie mit einem Anflug von schlechtem Gewissen eine gewisse Freude, dass Mohammed sie ihrer Freundin vorgezogen hatte.

Maeve lief die Treppe hinauf und versuchte, Lady Pamela auf Trab zu bringen, aber wie üblich ließ die alte Dame sich nicht zur Eile antreiben und zeigte sich von ihrer herrischsten Seite.

«Bringen Sie mir das Telefon», befahl sie. «Ich möchte noch einmal Doug Mitchell, den Trainer, anrufen. Wie war noch mal seine Nummer?» So musste Maeve noch einmal nach unten laufen, um die Telefonnummer nachzuschlagen. Soweit Maeve mitbekam, war der Anruf ohnehin völlig überflüssig. Offenbar hatte sie vergessen, was sie schon verabredet hatten.

«Hier Lady Pamela», verkündete sie schallend. «Mit wem spreche ich?»

Maeve schnitt eine Grimasse. Heute Morgen kam Lady P. ihr unwirklich vor wie aus einer albernen Fernsehparodie auf den alten Adel.

Es dauerte eine Ewigkeit, sie fertig zu machen. Sie war nicht mit dem Rock einverstanden, den Maeve für sie aussuchte, und sie musste noch mehrere aus dem Schrank holen, bevor Lady P. sich für einen senffarbenen Fischgrät-Tweed entschied.

«Das ist doch wohl scheißegal», knurrte Maeve in sich hinein. «Schließlich besuchen wir bloß ein Pferd, verdammt noch mal.» Dann waren die Strümpfe falsch, und Maeve musste in einer Kommodenschublade voller aufgerollter Wollstrümpfe genau das Paar herauskramen, das sie haben wollte. Schließlich mussten sie noch ihre Handschuhe suchen, ihren Tweedhut und den Feldstecher, der sich unten in der Waschküche an einem Haken unter einer alten Regenjacke fand.

«Na, komm schon», stöhnte Maeve, die im Nu aus dem Haus gewesen wäre und solche Verzögerungen als reinste Qual empfand. Sie macht das absichtlich. Hier geht es um Macht, dachte sie wütend. Sie will mir zeigen, wer der Boss ist.

Mohammed bekam den Auftrag, ein Paar alte braune Stiefel zu putzen, und Sophie musste die braune Handtasche und ein Taschentuch aus dem Schrank holen. Grinsend tauschte sie einen Blick mit Maeve. «Kammerzofen?», raunte sie, als sie auf dem Weg zu ihren verschiedenen Erledigungen aneinander vorbeigingen.

Schließlich saß Lady Pamela im Wagen, und Sophie wollte gerade den Zündschlüssel umdrehen, als die alte Dame verkündete, sie habe ihre Brille neben dem Bett liegen lassen. Maeve musste noch einmal die Haustür aufschließen und oben nach der Brille suchen, nur um festzustellen, dass sie die ganze Zeit schon in Lady Pamelas Handtasche steckte. Mohammed setzte sich hinter Sophie auf den Rücksitz und massierte ihr den Nacken, während sie warteten. Lady Pamela warf ihm einen Seitenblick zu.

Verflixt, dachte Sophie, ihr entgeht aber auch gar nichts!

Endlich fuhren sie los. Der Wind trieb dicke weiße Wolken über den blauen Himmel. Zwischen ihnen brach strahlender Sonnenschein durch, der Sophie fast blendete, als sie zwischen Bäumen in rotgoldenem Herbstlaub entlangfuhr. Wie schön die Landschaft an einem Morgen wie diesem doch ist, dachte sie, während sie das Dorf und das Tal hinter sich ließen und den Hügel hinauffuhren. Dort breitete sich die Landschaft vor ihnen aus wie eine flauschige grüne Daunensteppdecke, deren kleine Felder mit dicken Schwarzdornhecken gesäumt und mit Bäumen bestickt waren. Die saftigen Wiesen standen immer noch voller Vieh. In den runzeligen Falten lagen Bauernhöfe und Dörfer. Alles wirkte anheimelnd und geborgen, als hätten Mensch und Natur harmonisch Hand in Hand gearbeitet, um diese Szenerie hervorzubringen. Kein Wunder, dass Lady Pamela diese Gegend liebte.

«Es ist gleich hinter dieser Kurve», sagte Lady Pamela. «Hier geht es rechts ab.» Sie bogen in ein ordentliches, adrettes Gehöft, das auf drei Seiten von Pferdeboxen, Scheunen und Stallungen umgeben war. Ein gut aussehender Mann um die fünfzig kam und öffnete Lady Pamela die Wagentür. Maeve musterte ihn flüchtig. Ziemlich einnehmend, fand sie, fit und gesund in Tweed-Jackett, Kordhose und Kappe. Allerdings zeigte er keinerlei Interesse an den Mädchen im Wagen, sondern konzentrierte sich völlig auf Lady Pamela; er half ihr aus dem Wagen, äußerte überschwänglich seine Freude, sie wiederzusehen, und lud sie ein, auf eine Tasse Kaffee ins Haus zu kommen.

Schleimiger Kerl, dachte Maeve. Sie war froh, dass Lady Pamela die Einladung ablehnte und gut erzogen Maeve, Sophie und Mohammed vorstellte. Maeve bemerkte, wie Doug Mitchell sie ohne jede Neugier musterte, und grüßte kurz angebunden. Er interessiert sich nur für Geld, dachte sie. Er weiß, auf welcher Seite sein Brot gebuttert ist, und das sind die Pferdebesitzer, nicht solche Typen wie wir. Mit dem Gefolge gibt er sich nicht ab.

Er erklärte Lady Pamela gerade, wie es um ihr Pferd stand. Er gab sich alle Mühe, ihr zu versichern, dass er sich umgehend mit ihr in Verbindung gesetzt hätte, wenn sie nicht schon über Matt erfahren hätte, dass er das Bein geröntgt hatte und die Ergebnisse viel versprechend aussahen. Maeve hörte mit schmalen Augen zu. Zugegeben, sie verstand nichts davon, aber dieser Mann hatte etwas Wieseliges an sich. Er blufft. Eigentlich ist er nicht interessiert, dachte sie. Lady Pamela und ihr Pferd sind nicht mehr in seiner Liga. Sie ist nur eine alte Frau, und das Pferd hatte einen Zusammenbruch oder wie man das nannte. Sein vorgetäuschtes Interesse ist kompletter Mist.

Er führte sie über den Hof zu einem panzerhaften Fahrzeug mit Allradantrieb.

«Kommen Sie alle mit?», erkundigte er sich mit einem Unterton, der deutlich erkennen ließ, dass er sie für eine Art Sonntagsschulausflügler hielt, die man besser zurücklassen sollte.

«Na klar, Mann», erklärte Maeve bestimmt. Doug warf ihr einen Seitenblick zu und half, Lady Pamela auf den Beifahrersitz zu heben. Sie war so leicht, dass sie, an einem Arm von Mohammed, am anderen von Doug gestützt, hinaufsegelte wie ein Kind. Maeve musste grinsen, als dabei das Bein ihres rosa Schlüpfers und die Oberkante ihrer Strümpfe sichtbar wurden.

Nachdem die anderen sich auf die Rückbank gezwängt hatten, fuhr Doug vorsichtig über zwei Weiden mit schönen Holzzäunen zu einer Koppel, auf der eine Herde Jungpferde graste. Als sie den Motor hörten, schauten sie auf.

«Er steht bei den Jungtieren auf der Weide. Wir fangen ihn ein. Von hier aus können Sie ihn nicht erkennen, aber wir können etwas näher heranfahren.» Doug wies Mohammed an, auszusteigen und das Gatter zu öffnen, was er ein bisschen schmollend tat. In seinen billigen Londoner Kleidern wirkte er fehl am Platz, fand Maeve, die sah, dass er sich bemühte, seine Turnschuhe im Morast nicht schmutzig zu machen. Doug trommelte ungeduldig aufs Lenkrad. «Wahrscheinlich ist es sein einziges Paar Schuhe», flüsterte sie Sophie zu.

Als sie über die Weide holperten, hörten die Pferde auf zu grasen und drängten sich mit erhobenen Köpfen und flatternden Nüstern zusammen. Sie waren offensichtlich noch sehr jung, das erkannte selbst Maeve. Langbeinig, leicht und nervös, jederzeit zur Flucht bereit. Ein paar Meter vor ihnen hielt Doug an und stellte den Motor ab.

«Da ist er, Lady Pamela. Hinten in der Gruppe. Gleich werden Sie ihn erkennen. Er sieht natürlich ein bisschen zerzaust aus. Nicht so, wie Sie ihn in Erinnerung haben.» Er hob ein Zaumzeug vom Boden des Jeeps auf, stieg aus und ging auf die Tiere zu. Zaumzeug und Leine hielt er hinter dem Rücken und ein paar Rosskastanien auf der ausgestreckten Hand vor sich. Die Jungtiere scharten sich um ihn. Das große braune Pferd im Hintergrund schaute misstrauisch zu und kam dann vor, um ihn zu begrüßen. Im Nu lag die Leine um seinen Hals, und als er sich nach den Rosskastanien streckte, glitt das Zaumzeug auf seinen Kopf.

«Meine Güte, ist das ein Pferd oder eine Kartoffel», entfuhr es Maeve.

Der Hengst war buchstäblich in einen graubraunen Mantel aus Morast gehüllt. Er klebte in seiner langen Zottelmähne und in seinem Schwanz. Seine Beine waren haarig und verfilzt, die Hufe gebrochen und überwachsen.

Lady Pamela sagte nichts. Da man das Pferd bereits abgeschrieben hatte, konnte sie nichts anderes erwarten. Sie bemerkte, dass seine Rippen gut gepolstert waren, und obwohl er an Nacken und Kruppe stark an Muskeln eingebüßt hatte, wirkte er immer noch kräftig und war in recht guter Verfassung. Ein Bild von einem Pferd war er noch nie. Sein ziemlich großer Kopf wirkte mit den langen Barthaaren und den Haarbüscheln unterm Kinn gröber denn je. Die breite Blesse auf seiner Nase war immer noch deutlich zu erkennen, obwohl auch sie voller Morast war.

Maeve war enttäuscht. Sie hatte sich eine schöne, vornehme Kreatur vorgestellt wie die Rennpferde, die sie auf Rennbahnen hatte paradieren sehen. Dieses Tier besaß nicht mehr Glamour als ein Brauereipferd. Irish Dancer war ein völlig unpassender Name. Ihr war kalt und langweilig. Sie mochte weder Doug Mitchell noch dieses hässliche Pferd. Der ganze Ausflug erwies sich offensichtlich als Zeitverschwendung.

Doug führte den großen braunen Wallach an den Jeep. Nachdem Mohammed Lady Pamela beim Aussteigen geholfen hatte, schaute sie sich das Tier eingehend an. Sie beugte sich hinunter, strich behutsam über seine Beine und sah den Trainer nachdenklich an.

«Hören Sie, Doug. Sie waren immer fair zu Bumper. Sagen Sie mir die Wahrheit. Wie stehen die Chancen, dass er wieder ganz gesund wird und bleibt. Ich weiß, Sie können bei Pferden nichts garantieren, und ich erwarte auch nicht, dass Sie mir etwas versprechen, aber wie schätzen Sie seine Chancen ein?»

Doug schwieg ein Weilchen. Maeve sah, dass er sich bemühte, eine Formulierung zu finden, die nicht verletzend wirkte. Sie fragte sich, ob er wohl ehrlich antworten würde.

«Ich persönlich, wenn er mir gehören würde, hätte ihn schon vor drei Jahren einschläfern lassen, Lady Pamela, das ist die Wahrheit. Wie die Dinge jetzt liegen, macht das Bein einen gesunden Eindruck, und wie Matt Ihnen sicher gesagt hat, bestätigt die Röntgenaufnahme, dass die Sehne offenbar geheilt ist. Es gibt natürlich Narbengewebe, aber es sieht so weit in Ordnung aus. Aber um ganz ehrlich zu sein und Ihnen die nächste Frage zu ersparen, ich möchte nicht wieder mit ihm arbeiten. Ich glaube nicht, dass unser Gestüt das Richtige ist, um ihn zu trainieren. Er braucht viel Einzeltraining mit einem Spezialisten, um ihn nach dieser langen Pause wieder ganz allmählich fit zu machen, und es ist, ehrlich gesagt, schon spät in der Saison, und ich habe nicht das Personal dafür. Wir haben ein paar erstklassige Pferde hier. Meine Eigentümer wollen Resultate sehen, und ich habe mit allen ein volles Programm. Ich habe einfach nicht die Ruhe, mit ihm zu arbeiten. Sie dürfen auch nicht vergessen, dass manche Pferde nach einer Verletzung nie wieder die alten sind. Sie sind klug genug, sich an das Gefühl zu erinnern, drei Meilen zu galoppieren und über achtzehn Hindernisse zu springen und sich dabei zu verletzen, und sie sagen sich ganz entschieden: ‹Tut mir Leid, Mann. Vergiss es.›»

Es herrschte Schweigen. Maeve hatte wieder mit Interesse zugehört. Das hörte sich nach einer Herausforderung an. Doug sprach von diesem hässlichen, verschlammten Pferd wie von einem Menschen.

Lady Pamela war nachdenklich. «Vielen Dank, Doug. Ich weiß Ihre Aufrichtigkeit zu schätzen. Ich habe damit gerechnet, das von Ihnen zu hören. Allerdings glaube ich nicht, dass wir uns bei diesem Pferd über einen Mangel an Mut oder Schneid Gedanken machen müssen, obwohl ich Ihnen zustimme, dass so etwas möglich ist. Auch ich habe Pferde erlebt, die verletzungsbedingt ausgefallen sind und nie wieder den Nerv hatten, Rennen zu laufen.» Sie stockte. Maeve und Sophie schauten sich fragend an, und Sophie zuckte die Achseln. Sie hatte auch keine Ahnung, worauf das hinauslief.

«Ich habe den Eindruck, dass wir ihm also entweder einen friedlichen Ruhestand gönnen können», fuhr Lady Pamela fort. «Er kann nach Hause kommen und den Rest seiner Tage in Charlton mit seiner Mutter auf der Weide verbringen – oder wir können ihm eine zweite Chance geben und ihn von jemand anderem trainieren lassen.»

Doug nickte. «So sieht es aus, Lady Pamela.»

Die alte Dame legte kurz ihr Kinn auf ihre behandschuhte Hand. Sie genoss die frische Luft, den klaren Morgen, die Sonne, das Warten dieses Mannes auf ihre Entscheidung. Mit einem Mal kam sie sich nicht mehr alt und hilflos vor.

«Ich denke, erst einmal holen wir ihn nach Hause. Sie können doch sicher den Transport organisieren? Ich muss nur Dick Bescheid geben, dass ich ihn zurückbringen lasse, und dafür sorgen, dass alles vorbereitet ist, aber ich finde, je eher, desto besser. Wir haben noch das alte Pferdelaufband auf dem Hof. Darauf kann er sofort anfangen.» Sie tätschelte Dancer die Nase, der sie ernst anschaute, als ob er über ihre Worte nachdachte.

Sophie und Maeve schauten sich aufgeregt an. Prima, dachte Maeve, da sie Abwechslung und Aufregung liebte. Sie schaute sich nach Mohammed um, weil sie ihn einbeziehen wollte, aber er war damit beschäftigt, sich die Schuhe sauber zu machen. Ihm war das alles unverständlich. So viel Gerede um ein Pferd, das nicht einmal schön war mit wehender Mähne und hoch erhobenem Schweif, wie er sie um die Pyramiden in Ghize hatte reiten sehen.

«Irish Dancer. Ein hübscher Name», sagte Sophie. «Das erinnert mich an Fiddle-Musik und Stepptanz. Schaut nur. Er weiß, dass wir über ihn reden. Er hört zu.»

Zum Mittagessen gab es für alle vier Brot und Käse in der Küche, wobei sie sich aufgeregt über Dancer und seine Rückkehr nach Hause unterhielten. Lady Pamela musste Maeve und Mohammed die grundlegendsten Dinge über Pferde erklären: Zunächst würde Dancer etwa sechs Wochen lang gehen, anfangs zwanzig Minuten täglich. Das sollte die Beine kräftigen und abhärten. Dieses Trainingsprogramm konnte Jack Dick in Charlton anfangen. Maeve hätte es Jack am liebsten sofort gesagt, aber Lady Pamela fand, dass es bis Montagmorgen Zeit habe. Sie mussten Kraftfutter bestellen und sorgfältig darauf achten, die Zusammensetzung seines Futters in dem Maße zu ändern, wie seine Muskeln sich durch die Übung aufbauten. Sobald er fit genug wäre, ihn wieder zu reiten, müssten sie einen anderen Trainer suchen, der ihn auf Rennen vorbereitete. Wochenlang würde er im Trab gehen und erst nach und nach ein schnelleres Training absolvieren müssen, bevor er anfangen konnte, sich zu qualifizieren.

«Wie meinen Sie das, qualifizieren?», fragte Maeve. «Als was? Er war doch schon ein Rennpferd, oder? Das hört sich an, als wollte er eine Zulassung als Steuerberater bekommen.»

«Er muss sieben Tagesjagden mitmachen», erklärte Lady Pamela, «und dann bekommt er ein Jagdzertifikat, um sich für Geländejagdrennen zu qualifizieren. Wenn man bedenkt, dass wir schon Anfang Oktober haben, bleibt uns nicht viel Zeit, je eher er also anfängt, umso besser. Die meisten Pferde werden schon seit August fit gemacht.»

«Wo geht er zur Jagd?», fragte Maeve. «Hier in der Gegend?»

«Mit Gewehr?», fragte Mohammed. «Peng! Peng? Warum das nötig sein?»

«Ja, hier in der Gegend», bestätigte Lady Pamela, «mit den hiesigen Leuten. Es werden viele Rennpferde dabei sein, um sich zu qualifizieren. In dieser Gegend werden gute Pferde gezüchtet, und es gibt ein paar hervorragende Gestüte. Aber nein, Mohammed, nie mit Gewehren. In England ist die Jagd völlig anders als in den meisten anderen Ländern. Hier wird mit Jagdhunden und berittenen Verfolgern gejagt.»

«Wow!», sagte Maeve. «Ich bin ja so aufgeregt. Das gefällt mir: eine echte Herausforderung.» Plötzlich fiel ihr ein: «Was kostet das denn alles? Können Sie sich das leisten?»

«Das wäre zu überlegen», sagte Lady Pamela, «aber ich habe Ihnen, glaube ich, schon erzählt, dass Bumper die Pferde nicht unversorgt gelassen hat. Das ist das einzige Konto, das Henry nicht verwaltet, daher weiß ich, dass genug vorhanden ist, um das Pferd ein Jahr lang trainieren zu lassen. Ich habe das Gefühl, ich bin es Bumper schuldig, es zu versuchen. Wenn er noch leben würde, hätte er genauso entschieden. Es hätte ihm solchen Spaß gemacht, seine Farben wieder auf der Rennbahn zu sehen.»

«Farben? Was meinen Sie damit?»

«Pferde tragen bei Rennen ihre speziellen Farben – zumindest die Jockeys. Sie haben sicher schon die Ringe, Kreise und Streifen auf ihren Trikots und die Farben der Kappen gesehen? Bumpers Farben waren dank Ballerina in der Welt der Hindernisrennen gut bekannt. Weiß mit orange Bruststreifen und orange abgesetzten Ärmeln und eine orange Kappe.»

«Aaa! Himmlisch!», rief Maeve. «Ich liebe Orange. Das ist dieses Jahr *die* Farbe. Zu einem schönen braunen Pferd sieht das bestimmt umwerfend aus.» Sie sprang auf und hopste um den Tisch. «Ach, ich liebe es! Lady Pamela, wir besorgen Ihnen einen fabelhaften Hut, und Queen Mum wird Ihnen einen Pokal überreichen, Sie beide zusammen sind gut hundertneunzig Jahre alt.»

«Jetzt reicht es aber mit Ihren Unverschämtheiten», sagte Lady Pamela spitz.

Sophie und Mohammed, die in der warmen Küche plötzlich ihre Müdigkeit spürten, lächelten zuerst sie und dann einander liebevoll an. Erschrocken fiel Sophie auf, dass sie seit mindestens einer Stunde nicht mehr an die Zwillinge gedacht hatte. Allmählich erhole ich mich, dachte sie.

Es war schwer zu sagen, was Jack Dick von der Aussicht hielt, sich um Dancer zu kümmern. Er stand in Charlton in der Küche und drehte seine Wollmütze in Händen; seinem schwerfälligen Gesicht war anzusehen, dass er sich alle Mühe gab zu verstehen, was Lady Pamela ihm sagte.

«Er ist ein heikler Bursche», sagte er schließlich.

«Jetzt vielleicht weniger, wo er älter und völlig außer Form ist», sagte Lady Pamela. «Aber ich habe volles Verständnis, wenn Sie glauben, dass es Ihnen zu viel ist. Wir werden alle nicht jünger.»

«Er ist nicht zu viel für mich», erwiderte er. «Wann kommt er?»

«Morgen früh», sagte Lady Pamela. «Könnten Sie bitte nachsehen, ob das Pferdelaufband in Ordnung ist, und eine Box für ihn fertig machen? Wir haben noch brauchbare Decken, nehme ich an?»

«Mmm», sagte Jack. «Hab sie alle ordentlich weggetan mit Mottenkugeln und allem. Wir haben noch das ganze Zaumzeug. Ich habe alles geölt und so.»

Maeve schob ihm einen Becher Tee über den Tisch und einen Teller selbst gebackener Haferflockenkekse. Er beäugte sie argwöhnisch.

«Na los», forderte sie ihn auf und aß selbst einen Keks. Er nahm den Becher in seine große rote Pranke.

«Ich trinke ihn draußen.»

«Er ist begeistert», verkündete Lady Pamela, als er gegangen war.

«Hätt ich jetzt gar nicht gemerkt», sagte Maeve. «Er sah etwa so begeistert aus wie eine Zwiebel.»

Als Maeve am nächsten Nachmittag zum Stall ging, um nachzusehen, ob Dancer schon eingetroffen war, fand sie Jack in einer der Boxen damit beschäftigt, ein großes, schlankes Pferd zu striegeln, das sie nicht wiedererkannte. Jacks Miene war glücklich und entspannt, seine versteinerten Züge gemildert. Er pfiff, während er die Kruppe des Pferdes mit der Bürste bearbeitete. Das Tier war unruhig und nervös, hob die Hinterhand, als wolle es treten, und zerrte an der Leine, mit der es an einem Ring in der Wand festgemacht war. Als das Pferd sich zu Maeve umdrehte, erkannte sie verblüfft die längliche Blesse auf der Nase.

«Mensch, Jack, ist er das?», fragte sie. «Ist das Dancer?»

Ein Grinsen durchschnitt sein Gesicht.

«Sieht schon besser aus, was?», fragte er. «Klar tut er das, der alte Bursche.» Er hatte eindeutig hart gearbeitet. Dancers vorher schmutzverkrustetes Fell glänzte, und in einer Ecke der Box lag ein Häufchen verfilzter Haare. Jack hatte auch Mähne und Schwanz geschnitten und ausgedünnt. Voller Bewunderung betrachtete Maeve das Pferd. Es sah schon viel versprechender aus. Selbst sie erkannte, dass sein kräftiger, geschmeidiger Körperbau beeindruckend war.

«Sie haben wahre Wunder vollbracht, Jack. Wenn Lady Pamela von ihrem Mittagsschlaf aufwacht, bringe ich sie her, damit sie ihn sich ansehen kann. Sie wird staunen. Jetzt sieht er schon viel mehr wie ein Rennpferd aus.»

«Er muss getrimmt werden», sagte Jack. «Mit all der Wolle kann er nicht arbeiten.» Er deutete auf das lange Herbstfell des Pferdes. «Und beschlagen werden. Er braucht neue Hufeisen.»

Dancer drehte sich um und stupste ihn mit seiner Nase. Maeve bemerkte, dass ein fast liebevoller Ausdruck über Jacks Miene huschte. «Der Bursche ist hier geboren», sagte er. «Genau hier in der Box. Er ist nach Hause gekommen, das ist es. Er ist zu Hause. Das ganze Zeug, was der Kerl», mit einer Kopfbewegung deutete er an, dass er über den Trainer sprach, «ihrer Ladyschaft gesagt hat von wegen, dass er keine Rennen mehr laufen will. Der kennt den Burschen nicht. Der ist schon richtig. Ein zäher Bursche. Der will wieder rennen.»

Als Maeve im Laufe der Woche Sophie anrief, redete sie nur über das Pferd. «Er ist jetzt beschlagen worden. Lady P. liebt das Hufgeklapper auf dem Hof. Sie sagt, es ist wie in alten Zeiten. Gott, den Schmied hättest du sehen sollen, Hufschmied, sollte ich wohl besser sagen, was? Solche Muskeln, Lederschürze und ein großer schwarzer Bart. Ich habe herausgefunden, in welchen Pub er geht. Er hat gesagt, er kommt mal und nimmt mich abends mit. Wie ein Gladiator war er. Und ein Mädchen ist gekommen und hat ihn getrimmt, sie nennen das einen Deckenschnitt, jetzt sieht er aus wie ein Rennpferd, und der alte Jack Dick ist ganz vernarrt in ihn. Sein Gemüse ist völlig abgemeldet. Er ist ständig hier im Hof und trainiert ihn auf dem Pferdelaufband oder bearbeitet ihn mit einer Bürste, um seine Muskeln aufzubauen. Lady Pamela ist begeistert. Sie ist richtig aufgeblüht. Jeden Tag gehen wir in den Stall, um nachzusehen, wie es läuft. Manchmal sogar zweimal täglich. Sie lässt Jack die Decken abnehmen und schaut ihn sich an. Sie nennt das: das Pferd in Augenschein nehmen. Kennst du den Ausdruck? Sie sagt, es heißt, sich Zeit zu nehmen, um zu sehen, wo er aufgebaut werden muss, welcher Teil trainiert werden muss, ob er gut im Fell ist. Etwas in der Art.

Matt war hier, um nach ihm zu sehen, und er findet, dass er gut aussieht. Habe ich dir erzählt, dass er einen Stall für ihn empfohlen hat? Ein kleines Gestüt, das von einer jungen Trainerin geleitet wird. Sie hat nur sieben Pferde im Training und gibt sich wirklich Mühe, den Charakter eines jeden Tieres kennen zu lernen, sagt Matt. Lady P. war ein bisschen pikiert über eine Trainerin, aber inzwischen hat sie sich an den Gedanken gewöhnt. Sie heißt Jane Hedderwick, und das Gestüt ist nah genug, dass ich mit dem Fahrrad hinfahren und ihn besuchen kann, sie ist eine tolle Frau. Hat immer eine Flasche Gin auf dem Tisch. Anfangs hatte sie echt zu kämpfen, aber inzwischen hat sie ein paar Besitzer, die große Stücke auf sie halten. Ehrlich, Soph, es macht so viel Spaß. Ich hätte nie gedacht, dass ich mal was für Pferde übrig haben könnte.» Sie kicherte. «Obwohl, so ein toller Hengst … Aber du weißt ja, was ich meine. Allmählich interessiert mich die Sache wirklich.» Sie stockte. «Und wie geht es dir, Soph? Was machen die beiden Effs?»

«Gut. Gut. Wirklich gut. Den Zwillingen hat es bei Claire gut gefallen, und ich glaube, Fergus hat es richtig genossen, sie ganz für sich zu haben.» Sophie erwähnte nicht, wie viel Angst ihr das machte. Sie hatte gemerkt, dass sie es vorzog, wenn Fergus mit den Kindern hoffnungslos verloren war. Es gab ihr mehr Kontrolle und war einfacher, ihn als Rabenvater zu sehen statt als liebevollen Vater, der sich genauso um die Kinder kümmerte wie sie.

«Und Mohammed? Wie war er auf der Heimfahrt? Habt ihr unterwegs für einen Quicky angehalten?»

«Maeve! Nein, haben wir nicht, aber wir haben uns gut unterhalten, und er war reizend. Ist reizend. Am Sonntagnachmittag gehen wir zusammen ins Kino. Fergus nimmt die Kinder wieder.»

«Heh! Das ist mal eine Abwechslung, was? Zwei Wochenenden hintereinander Vater spielen?»

«Ja. Fergus scheint es so zu wollen. Flora und Freddy sind auch schon ganz aufgeregt. Es hat ihnen wirklich Spaß gemacht, ihn letztes Wochenende ganz für sich zu haben. Ich glaube, es liegt zum Teil daran, dass sie größer werden und nicht mehr so bedrohlich für ihn sind.»

«Bedrohlich? Wie meinst du das?»

«Ich glaube, er fand sie bedrohlich, als sie richtige Babys waren. Fergus hatte ziemlich Angst vor ihnen. Sie waren wie kleine Aliens. Jetzt findet er sie menschlich.»

«Gut, Soph. Das ist doch gut, oder?»

«Es ist ein Riesenschritt, anzuerkennen, dass deine Kinder Menschen sind», pflichtete Sophie bei. «Und was ist mit dir und Matt Digby?» Wie üblich fand Sophie es leichter, Fragen zu stellen. «Wie läuft's?»

«Bombig!», sagte Maeve. «Im Gegensatz zu dir haben wir es im Auto getrieben. Tierärzte kann ich nur empfehlen, weißt du. Sie haben eine wirklich bodenständige, nüchterne Art. Ich nehme an, das ist ganz normal, wenn du die meiste Zeit mit einem Arm im Hintern einer Kuh verbringst.»

Maeve war tatsächlich so überschwänglich, wie sie klang. Einen Freund zu haben und ihr Interesse an Dancer veränderten ihre Sicht erheblich. Matt war lustig. Durch ihn verlor das Dorf seine erdrückende Langeweile. Er arbeitete lange, war aber meist bereit, samstagabends mit ihr auszugehen. Er war klug und intelligent, und sie schätzte sein fachliches Können. Sein schlammbespritzter Wagen mit all den Medikamenten und Spritzen im Kofferraum gefiel ihr, und sie hörte ihn gern von seinen Operationen und Besuchen auf Bauernhöfen erzählen. Bisher hatte es in ihrem Leben noch nie einen anständigen, soliden Mann gegeben. Sie freute sich, wenn sie den Namen Digby auf Grabsteinen entdeckte, und hörte es gern, wenn Matt von seiner Kindheit auf dem Bauernhof erzählte, den damals noch sein Großvater führte. Die Beständigkeit gefiel ihr, die Stärke der Familienbande, das Gefühl, tief verwurzelt zu sein und hierhin zu gehören. Das ging völlig gegen ihre Natur und das Leben, das sie immer geführt hatte, aber plötzlich fand sie es seltsam attraktiv.

Auch Sex spielte eine Rolle. Matt und sie verband ein animalisches Verlangen, und sie zeigte ihm von Anfang an, dass sie ebenso scharf darauf war wie er. Er war ein stürmischer Liebhaber, presste seinen Mund fest auf ihren, dass ihre Lippen bluteten, und schob ihre Hände beiseite, wenn er mit ihren Kleidern kämpfte. Sie liebten sich überall, außer im Bett.

Auf dem Rücksitz seines Autos, in der Scheune, auf dem Friedhof, auf dem Parkplatz des Pub. Anfangs schien ihre Lust unersättlich. Matt konnte sein Glück kaum fassen. Mit dreißig hatte er den Zug verpasst, was die Mädchen im Dorf anging. Die meisten waren inzwischen verheiratet und hatten Kinder. In den letzten Monaten hatte er weder Zeit noch Lust gehabt, eine neue Beziehung anzufangen. Maeve war in seinem Leben aufgetaucht wie ein Geschenk des Himmels, und er war entzückt über ihre unkomplizierte Einstellung zu Sex. Über Liebe sprachen sie nie, davor wäre er auch zurückgeschreckt. Liebe hatte nichts damit zu tun. Jedenfalls im Augenblick nicht.

Immer wenn es Maeve langweilig war, radelte sie zur Manor Farm hinüber. Als sie zum ersten Mal dort auftauchte und feststellen musste, dass Matt nicht da war, stand sie an der Hintertür und rief nach ihm, bis Commander Digby aus der Scheune kam, um nachzusehen, was der Lärm sollte.

«Hi», sagte Maeve. «Ich dachte mir doch, dass jemand zu Hause sein muss.»

Commander Digby nahm die Kappe ab und musterte sie wortlos. Er war groß und schlaksig wie Matt, und die aufgekrempelten Ärmel seines grünen Arbeitsanzugs ließen sehnige braune Unterarme erkennen. Seine buschigen grauen Augenbrauen hingen über tief liegenden erstaunlich blauen Augen. Er sah gut aus.

«Ich bin Maeve», sagte sie.

«Ach», sagte der Commander. Es entstand eine Pause, in der er diese Information verarbeitete. «Müsste ich Sie kennen?», fragte er einigermaßen höflich.

«Also, was soll ich dazu sagen?», antwortete Maeve frech. «Ich würde sagen, wenn nicht, verpassen Sie was. Ich kenne Ihren Sohn Matt.»

«Ach», sagte Commander Digby wieder. Vage regte sich

etwas in seinem Gedächtnis. Hatte Matt ein Mädchen erwähnt? Er meinte, ja.

«So, wollen Sie mich nicht zu einer Tasse Tee einladen?», fragte Maeve mit ausgeprägtem irischem Akzent, den sie beliebig ein- und ausschalten konnte. «Es ist halb fünf, und ich bin sicher, Sie könnten selbst eine vertragen. Hier drin», sie deutete auf die Plastiktüte, die an ihrem Fahrradlenker baumelte, «habe ich ein paar Kekse und Kuchen für Sie.» Sie lächelte kokett.

Commander Digby konnte sich nicht erinnern, dass je ein Mensch so mit ihm gesprochen hatte. Ziemlich fassungslos brummelte er etwas vor sich hin, öffnete die Hintertür und ließ Maeve eintreten. Ohne seine morastigen Stiefel auszuziehen, folgte er ihr in eine Spülküche, wo er sich die Hände an einem Steinbecken wusch und an einem schmuddeligen Endloshandtuch trocknete. Er konnte sich nicht genau erinnern, in welchem Zustand er die Küche hinterlassen hatte, aber wahrscheinlich herrschte dort das übliche Durcheinander aus schmutzigem Geschirr und Zeitungen. Seit seine Frau vor fünfzehn Jahren gestorben war, war es abwärts gegangen. Er konnte dieses ungewöhnliche Mädchen ins Wohnzimmer bringen, aber da sah es vermutlich nicht besser aus.

Maeve schien die Unordnung gar nicht zu bemerken. Sie setzte den Wasserkessel auf und schaute sich nach Bechern um. Sie türmten sich schmutzig in der Spüle, jeder mit ein bis zwei Fingern hoch bräunlichen Wassers zum Einweichen. «So macht mein Vater es auch immer», plauderte Maeve munter drauflos. «Ich begreife nicht, warum er sie nicht sofort spült und fertig. Und wo ist die Milch?» Mit dieser Frage hatte David Digby schon gerechnet und eine Flasche aus dem Kühlschrank geholt, an der er nun besorgt schnupperte. Sie hatte eindeutig einen Stich.

Maeve goss Wasser in eine braune Teekanne, stellte sie auf

den Tisch und schob das Gewirr aus Frühstücksgeschirr, Post und anderem Krempel beiseite. Sie schnitt dem Commander eine dicke Scheibe Sandkuchen ab und legte sie auf einen Teller. «So», sagte sie. «Ich wette, ihr beiden sorgt nicht ordentlich für euch.»

Commander Digby gab die Suche nach einem Milchkännchen auf und setzte sich ihr gegenüber. Maeve strahlte ihn an. «Und auf noch was könnte ich wetten. Ich wette, ich bin nicht die Erste, die hier war, um Sie mit ihren Backkünsten zu verführen. Die mit ihren süßen Träumen hier hereinstolziert.»

Der Commander wirkte verdutzt, brach aber dann in Lachen aus. «Na ja, wo Sie es sagen, ja, es waren ein oder zwei … einige ziemlich fest Entschlossene.»

«Also, keine Sorge», erklärte Maeve fröhlich. «Ich bin weder hinter Ihrem Körper noch hinter Ihrem Geld oder Ihrem Bauernhof her. Ich sehne mich nur nach ein bisschen Gesellschaft. Lady Pamela guckt Pferderennen – aber wahrscheinlich schläft sie. Jack Dick ist knurrig und hat mich vom Hof gescheucht, und ich weiß einfach nicht, was ich mit mir anfangen soll. Es macht Ihnen doch nichts aus, oder? Ich bleibe auch nicht lang. Ihre Ladyschaft möchte sowieso bald ihren Tee haben.»

Commander Digby aß sein Stück Kuchen auf und sagte: «Darf ich?», bevor er sich ein weiteres großes Stück nahm. Er musterte Maeve unter seinen Augenbrauen hinweg. Ihr lebhaftes Gesicht, die Himmelfahrtsnase und der breit lachende Mund gefielen ihm. Sie trug mehrere viel zu große Shirts mit V-Ausschnitt übereinander, die ihr von den Schultern zu fallen drohten und deutlich den Blick auf einen winzigen schwarzen Spitzen-BH freigaben.

«Ich bin nicht sonderlich gesellig», sagte er verlegen, «aber Sie können gern jederzeit kommen.»

Das fasste sie offenbar als Einladung auf, ihm ausführlich zu erzählen, wie sie nach Charlton gekommen war. Eine ziemlich ungewöhnliche Geschichte. Es war eine Erleichterung, dass sie keinerlei Anstalten machte, Interesse am Bauernhof zu zeigen. Es war so anstrengend, dumme Fragen über das Vieh zu beantworten. Die meisten Frauen fühlten sich anscheinend verpflichtet, Interesse zu heucheln.

«Na gut», sagte Maeve schließlich und stellte ihren Becher in die Spüle. «Ich habe auch nicht viel fürs Aufräumen übrig, also biete ich Ihnen gar nicht erst an, das für Sie zu übernehmen, aber ich lasse Ihnen den Kuchen und die Kekse hier. Ist das ein fairer Tausch? Und ich komme wieder!»

Nachdem sie schwankend auf ihrem Rad davongefahren war und mit einer Hand zu winken versucht hatte, fragte David Digby sich besorgt, ob er wohl nach Kühen oder Schlimmerem roch. Er hatte sich den ganzen Vormittag abgemüht, eine Färse aus einem Graben zu holen. Ihm war klar, dass man selbst den Geruch nach einer Weile gar nicht mehr bemerkte.

So ermutigt, fuhr Maeve von nun an häufiger nach Manor Farm, ging zur Hintertür hinein und setzte Wasser auf, um Tee oder Kaffee zu kochen. Meist brachte sie einen Obstkuchen oder Mürbekuchen mit. Commander Digby freute sich, sie zu sehen, und gab ihr stets das Gefühl, willkommen zu sein. Maeve genoss es, in einem Männerhaus ohne eine andere Frau zu sein. Es erinnerte sie an die Zeiten, als sie allein mit ihrem Vater gelebt hatte, zwischen seinen verschiedenen Freundinnen, die bei ihnen eingezogen waren. Das waren die schönsten Zeiten, in denen sie im Mittelpunkt der Aufmerksamkeit stand: Er hatte sie verwöhnt, ihr alles erlaubt und sie wie eine Erwachsene behandelt. Kein Wunder, dass sie anschließend die Eindringlinge hasste, die ihr seine Zuwendung stahlen, ihr Regeln aufzwingen, sie ins Bett schicken und wie ein Kind behandeln wollten.

Maeve fragte sich, ob sie gern auf Manor Farm leben würde. Sie versuchte sich vorzustellen, wie es wäre, sich mit dem Dorfleben, dem bäuerlichen Alltag, der völligen Gleichförmigkeit und der Neugier der Einheimischen zufrieden zu geben. Sie dachte an Lady Pamela mit ihrem Dior-Kleid, den Botschaftsempfängen und den gut aussehenden, weltgewandten Männern in Frack und weißer Fliege. Die alte Dame liebte Charlton, das stand fest, aber sie hatte auch ein anderes, glamouröses, bewegtes, aufregendes Leben hinter sich. Sie hatte wirklich gelebt. Tief im Inneren wusste Maeve, dass das Leben in ruhigen Gewässern nichts für sie war und dass Charlton nur ein friedliches Intermezzo für sie sein konnte. Manchmal, wenn sie über die Felder zurückging, über Wurzeln stolperte oder im Morast ausrutschte, fragte sie sich, ob sie Matt wohl bewegen könnte fortzugehen, zu reisen, sich eine Stelle in einer aufregenderen Umgebung zu suchen. Sie hatte Fernsehserien über glamouröse Tierärzte gesehen, die sich um exotische Tiere in Afrika kümmerten. Wenn sie so weit war weiterzuziehen, würde Matt vielleicht mitkommen. Zumindest für ein Weilchen.

Vorerst war sie ganz zufrieden mit der Abwechslung, die Charlton ihr bot, und obwohl Lady Pamela jeden zum Wahnsinn treiben konnte, kam sie erstaunlich gut mit ihr zurecht. Das Schlimmste an ihrem Job waren die Einsamkeit und die langen Phasen der Untätigkeit. Dagegen hatte sie festgestellt, dass es ihr Spaß machte, die alte Dame zu betreuen, ihr beim Baden zu helfen, Essen für sie zu kochen und ihr Gesellschaft zu leisten. Sie besaß wesentlich mehr Geduld, als sie je für möglich gehalten hätte, und erfüllte ihre Aufgabe mit Vergnügen. Bisher hatte sie noch nie für das körperliche Wohl eines Menschen sorgen müssen. Sicher, sie hatte in Chalets und auf Yachten gekocht, aber das war etwas anderes. Lady Pamela war mehr oder weniger in allem auf sie angewiesen, und dieses Verhältnis genoss Maeve. Da man sie als Kind zwischen diversen schlampigen Au-pair- und Kindermädchen hin und her geschoben hatte, erinnerte sie sich nur zu gut an das Gefühl, vernachlässigt oder gleichgültig behandelt zu werden, einen Teller lieblos zubereiteten Essens auf den Tisch geknallt zu bekommen und allein essen zu müssen. Sie wusste noch genau, wie es war, als lästige Nervensäge behandelt zu werden, über die man sich am Telefon beschwerte, und auf keinerlei Interesse an ihren schulischen Leistungen zu stoßen, wenn sie zum Beispiel zum ersten Mal eine ganze Bahn im Schwimmbad zurückgelegt oder einen roten Stern im Buchstabieren bekommen hatte. Es bereitete ihr Genugtuung, nun eine bessere Gesellschafterin zu sein.

Gemeinsam spazierten sie und Lady Pamela durch den herbstlichen Garten, wo Maeve sich nach Sträuchern und Pflanzen erkundigte. Sie bewunderte die letzten Rosen, fragte nach ihren Namen und hörte von der Verheißung auf die Schönheit des Frühlingsgartens mit den ersten Schneeglöckchen, denen ein Teppich kleiner gelber Osterglocken folgte. Lady Pamela kramte mühsam aus ihrer Erinnerung lateinische Namen hervor und überlegte, wann sie die Azaleen gepflanzt oder die kleinen Teiche des Wassergartens angelegt hatte.

An manchen Abenden holte Maeve Schachteln und Alben mit Fotos hervor. Die verschiedenen Orte interessierten sie weniger als die Menschen. Mit gekreuzten Beinen hockte sie in ihren zerrissenen Jeans auf dem Boden und breitete Fotos um sich herum aus. «Wer ist das? Gott, eine Herzogin – sie sieht wirklich grandios aus. Ist das Sam? Boh, sah der gut aus. Und das hier in dem himmlischen Kleid sind Sie. Sie haben es immer noch, stimmt's? Dior. Meine Güte, was haben Sie für ein Leben geführt! So ein Glamour! Gott, das würde mir auch gefallen.»

«Sie hätten es keine fünf Minuten ausgehalten», erwiderte Lady Pamela. «Im diplomatischen Dienst musste man sich ständig furchtbar gut benehmen. Den Spaß hatten nur die anderen.»

«Hmmm», sagte Maeve, wenig überzeugt. Lady Pamela trat mit ihrem zierlichen Fuß nach ihr.

Nach einer Weile nickte Lady Pamela ein, vor allem nach einem Whisky, und schreckte immer wieder mit einem Satz hoch. Maeve stöberte rastlos im Haus herum, öffnete Schränke, kramte in Schubladen herum. In Lady Pamelas Zimmer fand sie schließlich, wonach sie gesucht hatte: eine ganze Schublade voller Fotos von einem Mädchen als Säugling, Kleinkind, Kind und Jugendliche. Das musste Lizzie sein, deren Bild in der Masse der Fotos unten auffallend fehlte. Sie war blond, zierlich und sehr hübsch. Obwohl das gestellte Foto sie mit nackten Schultern und Perlenkette zeigte, wirkte sie jung, frisch und unschuldig.

Was für eine Verschwendung, dachte Maeve.

Unter den Fotos lagen gebündelte Briefe und andere Päckchen. Maeve nahm eines heraus und las die klare, ordentliche Handschrift: «Liebste Mums, es war herrlich, dich gestern zu sehen, und tausend Dank für das Essen. Den Schokoladenkuchen haben wir uns geteilt, nachdem das Licht aus war. Er war unheimlich lecker …» Behutsam legte Maeve den Brief zu den anderen, schob die Fotos darüber und machte die Schublade wieder zu. Sie versuchte sich vorzustellen, wie es wäre, eine solche Beziehung zu seinen Eltern zu haben. Sie selbst hatte sich nie mehr die Mühe gemacht, ihrer Mutter zu schreiben, nachdem sie einmal aus dem Internat nach Hause gekommen war und festgestellt hatte, dass ihre wöchentlichen Pflichtbriefe voller Schilderungen über das Schulessen und das Wetter zwar geöffnet, aber offensichtlich ungelesen in einem Stapel Rechnungen und Postwurfsendungen landeten. Maeve versuchte sich vorzustellen, wie es war, jemanden zu lieben und aufrichtig wiedergeliebt zu werden. Es gelang ihr nicht. Sie zog die Schublade noch einmal auf, kramte ein kleines Passbild von Lizzie im Alter von etwa sechzehn Jahren heraus und schob es sich in den Ärmel.

Lady Pamela war klar, dass ihr eine Auseinandersetzung mit Henry bevorstand. Als sie wie üblich früh am Morgen aufwachte, lauschte sie auf die Stille im Haus. In letzter Zeit war sie wesentlich mobiler geworden und brauchte erheblich weniger Zeit und Mühe, um ins Bad zu kommen; außerdem konnte sie sich darauf verlassen, dass Maeve ihr Teetablett nicht vergessen hatte. Eine Dose mit hausgemachten Ingwerkeksen stand bereit, aus der sie und Esau sich jeder einen als ersten Leckerbissen des Tages gönnten. Wenn sie sich im Zimmer umschaute, musste sie zugeben, dass es unordentlicher war als unter Mrs Cooks Regiment. Maeve ließ Kleider auf dem Stuhl liegen, ohne sich die Mühe zu machen, sie ordentlich aufzuhängen oder Schuhspanner in die Schuhe zu stecken. Schubladen waren nicht ordentlich geschlossen, und häufig klemmten Kleiderzipfel dazwischen. Sie war schlampig, das stand fest. Mrs Day wischte und staubsaugte um die Unordnung herum, aber Henry würde der leicht vernachlässigte Eindruck gar nicht gefallen. Andererseits überlegte Lady Pamela, dass sie ins Feld führen konnte, seit Maeves Ankunft zugenommen zu haben und wesentlich aktiver geworden zu sein.

Dann war da noch die Geldfrage. Obwohl Lady Pamela nur vage Vorstellungen von ihren Lebenshaltungskosten hatte, war ihr doch klar, dass Maeve im Haushalt nicht gerade knauserte und dass die Ausgaben seit ihrer Ankunft raketenhaft in die Höhe geschnellt sein mussten. Wie lange würde Henry das noch zulassen? Und das Pferd? Sie hatte ein ungutes Gefühl wegen der Entscheidung, die sie aus einer Augenblickslaune getroffen hatte. Sie hätte vorher mit Henry darüber sprechen sollen. Das hatte sogar Sam gesagt. Als sie ihm am Telefon davon erzählt hatte, hatte er lange geschwiegen und schließlich gesagt: «Mischt die Irin sich damit nicht ein bisschen zu sehr ein? Ist es wirklich klug, so etwas in deinem Alter anzufangen? Lässt du dich nicht ein bisschen zu sehr mitreißen?» Natürlich hatte er Recht. Der Adrenalinstoß, das Gefühl, wieder brandendes Leben um sich zu spüren, war eine Mischung, die ihr zu Kopf gestiegen war. Sie verliehen ihr die Kraft, das dräuende Gespenst Buntys und der Aussicht auf ein Pflegeheim zu vertreiben. Aber wie sollte sie sicher sein, dass Henry ihren Entschluss, wieder ein Pferd trainieren zu lassen, nicht als unverantwortliche Verrücktheit und Ausdruck einer Altersdemenz auslegte? Sie musste ihn nach Charlton holen, um ihn zu bearbeiten. Ohne Bunty. Auf jeden Fall ohne Bunty.

Henry hatte ohnehin vorgehabt, seine Mutter zu besuchen. Bunty hatte ihren Terminkalender durchgeblättert und erklärt, sie habe nicht einen einzigen freien Tag, aber wenn sie nach Weihnachten und Neujahr von den Westindischen Inseln zurückkämen, habe sie die Absicht, für ein paar Tage nach Charlton zu fahren und sich dort mit Architekten und Landschaftsgärtnern zu treffen. Sie könnten die Umbaumaßnahmen nun wirklich nicht länger hinauszögern, das müsse Henry seiner Mutter sagen. Gerade an diesem Morgen hatte sie eine Broschüre für eine neue betreute Wohnanlage in Sherborne erhalten, die einen äußerst ansprechenden Eindruck mache und durchaus eine Lösung für das Problem bieten könne, was sie mit Lady Pamela machen sollten. Im Augenblick sei sie wahrhaftig viel zu beschäftigt, um sich darum zu kümmern, aber zu Beginn des neuen Jahres wolle sie der Sache ihre ganze Aufmerksamkeit widmen.

Also fuhr Henry allein nach Somerset. Sein großer, teurer Wagen schnurrte die Straße entlang, während das Radio klassische Musik spielte und die Heizung eine angenehme Wärme verbreitete. Er fühlte sich wie in einem Kokon vor dem ruppig kalten Novemberwetter und den Belastungen seines anstrengenden Berufslebens abgeschirmt. Die Bank war noch sein geringstes Problem. Ihr Sohn Charlie machte ihm Sorgen. Gestern hatte der Hauslehrer seines Internats angerufen und ihm mitgeteilt, dass man ihn schon zum zweiten Mal in diesem Halbjahr beim Rauchen erwischt hatte und dass er bei einem dritten Verstoß gegen die Hausordnung der Schule verwiesen werde. Bunty war wütend über die Haltung der Schule und erklärte, dass schließlich alle Siebzehnjährigen rauchen und der Hauslehrer sich auf die Realitäten einstellen solle. Offenbar hielt sie nichts davon, dass Regeln zu befolgen waren. Es hatte noch weitere Vorfälle gegeben. Trinken. Unerlaubtes Verlassen des Internats. Offenbar benahm er sich in der Schule ebenso aufsässig wie zu Hause. Henry wünschte, die Schule würde diese Dinge einfach selbst regeln. Ihn bestrafen, eine Ausgangssperre verhängen, was auch immer, jedenfalls die Sache regeln und nicht von ihm erwarten, dass er eine Lösung fand. Er wusste nicht, warum Charly sich so benahm und wie er ihn daran hindern könnte. Er hatte eigentlich angenommen, dass alle Jugendlichen diese Phase durchmachten. Von sich konnte er das allerdings nicht behaupten. Als Heranwachsender hatte er viel zu große Angst vor seinem Vater und zu wenig Gelegenheit für Eskapaden gehabt. Das Internat, das er besucht hatte, lag meilenweit von der nächsten Ortschaft entfernt, und die unternehmungslustigeren Jungen hatten zwölf Kilometer mit dem Fahrrad zum nächsten Pub radeln müssen, um sich zu betrinken und ohne Licht zurückzuschwanken und sich in einem Straßengraben zu übergeben. Ihn hatte nie jemand aufgefordert mitzukommen.

Er bog von der M3 auf die A303. Vor ihm öffnete sich die weite Landschaft des Kreidetieflands und verhieß saubere Luft und gute Fernsicht. Er fuhr vorbei an Stonehenge, wo sich selbst heute, im winterlichen Dämmerlicht, Touristen scharten. Als er an einem Schnellimbiss vorbeikam, merkte er, dass er Hunger hatte. Er sollte mit seiner Mutter zu Mittag essen, aber mochte Gott wissen, was dieses Mädchen ihnen auftischen würde. Im Kofferraum hatte er ein paar Flaschen Wein, die das Essen etwas genießbarer machen dürften. Er war bald dort.

Ohne sonderliche Zuneigung oder nostalgische Kindheitserinnerungen fuhr Henry durch das Dorf und bog in die Zufahrt zum Haus. Er hatte immer gewusst, dass Elizabeth mehr geliebt wurde als er, und nach ihrem Tod hatte er erlebt, wie wenig er seiner Mutter über ihren Verlust hatte hinweghelfen können. Aus dem ernsten, schüchternen Jungen, der im Schatten seiner jüngeren Schwester in Charlton aufgewachsen war, hatte sich ein junger Mann entwickelt, der deutlich seine eigene Unzulänglichkeit empfand. Falls er seiner Mutter daraus einen Vorwurf machte, zeigte er es nie. Er hatte Übung darin, den pflichtgetreuen Sohn zu spielen. Herzlichkeit oder aufrichtige Gefühle kamen dabei nicht ins Spiel.

Henry hielt vor dem Haus, schaltete den Motor ab und blieb noch ein Weilchen gedankenverloren sitzen. Überrascht sah er seine Mutter ums Haus kommen, ohne Hilfe, nur auf einen Stock gestützt, in einer Hand einen Korb mit Herbstblumen, in der anderen eine Gartenschere. Zum Gruß hob sie den Stock.

«Hallo, Schatz. Hattest du eine gute Fahrt? Komm aus der Kälte. Die Irin hat ein gutes Mittagessen für uns!»

Das hatte sie tatsächlich, dachte Henry, als er im Dunkeln nach Hause fuhr. Nach einem köstlichen Rinderbraten gab es eine knusprige Apfel-Charlotte mit einer sämigen Eiercreme. Henry liebte gute Hausmannskost. Bunty war zur Zeit ganz versessen auf Pazifik-Küche, was sich bald legen würde, wie er hoffte. Seine Mutter sah wahrhaftig wesentlich besser aus als bei seinem letzten Besuch und war weitaus besserer Stimmung. Das Mädchen hatte das Wohnzimmer sehr vernünftig umgeräumt, den kleinen Esstisch in das Erkerfenster gestellt und den Raum gemütlicher und freundlicher gestaltet. Seine Mutter zeigte sich ungemein erfreut über das neue Fernsehgerät und den Rennsportkanal, und so musste er sich eingestehen, dass es gemein wäre, ihr diese Freude zu versagen, die ihr so viel bedeutete.

Die Wahrheit war, dass sie wesentlich besser versorgt wurde, als er für möglich gehalten hätte, und darüber empfand er eine gewisse Erleichterung, zumal von ihm persönlich nichts weiter erwartet wurde, als Schecks auszustellen. Zudem gehörte das Geld, das er für seine Mutter ausgab, ohnehin ihr. Sein Vater hatte ihr genug hinterlassen, dass selbst ihre in letzter Zeit gestiegenen laufenden Ausgaben ihr Einkommen kaum anknabberten. Da sie nicht mehr allzu lange in der Lage sein dürfte, in Charlton zu leben, wollte Henry ihr gern großzügig erlauben, es zu genießen, solange sie konnte. Sie machte ihm wesentlich weniger Schwierigkeiten als früher, und solange alles reibungslos lief, war er durchaus geneigt, es dabei zu belassen.

Als das Mädchen nach dem Essen den Kaffee gebracht hatte, kam die Rede auf das Pferd. Henry hatte die Pferde keineswegs vergessen. Er kannte die Kosten für ihren Unterhalt genau und war sich durchaus der monatlichen Rechnung des Trainers bewusst, den er für ebenso sinnlos hielt wie einen Esel am Strand. Daher überraschte es ihn nicht sonderlich, dass seine Mutter eine Entscheidung über die Zukunft des Pferdes treffen musste. Solange einiges dafür sprach, dass der Hengst wieder Rennen laufen konnte, war er durchaus einverstanden, ihn wieder trainieren zu lassen. Wenn es sich als nutzlos erwies, konnte er immer noch seinen Einfluss geltend machen, um ihn töten zu lassen. Wenn es dagegen gut lief, konnte man ihn am Ende der Saison verkaufen. In jedem Fall war es weniger kostspielig, als ihm weiterhin sein luxuriöses Gnadenbrot zu finanzieren. Selbst Bunty würde das vielleicht einsehen, wenn er es ihr so darlegte. Nach den testamentarischen Verfügungen seines Vaters war für die Pferde gesorgt, und etwaige Gelder, die nach ihrem Tod noch übrig waren, fielen an eine Stiftung für verletzte Jockeys, somit nahmen sie Bunty ohnehin nichts weg. Vor Jahren hatte Henry einmal versucht, diese Regelung ändern zu lassen, aber sie war wasserdicht.

Er hätte sich denken können, dass hinter alledem diese kleine Irin steckte. Sie war ein hübsches Ding mit ihrer wilden dunklen Mähne. Ihm fiel ihr appetitlicher Hintern ein, als sie sich vorgebeugt hatte, um ein Holzscheit auf das Kaminfeuer zu legen, und einmal, als sie sich vorbeugte, um nach einer Schüssel auf dem Tisch zu greifen, hatte ihre kleine Brust seinen Arm gestreift. Mit einem Mädchen wie ihr hätte er gern einmal Sex. Klein, geschmeidig und dunkel. Ihm fiel es nicht schwer, sie sich ohne Kleider vorzustellen. Er hoffte, dass sie große braune Brustwarzen und dichtes dunkles Haar zwischen den Beinen hatte. Klein, dunkel und geil.

Henry beschloss, noch einmal nach London hineinzufahren. In seiner Schreibtischschublade hatte er eine oder zwei Telefonnummern, die er dringend anrufen wollte. Auf der Umgehungsstraße von Basingstroke fiel ihm plötzlich der Wein ein. Er hatte nur eine halbe Flasche getrunken, der Rest war anscheinend verdunstet, wenn er nun darüber nachdachte. Dieses Mädchen hatte doch jeden Trick drauf. Diesen Gedanken fand Henry äußerst erregend.

Kapitel 7

Weihnachten sollte ein Ereignis werden. Wenn Maeve das Fest schon in Charlton verbringen musste, wollte sie es auch genießen. Sie konnte sich nicht erinnern, wann sie zuletzt auf traditionelle Weise Weihnachten gefeiert hatte, und war wild entschlossen, es zu einem Erfolg zu machen. In Ermangelung einer richtigen Familie wollte sie ihre Freunde um sich haben.

Henry und Bunty hatten offenbar wie üblich arrangiert, Weihnachten mit ihren Kindern und einer befreundeten Familie auf den Westindischen Inseln zu verbringen. Dort mieteten sie alljährlich dieselbe Villa. Wetter und Essen waren zuverlässig, und London im vorweihnachtlichen Endspurt war ihnen zu anstrengend. Sie brauchten einen Urlaub, in dem sie völlig abschalten und entspannen konnten. Bunty würde einen Weihnachtspudding von Marks and Spencer einpacken, um mehr brauchte sie sich nicht zu kümmern.

Im vergangenen Jahr hatte Lady Pamela sich als Problem erwiesen. Sie hatte im November eine Grippe überstanden und war noch recht angeschlagen und launisch. Mrs Cook, die auf keinen Fall über Weihnachten mit ihr festsitzen wollte, hatte Henry mit Anrufen bombardiert, damit er eine Möglichkeit suchte, sie über die Feiertage abzuschieben. Natürlich war Lady Pamela nur um so entschlossener, sich nicht vom Fleck zu rühren, und erklärte, sie käme sehr gut allein zurecht. Da auch Sam krank war, konnte er nicht nach Charlton kommen, und schließlich hatten sie Mrs Cook bestochen, bis zum ersten Weihnachtstag zu bleiben. Eine Agentur hatte gegen hohe Bezahlung eine Betreuerin vom zweiten Weihnachtstag bis Anfang Januar geschickt, bis Trish Holmes, eine ehemalige Krankenschwester, die Bumper gepflegt hatte, im Januar zu ihrem alljährlichen zweiwöchigen Besuch eingetroffen war. Mrs Cook hatte ein Fertigputengericht aus dem Supermarkt aufgewärmt, das die undankbare alte Frau nicht einmal anrührte. Letzten Endes hatte Esau es gefressen und sich anschließend übergeben.

So war Henry denn ziemlich erleichtert, als Diana Tripp ihm mitteilte, Maeve habe angerufen und gesagt, sie bliebe gern über Weihnachten bei Lady Pamela, wenn sie zwei Freunde über die Feiertage einladen dürfe und Henry die zusätzlichen Haushaltskosten übernehme. Diese Regelung fand Henry durchaus annehmbar, und als er seine Mutter anrief und sich erkundigte, ob sie keine Einwände habe, dachte er im Stillen, dass es ihm ziemlich egal sei, falls es ihr nicht recht sein sollte. Sie würde sich damit abfinden müssen. Flüchtig überlegte er, ob er die zusätzlichen Strom- und Heizungskosten von Maeves Lohn abziehen könnte. Doch dann fiel ihm ein, dass sie ihn weitaus billiger kamen, als seine Mutter in ein Altersheim zu geben oder eine Aushilfe einzustellen. Nein, er wollte sich dieses Mal großzügig zeigen. Allerdings beschloss er, Bunty besser nichts davon zu erzählen.

Aufgeregt setzte Maeve sich morgens zu Lady Pamela aufs Bett. Sie trug ein T-Shirt, das kaum über ihren Hintern reichte und Lady Pamela unweigerlich einen Blick auf ihr Höschen erlaubte. Lady Pamela fühlte sich flüchtig an Lizzie erinnert. Sie ist so unbefangen, dachte sie. In ihrem Alter musste ich schon erwachsen sein. Ich hatte zwei Kinder, war die Frau eines aufstrebenden Diplomaten und hatte einen Haushalt mit zwanzig Personen zu führen.

«Hören Sie, Lady P., das ist unsere Gästeliste. Was halten Sie davon? Sie und Sam, ich und Matt, sein Vater, Soph und ihre beiden Kinder, Mohammed und vielleicht Khaled, Mr und Mrs Day, die sonst allein wären. Das macht zehn oder elf. Was meinen Sie? Wir können das große Esszimmer herrichten, und ich hole einen dicken Truthahn und übernehme die ganze Arbeit. Ich überrede Sophie, dass sie schon am Freitag kommt und mir hilft. Weihnachten ist am Montag. Sie kann Sam mitbringen. Aber vielleicht ist es für ihn im Zug bequemer? Die Zwillinge entsprechen vermutlich genau seiner Vorstellung von einem Albtraum. Ich mache Weihnachtspudding, Pfefferminz-Pie und Weihnachtskuchen. In der Küche habe ich ein uraltes Kochbuch gefunden, wo dieses ganze altmodische Zeug drinsteht. Und wir stellen einen Baum auf. Wo kriegen wir einen Baum her? Ob Jack Dick das weiß? Jesses, den habe ich ja ganz vergessen. Wir dürfen ihn nicht ganz allein lassen, also kommt noch einer dazu.»

Lady Pamela betrachtete ihr aufgeregtes Gesicht und dachte: Was ist sie doch für ein Kind. Für sie hatte Weihnachten seit langem jegliche Faszination verloren. Es war ihr eher lästig. Mit immer zittrigeren Händen schrieb sie Schecks für ihre Enkelkinder aus und schickte Henry und Bunty einen Präsentkorb von Fortnums. Um alles andere kümmerte sich Henry. Sie fragte sich, ob sie Maeves Plänen gewachsen war. Aber sie und Sam konnten sich ja gemeinsam zurückziehen. Es wäre herrlich, Sam da zu haben.

Sie überlegte, wo sie die Weihnachtskataloge hingelegt hatte, die verschiedene Londoner Geschäfte ihr geschickt hatten. Wenn sie schon eine Party gab, wollte sie sich auch das Vergnügen gönnen, für jeden Geschenke auszusuchen.

Was Bumper wohl davon gehalten hätte! So eine bunt gemischte Gesellschaft! Ein Festessen mit der Putzfrau und dem Gärtner! Er würde sich im Grabe herumdrehen. Dieser Gedanke heiterte Lady Pamela auf. Es hatte ihr immer Spaß gemacht, Bumper zu schockieren. Schlimmer als im letzten Jahr mit Mrs Cook und ihrem Plastiktruthahn konnte es nicht werden. Sobald Maeve gegangen war, wollte sie Sam anrufen und hören, was er davon hielt.

Sam war etwas besorgt. «Liebes Mädchen! Wird dir das nicht zu viel? So viele Leute! Also, ja, ich komme liebend gern. Ich hatte gehofft, dass du mich fragen würdest. Weißt du, die Irin kann wirklich kochen, das ist ein großer Anreiz. Es bleiben einem so wenige Freuden übrig. Und was all diese anderen Leute angeht, halte ich es für ratsam, ganz deutlich zu machen, wann sie wieder abreisen sollen. Lass auf keinen Fall das Ende offen, sonst hast du sie über Neujahr immer noch da. Leute haben heutzutage keine Manieren mehr. Sie haben kein Gespür mehr, wann sie gehen sollten. Man muss sie praktisch hinausschmeißen.»

Da Lady Pamela ziemlich schwerhörig war, führte sie ihre Telefongespräche in voller Lautstärke, und so hörte Maeve das meiste mit, als sie auf dem Flur an ihrem Zimmer vorbeiging. Sie steckte den Kopf zur Tür herein. «Keine Sorge, Lady P., sie kommen höchstens für vier Tage. Versprochen. Ich sorge schon dafür, dass wir am zweiten Weihnachtstag alle wieder los sind. Ich möchte mit Matt zum Rennen fahren. Er ist Rennbahntierarzt in Wincanton, daher kommen wir umsonst rein.» Sie zwinkerte ihr verschmitzt zu. «Na, was glauben Sie, woher ich wusste, worüber Sie gesprochen haben?»

Die nächsten Tage waren angefüllt mit Vorbereitungen. Maeve schrieb Einladungen, dekoriert mit kitschigen Rotkehlchen und Stechpalmenzweigen, und verschickte sie an die Gäste. Beim Metzger bestellte sie Truthahn und Schinken, Würstchen und durchwachsenen Speck. Sie kochte Puddings, backte Kuchen und Pfefferminz-Pies, die bald das ganze Haus mit ihrem Duft erfüllten. Sie machte Eis mit echten Vanilleschoten und gelber Sahne vom Bauernhof in South Charlton. Für Heiligabend bereitete sie eine riesige Fasanenkasserole und einen Shepherd's Pie vor, die sie einfror. Durchgestrichene Einkaufszettel flogen in der Küche herum, und Mrs Day fand jeden Morgen einen Berg schmutzigen Geschirrs vor. Aber das machte ihr nichts aus, weil sie sich auf Weihnachten freute. Ihren Freundinnen hatte sie stolz erzählt, dass sie und Frank am Weihnachtstag bei Lady Pamela eingeladen waren und sie sich nicht einmal um den Abwasch zu kümmern brauchte. Das war viel besser als die Weihnachtsfeier der British Legion, die sie sonst besucht hätten. Frank hatte ein bisschen Sorge, dass er nicht sein gewohntes Stout-Bier zu trinken bekäme, aber Maeve hatte sich bereits nach seiner Lieblingsmarke erkundigt und sie auf ihrer Einkaufsliste notiert.

Als Maeve Diana Tripp anrief, kam diese gerade von der Betriebsweihnachtsfeier, bei der jeder Angestellte 25 Pfund für das Mittagessen zahlen musste. «Machen Sie sich keine Sorgen wegen der Rechnungen», erklärte Mrs Tripp ihr. «Schicken Sie sie an mich, ich kümmere mich darum. Wissen Sie, wie viel deren Urlaub kostet? Ich schon, weil ich gerade den Scheck dafür abgeschickt habe. Sehen Sie ruhig zu, dass die alte Dame ein bisschen Spaß bekommt. Die können es sich leisten.»

Plötzlich fiel Maeve etwas ein: «He, was machen Sie eigentlich Weihnachten? Wie wär's, wenn Sie zu uns kommen? Das wäre doch toll!»

Mrs Tripp hatte das Gefühl zu ersticken. Sie hatte zu viel getrunken, verspürte rasende Kopfschmerzen und hätte am liebsten geweint bei dem Gedanken, Weihnachten wie üblich mit ihrer verwitweten Mutter bei einer faden Putenbrust vor dem Fernseher zu hocken.

«Das geht nicht», antwortete sie. «Wir kennen doch da niemanden, und Mutter ist zweiundachtzig und stocktaub.»

«Macht doch nichts. Die Hälfte von uns ist über achtzig. Von vierundachtzig bis zwei ist jedes Alter vertreten. Je mehr, desto besser. Wirklich, ich meine es ernst.»

Mrs Tripp spürte, dass ihr Angebot aufrichtig war. Als sie aufgelegt hatte, tröstete sie sich schniefend mit einem Schokokeks aus ihrer Schreibtischschublade. Natürlich würden sie nicht hinfahren. Mutter würde nichts davon wissen wollen, aber reizvoll war der Gedanke schon.

In all den Jahren, die sie nun schon für Henry arbeitete, hatte er sie nicht ein einziges Mal gefragt, wie sie Weihnachten verbrachte.

Das Wetter hatte sich gegen Maeve verschworen. Sie hätte gern Schnee gehabt – eine dicke, frische, gleichmäßige Schneedecke –, aber es blieb mild, nass und grau. An manchen Tagen wurde es überhaupt nicht richtig hell. Sie schleppte Stechpalmenzweige voller Beeren ins Haus, die Jack für sie geschnitten hatte, und steckte sie an alle erdenklichen Stellen. Das dunkle glänzende Grün und die scharlachroten Tupfen verliehen den Zimmern sofort etwas Festliches. In der Stadt besorgte sie einen Mistelzweig und nagelte ihn in der Diele fest. Jack hatte ihr versprochen, kurz vor dem Fest einen Baum mitzubringen, den sie am Heiligabend mit Sophie gemeinsam schmücken wollte. Lady Pamela meinte, irgendwo müsste noch alter Christbaumschmuck sein, den sie später suchen wollten.

Als Maeve die Abkürzung zum Dorf nahm, um Matt zu besuchen, stapfte sie so tief durch Morast, dass es ihr Lady

Pamelas alte Gummistiefel von den Füßen saugte. Das würde ich nicht aushalten, dachte sie. Wenn das mein Leben wäre und ich nichts anderes hätte als diese Nässe und den Schlamm, würde ich durchdrehen. Wie können Menschen sich damit nur abfinden? Sie sehnte sich nach Asphalt unter den Füßen und einem von Lichtern erhellten Winterhimmel. Sie sehnte sich nach Verkehrslärm, Musik vom Band und Einkaufsgedränge auf dem Bürgersteig. Sie vermisste den schalen Geruch von Bier und Zigarettenrauch aus der sich öffnenden Tür eines Pubs, der mit lautem Stimmengewirr, Musik und schallendem Gelächter lockte. Sie vermisste die lasziv schweifenden Blicke von Männern auf Frauensuche und Abende, die zu allem führen konnten. Und da stapfte sie hier mit einem halben kalten Shepherd's Pie und einem von Jack Dicks Kohlköpfen in der Plastiktüte einen Feldweg entlang. Ich komme mir vor wie aus einem Roman von Thomas Hardy, dachte sie, nur dass ich mich nicht auf die Schändung bei der Willoughby-Jagd freuen kann. Leider.

In letzter Zeit hatte Matt sehr viel zu tun und war kaum einmal zu Hause. Zwei seiner Partner hatten die Grippe, und er musste doppelt so hart arbeiten, um sämtliche Hausbesuche zu erledigen. Wenn er abends Maeve besuchte, schlief er häufig im Sessel in der Küche ein, die Ärmel seines Sweatshirts aufgekrempelt, dass seine geröteten Unterarme zu sehen waren, ein Glas Whisky in der Hand. Das Wetter war ungesund, sagte er. Schlammfieber und Huffäule grassierten. Kälber, die in den stinkenden Ställen geboren wurden, bekamen Infektionen; Lungenentzündungen lagen in der Luft. Maeve hatte den Eindruck, als versinke das Land in Morast und Krankheit. Ohne Weihnachten wäre sie in Trübsinn verfallen. So hielt sie alle bei Laune.

Als sie an diesem Winterabend zur Manor Farm kam, sah sie durch das erleuchtete Wohnzimmerfenster Commander

Digby auf seinem Jagdstuhl hocken und die Nachrichten im Fernsehen schauen. Matt hatte ihr erzählt, wenn er auf dem Sofa oder einem anderen bequemen Sessel säße, schliefe er ein und verpasse die Sendung, die er sich habe anschauen wollen. Der Teppich war übersät von kleinen fransigen Löchern.

Maeve schlüpfte durch die Hintertür ins Haus. Matt schlief auf dem durchgesessenen Ledersofa in der Küche. Neben ihm auf dem Boden stand ein Teller mit zwei verschrumpelten Würstchen auf einem Stapel der Zeitschrift *Farmers Weekly*. Maeve verlor die Geduld. Sie hatte den Eindruck, dass Matt sich vom gemächlichen dörflichen Trott einlullen ließ und das Blut sich in seinen Adern ebenso zäh bewegte wie ihre Füße im Morast. Grunzend schlug er die Augen auf. Sie grinste ihn grimmig an und beobachtete, wie er allmählich wach wurde, sich fragte, wo er war, und nach und nach zwei und zwei zusammenzählte. Er setzte sich auf und kratzte sich am Kopf. Unter seinem offenen Hemd sah sie seinen glatten Bauch und die feine Haarlinie, die von seinem Bauchnabel nach unten lief. Maeve setzte sich neben ihn und strich ihm mit einem Finger über die Brust.

«He!», sagte sie. «Wach werden!»

«Ich habe gar nicht gemerkt, dass ich eingeschlafen bin», sagte Matt benommen. «Wie spät ist es? Hatte ich versprochen, mich mit dir zu treffen oder so?»

«Nein. Ich bin nur so vorbeigekommen. Auf gut Glück.» Bewusst provozierend fügte Maeve hinzu: «Da du sowieso nichts machst, können wir ja ausgehen. Lass uns in einen Nachtclub gehen. Komm schon! Lass uns was unternehmen.»

«Du machst wohl Witze», sagte Matt. «Ich bin seit sechs Uhr früh auf den Beinen und erst heute Abend um sieben nach Hause gekommen. Ich gehe nirgendwohin.»

«Genau», sagte Maeve wütend. «Du sagst es. Sieh dich doch bloß mal an! Der lebende Tote.»

«Maeve!», protestierte Matt. «Das ist unfair. Ich bin völlig fertig von der Arbeit. Ich hatte einen grauenhaften Tag. Keine Zeit, etwas zu Mittag zu essen. Ein Hausbesuch nach dem anderen. Du hast dagegen einfach nicht genug zu tun. Das ist das Problem.»

«Wie meinst du das? Es ist ganz schön anstrengend, sich um eine streitlustige alte Frau zu kümmern. Und für jemandem in meinem Alter ist es außerdem ziemlich deprimierend. Darum brauche ich ein bisschen Leben.» Sie setzte sich neben ihn aufs Sofa und legte die Beine über seine Hüften. «Und ich brauche Sex», fügte sie boshaft hinzu.

Matt schob ihre Beine fort und stand auf, um den Wasserkessel aufzusetzen. «Ständig geht es nur darum, was du brauchst», sagte er. «Und was ist mit mir? Interessiert es dich überhaupt, was ich brauche?»

«Du hast keine Bedürfnisse, nur ‹Nichtbedürfnisse›», fuhr Maeve ihn an. «Du willst dies nicht, du willst das nicht. Immer nur negativ.»

«Es tut mir Leid, wenn das so aussieht», sagte Matt wütend, kehrte ihr den Rücken zu, starrte den Wasserkessel an und bemerkte plötzlich, wie schmuddelig und schwarz-fettig er war. Als seine Mutter noch lebte, glänzte er immer, fiel ihm ein. «Heute musste ich zwei Färsen erschießen, deren Kälber ich nicht holen konnte. Dann hatte ich eine Herde, in der sämtliche neugeborenen Kälber mit einer Rotavirus-Diarrhö infiziert waren, weil der Bauer es sich nicht hatte leisten können, die Muttertiere impfen zu lassen. Es steht auf der Kippe, ob sie überleben. Ich glaube, deshalb mache ich keinen sonderlich fröhlichen Eindruck. Außerdem bin ich hundemüde.»

Mit einem Anflug von schlechtem Gewissen hob Maeve den Teller mit den Würstchen an und fragte: «Aber das Abendessen war gut?»

Matt drehte sich um und konnte nicht umhin zu grinsen.

Er packte ihr Handgelenk. Sie stellte den Teller ab, und sie küssten sich. Sie strich ihm das Haar aus den Augen. Ich liebe dieses schlanke, knochige Gesicht, dachte sie. Sie mochte seinen breiten Mund, seine geraden Zähne und die tief liegenden dunklen Augen, unter denen heute dunkle Schatten lagen.

Milder gestimmt sagte sie: «Tut mir Leid, wenn ich dich wütend gemacht habe. Du hast Recht. Mir ist langweilig. Da draußen in Charlton habe ich nicht genug Anregung. Lady P. ist im Augenblick muckig. Manchmal hat sie solche Launen. Wenn ich zurückkomme, kriege ich es ab – sie will nicht, dass ich weggehe, wenn sie sich in Selbstmitleid suhlt. ‹Verdammt, ich gehöre Ihnen nicht›, sage ich ihr. Hier, ich habe dir und deinem Dad einen Shepherd's Pie mitgebracht. Einen halben. Und einen Kohlkopf. Möchtest du ihn jetzt essen?»

Interessiert holte Matt eine Gabel aus der Schublade und eine Flasche Worcestersauce aus dem Schrank. Er setzte sich an den Küchentisch und aß den Pie kalt, wie er war, aus der Auflaufform. Maeve schaute sich nach etwas zu trinken um.

«Dad hat Whisky im Wohnzimmer», sagte Matt. «Was anderes haben wir nicht, glaube ich.»

«Ich möchte ihn nicht stören», sagte Maeve. «Schläft er auch auf dem Jagdstuhl?» Sie lachte. «Ihr beiden seid mir ein Paar exzentrische alte Junggesellen. Wisst ihr eigentlich, wie schrullig ihr beiden seid?»

«Wir sind ganz normale Leute vom Land, das ist alles», antwortete Matt und wischte sich den Mund. «Gott! Das hat gut getan. Komm, setz dich zu mir aufs Sofa. Die Küche ist der einzig warme Raum im Haus.»

Maeve schüttete eine Kanne Tee auf und setzte sich gemütlich zu Matt, legte den Kopf an seine Schulter und zog die Beine an. Matt strich ihr übers Haar – ihr «Rankenhaar», wie er es nannte –, drehte die Strähnen um seine Finger und schaute zu, wie die Locken zurückschnellten, wenn er sie losließ.

«Das ist so friedlich», sagte er. «Maeve, es ist so schön, wenn du ruhig und entspannt bist und nicht wegen irgendwas rumzickst.»

Hmm, dachte Maeve. Schön für dich vielleicht, aber nicht für mich, Freundchen. Wenn es jeden Abend so wäre, würde ich ersticken. Das würde mich glatt umbringen.

Als Matt sie später nach Charlton zurückfuhr, schlief Lady Pamela mit offenem Mund, leise schnarchend, in ihrem Sessel. In den Nachrichten, die sie verschlief, ging es um Nordirland und den neuesten Schusswechsel trotz des brüchigen Friedensabkommens. Die nächste Meldung betraf weit verbreitete Misshandlungen von Kindern in städtischen Heimen.

Wenn nicht Weihnachten vor der Tür gestanden hätte, wäre Maeve auf und davon gegangen in ein wärmeres, sonnigeres Land, wo Kinder geliebt wurden und alte Leute abends vor ihren Häusern saßen, die Vorübergehenden grüßten und das Leben sprudelte wie eine Quelle. Weihnachten hielt sie auf Trab.

Auch Sophie gab die Aussicht auf Weihnachten Auftrieb. Anfangs waren ihre Eltern besorgt, als sie ihnen mitteilte, dass sie nicht zu ihnen käme, wie sie erwartet hatten. Doch als sie sich erst einmal an den Gedanken gewöhnt hatten, fanden sie es eine angenehme Abwechslung, ausnahmsweise einmal ein Weihnachtsfest allein ohne den üblichen Trubel und die zusätzliche Arbeit zu verbringen. Sobald sie merkten, dass Sophie ganz aufgeregt und glücklich war, freuten sie sich, dass sie die Feiertage mit Freunden ihres Alters verbringen würde, denen auch die Zwillinge willkommen waren.

Als Sophie hörte, dass Fergus mit Freunden zum Skilaufen

fahren wollte, wunderte sie sich, dass es ihr nicht sonderlich viel ausmachte und sie kaum darüber nachdachte, wie er sich das leisten konnte. Auch er war angenehm überrascht, als er Geschenke für die Kinder brachte und Sophie sich völlig ruhig und vernünftig verhielt, ohne tränenreiche Szenen zu machen, wie er erwartet hatte. In der Regel fürchtete er die Besuche in ihrer Wohnung, die er immer mit schlechtem Gewissen und voller Wut darüber verließ, dass sie ihm Schuldgefühle machte. Sie hatte ihre Haare zu einer modisch fransigen, stacheligen Kurzhaarfrisur schneiden lassen, die ihr gut stand, wie er fand, und sie weniger unscheinbar und ausgelaugt wirken ließ. Eigentlich sah sie recht hübsch aus. Er fragte sich, ob sie einen anderen Mann hatte, und überlegte auf dem Weg zur U-Bahn sogar, ob er nicht ein kleines bisschen eifersüchtig war. Ob sie bei einem anderen im Bett genau so war wie bei ihm? Nicht technisch gesehen, sondern wie sie vor Lust stöhnte und schrie, wenn sie kam. Hatte sie hinterher immer noch Hunger und holte Toast und Kekse ins Bett? Fergus war seine blonde Bankangestellte allmählich leid, die allzu anspruchsvoll und herrisch wurde, folglich empfand er wieder mehr für Sophie und konnte sich an seine früheren Gefühle für sie erinnern. Nach ihrer Trennung und Scheidung hatte er ihre gesamte Beziehung in Bausch und Bogen abgelehnt. Das war ein notwendiger Bestandteil seines Loslösungsprozesses, den er durchmachen musste. Jetzt konnte er sich wieder eingestehen, dass er sie früher geliebt hatte.

Sophies Eltern hatten ihr für die Zwillinge statt Spielzeug Geld geschenkt, und so schob sie die beiden im Kinderwagen zu Baby Gap und kaufte ihnen flauschige Sachen für den Ausflug aufs Land und bunte Strickmützen mit passenden Handschuhen. Flora, die ihre Mütze nicht tragen wollte, warf sie immer wieder auf den Bürgersteig, aber Freddy mochte seine und zog sie sich tief ins Gesicht, was Sophie und Flora zum

Lachen brachte. Außerdem kaufte sie ihnen leuchtend gelbe Gummistiefel. Für die anderen Gäste fiel ihr nichts ein. Sie brauchte eine Ewigkeit, um für Maeve eine hübsche Ledertasche mit geflochtener Borde auszusuchen, wie eine modebewusste Navaho-Indianerin sie hätte tragen können. Für Lady Pamela besorgte sie ein großes Fotoalbum, das für die zukünftigen Fotos von Irish Dancer gedacht war. Männer waren schwierig zu beschenken. Für Commander Digby kaufte sie eine Schachtel Turkish-Delight-Konfekt, für Matt Thermohandschuhe, für Jack einen Schal, für Frank eine Taschenlampe, für Mrs Day ein köstlich nach Orangen duftendes Badeöl. Für Mohammed fiel ihr rein gar nichts ein. Was sollte sie einem Menschen schenken, der ihr so viel bedeutete wie er?

Überrascht hatte Sophie festgestellt, wie die Begegnung mit Mohammed sie verändert hatte. Er hatte ihr wieder ein Gefühl dafür vermittelt, dass sie mehr war als die Mutter der Zwillinge. Unter der grauen Decke der Müdigkeit und Niedergeschlagenheit war ihr Hirn offenbar wieder zum Leben erwacht. Er hatte ihr das Gefühl vermittelt, wieder lebendig zu sein. Manchmal fragte sie sich, was es über sie aussagen mochte, dass die Erkenntnis, von einem jungen Mann begehrt zu werden, sie so verändert hatte. War es verwerflich, dass das Wiedererwachen sexueller Wünsche und des Gefühls, begehrenswert zu sein, sie zu neuem Leben erweckt hatte? Ach, verdammt, dachte sie, es hatte funktioniert, aus welchen Gründen auch immer, und sie war weiß Gott dankbar dafür. Ihr Körper war wie ausgewechselt. Sie fühlte sich stark und gesund und freute sich über ihr Spiegelbild, wenn sie in Schaufenstern einen Blick auf ihre schlanke Figur und die neue Frisur erhaschte. Eines Abends, als die Zwillinge im Bett waren und sie auf dem Sofa saß und ihre Haare trocknete, betrachtete sie in einem Handspiegel eingehend ihr Gesicht, das unter einem neuen Netz feiner Linien seine jugendliche Frische und alles Mädchenhafte verloren hatte. Plötzlich kam es ihr vor, als sehe sie eine Fremde vor sich. Sie versuchte, ihr Spiegelbild anzulächeln und anzulachen, und bemerkte, wie es ihr Gesicht offener, freundlicher und Mund und Augen weicher machte. Das sollte ich öfter tun, dachte sie. Wenn ich angeregt wirke, bin ich eine attraktive Frau. Von da an erwiderte sie bewusst die Blicke von Männern, lächelte und stellte erfreut fest, welche Wirkung sie damit erzielte. Zum ersten Mal seit einer Ewigkeit mochte sie sich.

Letzten Endes kaufte sie Mohammed einen Pullover.

Maeve rief an und fragte Sophie, ob sie Sam mit nach Charlton bringen könne, doch kurz darauf rief sie wieder an und sagte, er habe es sich anders überlegt und komme doch mit dem Zug. Dann rief Mohammed an, um zu sagen, dass er bis Samstag vor Weihnachten arbeiten müsse und schon am Mittwoch nach Weihnachten wieder mit der Arbeit anfange. Er wollte am Sonntagmorgen mit dem Zug nach Charlton kommen. Was Khaled vorhatte, wusste er immer noch nicht. Als er in herzlichem Ton seine Sorge äußerte, dass sie allein fahren musste, fühlte Sophie sich umsorgt und geborgen in seiner Zuneigung.

Am Freitag stand sie früh auf und war abfahrbereit, sobald sie meinte, dass der morgendliche Londoner Stoßverkehr sich etwas gelichtet haben dürfte. Es regnete, und auf der Straße glänzte ein schmieriger Film. Die Häuser der gegenüberliegenden Straßenseite hoben sich purpurn gegen den hässlich orange erhellten Himmel ab. Die Zwillinge waren aufgedreht, Freddy störrisch und weinerlich, während Flora vehement forderte, für sie einen anderen Becher, andere Frühstücksflocken, andere Spielsachen einzupacken. Sie konnte schon viel besser sprechen als Freddy und setzte bereits Sätze aus drei oder vier Wörtern zusammen. Ihre

Hauptenergie und ihren neu erworbenen Wortschatz verwandte sie darauf, die Welt zu ihrer Zufriedenheit herumzukommandieren.

Nach Weihnachten sollten die Zwillinge an zwei Vormittagen in der Woche in eine Spielgruppe gehen. Sophie konnte kaum glauben, dass sie drauf und dran waren, in ein Bildungssystem einzusteigen, das sie bis ins frühe Erwachsenenalter durchschleusen würde. Dieser Schritt unterstrich die Tatsache, dass sie größer wurden und ihr entwuchsen. Das gemütliche Leben, in das sie eingehüllt waren wie in einen Kokon, ging seinem Ende entgegen. Sehr bald würden sie sich der Welt stellen müssen.

Schlagartig wurde ihr klar, wie sehr sie diese Veränderung gefürchtet hatte. Andere Mütter begrüßten anscheinend diesen ersten Schritt in Richtung Unabhängigkeit, aber sie hatte ihn als dräuende Gewitterwolke empfunden. Ihrer Mutter hatte sie vorgemacht, die begehrten Plätze in einer Spielgruppe seien für sie ein Sprungbrett, ihr Leben wieder in Gang zu bringen, dabei hatte sie schon die ganze Zeit Angst davor. Diese Veränderung würde ihr lediglich vor Augen führen, dass sie kein eigenes Leben mehr besaß, hatte sie traurig überlegt. Zudem erregten ihre beiden Kinder schon allein deshalb Aufmerksamkeit, weil sie Zwillinge waren, und zwangsläufig würden Fragen und die Enthüllung folgen, dass sie allein erziehende Mutter war. Sie hatte das Gefühl, diesen Status wie ein Brandmal auf der Stirn geschrieben zu tragen. Sie konnte sich schon die mitleidigen Mienen der anderen Mütter vorstellen, die am Schultor zusammenstanden und über sie tuschelten, während sie doch nur eine richtige Familie wollte statt eines so verstümmelten vaterlosen Daseins.

Doch in letzter Zeit, eigentlich seit Mohammed, war sie selbstbewusster, sicherer und weniger anfällig dafür, sich entschuldigen zu müssen. Es war nicht ihre Schuld, dass Fergus sie verlassen hatte, sagte sie sich. Sie machte sich weniger daraus, was andere denken mochten, und schaute hoffnungsvoller in die Zukunft.

Als sie nun aus London hinausfuhr und die Kinder auf dem Rücksitz sangen, war sie froh, dass alles so war, wie es war, dass sie Weihnachten mit Maeve verbringen würde, dass sie sich wieder als ganzer Mensch empfand, nicht als zerbrochene Hälfte einer gescheiterten Ehe. Sie strahlte sich im Rückspiegel an. Es wird alles gut, dachte sie. Ich kann der Zukunft ins Auge sehen. Ich werde überleben.

Auch Sam freute sich auf Weihnachten. In den letzten Jahren hatte er die Feiertage allein in London verbracht. Er war in seiner Pfarrkirche in die Mette gegangen und hatte am ersten Weihnachtstag bei Freunden gegessen, die in Kensington in komfortablem Prunk lebten. Es schien sinnlos und ziemlich obszön, wenn drei alte Menschen teure, unnötige Geschenke austauschten und zu viel aßen und tranken. Die Aussicht auf ein richtiges Weihnachten auf dem Land mit seiner liebsten Freundin war wesentlich reizvoller, und auch der Gedanke an Maeves bunt gemischte Freunde gefiel ihm. Und Kinder würden da sein. Sam, der Kinder liebte, dem es aber versagt geblieben war, Vater zu werden, empfand das als besondere Gunst.

Er brachte seine samtene Smokingjacke in die Reinigung und fuhr mit dem Bus nach Kensington, um ein paar hübsche Kleinigkeiten für den Christbaumschmuck und eine Schachtel Cracker zu besorgen. Die Geschäfte waren überfüllt und überheizt, und draußen wurde es schon am frühen Nachmittag dämmrig. Auf dem nassen Bürgersteig spiegelten sich die bunten Schaufenster, und von drinnen waren plärrende Weihnachtslieder zu hören. Sam musste sich für jeden ein Geschenk einfallen lassen. Für Lady Pamela hatte er schon einen schönen hauchdünnen Schal in den Farben des schottischen Hochlands ausgesucht, der in einen winzigen Seidenumschlag passte. Er hoffte, dass sie ihn nicht allzu altjüngferlich finden mochte, und nahm sich vor, ihr von seiner Phantasie zu erzählen, wie sie ihn als junge, schöne Frau um ihre nackten Schultern und über ihre herrlichen Brüste schlang und eine rosige Brustwarze durch die zarten Spitzen lugte. Ein ungehöriger Gedanke für einen alten Mann, aber er hatte sie uneingeschränkt geliebt und erinnerte sich noch gut, wie sie ihn sexuell erregt hatte. In gewisser Weise war es eine Erleichterung, alt zu sein und all diese Qualen und Sehnsüchte hinter sich zu haben – aber die Erinnerungen an ihre körperliche Liebe waren so frisch, als sei das alles erst gestern gewesen.

Es war schon komisch, dass junge Leute das Gefühl hatten, Sexualität sei ausschließlich etwas für sie, von ihnen und für sie erfunden. Die Irin konnte er sich gut im Bett vorstellen. Er hatte einmal eine Freundin gehabt, die ihr nicht unähnlich war: winzige, nach oben lugende Brüste, eine Taille, die man mit zwei Händen umfassen konnte, und ein kleiner, femininer Hintern. Als Geliebte war sie wild und fordernd mit spitzen Zähnen und viel Temperament. Kein Wunder, dass der junge Tierarzt, dessen Name ihm nicht einfiel, von Maeve so hingerissen war. Dabei ging es nur um Sex, wie er sich denken konnte, um schiere Lust – und daran war ja auch nichts auszusetzen. Aber es reichte nicht an das heran, was Pamela und ihn verbunden hatte, jene seltene, starke Mischung aus tiefer Liebe, Freundschaft und gegenseitigem körperlichem Verlangen. Ihre Liebe hatte fast ihr gesamtes Erwachsenenleben überdauert und würde bis zu ihrem Ende währen. Pamela machte für ihn einen Raum allein durch ihre Anwesenheit heller, der Klang ihrer Stimme jagte ihm Schauer über den Rücken, und wenn er sie nur aus der Ferne sah, durchzuckte es ihn manchmal wie ein Schlag. Sie war natürlich nicht jedermanns Fall, das war ihm klar. Liebe war nicht blind. Doch ihre Fehler waren ihm in gewisser Weise ebenso lieb wie ihre Stärken.

Im Londoner Vorweihnachtstrubel drängte die Menge Sam vom Bürgersteig. In Gedanken war er weit weg. Seine unzähligen Erinnerungen erschienen ihm manchmal realer und lebendiger als das, was um ihn her vorging. Ein Lastwagenfahrer wich hupend aus. «Pass doch auf, wohin du gehst, du alter Trottel!», schrie der junge Mann wild gestikulierend. Hastig versuchte Sam, mit einem Schritt rückwärts wieder auf den Bürgersteig zu gelangen, stolperte über die Bordsteinkante und fiel zwischen Tragetaschen und Füße von Passanten.

Mit ein bisschen mehr Verständnis hätte Maeve eingesehen, dass die Vorweihnachtszeit für Matt schwierig war. Nicht nur in der Tierarztpraxis stand er wegen Krankheit unter Druck, auch sein Vater machte ihm Sorgen, weil er wieder einmal eine depressive Phase durchmachte. Die Landwirtschaft und besonders die Rinderzucht hatten diverse Schläge einstecken müssen, und so saß Commander Digby jeden Abend am Esstisch und brütete über den ausgebreiteten Rechnungen. Der Wert seiner Jungtierherde fiel von Tag zu Tag, während die Kosten gleich blieben oder stiegen. Spielraum für weitere Einsparungen gab es nicht mehr. Schon jetzt erledigten Matt und er die Arbeit praktisch allein. Bert, der Stallknecht, war weit über siebzig und eher eine Behinderung als eine Hilfe. Ihn zu entlassen war jedoch undenkbar, er hatte Zeit seines Lebens auf dem Hof gelebt. Einen jüngeren Mann konnten sie ohnehin nicht bezahlen. David Digby hatte den Eindruck, dass Bert das Gespür für das Vieh verloren hatte. Zweimal hatte eine Kuh mit Kalb ihn in letzter Zeit umgeworfen, und jetzt wollte er verständlicherweise nicht mehr zu den Tieren hineingehen. Sie konnten ihn gerade noch als eine Art Poller einsetzen, der verhinderte, dass die Tiere den falschen Weg einschlugen, und er konnte Trecker fahren und beim Ausmisten helfen, aber das war auch schon alles.

Außerdem mussten die Gebäude dringend instand gesetzt werden. Im unteren Stall gab es keinen Strom, was das Kalben dort ziemlich erschwerte, und das Dach musste repariert werden. Dass der Kuhstall unter Denkmalschutz stand, war auch nicht gerade hilfreich. Mit erheblich mehr Papierkram und Anträgen hätten sie vielleicht ein paar Zuschüsse bewilligt bekommen, aber den Großteil der Kosten für das neue Dach würde der Hof selbst tragen müssen. Im Augenblick reichte das Einkommen nicht, solche Ausgaben zu decken. Jeden Monat zahlten sie drauf. Matt arbeitete kostenlos und stellte ihm lediglich die Medikamente in Rechnung, trotzdem war die Lage kritisch. Vergangene Woche lagen die Marktpreise in Frome auf dem Tiefststand seit Jahren, obwohl ihre Kälber so gut waren wie eh und je. Er konnte seinen Papierkram anstarren, solange er wollte, das änderte nichts an der Tatsache, dass er auf den Bankrott zusteuerte. Die Bank würde ihm keine weiteren Kredite mehr einräumen; in ein paar Monaten war eine Entscheidung unausweichlich. So konnte es nicht weitergehen.

Matt tat, was er konnte. Er hatte ein paar Ideen, welche Richtung der Bauernhof einschlagen sollte: kleinerer Viehbestand, Diversifizierung durch Ferienhäuser, Vermietung an einen Mietstall. Aber sein Vater wollte nichts davon hören und stellte sich taub gegen seine sämtlichen Vorschläge. In jeder freien Minute arbeitete Matt auf dem Hof mit, hatte aber nicht das Gefühl, als Partner akzeptiert zu werden, der Einfluss auf die Entscheidungen nehmen konnte. Wenn es schlecht lief, schloss sein Vater ihn einfach aus und verschanzte sich hinter seinem Schweigen und seiner schlechten

Laune. Es war gerade so, als ob das Eingeständnis der wahren geschäftlichen Lage für seinen Vater ein persönliches Scheitern bedeutete, das er um jeden Preis vermeiden wollte. Matt fühlte sich wie in einer Falle.

Wenn er seinen Vater über den Hof humpeln sah, erkannte er, dass er ein alter Mann war, der die schwersten Arbeiten nicht mehr bewältigen konnte. Es gab eine stillschweigende Übereinkunft zwischen ihnen, dass Matt die schwierigsten Aufgaben übernahm, vor allem das Vieh. Wenn er sich nach den Marktpreisen erkundigte, war ihm klar, dass sie Verluste machten, und dann hatte er das Gefühl, eine gegenseitige Täuschung zu unterstützen und aufrechtzuerhalten: dass diese Lebensweise haltbar sei und sie so weiterleben könnten, wie sie es immer getan hatten. Er wusste jedoch, dass er der Sache früher oder später ein Ende würde setzen müssen. Aber was das genau bedeutete, wusste er nicht. Was sollte sein Vater ohne den Bauernhof anfangen?

Auch Maeve machte ihm Sorgen. Matt hatte einfach keine Zeit für sie, und oft war sie verärgert, weil sie es als mangelndes Interesse an ihr auslegte.

«Willst du mir sagen, du kannst deinen Partnern und dieser Sprechstundenhilfe, die dich ständig anpiept, nicht erklären, dass du an diesem Wochenende nicht erreichbar bist?», fragte sie. «Mein Gott, du musst ja wohl auch mal Zeit für dich haben. Du hast ja wohl nicht all die Jahre studiert, um dich so herumschubsen zu lassen, oder? Meine Güte! Du bist so verdammt schwächlich und lässt dir alles gefallen.»

«Verflucht, Maeve, das hat nichts mit Schwäche zu tun. Ich bin Juniorpartner, und wir arbeiten im Schichtdienst. Es stimmt schon, dass ich vermutlich öfter zu unbequemen Zeiten rausgerufen werde als die anderen, aber so ist das in allen Praxen. Den Letzten beißen die Hunde.»

Manchmal, wenn sie sich trafen, war er zu müde, um mit

ihr in die laut lärmenden, grellen Lokale zu gehen, nach denen sie sich sehnte. Manchmal war er sogar zu müde für Sex, und wie Sam schon vermutet hatte, war Maeve keine geduldige Geliebte. Matt war hin- und hergerissen. Er mochte Maeve, genoss ihre Gesellschaft, und erst jetzt, wo er eine Freundin hatte, merkte er, dass sie eine klaffende Lücke in seinem Leben füllte. Aber eigentlich passten sie nicht zusammen. Das war ihnen beiden klar. Ihr mangelndes Interesse am Landleben, ihre Sehnsucht nach Aufregung, Clubs und Tanzen trennten sie, als gehörten sie zwei verschiedenen Welten an. Genau das war es: zwei Welten. Sie würde sich nie glücklich und zufrieden in das Leben in Somerset einfügen, und er konnte sich nicht vorstellen, woanders zu leben. Natürlich stimmte das nicht so ganz, es gab viele Orte, an denen er hätte leben können, aber alle lagen zwangsläufig auf dem Land, das sie hasste.

Zwischen Weihnachten und Neujahr hatte er jedoch eine Woche frei und freute sich schon auf den Weihnachtstag in Charlton. Die Einladung ersparte ihm einen qualvollen Feiertag bei seiner Tante, wo es vor dem Mittagessen lauwarmen Gin, hinterher die Weihnachtsansprache der Königin und zwischendurch zähe Gespräche gab. Er war froh, dass Maeve ihn eingeladen hatte und dass auch ihre Freundin Sophie da sein würde. Seinem Vater und ihm fehlte weibliche Gesellschaft.

Auch sein Vater war von der Einladung offensichtlich angetan, obwohl er sich überrascht darüber gezeigt hatte. Maeve hatte ihn auf die Wange geküsst und erklärt, er sei der Mann, den sie am liebsten neben sich sitzen habe, da sie Seeleute schon immer geliebt habe, was ihm ungemein geschmeichelt hatte. Er war sogar nach Sherborne gefahren, um ihr ein Weihnachtsgeschenk zu kaufen, und hatte unbeholfen wie ein Pferd, das jeden Moment durchzugehen drohte, im

Laden gleich an der Tür gestanden, während man es ihm einpackte. Er hatte einen Korb voller Lotionen und Badeöle ausgesucht. Sie stammten aus einem Geschäft, in dem es roch wie in einem Bordell, und die beiden Angst erregenden Verkäuferinnen hatten knallrote Lippen und Nägel, aber er hoffte, dass es ihr gefallen würde. Er hatte überlegt, auch für Lady Pamela und Matt etwas zu besorgen, aber da die Geschäfte und die vielen Leute ihm zu viel waren, ließ er es bleiben. Er hatte seit Jahren nicht mehr eingekauft und fühlte sich wohler, wenn er telefonisch Viehfutter bestellte.

Obwohl Maeve sich alle Mühe gab, hatte sie manches nicht im Griff. Die erste Panne war die Nachricht von Sams gebrochenem Handgelenk. Lady Pamela tobte vor Wut, als sie hörte, dass man ihn geröntgt, mit einem Gipsverband versehen und ihn noch am gleichen Abend allein nach Hause geschickt hatte.

«Was ist aus diesem Land geworden? Wie alte Menschen und Kinder behandelt werden, ist ein Maßstab für den Grad der Zivilisation eines Landes. Wie man Sam behandelt, ist brutal, barbarisch und absolut lieblos. Eine Schande! Was soll ich bloß machen? Wen könnte ich anrufen? Verflucht, dass Henry schon fort ist. Er hätte sich mit Lord Melton in Verbindung setzen können …»

«Ich glaube kaum, dass so was heute noch hilft», sagte Maeve. «Die Welt hat sich verändert. Hat Sam denn niemanden, der sich um ihn kümmern könnte? Keine Verwandten?»

«Sie leben alle in Südafrika oder Frankreich. Er ist ganz allein, deshalb braucht er mich. Wie soll ich bloß nach London kommen?»

«Sie können nicht nach London, so viel steht fest», erklärte Maeve, verkniff sich aber die Frage, wie Lady Pamela wohl meinte, ihm helfen zu können. «Ich weiß», rief sie und sprang auf. «Wir rufen Mohammed an. Er geht bestimmt hin und schaut nach ihm. Da die Ferien angefangen haben, braucht er diese Woche nicht in der Schule zu putzen.»

Lady Pamela suchte nach Einwänden, war aber zu verzweifelt. Maeve führte ein kurzes Telefongespräch, das Lady Pamela nicht hören konnte, und erklärte: «Das ist geregelt. Er hilft gern. Er ruft Sam an, sobald ich ihm die Telefonnummer durchgegeben habe. Er geht heute Morgen gleich zu ihm, um sich um ihn zu kümmern, und von dort geht er heute Abend zur Arbeit. Das kann er jeden Tag so machen. Hören Sie, das ist wunderbar: Sein Freund Khaled ist Taxifahrer und bringt sie alle am Samstag in seinem Wagen her. Sam bezahlt doch das Benzin, oder?»

Lady Pamela, die immer noch ganz verzweifelt war über Sams klägliche Stimme am Telefon, ging das alles ein bisschen zu schnell. Sie hatte schreckliche Angst, ihn zu verlieren. Sie wollte nicht allein zurückbleiben. Der Tod an sich machte ihr keine Angst, wohl aber die Einsamkeit.

«Das müssen Sie schon regeln», sagte sie ziemlich wütend. «Ich weiß gar nicht, wovon Sie eigentlich reden. Ich schaffe das alles nicht … Mohammed und dieser wie heißt er noch gleich? Das müssen Sie regeln. Wieso kommen sie überhaupt her?»

«Weihnachten, meine Liebe. Es ist Weihnachten!», sagte Maeve und wählte Sams Nummer.

Als Sophie am Freitagnachmittag nach Charlton kam, war sie völlig aufgelöst. Sie stieg aus dem Wagen und sagte zu Maeve, die aus der Küche gelaufen kam, um sie zu begrüßen: «Freddy geht es nicht gut. Es ist mir erst unterwegs aufgefallen. Ich wusste gar nicht, was ich machen sollte. Fast wäre ich umgekehrt, aber ich war schon so weit gekommen. Jetzt glaube ich, es wäre besser gewesen. Was ist mit Lady Pamela und

Sam? In ihrem Alter dürfen sie sich doch nicht anstecken. Schau dir den armen kleinen Kerl bloß an. Er hat fast die ganze Fahrt über geweint, ich habe ihm Calpol gegeben, jetzt schläft er.»

Maeve schaute auf den Rücksitz des Wagens. Freddys Kinn war auf seine Brust gesackt. Sein Gesicht war gerötet und tränennass. Sein Atem ging flach und röchelnd.

«Okay, Babe. Bleib ruhig. Wir bringen Flora ins Haus und holen alles aus dem Auto. Lass ihn im Wagen, wenn er schläft. Wenn er wirklich krank ist, können wir den Arzt rufen.»

Als sie jedoch Flora aus dem Wagen holten, wachte Freddy auf und fing wieder an zu weinen. Sophie hob ihn aus dem Kindersitz. Er legte das Köpfchen an ihre Schulter und weinte jämmerlich. Sie brachten ihn in die Küche und versuchten, ihn zum Trinken zu bewegen. Er nahm den Becher mit beiden Händen, trank einen Schluck und übergab sich. Aus Sympathie fing Flora ebenfalls an zu weinen.

«Komm, hör auf, Freundchen!», erklärte Maeve ihr. «Du musst jetzt tapfer sein, weißt du. Das ist ein Notfall. Du musst jetzt ein großes Mädchen sein und kein heulendes Baby.»

«Bin kein Baby», sagte Flora wütend.

«Na, ich weiß nicht. Jetzt nimmst du deinen Teddy und Freddys Eichhörnchen. Wie heißt es denn? Ach, Eichhörnchen. Das ist originell. Wir zeigen ihnen jetzt, wo sie schlafen können, okay?»

Sophie wischte dem armen Freddy Mund und Gesicht ab und zog ihm die Jacke aus. Sie spürte durch die Kleider, dass sein kleiner Körper brannte. Offensichtlich hatte er hohes Fieber. Sie dachte an Meningitis und dann an Lizzie. O Gott! Sie wünschte, sie wäre umgekehrt und nach London zurückgefahren. Mit einem kranken Kind war sie zu Hause besser aufgehoben, auch wenn es ein einsames Weihnachten bedeutete. Sie zog Freddy das T-Shirt aus und entdeckte verwundert, dass er am ganzen Körper rote Flecken hatte.

«Mein Gott! Maeve! Schnell! Komm und guck dir das an!»

Lady Pamela kam energisch auf ihren Stock gestützt in die Küche.

«Sophie, meine Liebe, was ist los? Ach! Windpocken, armes Lämmchen. Calaminlotion, wenn es anfängt zu jucken. Viel trinken. Das wird schon wieder. Wenn sie so klein sind wie Freddy, erwischt es sie nicht so schlimm. Sam und ich könnten natürlich Gürtelrose bekommen.»

«Ich fahre nach Hause», erklärte Sophie. «Den Gedanken, dass wir Sie alle anstecken könnten, ertrage ich nicht, und Gürtelrose ist unangenehm.»

«Seien Sie nicht albern. Bringen Sie den Kleinen ins Bett, und sobald er schläft, kommen Sie herunter und trinken einen ordentlichen Schluck. Es ist schön, Sie alle wiederzusehen, meine Liebe.» Sie gab Sophie einen flüchtigen Kuss auf die Wange. «Haben Sie gehört, was dem armen Sam passiert ist? Sein Unfall beim Weihnachtseinkauf? Wissen Sie, dass Maeve einen Wagen für ihn organisiert hat und Mohammed sich um ihn kümmert? Sie kommen morgen her. Ich kann Ihnen gar nicht sagen, wie erleichtert ich bin, dass es Sam gut geht und er sich nicht die Hüfte gebrochen hat. In unserem Alter bedeutet die Hüfte oft das Ende, wissen Sie, und er hat sich so auf Weihnachten gefreut. Besonders auf Maeves Essen. Und jetzt bringen Sie Freddy zu Bett. Bis jetzt juckt es noch nicht, oder? Das kommt erst später, wenn es ihm besser geht, soweit ich mich erinnere. Ja, ich weiß, es ist lästig, aber es ist kein Weltuntergang, Sophie.»

Es klopfte an der Küchentür, und Matt steckte den Kopf herein.

«Matthew, Sie hatten doch die Windpocken, oder?», fragte Lady Pamela. «Der arme Freddy hat sie Weihnachten.»

«Ach je. Ich glaube, ich hatte sämtliche Kinderkrankheiten. Masern und alles», sagte Matt und kam herein. «Hi Sophs!» Er gab ihr einen herzlichen Kuss. «Wo steckt Maeve?»

«Sie ist oben und lässt sich von Flora herumkommandieren», sagte Sophie und fügte an Lady Pamela gewandt hinzu: «Vielen Dank, dass Sie uns so freundlich willkommen heißen. Ich meine, wir tauchen hier mit der Pest auf, und Sie nehmen das ganz gelassen auf. Ganz herzlichen Dank.»

Matt musterte sie. Sie ist ein nettes Mädchen, dachte er. Ein wirklich nettes Mädchen. Sie sah hübscher aus als vorher und hatte etwas Rührendes an sich, wie sie als junge Mutter dastand und sanft über den Kopf des kleinen Jungen an ihrer Schulter strich. Er lächelte sie an, und als sie sein Lächeln erwiderte, strahlten ihre Augen Wärme aus. Matt überfiel ein Gefühl, wie es der Weihnachtszeit entsprach: … Und den Menschen ein Wohlgefallen.

«Seien Sie nicht albern», erwiderte Lady Pamela schnippisch. «Bumper und ich haben so lange im Ausland gelebt, dass wir uns daran gewöhnt haben, unsere Pläne von Taifunen, Militärputschs und Ähnlichem durchkreuzt zu sehen. Windpocken rangieren da ganz unten auf der Skala der Ungelegenheiten. Und jetzt bringen Sie ihn nach oben ins Bett, den Armen.»

Als Sophie zur Tür ging, folgte Matt ihr.

«Soll ich noch etwas mit nach oben nehmen?»

«Unsere Sachen stehen in der Diele. Danke.»

Lady Pamela setzte sich auf einen Küchenstuhl. Meine Güte, dachte sie, entweder sah sie zu viel Sex im Fernsehen, oder zwischen den beiden lag tatsächlich etwas in der Luft. Wie sie ihn angestrahlt hatte, und wie er darauf reagiert hatte.

Sie schaute sich in der Küche um, die wie üblich einem Bombentrichter glich. Sie wusste jedoch, dass Maeve ein köstliches Essen in Vorbereitung haben dürfte. Es hatte keinen Sinn, über den schmuddeligen Fußboden oder den Tisch zu schimpfen, auf dem man nicht einmal Platz für eine Teetasse gefunden hätte. Was spielte das schon für eine Rolle, solange es Sam gut ging und der kleine Junge nach ein oder zwei unruhigen Nächten sein drittes Weihnachten genießen konnte? Oben hörte sie Schritte und Stimmen; für ein Kleinkind machte Flora erstaunlich viel Lärm. Wie verändert das Haus wirkte, wenn es wieder von jungem Leben erfüllt war. Sie schaute auf die Küchenuhr: zwanzig nach fünf, und überlegte, ob es vertretbar war, sich ein Glas Whisky einzuschenken.

Nachdem Sophie Freddy ins Bett gebracht hatte und er endlich eingeschlafen war, bekam Flora ihr Abendessen und ließ sich ebenfalls ins Bett bringen unter der Bedingung, dass verschiedene Lichter an blieben, Esau am Fußende ihres Bettes liegen durfte, ihre Stofftiere richtig um sie arrangiert waren, Sophie, Matt und Maeve ihr nach einem strengen von ihr vorgegebenen Protokoll einen Gutenachtkuss gegeben hatten und Matt sie kitzelte, bis sie kreischte.

«Sie flirtet auf Teufel komm raus», sagte Sophie zu Matt, als sie bei Gin Tonic in der Küche saßen. «Hast du das gemerkt? Ich frage mich, ob es daran liegt, dass Fergus uns verlassen hat. Ich meine, glaubst du, Flora versucht unbewusst, sich bei Männern einzuschmeicheln?»

«Hör auf, Sophie!», sagte Maeve. «Keiner von uns will sich über Fergus Gedanken machen, okay? Oder über die Wirkung, die er auf dich, deine Kinder, den Aktienmarkt, das Pfund, das Wetter, die Umwelt oder sonst was hatte.»

«O, tut mir Leid», sagte Sophie und schnitt Matt eine Grimasse.

Matt schaute über die Schulter zu Maeve, die gerade etwas aus dem Backofen holte. «Komm schon, Maeve. Das war doch eine interessante Frage. Flora flirtet tatsächlich. Aber ich glaube, das tun eigentlich alle kleinen Mädchen. Die beiden von meiner Schwester tun es bestimmt. Sie wollen mich unbedingt heiraten. Ich lebe in ständiger Angst, dass das Jugendamt das hört.» Er stand auf, um ihre Gläser nachzuschenken, und Sophie bot an, den Tisch zu decken.

«Wir vier sind unter uns», sagte Maeve. «Lasst uns im Wohnzimmer essen. Im Fernsehen läuft *The Bill*, das möchte Lady P. nicht verpassen. Es ist eine Doppelfolge zu Weihnachten. Das doppelte Laster anlässlich der Geburt des Herrn.» Sie stampfte Kartoffelpüree in einem Topf auf dem Herd. Sophie stand dennoch auf, räumte den Tisch ab und die Spülmaschine ein. «Du kannst es wohl nicht lassen, Soph?»

«Also, es ist ja wohl das Mindeste, was ich tun kann, zu spülen. Du hast schon so viel getan. Danke, dass du unsere Zimmer schon fertig gemacht hast.» Sie schlang von hinten die Arme um Maeve. «Danke für alles. Du bist eine wahre Freundin.»

«Nun schau dir uns zwei Lesben an, Matt», rief Maeve flachsend zu Matt hinüber, drehte sich in Sophies Armen um und erwiderte ihre Umarmung, behielt allerdings den Kartoffelstampfer in der Hand.

«O Gott», sagte Matt, der gerade mit dem Gin zurückkam. «Ich glaube, das entspringt einer meiner Phantasien.»

«Was? Ein flotter Dreier? Oder Sex mit zwei Lesben?»

«Nein. Sex mit Kartoffelbrei.»

Es war ein fröhlicher Abend. Matt zündete ein Feuer im Kamin an, Maeve zauberte ein köstliches Abendessen mit Schweinebraten, Bohnen und Baguette, das sie in die Soße tunkten, und dazu knackigen Chicoréesalat. Immer wieder ging Sophie nach oben, um nach dem weinenden Freddy oder der widerspenstigen Flora zu sehen. Lady Pamela döste, bis

The Bill anfing, und warf dann alle hinaus, um sich in aller Ruhe und bei voller Lautstärke die Sendung anzuschauen. In der Küche versuchte Maeve Matt zu überreden, mit ihnen in einen Pub zu fahren.

«Ich kann auf keinen Fall mitfahren, Maeve», erklärte Sophie. «Ich kann Freddy unmöglich allein lassen. Aber fahrt ihr beiden ruhig.»

«Komm schon, Matt. Nur ganz kurz. Ich kann diese Küche nicht mehr sehen.»

«Okay», willigte Matt widerstrebend ein. «Ich würde zwar lieber hier bleiben, aber wenn du unbedingt willst … Bist du sicher, dass es dir nichts ausmacht, Soph?»

«Kein bisschen. Ich helfe Lady P. ins Bett. Ich kenne ja ihre Routine inzwischen, und dann gehe ich auch früh schlafen.» Sie war froh, Maeve ein bisschen Freizeit verschaffen zu können.

Da Matt nicht weit fahren wollte, gingen Maeve und er in den nächst gelegenen Pub in South Charlton. Ausnahmsweise war das Lokal voller Leben, und im Kamin loderte ein Feuer. Als Matt sich unter dem Mistelzweig duckte, der über der Türe hing, und die Stammgäste johlten, drehte er sich um, hob Maeve hoch und küsste sie auf den Mund, worauf das Gegröle nur noch lauter wurde. Gerade hatte er sie wieder auf den Boden gestellt und sich zur Theke umgedreht, um Getränke zu bestellen, da trat Rob, der schon den ganzen Abend unverdrossen getrunken hatte, aus der Menge, nutzte die Gelegenheit und schnappte sich Maeve. Matt drehte sich neugierig nach dem Grund für das erneute Gejohle um und sah, dass Maeve die Beine um Rob geschlungen hatte und ihn begeistert abknutschte. Mit einer gutmütigen Geste suchte er sich einen freien Barhocker und kehrte der Szene den Rücken zu. Kurz darauf schmiegte Maeve sich mit gerötetem Gesicht an seinen Arm.

«Es hat dir doch nichts ausgemacht, Kumpel?»

«Ist doch schließlich Weihnachten, oder?» Matt lächelte liebevoll, obwohl er das Gefühl hatte, als habe sich ein Eissplitter in sein Herz gebohrt.

Am nächsten Morgen fand Sophie Maeve schon früh in der Küche, wo sie munter vor sich hin pfiff.

«Gott! So spät ist es schon? Ich war mit Freddy schon um fünf Uhr heute Morgen wach und muss wohl noch mal eingeschlafen sein.»

«Wie geht es ihm? Ich mache gerade das Frühstück für Lady P. Soll ich für die Kinder Toast machen?»

«Flora isst sicher eine Scheibe, bei Freddy weiß ich es nicht. Ich trinke nur schnell eine Tasse Tee, dann hole ich Flora aus dem Bett. Freddy schläft noch. Er hatte eine sehr unruhige Nacht.»

«Und du wohl ebenfalls. Gott! Wer will schon Kinder haben?» Maeve steckte Brot in den Toaster und schüttete kochendes Wasser in den Kaffeefilter.

Auf dem Tisch stand ein bunt zusammengewürfeltes Frühstückstablett. Sophie räumte es ein bisschen auf und legte einen Löffel für die Marmelade dazu. Sie brühte sich einen Becher Tee auf, suchte im Kühlschrank nach Milch und fragte Maeve: «War es schön gestern Abend mit Matt? Ich muss sagen, er ist unglaublich nett. Ich freue mich richtig für dich.»

«Ja, es war okay», sagte Maeve, «aber ich habe ziemlich aufregende Pläne. Weißt du, nach Weihnachten bekomme ich Urlaub. Lady Pamela hat eine Vereinbarung mit einer Krankenschwester, mit der sie ganz gut auskommt, einer Krankenschwester in Rente, die gern im Garten arbeitet. Sie kommt immer im Januar für zwei Wochen her. Ich habe mir überlegt, nach Frankreich zu fahren, wo ich früher mal als Zimmermädchen gearbeitet habe. Erinnerst du dich, dass ich dir von Pierre erzählt habe? Er leitet da draußen ein Ski-Hotel. Vor ein paar Tagen habe ich ihn angerufen, und er klang ehrlich erfreut. Er hat eine Bleibe für mich, und ich habe einen echt billigen Flug gekriegt, sofort nach Weihnachten bin ich weg. Ich kann's gar nicht abwarten.»

«Fährt Matt mit?»

«Machst du Witze? Matt kann ich nicht von seinen blöden Kühen weglocken. Nein. Ich fahre allein, Mädchen.»

Sophie rührte nachdenklich in ihrem Tee. «Macht das Matt nichts aus?», fragte sie, obwohl sie es besser hätte wissen müssen.

«Wieso sollte es?», brauste Maeve auf. «Was hat das mit ihm zu tun?»

«Entschuldige. Ich dachte ja nur, ihr wärt ... na ja, du weißt schon, ihr geht zusammen.»

«Das heißt ja wohl nicht, dass ich ihm gehöre.» Maeve nahm das Frühstückstablett und rauschte hinaus.

Sophie ging mit ihrem Tee nach oben. Sie fragte sich, ob Maeve wegfuhr, um Matt zu provozieren. Eine Art Fehdehandschuh. Wartete sie auf eine Reaktion von ihm? Während sie sich anzog, dachte sie über die Verwicklungen und Unterschwelligkeiten des Paarungsverhaltens nach und war froh, von diesem Markt freigestellt zu sein.

Am Sonntagnachmittag passte Mrs Day ein paar Stunden lang auf die Kinder auf. Da Frank arbeiten musste, war sie froh, eine Weile aus dem Haus zu kommen. Obwohl Frank dagegen war, hatten sie ihre Enkelin mit ihrem Baby Cheyenne bei sich aufgenommen, weil sie sonst nicht gewusst hätte, wo sie bleiben sollte. Zu ihrer Mutter, Diane, die auf einem Air-Force-Stützpunkt in Schottland lebte, hatte Tracey auf keinen Fall ziehen wollen. Über den Vater ihres Kindes machte sie nur vage Angaben und schleppte ihr Baby mit sich herum wie eine Puppe. Heute Nachmittag war sie mit Cheyenne nach Yeovil gefahren. Mrs Day mochte sich gar nicht ausmalen, was sie dort trieb, wenn sie im Einkaufszentrum herumhing und mit ihrem neuen Kinderwagen angab. Wie Diane erzählte, hatte Tracey ihr gestanden, dass sie sich das Kind im Blumenbeet eines Kreisverkehrs mitten in Yeovil hatte anhängen lassen. Nach der Disco. Mrs Day rechnete zurück und kam zu dem Schluss, dass damals wohl die Tulpen geblüht hatten. Aber das war eigentlich auch egal.

Sie passte gern auf Freddy und Flora auf. Ihre Mutter war nicht viel besser dran als Tracey, wenn man darüber nachdachte, aber wenigstens hatten sie einen geregelten Tagesablauf, nicht wie die arme Cheyenne, die überall mitgeschleppt wurde, Hamburger und alles Mögliche zu essen bekam und bis spät in die Nacht unterwegs war. Ihre Sozialarbeiterin sagte, sie sollten eine Zeit festsetzen, wann ihre Enkelin abends zu Hause sein musste, aber Mrs Day hätte gern gesehen, wie sie das anstellen wollte. Freddy hatte noch etwas Temperatur, der arme Bursche, und kratzte sich an seinen Pusteln, von denen er zum Glück nicht allzu viele hatte. Flora war eine richtige kleine Diva, brachte sie aber zum Lachen.

Sophie fuhr mit Maeve, Lady Pamela und Jack Dick zu Irish Dancer hinüber. Jane Hedderwick hatte angerufen und gefragt, ob sie kommen und sich anschauen wollten, wie sie ihn am Sonntagnachmittag galoppieren ließe.

«Sicher, wenn wir eine Möglichkeit finden hinzufahren», sagte Lady Pamela.

«Klar finden wir die», sagte Maeve. «Sophie kann uns fahren. Und Jack müssen wir mitnehmen. Er will bestimmt sehen, wie Dancer sich macht.»

Also holten sie die Kindersitze aus Sophies Wagen, und Maeve und Jack zwängten sich auf den Rücksitz, was Sophie sich nicht im Rückspiegel anschauen durfte, weil sie sonst über Jacks Miene in Lachen ausgebrochen wäre. Sobald Lady Pamela würdevoll auf dem Beifahrersitz Platz genommen hatte, konnte es losgehen.

Jane, eine drahtige, sportliche junge Frau von Mitte zwanzig, sattelte gerade drei Pferde, als sie auf den Hof fuhren.

«Hallo!», sagte sie. «Ich bin wirklich sehr zufrieden mit ihm und dachte, Sie möchten gern sehen, wie er sich macht. Diese beiden sind seit August im Training und haben sich schon qualifiziert, sind ihm gegenüber also eindeutig im Vorteil. In drei Wochen müssten sie fit für die Rennbahn sein, aber ich glaube nicht, dass er weit hinter ihnen zurückbleibt. Ich habe ihn jetzt schon zweimal mit den Jagdhunden draußen gehabt, und nach Weihnachten kommt er wieder fünf Tage hintereinander dran. Ich kann nicht gerade sagen, dass es ein Vergnügen war. Es ist, als säße man auf einer gespannten Feder. Nach zehn Minuten war er schweißgebadet. Ich musste meine gesamte Kraft aufbieten, ihn einigermaßen gleichmäßig hinten zu halten. Mit einer Beinverletzung, wie er sie hatte, möchte ich kein Risiko eingehen.»

Während sie sprach, nahm sie dem Pferd schwungvoll die Decken ab, bis Dancer in seiner ganzen Pracht vor ihnen stand. Er sah wirklich gut aus, das erkannte sogar Maeve. Sein Fell glänzte, und er war schlank und muskulös. Jack strich über seine Flanken und Beine. Das angeschlagene Bein war bandagiert.

«Während des Trainings bandagiere ich es und mache anschließend Eispackungen. Bisher ist es in Ordnung. Es schwillt ein bisschen an, wenn er im Stall steht, aber die Schwellung geht zurück, sobald er sich bewegt. Die Sehnen machen einen festen Eindruck, allerdings machen wir uns Sorgen um die Elastizität: ob sie noch die Spannkraft haben. Wissen Sie», erklärte sie Maeve und Sophie, «die Sehnen sind wie starke, dicke Gummibänder. Wenn sie einmal kaputt waren, weiß man nie, ob sie je wieder ganz verheilen und so straff werden wie vorher.»

Sally, das Stallmädchen, kam mit einem winzigen Sattel und Zaumzeug und legte ihm beides geschickt an. «Ich liebe dieses Pferd», erklärte sie ihnen. «Er ist eine starke Persönlichkeit. Er mag Menschen und ist unheimlich neugierig: Ständig steckt er die Nase durch die Tür und guckt, was vorgeht. In der Box probiert er alle möglichen Spielchen, aber er würde einem nie wirklich wehtun.» Sie schnallte den Gurt fest. «Heute Nachmittag reite ich ihn. Er ist stark, das wissen Sie ja, aber bei mir hält er sich zurück. Bei Frauen scheint er sich besser zu benehmen. Rücksichtsvoller.»

Die beiden anderen Pferde waren inzwischen fertig. Zwei Jugendliche saßen mit der Beweglichkeit von Affen auf. Sally prüfte, ob ihr Helmgurt richtig saß, und Jane half ihr in den Sattel. Sobald sie saß, wurde Dancer lebendig, wölbte seinen kräftigen Nacken und machte einen Buckel wie eine Katze. Er stolzierte großspurig herum, als wolle er sagen: Seht mich an. Sally machte keinerlei Anstalten, ihn zurückzuhalten, sondern ließ die Zügel locker, tätschelte seinen Hals und ließ ihn vor die beiden anderen gehen. Nach einer Weile entspannte er sich sichtlich; seine kräftigen Muskeln lockerten sich, und seine Schritte wurde länger.

«Sie ist eine einfühlsame Reiterin», sagte Jane. «Sie geht mit. Kämpft nicht gegen ihn. Ermutigt ihn, statt ihn dominieren zu wollen. Daran ist er nicht gewöhnt. Lady Pamela, glauben Sie, dass Sie in den Land Rover steigen können? Zu Fuß ist es zu weit, und an den Gattern ist es schrecklich morastig. Es ist nicht weit. Ich trainiere sie da oben auf dem Hügel, den Sie von hier aus sehen. Wir haben gerade eine neue Allwetterbahn angelegt. Ich parke da unten, dann können Sie fast die ganze Strecke überblicken. Haben Sie Ihr Fernglas dabei? Gut.»

Kurz darauf holperte der Wagen über die Wiesen, und sie beobachteten, wie die drei Reiter am Rand einiger brach liegender Felder entlangtrotteten. Sally ritt weiterhin mit Dancer vorneweg.

«Sobald sie um die letzte Kurve biegen, geht es in leichtem Galopp über ein flaches Stück und dann den Hügel hinauf», erklärte Jane. «Das ist anstrengend, kräftigt aber Herz und Lunge. Bei der zweiten Runde machen sie ein bisschen mehr Druck. Sally lässt es etwas ruhiger angehen, und die beiden anderen ziehen vorbei.»

Jane schwieg, während sie das Training der Pferde beobachteten. Dancers Galopp erschien Sophie ungleichmäßig und unharmonisch, als zöge er fest und werfe den Kopf hin und her. Sally stand nun in den Steigeisen und versuchte, ihn zurückzuhalten, während die beiden anderen auf dem Hang an ihm vorbeizogen. Als die Steigung steiler wurde, senkte er konzentriert den Kopf, aber die anderen Pferde waren im Vorteil und behielten die Führung. Oben angelangt, verschwanden sie kurz aus dem Blickfeld, bis sie auf der anderen Seite wieder auftauchten, wo sie schnell das sanft abfallende Gelände hinunterjagten. Sobald sie erneut den flacheren Streckenabschnitt erreichten, erhöhten alle drei Reiter das Tempo. Die beiden Pferde an der Spitze flogen mühelos im Galopp dahin, sodass ihre jungen Reiter gut die Balance halten konnten. Dancer kämpfte wieder, doch nun ließ Sally ihm seinen Willen. Er senkte die Schultern, seine kräftige Kruppe trieb ihn vorwärts, und zum ersten Mal erlebten Maeve und Sophie, was in ihm steckte.

«Mein Gott!», sagte Maeve und umklammerte Sophies Hand. «Schau dir das an!» Der große Braune war an den beiden anderen vorbeigezogen, hatte mit jedem Schritt mehr Boden gutgemacht, die Ohren gespitzt und den Hals gereckt.

«Der alte Bursche!», sagte Jack; es war das erste Wort, das er sprach. «Dem alten Burschen gefällt's.»

Jane schaute Lady Pamela an. Sie hielt mit zittrigen Händen das Fernglas. Als sie es sinken ließ, waren ihre Augen feucht, und sie tastete in ihrer Tasche nach einem Taschentuch. «Der Wind», sagte sie barsch, «der Wind lässt meine Augen tränen.»

Am Nachmittag des Heiligabend war die Gesellschaft vollzählig. Es wurde bereits dunkel und nebelig, und Sophie hatte im Kamin schon ein Feuer angezündet, als Khaleds zerbeultes Taxi vor dem Haus hielt. Sam stieg, liebevoll unterstützt von Mohammed, aus dem Wagen und ging an seinem Arm ins Wohnzimmer, wo Lady Pamela aufstand, um ihn zu begrüßen. Leise schloss Sophie die Tür hinter ihm, während die Übrigen sich lautstark begrüßten. Maeve kreischte, und Mohammed und Khaled witzelten laut lachend. In der Diele türmten sich Gepäck, Geschenke und Mäntel. Sie gingen in die Küche, wo Sophie den Wasserkessel für Tee aufsetzte. Maeve hatte eigens für Sam Scones gebacken. Als sie dem alten Paar ein Tablett brachten, saßen sie Seite an Seite am Feuer. Sam, noch im Mantel, wirkte bleich und zittrig. Sophie bemerkte, dass die beiden Händchen hielten. Sam küsste sie und Maeve und entschuldigte sich, dass er nicht aufstehen könne. Wie er sagte, hatten seine alten Rippen etwas abbekommen. Maeve schenkte ihnen Tee ein, machte Sam Scones mit Konfitüre zurecht und ließ die beiden wieder allein.

In der Küche stritten Maeve und Khaled über eine Musikkassette, die er sich angeblich von ihr geliehen hatte, und es ging laut und fröhlich zu. Mohammed nahm Sophies Hand und küsste sie. Flora saß auf seinem Schoß. Er hatte bereits von Freddys Krankheit gehört und war schon nach oben gegangen, um nach ihm zu sehen. Er schlief unruhig in seinem

Bettchen. Sophie, die fast den ganzen Tag bei ihm gesessen hatte, wollte gleich wieder hinaufgehen, um ihn zu baden und ihm etwas vorzulesen. Mohammed bot an, ihr zu helfen.

Als Matt kam, gab es erneut eine lautstarke Begrüßung. Maeve schickte die Männer mit Flora den Christbaum schmücken, während sie die Küche aufräumte. Lady Pamela und Sam sollten allein im Wohnzimmer essen. Sophie hatte einen weihnachtlichen Tischschmuck aus Stechpalme, Winterjasmin und den letzten Rosen gemacht, die den Frost überstanden hatten, und Maeve hatte ein weißes Tischtuch aufgelegt und Kerzen aufgestellt.

Mohammed brachte Sams Gepäck nach oben in Lady Pamelas Ankleidezimmer, wo Maeve dem alten Herrn ein Bett zurechtgemacht hatte. Er hängte den Mantel auf einen Kleiderbügel, packte den Koffer aus und hängte die Smokingjacke auf, die noch im Plastiksack der Reinigung steckte. Er zog die Vorhänge zu, deckte das Bett auf und prüfte, ob das Nachttischlämpchen funktionierte und alles da war, was der alte Herr brauchen würde. Mohammed machte es Spaß, für andere zu sorgen. Er war froh, dass Maeve Khaled und ihn in dem leeren Schlafzimmer nebenan untergebracht hatte. So konnte er hören, falls der alte Herr nachts rief oder etwas benötigte.

Sophie las Freddy eine Weihnachtsgeschichte vor und half ihm, das letzte Türchen seines Adventskalenders zu öffnen. Ganz aufgedreht, weil sie unten im Mittelpunkt der Aufmerksamkeit gestanden hatte, grapschte Flora nach ihrem Kalender, der auf Freddys Nachttisch stand, und verschüttete Wasser aus seinem Becher darüber. Schreiend versuchte sie nun, Freddy seinen Kalender abzunehmen, worauf er sofort zu weinen anfing und Sophie ihr am liebsten eine Ohrfeige versetzt hätte. Eigentlich hätte sie das auch verdient, das war ihr klar, aber an Heiligabend wollte sie die beiden glücklich und zufrieden zu Bett bringen. Mohammed kam und zeigte Freddy eine kleine Spielzeugmaus, die er in der Tasche hatte. Sofort war Freddy wie gebannt, und Sophie konnte in Ruhe Flora baden.

Frisch gebadet, gepudert und nach Vanille duftend, mit feuchten Löckchen im Nacken und in sauberem weißem Nachthemd war Flora in Bestform. Sophie umarmte sie. Gemeinsam hängten sie einen Strumpf über das Fußende der Betten und stellten dem Weihnachtsmann ein Glas Milch und einen Minz-Pie auf die Fensterbank. Es dauerte noch eine ganze Weile, bis Sophie sich auf Zehenspitzen aus dem Zimmer schleichen konnte, gerührt von der Unschuld ihrer Kinder, die inzwischen friedlich schliefen.

Bevor sie wieder nach unten ging, zupfte sie ihr Haar zurecht und legte Lippenstift und Parfüm auf. Da in sämtlichen Kaminen ein Feuer brannte, empfand sie das Haus plötzlich als stickig und öffnete aus einem Impuls heraus die Haustür, um in der kalten Nachtluft durchzuatmen. Der Nebel hatte sich gelichtet, und am klaren Himmel leuchteten Sterne. Sie ging hinaus und klopfte von draußen ans Küchenfenster.

«Maeve! Komm einen Augenblick nach draußen. Es ist herrlich.»

Kurz darauf kam eine dunkle Gestalt aus der Hintertür. Sophie nahm Maeves Hand. Ihr Haar roch nach Minz-Pies.

«Guck, Maeve», sagte sie und zog sie in den glitzernden Garten. «Schau dir das Haus an. Sieht es nicht herrlich aus, wenn sämtliche Lichter brennen, so bewohnt, gemütlich und voller glücklicher Menschen. Und sieh dir den Himmel an. Der Nebel ist weg. Guck nur die Sterne.»

«Heißt das nicht, dass es Frost gibt?», fragte Maeve.

Kapitel 8

Weihnachten verlief genau so, wie Maeve es sich erhofft hatte. Sie und Sophie hatten mit einer Münze ausgelost, wer von ihnen um sechs Uhr aufstehen musste, um den Monstertruthahn in den Backofen zu schieben. Sophie hatte verloren, war aber ohnehin wach. Schon um fünf Uhr waren die Zwillinge zu ihr ins Bett gekrochen, hatten die Strümpfe ausgepackt, Mandarinen gegessen und waren nun wieder eingeschlafen. Es wäre schön, wenn sie ihr erstes Weihnachten, das sie bewusst erlebten, mit ihrem Vater hätten verbringen können, dachte Sophie. Sie fühlte sich einsam und hatte den Eindruck, sich besondere Mühe geben zu müssen, Aufregung und Freude vorzuspielen. Gern hätte sie sagen mögen: «Sieh dir nur Freddy an», als er begeistert in seinen Strumpf tauchte, oder: «Guck dir Flora an!», als sie entschlossen und konzentriert das Geschenkpapier aufriss. Es war traurig, dass niemand da war, der diese Erlebnisse mit ihr teilen konnte.

Sie schlich sich aus dem Bett, hörte im Flur leise das Radio in Lady Pamelas Zimmer spielen und sah einen Lichtschimmer unter Sams Tür. Der veränderte Rhythmus ihrer alten Körper ließ sie früh aufwachen, weniger schlafen und tagsüber einnicken, dachte Sophie. Diese stillen Stunden am frühen Morgen gehörten ihnen ganz allein.

Überrascht stellte sie fest, dass in der Küche Licht brannte und Sam im Morgenmantel Tee aufbrühte. Es tat ihr Leid, dass sie vergessen hatten, eine zweite Tasse auf Lady Pamelas Tablett zu stellen. Sam küsste sie und wünschte ihr frohe Weinachten. Er ist ein so lieber alter Herr, dachte sie. Selbst um diese unchristliche Zeit wirkte er frisch, sauber und rosig, ohne Bartstoppeln oder einen Hauch von schlechtem Atem, sogar die Haare waren schon frisiert. Sie musste dagegen unmöglich aussehen, barfuß in ihrem alten Jerseynachthemd. Ich habe einfach kein Niveau, dachte sie traurig. Dieser uralte Knabe gab sich sogar noch mit gebrochenem Handgelenk alle Mühe, aus Selbstachtung morgens adrett auszusehen.

Sie schlurften hin und her und standen sich gegenseitig im Weg, als Sophie den bereits fertig gefüllten Truthahn auf ein Backblech hievte und in den Backofen schob. Seine schlaffe, feuchte Haut hatte etwas Abstoßendes. Sie erinnerte Sophie an die Gänsehaut ihrer kalten Beine beim Hockeyspiel in der Schule und an ihre Verlegenheit, wenn die Brüder von Mitschülerinnen sich die Spiele anschauten und die Gelegenheit nutzten, die Freundinnen ihrer Schwestern in ihren kurzen Röckchen abzuschätzen. Sie wusch sich die Hände und nahm dankend die Tasse Tee an, die Sam ihr anbot. Den Becher nahm sie mit hinauf ins Bett und trug auch Sams Tasse.

Vor Lady Pamelas Tür verabschiedete er sich von ihr und dachte, wie ungewöhnlich es doch war, dass er als alter Junggeselle dieses frühmorgendliche Ritual mit einer spärlich bekleideten jungen Frau teilte, die er erst am Abend zuvor kennen gelernt hatte. Ein scheußliches graues Nachthemd wie ein Geschirrtuch, aber eine hübsche Figur, so viel konnte er erkennen. Eine nette Weihnachtsüberraschung, und im Zimmer saß die liebe Pammy mit ihrem entzückenden Schal im Bett. Nicht ganz so, wie er es sich vorgestellt hatte, aber dennoch entzückend. Sie rückte ein Stück, damit er sich neben sie setzen konnte. Was konnte er mehr verlangen?

Maeve behielt Recht, was den Frost anging. Über Nacht schlug das Wetter um, und als es hell wurde, fanden sie die Welt weiß verzaubert vor, als hätte es geschneit. Die Sonne, die am blauen Himmel aufstieg, ließ den Garten vor winzigen Eistropfen glitzern. Ein Fasanenmännchen stolzierte über den Rasen, hinter ihm verlor sich das sanfte Hügelland unter einer silbernen Decke in dunstiger Ferne.

Nach dem Frühstück deckte Sophie den Tisch im Esszimmer mit dem besten Silber, das Mrs Day geputzt hatte, und stellte Cracker und kleine Schalen mit Süßigkeiten und Nüssen bereit. In der Mitte des Tischtuchs legte sie Stechpalmenzweige und Efeuranken aus und stellte rote Kerzen auf den Tisch. Maeve hatte einen Sitzplan aufgestellt, und obwohl Sophie ein bisschen besorgt war, wie die Kinder sich am Tisch der Erwachsenen benehmen würden, vermutete sie, dass genügend freundliche Helfer mit am Tisch saßen, die sie entlasten konnten. Falls es Freddy gut genug ging, sollte er zwischen ihr und Mrs Day sitzen und Flora zwischen Mohammed und Maeve.

Sie und Maeve hatten schon am Vortag das Gemüse vorbereitet und verabredet, Mohammed nicht in die Küche zu lassen, damit er sich mal einen Tag erholen konnte. Er erbot sich dafür, das Kaminholz hereinzuholen, das Feuer in Gang zu halten und sich um Freddy zu kümmern. Khaled war liebend gern bereit, Maeve zu helfen. Er hatte eindeutig ein Auge auf sie geworfen und konnte den Blick nicht von ihrem knackigen Hinterteil in der engen Jeans wenden. Er war das genaue Gegenteil von Mohammed, klein, untersetzt, mit groben Zügen, Hängebacken, großer Hakennase und vortretenden Augen. Sophie fand, er sah wild aus und hätte ihr als Taxifahrer Angst eingejagt, aber eigentlich war er gutmütig und fröhlich. Schon jetzt war er ein großer Freund von Sam und hatte versprochen, nach dem Mittagessen mit ihm Schach zu spielen.

Mohammed jagte hinter Lady Pamela her, holte und brachte Dinge und spielte ihre Hofdame. Seiner Auffassung nach verkörperte sie die größtmögliche Nähe zum Königshaus, die ihm je vergönnt sein dürfte, und entsprechend behandelte er sie.

Sophie beschloss, mit Flora um zehn Uhr den Gottesdienst in der Pfarrkirche von South Charlton zu besuchen. Ohne Kirchgang kein Weihnachten. Flora kam gern mit, solange sie aussuchen durfte, was sie anzog und welche Spielsachen und Bücher sie mitnehmen durfte. Woher hat sie nur diese herrische Art, fragte Sophie sich. Diese Entschlossenheit, ihren Willen durchzusetzen. Weil Weihnachten war, legte Sophie etwas Lippenstift und Rouge auf und zog ihre Lederhose und den entenblauen Kaschmirpullover an, den ihre Eltern ihr geschenkt hatten. Sie war froh, dass sie ihren alten Wintermantel mitgebracht hatte; er war weit und lang und würde sie warm halten, falls es in der Kirche kalt sein sollte.

Es war merkwürdig, sich unter die Familien zu mischen, die in Scharen den Weg zur Kirche einschlugen und sich durch das alte graue Portal drängten. Sie beide allein unter Fremden an einem Feiertag, den sie sonst immer im Kreis ihrer Familie verbracht hatten. Unmittelbar hinter der Kirchentür erkannte sie jedoch Matts Vater, Commander Digby, der Gesangbücher austeilte, und dann sah sie Matt in einer der hinteren Kirchenbänke verschwinden. In diesem Augenblick drehte er sich um und bemerkte sie. Strahlend flüsterte er: «Frohe Weihnachten», und bedeutete ihr mit einer Handbewegung, sie solle sich zu ihm setzen. Dankbar schlüpfte Sophie neben ihn und nahm Flora auf den Schoß. Matt gab beiden einen Kuss. Sophie fiel auf, dass er nach etwas Scharfem, Medizinischem roch und seine Hände wund und gerötet wirkten.

«Bin seit sechs Uhr auf», flüsterte er. «Kalben.»

«Ich auch», sagte Sophie. «Nicht zum Kalben, natürlich. Ich hatte eine Verabredung mit dem Truthahn.»

«Was macht Maeve?»

«Sie ist obenauf.» Beide grinsten.

«Das gefällt ihr, was? Ein Fest. Sie braucht Menschen mehr als jeder andere, den ich kenne.»

Obwohl er das ohne jede Kritik sagte, hörte Sophie einen unterschwelligen Vorwurf heraus. Der Kirchenchor, der aus Frauen mittleren Alters, ein paar Kindern und ein oder zwei Männern bestand, strömte herein, gefolgt von dem bärtigen Vikar. Er wünschte allen frohe Weihnachten, sagte etwas über die Schönheit dieses besonderen Tages und sagte das erste Lied an. Flora stand auf der Kirchenbank, das Liederheft in der Hand, und tat, als ob sie lesen könnte; und als der Gesang anfing, sang sie falsch, aber inbrünstig mit. Am Ende hatte Sophie Mühe, sie zum Schweigen zu bringen, denn sie hätte gern noch eine oder zwei Strophen solo gesungen. Während der Lesung kletterte sie auf Matts Schoß und schaute ihn feierlich an. Als er ihr mit dem Finger in den Bauch stupste und sie sich kichernd wand, musste Sophie alle beide strafend anschauen.

Später knieten sie nebeneinander an der Kommunionbank, an der Flora zwischen ihnen verschwand. Der Vikar musste sich bücken, um ihr die Hand zum Segen auf den Kopf zu legen. Sophie war gerührt und traurig. Ihr war klar, dass sie wie eine richtige Familie wirkten, genau wie jene, die um sie her saßen: Väter mit Babys auf dem Arm und Mütter, die, erschöpft von den Weihnachtsvorbereitungen, aufgeregte Kinder an der Hand hielten.

Da Sophie in letzter Zeit nicht mehr ganz so bekümmert war, wünschte sie nur, dass alles anders wäre und ihren Kindern nicht versagt bliebe, was sie für so wichtig hielt: eine richtige Familie mit Vater und Mutter. Eigentlich konnte sie immer noch nicht recht glauben, dass das Zusammenleben mit ihr so unerträglich war, dass Fergus lieber seine Kinder verlassen hatte, als zu bleiben. Er hatte ihr gar keine Chance gegeben, die Dinge in Ordnung zu bringen. Sie hatte zwar gelernt, ihre Liebe zu ihm zu verleugnen, aber sie wusste, dass sie ihn immer noch lieben würde, wenn sie zusammen geblieben wären. Es wäre ihr nie in den Sinn gekommen, den Mann, den sie geheiratet hatte, nicht pflichtgemäß zu lieben. Nun fragte sie sich, was für eine Art von Liebe sie eigentlich empfunden hatte. War es überhaupt echte Liebe, wenn sie aus dem Gefühl erwuchs, was richtig, pflichtgemäß und anständig war, statt aus jener feurigen Leidenschaft, auf die Maeve aus war? Ich glaube, ich habe keine leidenschaftliche Natur, dachte Sophie. Ich bin zu sanft. Zu langweilig. Deshalb hatte es sie ja so angenehm überrascht, dass sie sich zu Mohammed sexuell hingezogen fühlte. Das hatte nichts von Pflichtgefühl. Nur der Drang, mit ihm zu schlafen. Es war gut. Toll. Und es brachte sie selbst hier, am Weihnachtstag in der Kirche, zum Lächeln.

Nach dem Gottesdienst wurde Matt auf dem Weg aus der Kirche von allen Seiten begrüßt und aufgehalten. Er war offenbar sehr beliebt im Dorf, und viele der Kirchgänger waren Bauern, die ihn gut kannten. Sophie bemerkte, wie die Frauen – Ehefrauen und Töchter – sie von oben bis unten musterten und sich offensichtlich fragten, wie sie in sein Leben passte. Er stellte sie seinem Vater vor, der die Gesangbücher einsammelte, und brachte sie im strahlenden Sonnenschein zum Auto, Flora an der Hand.

Eingeschüchtert von Matts Gegenwart, hatte Flora sich in der Kirche ausnehmend gut benommen und ihn gebeten, mit ihr an die Krippe zu gehen, als der Vikar die Kinder aufforderte, nach vorn zu kommen und sich das hölzerne Jesuskind inmitten der Tierfiguren anzusehen. Während des Weihnachtsliedes *Away in a Manger* mussten Sophie und Matt mit Tränen in den Augen ihr Lachen unterdrücken, als Flora aus vollem Hals ihre eigene Melodie mit eigenem Text zum Besten gab, sehr zur Bewunderung eines etwa gleichaltrigen Mädchens in der Bank vor ihnen.

Als sie im Sonnenschein vor Sophies Wagentür standen, sagte Matt: «Hat Maeve dir von ihrem Skiurlaub erzählt?»

«Ja», antwortete Sophie unverbindlich.

«Ich habe zwischen Weihnachten und Neujahr ein paar Tage frei. Wir hätten ein bisschen Zeit füreinander haben können, wo sie sich doch ständig beklagt, dass ich keine Zeit habe. Ich weiß nicht, warum sie einfach diesen Urlaub gebucht hat. Du?»

Sophie verzog das Gesicht. «Ich nehme an, sie hatte Lust auf Abwechslung. Weißt du, das hier ist nicht unbedingt die richtige Umgebung für Maeve. Ich wundere mich sowieso, dass sie so lange geblieben ist. Und dass es ihr anscheinend sogar gefällt …», fügte sie hastig hinzu.

«Na ja», seufzte Matt. «Sie ist eben ein Fall für sich.»

«Ja, allerdings», bestätigte Sophie. «Und sie kommt wieder. Keine Sorge.»

Als sie nach Charlton zurückfuhr, fragte sie sich, wieso Maeve sich um Matt nicht etwas mehr kümmerte. Er war mit Abstand der anständigste und seriöseste Mann im Vergleich zu den Schuften, die sich durch ihre Vergangenheit zogen. Und dieser Pierre war sicher genau wie all die anderen.

Sie ist verrückt, dachte Sophie. Ich verstehe sie einfach nicht.

Das Weihnachtsessen war hervorragend. Gegen halb eins trudelten die Gäste im hell erleuchteten Haus ein, wo einladende Kaminfeuer loderten und starke Getränke warteten. Mr und Mrs Day kamen als Erste. Mrs Day trank einen Gin mit Tonic, der ihr sofort zu Kopf stieg, und Mr Day trank sein Stout. Sam, der einen trockenen Martini gewählt hatte, verwickelte ihn in ein Gespräch über Kühe. Als Nächstes kamen Commander Digby und Matt, was den Lärmpegel und das fröhliche Gelächter sofort steigen ließ. Da Maeve, die bereits beim dritten Martini war, das Interesse am Truthahn und den Röstkartoffeln verlor, lief Sophie immer wieder in die Küche, um alles einigermaßen unter Kontrolle zu halten. Als es Zeit war, die Soße zu machen, war Maeve bereits alles egal; in der Küche stolperte sie herum und kicherte ausgelassen mit Khaled, der wie Mohammed keinen Tropfen Alkohol anrührte. Es war sehr nützlich, einen nüchternen Menschen zu haben, der den schweren Vogel aus dem Backofen holen und in köstliche Stücke zerlegen konnte. Khaled schärfte ausgiebig das Messer und schwang es wie ein Krieger.

Die Röstkartoffeln waren knusprig braun, der Rosenkohl in zerlassener Butter und Muskat geschwenkt und mit einer aromatischen, sämigen Brotsoße angerichtet. Maeve wirbelte herein und musste sich an die Wand lehnen.

«Jesses», sagte sie. «Ich bin total beschwipst. Hier, alle zusammen!» Sie hob ihr Glas. «Frohe Weihnachten!»

Sophie schmeckte die Bratensoße im Geflügelbräter ab und sah nach, ob der Weihnachtspudding nicht anbrannte. Sie machte den Zwillingen das Mittagessen auf zwei Tellern zurecht. Freddy ging es wesentlich besser, nachdem er am Vormittag geschlafen hatte; nun lief er zwischen ihren Beinen herum und sagte, er habe Hunger. Sie reichte ihm kleine Truthahnstückchen, die abfielen, als Khaled den Vogel zerlegte.

Im Wohnzimmer schenkte Mohammed die Gläser nach und reichte Lachsschnittchen herum. Mrs Day nahm noch einen Gin und bekam schon ein hochrotes Gesicht. Lady Pamela schaute sich unter den lebhaften Gästen um und fühlte sich alles andere als nüchtern. Ihr fielen die letzten tristen Weihnachtsfeste ein, die sie allein hier verbracht hatte, und sie staunte über die Veränderung. Sie tauschte einen Blick mit Sam, lächelte ihn verstohlen an und hielt sich den zarten Schal an die Wange. Er erwiderte ihr Lächeln. Es war herrlich, mit ihm zusammen zu sein. Maeve hatte versprochen, dass die beiden alten Herrschaften nach dem Mittagessen ein oder zwei Stunden Ruhe bekommen sollten, um am Kamin ein Nickerchen zu halten. Sie schaute zu Maeve hinüber, die laut und ausgelassen war und hektische Flecken auf den blassen Wangen hatte. In ihrem kurzen Lederrock und dem roten Rollkragenpullover sah sie sehr hübsch aus. Gerade hänselte sie Matt mit irgendetwas, worüber er lachen musste.

Commander Digby unterhielt sich mit Frank Day. Sie hatten gemeinsame politische Ansichten entdeckt und wetterten genüsslich über die Regierung. Mrs Day plauderte mit Mohammed, der in dem cremefarbenen Rollkragenpullover, den Sophie ihm zu Weihnachten geschenkt hatte, besser denn je aussah. Lady Pamela bemerkte, dass Sophie und Khaled wohl den Küchendienst versahen. Köstliche Kochdünste wehten herüber, und dann erschien Khaled in der Tür und forderte sie auf, an den Esstisch zu kommen. Mohammed half ihr aus dem Sessel und reichte ihr den Arm, damit sie ihre Gäste ins Esszimmer führen konnte.

Wie schön Maeve und Sophie den Tisch dekoriert hatten: Die brennenden Kerzen, die schimmernden Farben der Cracker, das dunkle Grün von Stechpalmen und Efeu wirkten anheimelnd und festlich. Sophie kam mit Freddy auf dem Arm herein, und Mohammed half ihr, die Kinder an ihre Plätze zu setzen, die mit zusätzlichen Stuhlkissen und abwaschbaren Platzdeckchen für sie hergerichtet waren, um das weiße Damasttischtuch zu schützen. Auch Sophie sah hübsch aus, fand Lady Pamela. Weniger müde und abgespannt, lebhafter und mit einem Funkeln in den Augen. Dankbar lächelte sie Mohammed an, worauf er ihre Hand drückte. Zwischen den beiden herrschte eine gewisse Zärtlichkeit.

Als alle am Tisch saßen, fiel Maeve auf, dass Jack Dick nicht erschienen war.

«Er war eben draußen an der Hintertür», sagte Sophie. «Er will nicht hereinkommen, sondern in der Küche essen. Es ist ihm ein bisschen zu viel.»

Maeve sprang auf, brachte Jacks Gedeck in die Küche und legte seinen Cracker und seine Serviette daneben. Sophie füllte seinen Teller mit einer ordentlichen Portion, und Maeve stellte ein Glas Whisky daneben. Nun schlüpfte er durch die Hintertür herein. Als er seine Wollmütze abnahm, klebte ihm sein spärliches silbernes Haar fest am Kopf. Mit seiner Knollennase und den buschigen Augenbrauen hätte er auch ein trendy Charakterdarsteller sein können. Zur Feier des Tages hatte er ein kariertes Hemd angezogen, dessen Knöpfe spannten, und dazu eine hellblaue Strickjacke und sehr weiße Turnschuhe. Zufrieden, mit Esau allein in der Küche bleiben zu dürfen, setzte er sich an den Tisch.

Beim Essen tranken alle auf das Wohl der Köchin, und Maeve lachte glücklich, auf dem Kopf eine Papierkrone, an die sie einen Goldstern gesteckt hatte. Sophie half Freddy beim Essen, und als er unruhig wurde, ließ sie ihn zu Jack in die Küche laufen, um Esau als Weihnachtsgeschenk ein Würstchen zu geben. Flora war vollauf damit beschäftigt, mit Mohammed zu flirten. Sophie schaute sich am Tisch um. Alle waren zufrieden und unterhielten sich lachend. Und das alles hatten sie Maeve zu verdanken.

Als Sophie sich später an diesen Augenblick zurückerinnerte, war sie froh, dass sie Maeves Blick eingefangen und ihr zugeprostet hatte: «Auf die beste Freundin, die ein Mädchen haben kann!»

Nachmittags flaute die Stimmung ab. Da alle zu viel gegessen und vom Alkohol leichte Kopfschmerzen hatten, zerstreute sich die Gesellschaft. Lady Pamela und Sam zogen sich ins Wohnzimmer zurück, um bei einem Tablett mit Kaffee und Cognac ein Nickerchen in ihren Lehnsesseln zu halten. Sam hatte Maeves Essen allzu begeistert zugesprochen und litt unter Völlegefühl, außerdem schmerzte sein Handgelenk. Commander Digby verabschiedete sich mit hochrotem Kopf und angeregt durch Maeves Unterhaltung, um das Vieh zu füttern, und Jack Dick ging die Pferde füttern. Sein Rosenkohl tat seine Wirkung und trieb ihn mit kleinen Fürzen zur Hintertür hinaus wie ein stotternder Außenbordmotor. Zutiefst gerührt über die Geschenke von Maeve und Sophie, wiederholte er ständig mit vor Whisky und Freude hochrotem Gesicht: «Hol mich der Teufel!»

Maeve und Matt waren verschwunden, und Sophie weigerte sich beharrlich, Mr und Mrs Day zum Aufräumen in die Küche zu lassen. «Sie sind unsere Gäste», erklärte sie.

Frank hatte die Einladung mehr genossen, als er für möglich gehalten hätte, aber jetzt wollte er nach Hause und in Ruhe fernsehen. Der Gin hatte Mrs Day mittlerweile sentimental gemacht, und sie küsste jeden und wiederholte sich ständig. Nachdem Frank sie ins Auto verfrachtet hatte, fuhren sie, sich immer noch verabschiedend und bedankend, mit sechs von Maeves Minz-Pies los, die sie ihnen für später mitgegeben hatte.

Sophie legte die Kinder zu einem Mittagsschlaf ins Bett, und sie kuschelten sich bereitwillig mit ihren neuen Spielsachen in die Kissen. Dann ging Sophie in die leere Küche und machte sich ans Aufräumen. Sie schaltete die Spülmaschine ein, legte das Silber in heißes Spülwasser und räumte den Esstisch ab. Sie überlegte, was sie mit den Essensresten machen sollte, die noch ausgereicht hätten, um eine ganze Armee satt zu bekommen. Sie fragte sich, was ihre Eltern und ihre Brüder wohl gerade machten. Sie hatten morgens angerufen, und sie hatte mit allen außer Archie gesprochen, der gerade in Australien war. Fergus hatte aus Frankreich angerufen, um den Kindern frohe Weihnachten zu wünschen, und sie hatten aufgeregt gekreischt, als sie seine Stimme hörten.

Sophie hing ihren Gedanken nach, während sie das Besteck spülte, und hörte Matt nicht in die Küche kommen. Er hatte seinen Mantel und die neuen Handschuhe an, die Sophie ihm geschenkt hatte – allerdings hatte sie gesagt, sie seien von den Zwillingen –, und sagte, er müsse gehen. Sophie hatte ihm eine Schüssel mit kaltem Truthahn und Schinkenhörnchen fertig gemacht, die er mit nach Hause nehmen sollte, und suchte nun nach einem Klebestreifen.

«Gehst du zu Fuß?», fragte sie.

«Ja. Vater hat den Land Rover mitgenommen.»

«Hast du was dagegen, wenn ich mitkomme? Ich brauche ein bisschen frische Luft. Wo ist Maeve?»

«Sie schläft. Hinüber. Ja, komm ruhig mit.»

«Ich gehe nur bis zum Dorf mit und kehre dann um. Eigentlich sollte ich die Kinder nicht allein lassen.»

Nachdem Sophie ihren Mantel geholt hatte, gingen sie los. Die Sonne ging an einem lebhaft orange gestreiften Himmel unter. Die Luft war kalt und klar. Fasanen riefen durchs Tal, und das Dorf in der Ferne wirkte erstarrt wie auf einer Postkarte, bis auf den Rauch, der aus den Schornsteinen stieg. Sie gingen schweigend und hörten das Knacken der Wurzeln unter ihren Schuhen. In der Kälte lief Sophie die Nase. Gerade wollte sie sagen, dass sie wohl besser umkehren sollte, als Matt ihre Hand nahm. Er hatte die Handschuhe ausgezogen, und seine Hand war warm. Sie gingen weiter. Sophie entzog ihm ihre Hand nicht. Verwirrt fragte sie sich, ob das nur eine freundschaftliche Geste war. Allerdings wirkte es sehr intim, vor allem, als Matt ihre Hand sanft streichelte. Sie schaute ihn verwundert an.

«Gott, Sophie, empfindest du das Gleiche wie ich?», fragte er besorgt.

Es war schon dunkel, als Sophie wieder in die Küche von Charlton kam. Khaled lud gerade die Spülmaschine aus und packte die nächste Ladung schmutziges Geschirr hinein. Sophie half ihm und schob ihre rosigen Wangen auf die Kälte. Sie spülte Töpfe, als der Augenblick kam, den sie gefürchtet hatte. Maeve kam zerknautscht herein und reckte sich.

«Hi. Ich habe herrlich geschlafen. Wo sind denn alle?»

«Irgendwo. Die meisten schlafen», sagte Sophie.

«Warst du draußen?», erkundigte sich Maeve. «Du hast so eine gesunde Farbe.»

«Nur spazieren», antwortete Sophie. «Ich brauchte ein bisschen frische Luft. All das Essen!» Sie schrubbte fest am Soßentopf herum.

«Was, mit Matt?», fragte Maeve und naschte am Truthahn. «Mein Gott, weißt du, dass ich schon wieder Hunger habe?»

«Ja. Nur ein kleines Stück», sagte Sophie mit dem Rücken zu Maeve. Ihre Knie zitterten.

Nach einer kleinen Pause sagte Maeve mit vollem Mund: «Hat er was wegen morgen gesagt? Wir fahren zum Pferderennen, er ist Rennbahntierarzt oder so, aber er meinte, es könnte wegen des Frosts abgesagt werden.»

«Nein. Ich glaube nicht», sagte Sophie, die mit dem Topf fertig war und ihn zum Trocknen auf den Herd stellte. Sie wischte sich die Hände ab. «Ich schaue besser mal nach, ob die beiden Fs wach sind. Ich möchte sie nicht zu lange schlafen lassen, sonst bleiben sie die ganze Nacht wach.»

Vor der Tür merkte sie, dass ihr Herz heftig pochte. Was hatte sie bloß angestellt? Wo war sie da hineingeraten? Matt hatte sie völlig überrumpelt. Keinen Moment hatte sie in ihm etwas anderes gesehen als Maeves Freund, aber nach dem, was eben passiert war, konnte sie die Uhr nicht mehr zurückdrehen. Es war wie mit Mohammed, nur viel schlimmer. Schon jetzt hatten sie ihre Freundin betrogen, und Sophie spürte, wie sich heimlich ein Egoismus in ihr Herz schlich, der ihr ganz und gar nicht gefiel.

Am nächsten Morgen herrschte geschäftige Aufbruchstimmung, da Khaled und Mohammed zurück nach London und Sophie über Neujahr zu ihren Eltern fuhr. Sam blieb noch ein paar Tage. Mrs Day sollte jeden Tag kommen, bis Trish Holmes als Maeves Vertretung eintraf.

Sophie war froh, etwas zu tun zu haben. Das Wetter war über Nacht wieder umgeschlagen und der Frost einer tristen grauen Kälte gewichen. Jedes Mal, wenn jemand mit Gepäck durch die Haustür zu den wartenden Autos ging, drang die Kälte ins Haus, und Lady Pamela rief: «Tür zu!» Freddy ging es wesentlich besser, und seine Pusteln verblassten schon. Dafür war Flora nun quengelig, und Sophie rechnete damit, dass sie die Windpocken ausbrütete. Die Wahrscheinlichkeit war groß. Als Mohammed Sophie allein oben im Flur erwischte, versuchte er sie zu küssen. Er schob sie in das Schlafzimmer, das er sich mit Khaled geteilt hatte, und küsste sie noch einmal. Verlegen wich sie zurück. Nach Matt war alles anders.

«Ich das schon den ganzen Tag wollen», sagte er. «Sophie, du so schöne Frau.»

«Danke, Mohammed. Vielen Dank für alles. Du warst wunderbar. So lieb zu allen. Vor allem zu mir!»

Kurz darauf ging Lady Pamelas Zimmertür auf, und Sophie fuhr erschrocken zurück. Lady Pamela warf einen Blick ins Zimmer und musterte ihre Mienen. Errötend plapperte Sophie lautstark in einem, wie sie hoffte, normalen Ton etwas über Neujahrspläne. Wortlos ging Lady Pamela die Treppe hinunter. Sophie stöhnte. Schon wieder fühlte sie sich auf frischer Tat ertappt. Mohammed erzählte, dass er mit Sam vereinbart hatte, ihm nach seiner Rückkehr nach London zu helfen. Er würde jeden Tag zu ihm gehen, um Hausarbeiten und Einkäufe für ihn zu erledigen. Dafür wollte er weniger im Restaurant arbeiten und seine Putzstelle aufgeben. Über diese Regelung war er sehr glücklich.

«Aber was ist mit Visum und Arbeitserlaubnis? Ihr könnt beide Schwierigkeiten bekommen», sagte Sophie besorgt.

«Mr Elwes haben viele Freunde, sie mir helfen. Keine Sorgen», antwortete Mohammed.

Ja, die hat er sicher, dachte Sophie, aber sie sind bestimmt alle über achtzig und ohne jeden Einfluss.

«Du nicht immer Sorgen um Leute haben», sagte Mohammed. «Du machen Falten in Stirn und machen schöne Gesicht kaputt.»

«Ja, ich mache mir wirklich zu viel Sorgen», bestätigte Sophie. «Aber ich arbeite dran.»

Als sie die Autos gepackt und die Kinder für die Fahrt angezogen hatten, war es halb zwölf. In Sophies Kopf arbeitete es fieberhaft. Wann würde Matt wohl Maeve zum Rennen abholen? Sie sehnte sich danach, ihn wiederzusehen. Aber es war albern, hier noch länger herumzuhängen. Was sollte er vor allen anderen schon sagen? Nein, es war besser zu fahren, bevor er kam. Sie ging von Zimmer zu Zimmer, um sich zu bedanken und zu verabschieden. Lady Pamela beugte sich vor, um ihr einen Kuss auf die Wange zu geben.

«Passen Sie auf sich auf, meine Liebe«, sagte sie. «Und seien Sie vorsichtig.»

Was soll das heißen, dachte Sophie. Dass ich vorsichtig fahren soll? Dass ich auf die Kinder aufpassen soll? Oder glaubt sie, ich habe eine Affäre? Mit Mohammed? Auch Sam gab ihr einen Kuss und sagte, er hoffe sie in London mal zu sehen. Sie antwortete aufrichtig, dass es sie freuen würde.

In der Küche umarmte sie Maeve und roch in ihrem Haar das Parfüm, das sie von Lady Pamela stibitzte. Sie hielten sich in den Armen.

«Einen wunderschönen Urlaub wünsche ich dir, Maeve, und tausend Dank für die schönen Tage, die du uns hier bereitet hast. Ich kann dir gar nicht sagen, wie toll es war.»

Maeve küsste sie. «Mach mal halb lang. Du hast sowieso die meiste Arbeit gehabt. Ich war ja viel zu betrunken.»

«Nur ganz zum Schluss», lachte Sophie, «alles andere hast du gemacht.»

«Du kommst doch bald mal wieder her, oder?», fragte Maeve. «Um zuzuschauen? Dancers erstes Rennen zu sehen? Dabei muss ich deine Hand halten.»

«Gern. Wir telefonieren, wenn du aus Val d'Isère zurück bist.»

Khaled und Mohammed brachten sie zum Wagen und halfen, die Kinder zu verstauen. Sophie gab beiden einen Kuss. Als sie die Arme um Khaled legte, hatte sie das Gefühl, ein dickes Fass zu umarmen. Er war nett. Sie hatte erfahren, dass er in Ägypten Frau und Kinder hatte und nach Neujahr zu Besuch in seine Heimat fahren wollte. Er war ein zuverlässiger Familienvater. Mohammed umarmte sie verlegen vor seinem Freund und war plötzlich auf Anstand bedacht. Er küsste sie auf beide Wangen und versprach, sich bei ihr zu melden. Dann blieb ihr nichts anderes übrig, als loszufahren.

Als sie vorsichtig über die schmalen Straßen fuhr, ständig bereit, in jeder Kurve auf die Bremse zu treten, kam ihr ein dunkler Wagen entgegen. Sie setzte in einen Feldweg zurück, um ihn vorbeizulassen. Als er auf gleicher Höhe mit ihr war, kurbelte der Fahrer das Fenster herunter. Sie erkannte Matt, und fast blieb ihr das Herz stehen.

«Du fährst doch nicht etwa?» Er klang verzweifelt.

«Ich muss.» Bemüht beiläufig zuckte sie die Achseln.

«Wann sehe ich dich wieder? Wann können wir miteinander reden?»

«Also, jetzt nicht.» Sie deutete auf die Zwillinge, dann riss sie eine Seite aus ihrem Adressbuch. «Das ist die Telefonnummer meiner Eltern. Ich bleibe eine Woche bei ihnen. Ruf mich da an.»

«Liebling!», flüsterte er.

«Nicht», sagte Sophie. «Winkt Matt zum Abschied, Effs.» Gehorsam winkten die Kinder, und Flora fing an zu heulen, weil sie nicht aussteigen und ihn richtig begrüßen durfte.

«Siehst du, was du angerichtet hast», sagte Sophie mit bedauerndem Lächeln. «Du bringst alle Mädchen zum Weinen.»

Kapitel 9

So kannst du nicht mitkommen», sagte Matt, als Maeve aus dem Haus kam und ins Auto steigen wollte. «Ich weiß, es ist nur das Wincanton-Rennen, aber die Einheimischen trifft der Schlag, wenn du in diesem Aufzug auftauchst.»

«Was ist daran auszusetzen?», fragte Maeve wütend. Ohne sich jedoch weiter darum zu kümmern, stieg sie ein und knallte die Wagentür zu.

«Du siehst, na ja, auffallend aus», sagte Matt.

Maeve schaute an sich hinunter. Sie trug ein Sweatshirt, auf links gedreht, sodass die aufgedruckte Zahl schwach durchschimmerte; den Ausschnitt hatte sie zu einem V eingerissen. Darunter war durch mehrere Trägerhemdchen ihr schwarzer BH zu sehen. Um den Hals hatte sie einen purpurrot-orangefarbenen Schal geschlungen. Dazu trug sie ihren ledernen Minirock, Netzstrümpfe und ausgetretene Cowboystiefel. Ihre Lockenmähne stand ungebändigt vom Kopf ab.

«Also, ich bin sehr für auffallend», erklärte Maeve. «Entweder so oder gar nicht, Freundchen. Was willst du eigentlich? Ich bin durchaus anständig angezogen, und falls mir kalt wird, habe ich die hier.» Sie zeigte ihm Lady Pamelas Kaschmirjacke.

«Also, dann zieh sie um Himmels willen an, wenn wir ankommen», sagte Matt. «Wir sind hier in Somerset, nicht in Notting Hill oder wo man solches Zeug tragen mag.»

«Ach, komm wieder runter!», sagte Maeve. «Was ist überhaupt los mit dir? Du verklemmter Wichser.»

Matt ließ den Motor an. In lastendem Schweigen brachten sie die kurze Fahrt hinter sich.

So wie der Tag anfing, gestaltete er sich mehr oder weniger auch weiterhin. Später fragte Matt sich, ob er den Streit absichtlich provoziert hatte, sah allerdings nicht ein, dass er allein schuld daran sein sollte. Sobald sie an der Rennbahn ankamen, musste er sich bei der Rennleitung melden und riet ihr, im Warmen an der Bar auf ihn zu warten. Ihre Eintrittskarte für Clubmitglieder hatte sie provokativ an ihren BH gesteckt. Als er später zu ihr stieß, war sie bereits stark angeheitert. Sie hatte einen der Männer getroffen, die auf Jane Hedderwicks Gestüt arbeiteten, und nun gaben sie sich gegenseitig einen Whisky nach dem anderen aus. Obwohl sie Matt ignorierte, sagte er ihr, dass er schnell einen Hamburger essen wollte und anschließend wieder in den Stall musste, um einen Bluttest zu machen. Er gab ihr zwanzig Pfund und sagte ihr, sie solle etwas zu Mittag essen. Aber sie schob ihn beiseite.

«Das kannst du behalten. Ich esse mit Steve ein Sandwich im Lastwagen. Jane ist mit ihren beiden Pferden hier. Du kannst dich also wieder in den Stall verpissen.» Die Beleidigung brachte sie so zum Kichern, dass sie auf ihrem Barhocker ins Schwanken geriet. Steve schaute peinlich berührt drein und fragte Matt, ob er etwas trinken wollte.

«Tut mir Leid. Ich bin im Dienst», antwortete Matt. «Trotzdem danke.» Matt war verlegen und ärgerte sich. Maeve brachte ihn in eine unmögliche Lage. Ihm war es egal, wenn sie sich den ganzen Tag betrinken wollte, aber für andere würde es aussehen, als ob es ihm etwas ausmachte. Er legte Steve freundschaftlich die Hand auf den Arm und ging wortlos davon.

Den ganzen Nachmittag hatte er viel zu tun. Es herrschte eine elende Kälte, und obwohl die Zuschauer einige spannende Rennen zu sehen bekamen, hatte er viel Routinearbeit zu erledigen und die unangenehme Aufgabe, ein Pferd zu töten, das sich bei einem Sturz ein Bein gebrochen hatte. Als das letzte Rennen endete, war er durchgefroren und müde. Den ganzen Nachmittag hatte er von Maeve keine Spur gesehen. Er hatte gehofft, dass sie wieder nüchtern würde und ihn suchen käme, vielleicht sogar mit schlechtem Gewissen. Nun musste er wohl nach ihr suchen. Er bahnte sich einen Weg durch die Menge zum Wagenpark der Teilnehmer. Er hatte Jane gesehen, als sie die Pferde vor ihren Rennen auf die Koppel brachte. Sie hatten ein paar freundliche Worte gewechselt und über Weihnachten geplaudert, dann hatte sie gesagt: «Maeve ist bei uns im Laster. Unterhält die ganze Mannschaft. Komm und trink was mit uns, wenn du fertig bist, das heißt, falls wir dann noch da sind.»

«Okay. Danke.»

Er dachte, sie hätte mittlerweile bereits eingepackt und wolle bald fahren, aber er sah, dass an ihrem dunkelblauen Pferdehänger die Rampe noch heruntergelassen war und ein Mädchen einen Eimer ausschüttete. Er ging hinüber und klopfte an die Tür des Lasters. Die Fenster waren beschlagen, und als Jane die Tür öffnete, sah er viele Leute im Wagen, alle mit roten Gesichtern und in fröhlicher Stimmung. Der Lärm legte sich, als Jane sagte: «Hi, Matt. Komm rein und trink was. Wir hatten einen ziemlich guten Tag. Zweiter und dritter war mehr, als wir erwartet hatten.» Sie trat beiseite, um ihn hereinzulassen. Maeve saß auf jemandes Schoß und trank aus einem großen Becher. Ihr Gesicht war rot und angeregt. Der

Laster war voller Leute und Gerätschaften. In einem Spind lagen fein säuberlich aufgewickelte Bandagen und gefaltete Decken, an Haken an der Trennwand hing Zaumzeug. Die beiden Pferde fraßen an ihren Heunetzen; sie waren in warme Decken gehüllt, und ihre Mähnen kräuselten sich von den Zöpfen, die man inzwischen aufgeflochten hatte.

Matt stand verlegen da, bis Jane ihm eine große Plastikdose reichte, in der noch ein paar Brötchen lagen. «Schinken und Käse», sagte sie. Er nahm eins und erkannte, dass der Mann, auf dessen Schoß Maeve saß, Rob war, der gelegentlich bei Jane als Fahrer aushalf. Rob bemerkte Matts Blick und schob Maeve mit dümmlichem Grinsen von seinen Knien.

«Mein Bein schläft ein», sagte er.

Matt stellte fest, dass es ihm nichts ausmachte. Er war viel zu durchgefroren und müde. Er wollte nur nach Hause, seinem Vater mit dem Vieh helfen und sich anschließend lange in eine heiße Badewanne legen. Jane bot ihm einen Whisky an.

«Danke, Jane, aber ich muss noch fahren. Ich bin eigentlich nur gekommen, um Maeve zu holen. Kommst du?»

Schmollend stapfte sie wortlos hinter ihm her über den Parkplatz, aber sobald sie im Wagen saßen, schimpfte sie los, er habe von Anfang an schlechte Laune gehabt, ihr den ganzen Tag verdorben, sei ein elender Mistkerl und ohne ihn habe sie viel mehr Spaß.

«Offensichtlich», sagte er und schaute auf seine Knie.

«Genau, und wer ist schuld daran?», sagte Maeve.

Matt hatte den Eindruck, dass sie nur ihm die Schuld geben konnte und zu einer vernünftigen Diskussion oder Analyse ihrer Beziehung gar nicht fähig war.

«Also, ich glaube, es hat keinen Sinn, so weiterzumachen. Ich finde, wir sollten Schluss machen», sagte er und ließ den Motor an. Es war einfacher, sie nicht anzusehen. Er bog auf die Straße. Es war nicht der richtige Moment, Sophie zur Sprache zu bringen, dennoch hatte er einen unangenehmen Beigeschmack im Mund, als würde er sie hintergehen.

«Ja. Gut, von mir aus», sagte Maeve und schimpfte auf der ganzen Heimfahrt weiter auf ihn ein. Er ließ es über sich ergehen. Es war das Übliche: Ihm lag nur an sich selbst und an seiner blöden Arbeit und natürlich am Bauernhof. Er war egoistisch. Sie stand ganz unten auf seiner Prioritätenliste. Er wollte doch nur mit ihr schlafen. Die alte Geschichte. Was Mädchen eben immer sagten.

Das neue Jahr brachte einen eiskalten Ostwind und ein Stimmungstief. Sam fuhr widerstrebend zurück nach London. In der ersten Januarwoche hatte er einen Termin im Krankenhaus und einige Verabredungen zum Mittagessen, die ihn nicht sonderlich interessierten. Den Sylvesterabend hatte er ruhig und friedlich mit Lady Pamela verbracht und mit ihr auf das neue Jahr Champagner getrunken, den er in Castle Cary besorgt hatte. Ein paar Tage nach Weihnachten hatte George sie mit seinem Taxi abgeholt, und sie waren gemeinsam durch den Supermarkt gezockelt und hatten ein paar Lebensmittel eingekauft. Lady Pamela nahm etwas Räucherlachs und eine Zitrone für den Sylvesterabend und ein paar Dosensuppen. Von Weihnachten war noch genug Schinken und Truthahn übrig, und Jack brachte aus dem Garten Lauch und Kartoffeln, aber sie hatten weder Appetit noch Lust zu kochen. Nach Maeves Abreise verbrachten sie ein paar ruhige Tage, saßen gemeinsam im Wohnzimmer am Kaminfeuer, das Sam mühsam mit einer Hand in Gang gebracht hatte. Da Jack jeden Morgen den Korb mit Holzscheiten nachfüllte, waren sie gut versorgt. Nachmittags zogen sie sich warm an und gingen durch den Garten oder ein Stück Richtung Dorf, gerade schnell genug, um ihren Kreislauf in Schwung zu bringen und mit rosigen Wangen wieder ins Haus zu kommen. Sie schauten sich Rennübertragungen im Fernsehen an, dösten, lösten gemeinsam das Kreuzworträtsel in der *Times* und unterhielten sich. Es war eine gesellige, kostbare Zeit, die Sam sehr genoss.

Als nun sein Zug in den Bahnhof Paddington einfuhr, war er niedergeschlagen. Sein Handgelenk schmerzte, und die Aussicht auf seine kalte, einsame Wohnung gefiel ihm gar nicht. Er wusste, dass ein Leben auf dem Land auf Dauer nichts für ihn wäre, da seine sämtlichen Interessen und Freunde, abgesehen von Pammy, in der Stadt waren, aber er hatte Weihnachten und die Gesellschaft lebhafter junger Menschen sehr genossen. Er dachte an Mohammed, der ihm in Zukunft zur Hand gehen wollte, und fragte sich, ob das eine zufriedenstellende Regelung war. Es gab nicht sonderlich viel für Mohammed zu tun, aber er brauchte jemanden, der für ihn Bücher in die Bibliothek zurückbrachte, Besorgungen und Einkäufe erledigte. In Wahrheit brauchte er jemanden, mit dem er sein Leben teilen konnte. Und Sam war froh, dass Mohammed ab morgen kommen würde.

Es gefiel ihm nicht, Pammy allein zu lassen. Beim Abschied hatte sie sich winzig in seinen Armen angefühlt. Er konnte nicht umhin, sich zu fragen, ob sie sich nicht vielleicht zum letzten Mal umarmten. Als sie damals im Krieg unter großen Gefahren Abschied genommen hatten, hatten sie die Kraft der Jugend auf ihrer Seite gehabt. Sie hatten sich unschlagbar gefühlt. Jetzt waren sie nur noch alt und gebrechlich. Ihr flackerndes Leben konnte so leicht verlöschen.

Diese morbiden Gedanken musste er vertreiben. Es war gar nicht seine Art, so trübsinnig zu sein. Vielleicht lag es an den Schmerzmitteln, die er dreimal täglich nehmen musste.

Als der Zug in Paddington hielt, hievte Sam seinen Koffer aus dem Gepäckfach und stieg vorsichtig aus. Ein freundlicher junger Mann reichte ihm seinen Koffer an. Natürlich gab es weder Gepäckwagen noch Gepäckträger. Der junge Mann, der sich in seiner wattierten Jacke mit einem riesigen Rucksack abmühte, bot an, seinen Koffer zu tragen. Es war wirklich sehr nett von ihm. Sam bedachte ihn mit seinem charmantesten Lächeln. Während der Rest der Welt voller Barbarei und Unhöflichkeit war, bewegte Sam sich in einem Kleinklima für sich, in dem gute Manieren, Anstand und Höflichkeit herrschten.

Als er der wattierten Jacke über den Bahnsteig folgte, sah er eine junge Frau, die sich mit einem Kinderwagen abmühte, und musste an Sophie und ihre Zwillinge denken; wie mochten sie den Sylvesterabend verbracht haben? Er würde sie anrufen, sobald er sich wieder zu Hause eingelebt hatte, und sie zum Mittagessen in seinen Club einladen. Sie war ein nettes Mädchen, ziemlich altmodisch, fand er. Ein bisschen unreif vielleicht, wie nette Mädchen es anscheinend oft waren. Anders als seine Pammy. Oder auch als Maeve.

Er dachte an Maeve, die wie ein Wirbelwind aus Charlton verschwunden war. Sie hatte wohl Streit mit Matt gehabt. Offenbar war der Tag auf der Rennbahn am zweiten Weihnachtstag nicht gut gelaufen. Matt hatte Dienst gehabt, und Maeve hatte den ganzen Nachmittag in der Bar verbracht und war betrunken und streitlustig, bevor das letzte Rennen anfing. Sam hatte sie draußen im Auto streiten hören, als sie zurückkamen; Maeve hatte laut geschrien und geflucht. Matt hatte versucht, vernünftig mit ihr zu reden. Dann war sie ausgestiegen, hatte immer noch schreiend die Tür zugeknallt und in der Küche mit Sachen herumgeworfen. Matt war noch ein Weilchen im Auto sitzen geblieben, aber gefahren, als klar war, dass sie nicht wieder zu ihm herauskommen würde. Mit dem Mädchen hatte er alle Hände voll zu tun, dachte Sam.

Er und Pammy sahen Maeve den ganzen Abend nicht

mehr. Sie hatte wohl ihre Sachen gepackt, denn sie war ständig auf und ab und hin und her gelaufen, hatte aber keinerlei Anstalten gemacht, Abendessen zuzubereiten oder aufzuräumen. Offensichtlich fand sie, dass sie schon Urlaub hatte. Am nächsten Morgen hatte sie den Kopf in die Küche gesteckt, als Sam gerade Toast und Kaffee machte, und hatte erklärt, sie sei weg. Sie war eine äußerst ungewöhnliche Angestellte. Sam fand, sie hätte ein bisschen besorgter und bemühter um sie beide sein können, aber nein, sie erinnerte ihn lediglich, dass George sie zum Einkaufen fahren und Mrs Day jeden Tag kommen würde, bis Trish zu ihrer Vertretung käme, dann warf sie ihm einen Kuss zu, rief: «Passen Sie auf sich auf!», und war verschwunden. Offenbar hatten sie und Matt sich wieder vertragen, denn er wartete draußen im Wagen auf sie, um sie zum Flughafen Gatwick zu bringen.

Pammy war weder besorgt noch erstaunt. «So ist die Irin eben», sagte sie. «Wild wie ein ungezähmter Falke. Sie vermittelt mir immer das Gefühl, sie kümmere sich aus reiner Gefälligkeit um mich. Hat auch keine Adresse oder Telefonnummer da gelassen, aber ich bin sicher, sie kommt wieder. Sie braucht das Geld, und auf ihre Weise mag sie uns. Die Abwechslung wird ihr gut tun. In solchen Ferienorten ist jeden Abend Party, glaube ich. Eine ziemliche Abwechslung gegen uns langweilige Alte.» Sam lächelte sie liebevoll an. Sie war früher selbst ein ziemliches Party-Girl gewesen.

Vor dem Bahnhof wehte ein böiger Wind. Als Sam mit seinem Koffer Schritt zu halten versuchte, riss er Blätter einer Abendzeitung in die Luft und trieb Abfälle über den Bürgersteig. Der nette junge Mann brachte ihn in die Schlange am Taxistand. Sam erkundigte sich, wohin er wollte, und bot ihm an, ihn in seinem Taxi mitzunehmen. Natürlich würde er bezahlen, da die Studentenwohnheime des King's College ohnehin fast an seinem Weg lagen.

Wo Sam auch war, überall trug er dazu bei, das Leben schöner zu machen.

Nach Sams Abreise fühlte Lady Pamela sich müder als sonst. Ohne ihn hatte sie keine Lust aufzustehen, allein zu frühstücken oder mühsam das Kaminfeuer anzuzünden, und so saß sie frierend am Elektroöfchen. Da ein schneidender Wind wehte, gab sie ihre täglichen Spaziergänge auf. Der stahlgraue Himmel wirkte abweisend, und der Garten sah verblichen aus wie eine alte Daguerrotypie. Nichts lockte sie hinaus.

Aus verständlichen Gründen erledigte Mrs Day ihre Arbeit in gedämpfter Stimmung. Nach Weihnachten hatte Frank die Kündigung erhalten. Sein Chef gab die Kühe auf. Zum ersten Mal in zweihundert Jahren sollte es auf der Clayhills Farm keine Milchkühe mehr geben. Mrs Day mochte gar nicht an die Zukunft denken. Mit über fünfzig waren die Aussichten für Frank nicht gut. Er war in eine tiefe Depression verfallen und sprach kaum noch. Wenn sie ihn aufzumuntern versuchte, bekam sie nur einsilbige Antworten oder stieß auf Schweigen. Eines stand fest: Eine Arbeit mit Kühen würde er nicht wieder finden. Die Zeit der Milchwirtschaft war vorbei. Clayhills Farm war nur ein Hof unter vielen, die ihre Milchkühe aufgaben. Die Lokalzeitung war voller Verkaufsanzeigen wegen Geschäftsaufgabe. Woche für Woche kamen gute Viehbestände unter den Hammer, alte Kühe wanderten auf den Schlachthof, Cottages wurden als Wochenendhäuser verkauft, Bauernhäuser, Stallungen und Scheunen warteten auf Baugenehmigungen, sie in Zweitwohnungen umzuwandeln. Das Leben auf dem Land würde nie wieder so sein wie früher.

Wenigstens wohnten sie in einer Sozialwohnung, nicht in einem Cottage ihres Arbeitgebers, dachte Mrs Day, während sie mit dem Staubsauger gegen die Möbel rumpelte. Sie musste sich noch andere Arbeit suchen. Für Frauen gab es wesentlich mehr schlecht bezahlte Teilzeitstellen als für Männer. Sie hatte sich in der Käserei in Frome beworben, die mittlerweile, wie es hieß, Milch aus Frankreich verarbeitete. Wenn sie die Stelle bekäme, müsste sie den Job bei Lady Pamela aufgeben. Sie würde Charlton, Maeve und ihr ganzes Treiben vermissen, aber sie musste dahin gehen, wo es Arbeit gab. Der alten Dame hatte sie bislang noch nichts gesagt. Solange sie noch keine feste Zusage hatte, bestand kein Grund, sie aufzuregen. Natürlich hatte sie ihr von Frank erzählt, und sie hatte sehr nett und besorgt reagiert.

Mrs Day hörte auf zu staubsaugen und ging vor die Hintertür, um eine Zigarette zu rauchen. Das würde sie wohl auch bald aufgeben müssen, vermutete sie. Es war eine Schande, wenn man sein Leben lang gearbeitet hatte und sich nicht einmal eine Schachtel Zigaretten leisten konnte. Nach einer Weile drückte sie die Zigarette aus. Eigentlich Verschwendung, aber es war zu kalt, um hier draußen herumzustehen. Der Wind war eisig.

Wenn überhaupt jemand etwas besserer Stimmung war, dann Jack Dick. In der Woche nach Neujahr war Lady Pamela zu ihm hinausgegangen, als er gerade die Hühner fütterte, und hatte ihn gefragt, ob er mit ihr zu Irish Dancer fahren möchte, um sich sein Springtraining anzusehen. Er hatte sich gefreut, dass sie ihn fragte, hatte seinen Mantel geholt und vor der Haustür auf sie gewartet.

Trish, eine gemütliche ehemalige Krankenschwester alter Schule, die inzwischen als Vertretung für Maeve eingetroffen war, fuhr sie bereitwillig auf das Gestüt. Sie hatte Lust auf einen Ausflug, da das Wetter sich zwar etwas gebessert, aber immer noch zu kalt war, um lange im Garten zu bleiben, wie es ihre Leidenschaft war. Sie nahm den *Express* mit, um ihn im Auto zu lesen, und hoffte, dass sie auf dem Rückweg in Castle Cary eine Tasse Kaffee trinken würden.

Als sie auf den Hof bogen, kam Jane Hedderwick, warm eingepackt, das lange blonde Haar unter einer Wollmütze versteckt, heraus, um sie zu begrüßen.

«Guten Morgen, Lady Pamela», sagte sie munter. «Ich freue mich, dass Sie trotz der Kälte kommen konnten, ich möchte nämlich, dass Sie sich Ihr Pferd ansehen. Ich habe inzwischen ein paar Mal mit ihm Springen trainiert und war an Heiligabend mit ihm bei der Jagd. Wir hatten viel Spaß, er ist gut gelaufen und über ein paar kleinere Hindernisse gesprungen; am meisten gefällt mir, dass er so viel Spaß daran hat. Es hat ihn so angespornt, dass wir die Arbeit von drei Wochen in drei Stunden geschafft haben. Es gibt keine Probleme, dass er lahm zurückkäme. Er springt gern.»

«Das habe ich Ihnen ja gesagt», erklärte Lady Pamela. «Ballerinas sämtliche Nachkommen sind gern gesprungen. Sie sind zwar nicht die Schnellsten, aber sie springen und halten durch.»

Jane führte sie über den Hof. «Ist Maeve schon in Urlaub?», erkundigte sie sich. «Am zweiten Weihnachtstag war sie ja mächtig in Form.»

Lady Pamela zuckte seufzend die Achseln. «Sie ist davon wie ein Wirbelwind.»

Jane lachte. «Und sicher mit einem Kater, könnte ich wetten.»

Sie erklärte, dass sie drei Pferde auf die Weide bringen und gemeinsam trainieren wollte. Eines war Bounty Bay, ein Pferd mit Erfahrung, das im letzten Jahr drei Hindernisrennen gewonnen und bei mehreren eine Platzierung erreicht hatte. «Und in dieser Saison ist er noch besser», sagte Jane. Das zweite war Jackpot Lad, ein Neuling, aber von guter Abstammung und viel versprechend. Dancer war das dritte.

«Es ist sicher interessant für Sie, ihn neben diesen beiden trainieren zu sehen», erklärte Jane. «Bounty springt gut, und

Jackpot ist auch nicht schlecht. Keins von beiden hat Dancers Erfahrung, aber er hat lange ausgesetzt und muss seine Sprünge aufpolieren. So, wenn Sie nichts dagegen haben, lasse ich Sie jetzt allein. Das Personal ist knapp, daher reite ich Jackpot selbst. Wenn Sie mit dem Wagen diesen Weg bis zum zweiten Feldweg auf der rechten Seite fahren, haben Sie einen guten Blick.»

Trish parkte an der angegebenen Stelle, und Jack half Lady Pamela aus dem Wagen. Sie lehnten sich auf das Tor und schauten den drei Pferden zu, die zum Aufwärmen im leichten Galopp über die Wiese liefen. Es war ein bitterkalter Januarmorgen, der jedoch der Landschaft eine gewisse Schönheit verlieh. Der perlgraue Himmel verschwamm in der Ferne mit den grauen Hügeln in einem wässrigen Dunst, gegen den sich die näheren Hügelkuppen mit ihrem beharrlichen Grün abhoben. Unten im Tal standen ein paar Mutterschafe mit ihren neu geborenen Lämmern. Das Blöken der Herde hallte über die gefrorene Landschaft. Lady Pamela zog ihre Strickmütze tiefer über die Ohren und konzentrierte sich auf die Pferde. Irish Dancer sah gut aus. Seine Hinterkruppe hatte Muskeln zugelegt, und er wirkte schlank und fit. Jack konnte den Blick nicht von ihm wenden und atmete schnaubend durch die Nase, während er sich auf die Bewegungen des Pferdes konzentrierte.

«Nun guck sich einer den Burschen an. Dieser Schritt», sagte er voller Bewunderung.

Wie üblich ritt Sally ihn, lenkte seine unbändige Energie auf ihre ruhige Art in einen schnellen Trainingsgalopp und konzentrierte seine Kraft hinter dem Sattel, wobei sie verhinderte, dass er den Kopf herumwarf und aus dem Gleichgewicht geriet. Er brannte offensichtlich darauf loszupreschen, und zog fest nach vorn. Immer wollte er der Erste sein. Die drei Pferde umrundeten einige Male die Wiese und gingen dann auf den Parcours, auf dem vier Hindernisse hintereinander aufgebaut waren. Sie näherten sich ihnen dicht gedrängt in schnellem Tempo. Von ihrem Platz aus hörte Lady Pamela das Donnern der Hufe und den schnaubenden Atem. Sie sah, wie Dancer die Ohren spitzte. So gefiel es ihm. Er sprang einen Schritt zu früh ab, setzte aber über das Hindernis. Sally musste weit nach hinten rutschen, um nicht abgeworfen zu werden. Beim zweiten Hindernis traf er den Absprung genau und überholte die beiden anderen, die ihm die Führung überließen, als sie zum dritten Hindernis galoppierten. Auch hier sprang er falsch ab, brachte sich aber mit einem athletischen Satz problemlos über das Hindernis. Er landete als Erster, galoppierte weiter und suchte das nächste Hindernis.

Auf Zuruf von Jane ließen die Reiterinnen ihre Pferde eine Runde im leichten Galopp drehen und kamen im Schritt an das Tor. Die Tiere schnaubten aufgeregt und wollten weitermachen. Sally tätschelte Dancer mit geröteten Wangen und vom kalten Wind tränenden Augen.

«Er fühlt sich phantastisch», sagte sie. «Er hat einen verteufelt guten Motor.»

«Wie fanden Sie es?», fragte Jane Lady Pamela. «Aus meiner Sicht hatte ich den Eindruck, dass er wirklich gut gesprungen ist. Er ist ein bisschen ungleichmäßig, macht aber nie schlimme Fehler, und das Tolle an ihm ist, dass er im Galopp landet. Er macht jedes Mal an den Hindernissen Boden gut. Ich muss zugeben, dass ich wirklich begeistert von ihm bin.»

«Ich habe Ihnen ja gesagt, dass er springen kann. Wegen seiner Größe bedarf es einiger Arbeit, ihn fit zu machen, und ich würde sagen, er hat noch ein gutes Stück Weg vor sich.»

«Ja, und er braucht weiteres Training», bestätigte Jane. «Viel hat er zwar nicht vergessen, nur die Feinheiten. Aber er muss ruhiger werden und sich konzentrieren. Im Augenblick ist er allzu enthusiastisch. Zu sehr von sich eingenommen.» Da ihr Pferd unruhig herumwirbelte, redete sie über die Schulter weiter. «Ich habe überlegt, ob ich ihn mit Scheuklappen laufen lasse. Und später würde ich gern mit Ihnen besprechen, wer ihn reiten soll. Jetzt mache ich erst einmal weiter, ich möchte nicht, dass ihnen kalt wird.» Damit meinte sie nicht die Jockeys, sondern die Pferde. «Kommen Sie doch auf eine Tasse Kaffee ins Haus.»

Jack half Lady Pamela in den Wagen.

«Und?», fragte Trish, faltete ihre Zeitung zusammen und wischte mit dem Handschuh die beschlagene Windschutzscheibe frei. «Wie war das Hottapferdchen?»

«Ermutigend», antwortete Lady Pamela lächelnd. «Finden Sie nicht auch, Jack?»

Trish musste ihre Hoffnung auf einen Milchkaffee mit hausgemachtem Kuchen im Castle Coffee House aufgeben und folgte stattdessen Lady Pamela in Janes unordentliche Küche. Die Hintertür führte zunächst in eine Waschküche, in der frisch gewaschene Sattelgurte und Sattelkissen ordentlich zum Trocknen hingen. Der Küchentisch lag voller Formulare, Rechnungen und Renntabellen. Jane schob die Papiere beiseite und bat die Damen, Platz zu nehmen. Sie scheuchte eine rothaarige Katze und einen Jack-Russel-Terrier von den Stühlen. Jane setzte den Wasserkessel auf, stellte Becher auf den Tisch und öffnete eine Packung Mürbegebäck. Während sie redete, machte sie ein Tablett mit Tee für Jack und Kaffee für Sally und die Stallmädchen fertig, das sie ihnen in die Sattelkammer brachte.

Als sie sich schließlich zu Lady Pamela an den Tisch setzte, legte sie einen Rennkalender vor sich.

«Also, ich finde, wir sollten ihn Mitte Februar zum ersten Mal an einem Rennen teilnehmen lassen», sagte sie. «Bis dahin ist er fit genug, und der Boden dürfte ihm liegen. Der Februar ist in der Regel ziemlich nass, und Doug Mitchell sagt, er ist auf weichem Boden immer am besten gelaufen. Harter Boden kommt mit Rücksicht auf sein Bein ohnehin nicht in Frage. Wenn es sehr morastig ist, möchte ich ihn allerdings nicht laufen lassen. Nicht solange wir uns wegen seines Beins Sorgen machen müssen. Ich meine, es kann sein, dass es völlig in Ordnung ist, aber so ein Risiko möchte ich zu Anfang der Saison nicht eingehen.»

«Das klingt alles sehr vernünftig», sagte Lady Pamela. «Was meinen Sie, wo er laufen sollte?»

«Ich würde eine nette kleine Rennstrecke vorschlagen – für den Anfang noch nichts Aufsehen Erregendes. Vielleicht Newton Abbot, ein offenes Jagdrennen. Wir sollten das richtige Rennen auswählen, in dem er wegen seiner früheren Rennerfolge keinen Ballast auferlegt bekommt. Mehr als 75 Kilo wollen wir ihm nicht zumuten.»

Trish nahm sich noch ein Stück Kuchen, da man ihr offensichtlich keines mehr anbot. Dieses Gerede über Pferde ging über ihren Kopf, aber sie merkte, dass es Lady Pamela Spaß machte. Sie konnte nachvollziehen, dass es ziemlich aufregend sein musste, etwas mit einem Rennpferd zu tun zu haben. Sie selbst hatte ab und an schon ein paar Pfund beim Pferderennen gesetzt, aber mehr hatte sie mit Rennsport nie zu tun gehabt. Eigentlich hatte sie gedacht, alle Trainer seien Männer mit Pferde- oder Wieselgesichtern in Kamelhaarmänteln und Filzhüten, wie sie nach den Rennen in Fernsehinterviews zu sehen waren. Jane entsprach ganz und gar nicht ihren Erwartungen, aber ihre unverblümte Art und ihr gut geführtes Gestüt gefielen ihr. Alles hatte seinen Platz, nichts blieb dem Zufall überlassen. Während Jane redete, hatte sie die Papiere in zwei Ablagekörbe mit der Aufschrift «Rechnungen» und «Sonstiges» sortiert. An der Pinnwand neben dem Telefon hingen verschiedene Listen, teils fein säuberlich abgehakt. Auf den ersten Blick merkte sie, dass hier eine nüchterne Arbeitsatmosphäre herrschte.

«So», sagte Jane, «wenn Sie mit meiner Planung im Großen und Ganzen einverstanden sind, möchte ich als Nächstes gern klären, wer das Pferd reiten soll. Ich hätte da einen Vorschlag: Sally, die Sie heute Morgen kennen gelernt haben, als sie ihn geritten hat, hat in der letzten Saison für mich Geländejagdrennen geritten und wirklich gut abgeschnitten. Sie mag das Pferd und kommt gut mit ihm zurecht. Ich hätte volles Vertrauen in sie. Was halten Sie davon?»

Lady Pamela zögerte. Mit weiblichen Jockeys hatte sie keinerlei Erfahrung. Bumper hatte immer etwas gegen sie gehabt. Sie erinnerte sich an die schiere Freude, die aus Sallys Miene sprach, als sie Dancer nach dem Training zum Stehen brachte. Sie war eine gute Reiterin. Lady Pamelas Vorbehalte hatten eher mit den Risiken, den möglichen Unfällen und Stürzen zu tun, die das Mädchen mit Knochenbrüchen ins Krankenhaus bringen oder ihr hübsches Gesicht ruinieren könnten. Es war unmöglich, ein tonnenschweres Pferd in scharfem Galopp zu reiten, ohne beträchtliche Risiken einzugehen. Sie konnte sich des Gefühls nicht erwehren, dass dieser Sport nichts für Mädchen war.

Aber warum sollte Sally keine Rennen reiten, wenn sie es wollte und das Talent dazu besaß? Hatte man Lizzie nicht auch gesagt, Arzt sei ein schwieriger Beruf für eine Frau? Die Chirurgie sei eine Männerwelt? Sie solle lieber überlegen, Krankenschwester zu werden? All diese Einwände hatte Lizzie wütend verworfen. Sie hätte mit Begeisterung auf ein Mädchen wie Sally reagiert, das es mit den Männern aufnahm. Damit war die Sache entschieden.

«Ich würde mich sehr freuen, wenn sie Dancer reiten würde», erklärte Lady Pamela.

«Wunderbar», antwortete Jane strahlend. «Ich habe gehofft, dass Sie das sagen. Sie wird begeistert sein.» Sie trank ihre Tasse leer. «Sind Sie fertig? Sollen wir gehen und es ihr sagen?»

Zwei Tage nach Weihnachten bekam Flora rote Pusteln und schickte sich an, die Windpocken wie alles stilvoll zu gestalten. Sie war buchstäblich übersät mit Schorf, sogar in Nase, Ohren und Kehle. Der nette Arzt, der gerufen wurde, erklärte, es sei für ein kleines Kind ungewöhnlich, die Windpocken so schlimm zu bekommen. Vier Tage hatte sie hohes Fieber, und am Sylvesterabend waren Sophie und ihre Mutter völlig erschöpft. Sophie war sehr froh, bei ihren Eltern zu sein, wo Platz genug war, dass sie und ihre Mutter sich abwechselnd um Flora kümmern konnten, während die andere jeweils außer Hörweite ein bisschen Schlaf nachholte, und wo Freddy, dem es inzwischen wieder besser ging, nicht jedes Mal geweckt wurde, wenn Flora nachts aufwachte.

Sophie war ihren Eltern dankbar, dass sie ihr liebevoll und geduldig durch diese Zeit halfen. Ihr Vater machte mit Freddy Ausflüge im Auto oder ging mit ihm und dem Hund spazieren, wenn das Wetter nicht allzu schlecht war. Freddy genoss es, seinen Opa ganz für sich zu haben, und lernte eine Fülle neuer Wörter. Sophie war erleichtert, dass ihr Vater ihr Freddy abnahm und sie sich um die arme Flora kümmern konnte. Am Sylvesterabend hatten sie nichts Besonderes vor. Da Flora zum ersten Mal, seit sie London verlassen hatten, friedlich schlief, verschwand Sophie schon um neun Uhr im Bett.

Ständig musste sie an Matt denken. Sie konnte sich nicht erklären, warum er nicht anrief. Bei ihrem Abschied im Wagen hatte er so verzweifelt gewirkt, dass sie eigentlich erwartet hatte, er würde noch am selben Abend anrufen. Oder am nächsten Tag. Aber nichts. Immer wieder ging sie ihre Unterhaltung im Geiste durch und zerbrach sich den Kopf, ob ihr etwas entfallen sei. Er hatte bestimmt gesagt, er würde sie anrufen. Ob sie ihn anrufen sollte? Auf keinen Fall. Da ihr das, was zwischen ihnen war, so wunderbar und besonders erschien, konnte sie sich einfach nicht vorstellen, dass er sie fallen ließ, aber nichts würde sie dazu bringen, ihn von sich aus anzurufen. Wieso eigentlich nicht? Was war dagegen einzuwenden, ihn anzurufen, um ein bisschen zu plaudern? Vielleicht hatte er ja die Telefonnummer ihrer Eltern verloren? Schließlich hatte sie die Nummer nur auf einen Zettel geschrieben. Falls es so war, konnte ihm niemand helfen. Er kannte weder den Namen ihrer Eltern noch ihre Adresse. Hatte er die Nummer tatsächlich verloren? Höchstwahrscheinlich, fand sie. In diesem Fall war das einzig Vernünftige, ihn anzurufen, um dieser Quälerei ein Ende zu setzen. Sie hatte schon die Hand am Hörer, hielt sich aber zurück. Nein, sie würde ihm keine Gelegenheit geben, sie zu enttäuschen und zu verletzen.

In Sophies Kopf jagte ein Gedanke den anderen. Tage vergingen. Jedes Mal, wenn das Telefon klingelte, dachte sie, das müsse er sein. Aber er war es nie. Sie konnte nicht fassen, dass er ihr das antat. Wieso hatte er ihr gesagt, er sei dabei, sich in sie zu verlieben, wenn sie ihm so wenig bedeutete, dass er nicht einmal anrufen konnte?

Die Windpocken machten alles nur noch schlimmer. Da sie ans Haus gefesselt war und sich um das kranke Kind kümmern musste, konnte sie kaum an etwas anderes denken. Sie war müde, von den unruhigen Nächten ausgelaugt, aber geistig so wenig ausgefüllt, dass sie sich innerlich nur mit Matt beschäftigte. Eigentlich hatte sie gedacht, sie sei über solche Dinge hinausgewachsen. Bei Mohammed hatte sie alles im Griff behalten und ihre Freundschaft unbekümmert genießen können. Durch Matt fühlte sie sich nun wieder zum hilflosen, wehrlosen Opfer gemacht. Was war nur mit ihr los?

Warum täuschte sie sich immer so in Beziehungen, deutete sie die Signale falsch, verstand alles falsch? Hieß das, dass sie einfach nicht mit Männern umgehen konnte? Immer enttäuscht wurde? Immer Erwartungen hegte, die völlig daneben waren? Das emotionale Klima ständig falsch einschätzte?

Als Matt ihr seine Gefühle gestand, war sie sicher, dass er es ernst meinte. Sie war darauf eingegangen, weil sie sich so geschmeichelt gefühlt hatte. Sie war hingerissen. Sie hätte nie gewagt, ihn als Mann überhaupt in Betracht zu ziehen, weil er Maeve gehörte. Das war schwieriges Terrain. War Maeve der Grund, dass er nicht anrief? Darüber hatten sie immer wieder gesprochen. Sie hatte ihm gesagt, dass sie sich nie zwischen ihn und Maeve drängen würde, aber er hatte ihr versichert, dass Maeve ohnehin genug von ihm hatte, sie eigentlich gar nicht zusammenpassten und sie ihm mehr oder weniger den Laufpass gegeben hatte.

Nun war Sophie sich nicht mehr so sicher. Wenn er immer noch mit Maeve zusammen war, würde sie bestimmt keine Beziehung mit ihm anfangen. Niemals. Er hatte sie zwar überzeugt, dass es so gut wie vorbei war, aber nicht schwören wollen, dass Maeve es wusste und es ihr nichts ausmachte. Nun fiel ihr auf, dass er sich zu dieser Frage nur sehr vage geäußert und erklärt hatte, sie müssten das noch klären und den endgültigen Bruch vollziehen, aber Maeve verstünde das und empfinde es genauso wie er. Sophie wusste nicht mehr, was sie glauben sollte.

Als die Woche bei ihren Eltern sich ihrem Ende zuneigte, ging es Flora schon wieder so viel besser, dass sie herumlaufen und mit Freddy streiten konnte. Ihre Pusteln juckten weniger, und sie quengelte nicht mehr so viel. Zum ersten Mal konnte Sophie die ganze Nacht durchschlafen und wachte morgens ruhiger und mit einer erheblich philosophischeren Einstellung auf.

Lass es einfach laufen, sagte sie sich. Es kommt, wie es kommt. Mit der Zeit regelt sich alles von allein.

Auf der Rückfahrt nach London bemühte sie sich, an dieser Einstellung festzuhalten, aber es gelang ihr nicht. Bald bedrängten sie wieder die quälenden Fragen: Wieso hatte Matt all diese Dinge gesagt, wenn er es nicht ernst meinte? Ihr fiel ein, wie er ihre Hand gehalten hatte: eine so zärtliche und irgendwie niedliche Geste. Wie konnte ein Mann, der so etwas tat, einen im nächsten Moment abtun? Voller Panik fiel ihr ein, dass er vielleicht ebenfalls den Eindruck hatte, ihr läge nichts an ihm, weil sie ihn nicht anrief. Vielleicht wartete er auf ein Zeichen von ihr. Vielleicht machte er sich genauso viele Gedanken wie sie. Vielleicht aber auch nicht.

Als sie die Wohnungstür aufschloss und die Post beiseite schob, die sich auf der Fußmatte angesammelt hatte, überfiel sie Hoffnung. Hatte er vielleicht geschrieben? Schnell blätterte sie die Umschläge durch. Rechnungen, verspätete Weihnachtsgrüße, ein paar Postkarten, darunter eine von Fergus. Nichts von Matt.

Aufgeregt, wieder zu Hause zu sein, rasten die Zwillinge durch die Wohnung, hopsten auf ihre Betten und kullerten durcheinander. Der Anrufbeantworter blinkte. Sophie drückte auf den Knopf und hörte, dass sie zwölf Nachrichten hatte. Mit pochendem Herzen setzte sie sich, um sie abzuhören.

Die erste war von Matt. «Hi, Soph. Du musst mir die falsche Nummer gegeben haben. Die Nummer, die du aufgeschrieben hast, ist in London, und ich bin sicher, du hast gesagt, dass du nach Oxford fährst. Ich versuche es trotzdem weiter. Ich liebe dich, Sophie.» Auch die zweite Nachricht war von ihm. Ebenso die dritte, vierte, fünfte, sechste …

Wie dumm. Lachend und weinend gleichzeitig saß Sophie auf dem Sofa. Freddy und Flora sprangen aufgeregt auf ihren Schoß und Freddy schlang seine Ärmchen um ihren Hals.

«Mami nicht traurig», sagte er klar und deutlich.

«Nein, Schatz», antwortete Sophie und küsste ihn. «Mami ist überhaupt nicht traurig.»

Nachdem sie die Kinder ins Bett gebracht, ihre Reisetaschen ausgepackt und eine Maschine Wäsche eingeschaltet hatte, ging Sophie in ihr Schlafzimmer, kämmte sich die Haare und legte Lippenstift auf. Sie musterte sich im Spiegel. Matt liebt mich, dachte sie. Er sagt, er hat sich in mich verliebt. Im Spiegel sah sie ihr langes blasses Gesicht mit rotem Mund. Sie legte etwas Rouge und grauen Lidschatten auf. Jetzt sah sie schon besser aus. Ein Frau, die ein gut aussehender netter Mann gerade lieben könnte.

Sie ging in ihre winzige ordentliche Küche, holte eine Flasche Wein aus dem Kühlschrank, öffnete sie und schenkte sich ein Glas ein. Dann schaute sie auf die Uhr. Acht Uhr war eine gute Zeit anzurufen. Im Wohnzimmer schaltete sie die Tischlämpchen ein, suchte eine ihrer Lieblings-CDs heraus und legte sie als leise Hintergrundmusik auf. Nachdem sie es sich auf dem Sofa gemütlich gemacht hatte, nahm sie das Telefon und wählte Matts Nummer. Er antwortete fast sofort.

Als Sophie sprach, klang ihre Stimme hoch, gepresst und lächerlich eifrig.

«Matt. Hi. Ich bin's, Sophie.»

«Ach, Sophie! Mein Gott, Sophie. Was war los? Ich bin fast wahnsinnig geworden.»

«Es tut mir schrecklich Leid. Ich muss dir wohl meine eigene Nummer aufgeschrieben haben statt der meiner Eltern. Du hast mich ganz aus dem Häuschen gebracht. Ich habe es gar nicht gemerkt. Es tut mir ja so Leid. Ich bin auch fast wahnsinnig geworden.»

«Wirklich? Warum, weil ich nicht angerufen habe?»

«Ja, sicher.»

«Ach, Sophie, ich bin ja so froh.»

«Was, weil es mir schlecht gegangen ist?»

«Ja. Ich kann dir gar nicht sagen, wie froh ich darüber bin.»

Beide mussten lachen. Sophie trank einen Schluck Wein und merkte, dass sie strahlte. Ein lächerliches Strahlen von einem Ohr zum anderen.

«Wann können wir uns sehen?»

«Ich weiß nicht. Wie sollen wir uns treffen? Kannst du nach London kommen? Am Wochenende hat Fergus die Zwillinge, aber sie bleiben nicht über Nacht bei ihm …»

«Ich komme zu dir. Am Samstag spiele ich Rugby. Nach dem Spiel könnte ich kommen.»

«Du kannst aber nicht hier bleiben», sagte Sophie sofort. «Es tut mir Leid, aber so weit bin ich noch nicht, und wenn die Zwillinge da sind, geht es sowieso nicht.»

«Okay. Nein, natürlich nicht. Das verstehe ich völlig. Wie ist es mit Sonntag? Kann ich zum Frühstück kommen?»

«Was hätten Sie gern, Sir? Eier mit Speck, Würstchen, gebratenen Toast?»

«Ja, alles, und dich. Besonders dich.»

Als Sophie eine halbe Stunde später den Hörer auflegte, war sie ungemein glücklich. Sie räkelte sich auf dem Sofa und betrachtete den buckeligen Putz an der Decke. Noch vier Tage, dann würde sie ihn treffen. Vier Tage und fünf Nächte, dann wäre er hier mit ihr in diesem Zimmer und würde es für immer verändern. Nichts würde je wieder so sein wie vorher.

Am Sonntag kam Matt später, als Sophie gedacht hatte. Unschlüssig hatte sie hin und her überlegt, ob sie schon anfangen sollte, ihm Eier zu braten, hatte aber Sorge gehabt, dass die ganze Wohnung und sie selbst nach Speck riechen könnte, und das sollte nicht der erste Duft sein, den er von ihr wahrnahm.

Nachdem Fergus die Zwillinge abgeholt hatte, hatte sie

aufgeräumt, staubgesaugt, das Badezimmer geputzt und frische Seife und Handtücher herausgelegt. Die ganze Wohnung stand voller Blumen, für die sie mehr Geld ausgegeben hatte, als sie sich leisten konnte. Im Kühlschrank stand Wein bereit. Sie hatte das Bett frisch bezogen und mit Parfüm besprüht, doch als sie sich noch einmal prüfend in der Wohnung umschaute, geriet sie in Panik und fand, dass alles viel zu ordentlich und unpersönlich wirkte, wie das Spiegelbild eines langweiligen Charakters. Schnell lief sie hinaus, um eine Sonntagszeitung zu kaufen, die sie auf dem Sofa ausbreitete, als hätte sie ganz entspannt auf ihn gewartet.

Sie schaltete das Radio ein, machte sich eine Tasse Kaffee, auf die sie gar keine Lust hatte, und ging ins Bad, um ihr Aussehen zu prüfen. Natürlich war sie gerade auf dem Klo, als es an der Tür klingelte. Hastig zog sie Slip und Hose hoch, fürchtete, dass er die Klospülung hören könnte, und dann stand er vor ihrer Tür und erklärte, dass er sich verfahren hatte und mindestens zweimal an ihrer Straße vorbeigefahren war, bevor er sie gefunden hatte. Er trug eine zerknitterte, abgenutzte Wachsjacke und einen gelben Schal. Sein langes braunes Haar fiel zu einer Seite, und Sophie fand, dass sein Gesicht mit den gleichmäßigen weißen Zähnen netter denn je aussah.

Merkwürdig förmlich hörte sie sich im Tonfall ihrer Mutter sagen: «Komm doch herein», und fügte hastig hinzu: «Gott, ich höre mich an wie meine Mutter. Ich bin ja so nervös.»

Er küsste sie auf der Stelle, lange, und sie erwiderte seinen Kuss, der so gut war, wie sie ihn in Erinnerung hatte: nicht nass und saugend, sondern drängend und erregend, als seine Zunge die ihre suchte und seine Hände sich unter ihr Sweatshirt schoben. Sie hatte ein hübsches Spitzenhemd angezogen in der Erwartung, zumindest einen Teil ihrer Kleider auszuziehen. Sofort zog er ihr das Sweatshirt über den Kopf.

Er hielt inne und sagte: «Sophie, mein Gott, Sophie, das habe ich mir so gewünscht.»

«Zieh deine alte Jacke aus», schlug sie vor.

Er ließ seine Jacke auf den Boden fallen. Die Wohnung wirkte wesentlich bewohnter, wenn ein paar Kleidungsstücke herumlagen. Sie führte ihn zum Sofa und legte sich darauf, wie sie es vor ein paar Abenden getan hatte. Er setzte sich neben sie, betrachtete ihr Gesicht, ihre Brüste und den Rest ihres Körpers. Er schob die Träger ihres Hemdchens von den Schultern und stellte stöhnend fest, dass sie keinen Büstenhalter trug. Er beugte sich herunter und saugte an einer Brustwarze, während er die andere streichelte, bis Sophie sich vor Lust wand. Als sie spürte, dass sie sich einem Punkt näherte, an dem sie nicht mehr würde aufhören wollen, setzte sie sich auf, zog ihm das Sweatshirt aus und knöpfte sein Hemd auf. Er legte sich auf sie, dass sie seine seidige Haut an ihrer spürte. Als seine Hand sich vortastete, um ihre Hose zu öffnen, hielt sie ihn zurück.

«Nicht?», fragte er. Sie brachte ihn mit einem Kuss zum Schweigen.

Dann flüsterte sie: «Ich bin noch nicht bereit, Matt. Es tut mir Leid. Ich möchte mir Zeit lassen.»

«Schon okay, Schatz, schon okay.» Er streichelte ihr Haar und strich mit einem Finger über ihr Kinn. «Entschuldige, dass ich so stürmisch war.»

«Warst du nicht, bestimmt nicht, aber ich habe das Gefühl, dass es noch nicht richtig ist. Sex war für mich immer eine große Sache. Ich fühle mich dabei so verletzlich. Ich kann es nicht einfach so. Maeve sagt, ich bin wie ein Schulmädchen, eine Art professioneller Jungfrau.»

«Ich bin froh. Mir ist es lieber, wenn du dich nicht unter Druck gesetzt fühlst.»

«Sollen wir trotzdem ins Bett gehen?», fragte Sophie. «Ich

möchte gern mit dir zusammen liegen und dich nah bei mir spüren.»

«Ach, Liebling!», sagte Matt.

Als er ihr ins Schlafzimmer folgte und ihren nackten Rücken vor sich hatte, fand er, dass er noch nie eine so schöne Frau gesehen hatte. Sie war schlank, hatte aber runde Hüften und volle Brüste. Sie wirkte verletzlich, weich und weiß. Er war froh, dass sie keinen Kraftsport trieb und keinen muskulösen Körper hatte, was er unattraktiv fand.

Im Bett war sie sanft, zärtlich und schüchtern. Wenn sie sich küssten und streichelten, wurden ihre Augen groß und weich. Matt war sehr behutsam, und meist lagen sie sich nur in den Armen und unterhielten sich.

«Es ist schon zwei Jahre her, seit ich zuletzt einen Mann in meinem Bett hatte, und das war Fergus», sagte Sophie. «Eigentlich traurig, aber das Warten hat sich gelohnt.»

Matt küsste sie auf die Schulter. «Aber lass mich nicht ewig warten, Liebling.»

«He! Wir haben uns doch gerade erst kennen gelernt. Für mich geht das alles schon ziemlich schnell!»

«Du bist süß. Wunderbar. Ich habe von dir geträumt. Ich kann gar nicht fassen, dass du in meinen Armen liegst.»

«Ich kann es auch nicht fassen. Den armen Fergus habe ich warten lassen, bis wir verlobt waren, bevor ich mit ihm geschlafen habe. Was ist nur mit mir los? Bin ich ein Flittchen geworden?»

«Eindeutig», sagte Matt, «und ich bin froh darüber.»

«Alles, was mich damals zurückgehalten hat, scheint sich in Nichts aufgelöst zu haben. Weißt du, ich habe in der Erwartung geheiratet, dass es fürs Leben ist, und wollte mich für meinen Mann aufheben. Um ganz ihm zu gehören. Das war mein Lebensplan. Ich hätte nicht einfach Affären haben oder nur so mit jemanden zusammenleben können. Das wollte ich nicht. Jetzt kommt mir das irgendwie eingebildet vor, als hätte ich mich und meine Jungfräulichkeit zu wichtig genommen. Fergus hat mir jede Selbstachtung genommen, die ich mal hatte.»

«Es mag altmodisch klingen, aber ich glaube, es gibt viele, die so denken, besonders Mädchen. Es stimmt schon, dass Männer eher wahllos in der Gegend herumbumsen, aber tief im Inneren gefällt uns diese Vorstellung, glaube ich. Es ist genetisch in uns angelegt, treue Partnerinnen haben zu wollen.»

«Hmm. Ein Ideal. Die Wirklichkeit sieht anders aus. Da liege ich hier halb nackt mit dir im Bett, obwohl wir uns kaum kennen.»

«Wir kennen uns gut genug. Das ist das Wichtigste. Und es ist die beste Art, sich kennen zu lernen.»

Sophie schaute in Matts braune Augen, die gelb gesprenkelt waren, wie ihr nun auffiel. Nichts in seiner Miene machte ihr Angst oder ließ sie ihre Impulsivität bereuen.

«Erzähl mir, wann ich dir zum ersten Mal aufgefallen bin … wann du gemerkt hast, dass du mich willst», sagte sie, verflocht ihre Finger mit seinen und reckte sich lustvoll.

«Du bist mir sofort aufgefallen, aber du hast die Tugendwächterin gespielt, wenn du dich erinnerst, während Maeve sich aufgeführt hat wie die frechste Göre der Schule und ich sie dabei unterstützt habe. Du warst ziemlich entrüstet.»

«Matt, das ist unfair, ich war doch nur …», protestierte Sophie.

Matt lachte und kitzelte sie.

«Und Heiligabend fand ich, dass du ziemlich hübsch aussahst. Da bist du mir sicher aufgefallen, aber Weihnachten in der Kirche habe ich dich richtig gesehen. Du warst so lieb mit Flora, und plötzlich spürte ich, dass ich dich liebe. Als ich neben dir saß, hatte ich das Gefühl, dass wir zusammengehören. Dass es so richtig ist. Du bist so ruhig, nett, lieb und …»

«Sexy», warf Sophie ein. «Vergiss nicht: sexy. Ich möchte sexy sein.»

«Und sexy», bestätigte Matt, stützte sich auf seinen Ellbogen und küsste sie. «Sehr, sehr sexy.»

Erst um vier Uhr nachmittags gab es das Frühstück. Vorher hatte Sophie jedoch eine Flasche Wein, Korkenzieher und Gläser ins Bett geholt. Als sie danach schmusten, dösten und redeten, wurde Sophie allmählich entspannter und unbefangener. Nun saßen sie an ihrem kleinen Küchentisch, aßen Eier mit Speck und tranken Tee. Matt hatte sich ein Handtuch umgeschlungen, das er hinter der Badezimmertür gefunden hatte, und Sophie trug zu ihrem hübschesten Slip Matts kariertes Hemd mit aufgekrempelten Ärmeln wie eine Trophäe. Unter dem Tisch ließ Matt seine Zehen an ihrem Bein hinaufwandern, bis sie sich sanft zwischen ihre Schenkel vortasteten und Sophies Verlangen weckten.

Was für ein herrlich auf den Kopf gestellter Tag, dachte sie, bis ihr einfiel, dass er bald zu Ende gehen würde.

«Maeve kommt am Dienstag zurück», sagte sie. «Und was dann, Matt?»

«Wie meinst du das?»

«Weich nicht aus. Du weißt, dass wir das klären müssen. Wir müssen es ihr sagen.»

«Ich weiß. Das mache ich schon.»

«Wie? Holst du sie vom Flughafen ab?»

«Nein, ich kann nicht. Ich kann mir nicht frei nehmen. Sie weiß, dass ich sie nicht abholen kann. Das haben wir besprochen. Sie nimmt den Zug. Ich will versuchen, mich so bald wie möglich mit ihr zu treffen.»

«Ich habe Angst davor», gab Sophie zu. «Egal, was du sagst, ich glaube, sie wird schrecklich wütend sein. Ich habe sie schon wütend erlebt, es ist furchtbar.»

«Sie hat keinen Grund, wütend zu sein», erklärte Matt unerschütterlich. «Wir hatten schon mehr oder weniger Schluss gemacht.»

«Dieses ‹Mehr oder Weniger› macht mir Sorgen», jammerte Sophie. «Woher soll ich wissen, dass Maeve die Sache genauso sieht wie du? Weihnachten hatte ich den Eindruck, ihr beide seid die dicksten Freunde. Ich hätte nicht gedacht, dass ihr bald miteinander Schluss machen würdet.»

«Na ja, wir verstehen uns immer noch ganz gut», sagte Matt, «aber wir lieben uns nicht mehr. Das funktioniert eben nicht. Maeve weiß das. Ständig hat sie sich beschwert. Sie hat zum Beispiel vorgeschlagen, ich soll meinen Beruf aufgeben und mit ihr eine Weltreise machen. Sie hat ja keine Ahnung, wie das Arbeitsleben in Wirklichkeit ist. Ich kann unmöglich einfach so abhauen. Ich kann die Praxis nicht aufgeben, und meinen Vater kann ich auch nicht im Stich lassen.»

«Natürlich nicht, aber so ein verrückter Plan ist typisch für Maeve. Sie hat nie Verantwortung übernommen.»

«Ja, typisch», sagte Matt.

So bastelten sie gemeinsam an ihrer Verteidigung.

Am Dienstagabend wartete Sophie beklommen, dass Maeve anrufen und übersprudelnd von ihren Urlaubserlebnissen erzählen würde, aber das Telefon blieb still, bis Matt gegen zehn Uhr anrief.

«Hast du sie gesehen?», fragte Sophie sofort.

«Nein. Keine Chance. Ich bin nicht mal sicher, ob sie überhaupt schon zurück ist. Ich kann mich nicht erinnern, wann ihr Flug ankommt, du? Aber morgen treffe ich sie. Wir gehen mittags etwas trinken, und dann sage ich es ihr. Liebling? Was ist los? Du klingst so nervös.»

«Ich kann nicht dagegen an, ich bin nervös. Ich weiß nicht, wie sie es aufnehmen wird. Sie ist so ungemein stolz, weißt du. Sie wird glauben, ich habe dich ihr weggenommen.»

Matt klang weniger besorgt. «Sie kommt bestimmt klar damit. Sie hat mir deutlich zu verstehen gegeben, dass sie kein Interesse an einer ernsthaften Beziehung hat. Ständig wirft sie mir vor, ich sei langweilig. Sie hat mir praktisch den Laufpass gegeben, indem sie in diesen Skiurlaub gefahren ist, obwohl sie genau wusste, dass ich ein paar Tage frei hatte, die ich gern mit ihr verbracht hätte.»

«Aber auf diese Weise stellt sie Menschen auf die Probe. Sie muss ihre Gefühle testen. So war sie schon immer. Sie kann nie glauben, dass Menschen sie nicht enttäuschen, und deshalb ist sie immer in der Defensive. Fordert die Menschen heraus. Stellt Freundschaften auf Belastungsproben. Ach, Matt, ich bin ja so glücklich, und gleichzeitig ist mir ganz schlecht vor Schuldgefühlen. Aber du musst zugeben, dass ich mich dir nicht an den Hals geworfen habe oder so, das stimmt doch?»

«Bestimmt nicht, Sophie.»

«Versprichst du mir, mich sofort anzurufen, wenn du es ihr gesagt hast?»

«Klar. Jetzt mach dir mal nicht so viele Gedanken.»

Aber Sophie konnte kaum an etwas anderes denken. Wie sie es auch drehen und wenden mochte, sie wusste, dass sie ihre Freundin betrogen hatte. Und noch zwei Dinge wusste sie mit Gewissheit: Ihre Untreue ließ sich nicht ungeschehen machen und würde immer ein dunkler Fleck in ihrer Freundschaft mit Maeve bleiben. Es würde immer zwischen ihnen stehen. Doch sosehr sie sich dafür auch schämte, sang ihr Herz vor Glück, dass sie und Matt sich gefunden hatten.

Letzten Endes rief jedoch nicht Matt an, um Sophie zu berichten, was nach Maeves Rückkehr passiert war. Als am Mittwochnachmittag das Telefon klingelte, war Jane Hedderwick am Apparat und klang kühl und sachlich.

«Sophie? Sophie, hier ist Jane, Jane Hedderwick. Sophie,

ich hatte die größten Schwierigkeiten, deine Nummer herauszufinden. Hör mal, ich kann am Telefon nicht reden, aber du musst unbedingt so schnell wie möglich herkommen. Du darfst Matt damit nicht allein lassen. Schließlich ist Maeve angeblich deine Freundin.»

Kapitel 10

Sophie warf in aller Eile ein paar Sachen für sich und die Zwillinge in einen Koffer und fuhr nach Charlton. Auf der ganzen Fahrt überlegte sie, was sie in London vergessen hatte. Sie hatte Freddys Ziegenmilch und die neuen Gummistiefel der Zwillinge nicht eingepackt. Noch nie war sie derart unorganisiert aufgebrochen, aber nach Janes Anruf erschien es ihr vordringlich, sich so schnell wie möglich auf den Weg zu machen. Sie war aufgewühlt, zerstreut und musste immer wieder daran denken, was sie in Charlton erwarten mochte. Auf den Ausfallstraßen von London nach Westen herrschte zäh fließender Verkehr, der ständig an Baustellen und provisorischen Ampeln ins Stocken geriet. Zweimal wäre sie beinahe auf den Wagen vor ihr aufgefahren, weil sie nicht richtig aufpasste.

Sie hatte versucht, Matt anzurufen, aber sein Handy war ausgeschaltet. Schließlich hatte sie Lady Pamela in Charlton erreicht, die jedoch, was Maeve anging, ein wenig verwirrt war.

«Sie ist Ski laufen», erklärte sie. «Ach, wie dumm von mir. Sie ist natürlich zurück. Heute Morgen war sie hier. Nein. Ich fürchte, ich weiß nicht, wo sie jetzt ist. Wer ist denn da? Sophie, haben Sie gesagt? Ich sage ihr, dass Sie angerufen haben, meine Liebe.»

Sophies kleiner Wagen kroch weiter. Selbst ein Teilstück der Autobahn, auf dem sie gehofft hatte, schneller voranzukommen, war wegen Bauarbeiten nur einspurig zu befahren und kostete sehr viel Zeit. So brauchte Sophie für die Fahrt fast eine Stunde länger als sonst. Als sie von der Hauptstraße auf die Nebenstraßen nach Charlton abbog, war es schon dunkel. Wie durch ein Wunder benahmen die Zwillinge sich ausnehmend gut. Sie hatte ihnen immer wieder ihre Lieblingskassetten vorgespielt, und Flora hatte ausnahmsweise einmal nicht in ihrem Kindersitz gezappelt und geschrien. Beide waren schließlich sogar eingeschlafen, und obwohl das ihre übliche Schlafenszeit völlig durcheinander bringen würde, machte es Sophie das Fahren einfacher und gab ihr Gelegenheit, sich über ihre Gefühle klar zu werden. Immer wieder ging ihr durch den Kopf, was Jane gesagt hatte, und sie versuchte, sich eine Erklärung zurechtzulegen. Am Telefon hatte Jane nichts Genaueres sagen wollen, aber wenn sie es recht verstanden hatte, war Maeve bei ihr. Schließlich hatte sie sonst niemanden, an den sie sich hätte wenden können, dachte Sophie. Zumindest nicht in Somerset.

Sich im Unrecht und schuldig zu fühlen war für Sophie eine völlig neue Erfahrung, da sie bisher nach ihrem Gefühl ihr Leben lang auf dem rechten Weg geblieben war. In der Schule war sie eine gut erzogene, respektvolle, höfliche Musterschülerin gewesen. Sie hatte nie gelogen, betrogen oder geschummelt und ihre rebellischen Jugendjahre harmonisch verbracht. Sie hielt sich für einen guten Menschen und war in dieser Ansicht immer bestärkt worden. Es war ihr nie schwer gefallen, nett und rücksichtsvoll zu sein. Es entsprach ihrem sanften, friedlichen Wesen. «Es ist eine Freude, Sophie im Internat zu haben», hieß es in ihren Zeugnissen. «Auf Sophie ist immer Verlass.» Ehrlich, aufrichtig, anständig wie ihre Vorfahren. So hatte Sophie sich immer gesehen. Maeve war die Unzuverlässige, Egoistische, Zickige. Maeve, die andere Mädchen mit ihrer scharfen Zunge zum Weinen brachte und schwächeren Lehrerinnen das Leben zur Hölle machte. Maeve, der Lügen leichter über die Lippen kamen als die Wahrheit. Jetzt bekam sie eine Kostprobe ihrer eigenen Medizin.

Und dennoch lastete das Schuldgefühl schwer auf Sophie. Sie tröstete sich mit dem Gedanken, dass Matt wesentlich besser zu ihr passte als zu Maeve. Im Stillen fand sie, dass ihre Herkunft, Familien, Interessen und alles andere sie wie geschaffen füreinander machten. Gutes, solides Mittelengland. Wenn er den gesunden Menschenverstand besaß, das zu erkennen, war das ja wohl nicht ihre Schuld.

Außerdem hatte Maeve es mit ihrer Rücksichtslosigkeit nicht besser verdient. Sie konnte nicht einfach ohne Rücksicht auf Verluste über Menschen hinweggehen, dachte Sophie. Das hatte sie schon immer getan und war bisher damit durchgekommen. Jetzt bekam sie ihren Lohn. Dieses Mal war sie zu weit gegangen. Sophie hatte wieder das Gefühl, dass man sie nicht für das Ergebnis verantwortlich machen konnte. Maeve hatte Matt praktisch in ihre Arme getrieben.

Sie hoffte nur, dass sie an diesen Rechtfertigungen festhalten konnte, wenn es darauf ankam. Sie konnte sich nicht darauf verlassen, dass sie nicht völlig sprach- und schutzlos zusammenbrechen würde, zumal wenn Matt nicht bei ihr war. Sie mussten Seite an Seite stehen und sich gegenseitig Kraft geben. Sie waren Komplizen.

Auf den letzten Kilometern steckte Sophie hinter einem Milchlaster fest. Sie fuhr ungewöhnlich aggressiv, hängte sich an seine Stoßstange und nötigte ihn, sie vorbei zu lassen, aber der Fahrer zockelte weiter, ohne auf sie zu achten, und trat vor jeder Kurve auf die Bremse.

Endlich bog sie auf Janes Hof. Ihr Scheinwerferlicht

streifte Janes Pferdehänger und Land Rover, aber Matts Wagen war nicht da. Sophie war verärgert. Sie brauchte ihn, wenn sie sich dem Theater stellen musste. Als sie noch ein Weilchen im Wagen sitzen blieb, um sich zu sammeln, bemerkte sie das Fahrrad, das Maeve immer benutzte; es lag an der Hintertür, nicht einmal an die Wand gelehnt, als habe jemand es sehr eilig gehabt. Sophie befiel eine böse Vorahnung. Sie stieg aus, holte die Zwillinge aus dem Wagen und ließ sie ohne warme Jacken nur in Schuhen in den winterlichen Pfützen auf dem Hof herumplanschen. Sie ging geradewegs an die Hintertür und klopfte. Jane öffnete sofort, wie üblich in abgetragenen Jeans, einem Sweatshirt voller Heu, einer Fliesweste, das Haar zu einem Knoten aufgesteckt.

«Komm rein», sagte sie kurz angebunden, ohne zu lächeln, sich höflich nach ihrer Fahrt zu erkundigen oder zu sagen, dass sie sich freue, Sophie zu sehen.

«Komm, Flora. Freddy, hierher», rief Sophie und nahm die beiden auf den Arm, bevor sie in das gelbe Licht trat, das über die Schwelle fiel. Ihr Herz hämmerte. Janes kühler Empfang trieb ihr die Röte ins Gesicht, sie fühlte sich unbehaglich und eingeschüchtert.

Als Erstes sah sie Maeve, die zusammengesackt am Küchentisch saß. Ihr Gesicht war sonnengebräunt bis auf die Pandaringe, wo ihre Sonnenbrille die Haut rund um die Augen geschützt hatte, die nun glasig und geschwollen wirkten.

Als Sophie hereinkam, schaute sie auf und sagte: «Da ist ja der andere Scheißjudas.»

Auf der Stelle war Sophies Entschlossenheit dahin; sie ging instinktiv zu Maeve und legte den Arm um sie. Als Maeve sie fortstieß, wehte sie eine intensive Whisky-Fahne an.

«Lass mich, du Miststück.»

«Maeve, nicht. Es tut mir so Leid. Maeve, wir haben nicht gedacht, dass es dir wehtun würde. Ehrlich. Maeve, bitte.»

«Ach, verpiss dich», knurrte Maeve nuschelnd. Sophie merkte, dass sie ziemlich betrunken war.

Beiläufig sagte Jane, an die Tür gelehnt: «Sie hat Matt krankenhausreif geschlagen. Hat ihm eine Flasche über den Kopf gehauen, die sie ihm aus dem Duty-free-Shop mitgebracht hatte. Ehrlich gesagt, ich kann es ihr nicht verdenken.»

«Krankenhaus? Mein Gott. Wie geht es ihm?»

«Ein paar Stiche und Kopfschmerzen. Weniger, als er verdient hat. Nur gut, dass sie nur eine Flasche zur Hand hatte und keine Gartenschere, sonst wäre seine Männlichkeit in Gefahr gewesen, fürchte ich.»

Maeve stand schwankend auf.

«Warum hast du die mitgebracht?», fragte sie und zeigte auf Flora und Freddy, die mit offenen Mündern hinter Sophie standen. Flora glaubte, Maeve mache Spaß, und fing an zu lachen und hopste an der Hand ihrer Mutter auf und ab.

«Hör auf, Flora», sagte Sophie wütend und wandte sich an Jane. «Ich kann das nicht, wenn die Kinder hier sind. Kannst du mit ihnen irgendwo hingehen, damit ich ein paar Minuten mit ihr allein bin?»

Jane war keineswegs gewillt, sich hilfsbereit zu zeigen, sah aber ein, dass es das Vernünftigste war. «He, ihr beiden. Wollt ihr kleine Hunde sehen? Sie sind draußen in der Waschküche. Aber ihr müsst ganz leise sein, damit sie keine Angst bekommen. Na los. Auf Zehenspitzen. Komm, gib mir deine Hand, Freddy.» Sie führte sie hinaus und schloss die Tür hinter sich.

Sophie ging zu Maeve und legte ihr wieder den Arm um. Maeve schüttelte sie ab, drehte sich um und versetzte ihr eine schallende Ohrfeige. Sophie war völlig überrumpelt. Ihre Nase knackte und ihre Augen tränten. Unwillkürlich wich sie zurück, stolperte über den Stuhl, auf dem Maeve gesessen hatte, und landete mit einem Plumps auf dem Boden. Maeve, die sie plötzlich unter dem Tisch verschwinden sah, konnte sich nicht halten vor Lachen. Lautes Kreischen drang aus ihrem nassen offenen Mund, und Sophie starrte sie schockiert und verwundert an. Noch nie in ihrem Leben war sie geschlagen worden. Maeve brüllte vor Lachen. Tränen liefen ihr über die Wangen. Am liebsten hätte Sophie geweint. Sie versuchte, mit der Hand ihr Nasenbluten zu stoppen. Unter dem Tisch hinweg schaute sie zu Maeve hinauf, die triumphierend einen Fuß auf ihre Brust stellte, eine Hand in die Hüfte stemmte und die andere zu einem scherzhaften Salut hob.

«So, Freundchen!», sagte sie zwischen Lachanfällen. «Zwei K.-o.-Siege. Zwei zu null für mich», und fiel prompt in Ohnmacht.

Vorsichtig öffnete Jane die Tür und steckte den Kopf in die Küche.

«Was ist hier los, zum Teufel?», fragte sie beunruhigt über das Geschrei und sah die beiden auf dem Boden liegen, eine blutüberströmt.

Sophie wischte sich mit blutiger Hand das Gesicht und setzte sich auf. «Sie hat mich geschlagen», sagte sie. «Aber ich glaube, sie ist sturzbetrunken.»

Jane kam herein und schloss die Tür hinter sich. «Wir bringen sie besser ins Bett. Mein Gott, das hat mir gerade noch gefehlt.»

Sie reichte Sophie eine Rolle Küchenpapier; Sophie betupfte ihre Nase und ging an die Spüle, um sich das Gesicht zu waschen. Das Wasser färbte sich blutrot, und Sophie fragte sich, ob ihre Nase wohl gebrochen war. Sie pochte heftig und fühlte sich merkwürdig an. Nach einer Weile gelang es ihr, die Blutung zu stillen.

Die beiden Frauen wiesen die Zwillinge an, auf die kleinen Hunde aufzupassen, und schleppten dann Maeve ins Wohnzimmer. Jane holte von oben ein Bettlaken und Decken und machte auf dem Sofa ein Bett zurecht, auf das sie Maeve, mit

Kissen gestützt, in Seitenlage legten. Sie wirkte klein und kindlich und schlief laut schnarchend mit offenem Mund.

«Wenn sie sich übergeben muss, kann sie nicht ersticken», sagte Jane, «aber morgen wird sie einen gemeinen Kater haben.»

Sophie betrachtete Maeve. Matt und ihre Gefühle für ihn erschienen ihr weit weg. In Gedanken war sie ausschließlich bei Maeve.

«Soll ich hier bleiben und bei ihr wachen?», fragte sie Jane. «So kann ich dich doch nicht einfach mit ihr allein lassen.»

«Das geht schon. Ich musste dich herholen, weil ich mich nicht um sie und den Hof gleichzeitig kümmern konnte. Ich hatte Angst, sie in dem Zustand allein zu lassen. Sie war völlig betrunken und wütend. Vergiss nicht, sie hatte drei Stunden, um nüchtern zu werden, bis du kamst. Jetzt, wo sie das Bewusstsein verloren hat, geht es. Sie wird ihren Rausch ausschlafen. Du solltest zu Lady Pamela fahren. Diese andere Betreuerin ist heute Morgen abgereist, als Maeve zurückkam. Es geht mich zwar nichts an, aber ich finde, du musst die Stellung halten.»

«Ist Matt zu Hause?», fragte Sophie.

«Keine Ahnung, und ehrlich gesagt, ist es mir auch egal.» Sie zündete sich eine Zigarette an und musterte Sophie aus schmalen Augen. «Von euch beiden hätte ich das nicht erwartet. Nach dem, was Maeve sagt, waren sie und Matt praktisch verlobt, und du bist ihre beste Freundin.»

Sophie starrte sie verblüfft an.

«Verlobt? Das stimmt überhaupt nicht. Typisch Maeve. Sie sagt, was ihr gerade einfällt, nur um die Situation zu dramatisieren. In Wahrheit hatten sie beschlossen, sich zu trennen. Oder so», fügte sie lahm hinzu.

Jane zuckte die Achseln. «Na ja, da mische ich mich nicht ein. Mich geht das absolut nichts an. Maeve kann heute

Nacht hier bleiben, morgen früh schicke ich sie zurück nach Charlton. Weiß Gott, wie sie überhaupt hierher gekommen ist, so betrunken, wie sie war. Sie ist mit dem Fahrrad gekommen, weißt du.»

«Das habe ich mir gedacht. Ich habe es draußen gesehen.»

Sophie ging zum Spiegel, der über dem Kamin hing. Ihre Nase war rot und ihre Nasenflügel blutverkrustet. Mit ihrem bleichen Gesicht wirkte sie unscheinbar und unattraktiv. Sie war froh, dass Matt sie nicht so sah. Da sie die Konfrontation mit Maeve hinter sich hatte, war sie erleichtert, fühlte sich aber schlaff und ausgelaugt wie ein Ballon, aus dem die Luft heraus war. Dieser Zustand war ihr zwar lieber als die Anspannung während der Fahrt, als die Ungewissheit wie ein Damoklesschwert über ihr gehangen hatte, aber sie war zu erschöpft, um heute noch mehr zu ertragen.

Vor der Tür fing Flora an zu weinen. Sie und Freddy hatten sich über die kleinen Hunde gestritten, die in ihrem rosig weißen Fell mit den schwarzen Flecken wie kleine Schweinchen wirkten. Trotz Janes Verbot hatte Flora eines aufgehoben und versehentlich fallen lassen. Die Mutter, Bramble, hatte zu knurren angefangen, was wiederum Freddy zum Weinen brachte und Flora veranlasste, ihn zu schlagen.

All das entnahm Sophie dem lauten Geschrei. Sie bemerkte, dass Jane entnervt seufzte, und sagte: «Hör zu, wir fahren. Es tut mir Leid.»

«Schon gut», antwortete Jane ein bisschen schuldbewusst. «Ich bin Kinder nicht gewohnt. Mit Hunden und Pferden kann ich umgehen. Fährst du nach Charlton?»

Sophie hatte bislang noch keine Zeit gehabt, sich darüber Gedanken zu machen, fühlte sich aber in gewisser Weise für Lady Pamela verantwortlich. Sie konnte sich vorstellen, dass die alte Dame sich inzwischen schon Sorgen machte, weil es dunkel wurde und von Maeve nichts zu sehen war.

Als sie in die Einfahrt von Charlton fuhr, brannte im Haus Licht, und sie sah Lady Pamela in der Küche hin und her gehen. Sie ließ die Kinder im Wagen und klopfte an der Haustür. Als niemand öffnete, lief sie an die Hintertür, klingelte und rief: «Lady Pamela! Ich bin's! Sophie!» Lady Pamela öffnete und spähte in die Dunkelheit. Da sie eine Zitrone in der Hand hielt, nahm Sophie an, dass sie sich gerade einen Drink hatte einschenken wollen.

«Lady Pamela, ich bin es, Sophie», wiederholte sie.

«Sophie? Meine Liebe, was machen Sie hier?»

«Also, eigentlich bin ich wegen Maeve hier. Sie ist nicht … ehm … sie fühlt sich nicht wohl genug, heute Abend zurückzukommen. Sie ist bei Ihrer Trainerin, bei Jane. Sie schläft, und daher bin ich gekommen, um Ihnen Gesellschaft zu leisten. Falls es Ihnen recht ist. Aber ich habe die Zwillinge im Auto. Darf ich sie hereinholen?»

«Maeve geht es nicht gut? Was ist los? Sie war doch gerade erst in Urlaub. Ich weiß wirklich nicht, ob das mit Ihnen und Ihren Kindern geht. Ich habe nicht mit Ihnen gerechnet. Ich bin mir nicht sicher, ob ich im Augenblick Gäste beherbergen kann.»

«Ich weiß. Es tut mir Leid. Aber ich bin nicht als Gast gekommen. Ich übernehme Maeves Arbeit … was immer sie für Sie tut, und sobald sie morgen früh kommt, verschwinde ich. Ich wollte Sie nicht ganz allein lassen.»

«Seien Sie nicht albern. Ich bin schließlich nicht behindert. Ich komme sehr gut zurecht.»

«Lady Pamela, bitte. Lassen Sie mich heute Nacht hier bleiben. Ich hätte ein etwas besseres Gefühl dabei. In gewisser Weise bin ich es Maeve schuldig. Hier vor der Tür kann ich Ihnen nicht alles erklären, was passiert ist.»

«Na gut», sagte Lady Pamela immer noch verärgert. «Kommen Sie herein. Und bringen Sie Ihre Kinder mit.»

Mein Gott, dachte Sophie, so unterkühlt bin ich noch nie empfangen worden. Ich bin wohl bei allen schlecht angeschrieben.

Sie brauchte eine halbe Stunde, um die Kinder hereinzuholen und ihre Sachen auszupacken. Zwischendurch versuchte sie Matt auf der Manor Farm anzurufen, aber es ging niemand an den Apparat. In den Gästezimmern im ersten Stock waren ihre Betten noch von dem Besuch über Weihnachten bezogen. Die Küche war ganz im Gegensatz zu ihrem Aussehen unter Maeves Regiment sauber und ordentlich, aber da kaum Essensvorräte vorhanden waren, machte Sophie zum Abendessen für alle Rühreier. Sie zündete das Kaminfeuer im Wohnzimmer an und stellte Lady Pamela das Abendessen auf einem Tablett zurecht. Nachdem sie gespült und aufgeräumt hatte, badete sie die Zwillinge und ließ sie zur Belohnung, weil sie sich während der Fahrt so lieb verhalten hatten, bis zur Schlafenszeit oben herumlaufen.

Im Laufe des Abends ging sie zu Lady Pamela hinein und fragte, ob sie einen Whisky wollte. Auf dem Tisch am Fenster stand ein Topf mit Hyazinthen, die ihren Duft im Zimmer verströmten.

«Die Blumen sind wunderschön», sagte Sophie.

«Trish hat sie mitgebracht», erklärte Lady Pamela und fügte viel sagend hinzu: «Sie kennt wenigstens ihre Stellung. Sie weiß, was von ihr erwartet wird. Niemals hätte sie eine Situation zugelassen, die mich derart aus der Bahn wirft. Ich habe schon immer gewusst, das Maeve völlig ungeeignet ist. Das habe ich Henry auch gesagt.»

Sophie musterte ihre verkniffene, gereizte Miene. Sie erinnerte sie an Flora, wenn ihr etwas nicht passte. Es war Sophie peinlich, dass sie der Grund für diese Verstimmung war. In ihrem ganzen Leben war sie noch nie in eine solche Lage geraten.

«Es tut mir Leid, Lady Pamela. Ich tue nur, was ich für das Beste halte. Ich verstehe völlig, dass Sie mich nicht hier haben möchten, aber ich konnte Sie heute Abend einfach nicht im Stich lassen.»

«Im Stich lassen! Wie können Sie es wagen! Das klingt, als wäre ich ein Findelkind, das Sie vor der Tür gefunden haben! In meinem eigenen Haus kann ich ja wohl kaum im Stich gelassen werden. Ich weiß sowieso nicht, was Sie das eigentlich angeht», sagte Lady Pamela schnippisch. «Sie haben ja wohl gar nichts damit zu tun, oder?»

«Nur dass ich Maeves Freundin bin. Oder war», sagte Sophie traurig und beugte sich über das Feuer.

«Wie meinen Sie das?», fragte Lady Pamela. «Das müssen Sie mir erklären. Ich bin diese Geheimniskrämerei leid, nicht zu wissen, was eigentlich vorgeht.»

Seufzend richtete Sophie sich auf. «Na gut», sagte sie. «Ich erzähle es Ihnen.»

Als sie fertig erzählt hatte und Stille eintrat, schaute sie zu Lady Pamela hinüber, um zu sehen, ob sie vielleicht eingenickt war. Sie war jedoch hellwach und musterte sie aufmerksam und scharfsinnig.

«Was für ein Schlamassel!», sagte sie. «Und wie ungehörig von Ihnen und diesem Matthew. Kein Wunder, dass Maeve wütend ist. Mehr auf Sie als auf ihn, nehme ich an. Hätten Sie denn nicht warten können, bis sie zurück war und Sie Gelegenheit hatten, mit ihr zu sprechen?»

«Sicher hätte ich warten können. Aber das konnte ich doch nicht ahnen. Ich habe Matt geglaubt, dass es zwischen ihnen vorbei war.»

«Hmm. Es sieht eher danach aus, als hätten Sie ihre Abwesenheit ausgenutzt.»

«Nein. Wirklich nicht. So war es bestimmt nicht.» Sophie spürte, dass sie über diesen erneuten Angriff rot wurde. Es herrschte Schweigen, während Lady Pamela sie mit versteinerter Miene musterte. Sophie merkte, dass sie ihr nicht in die Augen schauen konnte. Sie streckte ihre langen Beine aus und betrachtete ihre Füße in den ordentlich geputzten Schuhen.

Schließlich sagte Lady Pamela: «Lassen Sie mich ganz offen mit Ihnen reden, Sophie. Ich bin eine alte Frau und denke, in meinem Alter kann ich sagen, was ich will. Ich habe den Eindruck, dass Ihnen im Leben alles auf einem Silbertablett serviert wurde. Mir ging es ganz ähnlich. Sie haben immer bekommen, was Sie wollten. Sie haben ein geborgenes Zuhause, liebevolle Eltern, finanzielle Sicherheit und die feste Überzeugung, dass alles so ist, wie es für ein Mädchen wie Sie sein soll. Sie sind damit aufgewachsen, das vom Leben zu erwarten, wenn Sie sich an die Regeln halten. Ich halte Sie für ein Mädchen, das Regeln respektiert und gern das sichere Gefühl hat, im Recht zu sein. Genau das Gegenteil von der kleinen Maeve, die ständig ihre eigenen Regeln aufstellt und sich einen Deut um die Regeln anderer kümmert. Ich wage zu behaupten, dass sie in den Augen der anderen den größten Teil ihres Lebens im Unrecht war.»

Sophie fühlte sich äußerst unbehaglich. Ihre geschwollene, auf einer Seite rot angelaufene Nase pochte und ihr Kopf schmerzte. Ihr war klar, dass alles, was Lady Pamela sagte, weder als Lob für sie noch als Kritik an Maeve gemeint war. Und sie hatte das unbehagliche Gefühl, dass es noch schlimmer kommen würde.

«Diese Geschichte mit Ihrer Ehe und den Zwillingen wundert mich», sagte Lady Pamela. «Es wundert mich, dass eine moderne, intelligente Frau versehentlich schwanger werden konnte, obwohl sie genau wusste, dass ihr Mann auf keinen Fall Kinder haben wollte. Ich weiß natürlich nur, was Maeve mir erzählt hat, Sophie, aber ich glaube, dass Ihre

Schwangerschaft beabsichtigt war. Ich denke, Sie hatten beschlossen, dass es genau das war, was Sie als Nächstes wollten, das es einfach das Richtige war: Heiraten und Kinder bekommen. Dass Fergus noch keine Familie haben wollte, sollte Sie nicht aufhalten. Unter diesem sanften Äußeren steckt ein eiserner Wille. Sicher hatten Sie das Gefühl, dass er durcheinander war und nicht wusste, was richtig war, und wenn die Babys erst einmal da wären, wäre er genauso begeistert wie Sie. Auf jeden Fall würden Sie bekommen, was Sie wollten, und dann schon mit den Konsequenzen fertig werden. Damit, dass Fergus nicht bereit war, Ihnen zu verzeihen, hatten Sie nicht gerechnet. Sein Verhalten verstieß gegen Ihre Regeln, und Sie besaßen nicht genug Phantasie sich vorzustellen, wie es kommen würde. Ich finde, er hat sich schlecht benommen, aber ich verstehe durchaus, warum.»

Sophie platzte heraus: «Wie können Sie so etwas sagen? Sie wissen doch gar nichts darüber. Rein gar nichts.»

«O doch, und wenn Sie mich ausreden lassen, werde ich Ihnen auch sagen, wieso. Als ich Bumper heiratete, hatte ich die besten Aussichten auf eine gute Ehe. Er sah gut aus, war klug und betete mich an. Erst viel später erkannte ich, dass nicht alles so geradlinig lief und Bumper mich nie so lieben konnte, wie ich es wollte und brauchte. Inzwischen hatte ich ein Kind, Henry, und ich hatte Sam kennen gelernt und mich in ihn verliebt. Sophie, meine Liebe, mein restliches Eheleben war ein einziger Kompromiss. Ich blieb bei Bumper, weil ich überzeugt war, dass die Ehe etwas für das ganze Leben ist, und weil ich mich ihm gegenüber stark verpflichtet fühlte, aber das reichte nicht aus, mich an einer langjährigen Affäre mit Sam zu hindern. Bumper und ich lebten freundschaftlich zusammen, und ich bemühte mich nach Kräften, ihm eine Ehefrau zu sein, wie er sie brauchte und wollte. In gewisser Weise war er, glaube ich, erleichtert, dass ein anderer sich um die leidenschaftlichere Seite meines Wesens kümmerte. Wir haben nie darüber gesprochen, und Sam und Bumper blieben bis zu Bumpers Tod Freunde.»

«Das hat nichts mit mir zu tun», erklärte Sophie. «Ehrlich gesagt bin ich mit so etwas nicht einverstanden. Ich glaube an Treue. Das hat nichts mit meinem Leben zu tun, das Sie aus irgendeinem Grunde meinen kritisieren zu dürfen.»

«Warten Sie. Dazu komme ich gleich», sagte Lady Pamela. «Was ich Ihnen erklären will, ist, dass ich nie den Mut hatte, meinem Herzen zu folgen. Ich wollte Bumper nicht wehtun und Henrys Leben nicht ruinieren, und für mich wollte ich die herrliche Sicherheit nicht aufgeben, die Bumper mir bot. Sam war lediglich Akademiker. Er besaß kein Vermögen und verdiente erst später Geld mit seinen Büchern, aber er hätte mir nicht annähernd den Lebensstil bieten können, den ich bei Bumper hatte. Außerdem scheute ich den Skandal und das Aufsehen, das eine Scheidung damals in unseren Kreisen erregt hätte. Ebenso wie Sie missbilligte auch ich ein derart übereiltes Vorgehen. Sam wusste das und drängte mich nicht, meine Ehe zu beenden. In gewisser Weise haben wir beide Bumper benutzt. Es war ein unaufrichtiges, feiges Leben, Sophie, und ich bereue es. Ich bereue all die Jahre, in denen ich mich für mein Pflichtgefühl, meine hehren Ideale und meine Selbstherrlichkeit beglückwünscht habe. Wenn überhaupt, dann hatte ich das Gefühl, dass Bumper Schuld hatte, weil er so langweilig und phantasielos war.

Sophie, Sie sind genau wie ich durchaus fähig, sich selbst etwas vorzumachen. Sie müssen genau unter die Lupe nehmen, was Sie tun und warum Sie es tun, und versuchen, die Dinge so zu sehen, wie sie sind. Ich denke, Maeve ist zutiefst ehrlich. Sie ist egoistisch, ungezogen und manches mehr, aber sie ist vollkommen aufrichtig zu sich. Wäre es anders herum und sie hätte Ihnen den Freund ausgespannt, würde sie sagen:

‹Tut mir Leid, wir mochten uns und haben miteinander gevögelt.› Sagt man das so? Sie ist ehrlich. Verstehen Sie, was ich meine? Sie würde die Schuld nicht auf Matt schieben, weil er ihr nicht klar gesagt hätte, wie die Dinge liegen, oder alles darauf schieben, dass Sie in Urlaub waren. Sie würde zu ihrer Art stehen, zu ihren eigenen Motiven. Verstehen Sie, was ich damit sagen will?»

«Aber wir haben nicht ‹gevögelt›», wandte Sophie spröde ein. «Ich wollte es nicht. Ich hatte das Gefühl, dass es nicht richtig wäre.»

«Sie tun es schon wieder», stöhnte Lady Pamela. «Sie sehen sich durch eine rosarote Brille. Wenn ich Sie richtig einschätze, wollten Sie nicht mit ihm schlafen, weil Sie diese Trumpfkarte im Ärmel behalten wollten. Das hat mehr mit Ihrer Strategie zu tun, ihn in die Falle zu locken, als mit etwas anderem.»

Sophie war verdutzt.

«Das ist nichts Schlimmes. Es ist ein uralter Trick, aber seien Sie ehrlich zu sich selbst. Und nun ein freundschaftlicher Rat. Wenn Sie und Matthew sich lieben – und ich sehe durchaus, dass Sie sehr gut zueinander passen, das habe ich schon Weihnachten gedacht –, machen Sie reinen Tisch. Geben Sie Maeve gegenüber zu, dass Sie ihn ihr ausgespannt haben, dass Sie fanden, er sei zu gut für sie, und dass ihn zu erobern Ihnen mehr wert war als ihre Freundschaft, denn so war es doch? Es ist eine heilsame Erfahrung, sich einzugestehen, was für ein kleines Miststück Sie wirklich sind. Geben Sie Matthew gegenüber zu, dass Fergus gar kein so schlechter Mann war und dass es niederträchtig von Ihnen war, schwanger zu werden, zumal Sie wussten, dass es in Ihrer Familie Zwillinge gab und eine gewisse Wahrscheinlichkeit bestand, dass auch Sie welche bekommen. Zeigen Sie ihm, dass Sie erwachsen geworden sind.»

In ihrem ganzen Leben hatte noch niemand Sophie ein kleines Miststück genannt. Es kann nicht wahr sein, dass ich hier mit einer wahrscheinlich gebrochenen Nase und einer vornehmen achtzigjährigen Dame sitze, die mich wüst beschimpft, dachte sie. Am liebsten hätte sie laut gelacht. Doch irgendetwas von dem Gesagten jagte durch ihr Hirn wie ein Feuerball. So habe ich das noch nie gesehen, dachte sie. Hat sie Recht? Irgendwie ergibt es einen Sinn. Aber ich bin doch ein guter Mensch. Ein vorsichtiger Mensch. Sie versteht mich völlig falsch. Ich war noch nie in Schwierigkeiten und fühle mich auch jetzt nicht im Unrecht. Ich bin nur hier, weil ich pflichtbewusst und verantwortungsvoll bin. Im Gegensatz zu Maeve, die betrunken auf einem fremden Sofa liegt.

«Sie sind immer verwöhnt worden», sagte Lady Pamela. «Genau wie ich. Man hat Sie ermuntert, sich selbst zu schonen, die Schuld bei anderen zu suchen und sich überlegen zu fühlen.»

«Moment mal», wandte Sophie ein. «Das ist unfair. Wieso greifen Sie mich so an? Ich habe lediglich versucht, Ihnen zu helfen, nett zu sein und Maeves unverantwortliches Benehmen auszubügeln.»

«Maeve ist nicht hier, weil Sie und Matthew ihr einen Tritt versetzt haben. Sonst bräuchten Sie nicht für sie einzuspringen.»

Sophie schwieg. Zumindest das entsprach der Wahrheit.

«Es gefällt Ihnen nicht, sich als selbstsüchtig und skrupellos zu sehen, stimmt's?», stellte Lady Pamela fest. «Aber bis zu einem gewissen Grad können wir das alle sein, wenn sich eine Gelegenheit bietet. Maeve weiß das und geht völlig offen und unverhohlen damit um. Bei Maeve wissen Sie immer, wo Sie dran sind. Am gefährlichsten sind Menschen, die dieses Potenzial bei sich selbst nicht erkennen, und das gilt für Sie, Sophie, und für mich. Jahrelang habe ich den armen

Bumper leiden lassen, und auch Sam. O ja, auch den armen Sam.»

Sophie dachte, sie weiß ja gar nicht mehr, was sie redet, sie hat zu viel getrunken und ist senil und verwirrt.

«Und natürlich Henry. Eine lange Liste von Opfern. Jetzt, wo ich alt bin, sehe ich es ganz deutlich, aber in Ihrem Alter konnte ich das nicht, Sophie. Daher bitte ich Sie, seien Sie ehrlich. Zu sich selbst, zu Maeve, zu Ihrem Exmann und zu Matthew.»

«Gut!», platzte Sophie feindselig heraus. «Vielen herzlichen Dank. Es tut mir ja so Leid. Da ich ja offensichtlich der Bösewicht in diesem Stück sein soll …»

Lady Pamela tätschelte ihr lachend die Hand. «Nehmen Sie sich selbst nicht so ernst, meine Liebe. Ich werfe Ihnen gar nicht vor, bösartig zu sein, nur verblendet und irregeleitet. So, und nun lassen Sie mich meine schlechte Laune von vorhin überwinden und Ihnen danken, dass Sie heute Abend gekommen sind, um sich um mich zu kümmern. Ich weiß es zu würdigen.»

«Schon gut», sagte Sophie grummelnd. Sie fühlte sich völlig überfahren.

«Ich möchte gern zu Bett gehen, wenn Sie bitte so nett wären, sich um Esau zu kümmern.»

Als Sophie der alten Dame die Treppe hinaufhalf, sagte sie: «Was meinen Sie damit, dass Sie Sam haben leiden lassen? Er macht nicht den Eindruck, als hätte er viel gelitten.» Sie war immer noch gekränkt und wollte die Dramatik und Rührseligkeit von Lady Pamelas Geschichte ins Lächerliche ziehen.

«Er hat gelitten, weil er nie erfahren hat, dass er ein Kind hatte», sagte Lady Pamela. «Wissen Sie, Elizabeth war seine Tochter.»

In dieser Nacht lagen beide Frauen unter dem geschwungenen Ziegeldach von Charlton wach. Sophie war müde, fror, konnte aber nicht schlafen. Gegen zwei Uhr ging sie hinunter, um sich eine Wärmflasche für ihre eiskalten Füße zu holen und sich eine Tasse heiße Milch zu machen. Fetzen von dem, was Lady Pamela gesagt hatte, gingen ihr durch den Kopf, ergaben aber keinen Sinn. Sie hatte das Gefühl, dass man ihr ihre Herkunft aus einer glücklichen, geborgenen Familie und ihre ganz normalen Mittelschichterwartungen zum Vorwurf machte. Nun ja, sie hatte ziemlich feste Vorstellungen vom Leben gehabt, als sie Fergus heiratete, und rückblickend konnte sie durchaus zugeben, dass sie wohl nicht aus den richtigen Gründen geheiratet hatte. Und was ihre Schwangerschaft anging, so war sie insofern versehentlich, als sie ein paar Tage vergessen hatte, die Pille zu nehmen. Vielleicht nicht vergessen, vielmehr hatte sie nicht daran gedacht, sich neue zu besorgen, und war ein bisschen achtlos damit umgegangen. Ein Risiko eingegangen.

Als sie nun einen Becher aus dem ordentlich aufgeräumten Schrank nahm und dampfende Milch hineingoss, musste sie sich eingestehen, dass es völlig untypisch für sie war, Risiken einzugehen. War es also ein kalkuliertes Risiko gewesen? War es somit ein Risiko, das sie berechnend eingegangen war, weil das fast unausweichliche Ergebnis genau das war, was sie gewollt hatte? Wenn sie in diesem Monat nicht schwanger geworden wäre, hätte sie das Risikomanöver im nächsten und übernächsten Monat wiederholt? Ja. Bis sie das erwünschte Resultat erzielt hätte. Eine Schwangerschaft, die sie als Unfall darstellen konnte, als Gottesurteil, als durchaus verzeihlichen Fehler. In diesem Punkt hatte Lady Pamela Recht.

Als Fergus sich später so grauenhaft aufgeführt hatte, war es Sophie nicht schwer gefallen, ihre Familie und Freunde hinter sich zu bringen. Überall hieß es «arme Sophie», und ihr Vater hatte ihr mit liebevollem, besorgtem Blick erklärt, er als

Mann könne Fergus' Verhalten einfach nicht begreifen. Sophie fühlte sich als schuldlos Beleidigte in Schutz genommen. Aber Lady Pamela hatte Recht. Sie hatte Fergus hinters Licht geführt, der sich darauf verlassen hatte, dass sie sich um die Empfängnisverhütung kümmerte; denn darüber hatten sie natürlich zu Anfang ihrer Beziehung gesprochen, und es hatte sie sehr beunruhigt, wie wenig Begeisterung er für den Gedanken an Kinder aufbrachte, und so hatte sie eben ihren Willen durchgesetzt. Sie erinnerte sich an ihr beschwingtes Gefühl, als ihre nächste Periode ausblieb. An ihre Freude, dass ihr Körper ihrem Wunsch entsprochen hatte und das winzige Ei, das ihr aus Diagrammen in langweiligen Schulstunden vor Augen schwebte, in ihr reifte, wuchs und sich zu einem Baby entwickelte.

Die nächsten Wochen waren wunderbar und geheimnisvoll. Sophie sagte nichts, sondern wartete gelassen und unbekümmert ab, während in ihrem dunklen samtigen Schoß die geheimen Prozesse ihren Lauf nahmen. Als sie schließlich zum Arzt ging, kam seine Bestätigung, dass sie im dritten Monat schwanger war, für sie keineswegs überraschend. Erst jetzt teilte sie Fergus selbstsicher und triumphierend die Neuigkeit mit. Fergus benahm sich grässlich, barsch und wütend. Sie hasste sein Geschrei, seine schlechte Laune und sein Schmollen, womit er die Atmosphäre vergiftete, in der ihre Babys heranwuchsen. Als sie im siebten Monat erfuhr, dass sie Zwillinge bekam, hatte sie Angst, es ihm zu sagen. Damals war sie tatsächlich das Opfer seiner Wut, aber sie zog sich in sich zurück, schloss ihn aus und konzentrierte sich auf ihren Bauch und das Leben, das in ihm wuchs. In den letzten Monaten ihrer Schwangerschaft, in denen sie von allen unterstützt, gelobt und angesprochen wurde, war sie glücklich wie ein Schiff unter vollen Segeln. Wie gut sie aussah, keinerlei Übelkeit, kein zu hoher Blutdruck, und Zwillinge, wie aufregend! Hatten sie schon Namen ausgesucht? Zwei Jungen- und zwei Mädchennamen. Fergus hatte weiter geschimpft und geschmollt, aber zumindest nach außen gute Miene gemacht. Er war sogar mit ihr in die Vorbereitungskurse gegangen. Damals war sie zuversichtlich, dass sich Stolz und Freude bei ihm einstellen würden, sobald er die Babys erst einmal im Arm hielt. Sophie glaubte, damit durchkommen zu können.

Später ging alles schief, die erste Aufregung wich der Erschöpfung, sie weinte, weil sie nicht mit der Situation fertig wurde und Fergus' Liebe und Unterstützung wirklich gebraucht hätte. Nun erst wurde ihr klar, um welchen Preis sie ihren Willen bekommen hatte.

Sophie saß mit ihrem Becher Milch in der Küche von Charlton und dachte: Das alte Mädchen hat Recht. Bisher habe ich noch nie ehrlich darüber nachgedacht. Dazu hat mich niemand gezwungen. Nicht einmal Maeve, die zu sehr auf meiner Seite stand, weil sie Fergus von Anfang an nicht leiden konnte.

Und was war mit Matt? Wenn sie ihn ihr tatsächlich ausgespannt hatte, konnte sie ihren Verrat an Maeve durch nichts wieder gutmachen. Scharfsichtig hatte Lady Pamela festgestellt, dass sie Maeves Anspruch auf ihn abgetan hatte, weil sie ihren eigenen für legitimer hielt. Sie hatte zugelassen, dass alles kam, wie es kam, weil sie ihn mehr wollte, als dass sie davor zurückschreckte, Maeve wehzutun. Mein Gott! Was für ein Schlamassel!

Allerdings begriff sie nicht, was Lady Pamela damit gemeint hatte, sie solle ehrlich zu sich selbst sein. Sollte sie sagen: «Ja, ich habe meiner besten Freundin den Freund ausgespannt, es tut mir zwar Leid, aber ich glaube, es hat sich gelohnt?» Was würde das schon ändern? Und die ganze Geschichte mit Sam, Bumper und Elizabeth. Lady Pamelas eigene unglaubliche Geschichte brachte sie in ihrer gegenwärtigen Lage kaum weiter.

Sie trank ihre Milch aus und spülte den Becher aus. Esau schnaubte laut in seinem Korb. Er atmete flach und schnell, und seine Flanken hoben und senkten sich. Sie streichelte sein raues Fell, aber er reagierte nicht. Seine kleinen Knopfaugen starrten in die Ferne. Sie hoffte, dass alles mit ihm in Ordnung war.

Lady Pamela hörte Sophie im Haus umhergehen und konnte sich denken, dass ihr Gespräch sie aufgewühlt hatte. Sie wusste zwar nicht mehr im Einzelnen, was sie gesagt hatte, aber sie bedauerte, ihr Ratschläge erteilt zu haben. Es war dumm zu glauben, das Alter verleihe Weisheit oder die Lehren ihres eigenen Lebens könnten auch für andere gelten. Die Welt war heute völlig anders. Zu ihrer Zeit benahmen die Menschen sich anders und hegten andere Erwartungen. «Das tut man einfach nicht» genügte als Grund, um nicht gegen die Regeln zu verstoßen. Elizabeth war das Beste, was ihr in ihrem Leben widerfahren war, das kostbarste Geschenk, und damals hatte sie geglaubt, sie als Bumpers Kind auszugeben sei das einzig Mögliche und für alle das Beste. Es war eine schreckliche Bürde, diese Täuschung aufrechtzuerhalten, aber es war notwendig, um die Gefühle aller zu schonen und einen Skandal zu verhindern. Sam hätte sie nicht heiraten können. Damals hatten sie wieder einmal versucht, sich zu trennen, und er lebte in Italien. Henry brauchte sie. Und Bumper ebenfalls. Sie war wichtig für seine Karriere. Das arme Baby brauchte einen ordentlichen Start ins Leben, nicht das Stigma, ein Kind der Liebe, ein Bastard zu sein. Sie hatte keine Wahl gehabt.

Maeve hätte sich natürlich ganz anders verhalten. Sie wäre davongelaufen, hätte Bumper nach ein oder zwei Jahren verlassen und wäre ihre eigenen Wege gegangen. Sie wäre sich selbst treu geblieben, wie sie es nennen würde. Hätte Lady Pamela so gehandelt, wäre sie Sam nach Italien gefolgt, hätte Henry verlassen, sich von Bumper scheiden lassen, Elizabeth in einer Atmosphäre der Liebe und Wärme aufgezogen und ein unbekümmertes, leichtsinniges Bohemienleben geführt. Und wie hätte das geendet? Sie konnte es nicht sagen. Sie wusste es nicht. Sie hatte getan, was ihrer Ansicht nach für alle das Beste war. Das ganze Problem war entstanden, weil sie sich in Sam verliebt hatte, das war ihr erster Fehler gewesen, aber Sam zu lieben und Elizabeth zu bekommen war das Beste in ihrem Leben.

Die Nacht erschien ihr endlos. Ihre Beine schmerzten, und sie hatte ein Völlegefühl. Was ihr während des Gesprächs mit Sophie so klar erschienen war, verlor sich nun in einem Nebel. Es gab keine Antworten, die Fragen waren zu schwierig. Man tat, was man glaubte tun zu müssen.

Sie war endlich eingenickt, als es an ihrer Tür klopfte und Sophie drängend sagte: «Lady Pamela! Lady Pamela! Es tut mir Leid, dass ich Sie wecke, aber es ist wegen Esau. Ihm geht es nicht gut.»

Matt kam, um nach dem kleinen Hund zu schauen. Lady Pamela hatte beim Tierarzt angerufen, sobald die Praxis geöffnet hatte, und ein paar Stunden später stand Matt mit einfältigem, zerschundenem Gesicht in der Tür. Eine Platzwunde an der Augenbraue war mit ein paar Stichen genäht worden und mit einem Pflaster abgedeckt. Er schaute Sophie kaum an, die mit den Zwillingen in den kalten Garten ging, um sie aus der Küche zu schaffen. Sie hatte mittlerweile ein blaues Auge und fand, dass sie nach der schlaflosen Nacht grauenhaft aussah. Im Garten war es trist und nass. Von den Bergen wehte ein eisiger Ostwind. Ihr war kalt und elend zumute, als sie in der verfallenden Gartenlaube wartete.

Lady Pamela saß auf dem Lehnsessel in der Küche und hatte Esau, in ihren alten Morgenmantel gehüllt, auf dem Schoß. Sie kraulte ihm ein Ohr und sprach leise auf ihn ein. Er atmete schwer, und seine Augen hatten jeden Glanz verloren. Sie hielt eine seiner braunen Pfoten in der Hand und sagte zu Matt: «Seien Sie ganz ehrlich. Er ist fünfzehn, wissen Sie, hat ein paar schöne Jährchen hinter sich und könnte es nicht ertragen, krank zu sein. In der letzten Woche ist mir aufgefallen, dass seine Hinterbeine ein paar Mal nachgegeben haben und er nicht gefressen hat. Wenn seine Zeit gekommen ist, möchte ich es wissen.»

Sie war bemerkenswert ruhig und gefasst, fand Matt, als er sich über den kleinen Hund beugte. Zumindest registrierte Esau seine Anwesenheit mit einem leisen Knurren. Er hatte Tierärzte immer gehasst. Matt horchte das Herz ab und fühlte den Puls, bevor er sich in die Hocke setzte und sagte: «Lady Pamela, Sie möchten, dass ich ehrlich bin, also bin ich es auch. Sie wissen ja, dass sein Herz seit ein paar Jahren schwach ist, und die Herztabletten, die er nimmt, haben bisher ganz gut gewirkt. Aber ich glaube, jetzt kommen noch Nierenversagen und Anzeichen einer allgemeinen Schwäche hinzu. Wir können es natürlich mit Antibiotika versuchen, aber ich habe den Eindruck, dass seine Zeit wahrscheinlich abgelaufen ist.»

«Gut», sagte Lady Pamela standhaft und streichelte die Pfote in ihrer Hand. Sie war rau wie Sandpapier und die Nägel abgestoßen und stumpf.

«Ich kann ihn sofort mitnehmen», bot Matt an.

«Auf keinen Fall. Ich möchte, dass Sie ihn hier in der Küche auf meinem Schoß einschläfern.»

Matt ging zu seinem Wagen, um seine Tasche zu holen. Lady Pamela wickelte Esau kuscheliger in ihren Morgenmantel und rückte ihn so zurecht, dass sie sein Gesicht sehen konnte. Er hatte die Augen geschlossen und wirkte mit seinen buschigen Augenbrauen wie ein schlafender alter Mann.

«Lieber Kerl», sagte sie leise, «mein lieber, hässlicher Junge.» Da Esaus Ohr zuckte, dachte sie, er könne sie hören.

Matthew kam zurück, zog eine Spritze auf und fragte sie, ob sie tatsächlich in Ordnung sei. Sie küsste den pelzigen Kopf auf ihrem Schoß und nickte. Es war schnell und schmerzlos vorüber. Der Hund schlief in Lady Pamelas Armen ein, ohne dass sie genau gemerkt hätte, wann er das Leben aushauchte.

«Es ist vorbei», sagte Matt. «Ich kann ihn mitnehmen oder im Garten begraben, wenn Ihnen das lieber ist.»

«Danke. Das wäre sehr nett von Ihnen», sagte Lady Pamela steif. Sie hielt immer noch die kleine Vorderpfote in der Hand. Er ging hinaus, um Sophie zu suchen. Ihm war klar, dass Lady Pamela ein paar Minuten allein sein wollte, da Stolz und Würde sie hinderten, ihren Kummer zu zeigen. Als er die Tür hinter sich schloss, ließ Lady Pamela zu, dass ihr die Tränen über die Wangen liefen.

«Ach, Esau, Esau», weinte sie. «Mein kleiner Freund. Was soll ich nur ohne dich machen?» Schmerz, Kummer und Trauer um Verlorenes wallten in ihr auf, als sie den Hund zudeckte. Sie würde nie wieder einen Hund haben. Mit seinem Tod verabschiedete sie sich von dem Leben, das sie mit ihm geteilt hatte, von den Abendspaziergängen in den langen Schatten, die die Bäume auf die sommerlichen Felder warfen, vom Fluss, durch den er mit hoch erhobenem Kopf geschwommen war wie eine Dame, die Angst hat, nasse Haare zu bekommen. Sie dachte an die abgeernteten Felder, auf denen er zwischen den Strohballen hergejagt war, während sie und Sam Hand in Hand schlenderten. Er war ihr ein treuer, wenn auch eigensinniger Gefährte gewesen. Sein kleiner Körper auf ihrem Schoß war noch warm. Sie konnte kaum glauben, dass er sich nicht gleich aufrichten, schütteln und auf den Boden springen würde, um seinen Napf in der Hoffnung zu inspizieren, dass wie durch ein Wunder ein Extrabissen aufgetaucht sei. Sie dachte an sein schiefes Laufen, sein eifriges Gesicht und seine Lebensfreude. Ihr fiel ein, wie er in jüngeren Jahren über die Felder geschossen war und Pferde angebellt hatte. Sie würde Matt bitten, ihn im Frühlingsbeet zwischen den Iris zu begraben, wo er manche Stunde auf Igel gelauert hatte. Sie musste es Sam sagen, er sollte es wissen. Sam hatte ihn auch geliebt.

Sophie weinte, als Matt ihr in der Gartenlaube sagte, dass Esau nicht mehr lebte. Er setzte sich neben sie auf die wackelige morsche Bank und hielt schweigend ihre Hand. Schließlich sagte Sophie schniefend: «Warum ist alles plötzlich so schrecklich, wo ich doch dich habe und alles herrlich sein sollte?» Sie lächelte ihn unter Tränen an und strich über das Pflaster auf seiner Stirn. «Ich habe dir gesagt, dass sie ganz anders ist, wenn sie wütend ist. In der Schule hat sie Fensterscheiben eingeworfen.»

«Jane hat mir erzählt, dass sie dir auch eine geknallt hat», sagte Matt und küsste Sophies blaues Auge. «Ich war heute Morgen da, um zu hören, was passiert ist. Ich wollte dich gestern Abend hier anrufen, aber ich bin erst spät aus dem Krankenhaus nach Hause gekommen und wollte Lady P. nicht stören.»

«Du hättest mich auf meinem Handy anrufen können», beschwerte Sophie sich. «Der Abend war grauenhaft. Lady Pamela hat mir furchtbar zugesetzt, dass ich Maeve hintergangen hätte. Im Grunde hat sie gesagt, ich sei nicht ehrlich und mache mir selbst und anderen vor, dass ich nett sei. Jedenfalls etwas in dieser Art. Aber mit uns beiden ist sie eigentlich einverstanden – ich glaube, sie hat gesagt, wir passen gut zusammen. Dann hat sie mir eine komische Geschichte über sich, Sam und Bumper erzählt. Dass Elizabeth nicht Bumpers Tochter war, sondern Sams.»

«Das wissen die Leute hier seit Jahren», sagte Matt. «Ich glaube, es war ziemlich offensichtlich. Niemand hat verstanden, wieso Bumper sich das hat gefallen lassen. Mein Vater hat erzählt, dass er Elizabeth sehr gut behandelt und sogar angebetet hat.»

Sophie starrte ihn an. «Wie ungewöhnlich. Irgendwie sehr nobel, oder? Die Großzügigkeit zu besitzen, das Kind eines anderen zu lieben? Aber wie ging es denn Maeve heute Morgen? Hast du sie gesehen?»

«Sie schlief immer noch auf dem Sofa. Jane sagte, wir sollten sie ihren Rausch ausschlafen lassen. Sie kommt sicher bald wieder zu sich. Schatz, das tut mir alles so Leid.»

«Es ist wohl mehr meine Schuld. Sie ist schließlich meine Freundin.»

«Ja, ich weiß, aber ich hatte keine Ahnung, dass sie so ausrasten kann. Was ich dir gesagt habe, stimmt: Ich hatte den Eindruck, dass sie kein Interesse mehr an mir hatte. Eigentlich hat sie mich nur als Mittel gegen ihren Großstadtentzug gebraucht, wie sie es nennt.»

«Aber Freundschaften gehen bei Maeve tief. Mit bloßen Bekanntschaften gibt sie sich gar nicht erst ab. Wenn sie dich mag, bist du ihr Freund, und sie tut alles für dich. Wir haben uns wirklich schlecht benommen. Gott, ich wünschte, wir hätten gewartet, bis sie wieder zurück war, und hätten mit ihr geredet, bevor wir uns auf eine Liebesgeschichte einließen oder wie du es nennen willst.» Sie war sich nicht sicher, ob sie unterstellen durfte, dass Matt sie wirklich liebte.

Er küsste sie und sagte: «Ich hoffe, dass wir es so nennen können. Ich empfinde es jedenfalls so. Ich muss ständig an dich denken, Sophie. Den ganzen Tag habe ich nur dich im

Kopf.» Er zog sie an sich. Sie legte den Kopf an seine Schulter und fühlte sich sicher und geborgen.

«Ich auch. Ich meine, ich denke auch ständig an dich. Hast du das je schon mal erlebt?»

«Noch nie. Nicht so. So hat es mich noch nie umgehauen.»

Sophie musste aufstehen und sich um die Zwillinge kümmern, die in den Morast gefallen waren. Flora hatte einen langen Stock gefunden, den sie schwang wie ein Schwert. Als Sophie ihn ihr wegnahm, warf sie sich auf den Boden und strampelte mit den Füßen.

Matt betrachtete sie fasziniert. «Meine Güte! Sie kann ganz schön Theater machen, was?»

«Ja. Manchmal ist sie einfach unausstehlich. Flora! Hör sofort auf. Gut. Dann lassen wir dich eben hier. Tschüs.» Sie gingen fort, Matt, um einen Spaten zu holen, und Sophie, um Freddy die Steinkaninchen zu zeigen, die am Rand des Rasens standen.

Flora blieb liegen, hörte aber nach einer Weile auf zu brüllen und schaute den Möwen am Himmel zu. Dort lag sie immer noch, als Maeve pfeifend den Weg entlanggeradelt kam.

«Hallo, Flora. Was machst du denn da?»

Flora riss die Augen so weit auf, dass sie Maeve und das Rad sehen konnte, rührte sich aber nicht vom Fleck. «Bin böse», sagte sie.

«Ja, das habe ich mir gedacht. Komm, du darfst dich auf den Sattel setzen, wenn du magst.»

Später kochte Sophie in der Küche für alle Kaffee und gab den Kindern Saft und Kekse.

«So», sagte Maeve und schaute Matt und Sophie an. «Ich gehe wieder fort. Ich fahre für eine Woche nach Irland, um meine alten Freunde zu besuchen. Du kannst doch sicher hier bleiben, Sophie? Es ist bestimmt schön für dich, deinem lieben Schatz hier ein bisschen näher zu sein.»

«Maeve, ich kann nicht. Die Zwillinge gehen jetzt in eine Spielgruppe. Ich kann nicht hier einziehen. Was ist denn überhaupt mit Lady Pamela? Sie ist bestimmt nicht damit einverstanden.»

«Das könnt ihr unter euch ausmachen», sagte Maeve, gähnte und reckte sich. «Hinter meinem Rücken was aushecken könnt ihr ja gut.»

«Sei doch nicht so, Maeve. Das ist unfair. Wir haben beide gesagt, dass es uns unheimlich Leid tut.»

«Ja. Also, ich bin noch nicht bereit, euch zu verzeihen. Bring mich zum Bahnhof, Matt. Ich brauche nur zehn Minuten, um zu packen.»

Kapitel 11

»Es tut mir sehr Leid«, erklärte Bunty in einem Ton, der deutlich zeigte, dass es ihr keineswegs Leid tat, »aber ich kann den Tod des Hundes nur als Segen sehen. Es war immer klar, dass es Probleme mit ihm geben würde, wenn wir deine Mutter in ein Heim geben, Henry.«

«Ja, Liebes», sagte Henry sanft hinter seiner Zeitung. Er sah durchaus ein Körnchen Wahrheit in dem, was Bunty sagte, empfand aber auch Mitleid mit seiner Mutter, die ihn heute Morgen angerufen hatte, um ihm zu sagen, dass Esau tot war.

«Aber sie hat sehr an ihm gehangen», sagte er. «Weiß Gott, warum. Heute Morgen konnte sie kaum sprechen.»

«Na ja, ich sag ja gar nicht, dass sie nicht an ihm gehangen hat, aber das ist ein Zeichen für Alter und Einsamkeit. Sie wird sich besser fühlen, wenn wir sie von dort wegbringen und sie sich mit anderen alten Leuten anfreunden kann. Henry, hörst du mir überhaupt zu? Nächste Woche fahre ich für drei Tage nach Charlton. Ich komme rechtzeitig zu dem Empfang im Australienhaus am Samstagabend zurück.»

«Ja. Das hast du mir alles schon gesagt.» Henry faltete seine Zeitung zusammen und strich die Krümel von seiner Hose. Da er es für ratsam hielt, die Flucht anzutreten, stand er auf und ging zur Tür.

«Bevor du gehst, hätte ich gern, dass du dir diese Gartenentwürfe ansiehst», sagte Bunty. Sie schaffte etwas Platz auf dem Tisch und breitete einige Bögen Millimeterpapier aus. «Ich finde, der Tennisplatz sollte hierhin, oder? Diese Bäume möchte ich alle fällen lassen und hier einen japanischen Steingarten anlegen. Diese winzigen Beete und Bögen sind so altmodisch. Wir wollen doch schöne Ausblicke, Henry.»

Henry murmelte etwas Unverbindliches. Eigentlich fand er, dass Charlton schon jetzt schöne Ausblicke auf Felder, Kühe und ferne Dörfer zu bieten hatte.

«Und guck mal, Henry», sagte Bunty und fächerte einige Farbfotografien auf. «Ein mexikanisches Thema, alles in Terracotta und glühendem Orange, und diese Weide und die dichte Eschenhecke, die gleichzeitig als Sitzecke dient. Fabelhaft. Alles Peregrines Werk, Henry. Fabelhaft.»

Henry sah nur zu deutlich, in welche Richtung das lief, und schaute auf die Uhr.

Der Urlaub auf den Westindischen Inseln hatte Bunty so auf Touren gebracht, dass sie nun nicht mehr zu bremsen war. Heute Morgen brachte die Aussicht auf die bevorstehende Herausforderung ihr sonnengebräuntes Gesicht und ihre blauen Knopfaugen zum Leuchten. Sie war bereit, es mit allem aufzunehmen, was kam, und dazu gehörte auch ihre Schwiegermutter. Lady Pamela stand sogar ganz oben auf ihrer Liste.

«Wohnst du in Charlton?», fragte Henry, als er seine Aktentasche nahm und aus dem Fenster schaute, ob sein Fahrer schon mit dem Wagen vorgefahren war.

«Natürlich. Was hast du denn gedacht? Ich gebe doch kein Geld für ein Hotel aus, wo das halbe Haus leer steht. Peregrine wird ebenfalls da wohnen.»

«Hast du dem Mädchen Bescheid gesagt?», erkundigte Henry sich besorgt.

«Ich habe gestern angerufen und mit ihr gesprochen. Sie machte einen ziemlich beschränkten Eindruck, Henry, aber letzten Endes bin ich wohl doch zu ihr durchgedrungen. Sie sagte, sie würde die Zimmer herrichten. Essen können wir ja abends im Pub in West Chitton, aber es kann auch nicht schaden, wenn sie zur Abwechslung mal ein bisschen für ihr Geld arbeitet und uns Frühstück und Mittagessen macht. Komisch, ich hatte den Eindruck, dass im Hintergrund kleine Kinder geschrien haben.»

Henry zuckte die Achseln. «Wahrscheinlich im Fernseher. Weißt du noch, letztes Mal dachtest du, du hättest eine Männerstimme gehört. Und Mutter? Weiß sie, warum du kommst? Weiß sie von dem geplanten Besuch im Old Malthouse?»

«Sie weiß, dass wir kommen, um uns umzusehen und die vorläufige Planung zu machen. Sie tut so, als verstünde sie es nicht, die gerissene alte Kuh. Aber sie weiß nicht, dass ich mit ihr in die betreute Wohneinrichtung fahre. Ich hielt es für das Beste, sie damit zu überrumpeln.»

«Da kommt mein Wagen», sagte Henry erleichtert und küsste Bunty flüchtig auf die Wange. Sie achtete gar nicht auf ihn, sondern beschäftigte sich wieder mit ihren Gartenplänen.

«Peregrine möchte die beschnittene Reinheit des Zengartens mit der Ungezwungenheit des englischen Landschaftsgartens verbinden», erklärte sie. «John Galiano hat diese Mischung in seinem Garten in Paris …» Aber Henry war schon gegangen. Er wusste ohnehin nicht, wer John Galiano war.

Sophie saß verzweifelt in Charlton am Küchentisch. Bunty hatte ihr am Telefon solche Angst eingejagt, dass sie sich fühlte wie ein Kaninchen im Scheinwerferlicht eines Autos.

Was sollte sie bloß machen? Sie konnte sich nicht einfach als Maeve ausgeben, fürchtete aber das Schlimmste, wenn sie zugäbe, dass Maeve ohne Rücksprache verschwunden war und Lady Pamela in ihrer Obhut gelassen hatte.

Es war nicht einfach für sie, in Charlton festzusitzen. Sie hatte Fergus anrufen müssen, um ihm zu erklären, wo sie war, und ihn zu bitten, im Kindergarten Bescheid zu geben, dass man die Plätze für die Zwillinge noch einige Wochen freihalten möge. Sie musste lügen und sagen, sie hätten immer noch die Windpocken und sollten sich auf dem Land noch einige Zeit erholen. Fergus war sauer. Es hasste es, Pläne zu ändern, und war sich im Klaren, dass er den Kindergarten bezahlen musste, auch wenn die Kinder nicht hingingen. Der plötzliche Rückfall, nachdem Sophie ihm selbst gesagt hatte, dass es den beiden viel besser ginge, machte ihn misstrauisch. Da war etwas im Busch, und es gefiel ihm ganz und gar nicht, mit hineingezogen zu werden.

Lady Pamela machte ihr das Leben auch nicht gerade einfach. Seit Esaus Tod war sie gereizt und wenig gesprächig. Da Sophie nicht Maeves Selbstbewusstsein besaß und es allen recht machen wollte, reagierte Lady Pamela wie die meisten willensstarken Menschen, die Unsicherheit spüren, indem sie sich herrisch und reizbar aufführte. Maeve hätte ihre Klagen schlichtweg überhört, ihr durch ihr Verhalten deutlich zu verstehen gegeben: Vogel, friss oder stirb. Aber Sophie war es nicht gegeben, mit einer alten Adligen so umzuspringen, wie Maeve es tat. Bei Sophie gewann Lady Pamela die Oberhand. Sie beklagte sich über die Kinder, den Lärm, das Essen, und Sophie reagierte zunehmend nervös und fahrig.

Matt bemühte sich, ihr zu helfen. Die schönsten Momente waren, wenn er abends auftauchte, nachdem die Zwillinge im Bett waren und Sophie Lady Pamela das Abendessen machte. Dann hatten sie die Küche für sich allein, öffneten eine Flasche Wein und genossen es, zusammen zu sein. Matt schaute ihr gern zu, wenn sie in ihrer Schürze zwischen Spüle und

Herd hin- und herging und unbefangen plauderte, während sie das Essen kochte. Er liebte ihr schlichtes Gesicht, und die Art, wie sie sich durch ihr kurzes Haar strich, das ihren langen Nacken betonte. Er schlang von hinten die Arme um sie und grub sein Gesicht an ihre warme Schulter. Sie roch nach Gras und Zitrone. Er küsste sie gern von dem kleinen elfenbeinfarbenen Fleck hinter dem Ohr über die Wange bis zum Mund. Er bedeckte die satinweiche Haut ihrer Unterarme und Hände mit Küssen, bis er die Anordnung ihrer Knochen und Sehnen überall wiedererkannt hätte. Er strich ihr das Haar aus dem Gesicht und glitt mit seinen Lippen über die weiche durchschimmernde Haut ihrer Schläfen. Er war gern mit ihr zusammen. In ihrer Gesellschaft empfand er Frieden, und wenn sie angespannt und besorgt war, beruhigte er sie und spürte, dass sie ihn brauchte. Immer wieder ging er zu den Zwillingen, die seit ihrer Krankheit viel Aufmerksamkeit beanspruchten, las ihnen vor, brachte ihnen etwas zu trinken und arrangierte Floras Plüschtiere nach ihren Wünschen, ließ die Tür zum Flur offen, schaltete dieses Licht ein, schloss jenen Vorhang, bis sie endlich einschliefen.

Doch aus dieser Klemme konnte Matt Sophie nicht heraushelfen. Wenn Bunty vorhatte, nach dem Wochenende nach Charlton zu kommen, musste Sophie sehen, wie sie mit ihr fertig wurde. Die Betten und die Mahlzeiten zu richten war nichts im Vergleich zu der Schwierigkeit, Maeves Verhalten zu rechtfertigen. Sophie überlegte, ob sie nicht sagen solle, Maeve hätte aus dringenden familiären Gründen nach Irland gemusst und sie halte bis zu ihrer Rückkehr die Stellung. Aber sie war eine so schlechte Lügnerin. Sicher würde Bunty genau wissen wollen, wann Maeve zurückkäme, und vielleicht würde sie sogar mit ihr telefonieren wollen.

Sophie rief Mohammed an. Er freute sich, von ihr zu hören, und war gern bereit, ihr zu helfen, als sie ihm ihr Problem erklärte. Den wahren Grund, weshalb Maeve sich aus dem Staub gemacht hatte, musste sie ein bisschen beschönigen. Es war ihr peinlich, Mohammed zu sagen, dass sie und Matt sich verliebt hatten, ganz so, als sei sie ihm untreu geworden. Mohammed machte es ihr jedoch leicht, als er ihr erzählte, dass er mit einer Schwedin ausging, die er auf dem Weg zu Sam im Bus kennen gelernt hatte.

«Ach, diese Blondinen», schwärmte er.

«Hast du eine Ahnung, wo Maeve in Irand sein könnte?», fragte Sophie. «Ich meine, ich kann schließlich nicht ewig hier bleiben.»

«Ich glauben, sie nach Hause fahren. Sie nicht in London sein, sonst Mohammed anrufen.»

«Vielleicht hast du Recht», sagte Sophie. «Ich könnte ihren Vater anrufen und sagen, dass ich sie suche. Mehr brauche ich ihm ja gar nicht zu sagen. Ich muss aufhören, Mohammed. Lady Pamela möchte um Punkt eins ihr Mittagessen haben, und ich habe noch nicht mal angefangen zu kochen. Grüß Sam und Khaled von mir.»

Als sie Lady Pamela nach dem Mittagessen ihren Kaffee brachte, sprach sie Buntys bevorstehenden Besuch an.

«Sie kommt am Mittwoch. Sie hat gesagt, sie bringt ihren Designer mit, daher sollten Mrs Day und ich wohl besser Betten beziehen. Ist es Ihnen egal, in welchen Zimmern wir sie unterbringen? Ich bete zu Gott, dass Maeve bis dahin zurück ist. Heute Abend rufe ich in Irland an. Ich muss unbedingt wissen, wann sie wiederkommt.»

Lady Pamela schnaubte. «Ich darf gar nicht an meine Telefonrechnung denken.»

«Ich nehme mein Handy», erklärte Sophie geduldig.

Um einen Grund gebracht sich aufzuregen, schnaubte Lady Pamela erneut. Sie war es eigentlich leid, so unausstehlich zu sein, hatte aber weder Kraft noch Lust, sich besser zu benehmen. Ihr war durchaus klar, dass sie diesem Mädchen eigentlich für seine Hilfe dankbar sein müsste. Sophie war keineswegs verpflichtet, Maeve zu vertreten und sich so gewissenhaft um sie zu kümmern. Dennoch sagte Lady Pamela gereizt: «Die Lage ist ungewöhnlich. Sie hier mit diesen Babys. Ich weiß nicht, was Bunty davon halten wird oder Henry. Wie soll ich ihnen das nur erklären?»

Sophie war den Tränen nahe. «Und, was soll ich Ihrer Ansicht nach machen? Ich möchte auch nicht hier sein, aber ich kann Sie doch nicht einfach allein lassen.»

Lady Pamela sah, wie Sophies Mund zitterte und ihre Augen sich mit Tränen füllten, und sagte, milder gestimmt: «Ich weiß, meine Liebe, ich bin Ihnen ja auch dankbar. Ich weiß genau, dass ich undankbar war, und es tut mir Leid. Aber seit Esau nicht mehr da ist, fühle ich mich nicht ganz wohl. Entschuldigen Sie, dass ich so unleidlich war. Mir ist auch völlig klar, dass Bunty vorhat, mich bei erster Gelegenheit in ein Heim zu bringen. Mit diesem Besuch will sie sicher den Weg ebnen, und ich weiß nicht, wie lange ich mich noch wehren kann. Meine einzige Hoffnung ist, dass ich vorher sterbe. Schauen Sie nicht so schockiert drein. Es wäre für alle das Beste.»

«Würde sie das wirklich tun?», fragte Sophie. «Sie gegen Ihren Willen hier wegholen?»

«Ich nehme an, sie muss beweisen, dass ich nicht mehr imstande bin, hier zu leben und in meinem Haus zurechtzukommen. Maeve war eine Art Bollwerk, wissen Sie. Ich glaube, es hat Bunty sehr geärgert, dass Maeve und ich so gut miteinander ausgekommen sind. Solange Maeve bereit war, zu bleiben und sich um alles zu kümmern, war ich in Sicherheit. Wenn Bunty aber merkt, dass Maeve fort ist und ich mit Ihnen nur eine sehr vorübergehende Regelung habe, wird sie wahrscheinlich denken, dass die Zeit reif ist.»

Sophie dachte darüber nach. Was die alte Dame sagte, leuchtete ihr ein. In gewisser Weise konnte sie auch Bunty verstehen. Es war verrückt, dass Lady Pamela allein in diesem großen Haus blieb. Eine komfortable Wohnung mit angeschlossenem Pflegedienst und Zentralheizung wäre für sie wesentlich vernünftiger. Ihre eigene Großmutter war kurz vor ihrem Tod in eine solche betreute Wohnung gezogen. Doch dann fiel Sophie mit Bedauern ein, wie sehr ihre Oma es gehasst hatte, ihre Wohnung aufzugeben, und dass sie nach ihrem Umzug jeden Lebensmut verloren hatte. Vernunft war offensichtlich nicht alles, dachte sie. Die Sache war weitaus komplizierter und hatte etwas mit Menschlichkeit zu tun.

«Ich denke, wir sollten sagen, dass Maeve aus irgendeinem Grund dringend nach Hause musste und ich sie für ein paar Tage vertrete», sagte Sophie.

«Hmmm», überlegte Lady Pamela. «Ich glaube, Bunty wird darin einen natürlichen Schlusspunkt sehen und Henry sagen, er soll Maeve kündigen.»

«Dann müssen wir Maeve eben finden», sagte Sophie. «Wir müssen sie finden und nach Charlton zurückholen.»

Erst am Dienstagabend gelang es Sophie, Maeve ausfindig zu machen. Mit pochendem Herzen und trockener Kehle wählte sie die Nummer von Maeves Vater in Belfast. Sie hatte Angst, mit ihr zu sprechen. Einen weiteren Streit konnte sie nicht ertragen. Mr Delaney bestätigte ihr, dass Maeve in Irland war, er wusste nicht genau, wo, nur dass sie am nächsten Abend zu ihm kommen wollte. «Mehr hat sie für mich nicht übrig», beklagte er sich in seinem hohen nasalen Nordirlandakzent, «dabei bin ich doch ihr Vater.»

Er mochte Sophie, die seiner Ansicht nach seit der Schulzeit einen guten Einfluss auf seine Tochter hatte. Sie war eine gut erzogene, höfliche junge Frau, wie er sich Maeve gewünscht hätte.

«Ich sage ihr, dass du angerufen hast», sagte er. «Sie ruft dich sicher zurück, um ein bisschen zu tratschen.»

Sicher, dachte Sophie.

«Ich denke, es ist besser, wenn ich noch einmal anrufe», sagte sie. «Es ist wirklich wichtig, und sie vergisst es vielleicht.»

«Es ist doch nichts passiert, hoffe ich? Sie sitzt doch nicht schon wieder in der Klemme, oder?»

«Nein, überhaupt nicht. Es geht um, ehm, eine Freundin. Maeve muss wissen, was passiert ist …» Sophie brach ab. Genaueres wollte sie ihm nicht sagen.

Als Sophie am nächsten Abend wieder anrief, kam nach dem dritten Klingeln jemand an den Apparat. Es war Maeve.

«Maeve, ich bin's, Sophie.»

Maeves Stimme klang fremd und kalt: «Was willst du?»

Sophie fiel gleich mit der Tür ins Haus. «Hör zu, ich kann nicht lange reden, aber du musst zurückkommen. Maeve? Bist du noch dran? Es ist wegen Bunty. Sie ist hier in Charlton mit einem Designer. Er ist eigentlich ganz nett und trägt wirklich coole Hosen mit ausgefransten Nähten. Sie sehen aus, als wären sie in einer Beschäftigungstherapie gemacht worden.» Sophie hoffte, Maeve zum Lachen zu bringen, erhielt aber keine Antwort.

«Jedenfalls will sie Lady P. in ein Heim bringen, Maeve. Das hat sie mir gestern gesagt, als sie ankam. Am Freitag fährt sie mit ihr eins anschauen. Du musst zurückkommen, Maeve. Ich werde damit nicht fertig. Bunty schafft es, dass ich ihr ständig Recht gebe. Ich knicke sofort ein. Wir brauchen dich, Maeve. Lady Pamela sagt, Bunty wird verhindern, dass du wieder herkommst. Sie wird sagen, dass du nicht mehr gebraucht wirst. Lady P. sagt, sie will lieber sterben, als aus Charlton fortzugehen. Maeve?» Am anderen Ende der Leitung herrschte Schweigen. «Maeve, der arme Esau ist gestorben, damit ist für Bunty ein weiteres Hindernis ausgeräumt. Er kann nicht mehr als Vorwand dienen. Mit seinem Tod ist ein Kapitel abgeschlossen.»

Wieder trat Stille ein. Schließlich sagte Maeve in normalem Ton: «Okay, Mädchen. Ich bin schon unterwegs. Morgen früh fliege ich nach Bristol, das Geld muss ich mir von meinem Vater leihen; und sag diesem Mistkerl Matt, er soll mich am Flughafen abholen. He! Hör zu, ich hab dich nicht vergessen, klar? Was macht das Veilchen?» Erleichtert hörte Sophie einen amüsierten Unterton heraus.

«Maeve, es tut mir so Leid», sagte sie, «aber ich liebe ihn wirklich.»

«Ich muss gleich kotzen», sagte Maeve und legte auf.

Bunty und Peregrine steckten eifrig den Garten ab, als George Maeve am nächsten Tag um die Mittagszeit an der Hintertür von Charlton absetzte. Sophie musste ihr das Taxi vom Flughafen bezahlen, weil Matt erklärt hatte, er könne sich unmöglich tagsüber frei nehmen, aber sie fand, dass es das Geld wert war, als sie von der hellen Soße aufsah, die sie gerade umrührte, und Maeve hereinkam. Zu einer engen orangefarbenen Jeans trug sie einen weiten Pulli im Ethno-Look in verschiedenen Pink- und Cyclam-Tönen und sah phantastisch aus, wie Sophie fand. Die Zwillinge krabbelten kreischend aus ihrem Pappkartonhäuschen und klammerten sich an Maeves Beine.

«Hallo, Zwillinge!», sagte sie und klemmte sich die beiden unter die Arme wie zwei dicke quietschende Schweinchen.

Sophie lief zu ihr und nahm sie in die Arme. Maeves drahtiger Körper versteifte sich, aber sie stieß sie nicht fort. Sie stellte die Zwillinge auf den Boden und fragte: «Wo sind die Schweine?»

«Draußen. Ich bin nur froh, dass es so kalt ist. Sie müssen sich zu Tode frieren. Sie stecken den neuen Garten ab. Lady

Pamela schaut ihnen vom Wohnzimmerfenster aus zu. Ich kann es gar nicht ertragen.»

Wortlos ging Maeve durch die Diele. Sophie hörte sie mit Lady Pamela sprechen. Sie ging ihr nach und sah die beiden Seite an Seite am bodentiefen Fenster stehen. In ihren grellen Farben hob Maeve sich leuchtend gegen die triste graue Januarlandschaft ab.

«Keine Sorge, Mädchen», sagte Maeve gerade. «Wenn Sie nicht weg wollen, brauchen Sie auch nicht weg.»

«Das werden Sie wohl kaum verhindern können», sagte Lady Pamela. «Ich fürchte, Bunty ist fest entschlossen.»

«Dann muss sie ihren Scheißentschluss wohl wieder ändern», erklärte Maeve und stupste Lady Pamela am Arm. «Na kommen Sie, Lady P. Wo bleibt Ihr Kampfgeist? Das mit Esau tut mir übrigens Leid. Ich habe ihn auch sehr gemocht. Ist er da draußen begraben?» Sie deutete auf den Garten. Lady Pamela nickte. Maeve schimpfte durchs Fenster über die beiden Gestalten, die in einiger Entfernung Messungen vornahmen und Pfähle einschlugen. «Ich wünschte, er würde aus seinem Grab aufstehen und Bunty beißen, Sie nicht auch?»

Lady Pamela musste grinsen. Maeve war so kindlich in ihren Leidenschaften und ihrer lächerlichen Vorstellung, sie könnten gegen Henry und Bunty ankommen. Dennoch gab es ihr Kraft, dass sie wieder da war.

«Hier», sagte Maeve, «ich habe Ihnen etwas mitgebracht.» Sie tauchte in eine Plastiktüte, die zu ihren Füßen stand, und holte eine Flasche Bushmills Irish Whisky heraus. «Kommen Sie, ein Glas trinken wir jetzt sofort, und dann helfe ich Sophers beim Mittagessen. Die ist übrigens von meinem Vater für Sie. Er hat sie am Flughafen gekauft. Wie die meisten Republikaner katzbuckelt er gern vor Adelstiteln.»

«Sie sind gnadenlos! Das ist sehr nett von ihm», sagte Lady

Pamela. «Ja, trinken wir sofort einen ordentlichen Schluck. Aber vorher muss ich noch etwas sagen, Maeve: Dass Sie einfach so davongelaufen sind und mich hier mit Sophie allein gelassen haben, war unerhört. Eine Schande. Sophie hat ihr Bestes getan, aber es war für uns beide äußerst unangenehm und unpassend. So etwas tun Sie nie wieder, verstanden?»

Maeve kehrte ihr den Rücken zu und schenkte Whisky ein. Sie pfiff leise vor sich hin und ging zu einem lässigen Summen über. «Ach, Entschuldigung», sagte sie, als Lady Pamela eine Atempause machte. «Haben Sie mit mir gesprochen? Das kann ich mir gar nicht vorstellen, denn Sie müssen doch froh und erleichtert sein, mich wiederzusehen. Ohne mich sind Ihre Tage hier gezählt, Lady P., das wissen Sie ganz genau. Ich kann Ihnen sagen, dass ich sehr versucht war, noch länger in Irland zu bleiben, aber nein, die Pflicht ruft, und da bin ich, und dafür sollten Sie ja wohl froh und dankbar sein.» Sie reichte Lady Pamela ein Glas und wirbelte die goldbraune Flüssigkeit in ihrem eigenen Glas herum. Der Whisky verströmte einen sanften torfigen Duft, und Maeve trank einen Schluck. Lady Pamela musterte sie schweigend mit gequälter Miene.

«Gut, Maeve, reden wir nicht mehr darüber», sagte sie schließlich. «Es wäre allerdings ein Gebot des Anstands gewesen, dass Sie zuerst mit mir gesprochen hätten.»

«Okay. Zugegeben», sagte Maeve fröhlich grinsend. Ihr fiel auf, dass sie froh war, wieder hier zu sein. Es war, als sei sie nach Hause gekommen. «Bei diesem kleinen Ausflug nach Irland ging es doch nur um den Effekt», sagte sie. «Eigentlich wollte ich gar nicht wieder weg, aber ich musste Matt und Sophie einen Tritt in den Hintern verpassen. Sie wissen doch über die beiden Bescheid, oder? Also, ich wusste nicht, wo ich sonst hin sollte, und mein Vater beklagt sich ohnehin ständig, dass ich mich nie melde, besonders Weihnachten und so. Der ganze Familienscheiß. Aber wie üblich hat ein Abend gereicht, deshalb war er auch nicht sonderlich enttäuscht, als ich ihm sagte, dass ich heute Morgen mit dem ersten Flug nach Bristol zurück musste. Bethany, die jetzt, wo sie schwanger ist, noch mehr Ähnlichkeit mit einer Kuh hat als sonst, macht es nervös, mich im Haus zu haben. Sie saß immer vorn auf der Stuhlkante, als rechne sie mit dem Schlimmsten, wenn wir beide zusammen in einem Zimmer waren.»

Maeve plauderte ungezwungen weiter, erzählte Lady Pamela jedoch nicht, dass ihr Vater ihr nicht nur den Flug bezahlt, sondern auch einen Scheck gegeben hatte. «Das gehört dir. Eine Versicherungspolice ist zuteilungsreif geworden», hatte er ihr erklärt.

«Eine was?», fragte Maeve, für die Versicherungen, Policen und zuteilungsreif Fremdworte waren.

«Eine Police, die ich abgeschlossen habe, als du noch ein Baby warst. Das Geld gehört dir. Die Versicherung war auf deinen Namen abgeschlossen.»

«Jesses», sagte Maeve und betrachtete den Scheck. Es war mehr Geld, als sie sich je hätte träumen lassen. «Ich brauche nie wieder zu arbeiten.»

«Dafür dürfte es kaum reichen», sagte ihr Vater grinsend. «Innerhalb von zwei Jahren wäre alles aufgebraucht. Lege es auf ein Sparkonto oder schließe einen Bausparvertrag ab.»

«Jesses», sagte Maeve noch einmal. Sie brauchte gar nicht wieder nach Charlton zurück. Sie konnte Henry sagen, dass er sich seinen Job sonstwohin stecken sollte, Sophie den Rest regeln und Lady Pamela in ein Heim stecken lassen. Sie brauchte sie nie wieder zu sehen. Sobald Maeve das klar wurde, wusste sie, dass sie zurück musste. Sie wollte es.

Sophie hatte zum Mittagessen gekochten Schinken, Ofenkartoffeln und Lauch in Sahnesoße gekocht. Maeve deckte den Tisch für Bunty, Peregrine und Lady Pamela im

Wohnzimmer und für Sophie, die Zwillinge und sich selbst in der Küche. Sie hörte Bunty zur Haustür hereinkommen, herumpoltern und sich lautstark über das schlechte Wetter beklagen. Peregrines Antwort konnte sie nicht hören.

Bunty ging an das Kaminfeuer im Wohnzimmer und rieb sich die kalten Hände. Mit Genugtuung bemerkte Lady Pamela, dass ihre Hosenbeine hinten voller Morast waren. Ihr extrem kurz geschnittenes Haar betonte ihr entschlossenes Kinn, und ihre Sonnenbräune wirkte im kalten Licht des Nordens exotisch. Um den Hals trug sie eine Kette aus Muscheln, Treibholz und Federn, vermutlich ein Werk eines ihrer aufstrebenden Designer, dachte Lady Pamela. In ihren Augen sah es eher aus wie der Inhalt eines Mülleimers nach einem Strandurlaub mit Kindern.

«Ich weiß gar nicht, was dein Gärtner eigentlich macht, aber die Beete hält er sicher nicht in Ordnung», stellte Bunty fest.

«Er kümmert sich draußen um alles», erwiderte Lady Pamela, «auch um die Pferde.»

«Ach! Die Pferde», warf Bunty viel sagend ein. «Ich habe mich gewundert, als Henry mir erzählt hast, dass du wieder ein Pferd trainieren lässt. Gewundert, dass du dir das leisten kannst, meine ich. Wir könnten das sicher nicht.»

Das war so hanebüchener Unsinn, dass Lady Pamela es einfach ignorierte. «Ja. Es ist aufregend. Im Augenblick sieht es ganz viel versprechend aus, obwohl er natürlich noch kein Rennen gelaufen ist. Sein erstes Rennen ist in zwei Wochen in Newton Abbot. Er hat einige Anhänger, weißt du. Die Days kommen, unser junger Tierarzt und sein Vater, Jack Dick, George der Taxifahrer, Maeve und Sam natürlich.»

Bunty schnaubte verächtlich. Ihrer Ansicht nach war diese Liste keineswegs beeindruckend.

«Was trinkst du da?», fragte sie und deutete auf das Glas,

das neben Lady Pamelas Sessel auf dem Tisch stand. «Whisky? Mittags? Ist das wirklich eine gute Idee?»

«Ja. Eindeutig», antwortete Lady Pamela. «In meinem Alter kann ich machen, was ich will.»

«Also, Peregrine und ich trinken nur Quellwasser. Hat dieses Mädchen etwas in der Küche?»

Als Maeve das hörte, schoss sie in die Küche und setzte sich lässig an den Tisch.

Bunty blieb verblüfft stehen, als sie sie sah, und schaute fragend von einem Mädchen zum anderen.

«Und», fragte sie, «wer sind Sie?»

«Hi!», sagte Maeve zuckersüß. «Ich bin ‹dieses Mädchen›.»

«Wer? Die Irin, wie immer sie heißen mag?»

«Ja, das bin ich», sagte Maeve, ohne aufzustehen. «Ich bin wieder da! Wenn Sie Wasser wollen, da ist der Wasserhahn. Tafelwasser in Flaschen ist viel zu extravagant, finden Sie nicht auch?»

Als sie sich später zum Mittagessen setzten und Maeve Sophie half, den Zwillingen das Fleisch zu schneiden und Flora nur Rosa auf einer Seite des Tellers und nur Weiß auf der anderen haben wollte, herrschte eine gespannte Atmosphäre, bis Maeve ihre Freundin anschaute und sagte: «Okay, Soph. Ich bin drüber weg. Ich muss schon sagen, ich finde, ihr beiden habt euch ziemlich mies verhalten. Matt und ich haben uns vielleicht nicht sonderlich gut verstanden, aber du hättest dich nicht so schnell dazwischendrängen dürfen. Du hättest wenigstens warten können, bis die Laken kalt waren.»

«Ich weiß, Maeve. Ich habe wirklich ein ganz schlechtes Gewissen.» Sophie reichte Maeve zerknirscht die Hand über den Tisch. Maeve nahm sie und drückte sie fest.

«Eigentlich hast du in gewisser Weise Recht», sagte sie. «Matt passt viel besser zu dir als zu mir. Nach einer Weile hätte ich ihn bestimmt umgebracht. Er ist viel zu bedachtsam und vernünftig. Ich brauche was Unberechenbares, Gefährliches. Ich muss immer im Ungewissen sein.»

Sophie wusste nicht recht, ob sie Matt gegen diesen offensichtlichen Vorwurf von Langweiligkeit verteidigen sollte, ließ es aber auf sich beruhen.

«Weißt du, ich habe über dich nachgedacht, Soph», sagte Maeve. «Zuerst Mohammed und dann Matt … Mir ist aufgefallen, dass du seit Fergus und diesem ganzen Trauma viel attraktiver geworden bist. Vor Fergus warst du ein bisschen blasiert, weißt du. Eine kleine Miss Perfect. Nachdem das Leben dich ein bisschen herumgeschubst hat, bist du viel menschlicher, verletzlicher, und das mögen Männer, nehme ich an. Außerdem siehst du viel besser aus. Schlank sein steht dir. Kein Wunder, dass alle sich in dich verlieben.»

Sophie lächelte. «Alle wohl kaum.»

«Jedenfalls finde ich das mit dir und Matt gut. Wirklich», sagte Maeve.

«Danke», schniefte Sophie überwältigt.

«Aber mach das ja nicht noch mal», sagte Maeve. «Stiehl mir nie wieder meine Männer. Denk dran, Jack Dick habe ich zuerst entdeckt.»

«Hat Jack Dick einen Pimmel?», fragte Flora und hörte auf, das Essen auf ihrem Teller umzuarrangieren.

«O Gott, was soll ich denn darauf antworten», stöhnte Sophie.

«Na klar hat er einen», sagte Maeve. «Alle Jungs und Männer haben Pimmel.»

«Ach», sagte Flora nachdenklich. «Und mein Daddy?»

«Ja, dein Daddy auch», erklärte Maeve. «Außerdem ist er auch noch einer.»

Maeve brauchte nicht lange, um Peregrine für sich zu gewinnen. Er war jung, groß, hatte ein schönes Gesicht und seidiges blondes Haar. Offensichtlich fand er Buntys Anbetung und Aufmerksamkeit ein wenig erdrückend und versuchte ständig, sich in die Küche zu stehlen, um zu sehen, was Maeve und Sophie machten.

«Da kommt unser Golden Delicious», sagte Maeve, als er an diesem Abend in die Küche kam, wo sie und Sophie bei Wein, Käse und Äpfeln saßen. Er und Bunty hatten im Pub Steak und Pommes frites gegessen, aber da Bunty gerade Antialkoholikerin war, hatte sie ihm nichts Alkoholisches angeboten. Rob und ein paar seiner Kollegen aus der Rugby-Mannschaft, die ebenfalls im Pub waren, hatten über seine grobe Arts-and-Crafts-Hose und das lässig um den Hals geschlungene Pashmina-Tuch gekichert und schnaubend in ihr Bier gelacht, als sie hörten, wie Bunty ihn mit Namen anredete. Natürlich nahmen sie an, dass er homosexuell war, was nicht stimmte.

«Also, hier sollten Sie auch nicht solche Klamotten tragen», sagte Maeve, als er sich über sie beschwerte. «Wir sind hier auf dem Land. Natürlich glauben sie das, wenn Sie hier herumlaufen wie eine Schwuchtel. Haben Sie eine Freundin?» Sie reichte ihm ein Glas Wein.

«Ja», antwortete Peregrine. «Groß, schwarzhaarig und umwerfend. Sie ist Tänzerin.»

«Schön für Sie», sagte Maeve. «Kommen Sie, setzen Sie sich und erzählen Sie uns von ihr.»

In diesem Augenblick kam Matt durch die Hintertür. Verblüfft bemerkte er Maeve, aber Sophie lief zu ihm und nahm seinen Arm. Er hatte immer noch ein Pflaster über der Augenbraue.

«Maeve hat mich gerettet», sagte sie. «Mit Bunty und ihren grässlichen Plänen konnte ich nicht fertig werden. Maeve ist gekommen, um sie rauszuwerfen.»

«Toll», sagte Matt nervös. Als er jedoch spürte, dass eine

freundschaftliche Atmosphäre herrschte, ging er zu ihr und legte ihr den Arm um die Schultern. Sie ließ sich von ihm umarmen. «Hast du vor, sie k.o. zu schlagen?»

«Wahrscheinlich», antwortete Maeve. «Das ist Peregrine, ihr Gärtner.»

«Designer», korrigierte Peregrine.

«Toll», sagte Matt noch einmal gequält.

«So, Matt, und jetzt erzähl mir von Dancer», sagte Maeve, lehnte sich zurück und schenkte ihm ein Glas Wein ein. «Was macht unser As?»

«Ich war gestern bei Jane auf dem Gestüt», antwortete Matt. «Sie ist sehr zufrieden mit ihm. Er scheint gut in Form zu sein. Offenbar hat er gut gearbeitet. Seine Sprünge verbessert. Das ist das Gute an Jane, sie weiß wirklich, wie man das Beste aus einem Pferd herausholt.»

«Ich kann es gar nicht abwarten, ihn wiederzusehen. Ich habe euch vermisst, als ich weg war, wisst ihr. Ich habe den ganzen Pferderummel vermisst. Meinem Vater habe ich erzählt, dass ich mich jetzt für Rennpferde interessiere. Er hat gesagt: ‹Das liegt im Blut. Dein Opa war Buchmacher, und die meisten in deiner Familie waren Säufer oder Spieler.› Das ist bei mir offenbar wieder durchgebrochen.»

Sie plauderten und lachten, als Bunty in die Küche kam und Kaffee verlangte. Überrascht musterte sie die Gesellschaft in der Küche. Jedes Mal, wenn sie hineinging, war ein neuer Gast hinzugekommen. Also wirklich, in Charlton geht es zu wie in einem Hotel, dachte sie. Als man ihr jedoch Matt vorstellte, war sie ganz angetan. Sie hatte etwas für Freiberufler übrig und gehört, dass es schwieriger war, Tierarzt zu werden als Arzt. Dass er Esau eingeschläfert hatte, nahm sie zusätzlich für ihn ein, und so unterhielt sie sich ein Weilchen mit ihm über die Notwendigkeit, den geeigneten Moment zu erkennen, wann man sich von einem geliebten Haustier trennen musste. Bei ihr klang es, als habe sie persönlich schon mit dieser Entscheidung ringen müssen, und ebenso wie Sophie musste auch Matt feststellen, dass er ihr zustimmte, obwohl das, was sie sagte, ihm nicht gefiel.

Spitz sagte sie zu Maeve: «Ich nehme an, Sie sind jetzt wieder für Lady Pamela zuständig. Morgen früh fahre ich mit ihr ins Old Malthouse nach Sherborne. Sie weiß noch nicht, dass wir sie für eine betreute Wohnung angemeldet haben, und ich rechne mit einem gewissen Widerstand. Aber ich bin sicher, dass es ihr gefallen wird, wenn sie es sich erst einmal angesehen und sie die Leiterin und einige der anderen alten Leute kennen gelernt hat. Ich möchte, dass sie um zehn Uhr fertig ist.»

Sophie schaute Maeve an. Ihr Augenblick war gekommen, aber Maeve nickte nur und lächelte freundlich.

«Sicher, das kann ich für Sie machen, Bunty», sagte sie. «Das alte Mädchen braucht ja nicht zu wissen, wohin sie fährt.»

Sophie war entsetzt. Wo blieb der Widerstand? Der heldenhafte Einsatz?

Wütend, dass Maeve sie frech mit dem Vornamen anredete, wandte Bunty sich an Sophie. «Da Miss Delaney ja nun wieder da ist, fahren Sie sicher morgen früh ab? Ich weiß, dass Sie freundlicherweise für Ihre Freundin hier eingesprungen sind, aber das hier ist wohl kaum ein geeignetes Haus für kleine Kinder. Hier sind so viele wertvolle Sachen …» Sophie wurde rot über diese unverhohlene Andeutung.

«Sophie bleibt übers Wochenende bei mir und meinem Vater auf der Manor Farm», schaltete sich Matt ein. «Sie sollten ihr wirklich dankbar sein, dass sie Ihnen so geholfen hat. Wenn sie nicht alles hätte stehen und liegen lassen, hätte das für Sie eine echte Krise bedeutet.» Sophie schaute ihn dankbar an, und Bunty besaß den Anstand, etwas unbehaglich dreinzuschauen.

«Natürlich», sagte sie, «obwohl es schon ungewöhnlich war, hier anzukommen und festzustellen, dass diese Regelung ohne jede Rücksprache mit uns, Lady Pamelas Familie, getroffen wurde.»

«Krisenmanagement», erklärte Maeve. «Keine Zeit für Höflichkeiten.»

Die vier am Tisch strahlten Bunty so beschwichtigend an, dass sie sich geschlagen geben musste. Sie ärgerte sich, dass Peregrine sich offenbar an das Küchenpersonal angeschlossen hatte und mit ihnen trank. Sie setzte den Wasserkessel auf und suchte lärmend den Kaffee. Niemand bot ihr Hilfe an.

Am nächsten Morgen lief Maeve geschäftig hin und her, machte Lady Pamela Frühstück und half ihr beim Aussuchen ihrer Kleidung. Soweit Bunty wusste, dachte die alte Dame, sie mache lediglich einen Tagesausflug, und Maeve putzte sie farbenfroh in rosa Mohairjacke und einem orange-pink Tweedkostüm heraus. Eigentlich waren es ihre Farben. Sie schlang ihr Sams Schal um den Hals und suchte mit ihr Ohrringe und eine Brosche aus. Nachdem sie ihr ausgiebig bei ihrem Make-up geholfen hatte, kam Lady Pamela schließlich um zehn vor zehn nach unten und sah prachtvoll aus. Maeve hatte in den Hutschachteln im Ankleidezimmer ein purpurrotes Samtbarett entdeckt und es verwegen auf dem eleganten weißen Haar arrangiert. Der Gesamteindruck war durchaus umwerfend. Sie wirkte wie ein bunter kleiner Vogel.

«Lady Pamela, Sie sehen hinreißend aus. Wie ein Filmstar», sagte Mrs Day.

«Meine Liebe, ich hoffe doch sehr, dass ich nicht so vulgär wirke», antwortete Lady Pamela.

Bunty kam aus der Küche, wo sie nach Anzeichen für übermäßige Prasserei gesucht und die leeren Flaschen in der Spülküche gezählt hatte.

«Es war nicht nötig, sie derart herauszuputzen», sagte sie zu Maeve. «Schließlich fahren wir nur zum Kaffee nach Sherborne.»

«Wow!», sagte Sophie, die auf dem Weg zum Auto mit einem Teil ihres Gepäcks durch die Diele ging. «Sie sehen toll aus! Lady Pamela, ich verabschiede mich schon einmal. Wir fahren gleich, aber nur bis zur Manor Farm, wie Sie ja wissen. Ich denke, wir sehen uns morgen bei Jane. Matt holt Sie doch ab, damit Sie sich Dancer ansehen können?»

«Ja», sagte Lady Pamela.

«Also, auf Wiedersehen, bis morgen», sagte Sophie. «Es war nett bei Ihnen», fügte sie höflich wie immer hinzu, obwohl es nicht der Wahrheit entsprach. «Ich hoffe, es war nicht allzu schlimm für Sie.»

«Ich habe Ihnen zu danken», sagte Lady Pamela und gab ihr einen Kuss auf die Wange. «Ich möchte mich noch von diesen beiden kleinen Monstern verabschieden.» Sie küsste Freddy und Flora auf den Kopf. Sophie drehte sich um, um sich von Bunty zu verabschieden, aber sie hatte sich rar gemacht, weil sie es grässlich fand, dass sich die ganze Aufmerksamkeit auf Lady Pamela konzentrierte, und weil sie selbst nicht allzu dankbar erscheinen wollte. Außerdem wollte sie jeder Frage nach einer Entlohnung oder Entschädigung aus dem Weg gehen. Darum sollte Henry sich kümmern. Man musste dem Mädchen vermutlich etwas bezahlen, aber die Lebenshaltungskosten waren ebenfalls zu berücksichtigen.

Maeve half Sophie, die Zwillinge im Wagen zu verstauen. Ausnahmsweise schien an diesem Morgen die Sonne, und nach dem Regen der letzten Tage wirkte die Landschaft sauber und funkelnd. Als Sophie den Motor anließ, sagte sie: «Du hältst mich auf dem Laufenden, ja? Ich werde den ganzen Morgen auf glühenden Kohlen sitzen.»

«Darauf kannst du wetten», sagte Maeve mit verstohlenem

Augenzwinkern. Als Sophie durch das Tor fuhr, sah sie, wie Peregrine links von ihr Fotos vom Garten machte, Bunty dicht auf seinen Fersen. Sie hupte und winkte. Peregrine winkte zurück, während Bunty sie ausdruckslos anstarrte und schließlich eine Hand zu einem halbherzigen Abschiedsgruß hob.

Der Morgen erschien Maeve endlos. Zum einen musste sie Lady Pamela fertig machen. Dabei machte sie sich ständig Sorgen, ob ihr Plan funktionieren würde. Nachdem Bunty mit ihrer zierlichen farbenfroh zurechtgemachten Schwiegermutter auf dem Beifahrersitz davongefahren war, überfiel Maeve echte Sorge. Lady P. wirkte so klein und zerbrechlich wie ein Lamm auf dem Weg zur Schlachtbank.

Sobald die beiden fort waren, setzte Mrs Day den Wasserkessel auf. Sie riefen Peregrine aus dem Garten, tranken einige Tassen Kaffee und aßen Toast mit Marmite. Mrs Day hielt den Becher in beiden Händen und erzählte, dass Frank beim Arzt gewesen sei, der festgestellt habe, dass er an Depressionen leide.

«Depressionen!», sagte sie. «Der hat keine Depressionen. Das einzige Problem, was er hat, ist, dass er zum alten Eisen geworfen wurde. Dagegen gibt es keine Pillen.»

Peregrine hörte mitfühlend zu und sagte, wenn die Arbeiten auf Charlton anfingen, könne er vielleicht einen Job bekommen. «Ich kann nichts versprechen, die schweren Arbeiten vergeben wir an eine Firma, aber es muss viel gepflanzt werden.»

Mrs Day schnaubte. «›Handlangerarbeit‹, das wird er sagen. Das höre ich jetzt schon. Wann soll das denn alles anfangen?»

«Nächsten Monat», sagte Peregrine. «Ich möchte die Bauarbeiten möglichst bald erledigt haben, damit wir im Frühling pflanzen können.»

Maeve starrte ihn an, ohne etwas zu sagen. Sei dir nicht zu

sicher, dachte sie. Sie warf einen Blick auf die Küchenuhr. Es war Viertel vor zwölf. Mittlerweile war vermutlich schon alles vorbei. Sie waren wahrscheinlich schon auf dem Heimweg. An den Ausgang dieser morgendlichen Expedition wagte sie gar nicht zu denken. Sie stand auf, spülte ihren Kaffeebecher und schaute besorgt auf die Einfahrt. Nichts. Sie sollte allmählich anfangen zu kochen. Zum Mittagessen gab es Suppe. Während sie Gemüse putzte, lauschte sie auf das Knirschen von Autoreifen auf dem Kies und auf Buntys wütende Stimme in der Diele. Sie hoffte zumindest, dass sie wütend sein würde.

Sophie brachte gerade die Kinder ins Bett, als Maeve endlich anrief. Commander Digby rief sie nach unten in die kalte Diele ans Telefon. Die Kinder trampelten, in ihre Bettdecken gewickelt, hinter ihr her die Treppe hinunter. Sie wollten natürlich nicht allein oben in einem fremden Haus bleiben.

«Maeve? Schnell, erzähl!», sagte sie sofort.

«Es hat traumhaft funktioniert», sagte Maeve. «Traumhaft! Bunty ist gegen drei Uhr nach London zurückgefahren. Sie ist fuchsteufelswild.»

«Was ist passiert? Hat sie es dir erzählt?»

«Darauf kannst du wetten! Ich habe jedes empörende Detail erfahren. Offenbar führte die Leiterin sie durch diese Wohnanlage, in der Bunty sie angemeldet hatte, und alles war nett und freundlich. Lady Pamela erklärte ziemlich bestimmt, sie wolle sich zwar gern umschauen, habe aber nicht die Absicht einzuziehen, bevor sie unbedingt müsse. Man zeigte ihr sämtliche Lichtschalter und Türklinken in Ellbogenhöhe und so was. Sie war sicher wütend! Jedenfalls sagte sie, sie würde sich gern den Gemeinschaftsraum anschauen, der entzückend sei, wie Bunty erklärte: Überall Chintz, Sofas und große Blumenarrangements. Ich kann es mir vorstellen, du auch?

Da dösten einige alte Leutchen vor sich hin, und ein oder zwei alte Männer guckten eine Fernsehsendung über einen sprechenden Frosch, glaube ich. Lady Pamela erklärte Bunty, sie würde sich gern ein bisschen hinsetzen und plaudern, was Bunty als gutes Zeichen nahm und sie für eine halbe Stunde allein ließ, während die Leiterin Kaffee organisierte. Sobald die Luft rein war, holte Lady P. die Joints raus, die ich mitgebracht hatte, und reichte sie herum. Sie ist so verdammt herrisch, dass alle einen genommen haben, glaube ich. Eine alte Dame sagte, in dem Zimmer dürfe nicht geraucht werden, worauf Lady P. nur antwortete: ‹Ach, das sind sowieso keine richtigen Zigaretten – rein pflanzlich.› Sie brachte alle dazu, die Joints zu rauchen. Bis die Leiterin merkte, dass da was im Busch war, roch es schon im ganzen Haus nach Dope, und alle waren total hinüber. Bunty sagte, so was habe sie noch nie erlebt. High wie die Drachen. Ein alter Mann wollte sich die Hose ausziehen. Es wurde ein bisschen gesungen, viel gekichert, Händchen gehalten, und alle waren glücklich. Sämtliche Schmerzen und Wehwehchen waren vergessen. Sie warfen die Stöcke weg, ließen ihren Rollator einfach stehen. Gott, das hätte ich gern gesehen. Die Leiterin rastete völlig aus. Sie mussten Lady P. ins Auto schaffen, und sämtliche alten Leutchen riefen hinter ihr her, wann sie wiederkäme. Jetzt soll alles unter der Decke gehalten werden. Niemand möchte die Polizei einschalten. Natürlich wollte Bunty wissen, wo die Joints herkamen, und ich musste die Harmlose spielen, während Lady P. immer wieder fragte, was denn eigentlich los sei, das seien doch nur die Zigaretten, die Bumper immer geraucht habe. Jedenfalls ist jetzt nicht mehr die Rede davon, dass Lady P. ins Old Malthouse ziehen soll – nicht bei ihrer Drogenvergangenheit. Sie würden sie mit der Kneifzange nicht mehr anpacken. Bunty tobt. Sie weiß, dass wir sie reingelegt haben. Zu mir war sie stinkig, und

Lady P. hat sie gesagt, sie würde noch in einem städtischen Altersheim landen und hätte verdient, ins Gefängnis zu kommen.

Sobald Bunty weg war, rief ich Henrys Sekretärin an. Diana Tripp ist großartig. Sie fand das alles herrlich. Sie steht hundertprozentig hinter uns. Sie glaubt, dass Bunty eine Weile nichts mehr wagen wird. Sie hat zu viel Angst vor einem Skandal und dass die Geschichte irgendwie durchsickert. Du weißt schon: ‹Lady Pamela dealt mit Dope› oder so. Sie wird abwarten, bis Gras über die Sache gewachsen ist, und bis dahin stillhalten. Wenn nötig, sagt Diana Henry, dass die *Western Gazette* um ein Interview gebeten hat. Das wird ihnen eine Scheißangst einjagen. Die erste Runde geht also an Lady P., schätze ich.»

«Maeve, du bist einfach brillant», schwärmte Sophie.

«Ja, also, wenn ich hier fertig bin, dachte ich, ich könnte mal zu euch rüber radeln. Wenn ich störe, kann ich mich ja mit Matts Vater unterhalten.»

«Er freut sich bestimmt riesig.»

Als Maeve später ins Dorf geradelt war und in Charlton Stille eingekehrt war, saß Lady P. am Kaminfeuer und lauschte auf die Geräusche des Hauses in der kalten Januarnacht. Die Holzscheite brannten knisternd und sackten nach und nach in sich zusammen. Draußen rief eine kleine Eule über die Felder. Zum ersten Mal fühlte sie sich entsetzlich einsam. Sie vermisste Esaus Schnarchen, das Schlurfen seiner Pfoten auf dem Fußboden und sein Junken, wenn er davon träumte, Kaninchen zu jagen. Da er nicht mehr da war, wurde ihr bewusst, dass sie die einzige lebende Seele in diesem alten Haus war. Sie betrachtete ihre Brust, die sich beim Atmen hob und senkte. Wenn ihr Herz jetzt zu schlagen aufhören würde wie eine ausgediente Maschine, würde ihre Brust flattern und ihr Leben sanft zu Ende gehen. Sie war dieses ganze Theater, die

Aufregung, den Kampf gegen Bunty und das Hin und Her der letzten Tage leid.

Wenn doch nur der Tod käme, dachte sie, sie würde ihn begrüßen. Sam war das Einzige. Sie mochte nicht daran denken, wie Sam um sie trauern und sie vermissen würde. Gleich würde sie zum Telefon greifen, seine Nummer wählen und ihm von den absurden Ereignissen des Tages erzählen. Sie würde ihm sagen, dass in der Tasche ihrer rosa Mohairjacke noch zwei von Maeves lustigen Zigaretten steckten. Sie hatte sie absichtlich versteckt, um sie für seinen nächsten Besuch aufzuheben. Sie konnte sich denken, dass Sam einen Joint sicher ebenso genießen würde wie die alten Leute heute Morgen.

Kapitel 12

Jane Hedderwick war viel zu beschäftigt, um sich sonderlich Gedanken zu machen, wie sich die Dreiecksgeschichte zwischen Matt, Sophie und Maeve geregelt hatte. Als am Samstagmorgen Dancers Fanclub eintraf, hatte sie, an normalen Maßstäben gemessen, bereits die Arbeit eines ganzen Tages hinter sich. Wie üblich trug sie Jeans, Lederhalbschuhe und eine wattierte Weste über mehreren Sweatshirts und hatte ihr Haar unter der Wollmütze zu einem Knoten aufgesteckt. Ihre typisch englische helle, rosige Haut hatte durch Wind und Kälte eine gesunde Frische, neben der sich Maeve und Sophie mit ihrer Blässe ausnahmen wie Treibhauspflanzen.

Leicht überrascht bemerkte Jane, dass zwei Autos auf den Hof bogen. Maeve, Jack Dick und Lady Pamela kamen mit Matt, während Commander Digby bei Sophie und den Zwillingen mitfuhr. Als Jane alle zusammen sah, fragte sie sich, welches der beiden Mädchen Matt wohl für sich gewonnen haben mochte. Sie vermutete, dass es Sophie war, da es Matt wie von unsichtbaren Fäden gezogen an ihre Seite trieb. Eines der Kinder brüllte wie am Spieß auf dem Rücksitz des Wagens. Jane fiel auf, dass Sophie müde und gequält wirkte. Maeve machte dagegen einen munteren, fröhlichen Eindruck. Mein Gott? Wer will schon Kinder haben, fragte sich Jane. Sie legte das Zaumzeug fort, das sie in der Hand gehalten hatte, und ging über den Hof, um alle zu begrüßen.

Sophie war tatsächlich müde. Die Zwillinge hatte ihr die Nacht zur Hölle gemacht. Matt und sie hatten ihnen Betten in dem Zimmer neben Sophies gemacht, aber das alte Haus war zugig und kalt, und immer wieder hatten sie die Bettdecken fort gestrampelt und waren frierend und weinend aufgewacht. Den Wechsel in eine weitere fremde Umgebung hatten sie nicht gut verkraftet, was Sophie ein schlechtes Gewissen bereitete. Es war nicht richtig, sie so durch die Weltgeschichte zu schleppen. Außerdem waren weder Charlton noch Manor Farm auf Kinder eingerichtet. Es gab keine Schaukeln, Sandkästen, Klettergerüste, kein Spielzeug und keine anderen Kinder, mit denen sie hätten spielen können. Dass sie nun auf einem Bauernhof waren, bedeutete keinerlei Erleichterung. Die Ställe waren schmutzig und gefährlich. Keinen Augenblick konnte sie die beiden bei all den möglichen Gefahren aus den Augen lassen. Da die Hofhunde nicht an Kinder gewöhnt waren, durften die Kinder sie nicht anfassen. Maisy, Commander Digbys alte Labradorhündin, die im Zwinger untergebracht war, bot auch keine Abwechslung. Außerdem war Sophie nervös, weil sie als Gast im Haus von Matts Vater ängstlich bedacht war, dass die Zwillinge einen guten Eindruck hinterließen, sich anständig benahmen und ihn nicht zu sehr störten.

Aber ihr Benehmen hätte schlechter nicht sein können. Das Frühstück war eine einzige Katastrophe. Freddy schluchzte und war untröstlich, weil sie ihm sein Ei gekocht hatte, wie er es sonst gern mochte, obwohl er es heute ganz weich hatte haben wollen, um Soldaten aus Toaststreifen hinein zu tunken. Flora schrie, warf Essen auf den Boden und verschüttete Milch auf den *Daily Telegraph*. Schließlich setzte

Commander Digby sich ins Wohnzimmer, um in Ruhe seine durchnässte Zeitung zu lesen. Sophie war selbst den Tränen nahe. Schlafmangel und Stress waren ihr anzusehen, und sie fühlte sich ausgelaugt und farblos. Matt ließ sie offensichtlich ebenfalls im Stich; er war schon vor dem Frühstück in den Stall gegangen und verschwand nach einer Tasse Kaffee sofort wieder, um Kühen Spritzen zu geben.

Zum Glück gab es in der Küche ein Fernsehgerät. Sie setzte die Kinder davor, räumte langsam den Tisch ab und musste feststellen, dass es kein heißes Wasser gab, um das Geschirr zu spülen. Sie fühlte sich elend und allein und wünschte sich nach Hause zurück zu ihrer üblichen Samstagmorgenroutine aus Einkaufen, Spaziergang im Park und einem Eis auf dem Rückweg. Falls es nicht besser werden sollte, wollte sie Matt die Lage erklären und nach dem Mittagessen nach London zurückfahren. Sie war nicht sicher, ob sie noch eine Nacht wie die letzte überstehen würde.

Es war zu spüren, dass Matts Vater über ihre Ankunft überrascht war. Sie wusste nicht genau, ob Matt ihn vorgewarnt oder ihm erklärt hatte, was zwischen ihr und ihrem Sohn war. Sie hatte den Eindruck, dass er sich bewusst rar machte, das Zimmer verließ, wenn sie hineinkam, und jede Unterhaltung auf ein Minimum beschränkte. Sie spürte, dass er die Zwillinge grässlich fand und entsetzt war, dass sein Sohn sich mit einer Frau einließ, die aus einer früheren Ehe zwei Kinder mitbrachte, die sich obendrein noch furchtbar benahmen.

Daher fiel es ihr schwer, sich mit David Digby auf der Fahrt zum Gestüt zu unterhalten. Er zog es offenbar vor, aus dem Fenster zu schauen. Sobald sie auf den Hof gebogen waren, saß sie wieder fest. Sie musste die Kinder aus dem Wagen holen und aus dem Weg schaffen. Zwischen den Pferden konnte sie die beiden unmöglich herumlaufen lassen.

Jane rettete die Lage. «Möchtest du mit den Kindern ins

Haus gehen und eine Tasse Kaffee trinken, während wir uns die Pferde ansehen?», bot sie an. «Die Welpen sind immer noch in der Waschküche.» Sophie strahlte sie dankbar an. Matt blieb bei ihr, bis sie sagte: «Matt, geh und schau dir Dancer an. Ich komme schon zurecht. Hol mich, wenn ihr sie galoppieren lasst. Das möchte ich auf keinen Fall verpassen.»

Sally nahm Dancer in seiner Box gerade die Decken ab. Immer wieder drehte er den Kopf und versuchte, an ihr zu knabbern, bis sie ihm einen sanften Klaps auf die Nase versetzte. «Je fitter er wird, um so frecher wird er», sagte sie. Er wirkte tatsächlich fit. Sein Fell glänzte, und auf Rücken und Schultern waren kräftige Muskeln zu erkennen. Er strahlte kaum gebändigte Energie aus, als er in der Box herumtänzelte. Er wusste genau, dass er beobachtet und bewundert wurde.

«Ich hätte ihn anbinden sollen», sagte Sally, legte ihm ein Stirnband um und band das Ende an einen Ring in der Wand. «Sonst nimmt er sich solche Freiheiten heraus.»

Matt ging neben ihm in die Hocke und betastete sein Bein. «Keine Probleme?», fragte er Sally.

«Nein. Klopf auf Holz», antwortete sie und klopfte auf die Stalltür. «Keine Schwellung. Keine Hitze. Hier hat er sich ein bisschen verletzt.» Sie deutete auf eine Stelle am Vorderlauf, wo er sich mit dem Huf des Hinterlaufs eine kleine Fleischwunde beigebracht hatte. «Aber es ist gut verheilt.»

«Meine Güte», sagte Commander Digby zu Lady Pamela, als sie sich über die Tür der Box lehnten. «Was für ein schönes Tier. Ein richtig altmodisches Jagdpferd.» In seiner Jugend war er Geländejagden geritten und interessierte sich bis heute für Rennpferde.

«Wir hatten große Hoffnungen in ihn gesetzt», erklärte Lady Pamela. «Bumper hielt ihn für sehr talentiert.»

«Er sieht toll aus», rief Maeve. «Stimmt doch, Jack, oder?»

«Er ist ein kräftiger Kerl», bestätigte Jack, der sich über die

Kapriolen des Pferdes und Sallys Bemühungen, ihn im Griff zu halten, mächtig amüsierte. «Viel zu stark für so ein zartes Mädchen.»

Sally lachte. «Glauben Sie das ja nicht», antwortete sie. «Er weiß genau, wer der Boss ist.» Sie legte ihm den Sattel an und streifte den Zügel über Dancers großen, intelligenten Kopf.

Sie führte ihn auf den Hof, wo wie üblich schon andere Pferde warteten, die mit ihm zusammen trainieren sollten. Nachdem Sally aufgesessen war, wölbte Dancer den Rücken und tänzelte mit hoch erhobenem Schwanz seitwärts.

«Möchtet ihr mit dem Wagen zur Trainingsbahn fahren?», fragte Jane. «Ich kann vier in meinem Land Rover mitnehmen.»

«Sophie möchte sich das nicht entgehen lassen», erklärte Matt loyal. «Ich komme mit ihr und den Kindern nach.»

«Dann treffen wir uns da», sagte Jane. «Kommen Sie, Lady Pamela, ich helfe Ihnen.»

Zehn Minuten später drängten sie sich am Weidentor und schauten zu, wie die vier Pferde den Hang heraufkamen. Maeve erkannte deutlich, dass Dancer stark zog. Sein Kopf war bis auf die Knie gesenkt, und Sally zerrte an den Zügeln.

«Das ist ein echtes Problem bei ihm», erklärte Jane, «er zieht wie eine Lokomotive. Aber das legt sich. Er will nur, dass es losgeht. Auf der Trainingsbahn ist er immer voller Enthusiasmus. Er besitzt eine ganz natürliche Aggression und will die anderen unbedingt schlagen.»

«Wäre es nicht besser, wenn ein Mann ihn reiten würde?», fragte Commander Digby durchaus vernünftig.

«Ein Pferd zu halten hat nichts mit roher Gewalt zu tun», antwortete Jane in schneidendem Ton.

Der Commander hielt es für besser, dieses Thema nicht weiter zu verfolgen. Meine Güte, diese starken, kompetenten Frauen sind Ehrfurcht einflößend, dachte er.

Sophie hatte die Zwillinge auf das Tor gesetzt. Sie hielt Freddy, und Matt kümmerte sich um Flora, die sich immer wieder kreischend vor Lachen rückwärts in seine Arme fallen ließ.

«Sei still, Flora, und schau dir die Pferde an», sagte Sophie. «Was glaubt ihr, welches gewinnt?»

«Dancer! Dancer!», riefen die Kinder im Chor.

Die vier Pferde kamen gerade im Galopp an die lang gezogene Steigung, die beim letzten Mal, als Lady Pamela ihr Pferd beim Training gesehen hatte, seine mangelnde Fitness deutlich gemacht hatte. Die letzten Wochen hatten einiges verändert. Dieses Mal nahm er den Hang mit langen Schritten, getrieben von seiner kräftigen Kruppe. Die anderen Pferde hielten mit. Sie waren alle gut in Form, aber Lady Pamela, die sie durch ihren Feldstecher genau beobachtete, hatte den Eindruck, dass sein rhythmischer Galopp etwas besonders Beeindruckendes besaß. Als sie die Hügelkuppe erreichten, verschwanden sie vorübergehend aus ihrem Blickfeld, bis sie kurz darauf auf der anderen Seite wieder auftauchten.

Bergab hatte Maeve den Eindruck, dass Dancer die Führung übernommen hatte. Sie sah, dass Sally ihn in einem gleichmäßigen Galopp ritt und er nicht mehr gegen sie ankämpfte. Vielleicht hatte die lange Steigung doch ein bisschen an seinen Reserven gezehrt. Dicht beieinander gelangten die Pferde zu der Kurve vor den fünf Hindernissen. Mein Gott, Sally hat Mut, dachte Maeve und kaute auf ihren Fingernägeln. Sie wirkte so zart mit ihren kurzen Steigbügeln, wie sie mit angehobenem Hinterteil, gesenktem Kopf und konzentriert nach vorn gerichtetem Blick auf die Hindernisse zuritt, so verletzlich auf dieser wirbelnden Masse aus Muskeln und Knochen. Woher nahm sie nur dieses Vertrauen in ein Tier? Sie musste sich doch völlig darauf verlassen, dass Dancer tat, was sie ihm sagte. Wenn er einen Fehler machte, würde er sie mit einer Geschwindigkeit von 70 Stundenkilometern abwerfen. Er könnte sie bei einem Sturz sogar unter sich begraben. Maeve konnte es kaum ertragen zuzuschauen. Alle standen gebannt und schweigend da, während das dumpfe Trommeln der Hufe und der rhythmisch schnaubende Atem über das Stoppelfeld zu ihnen herüberdrang.

Maeve hatte das Gefühl, dass Dancer zu schnell galoppierte, um die vor ihm liegenden Hindernisse zu nehmen. Wie Jane sagte, waren sie zwar kleiner als auf der Rennbahn, aber aus dichtem, hartem Gebüsch. Jede Hecke hob sich als dunkle Linie am Feldrand ab. Er ist zu schnell, dachte Maeve. Das schafft er nie. Sie meinte zu sehen, wie Sally kurz ihr Gewicht verlagerte und gleichzeitig das Pferd unter sich anzuheben schien. Zu ihrer Verwunderung sah Maeve, wie Sally Dancer einen kurzen Hieb in die Rippen versetzte. Er stellte die Ohren auf und setzte mühelos über das Hindernis. Sie hätte sich keine Sorgen zu machen brauchen. Er landete vor den anderen und fiel sofort wieder in Galopp.

«An den Hindernissen zeigen sich seine wahren Qualitäten», sagte Jane. «Sie werden sehen, dass er die anderen jedes Mal bei den Sprüngen übertrifft. Sally muss fest im Sattel sitzen, sonst würde er sie beim Sprung abwerfen, aber er hört inzwischen auf sie und springt ab, wenn sie es ihm sagt. Er ist längst nicht mehr so unberechenbar wie vorher.»

Maeve verstand, was sie meinte, doch am zweiten Hindernis ging offenbar etwas schief. Sally gab das gleiche Kommando zum Absprung, aber Dancer verfiel in einen anderen Schritt, der ihn fast in das Hindernis hätte laufen lassen, und als er endlich sprang, musste er sich förmlich über das Hindernis schrauben. Sally rutschte ein Fuß aus dem Steigbügel und Dancer verlor an Boden. Die anderen Pferde zogen davon.

«Zu früh gefreut», seufzte Jane und beobachtete besorgt, wie er sich dem dritten Hindernis näherte.

Maeve schloss die Augen und schob ihre Hand unter Commander Digbys Arm, der sie beruhigend tätschelte. Dieses Mal hielt Dancer Abstand vom Hindernis und sprang gehorsam ab, als Sally ihm das Kommando gab. Er schwang sich hoch in die Luft und landete sicher.

«Das war besser», sagte Jane, «aber wie Sie sehen, sind Fehler immer noch drin.»

Die Reiter kamen mit ihren schnaubenden Pferden im Schritt zu den Wagen herüber.

«Tut mir Leid!», sagte Sally, als sie in Hörweite kam. Sie beugte sich vor und tätschelte Dancers Nacken. «Mein Fehler. Ich habe die Gangart nicht gesehen und ihn einen kurzen Schritt machen lassen. Ich habe ihn auf dem völlig falschen Fuß erwischt. Aber die anderen waren gut, oder?»

«Er ist wesentlich besser in Form», sagte Lady Pamela. «Schauen Sie ihn sich an. Er würde nicht einmal eine Kerze ausblasen. Ich denke, dieser Fehler lag eher am Übereifer. Er war zu voreilig. Aber er ist athletisch genug, sich aus der Affäre zu ziehen. Ich habe den Eindruck, dass er so weit ist, Rennen zu laufen. Was denken Sie, Jane?»

Jane grinste. «Komisch, dass Sie das fragen! Wir finden alle, dass er fit für ein Rennen ist. Ich habe mir angehört, was die Mädchen, Matt, der Schmied und der Chiropraktiker sagen, und sie denken alle, dass er so weit ist. Im Februar ist nur ein Meeting in Newton Abbot. Ich habe gehofft, dass Sie zustimmen, ihn dort das erste Mal laufen zu lassen. Ich habe mir erlaubt, ihn für das offene Jagdrennen anzumelden. Er läuft am Mittwoch, dem fünfzehnten Februar, um halb zwei, wenn alles gut geht.»

«Das freut mich», sagte Lady Pamela. «Sie haben wahre Wunder bei ihm bewirkt.»

Sally strahlte und tätschelte Dancers Nacken. Jack Dick streichelte ihm die Nase.

«Pass gut auf ihn auf, Mädchen», sagte er zu Sally. «Pass auf den Burschen auf. Er ist das beste Pferd, auf dem du je sitzen wirst.»

Auf Maeves Vorschlag machten sie auf dem Heimweg Rast in einem Pub, wo die Gesellschaft sich wieder trennte. Sophie fand es warm genug, mit den Zwillingen draußen in der Sonne zu sitzen. Matt brachte ihr ein Bier mit Limonade, Kartoffelchips und Orangensaft für die Kinder. Dann setzte er sich mit seinem Bier neben sie auf die graue Holzbank.

«He, alles in Ordnung?», fragte er. «Du bist so still.»

Sophie lächelte ihn an. «Ich bin so müde. Ich habe dir ja gesagt, dass ich sehr wenig geschlafen habe.» Sie schloss die Augen und ließ ihr Gesicht von der Sonne bescheinen. Ohne ihn anzusehen, sagte sie: «Matt, ich glaube, es ist besser, wenn ich nach London zurückfahre. Noch so eine grauenhafte Nacht halte ich nicht aus. Ich komme mir vor wie ein Eindringling. Dein Vater ist, glaube ich, nicht gerade begeistert, und du hast so viel zu tun …»

«Liebling», sagte er und nahm ihre Hand. «Sag so was nicht. Dad will nicht unfreundlich oder abweisend sein. Er ist nun mal so. Er ist immer ziemlich schweigsam.»

Bei Maeve nicht, dachte Sophie, fragte sich aber sofort: Wieso denke ich so was?

«Hör mal, wir bestellen den Zwillingen hier ein paar Sandwiches, und wenn wir zurück sind, legst du sie schlafen und machst auch ein bisschen die Augen zu. So müde, wie du bist, solltest du lieber nicht Auto fahren. Wenn du unbedingt zurück willst, bringe ich dich nach London und fahre mit dem Zug zurück.»

Sophie öffnete die Augen und betrachtete seine besorgte Miene und seine Hand, die ihre hielt. «Du bist so lieb», sagte sie. «Ich bin wirklich hundemüde, ich könnte hier im Sitzen einschlafen.»

«Was möchtet ihr beiden auf eurem Sandwich haben?», rief Matt den Zwillingen zu und stand auf. «Schinken? Käse?»

«Regel eins: Frag Kinder nie, was sie wollen», schaltete Sophie sich ein. «Von jedem eins, bitte.» Die Zwillinge hatten hinter den Tischen einen winzigen Spielplatz entdeckt und vergnügten sich auf der Rutschbahn. Sophie war jedoch klar, dass es nicht lange dauern konnte, bis sie aufstehen und sie auf der Schaukel anstoßen musste.

Lady Pamela trank im Pub ihren zweiten Sherry und genoss das warme Kaminfeuer. Es war Jahre her, seit sie das letzte Mal einen Pub besucht hatte. Commander Digby saß mit einem Bitterbier ihr gegenüber, während Jack Dick und Maeve im Nebenraum Billard spielten. Die Leistung ihres Pferdes hatte Lady Pamela aufgeheitert. Das erregende Erlebnis, solche Energie und Körperkraft zu sehen, hatte sie selbst mit neuer Vitalität erfüllt. Die Ereignisse des vergangenen Tages hatten sie ermüdet, und nun war sie dankbar, dass sie sich belebt fühlte und an etwas anderes denken konnte.

Sam hatte sich sprachlos die Schilderung ihres Besuchs im Old Malthouse angehört.

«Das war die Irin», hatte sie gesagt, «das hat alles die Irin gemacht.»

«Man hätte dich einsperren können!», sagte Sam entsetzt.

«Ach, das glaube ich kaum. Jedenfalls hätte es mir nicht allzu viel ausgemacht, wenn sie es getan hätten.»

Sie schaute hinüber zu Commander Digby, der ihr gerade etwas über den Pfarrgemeinderat und die Pfarrfinanzen erklärte, und fragte sich, was er wohl denken würde, wenn sie ihm erzählen sollte, dass sie gestern den ersten Joint ihres Lebens geraucht hatte. Außer Sophie und Diana Tripp hatten sie niemanden in ihr Geheimnis eingeweiht. Selbst Maeve konnte zuweilen die Vorteile der Diskretion einsehen.

«Damit ist das Old Malthouse jedenfalls aus dem Rennen», hatte sie stolz erklärt.

Nur vorläufig, dachte Lady Pamela. So schnell gibt Bunty nicht auf. Sie wird etwas anderes finden. Es ist lediglich eine Verschnaufpause. Eine Aufschiebung der Hinrichtung.

Sie sah, dass Sophie und den Zwillingen Teller mit Sandwiches gebracht wurden, und bekam selbst plötzlich Hunger. «Essen wir doch alle hier zu Mittag», schlug sie Commander Digby vor, als er eine Pause in seinen Darlegungen machte. «Zur Feier des Tages.» Sie sah, dass er zögerte. Er hatte sich schon die Speisekarte auf der Anschlagtafel angeschaut und war über die Preise erschrocken. Seit zwanzig Jahren hatte er nicht mehr in einem Lokal gegessen. «Ich lade Sie ein», fügte sie hinzu. «Schließlich ist das mein Ausflug.»

Wie Matt vorgeschlagen hatte, legte Sophie die Zwillinge nachmittags auf der Manor Farm zu einem Mittagsschlaf ins Bett. Dann machte sie sich eine Wärmflasche und schlich sich ebenfalls nach oben. Matt mistete die Kuhställe aus, und Commander Digby machte, schläfrig vom Steak mit Kidney Pie und dem Bier zum Mittagessen im Pub, ein Nickerchen im Lehnsessel in der Küche, die Zeitung zerknittert um seine Füße verstreut. Ungemein erleichtert zog Sophie ihre Jeans aus, kuschelte sich in die Laken und schloss die Augen.

Als sie aufwachte, war es stockfinster. Matt stellte einen Becher Tee auf ihren Nachttisch.

«Psst», sagte er. «Sie schlafen noch. Vater kümmert sich um die Kälber. Darf ich mich ein bisschen zu dir legen?»

Sophie schlang ihre warmen Arme um seinen Hals und zog ihn zu sich herunter. Sie war noch schlaftrunken und träge, und als sie Matts kühlen Körper an ihrem spürte und die Beine um ihn schlang, wusste sie, dass sie ihn wollte und brauchte und nun der richtige Moment gekommen war, es ihm zu zeigen.

Als die Zwillinge später mit roten Gesichtern aufwachten und sie ihnen im eiskalten Badezimmer den Schlaf aus den Augen wusch, war Sophie immer noch fest entschlossen, nach London zurückzufahren.

«Die Zwillinge sind bestimmt lieb, nachdem sie so gut geschlafen haben», sagte sie. «Es macht ihnen sicher nichts aus, lange aufzubleiben. Gegen zehn Uhr sind wir zu Hause, und am Sonntag kann ich alles vorbereiten, damit sie am Montag in die Spielgruppe gehen können. Fergus soll sie morgen nehmen, und ich möchte nicht schon wieder seine Pläne umschmeißen.»

Matt nahm sie in die Arme und drückte sie an sich. Nach der Liebe am Nachmittag war er voller Zärtlichkeit und Beschützerdrang.

«Ich werde dich vermissen», sagte er. «Es war wunderbar, dich diese Woche in Charlton zu haben. Für mich war es ein Riesenunterschied, allein schon zu wissen, dass du in der Nähe warst.»

Sophie küsste ihn. «Danke», sagte sie. «Für mich war es auch schön. Aber das war nicht das wirkliche Leben, oder? Jedenfalls nicht für mich. Ich muss zurück und die Fäden wieder aufnehmen. Aber ich werde Fergus bitten, mit seiner Schwester auszumachen, dass die Zwillinge am fünfzehnten Februar zu ihr kommen können, wenn Dancer in Newton Abbot läuft. Darf ich in der Nacht vorher zu dir kommen?»

«Liebling, das brauchst du doch gar nicht zu fragen», sagte Matt. «Ich gebe es nur ungern zu, aber es wird herrlich, dich ganz für mich allein zu haben.»

Genau das war das Problem, dachte Sophie auf der Rückfahrt nach London. Ihre Beziehung zu Matt hatte die Stellung ihrer Zwillinge, um die sich bisher ihre ganze Welt gedreht hatte, subtil verlagert. Sie liebte sie nicht weniger, aber es gab mittlerweile Momente, in denen sie wünschte, sie aus dem Weg zu haben. An diese veränderte Einstellung, die ihr einige Schuldgefühle bereitete, musste sie sich erst gewöhnen. Verliebt zu sein hieß im Grunde, voll und ganz in Anspruch genommen zu sein, und Sophie befürchtete, dass sie den Kindern weniger Aufmerksamkeit schenkte. Sie verbrachte zwar genauso viel Zeit mit ihnen wie vorher, aber nun gab es nicht mehr nur sie drei und ihre ausschließliche Mutter-Kind-Beziehung. Es war noch jemand da, und Sophie machte sich Sorgen, dass Matt die Zwillinge verdrängt haben könnte wie ein Kuckuck in einem Vogelnest. Natürlich nicht absichtlich, sondern allein durch die Tatsache, dass er ihr wichtig war, ihre Gedanken beschäftigte und ihre Liebe verlangte. Sie fürchtete, ihren Kindern nun weniger geben zu können.

Ihr fiel ein, dass es ihr vor nicht allzu langer Zeit noch ganz elend gegangen war und sie das Gefühl hatte, das Leben gehe an ihr vorüber und sie sei völlig besessen von ihren Kindern. Nun hatte sie Angst, sie zu vernachlässigen. Sie wünschte, sie könnte zu einer gewissen Ausgewogenheit finden. Warum musste alles so einseitig gewichtet sein? Wenn Matt und sie sich erst einmal aneinander gewöhnt hatten und die anfängliche Lust und Sehnsucht sich etwas gelegt hätten, würde sie sich vielleicht etwas weniger zerrissen fühlen. Selbst jetzt, als sie über die Autobahn raste, war sie in ihre Träumereien über die Liebe am Nachmittag vertieft und achtete nicht auf Freddy, der immer wieder erklärte, er wolle nicht nach Hause, sondern bei Maeve bleiben.

Commander Digby war froh, dass Sophie fort war. Wie er sich sagte, lag es nicht daran, dass er das Mädchen nicht gemocht hätte, aber er fühlte sich durch ihren Besuch gestört und aus der Bahn geworfen. Er war es gewohnt, alleine herumzukramen, und liebte die Stille und den Frieden seines leeren Hauses. Die Zwillinge hatten dem ein Ende gesetzt wie eine Besatzungsmacht, bis es für ihn keinen Rückzugsort mehr gab. Sie waren laut, schrien, brüllten und belegten mit ihren sieben Sachen das ganze Haus mit Beschlag. Er hatte bemerkt, wie Sophie an dem Spültuch gerochen hatte, das schon ein bisschen grau war, wie er zugeben musste. Später hatte sie es in einem Topf ausgekocht und ständig hinter ihm her geräumt und geputzt, als ob er eine Keimschleuder wäre. Mit Maeve kam er besser zurecht, die alles beließ, wie es war, nur zum Plaudern kam, sich in dem ganzen Durcheinander an den Küchentisch setzte und ihn mit ihren unerhörten Gesprächen aufmunterte. Bei Sophie hatte er den Eindruck, dass sie alles an sich reißen würde, wenn man sie nur ließe. Sie wirkte wie ein Mensch mit einer Mission. Er hatte das Gefühl, Matt warnen zu müssen, wusste aber nicht, wie er es anstellen sollte. Allein erziehende Mütter machten ihn argwöhnisch. Seiner Ansicht nach brauchten Kinder beide Eltern, und Mädchen, die ihre Kinder allein großzogen, waren nur auf ihren Vorteil aus und wollten ihre Wohnsituation verbessern. Nicht, dass er Sophie so etwas unterstellte, aber wo war der Vater der Kinder, fragte er sich. Matt hatte ihm erzählt, dass er sie verlassen hatte, als sie noch ganz klein waren, aber er war sicher, dass mehr dahinter steckte. Das war nur die halbe Wahrheit.

Da er unfähig war, mit seinem Sohn über diese Gedanken zu sprechen, weil er dazu Gefühle hätte in Worte fassen müssen, die er nicht artikulieren konnte, verfiel er wie üblich in trübsinniges Schweigen und einsilbige Antworten. Und so vermisste Matt Sophie noch mehr als sonst. Eine bedrückend feindselige Atmosphäre lastete auf Vater und Sohn, die sich beide hinter ihren Gedanken verschanzten.

Er möchte, dass ich ihm etwas Nettes über Sophie sage, dachte Commander Digby, aber ich sage nichts.

Ich möchte sie heiraten, dachte Matt. Ich habe das Gefühl, sie schon lange zu kennen, und ich weiß, dass ich sie heiraten möchte. Es ist mir egal, was er davon hält.

Im Laufe der nächsten Wochen kämpfte Maeve, die schon in ihren besten Zeiten ein Wandervogel war, gegen das dringende Bedürfnis an zu fliehen. Allein mit Lady Pamela in Charlton drohte sich eine graue Decke der Langeweile über ihren Kopf zu legen, die jedes Licht ausschloss und sie erstickte. Die alte Dame war streitlustig und heikel. Die Kälte verschlimmerte ihre Arthritis, und Ende Januar pfiff der Ostwind durch alle Ecken des Hauses. Obwohl Maeve ständig das Feuer nachlegte, kam sie nicht gegen die Zugluft an. Zweimal ging ihr der Herd aus, und ohne seine behagliche Wärme war es eiskalt im Haus.

«Bunty hat Recht, wissen Sie», sagte Maeve. «Sie sollten weggehen und in eine komfortable Wohnung ziehen. Schauen Sie sich an, Ihre Hände sind ganz blau.»

«Seien Sie still», fuhr Lady Pamela sie an. «Ich lasse mir von Ihnen nicht sagen, was gut für mich wäre. Wenn Sie dafür gesorgt hätten, dass der Herd nachgesehen wird, wäre er nicht ausgegangen.»

«Warum haben Sie es denn nicht gemacht? Sie sitzen doch den ganzen Tag herum und haben nichts zu tun.»

Aufeinander zurückgeworfen, rieben sie sich aneinander, stritten über das Fernsehprogramm, das Essen, Politik und Kleider. Maeve machte keinerlei Versuch, Lady Pamela zu schmeicheln oder sie zu beschwichtigen, und die alte Dame kritisierte sie mit scharfer Zunge und versuchte sie einzuschüchtern, wie sie es immer getan hatte.

Meist radelte Maeve nachmittags auf die Manor Farm zu Commander Digby. Sie ging in die Küche und setzte den Wasserkessel auf. Sobald der Tee fertig war, rief sie ihn von seiner Arbeit auf dem Hof herein. Er kam bereitwillig, wusch sich in der Waschküche die Hände und setzte sich im Arbeitsanzug zu ihr an den Küchentisch.

«Sie ist eine alte Hexe, wissen Sie», beklagte sie sich. «Gestern war ich schuld, dass der Metzger Schweineleber statt Lammleber geschickt hat. Sie hat sie nicht angerührt. Dann saß sie so dicht vor dem elektrischen Heizöfchen, dass sie sich den Rock versengt hat und fast in Flammen gestanden hätte.» Sie schob ein Stück Rübenkrautkuchen über den Tisch. «Hier, das ist für Sie. Sie fand ihn zu süß. Wie soll Rübenkrautkuchen nicht süß sein, frage ich Sie? Bis vor kurzem war es ihr Lieblingskuchen. Ich will verdammt sein, wenn ich jetzt auch noch anfange, Puddings zu kochen. Von jetzt an kriegt sie eine Mousse aus dem Supermarkt, wie diese Mrs Cook sie ihr vorgesetzt hat.»

David Digby hörte gar nicht richtig zu. Irgendwie hätte er es als Verrat an Lady Pamela empfunden, die er seit Jahren kannte und schätzte. Aber er genoss Maeves lebendige Schilderungen ihrer Zusammenstöße und das Gefühl, ihr Vertrauter zu sein. Niemand hatte ihn je so ins Vertrauen gezogen wie Maeve. Ihre Offenherzigkeit brachte in seinem Inneren eingerostete Mechanismen in Gang, die sich durch mangelnden Gebrauch seit langem festgefressen hatten. Sie sprach oft freimütig über Matt und über andere Liebschaften aus ihrer wild bewegten Vergangenheit, und nach und nach fing er, anfangs ein bisschen unbeholfen, an, über sich, seine Sorgen um die Farm und seine Einsamkeit seit dem Tod seiner Frau zu reden.

Lady Pamela ärgerte sich über die Zeit, die Maeve auf der Manor Farm verbrachte. Wenn sie von ihrem Mittagsschlaf aufwachte und feststellte, dass Maeve fort war, saß sie da und kochte vor Wut.

«In meiner Freizeit kann ich machen, was ich will»,

argumentierte Maeve. «Was ist los? Sind Sie eifersüchtig? Kein Wunder, dass ich lieber mit ihm zusammen bin als mit Ihnen.»

«Sie wurden eingestellt, um sich um mich zu kümmern und nicht um mit Männern zu flirten, die alt genug sind, Ihr Großvater zu sein.»

«Sie haben eine schmutzige Phantasie, Lady Pamela. Wissen Sie das eigentlich?»

«Nicht schmutziger als Ihre, mein Kind.»

An den drei Vormittagen in der Woche, an denen Mrs Day kam, radelte Maeve zu Jane Hedderwick auf das Gestüt, um sich Dancer anzusehen. Meist richtete sie es so ein, dass sie zur Kaffeepause kam, wenn die Mädchen in der Küche zusammensaßen, der niedrige Raum von Gelächter und Geplauder erfüllt war, die Keksdose herumgereicht wurde und sie Toast auf dem Herd machten. Die meisten von ihnen waren seit sechs Uhr morgens bei der Arbeit und hatten bereits die Pferde gefüttert, die Ställe ausgemistet und die erste Trainingsrunde hinter sich gebracht. Maeve genoss ihre Gespräche und das Geplänkel über Jungs und morgendliche Kater. Allmählich kam sie dahinter, wie die Teamarbeit auf dem Gestüt funktionierte. Jane saß am Kopf des Tisches und hörte aufmerksam zu, was über jedes Pferd erzählt wurde: Welches an diesem Morgen durchgegangen war und fast auf der Bahn gestürzt wäre, welches lahmte und eine Pause brauchte, welches faul war und neben einem Eifrigeren arbeiten musste.

Maeve erfuhr, dass die Witterung von entscheidender Bedeutung war, und zwar nicht weil die Arbeit im Freien in winterlicher Kälte ungemütlich sein konnte, sondern weil der Frost eine Katastrophe für das Training und die Fitness der Tiere bedeuten würde. Was die Bodenverhältnisse anging, hatte jedes Pferd auf dem Gestüt seine eigenen Vorlieben. Manche liefen besser auf hartem Boden, andere zogen weicheren vor, der die schnelleren Pferde bremste und Kraft und Ausdauer verlangte. Dancer war stark und ausdauernd, und Jane wollte ihn nicht auf hartem Boden laufen lassen, weil es eine zusätzliche Belastung für sein verletztes Bein bedeutet hätte. Allzu weich durfte der Boden jedoch auch nicht sein, sondern gerade richtig.

Durch ihr Interesse an Dancer lernte Maeve das Gestüt besser kennen. Nach und nach begriff sie den Tagesablauf, die Routine und Arbeitspläne und packte mit an, wenn es nötig war. Reiten oder viel mit den Pferden umgehen wollte sie zwar nicht, aber sie mistete gern aus, räumte den Stall auf, teilte das Futter aus, das für jedes Tier anders zusammengestellt wurde, und füllte köstlich duftendes Heu in die Raufen. «Mensch, das könnte man glatt rauchen», sagte sie und schnupperte daran, «oder Likör draus machen.»

Manchmal hockte sie auf einem Sattelpferd in der Sattelkammer und half, nach der Jagd schlammiges Zaumzeug zu reinigen. Es war eine mühsame Arbeit, die jeden zweiten Tag erledigt werden musste, aber niemand meckerte oder murrte. Der lokale Radiosender spielte im Hintergrund endlos Popmusik, und es wurde fröhlich geplaudert. Die Arbeit musste ordentlich gemacht werden. Nach den eintönigen, ereignislosen Tagen in Charlton genoss Maeve die konzentrierte Spannung. Manchmal hatte es den Eindruck, als ob es außerhalb der Ställe nichts anderes gäbe, was zählte. Ein Husten war eine Katastrophe, eine Prellung konnte das Training um Wochen zurückwerfen und Rennpläne über den Haufen werfen. Die Pferde und ihre Verfassung wurden aufmerksam beobachtet. Ihre Beine und Gelenke wurden buchstäblich in Watte gepackt und endlos untersucht.

«Beine müssen kalt, straff und hart sein», erklärte Jane.

«Meine Güte, das klingt sexy wie ein knackiger Männerhintern», sagte Maeve.

Ihr gefiel die Kameradschaft, die Jane unter ihren jungen Angestellten förderte, das humorvolle Geplänkel auf dem Gestüt, die mühelose Demokratie, in der alle Arbeiten geteilt wurden und jeder seine Meinung über ein Pferd und sein Training äußern konnte, Jane aber dennoch die unangefochtene Autorität besaß und die endgültigen Entscheidungen traf, weil sie die Verantwortung gegenüber den Eigentümern trug. Maeves Respekt für sie wuchs von Tag zu Tag. Sie erlebte, wie sie mit ruhiger Professionalität auf dem Gestüt arbeitete, Bandagen und Zaumzeug prüfte, keine Schlamperei duldete und nichts dem Zufall überließ.

Endlos diskutierten sie und Sally am Küchentisch Taktiken und entwickelten Dancers Trainingsprogramm bis zum Rennen.

«Wir wissen, dass er sich von der Verletzung gut erholt hat», sagte Jane. «Aber wir können nicht wissen, wie er sich auf der Rennbahn fühlen wird. Wird er den Mumm haben, wieder Rennen zu laufen? Drei Meilen und achtzehn Hindernisse sind viel, und die Pferde, gegen die er antritt, haben natürlich drei Monate mehr Training als er.»

«Die Einstellung ist kein Problem», sagte Sally, die sich mittlerweile so stark mit Dancer identifizierte, dass sie ihn mit Nachdruck verteidigte. «Du brauchst dir nur anzugucken, wie er vor den anderen Pferden herumtänzelt, dann weißt du, dass seine Einstellung voll da ist. Als wollte er sagen: ‹Seht her, ihr Mistkerle. Guckt, wie ich laufe!› Er will immer noch gewinnen und der Erste sein.»

«Trotzdem, beim ersten Rennen möchte ich, dass du ihn jagen lässt und es ihm Spaß macht. Treibe ihn nicht. Lass ihn seinen Weg machen. Das erste Rennen ist so wichtig.»

Maeve hörte fasziniert zu und merkte sich den Jargon, um jeden Abend Lady Pamela davon zu erzählen.

Für beide bedeutete das Interesse an ihrem Pferd eine willkommene Ablenkung. Dancer war das einzige Thema, über das sie sich nicht stritten. Dancer und Sam. Bei Sams Besuchen besserte sich Lady Pamelas Laune. Sie schminkte sich, und Maeve kochte bereitwillig ein köstliches Mittagessen, wenn er aus London kam. Sam überstand den Winter recht gut, obwohl sein Handgelenk noch nicht vollständig verheilt war, ihm Schmerzen bereitete und noch nicht wieder richtig beweglich war. Mohammed hatte sich als großer Erfolg erwiesen, und obwohl es ihm Bemerkungen seiner Freunde eintrug, nahm Sam ihn mit zu Konzerten und Ausstellungen und behandelte ihn eher wie einen lieben Neffen, nicht wie einen Angestellten. Mittlerweile wartete Sam schon auf das Geräusch des Schlüssels im Schloss der Wohnungstür und empfand den Mittwoch, den einzigen Tag, an dem Mohammed nicht kam, als konturlosen grauen Fleck inmitten der übrigen bunten Wochentage.

Er hatte über Lady Pamelas Schilderung ihrer Haschischepisode gelacht, und gemeinsam hatten sie nach dem Mittagessen kichernd die restlichen Joints geraucht, dennoch spürte er, dass in Charlton eine gewisse Melancholie in der Luft lag. Er vermisste Esau und merkte, dass der muntere kleine Hund wesentlich dazu beigetragen hatte, das Haus lebendig und bewohnt wirken zu lassen. Ihm fiel auf, dass Maeve stiller war als sonst. Pammy hatte ihm von Matts und Sophies Betrug erzählt, aber er war überzeugt, dass mehr dahintersteckte. Weihnachten war ihm nicht aufgefallen, dass zwischen Matt und Maeve ein besonders enges Verhältnis bestanden hätte, zudem hatte er am zweiten Weihnachtstag das Ende ihres Streits miterlebt. Nein, dachte er, etwas anderes bedrückt sie. Sie ist allein und wandelt durch eine triste, einsame Landschaft. Es erinnerte ihn an Zeiten, wenn Pamela für ihn unerreichbar war und sich in ihre Erinnerungen an Elizabeth und den nach wie vor quälenden Kummer über ihren Tod vergrub.

Außerdem war da noch die arme Mrs Day. Sie hatte ihm ihr Herz ausgeschüttet, nachdem er sich nach Frank erkundigt hatte. Sofort hatte sie aufgehört, den Esszimmertisch zu polieren, und ihm erzählt, dass ihr Mann nur noch zwei Wochen zu arbeiten hatte und dann arbeitslos war.

«Sein Leben lang ist er Tag für Tag um halb fünf aufgestanden, um diese Kühe zu melken», sagte sie. «Man sollte meinen, dass er es leid wäre. Aber nein, er fürchtet den Tag, an dem sie weggebracht werden. Er hat jetzt nur noch ein halbes Dutzend – nur das alte Vieh. Nächste Woche gehen sie ins Schlachthaus. Er kennt alle mit Namen. Betty, Daisy, Madonna. Ich weiß nicht, wie er damit fertig werden soll.»

Sam seufzte. Er konnte lediglich sein Mitgefühl äußern. Alles ging anscheinend zu Ende, war im Niedergang. Bunty würde sich nicht lange abschrecken lassen, das war ihm klar. Er und Pammy hatten darüber gesprochen und waren sich einig, dass sie zwar weiter kämpfen würde, aber Charlton schon so gut wie verloren hatte. Peregrine sollte in der nächsten Woche mit den Arbeiten am Garten anfangen, und Henry hatte seiner Mutter erklärt, wenn sie weiterhin hartnäckig darauf bestehen sollte, im Haus zu bleiben, müssten die Bauarbeiten eben um sie her stattfinden.

Henry war natürlich entrüstet über das Benehmen seiner Mutter im Old Malthouse. Vergebens hatte er eine Erklärung von ihr verlangt. Sie hatte jedoch nur ärgerlich vage Antworten gegeben und erklärt, sie habe die ‹Zigaretten› unter Bumpers Sachen gefunden und sich gedacht, dass die alten Leutchen sie gern mit ihr rauchen würden. Es sei doch eine Schande, sie wegzuwerfen, wo Bumper doch so wählerisch gewesen sei, was er rauchte. Dann hatte sie sich ausführlich über Zigarren und so weiter ausgelassen, und er hatte sich einen Moment lang tatsächlich gefragt, ob sie die Wahrheit sagte. Bunty hatte natürlich die Schuld auf den nicht abreißenden Strom unerwünschter Gäste geschoben, die Charlton belagerten, wie sie sagte.

«Ständig ist die Küche voll davon», hatte sie übertrieben. «Weiß Gott, was sie da treiben.»

Auf sein Drängen stellte sich heraus, dass sie lediglich von Maeves Freundin mit ihren beiden Kindern sprach – soweit Henry wusste, eine durchaus anständige junge Frau, deren Vater bei den Blues and Royals gedient hatte und ehemaliger Direktor der Lazards-Bank war – und von Matthew Digby, den er von klein auf kannte. Wenn jemand wahrscheinlich Pot rauchte und ihn mit Lady Pamela teilte, dann war es nach Henrys Ansicht Buntys Freund Peregrine. Zum Glück war seine Frau von den Vorgängen in Charlton vorübergehend durch ihren Sohn Charlie und sein Verhalten in der Schule abgelenkt, das ihnen immer noch erhebliche Sorgen machte. Bunty hatte schon finster angedeutet, jetzt wisse sie ja, woher er seine kriminellen Neigungen habe. «Von deiner Mutter, Henry!»

«Du kannst ja wohl kaum eine Zweiundachtzigjährige als kriminell bezeichnen», antwortete Henry. «Lästig vielleicht, aber nicht kriminell.»

«Das liegt im Blut, Henry. In den Genen.»

«Hören Sie mal, Lady P.», erklärte Maeve gegen Ende der ersten Februarwoche. «Jane sagt, zwei Tage vor Dancers Rennen lässt sie ihn anderthalb Meilen galoppieren. Sollen wir uns von George hinfahren lassen? Das wollen wir uns doch wohl nicht entgehen lassen, oder? Und zum Rennen bringt Khaled Mohammed und Sam einen Tag vorher hierher. Gott, ist das aufregend! Sophie kommt auch, aber sie wohnt natürlich nicht hier. Seit sie mit Matt vögelt, ist sie abtrünnig geworden und bleibt auf der Manor Farm. Mrs Day und Frank kommen ebenfalls. Mrs Day kommt am Tag des Rennens her, um aufzuräumen, und Frank holt sie und Jack Dick gegen Mittag ab. Was für eine Gesellschaft! Ich mache uns ein fabelhaftes Picknick zurecht, und wir nehmen eimerweise zu trinken mit.»

Lady Pamela strahlte. Es war wie Weihnachten.

«Was sollen wir anziehen?», fragte Maeve. «Ich war noch nie beim Pferderennen. Hüte und so?»

«Es ist nicht Ascot, meine Liebe. Vor allem muss man sich warm anziehen. Ich werde sicher einen Hut tragen. Mal sehen.» Sie ging in ihr Ankleidezimmer. «Wahrscheinlich ziehe ich dieses Tweedkostüm an und diesen Mantel.» Sie holte einen klassisch geschnittenen marineblauen Kaschmirmantel hervor.

«Dann ziehe ich mein Chanelkostüm an», sagte Maeve. «Und was ist mit diesem herrlichen Samtbarett mit den rosa Federn? Und mit diesem hübschen rosa Tweedmantel?» Sie wühlte sich durch Lady Pamelas Garderobe und zog unbeirrt Sachen heraus, als sei es völlig normal, sich unaufgefordert die Kleider ihrer Arbeitgeberin auszuleihen.

«Ihr jungen Leute könnt tragen, was ihr wollt, solange ihr die Pferde nicht erschreckt», erklärte Lady Pamela amüsiert. «Aber denken Sie dran: Wir sind auf dem Land. Im tiefsten Devon. Da wollen Sie sich doch nicht aufdonnern wie eine Fregatte.»

«Dürfen wir bitte in den Ring, wo die Pferde herumgehen?», Maeve konnte es gar nicht abwarten, im Zentrum der Aufmerksamkeit zu stehen und herumzustolzieren, als gehöre sie zu den Pferdebesitzern.

«Auf den Sattelplatz, meinen Sie? Ja, sicher. Da ich Besitzerin bin, darf ich auf den Sattelplatz und kann ein oder zwei von Ihnen mitnehmen.»

«Nicht Matt und Sophie», sagte Maeve mit schmalen Augen. «Sie müssen bestraft werden. Nehmen Sie Mohammed und Khaled mit. Das wird Aufsehen erregen. Es sieht so aus, als wären die Araber nach Newton Abbot gekommen.»

Es wird bestimmt Spaß machen, dachte Lady Pamela, besonders wenn Maeve alle mit ihrer Begeisterung ansteckt. Sie hatte nie damit gerechnet, dass sich ihr in ihrem Leben noch einmal eine solche Chance bieten könnte. Nach ihrer gebrochenen Hüfte und der Zeit mit dieser grässlichen Mrs Cook hatte sie sich fast damit abgefunden, ans Haus gefesselt zu sein und langsam verrückt zu werden. Da Bunty und Henry alledem unweigerlich bald ein Ende setzen würden, sollten sie und diese wilde Irin das Beste aus ihrem Leben machen, solange es dauerte. Wenn Dancer nicht gut abschnitt, würde Henry sich bestimmt einschalten und vorschlagen, ihn nach Saisonende töten zu lassen. Sie wusste, dass er Bumpers Testament genauestens hatte durchkämmen lassen, wo detailliert festgelegt war, unter welchen Umständen die Pferde getötet werden durften. Aber Henry konnte ohne weiteres einen Tierarzt finden, der ihm bescheinigte, dass das Pferd nicht mehr fit genug für Rennen war und es nur menschlich und verantwortungsvoll wäre, es zu erschießen. Vielleicht wäre das tatsächlich die richtige Entscheidung, dachte Lady Pamela traurig. Sie konnte ihn nicht für den Rest seines Lebens auf eine morastige Weide stellen, und er hatte kaum Aussichten, als Reitpferd ein Zuhause zu finden. Dazu war er zu stark und eigenwillig. Nein, nachdem Maeve und sie diese ganze Geschichte ins Rollen gebracht hatten, stand Dancers gesamte Zukunft auf dem Spiel. Aber wenigstens gaben sie ihm eine Chance.

Am Tag vor dem Rennen regnete es in Strömen. Es hatte angefangen, als Maeve und Lady Pamela am Tag zuvor an ihrer gewohnten Stelle am Tor standen und Dancer beim Training zuschauten. Den ganzen trüben Nachmittag lang hielt der feine Nieselregen an und zog sich bis in den verhangenen Abend. Als sie am nächsten Morgen aufwachten, trommelte der Regen stetig ans Fenster und hörte erst gegen vier Uhr nachmittags auf, als es schon dunkel wurde. Lady Pamela rief Jane an.

«Die Bahn ist schon zu den besten Zeiten anfällig für Überschwemmungen», sagte Jane finster. «Heute Nachmittag um fünf Uhr findet eine Inspektion statt und eine weitere morgen früh um sieben. Lassen Sie sich von Maeve den Videotext auf Channel Four einschalten. Da finden Sie die Ergebnisse der Inspektion. Im Augenblick gehe ich davon aus, dass wir hinfahren. Wir müssen zwei Stunden vor dem Rennen dort sein, fahren also gegen neun Uhr los. Wenn Sie nichts von mir hören, dürfen Sie annehmen, dass wir dabei sind. Okay? Andernfalls rufe ich Sie rechtzeitig an.»

Lady Pamela zeigte Maeve, die nervös hin und her lief und Nägel kaute, den erhobenen Daumen, worauf sie aufgeregt herumhüpfte.

«Ich könnte es nicht ertragen, wenn es nach alledem abgesagt würde. Das könnte ich einfach nicht ertragen, Lady P.»

«Maeve, im Rennsport müssen Sie sich an Enttäuschungen gewöhnen. Bei Pferden kann so viel schief gehen. Das Wetter ist nur eines davon.»

«Ich weiß, ich weiß. Das habe ich schon oft von Jane gehört. Aber ich bin so aufgedreht.»

«Drehen Sie all Ihren Mut bis zum Äußersten auf, dann wird schon alles gut gehen», sagte Lady Pamela.

«Genau. Genau so fühle ich mich: als ob ich mit genügend Willenskraft für einen guten Ausgang sorgen könnte.»

Am Abend vor dem Rennen warteten sie auf Khaled, Mohammed und Sam. Khaled hatte noch einige vorgebuchte Fahrten zu erledigen, bevor er Sam abholen konnte, und so fuhr sein Taxi erst nach zehn Uhr in Charlton vor. Sophie und

Matt waren herübergekommen, und Sophie hatte zum Abendessen eine Lasagne mitgebracht, die sanft im Backofen brutzelte. Maeve war ganz aufgekratzt. Sie hatte viel Rotwein getrunken und umarmte die drei Neuankömmlinge mit hübsch gerötetem Gesicht. Lady Pamela wartete, bis der Begrüßungswirbel sich gelegt hatte, bevor sie Sam die Hand drückte. Sie hatten eigentlich geplant, wie üblich im Wohnzimmer zu essen, während die anderen in der Küche aßen, aber da es für beide mittlerweile zu spät für ein Abendessen war, setzten sie sich lieber mit einem Glas Whisky ans Kaminfeuer und ließen die jungen Leute ungeachtet der Tageszeit und ihrer Verdauung lachend und plaudernd riesige Portionen vertilgen. Als Sophie und Mohammed schließlich einfiel, dass die beiden noch auf waren, halfen sie ihnen ins Bett und sorgten dafür, dass sie für die Nacht gut versorgt waren. Maeve, die inzwischen völlig betrunken vom Schoß eines Mannes zum anderen wechselte und von fremden Tellern aß, war ihnen keinerlei Hilfe.

Als Mohammed und Sophie sich oben auf dem Flur begegneten, nahm er ihre Hand und sagte: «Sophie, ich freue mich so für dich. Ich diesen Matthews sehr mögen. Er guter Mann.»

«Ja, das ist er wirklich», bestätigte Sophie inbrünstig. «Danke, Mohammed. Ich bin wirklich sehr glücklich. Nur um Maeve mache ich mir ein bisschen Sorgen. Weißt du, wir haben uns nicht sehr nett benommen.»

Mohammeds schöne Züge legten sich in Sorgenfalten. «Maeve sein, wie sagt man, ein freier Geist? Für sie ist immer schwer, lange glücklich sein. Sie haben große Traurigkeit in sich.»

«Ach, sag so was nicht!», sagte Sophie. «Dann fühle ich mich nur noch schlechter. Mohammed, sie kommt doch bestimmt drüber weg, oder?»

«Sie immer suchen», sagte Mohammed. «Wer weiß? Sie brauchen jemand, für den sie ganz besonderes Mensch sein. Für uns sie sein Freundin, aber sie brauchen mehr. Lady Pamela sein dieses Mensch, ich glauben.»

«Aber Lady Pamela reicht nicht! Sie braucht Liebe», rief Sophie, «wie Matt und ich. Das braucht sie. Das muss sie eines Tages finden.»

Sie hat den Egoismus aller frisch Verliebten, dachte Mohammed. «Es geben viele Arten Liebe, die ihr hier im Westen haben vergessen», sagte er. «Für euch es geben nur Romantik und Sex. Für uns es geben wichtigere Sachen. Es geben Liebe zu Allah, Familie, Kinder, alte Menschen. Das haben Maeve bei Lady Pamela gefunden.»

Aber das reicht nicht, dachte Sophie. Laut sagte sie: «Ich habe meine Eltern, meine Brüder, meine Kinder, aber ich brauche Matt trotzdem.»

«Klar», sagte Mohammed. «Für dich das sein wahr, Sophie, aber Maeve sein anders, sie haben anderes Leben. Sie nicht fühlen wie du. Sie sich immer fühlen ungewünscht, seit kleines Kind. Das sie sagen Mohammed. Lady Pamela sie brauchen, und das sein gut.»

Sophie dachte nach. Sie sah ein, dass er in gewisser Weise Recht haben mochte. Aber es machte ihr ein schlechtes Gewissen, als habe sie in ihrer Freundschaft versagt. Mohammed hatte an Maeve etwas erkannt und verstanden, was ihr entgangen war. Freundlich lächelnd sagte er: «Sophia, du sein dies Mal viel mehr glücklich ohne deine Babys. Jetzt sein besser?»

«Wie Recht du hast!», sagte Sophie. «Erinnerst du dich, wie ich vor Weihnachten ohne sie völlig aus der Bahn geworfen war? Dieses Mal habe ich ein richtig schlechtes Gewissen, weil ich mich so darauf gefreut habe, einmal ohne sie zu sein. Ich weiß, dass es ihnen bei Fergus' Schwester gefällt und sie gut versorgt sind, deshalb habe ich sie ohne Bedenken zu ihr geschickt. Oder fast ohne Bedenken.»

Eigentlich musste Sophie sehr oft an die Zwillinge denken. Die Zeit ohne sie erschien ihr als einziges Auf und Ab wie eine Fieberkurve. In Gedanken war sie ständig bei ihnen, und manchmal vermisste sie die beiden so, dass es fast körperlich wehtat. Sie sehnte sich danach, ihre weiche, warme Haut zu berühren, ihre Händchen zu halten, ihre zappelnden Körper auf ihrem Schoß und ihre Ärmchen um ihren Hals zu spüren. Diese quälende Sehnsucht war zu stark, um lange anzuhalten, und so verfiel sie bald wieder in einen Zustand, in dem sie sich ihrer Abwesenheit nicht so akut bewusst war, nur um erneut an sie erinnert zu werden. All das konnte sie Matt nicht erklären, der diese wenigen Tage als willkommene Erholung für sie und als herrliche Chance sah, sie ganz für sich zu haben.

Zeitweise war sie glücklich und fand es leicht, sein Gast und seine Freundin zu sein, gleichzeitig fühlte sie sich ohne ihre Kinder jedoch nutzlos und entwurzelt. Am ersten Abend war es schön, sorglos und unbekümmert bis spät in die Nacht in Charlton in der Küche zu sitzen, doch als sie und Matt sich in die Manor Farm schlichen, kam sie sich ganz verloren vor ohne die Kinder, nach denen sie hätte sehen können, und fand, dass Matt sich allzu sehr freute, ohne sie zu sein. Immer wieder sagte er: «Ist es nicht herrlich, dass wir ganz allein sind?» Und obwohl sie ihm in gewisser Weise Recht geben musste, dass es schön war, zusammen zu sein und sich ganz aufeinander konzentrieren zu können, nagte eine hohle, traurige Leere an ihr. Nachdem sie sich geliebt hatten, fühlte sie sich ihm sehr fern. Matt war fast sofort eingeschlafen, den Arm um sie geschlungen, die Beine mit ihren verflochten. Sophie lag auf dem Rücken, starrte an die Decke und lauschte auf seinen flachen Atem. Ich liege mit meinem Geliebten im Bett, sagte sie sich, und kann nur daran denken, ob Freddy sein Eichhörnchen hat und ob er und Flora friedlich schlafen. Das Schreckliche ist, dass meine Gefühle zu ihnen eine Kluft zwischen Matt und mir aufreißen, weil er nicht so empfindet.

Es dauerte lange, bis sie einschlief.

Am nächsten Morgen war Maeve früh auf, machte für Sam und Lady Pamela Frühstück und plauderte trotz eines Katers fröhlich in der Küche mit Khaled und Mohammed. Ihre Vorstellung, was man auf der Rennbahn trug, war ein bisschen ungewöhnlich, und Maeve musste bei dem Gedanken grinsen, dass sie in ihren schwarzen Lederjacken und Baseballkappen ein bizarres Schauspiel im tiefsten Devon bieten würden, wie Lady Pamela es nannte. Sie schaute die Mäntel durch, die im Flur hinter der Küche hingen, und fand einen Tweedmantel, der Bumper gehört haben musste, und eine Wachsjacke. Mohammed sah in dem Tweedmantel umwerfend aus, besonders, als Maeve ihm einen Kamelhaarschal um den Hals schlang. Khaled bekam die Wachsjacke und entdeckte eine Mütze, in der er wie ein exotischer Bauer wirkte.

Während Maeve Lady Pamelas Frühstückstablett richtete, ließ sie Mohammed im Videotext nachsehen, ob der Renntag in Newton Abbot stattfand. Er kam wieder und erklärte, die Bahn sei gut bis weich. Im selben Augenblick klingelte das Telefon, und Lady Pamela nahm oben ab. Als Maeve ihr das Frühstück brachte, zog sie sich bereits an und erzählte mit leuchtenden Augen, Jane habe angerufen und gesagt, sie lüden gleich Dancer ein, um sich auf den Weg zur Rennbahn zu machen. Die Sonne schien matt durch ihr Schlafzimmerfenster und tauchte den Garten und die Hügel dahinter in ein fahles dunstiges Licht.

Die aufregende Aussicht auf den Ausflug ließ Lady Pamelas herrische Seite aufbrechen. Sie wurde heikel und befahl,

Sam brauche ein Frühstücksei. Maeve solle sofort gehen und eines kochen. Sie lief die Hintertreppe hinunter, um die Anweisung auszuführen. Dann folgte das Hin und Her, was Lady Pamela anziehen sollte. Diese Bluse ging nicht, jene Farbe war falsch, auf keinen Fall diese Strümpfe. Als sie schließlich mit ihrer Kleidung zufrieden war und Maeve ihr die Treppe hinuntergeholfen hatte, mischte sie sich in der Küche ein und stöberte in dem Picknick herum, das Maeve auf dem Tisch ausgebreitet hatte.

«Wir brauchen Sandwiches», erklärte sie. «Nicht diesen ganzen Unsinn mit französischem Brot. Ganz gewöhnliche Sandwiches. Und Suppe in einer Thermosflasche. Sam mag Consommé mit viel Pfeffer und Sherry.»

«Okay! Okay!», sagte Maeve und schnitt hinter Lady Pamelas Rücken Mrs Day Grimassen.

«Haben Sie einen Früchtekuchen gebacken?», fragte Lady Pamela. «Man nimmt immer Früchtekuchen mit.»

«Nein, verdammt», sagte Maeve verhalten und tauchte mit einer zerbeulten Thermosflasche auf, die sie in der Speisekammer gefunden hatte. «War die etwa schon mit Bumper im Krieg? Sie sieht uralt aus.»

«Da war doch noch ein Früchtekuchen», beharrte Lady Pamela und kramte die Dosen im Schrank durch. «Ich weiß genau, dass ich ihn nicht aufgegessen habe.» Maeve ahnte, wohin das führen würde. Die alte Dame hatte völlig richtig erraten, dass sie den halben Kuchen mit zu Commander Digby genommen hatte, und wollte ihr eine Rüge erteilen. Mühsam beherrschte Maeve ihre Wut.

«Ich habe kleine Schokoladenkuchen gebacken», sagte sie. «Sams Lieblingskuchen.» Sie wusste nicht, ob es der Wahrheit entsprach, aber einen Versuch war es immerhin wert.

«Hmm», sagte Lady Pamela. Maeve war dankbar, dass sie gleich darauf durch Sam abgelenkt wurde, der mit Mohammed die Treppe herunterkam. Lady Pamela ging in die Diele und nahm seinen Arm.

«Komm ins Wohnzimmer, Liebling. Mrs Day hat das Feuer im Kamin angezündet. Maeve kann uns noch etwas Kaffee bringen.»

Als Janes neuer marineblauer Pferdelaster auf den Parkplatz der Rennbahn bog, war es Sally schlecht vor Nervosität. So ging es ihr immer vor einem Rennen. Wenn sie erst einmal auf dem Pferd saß und zur Bahn ritt, war es vorbei. Als sie sich zu den beiden Pferden hinten in der Box umsah, merkte sie, dass Dancer vor Erregung zitterte. Mit gespitzten Ohren schaute er durch das Fenster der Pferdebox. Wie Sally vermutete, wusste er genau, dass er auf der Rennbahn war, und das weckte alte Erinnerungen. Am Abend zuvor hatten sie ihm die Mähne zu kleinen Zöpfen und den Schwanz zu einem dicken Zopf geflochten, der sich auf halber Höhe seidig auffächerte. Das weiße Fell am Bein, das aussah wie ein einzelner Strumpf, und die Blesse unter seiner Nase hatte sie mit Shampoo gewaschen, bis sie in seiner dunklen Box hell leuchteten. Sein braunes Fell war glänzend gestriegelt. Er wirkte fit und angespannt, als der Wagen anhielt.

Ihm geht es genauso wie mir, dachte Sally. Wir sind beide ein einziges Nervenbündel.

Jane ging zur Rennleitung, um sich anzumelden. Außerdem wollte sie mit dem Steward sprechen, ob Sally mit Dancer schon vor der Parade der Rennpferde an den Start gehen durfte. Sally hatte Sorge, wenn Dancer mit den anderen erst einmal auf der Rennbahn wäre, könnte er so aufgeregt sein, dass sie ihn nicht würde halten können; er würde sie ohne Zeremoniell an den Start zerren, was beide wertvolle Kraft kosten würde, bevor das Rennen auch nur angefangen hätte.

Während Jane fort war, tranken Sally und Steve, der sie im

Laster begleitet hatte, eine Tasse Kaffee aus der Thermosflasche, die Jane in den Picknickkorb gestellt hatte. Sally zwang sich, zwei Sandwiches zu essen. Sie musste essen, das Frühstück lag schon lange zurück. Ohnehin würde sie das vorgeschriebene Gewicht von 76 Kilogramm bei weitem nicht erreichen, selbst wenn man sechs Kilo für den Sattel und ihre Rennausrüstung hinzurechnete. Als Zusatzgewicht musste sie daher eine Blei beschwerte Decke auflegen, die für Dancer einen weiteren Nachteil bedeutete, da sie schwer auf dem Rücken des Pferdes lag und anstrengender zu tragen war als menschliches Gewicht, das sich verlagern, bewegen und einem Sprungpferd manchmal sogar helfen konnte.

Als Jane wiederkam, brachte sie eine Rennkarte mit den Namen der startenden Pferde mit. Für das Rennen um halb zwei waren offensichtlich fünfzehn Pferde gemeldet. Sally überflog die Liste der Pferde und Reiter: Irish Dancer mit Miss S. West. Im Prospekt hieß es: «Äußerst brauchbar bei Geländejagden 95 und 96. Seit Verletzungspause nicht mehr gesehen. Sicherer Springer mit Ausdauer. Außenseiterchance, falls wieder in Bestform, aber wahrscheinlich kein Hauptakteur. Einer, den man im Auge behalten sollte.»

«Sind sie nicht gemein?», sagte Sally verärgert.

«Nein, das ist schon angemessen», sagte Jane. «Es gibt eindeutig noch ein Fragezeichen, was seine Fitness angeht.»

«Ich frage mich, wie die Wetten für ihn stehen», sagte Sally.

«Etwa sechzehn zu eins», antwortete Jane. «Als er das letzte Mal gestartet ist, war er einer der Favoriten.»

«Das wird er auch wieder sein», sagte Sally.

«Denk dran, unser Job ist, ihn bei diesem Rennen sicher über die Runden zu bringen. Ich möchte, dass er mit intaktem Bein zurückkommt. Keine Heldentaten, Sal. Das ist nur ein Probelauf, um zu sehen, wo wir stehen. Okay? Ich möchte, dass du ihn im Mittelfeld platzierst und da bleibst.»

«Ja», sagte Sally. «Ich weiß.»

«Ich weiß nicht, wie viele Pferde letzten Endes tatsächlich starten. Aber diese fünf waren schon gemeldet», sagte Jane. Sie deutete auf die Namen der Pferde auf der Rennkarte, die sie mit einem Häkchen versehen hatte. «Pass auf Billy Masters auf. Er wird dich die ganze Zeit anbrüllen. Das macht er bei Mädchen immer so. Er versucht, dich einzuschüchtern. Er wird dir sagen, du sollst ihm nicht in die Quere kommen und so. Ignoriere ihn einfach oder sag ihm, er kann dich mal … Er ist ein aufgeblasener Kerl. Er will dieses Rennen gewinnen. Sein Pferd hat die beiden letzten Rennen gewonnen. Und pass auf Jo Jenks auf. Sein Pferd springt nach rechts. Sieh zu, dass du in der Kurve nicht innen neben ihm bist, sonst wirft er dich raus.»

Sally nickte. Jane fand, dass sie blass und angespannt aussah.

«Na komm», sagte sie. «Lass uns die Bahn abgehen. Steve, ich möchte, dass Dancer rundum bandagiert wird. Jackpot kannst du erst mal noch lassen. Sein Rennen ist erst um halb drei.»

«Klar, Boss», sagte Steve. «Okay, Sal?», grinste er. «Sag Bescheid, wenn ich für dich reiten soll.»

«Davon träumst du wohl», sagte Sally.

Es war ein milder Februarmorgen, nass und diesig. Die Sonne, die vorher matt geschienen hatte, war hinter perlgrauen Wolken verschwunden, als Khaled mit Maeve, Lady Pamela, Sam und Mohammed in seinem Taxi an der Rennbahn eintraf. Es hatte lange gedauert, bis sie endlich aufgebrochen waren, da Lady Pamela viel Aufhebens darum gemacht hatte, dass das Haus richtig abgeschlossen wurde, Mrs Day Anweisungen wegen der Schlüssel bekam und das Silber in den Safe gelegt wurde, bevor sie fuhren. Maeve fand ihre Selbstbeherrschung vorbildlich, weil sie nicht geschrien hatte:

«Jetzt steigen Sie endlich ein, mein Gott!» Auf der Fahrt hatte Lady Pamela erklärt, sie kenne den Weg, was sich als falsch erwies. Ständig sagte sie Khaled, er solle rechts oder links abbiegen, und änderte dann ihre Meinung. Maeve staunte über seine Geduld. Schließlich hatte Sam gesagt: «Pammy, Liebling, ich denke, es wäre besser, wenn Mohammed auf der Straßenkarte nachsehen würde, meinst du nicht?»

Als sie ankamen, füllten sich die Parkplätze bereits, und die Besucher strömten in Gruppen an die Rennbahn. Maeve sah in ihrem rosa Kostüm und Lady Pamelas Samthut Aufsehen erregend gut aus. Sie lief herum und suchte die Days, Matt, Sophie und Commander Digby, bis schließlich alle um das Picknick versammelt waren, das sie im Kofferraum von Khaleds Wagen ausgebreitet hatte. Matt öffnete den Wein, und Maeve und Sophie reichten das Essen herum. Frank bekam ein Dosenbier und unterhielt sich mit dem Commander, der ihm ausgiebig sein Mitgefühl über den Verlust seiner Arbeit bekundete. Sam hockte makellos in ländlichem Tweedanzug und weichem Filzhut auf einem Jagdstuhl und wurde liebevoll von Mohammed bedient. Lady P. leitete das Ganze vom Rücksitz aus und ließ die Beine zur offenen Tür hinausbaumeln. Maeve und Sophie sorgten dafür, dass sie einen Schluck Whisky und einen gebührenden Anteil an Schnittchen mit Räucherlachs bekam. Mrs Day wirkte geradezu majestätisch in einem von Lady Pamelas Hüten, den Maeve ihr zum Anprobieren gegeben hatte. Sie hatte dem Weißwein schon ordentlich zugesprochen und musste sich auf Khaled stützen, der mit seinem Bart und dem Bäuchlein in Bumpers alter Wachsjacke mit den flatternden ‹Besitzerkarten› am Reißverschluss geheimnisvoll dunkel und ziemlich wohlhabend wirkte. Matt und Jack Dick machten sich auf, Jane auf dem Parkplatz für Pferdelaster zu suchen, um sie zu fragen, ob sie sich zu ihnen gesellen wolle. Als Matt wiederkam, sagte er, alles sei in Ordnung, aber Jane wolle vor dem Rennen nichts trinken. «Sie sagt, wenn ihr zweites Pferd gewonnen hat, lässt sie sich voll laufen. Sie haben Steve überredet, auf dem Rückweg den Laster zu fahren.» Jack blieb bei Dancer, während er fertig gemacht wurde. Er behielt gern alles im Auge.

Gegen ein Uhr machte die Gesellschaft sich auf den Weg zum Sattelplatz. Unterwegs setzte Maeve zehn Pfund auf Irish Dancer.

«Verschwenden Sie Ihr Geld nicht», warnte Lady Pamela. «Er wird nicht gewinnen.»

«Zu spät», sagte Maeve. «Ich habe auf etwas gesetzt, was sich Plattwette nennt.»

«Du meinst Platzwette», korrigierte Matt sie. «Das heißt, du bekommst Geld, wenn er als Erster, Zweiter oder Dritter ins Ziel geht.»

«Genau», sagte Maeve strahlend, «und ich finde, das Geld ist gut angelegt, oder?»

Elf Pferde waren für das Rennen gemeldet. Der Favorit war, wie erwartet, das von Billy Masters gerittene irische Pferd Ela Mana.

«Was bedeutet der Name, Maeve?», fragte Matt. «Ist das gälisch?»

«Keine Ahnung. Hoffentlich heißt es langsames Schiff nach China.»

Als sie den Sattelplatz erreichten, wurden dort bereits mehrere Pferde in Decken herumgeführt. «Wo ist Dancer?», fragte Maeve. «Ach, guckt mal, da kommt er. Gott, er sieht wunderbar aus.»

Schweigend schauten sie zu, wie der große Braune auf den Sattelplatz kam. Steve, der ihn führte, trug ein Sweatshirt in den Farben des Gestüts mit Janes Namen darauf, Dancers Decke war in den gleichen Marineblau- und Karmesinrottönen gehalten. Steve hatte Mühe, mit seinem schwungvollen Gang Schritt zu halten, als er mit gespitzten Ohren und wachem Blick auf den Platz kam.

«Er freut sich, wieder dabei zu sein», sagte Sam. «Das sieht man genau, nicht war?»

Lady Pamela und Sam gingen mit Maeve und Mohammed in die Mitte des Sattelplatzes. Maeve musterte die Konkurrenz aus schmalen Augen. Für sie wirkten sämtliche Pferde, die hier herumliefen, schnell und geschmeidig. Als die Glocke ertönte, kamen die Jockeys mit ihren Sätteln aus dem Wiegeraum. Sally, das einzige Mädchen im Rennen, sah prächtig aus in Bumpers Rennfarben – einem orange-weißen Trikot zu oranger Kappe und weißer Nylonhose. Man nahm Dancer die Decke ab, legte ihm zuerst die Decke mit den Zusatzgewichten und dann die Startnummer an und sattelte ihn.

«Nummer sieben», sagte Maeve. «Meine Glückszahl. Mein Gott, Sally, viel Glück! Viel Glück, Dancer!»

Sally lächelte abwesend. Sie konzentrierte sich voll und ganz auf das bevorstehende Rennen. Nachdem der Sattelgurt noch einmal überprüft war, half Steve Sally in den Sattel. Sofort schwang Dancer voller Eifer herum, weil es nun losging. Steve hielt ihn immer noch fest. Mohammed brachte Lady Pamela und Sam in sichere Entfernung.

«Lass nicht zu, dass er sich gleich zu Anfang übernimmt», mahnte Jane. «Denk dran: Wir wollen wissen, ob er die Strecke schafft. Steve, bist du fertig?»

Sally wurde an die Bahn geführt und hörte den Ansager über Lautsprecher sagen: «An den Start geht die Nummer sieben: Irish Dancer, geritten von Sally West.»

Als sie auf den grasigen Turf der Bahn bog, merkte Sally, dass Dancer durch die Menge abgelenkt war, hierhin und dorthin schaute, sich hin und her warf, sich nicht konzentrierte und nicht auf sie hörte. Sie gab ihm die Fersen und rief ihn mit der Gerte zur Ordnung, worauf er in einen leichten Galopp fiel. Sie spürte seine geballte Kraft und Anspannung, hatte ihn aber im Griff. Der Anblick seiner starken Schultern vor ihr war beruhigend. Er beugte den Hals vor und zerrte an den Zügeln, dass ihm weiße Schaumfetzen aus dem Maul flogen. Da er allein auf der Bahn war, begnügte er sich schnaubend mit einem leichten Galopp und schlug dabei mit dem Schwanz. In dieser Gangart konnte sie ihn halten. Auf dem Weg von der Tribüne zum Start entspannte er sich und fand seinen Rhythmus. Sie tätschelte seinen Nacken und war froh, dass sie unterwegs waren, die Anspannung etwas nachließ und es gleich losgehen würde.

Matt, Sophie, Mr und Mrs Day und der Commander hatten gute Plätze auf der Tribüne gefunden. Als Dancer vorbeikam, packte Sophie Matts Hand. Der Anblick der zierlichen Sally, in den Steigbügeln stehend auf dem Rücken dieses kräftigen Tieres, das Leuchten von Lady Pamelas Farben, das flotte Orange der Kappe verschlugen Sophie den Atem. Sie musste schwer schlucken. Matt schaute sie an und sagte:

«Sieht er nicht großartig aus? Er macht das schon. Sally weiß, was sie tut. Die beiden passen schon aufeinander auf.»

Mrs Day, die eine Reihe unter ihnen stand, nahm Franks Arm. Er hatte sich ein Fernglas geliehen und beobachtete die beiden auf dem Weg zum Start.

«Jetzt hat er sich etwas beruhigt», sagte er. «Hier, guck mal.» Damit reichte er seiner Frau das Fernglas.

Als Sophie Maeve und die anderen entdeckte, die sich unten durch die Menge schlängelten, winkte sie ihnen, zu ihnen heraufzukommen. Khaled und Mohammed halfen Sam und Lady Pamela die Treppe hinauf, wobei die anderen Zuschauer ihnen lächelnd Platz machten. Jane wurde rechts und links von Bekannten gegrüßt. Einige erkundigten sich nach ihrem

Pferd, und sie musste ihnen kurz antworten und Lady Pamela vorstellen. Maeve wieselte durch die Menge zu Mrs Day. «Ich weiß nicht, ob mir das Spaß macht», sagte sie. «Ich dachte, es wäre nur Gerede, aber es ist wirklich die reinste Qual.» Jack Dick hatte es vorgezogen, bei Steve zu bleiben. Er hatte nichts für Menschenmengen übrig. Lady Pamela hatte ihm zwar angeboten, ihm eine Karte für die Mitgliedertribüne zu kaufen, aber das hatte er abgelehnt. Er wollte sich mit Steve das Rennen auf dem Fernseher über der Theke anschauen.

Die anderen Pferde galoppierten in leuchtenden Farben zum Start. Maeve stellte sich auf Zehenspitzen, um über die Köpfe hinweg den Start zu sehen.

«Sie sind jetzt am Start», sagte Matt. «Sally ist anscheinend noch hinter ihnen.»

«Sie sollte besser vorkommen, wenn sie einen guten Start haben will», sagte Jane besorgt.

«Das war der Start zur Forster Moore Challenge Hunter Chase über drei Meilen und zweieinhalb Furlong.»

Jetzt konnte auch Maeve die Pferde sehen, die dicht gedrängt am Geländer entlangliefen; sie fand, dass es ziemlich langsam aussah.

Jane schaute durch ihr Fernglas. «Ziemlich guter Start. Er hat sich gut platziert, etwa im Mittelfeld, wie ich ihr gesagt habe. Sie laufen nicht zu schnell. Ein gutes, gleichmäßiges Tempo. Da kommt das erste Hindernis. Gott, das hat er gut genommen. Habt ihr das gesehen?» Maeve hatte es nicht gesehen. Unter all den dicht gedrängten Pferden konnte sie ihn nicht erkennen. Als die Pferde zum zweiten Hindernis kamen, entdeckte sie die orange Kappe. «Jetzt kommt das zweite», sagte Jane. Maeve sah, wie Dancer mit Sally über das Hindernis zu fliegen schien. «Das hat prima geklappt. Wie es aussieht, zieht er ziemlich, aber Sally hält ihn hinter der Spitze, wie ich es ihr gesagt habe.» Maeve sah, dass nun der erste

Wassergraben kam. Der dunkle Graben auf der Absprungseite wirkte riesig. Die Spitzengruppe schien fast gleichzeitig abzuspringen, unter ihnen auch Dancer. Dann gab es eine Kollision. Maeve sah ein Pferd zur Seite kippen, ein Hinterhuf ragte kurz in die Luft, dann stürzte es zu Boden, landete auf dem Rücken; der Jockey wurde abgeworfen und rollte sich zu einer Kugel zusammen. Ein zweites Pferd stürzte fast auf ihn.

«O Gott!», sagte Jane, «einer ist gestürzt … und noch einer. Nein, Dancer nicht. Er ist okay. Das erste Pferd hat das nächste zu Fall gebracht, ich hatte allerdings den Eindruck, dass Billys Pferd nicht gerade gesprungen ist. Hast du das gesehen, Matt?»

Dancer ist in Ordnung, dachte Maeve erleichtert. Sophie klammerte sich so fest an Matts Arm, dass es schmerzte.

Das Feld hatte sich nun etwas auseinander gezogen. Dancer war deutlich zu erkennen, als die Pferde um die Kurve kamen und von der Tribüne fort ins Gelände bogen. Sally hielt sich immer noch innen auf der Bahn etwa an fünfter Stelle. Dancer lief anscheinend locker und hielt ohne sonderliche Anstrengung seinen Platz im Feld. Die beiden reiterlosen Pferde galoppierten mit fliegenden Steigbügeln und Zügeln nebenher. «Hoffentlich geraten sie ihm nicht in die Quere», sagte Jane. «Arme Sally, es ist aufreibend, reiterlose Pferde neben sich zu haben. Ständig muss man mit einem Auge beobachten, was sie machen.» Da die nächsten beiden Hindernisse von der Tribüne aus nicht zu sehen waren, wandten alle Köpfe sich den Bildschirmen zu. Im Fernsehen wirkte alles sehr nah und farbenfroh. Sallys Kappe hob sich leuchtend vom grünen Turf ab. Maeve sah sie sauber das nächste Hindernis nehmen und entspannte sich ein wenig. Er machte sich gut. Vielleicht würde er sogar allen davongaloppieren und gewinnen.

«Es macht ihm richtig Spaß, so herumzujagen», sagte Matt. «Sally treibt ihn kein bisschen.»

Immer weiter auseinander gezogen galoppierte das Feld auf das nächste Hindernis zu.

«Irish Dancer wird von einem reiterlosen Pferd behindert», sagte der Sprecher. Maeve hatte den Überblick verloren, sah aber, dass Dancer fast auf den Knien lag und Sally halb auf seinem Nacken hing. «Sie stürzt!», schrie Jane, aber Maeve sah, wie Dancers Kopf hochkam, Sally wieder in den Sattel fand und ihn anspornte.

«Nein, er ist noch dabei», sagte Matt. «Das reiterlose Pferd ist ihm am Hindernis in die Quere gekommen.»

«Das hat ihn um einige Plätze zurückgeworfen», sagte Jane. «Sehen Sie, Lady Pamela? Er ist an zweitletzter Stelle.» Sie schaute durch ihr Fernglas. «Aber er kommt wieder. Er macht Boden gut. Er kommt wieder.»

Die Pferde tauchten am anderen Ende der Bahn auf und hoben sich in der Ferne klein, aber deutlich gegen die weißen Geländer ab. Maeve sah Dancer stetig aufholen, bis er mit einigem Abstand wieder den dritten Platz einnahm. «Wie viele kommen denn noch von diesen verdammten Hindernissen?», fragte sie.

«Noch sechs», sagte Jane. «Guckt mal, man hat die reiterlosen Pferde eingefangen.»

Von nun an gab es keine Zwischenfälle mehr. Im hinteren Feld fielen drei Pferde weit zurück, aber die Position der anderen blieb unverändert. Dancer nahm die Hindernisse jedes Mal mühelos, konnte aber zu Maeves Enttäuschung den Vorsprung auf die beiden Führenden nicht verringern. Sie bauten ihn eher noch aus. Auf den letzten zweihundert Metern ließ Sally Dancer anscheinend sogar zurückfallen, während die beiden Pferde an der Spitze zum Finish scharf geritten wurden und ihren Vorsprung vergrößerten und das Pferd auf dem vierten Platz aufholte, von seinem Jockey mit Fersen und Gerte wild angetrieben. Sally ritt anscheinend in leichtem Galopp auf das Ziel zu, ohne die Bedrohung von hinten zu bemerken. Bitte, dachte Maeve, lass dich jetzt nicht schlagen. Zeig, was du kannst. Zeig, dass du immer noch Rennen laufen kannst.

Als die führenden Pferde sich der Ziellinie näherten und die Menge in Jubel ausbrach, beobachtete Maeve, wie Sally sich umschaute, das nachfolgende Pferd außen herankommen sah und Dancer Fersen und Gerte gab. Alle feuerten sie lautstark an. Das große Pferd legte die Ohren an, streckte den Hals und galoppierte scheinbar so mühelos davon, dass die Bemühungen seines Gegners mühsam und angestrengt wirkten. «Irish Dancer stürmt als Dritter durchs Ziel», sagte der Sprecher. Khaled warf seine Mütze in die Luft, Sophie fiel Matt in die Arme. Sam küsste Lady Pamela auf die Wange. «Gut gemacht, mein Schatz!»

Maeve schlug die Hände vors Gesicht. Es war fast mehr, als sie ertragen konnte.

Jane schlängelte sich durch die Menge, um Dancer von der Bahn zu führen. Die anderen blieben im Gewühl stecken, das sich von der Tribüne drängte. Mohammed schob beschützend seinen Arm unter Sams, Khaled und Commander Digby halfen Lady Pamela. Maeve plapperte drauflos und brachte die Umstehenden mit ihrer offenkundigen Aufregung zum Grinsen. Sie küsste den Türsteher zu seiner Freude so stürmisch, dass er glaubte, sie habe viel Geld gewonnen oder müsse mindestens Besitzerin des Siegerpferdes sein.

Als Dancer in die Box für den Drittplatzierten geführt wurde, wirkte er ziemlich frisch und schnaubte kaum, obwohl seine Nüstern flatterten und die Venen sich wie Maßwerk auf seinem nassen Rücken abzeichneten. Sally wirkte überschwänglich glücklich in ihrem schlammbespritzten Trikot. Sie schlug mit der Faust auf Dancers Nacken.

«Er war toll», sagte sie. «Einfach toll. Dieses reiterlose Pferd ist uns direkt in die Quere gekommen. Erstaunlich, wie er uns mit seinem Sprung aus der Patsche geholt hat. Ich habe gemacht, was man mir gesagt hat. Ich habe ihn nicht getrieben, außer ganz zum Schluss. Das hat er alles von sich aus gemacht.»

«Ich habe dir ja gesagt, dass er das beste Pferd ist, auf dem du je sitzen wirst», erklärte Jack mit vor Aufregung und Rührung hochrotem Gesicht. «Ich hab gewusst, dass er wieder kommt, der alte Bursche.»

«Mensch», sagte Maeve, «ich habe einen Haufen Geld gewonnen!»

Kapitel 13

In den nächsten Tagen war in Charlton nur noch von Dancer die Rede. Maeve, Sally und Jane saßen an Janes Küchentisch und analysierten sein Rennen. «Die Sache ist die», erklärte Sally nachdrücklich, «wenn ich an den ersten beiden Pferden dran geblieben wäre, hätte er es im Finish mit ihnen aufnehmen können. Es ging nur deshalb nicht, weil ich ihn auf Anweisung nicht scharf geritten habe und dieses reiterlose Pferd uns fast zu Fall gebracht hätte. Wir hätten es schaffen können, wirklich.»

«Er hat den Parcours wirklich gut gemeistert», sagte Jane. «Jetzt wissen wir, dass er die Strecke schafft und am Ende noch genug Kraftreserven hat. Und er liebt den Wettbewerb.»

«Jackpot ist in seinem Rennen als Zweiter durchs Ziel gegangen, und zu Hause ist Dancer immer schneller als er», sagte Sally. «Ich sage dir, Jane, wenn du mir erlaubt hättest, ihn schärfer zu reiten, hätten wir gewinnen können.»

Maeve, die nichts von Pferden verstand, war sehr erleichtert, dass Dancer sein erstes Rennen gesund und wohlbehalten überstanden hatte. Sie wollte, dass er so weitermachte und gewann, und sah nicht ein, wieso das nicht so ohne weiteres ging. Das Pferd sorgte bei ihr für den Adrenalinstoß, den sie so dringend brauchte, die Erregung, nach der sie sich sehnte, und sie hatte den Eindruck, dass Jane allzu vorsichtig war und alles zu pessimistisch sah. Am Tag nach dem Rennen trottete Dancer munter herum, und Jane meldete, dass seine Beine kühl und fest waren.

«Und er frisst gut», fügte Sally hinzu. «Gestern Abend hat er kein Haferkorn übrig gelassen. Manche Pferde mögen nach einem Rennen nicht fressen und verlieren Kondition», erklärte sie Maeve. «Dann ist es schwierig, sie in Bestform zu halten.»

«Wenn es ihm so gut geht, sollten wir ihn so oft bei Rennen starten lassen, wie es geht», sagte Maeve. «Lady Pamela bleibt vielleicht nicht mehr viel Zeit. Sie sollte so viel Spaß wie möglich an ihm haben.» Es war einfacher, Lady Pamela vorzuschieben.

Jane schüttelte den Kopf: «Pferde sind keine Maschinen, Maeve. Er hat jetzt drei Tage frei. Ich hole ihn jeden Morgen auf die Weide. Er braucht mindestens zwei oder drei Wochen Pause, bevor er wieder ins Rennen geht, und wenn der Boden hart ist, riskiere ich es gar nicht erst. Langfristig lohnt das nicht.»

«Aber es gibt kein Langfristig», protestierte Maeve. «Ich glaube nicht, dass Lady Pamela noch eine Chance bekommt. Wer weiß, wann sie den Löffel abgibt?» Sally war schockiert, dass sie so völlig unverhohlen über Lady Pamelas Tod reden konnte. Maeve drängte: «Was glaubst du, bei wie vielen Rennen du ihn höchstens starten lassen kannst?»

«Ich versuche, dir klarzumachen, dass wir seine Rennen sorgfältig aussuchen müssen. Lady Pamela versteht das. Er läuft vielleicht nicht so oft, aber die Rennen, bei denen er startet, werden für ihn genau richtig sein, so hat er die besten Chancen. Verstehst du das nicht?»

Maeve seufzte. Sie sah ein, dass es durchaus vernünftig war, aber Dinge ruhig anzugehen war ihr nicht gegeben. Ihrer

Ansicht nach trat man nicht auf die Bremse, wenn man gerade gut in Schwung war, sondern drehte voll auf und kostete jede Minute Spaß aus. Diese ganze Vorsicht war einfach unerträglich.

«Ich denke, wir melden ihn für ein Jagdrennen in drei Wochen in Wincanton an. So viel Zeit braucht er, um sich nach der langen Pause von Newton Abbot zu erholen. Außerdem ist es ein Lokalrennen, ein schöner Kurs, und wir können sehen, ob er seine Leistung wiederholen oder sogar verbessern kann. Viele gute Pferde, die von hiesigen Trainern wie mir trainiert werden, nutzen Wincanton als Vorbereitung für die größeren Rennen später in der Saison. Je nach Resultat denke ich daran, ihn als Nächstes bei einem Park-Kurs anzumelden.»

«Was meinst du mit Park-Kurs?»

«Die Parkbahnen sind die größeren Rennbahnen mit größeren Hindernissen und besseren Pferden. Cheltenham ist die beste.»

«Wow!», sagte Maeve aufgeregt. «Du willst ja mit ihm ganz schön hoch hinaus.»

Sally lachte: «Und mit mir auch! Es ist mein ganzer Ehrgeiz, in Cheltenham zu reiten. Das ist bei allen Jockeys so. Das ist einfach der Gipfel.»

Jane holte das diesjährige Rennprogramm von Cheltenham aus ihrem Schreibtisch und blätterte es durch. Maeve und Sally schauten sich quer über den Tisch hoffnungsvoll an.

«Je nachdem, wie er sich in der Zwischenzeit macht, könnten wir ihn für das National Hunt Steeplechase Challenge im März anmelden. Da er in den letzten beiden Jahren nichts gewonnen hat, erfüllt er die Anmeldebedingungen. Der Kurs geht über vier Meilen, und er müsste vier Pfund Zusatzgewicht tragen, soweit ich sehe.»

«Ich glaube, vier Meilen würden ihm liegen», sagte Sally

eifrig. «Er machte den Eindruck, als könnte er den ganzen Tag durchhalten. Er ist stark und unermüdlich, aber über kurze Distanzen fehlt es ihm an Schnelligkeit.»

«Ist das das Rennen, bei dem er seinen Zusammenbruch hatte?», erkundigte sich Maeve.

«Nein, das war die Fuchsjagd. Damals hatte er zu viele Rennen gewonnen, um für ein Nachwuchsrennen zugelassen zu werden. Er war zu gut.»

«Wäre es nicht toll für Lady Pamela, wieder ein Pferd in Cheltenham dabei zu haben? Schließlich war er damals auf dem besten Weg dorthin, und es muss eine große Enttäuschung gewesen sein, als alles schief ging.»

«Anmeldefrist ist der dritte März», las Jane aus der Broschüre vor, «wir müssen uns also vorerst noch nicht entscheiden. Das können wir uns als Ziel vornehmen.»

Die drei jungen Frauen grinsten sich über den Tisch hinweg an.

«Ich kann es gar nicht abwarten, Lady P. davon zu erzählen», sagte Maeve. «Cheltenham! Selbst ich habe schon von Cheltenham gehört. Ganz Irland kommt dafür herüber, stimmt's? Sämtliche katholischen Priester strömen auf die Fähren! Wird das ein Fest!»

Sie radelte sofort zurück nach Charlton, stürmte durch die Haustür und rief: «Lady P., wo sind Sie?» Sie bekam keine Antwort, sah aber durch die offene Wohnzimmertür, dass die alte Frau am Fenster stand und auf eine Planierraupe starrte, die gerade den Rosengarten umwühlte. Ein frischer Erdhaufen türmte sich wie Schokoladenmousse auf dem Rasen.

«Mann!», sagte Maeve und versuchte, Lady Pamela fortzuziehen. «Schauen Sie nicht hin, Lady P. Schauen Sie gar nicht hin.»

«Man muss den Dingen ins Auge sehen», erklärte Lady Pamela grimmig. «Ich kann nicht so tun, als ob nichts wäre.»

«Diese Scheiß-Bunty», stieß Maeve wütend aus. «Verdammte, grässliche Scheißfrau!»

Lady Pamela seufzte. «Also wirklich, Maeve. Ihre Ausdrucksweise. Obwohl ich Ihnen natürlich Recht gebe.»

«Hören Sie, ich habe tolle Neuigkeiten von Dancer!», sagte Maeve und zerrte an der knochigen kleinen Hand. Sie erzählte Lady Pamela von Janes Plänen und wünschte sich inständig, dass die alte Dame dem Fenster und der Schändung ihres Gartens den Rücken kehren möge.

«Wunderbar!», sagte Lady Pamela beherzt. «Es ist besser, nach vorn zu schauen, als an der Vergangenheit zu kleben.» Sie schüttelte ihre zierlichen Schultern und richtete sich sehr gerade auf. «Vermutlich sollte ich froh sein, dass der Garten gepflegt wird. Verändert, aber gepflegt. Das ist das Wichtigste. Den Rosengarten habe ich nach Elizabeths Tod angelegt, wissen Sie. Aber das ist schon lange her. Es spielt jetzt keine Rolle mehr. Lizzie liebte Pferde. Ihr hätte es gefallen, Dancer wieder beim Rennen zu sehen. Dann soll er zu ihrem Andenken laufen.»

Maeve gab ihr einen Kuss auf die Wange. «So ist es gut», sagte sie. «Zum Teufel mit Bunty.»

Sophie und Matt verbrachten den restlichen Februar mit der manchmal mühsamen Anpassung an ihre neu entdeckte Liebe. Jeden Abend rief Matt an und versuchte, Möglichkeiten zu organisieren und auszuhecken, wie er Sophie sehen und dennoch den Anforderungen seines Berufs und des Bauernhofes gerecht werden könnte, und Sophie fiel es ebenso schwer, sich Zeit von den Zwillingen und den Arrangements für sie zu nehmen. Da sie mittlerweile an zwei Vormittagen in der Woche in eine Spielgruppe gingen, hätte sie drei herrliche Stunden frei, aber das reichte nicht, um Matt zu treffen, zumal er vormittags ohnehin nie Zeit hatte. Ein bisschen

Freizeit hatte er, wenn überhaupt, nur am späten Nachmittag, dann war es aber zu spät, um nach London zu fahren und rechtzeitig wieder zu Hause zu sein und auf dem Hof zu helfen. Da das winterliche Wetter seinem Vater zu schaffen machte, kam er immer schlechter mit der Arbeit zurecht. Eine alte Knieverletzung plagte ihn und manche Arbeiten waren einfach zu anstrengend für ihn, Matt kam nicht umhin, Rob um Hilfe zu bitten, als sie den Kälbern die Hörner stutzen mussten und als eine ihrer Kühe sich mit einem Bein in den Gitterstäben eines Tores verkeilt hatte. Es war eine gefährliche Situation: Sie trat in Panik um sich und drohte dabei, sich das Bein zu brechen. Letzten Endes brüllte Matt seinen Vater an, er solle aus dem Weg gehen, und einen Moment sah es aus, als ob sie sich prügeln wollten. Der alte Mann stapfte jedoch unter dem Vorwand davon, einen Strick zu holen, aber dabei blieb es nicht. Den ganzen Abend war er noch schweigsamer als sonst, und Matt spürte, dass sie eine unsichtbare Grenze überschritten hatten, als er seinem Vater Befehle erteilt und sein Vater sie befolgt hatte. Matt war völlig klar, dass es auf dem Hof unmöglich so weitergehen konnte. Er war gezwungen, seine gesamte Freizeit zu opfern und jeden Gedanken an ein Treffen mit Sophie oder an seinen Platz in der örtlichen Rugby-Mannschaft beiseite zu schieben. Es war ein Gebot der Loyalität, seinem Vater zu helfen, aber wozu? Welche Zukunft hatte der Hof? Er hatte sich dagegen entschieden, Bauer zu werden, und eine Landwirtschaft im traditionellen Stil seines Vaters, die seiner Ansicht nach zum Untergang verurteilt war, wollte er schon gar nicht führen. Er fühlte sich in die Ecke gedrängt und geschlagen.

Commander Digby hielt die Mauer des Schweigens aufrecht, und wenn Matt auf seine unbezahlte Arbeit zu sprechen kommen wollte, antwortete er jedes Mal: «Ich habe dich nicht um Hilfe gebeten. Ich komme schon zurecht. Ich bin immer zurechtgekommen.»

Seine Angst und Verstocktheit drängten den alten Mann in eine deprimierend isolierte Welt für sich. Jedes Gespräch mit seinem Sohn war ausgeschlossen, weil er wusste, was dieser sagen würde, und genau das wollte er nicht hören. Meist saß er morgens am Esszimmertisch über stapelweise Formularen vom Ministerium und Unterlagen über den Viehbestand. Kürzlich hatte man ihm eine Ladung Kälber vom Markt in Frome zurückgeschickt, weil ihre Herkunftszeugnisse nicht in Ordnung waren. Er hatte versucht, es vor Matt geheim zu halten, aber natürlich war sein Sohn dahinter gekommen und hatte ihn wie üblich in die Mangel genommen. Es gab soviel Papierkram und verflixte Bürokratie. Die Landwirtschaft war nicht mehr so, wie er sie von klein auf gelernt hatte. Er liebte sein Vieh, züchtete stolz seine Rinder und bestellte sein Land, aber heutzutage blieb ihm kaum noch Zeit, den Kopf zu heben und die Schönheit der Landschaft wahrzunehmen, das blaue Licht über den Hügeln, die leuchtende Frische des ersten Frühlingsgrüns, wenn im ganzen Tal das Gras wuchs. Er sah nur knietiefen Morast auf dem Hof und machte sich Sorgen, ob das Viehfutter reichte. Wenn das Frühjahr kalt und feucht würde, müssten sie Heu zukaufen, und er wusste nicht, woher er das Geld nehmen sollte.

Die Zeitungen waren voll von Angst schürenden Berichten über BSE. Diese Krankheit hatte es auf seinem Hof noch nicht gegeben, und das sollte auch so bleiben, aber alle Rinder wurden gleich behandelt. Die verdammten Deutschen und Franzosen würden mal wieder heil aus der Sache herauskommen, wie immer, weil die britische Regierung die heimische Landwirtschaft hatte den Bach runtergehen lassen.

In seinem Hinterkopf lauerte unausgesprochen die Angst über Sophies Auftauchen in Matts Leben. Bei Maeve hatte er das anders gesehen. Sie war herein- und wieder hinausgestürmt und war genauso schnell wieder verschwunden, wie sie gekommen war, aber Sophie gehörte zu der Sorte Frauen, die heiraten wollten, wenn er sich nicht sehr täuschte. Was würde passieren, wenn sie sich Matt angelte? Würden sie fort ziehen und ihn der Hilfe seines Sohne berauben, auf die er angewiesen war? Falls sie bleiben sollten, würde sie das Bauernhaus übernehmen wollen. Er wäre dann in seinem eigenen Haus überflüssig und unerwünscht. Ihm war völlig klar, dass er Matt eigentlich zu seinem gleichberechtigten Partner machen und ihm einen gebührenden Anteil des Hofes überschreiben müsste. Letzten Endes würde es so kommen, aber im Augenblick war ihm dieser Schritt noch zu groß. Als gleichberechtigter Partner hätte Matt ein Wörtchen mitzureden, wie der Hof zu führen war. Er würde ihm Veränderungen aufzwingen. Ferienhäuser, Bed and Breakfast. Ehe er es sich versähe, wäre er ein verdammter Hotelbesitzer. Nein, vorerst würde er die Stellung halten und die Ohren steif halten.

Maeve fragte sich, was eigentlich los war. Wenn sie auf ihrem Fahrrad herüberkam und an der Hintertür nach ihm rief, war er meist im Haus, umgeben von Papierstapeln auf dem Esstisch und dem Boden. Das Zimmer war ungemütlich, staubig, kalt und dunkel. Er hatte den Schirm von der Deckenlampe genommen, um besser sehen zu können, und Maeve fand die nackte Glühbirne ungeheuer trostlos.

«Was ist das alles?», erkundigte sie sich und scharrte mit dem Fuß in den Papieren. «Warum sind Sie nicht draußen auf dem Hof?»

«Behördenkram. Verdammte Bürokratie. Verdammte Vorschriften», grummelte er und schaute sie mit zerwühltem Haar über den Brillenrand hinweg an.

«Ich dachte, Bauern hätten für dieses Zeug Sekretärinnen.»

Commander Digby schimpfte: «Die kann ich mir nicht leisten.»

«Fragen Sie doch Sophie um Hilfe. Sie war Sekretärin, wissen Sie. Sie würde das schon für Sie regeln. Ich nicht, da brauchen Sie mich gar nicht so anzusehen. Ich kann diese Briefumschläge mit den kleinen Fenstern nicht ausstehen. Ich würde alles nur noch schlimmer machen. Kommen Sie, gucken Sie nicht so finster. Draußen ist es herrlich, schon richtig frühlingshaft.» Sie ging ihm Tee aufbrühen. Als sie den Becher neben ihn stellte, sagte sie: «Wenn Sie die Nase vom Bauernhof voll haben, warum geben Sie ihn nicht einfach auf? Verkaufen Sie doch. Leute wie Bunty reißen sich bestimmt um ein so schönes Haus. Piekfeine Leute. Verkaufen Sie und ziehen Sie in die Sonne, weit weg von diesem Scheißmatsch und Elend.»

Commander Digby fiel auf, dass niemand je gewagt hatte, ihm das so unverblümt zu sagen. Ein Weilchen blieb er schweigend sitzen und ließ eine Vision von Neuseeland vor sich erstehen, wohin er schon immer hatte fahren wollen. Er sah die Schaffarm seines Vetters vor sich, hinter der sich, wie er wusste, die schneebedeckten Gipfel der Südinsel erhoben. Er stellte sich vor, in einem flachen Wildbach Forellen zu angeln, und versuchte sich zu erinnern, wie es war, frei von ständigen Sorgen zu sein. Er trank einen Schluck Tee.

«Ich wünschte, das wäre so einfach», sagte er.

«Wieso denn nicht?», fragte Maeve, die spürte, dass sie einen Nerv getroffen hatte. «Nichts geht ewig so weiter. Wieso auch? Das sieht man ja an der Geschichte. Alles muss sich ändern, weiterentwickeln, oder? Ich an Ihrer Stelle würde verschwinden und dafür sorgen, dass ich den Rest meines Lebens genieße. Man muss gehen, solange es gut läuft, mein Freund. Das rate ich Ihnen.»

Sophie hatte beschlossen, die Zwillinge nicht mehr mit auf die Manor Farm zu bringen.

«Es funktioniert einfach nicht, Matt. Es tut mir Leid, aber es wäre weder gut für sie noch für deinen Vater. Wenn sie seine Enkelkinder wären, wäre es anders.» Aber sie wollte auch nicht, dass er in ihrer Wohnung übernachtete.

«Entschuldige, Matt. Ich habe beschlossen, meinen Kindern das nie anzutun. Ich will nicht, dass sie mit einer Mutter aufwachsen, deren Freunde in der Wohnung schlafen.»

«Hier geht es doch nicht um ‹Freunde›, es geht um mich!»

«Ich weiß. Es tut mir Leid. Aber das ändert nichts an meiner Einstellung.»

«Musst du denn in London wohnen? Könntest du nicht hier in die Gegend ziehen?», fragte Matt eines Abends, als sie hin und her diskutierten, ohne eine Lösung zu finden.

Sophie schwieg. «Weißt du, was du von mir verlangst?», fragte sie schließlich. «Ich soll die Wohnung aufgeben, nach Somerset ziehen und die Kinder von ihrem Vater und ihrem Kindergarten wegholen, und für was?»

«Für mich. Für uns!», sagte Matt. «Hör mal, Sophie. Zwischen uns, das ist doch was Ernstes, oder? Jedenfalls für mich.»

Sophie schwieg wieder. «Das geht mir zu schnell. Das geht mir alles viel zu schnell», sagte sie schließlich.

«Aber so sehen wir uns nie», rief Matt. «Wie soll das denn weitergehen?»

«Fergus nimmt die Kinder über Ostern eine Woche zu sich. Er fährt mit ihnen zu seinen Eltern. Dann können wir uns sehen», erklärte sie.

«Das dauert noch eine Ewigkeit», sagte Matt verbittert. «Ach, Sophie, ich bin es so leid. Ich brauche dich. Ich möchte dich sehen.»

Sophie hörte am anderen Ende der Leitung aus seinem

Ton die ersehnte Bestätigung heraus, dass er sie aufrichtig liebte.

«So lange ist es gar nicht mehr», sagte sie ruhig. «Wir können warten. Schließlich haben wir noch unser ganzes Leben vor uns.»

Nach diesem Telefongespräch dachte Sophie über das nach, was Matt gesagt hatte. Unter anderen Umständen hätte sie Maeve um Rat gefragt. Aber wie die Dinge lagen, hätte sie das Gefühl gehabt, mit ihrer Beziehung zu Matt anzugeben und Salz in offene Wunden zu reiben. Liebend gern hätte sie wie früher ihr Dilemma ungezwungen mit Maeve durchgekaut und von ihrer unverblümt geäußerten Meinung profitiert. Denn bestimmt hatte sie eine dezidierte Ansicht zu der Frage, ob sie in Erwägung ziehen sollte, in Matts nähere Umgebung zu ziehen. Es wäre ein großer Schritt für sie, aber da ihre Wohnung mittlerweile erheblich mehr wert war, als Fergus bei ihrem Kauf dafür bezahlt hatte, könnte sie sich auf dem Land ein kleines Haus mit richtigem Garten leisten, wenn sie die Wohnung verkaufte. Sie stellte sich vor, wie die Zwillinge draußen spielten, auf ein Klettergerüst stiegen, in einem Baumhaus saßen, Fahrrad fuhren, ein Kaninchen hielten und vielleicht sogar einen kleinen Hund. Der Gedanke war reizvoll. Durch einen Umzug nach Somerset würde sie eine gewisse Bindung zu Matt demonstrieren und ihm zeigen, dass sie es ernst meinte. Und seinem Vater gäbe es Zeit, sich an den Gedanken zu gewöhnen, dass sie sich liebten und durchaus später heiraten könnten. Denn letzten Endes konnte sie sich nichts anderes vorstellen, als irgendwann auf Manor Farm zu leben. Sie malte sich schon aus, wie sie das Haus einrichten und umbauen lassen würde. Ihr war klar, dass es albern war, so weit voraus zu denken, aber sie konnte nicht dagegen an. Vielleicht würden sie ja eines Tages die Häuser tauschen, sie, Matthew und die Kinder mit Commander Digby. Bis dahin waren sicher weitere Kinder da, dann konnte er in ihr Cottage ziehen. Im Kopf hatte sie schon alles geplant. Sämtliche Gründe, in London zu bleiben – Gründe, die mit Fergus zusammenhingen –, spielten keine Rolle mehr.

Sie brauchte einfach nur zum Telefon zu greifen und die nötigen Anrufe zu erledigen, um sich bei verschiedenen Immobilienmaklern in der Umgebung von Charlton als Kaufinteressentin zu melden und den Wert ihrer Wohnung schätzen zu lassen. Wieso nicht? Sie hatte das Gefühl, dass sie nichts zu verlieren hatte. Alles, was Matt sagte, deutete darauf hin, dass er eine dauerhafte Beziehung wollte, und für sie kam nur eine Ehe in Frage. «Mrs Matthew Digby», sagte sie laut vor sich hin. «Mr und Mrs Matthew Digby.» Das klang gut. Sophie lächelte in sich hinein. Die Zeit würde es weisen. Dieses Mal hatte sie es nicht eilig. Sie konnte in aller Ruhe abwarten.

Ihre neu gewonnene Freizeit, seit die Zwillinge in den Kindergarten gingen, verbrachte sie meist allein. Sie las die Zeitung, trank Kaffee in einem Straßencafé, schaute sich in Geschäften Kleider an, merkte allerdings häufig, dass sie nur darauf wartete, die beiden gegen Mittag wieder abzuholen. Ihr war klar, dass sie einfach nicht genug zu tun hatte. Am liebsten hätte sie einen richtigen Haushalt zu versorgen gehabt, wo sie ein Abendessen kochen, das Haus sauber halten und einen Garten pflegen musste. Liebevoll stellte sie sich vor, Matts Hemden zu bügeln, ihm mittags zwischen zwei Hausbesuchen ein Butterbrot zu schmieren und ihm auf dem Bauernhof zu helfen. Sie wollte Teil eines ausgefüllten, produktiven Lebens sein, statt an den Rand geschoben zu werden, Trübsal zu blasen und sich die Zeit zu vertreiben.

Sie wollte verheiratet sein.

Als sie Freddy abends eine langweilige Geschichte über ein moralisierendes Kaninchen vorlas, die er liebte und ständig hören wollte, rief Maeve an, platzend vor Neuigkeiten über Dancer. Sophie wunderte sich über ihre Begeisterung, obwohl es typisch für Maeve war, sich Hals über Kopf in eine Sache zu stürzen, aber bald das Interesse zu verlieren. Am liebsten hätte Sophie sie unterbrochen und von ihren Umzugsplänen erzählt, empfand das aber immer noch als heikles Terrain. So vieles stand unausgesprochen und schmerzlich zwischen ihnen. Sophie wusste gar nicht, wo sie anfangen sollte, aber die Gelegenheit ging ohnehin vorüber, da Maeve sofort herausplatzte.

«Kannst du am dritten März nach Wincanton kommen? Das ist nächsten Donnerstag», fragte sie. «Dancer tritt wieder beim Rennen an – um drei Uhr nachmittags, und je nachdem, wie er da abschneidet, entscheiden wir, ob wir ihn für den sechzehnten März in Cheltenham anmelden. Kannst du dir das vorstellen? Cheltenham! Du weißt schon, das sieht man immer im Fernsehen! Lady P. und ich sind so aufgeregt, wir können von nichts anderem mehr reden. Sam kommt, aber Mohammed kann nicht. Er hat versprochen, den ganzen Tag im Restaurant zu arbeiten, aber er kommt nach Cheltenham, wenn Dancer läuft.»

Es versetzte Sophie einen Stich, dass Maeve die anderen zuerst gefragt hatte. Früher wäre es genau anders herum gewesen.

«Maeve, nächste Woche kann ich nicht», sagte sie. «Aber bis Cheltenham ist noch genug Zeit, etwas für die Zwillinge zu arrangieren. Ich könnte sie zu meiner Mutter bringen, das liegt ohnehin fast auf dem Weg. Gott, wie aufregend. Cheltenham! Das ist der Höhepunkt der Hindernisrennen, weißt du? Das und das Grand National Meeting. Es hängt wohl alles davon ab, wie er nächste Woche läuft.»

«Darauf kannst du wetten. Sally joggt jeden Tag, und manchmal laufe ich mit. Ich weiß, du brauchst gar nichts zu sagen. Das sieht mir gar nicht ähnlich, aber sie hat mich angesteckt, sie sagt, sie muss topfit sein, und ich leiste ihr Gesellschaft.»

«Aber das Wetter war doch scheußlich. Lauft ihr wirklich im Regen?»

«Ja. In Regen und Dunkelheit. Februar füllt die Gräben, sagen sie hier, und damit haben sie verdammt Recht. Für Dancer wollen wir wegen seiner alten Verletzung zwar keinen harten Boden haben, aber zu nass darf es auch nicht sein.»

Sophie musste grinsen. «Du hörst dich an wie ein alter Pferdenarr.»

«Ja, du sagst es», bestätigte Maeve. «Weißt du was, Peregrine kommt nächsten Mittwoch zum Rennen. Er ist im Augenblick auch hier, aber da es zu nass ist, um im Garten weiterzuarbeiten, spielt er die ganze Zeit mit Lady P. und mir Poker. Haha. Bunty wäre fuchsteufelswild.»

Bunty wäre wahrhaftig wütend geworden, wäre sie nicht mit drei ihrer sogenannten ‹Freundinnen› (insgeheim fand Henry, dass diese Bezeichnung den Begriff arg strapazierte) zum Skilaufen nach Gstaad gefahren. Sie hatte sich fest vorgenommen, nach ihrer Rückkehr ihre Schwiegermutter endgültig in ein Seniorenheim in Wiltshire Downs zu bringen, ob es ihr nun gefiel oder nicht. Dieses Mal wollte sie Henry mitnehmen, eine Bestandsaufnahme der Möbel machen und entscheiden, was sie behalten und was sie verkaufen würden. Die Irin konnte sämtliche Kleider und das Gerümpel, das Henrys Mutter im Lauf der Jahre angesammelt hatte, aus den Schränken räumen, und dann würde Bunty die Architekten holen und mit dem Umbau des Hauses anfangen. Dieses Mal wollte sie die alte Dame nicht mehr mit Samthandschuhen anfassen. Ja, sobald sie wieder zu Hause war, würde sie alles in die Hand nehmen.

Henry hatte sie angerufen und ihr erzählt, dass dieses Pferd – sein Name fiel ihr nicht ein, aber es hatte recht gut abgeschnitten, obwohl Bunty einen dritten Platz in einem drittklassigen Rennen nicht unbedingt der Rede wert fand – in Wincanton starten sollte. Wenn es gut lief, machte es sicher Spaß, zum Pferderennen zu gehen. Vielleicht sollte sie Henry dazu bewegen, das Pferd zu übernehmen, wenn Lady Pamela im Heim war.

Ihre Freundinnen, Carol, Joanne und Angie, waren mit ihrem geplanten Vorgehen völlig einverstanden. Sie hatten bei einer schwedischen Massage und anschließend bei einer Tasse heißer Schokolade ausführlich über ihre albtraumhafte Zeit mit ihrer Schwiegermutter gesprochen. Angie konnte ihre Schwierigkeiten besonders gut nachempfinden. Ihre eigene Mutter litt an Altersdemenz und hatte jedes Gefühl für Schick verloren, was das Schlimmste war. Alte Leute konnten ja so schwierig sein, bestätigten sie ihr. Nur selten waren sie dankbar für alles, was man für sie tat.

Nach dem Rennen in Wincanton rief Matt Sophie über sein Handy an, um ihr die Neuigkeiten zu erzählen. Es knackte und knisterte in der Leitung, aber sie konnte schwach hören, wie er sagte: «Soph? Soph? Ich bin's, Matt.» Dann sagte er anscheinend zu jemandem neben ihm: «Nein. Ich bin durchgekommen. Ich spreche gerade mit ihr …» Jemand schnappte wohl das Telefon, und Sophie vermutete, dass Maeve sagte: «Soph! Er hat gewonnen! Er hat wirklich gewonnen.» Dann war Matt wieder am Apparat. «Hast du das gehört? Ja, er hat gewonnen. Er war toll, phantastisch! In seinem Rennen sind nur fünf gestartet, aber er hat spielend gewonnen. Wir haben alle geheult. Allesamt. Ich wünschte, du wärst hier, Liebling. Warte mal … tut mir Leid, ich muss gehen, Lady P. muss den Cup entgegennehmen. Ich ruf dich heute Abend wieder an. Tschüs!»

Sophie saß mit schwimmenden Augen auf dem Boden, von widersprüchlichen Gefühlen zerrissen. Einerseits freute sie sich, dass Dancer gewonnen hatte, aber andererseits war sie eifersüchtig und fühlte sich ausgeschlossen. Sie hätte dabei sein sollen. Neben ihr auf dem Teppich lag eine Farbbroschüre für ein hübsches Cottage am Rand eines Dorfes, das drei Meilen von Charlton entfernt lag. Sie hatte sie schon mehrmals gelesen. Nun traf sie zum ersten Mal in ihrem Leben eine völlig eigenständige Entscheidung und wählte die Nummer des Immobilienmaklers.

Wie versprochen rief Matt sie spät am Abend noch einmal an, als die Zwillinge schon im Bett waren und sie in Ruhe miteinander reden konnten. Sophie nahm das Gespräch am Apparat neben ihrem Bett an. Es war herrlich, sich in die Kissen zu legen und Matts Stimme zu hören. Seit sie mit ihm geschlafen hatte, hatte sie sich angewöhnt, nackt ins Bett zu gehen. Durch seine leidenschaftliche Liebe mochte sie ihren Körper wieder. Sie empfand sich wieder als liebenswertes sexuelles Wesen. Nun schaute sie auf ihre Brüste und sah, dass allein schon der Gedanke an Sex ihre Brustwarzen hart werden ließ. Sie wollte ihm sagen, dass sie ihn begehrte, dass sie vor Verlangen glühte und ihr Finger vor Lust nass war, wenn sie ihn zwischen ihre Beine gleiten ließ, aber Matt war in völlig anderer Stimmung. Seine Stimme klang so aufgeregt, dass sie sich fragte, ob er zur Feier des Tages etwas getrunken hatte. Es war nicht der richtige Augenblick für Intimitäten. Wieder fühlte Sophie sich ausgeschlossen, weit entfernt und verstimmt. Ihre Sinnlichkeit versickerte.

«Wir waren zu sechst, mein Vater und ich, Maeve, Sam, Lady P. und Peregrine, und später trafen wir noch George, Jack Dick und die Days, die von sich aus auf die Rennbahn gekommen waren. Es war ruppiges Wetter mit böigem Südwestwind, ab und an ein paar Sonnenstrahlen und später einem starken Schauer. Richtiges Sauwetter. Da oben auf dem Berg ist der kälteste Platz, den ich kenne. Wir waren früh da, haben zu Mittag gegessen. Sam und Lady P. waren gut in Form, auch mein Vater war bester Stimmung und sprach sogar mit mir, was er praktisch seit Weihnachten nicht mehr getan hatte. Plötzlich rückte er mit der Idee heraus, eine lange Reise nach Neuseeland zu machen. Er steckt voller Überraschungen, was?

Nach dem Mittagessen ging ich zu Jane in den Wagenpark, wo sie wie üblich mit Sally und Steve war; Sally sollte auch in dem Rennen um halb zwei starten, daher waren sie ziemlich beschäftigt mit den Vorbereitungen, aber Jane sagte, dass Dancer sich sehr gut machte und sie große Hoffnungen auf ihn setzte.

Jack Dick führte ihn zur Auflockerung herum und ließ ihn sich vor dem Rennen ein bisschen umschauen. Er liebt dieses Pferd, weißt du. Jane sagt, er ist praktisch ein unbezahlter Mitarbeiter für sie und hat ein echtes Händchen für Pferde. Sally ist ziemlich eifersüchtig, glaube ich. Sie empfindet ihn als Rivalen.

Jane hatte wieder mit dem Steward geregelt, dass Dancer zeitig an den Start gehen durfte, und er gebärdete sich ziemlich ungezogen, bockte, machte Zicken und bot den Zuschauern auf der Tribüne ein Schauspiel. Als das Rennen anfing, war er der zweite Favorit und setzte sich hinter ein Pferd, das offenbar immer die Führung übernahm, wie Jane sagte. Sally hatte alle Mühe, ihn zurückzuhalten und zu verhindern, dass er die Herausforderung sofort annahm. Es gelang ihr ganz gut, obwohl Jane ständig sagte: ‹Halt ihn zurück, halt ihn zurück.› Etwa nach dem sechsten Hindernis fiel das führende Pferd zurück, und Dancer setzte sich an die Spitze und hielt sie. Auf den letzten zweihundert Metern machte Sally ein bisschen Druck, und er stürmte los, baute seinen Vorsprung vor den anderen dreien weiter aus und gewann mit zwölf Längen. Am Ziel hätte er ohne weiteres noch weiter laufen können. Vier Meilen schafft er mit Sicherheit, wenn Sally ihn auf den ersten Meilen zügeln kann, damit er sich nicht in Grund und Boden rennt. Es war herrlich. Absolut umwerfend. Hinterher gab es eine große Feier, wie du dir denken kannst. Weil es ein örtliches Rennen war und Bumper viel auf der Rennbahn war und einige Rennen in Wincanton gesponsert hat, waren alle begeistert, seine Farben wieder auf der Bahn zu sehen, und machten viel Aufhebens um Lady P. Sie genoss es sichtlich. Der liebe alte Sam tätschelte ihre Hand und sagte immer wieder: ›Gut gemacht, altes Mädchen‹, als wäre sie selbst bei dem Rennen gelaufen. George brachte die beiden später nach Hause. Frank hatte dreihundert Pfund gewonnen und war fest überzeugt, dass sein Blatt sich nun gewendet hat. Maeve blieb noch ein bisschen da und fuhr später mit den Mädels im Laster zurück.»

Sophie bemühte sich, begeistert zu klingen, obwohl ihre Verstimmung sich hartnäckig hielt, und als sie schließlich den Hörer auflegte, fiel ihr auf, dass sie Matt absichtlich nichts von ihrer Entscheidung erzählt hatte, ihre Wohnung aufzugeben. Er hatte Recht, die räumliche Entfernung war eine Belastung für ihre Beziehung. Sie mussten näher beieinander wohnen. Das Telefon war kein Ersatz. Zu vieles blieb ungesagt, zu viel ging durch Worte verloren. Ziemlich betrübt stand sie auf, zog sich einen Schlafanzug an und machte sich eine Tasse Tee. Jemanden zu lieben war wunderbar, aber ein bisschen wie Zwiebeln schälen. Sämtliche schützenden äußeren Schalen wurden abgezogen, und darunter kam der weiche Kern zum Vorschein. Irgendwie erschien es ihr unangemessen, ihr Herz mit einer Zwiebel zu vergleichen, fand sie, als sie die Milch wieder in den Kühlschrank stellte und ihr Blick auf einen Sack Zwiebeln im Gemüsefach fiel. Andererseits bringt Zwiebelschälen einen zum Weinen, und meistens fühle ich mich hundeelend. Wenn ich nicht gerade himmelhoch jauchzend glücklich bin, heißt das.

Matt hatte Sophie nicht erzählt, dass er ebenfalls noch mit zu Jane gefahren war und sie in der Küche eine wilde Party gefeiert, Pizza bestellt und alles getrunken hatten, was ihnen in die Finger kam; hinterher hatte er Maeve mit nach Charlton genommen und sie im Wagen geküsst. Sie hatten sich umschlungen, und immer wieder hatte er ihr sagen müssen: «Maeve, verzeih mir. Ich habe dich geliebt. Ich habe dich auch geliebt.»

Maeve hatte ihn streng angeschaut. «Ach ja? Du kannst mich unmöglich geliebt haben, so wie du dich verhalten hast.»

«Das ist unfair. Du hast mich von dir fortgetrieben. Das weißt du genau.»

«Hmm.» Maeve dachte nach. Wenn sie betrunken war, sah sie die Dinge oft klarer, als sei ihr Geist offener und empfänglicher, die Realität so wahrzunehmen, wie sie tatsächlich war. Als ginge in einer Dunkelkammer ein Licht an.

«Was war dann zwischen dir und mir? Nur verdammt guter Sex?», fragte sie.

«Ja. Den hatten wir. Aber als Grundlage für eine echte Beziehung reicht das nicht. Das weißt du genau. Du hast mich nicht geliebt und wolltest meine Lebensweise nicht mit mir teilen, stimmt's?»

«Ich habe dich gebeten, mein Leben zu teilen», sagte Maeve. «Mit mir auf Reisen zu gehen. Ein bisschen Spaß zu haben. So gesehen hast du mich auch nicht geliebt.»

«Ich konnte nicht einfach abhauen», sagte Matt. «Für einen Urlaub vielleicht, aber nicht für länger. Ich bin hier in Charlton so stark eingebunden. Hier ist mein Leben.»

«Ja», sagte Maeve, «und deshalb war die gute Sophie die bessere Wahl? Sich zu verlieben ist bei dir wie eine Versicherungspolice. Du liest das ganze Kleingedruckte, um die besten Konditionen zu finden.»

«So berechnend bin ich nicht», protestierte Matt. «Ich liebe sie wirklich. Aber es stimmt, dass sie und ich insofern gut zusammenpassen, als wir das Gleiche wollen. Nicht wie du.»

«Ihr habt mich enttäuscht, alle beide. Ich hätte von euch mehr erwartet. Vor allem von Sophie. Weißt du, mit dem, was du gemacht hast, hast du manches verändert.» Sie schaute ihn streng aus schmalen Augen an. «Du hast mir etwas wirklich Großes weggenommen, und zwar nicht nur die Möglichkeit, mit dir zu bumsen. Etwas, was mir wesentlich mehr bedeutet. Soph war für mich was Besonderes. Sie war für mich wie ein Leuchtturm, an dem ich mich immer orientieren konnte. Sie war zuverlässig wie ein heller Lichtstrahl, der immer wieder kommt. Zwischendurch mochte es dunkle Abschnitte geben, aber dann war sie wieder da, und alles war in Ordnung. Ich weiß, es klingt traurig, aber so war es. Das ist jetzt vorbei. Ich mag sie immer noch, und wahrscheinlich komme ich mit dir letzten Endes auch wieder klar, aber es wird nie wieder so sein wie früher.»

Matt zog ihren Kopf an seine Schulter und legte den Arm um sie. Sie wirkte so klein und verletzlich, dass es ihm Leid tat, ihr wehgetan zu haben. Sie strich mit einem Fingernagel über seinen Schenkel und sagte leise: «Früher wollte ich immer so sein wie Sophie, weißt du? Ich wäre gern in ihre Haut geschlüpft, mit ihrer Familie, ihrem Zuhause, wo alles so perfekt war. Und ich stand da mit meiner chaotischen Familie, ständig von Menschen umgeben, fühlte mich aber immer allein. Früher hasste ich das Wort ‹Einzelkind›. Jahrelang dachte ich, die Leute meinten damit ein einsames Kind. Und Sophie hatte soviel Unterstützung in ihrer ganzen Familie. Das war nicht so ein streitsüchtiger Haufen wie meine, sondern eine richtige, liebevolle Familie.

Dann traf sie diese blöde Entscheidung, Fergus zu heiraten. Jeder konnte sehen, dass er ein Scheißkerl war, aber sie stürzte sich rein, und alles brach zusammen. Das Tolle daran war, dass sie mich brauchte. Ich glaube, bis dahin hatte mich noch nie jemand gebraucht, und irgendwie war das ein Ausgleich. Sie lag am Boden, und ich richtete sie auf. Freundinnen, weißt du. Wir waren Freundinnen. Und das hast du kaputtgemacht. Du hast dich zwischen uns gedrängt und alles kaputtgemacht.»

«Ach, Maeve», sagte Matt ungeduldig über ihrem Kopf, «sei nicht so melodramatisch. Wir sind immer noch deine Freunde. Besonders Sophie. Sie mag dich wirklich sehr. Ihr dürft euch nicht meinetwegen zerstreiten.»

Maeve sah ihm ins Gesicht. «Es geht doch nicht um dich, du Blödmann. Hast du denn nichts von dem begriffen, was ich gesagt habe?» Sie sah ihm an, dass er es nicht verstanden hatte. «Ach, vergiss es.» Sie verzog den Mund, gab ihm einen sanften Kuss auf die Wange, stieg aus und knallte die Wagentür zu. Als sie zum Haus ging, winkte sie noch einmal über die Schulter, ohne sich umzusehen, eine schmächtige, kindliche Gestalt. Ernüchtert fuhr er nach Hause, ohne zu wissen, was er an der Situation ändern sollte. Er liebte jetzt Sophie. Sie wollte er, und sie würde er anrufen, sobald er nach Hause kam.

Diana Tripp las sonst nie die Rennsportseiten der Zeitung, aber am nächsten Morgen schlug sie sofort die Ergebnisse von Wincanton nach und freute sich, dass Lady Pamelas Pferd das Rennen gewonnen hatte. Alles, was Bunty ärgerte, empfand sie als gute Nachricht. Im Laufe des Vormittags bat Henry sie, ihn mit seiner Frau in Gstaad zu verbinden. Es war ein Leichtes für sie, beim Hinein- und Hinausgehen aus seinem Büro so viel von dem Telefonat zu belauschen, wie sie wissen musste. Als sie wieder an ihrem Schreibtisch saß und Henry sicher in einem Meeting war, rief sie in Charlton an und bekam, wie sie gehofft hatte, Maeve an den Apparat. Sie erzählte ihr, was sie belauscht hatte. «Es ist eine Schande, aber ich fürchte, dieses Mal wird Bunty darauf bestehen, dass Lady Pamela umzieht. Sie sagte, notfalls würde sie sich die Notwendigkeit von einem Arzt bescheinigen lassen. Ich fand, ich sollte Sie besser anrufen und warnen.» Sie dachte an ihre eigene Mutter, die immer noch kämpferisch und streitlustig war und das Leben in vollen Zügen genoss. Sie hätte ebenso gut versuchen können, ihre Mutter auf den Mond zu schießen, wie sie ins Altersheim zu verfrachten.

«Ja, na ja, danke», sagte Maeve. «Ich schätze, mir war klar, dass wir nicht ewig durchhalten können. Glauben Sie, Sie könnten sie bis nach dem sechzehnten März hinhalten? Das ist der große Tag.»

«Wieso? Was ist denn dann?»

«Lady P.s Pferd startet in Cheltenham. Wir gehen alle hin. Wir alle hier und meine Freundin Soph und Sam aus London. He, kommen Sie doch auch! Nehmen Sie sich einen Tag frei. Sie können mit Sam im Zug kommen. Na los, Mrs T., gönnen Sie sich einen freien Tag. Verdient haben Sie ihn allemal, wo Sie für diesen eingebildeten Leuteschinder arbeiten.»

Diana Tripp dachte nach. Henry hatte in Cheltenham eine Loge gemietet, um Geschäftsfreunde der Bank einzuladen, und sie organisierte alles für ihn, war aber selbst noch nie dort gewesen. Wie sie wusste, machte Bunty sich nichts aus den Pferderennen in Cheltenham, sondern zog das elegantere, glanzvollere Ascot vor. Daher war auch Henry in den letzten Jahren nicht mehr nach Cheltenham gefahren. Lust hätte sie dazu. Sie war gerührt, dass Maeve sie überhaupt fragte. Schon zum zweiten Mal hatte Maeve sie nun spontan eingeladen.

«Ich denke bestimmt darüber nach», sagte sie, «und wegen der anderen Sache bleiben wir in Kontakt. Ich gebe Ihnen Bescheid, sobald ich etwas höre. Ich muss aufhören. Henry kommt sicher gleich aus seinem Meeting.»

Sie hatte ihren Chef dazu erzogen zu klopfen, bevor er in ihr Büro kam, wenn die Tür geschlossen war, was er nun auch pflichtschuldig tat.

«Herein», sagte Diana herablassend.

«Hier riecht es grauenhaft», beklagte Henry sich. «Was ist das?»

«Höchstwahrscheinlich meine Aromatherapiekerze», erklärte sie ungerührt. «Diese ätherischen Öle stellen die Harmonie des Körpers wieder her, indem sie die magnetische Aura aktivieren und das Yin und Yan ausbalancieren, Henry.»

«Also, mir macht es Kopfschmerzen», sagte Henry. «Bitte unterlassen Sie sie im Büro anzuzünden.»

Wortlos blies Diana die Kerze auf ihrem Schreibtisch aus. Soweit es überhaupt möglich war, mit dem Ausblasen einer Kerze tiefste Kränkung zu demonstrieren, erzielte Diana diese Wirkung vollauf.

Nachdenklich legte Maeve den Hörer auf. Es lag auf der Hand, dass Bunty und Henry vor nichts zurückschrecken würden, um Lady Pamela aus Charlton zu vertreiben, und dieser Gedanke brachte Maeve vor Wut zum Kochen. Andererseits war ihr klar, dass sie nicht vorhatte, ewig hier zu bleiben. Zum einen wollte sie nicht dabei sein, wenn die alte Dame starb. Eine rührende Szene am Sterbebett hatte sie nicht im Repertoire. Auch der Gedanke an eine langwierige Krankheit gefiel ihr ganz und gar nicht. Pillen auszuteilen war für sie das höchste der Gefühle. Sobald dieser Spaß mit Dancer vorbei war, wollte sie gehen, versprach sie sich. Lady Pamela war schließlich nicht ihr Problem. Sollte ihre Familie sich darum kümmern. Was ging es sie an, wenn man sie in ein Heim verfrachtete? Sie hatte bis jetzt ein privilegiertes, verwöhntes Leben geführt, und schließlich endeten die meisten Leute in einem Altersheim. Ihre eigene Oma war allerdings gestorben, als sie gerade auf Händen und Knien einen Küchenschrank auswusch, und ihr Opa war im Badezimmer gestorben. Seine letzten Worte, als er seinen Stock fallen ließ, waren angeblich: «Verdammt.» So war ihre Familie nun mal.

Dennoch war sie wütend.

«Es ist schließlich ihr Haus, ihr Zuhause. Sie gehört hierher. Es ist ihr Geld. Was geht es sie an, ob sie hier wohnt oder nicht? Es ist, als hätte sie, nur weil sie alt ist, jedes Recht verloren und sie könnten sie herumkommandieren, ohne die geringste Rücksicht auf ihre Wünsche zu nehmen.» All das sagte sie zu Peregrine, als sie ihm in der Küche Kaffee kochte. Da es immer noch zu nass war, um viel im Garten zu tun, hatte er sich anscheinend im Haus eingenistet. Er zuckte die Achseln, weil er sich nicht in familiäre Machtkämpfe einmischen wollte, und nahm sich einen Keks.

«Finden Sie das nicht skandalös?», fragte Maeve. «Sie können es gar nicht abwarten, Charlton in die Finger zu kriegen, und setzen sie einfach vor die Tür. Ich halte das für Diebstahl.»

«Wenn sie stirbt, gehört es sowieso ihnen», sagte Peregrine besänftigend, «für mich ist das kein sonderlicher Unterschied.» Er rührte in seinem Kaffee. «In einem Heim ist sie bestimmt besser versorgt, finden Sie nicht? Ich glaube, die meisten alten Leute kommen heutzutage irgendwann ins Heim.»

«Es ist, als würde man sie ins Konzentrationslager schicken», sagte Maeve wütend. «Wissen Sie, eines Tages kommt bestimmt raus, wie kriminell alte Menschen behandelt werden, und dann tun wir alle so, als hätten wir nichts davon gewusst.»

«Seien Sie nicht albern. Sie werden gut versorgt. Sherry vor dem Mittagessen und so.»

«Ach ja! Toll!»

Peregrine schwieg. Er begriff nicht, wieso Maeve sich so aufregte. Er konnte sich nicht vorstellen, dass sie Angst hatte, nicht mehr gebraucht zu werden. Unter einem Eierbecher auf dem Küchenschrank hatte er einen Scheck über eine hohe Summe gesehen, der auf sie ausgestellt war. An Geld fehlte es ihr also nicht.

Das Geld, das ihr Vater ihr geschickt hatte, bedrückte Maeve. Eine so große Summe hatte sie noch nie besessen, und sie fühlte sich unwohl dabei. Ein Bankkonto hatte sie nicht und wollte auch keins eröffnen. Sie hätte es als Fessel empfunden, einen festen Wohnsitz angeben, Formulare ausfüllen und Fragen beantworten zu müssen. Es gab auch nichts, wofür sie das Geld gern ausgegeben hätte. Ihren täglichen Bedarf bestritt sie vom Haushaltsgeld, das sie von Henry bekam, und darüber hinaus hatte sie noch ihr Gehalt. Natürlich hätte sie das Geld einfach verjubeln, auf Reisen gehen, sich amüsieren können, aber im Augenblick reizte dieser Gedanke sie nicht. Sie war es gewöhnt, von der Hand in den Mund zu leben, und angesichts der Möglichkeiten, die ein großer Geldbetrag ihr eröffnete, geriet sie in Panik. Daher ließ sie den Scheck liegen, wo sie ihn hingesteckt hatte, und tat so, als sei er gar nicht da. Vielleicht würde sich ihre Einstellung später ändern, dachte sie. Abwarten. Wenn Henry und Bunty ihren Willen durchsetzen sollten, stand sie bald ohne Job da und wäre vielleicht froh über ein kleines Polster.

Die Wochen zwischen dem Rennen in Wincanton und Cheltenham flogen nur so dahin. Wann immer Maeve es einrichten konnte, fuhr sie auf das Gestüt, um Dancer zu sehen und sich mit Sally und Jane zu unterhalten. Bei einigermaßen schönem Wetter holte Jane das Pferd mit einer Decke auf die Weide, und Maeve setzte sich auf den Zaun und sah zu, wie es sich herumwälzte, tollte, bockte und trat, bevor es den Kopf senkte und das erste Frühlingsgras fraß.

«Das entspannt ihn», erklärte Jane, als sie sich neben Maeve auf den Zaun lehnte. «Manche Trainer holen ihre Pferde nie nach draußen, wenn sie im Training sind, aber ich glaube fest daran, ihnen ein bisschen freie, natürliche Bewegung zu lassen. Dancer tut es gut, er wird in der Box ziemlich nervös. So bleibt er umgänglich und kann sich ein bisschen abreagieren.»

Sally und Jane wussten inzwischen, welche anderen Pferde für Dancers Rennen gemeldet waren. Vierundzwanzig Rennpferde waren gemeldet, und Jane schaute sich aufmerksam die Meldebögen für jedes Tier an, die auf dem Küchentisch ausgebreitet waren. «Laundromat war früher ganz brauchbar und hat einige Rennen gewonnen, aber in den beiden Rennen dieser Saison hat er nicht viel gezeigt. Beim letzten hat er seinen Jockey abgeworfen. Um ihn brauchen wir uns keine sonderlichen Sorgen zu machen. Andy Bobbett war hervorragend in Geländejagdrennen, aber nicht annähernd so überzeugend in Hindernisrennen. Ring Home ist bisher nur in leichten Rennen angetreten. Er bringt zwei Siege in Geländejagdrennen mit, hat allerdings noch viel Arbeit vor sich, schätze ich. Castle Bridge ist der Rivale, den es zu schlagen gilt, Sally. Er ist in sechs Geländejagden ungeschlagen und springt wie ein Alter. Celtic Stone ist zu stark. Beim letzten Rennen in Ludlow hat er spielend gewonnen. Dann sind da noch diese sechs irischen Pferde, alle von guter Qualität, alle mit einem gewissen Ruf und guten Wettquoten. Guckt mal, wir liegen bei den Quoten bei neunundsechzig. Ziemlich niedrig, aber das spiegelt die Unsicherheit über seine Fitness wider und die Tatsache, dass er noch nicht wieder so gut in Form ist. Sein Sieg zählt nicht viel, weil er nicht gegen starke Gegner gelaufen ist.»

Maeve hörte fasziniert zu. Sie hatte es übernommen, für Dancers Fans Eintrittskarten und Parkscheine zu besorgen. Lady Pamela und Sam würden mit dem Ausweis der Rennstallbesitzer auf das Clubgelände kommen, während die übrigen sich mit billigeren Plätzen begnügen wollten. Die Eintrittskarten bezahlte Maeve aus ihrem Wettgewinn in Newton Abbot. Die Days, Jack und Mohammed sollten auf keinen Fall selbst bezahlen müssen. Khaled besuchte zu dieser Zeit gerade seine Familie in Kairo, aber Mohammed hatte versprochen zu kommen. Sophie, Matt und Commander Digby konnten ihr das Geld für die Karten später geben.

«Wir sollten früh dort sein», sagte Lady Pamela. «Meist gibt es fürchterliche Verkehrsstaus, weil Cheltenham so ein entzückendes Meeting ist und es alle möglichen Verkaufsstände gibt. Sie haben ein sogenanntes Zeltdorf. Es wird Ihnen bestimmt gefallen, Maeve. Es macht schon Spaß, sich nur die Menschenmengen anzuschauen. Die ganze Landbevölkerung trifft sich da. So etwas gibt es nur einmal. Man sieht die herrlichsten alten Tweedkostüme, die aus Mottenkugeln geholt wurden. Und die Iren – o ja, überall Iren. Sie werden sich fühlen wie zu Hause.»

«Wieso kommen so viele Iren?», fragte Maeve. «Ich meine, mehr als zu anderen Pferderennen?»

«Das hat sich nach dem Krieg so ergeben. Ich glaube, es war 1946, da kamen die Iren und gewannen sämtliche Rennen. Seitdem ist das ihre Domäne. Glauben Sie mir, in Irland trainierte Pferde und ihre Anhänger lassen die Buchmacher zittern.»

Maeve schloss die Augen. «Ich kann es gar nicht abwarten.»

Etwa eine Woche vor dem Rennen rief Bunty ihre Schwiegermutter an. Maeve blieb in der Nähe, um nichts zu verpassen. Offenbar ging es bei diesem Gespräch nicht um neue Bedrohungen für Lady Pamela, sondern um ihren Enkel Charlie. Man hatte ihn schon wieder beim Rauchen erwischt, und dieses Mal hatte die Schule beschlossen, ihn bis zum Schuljahresende vom Unterricht auszuschließen. Bunty war wütend, dass man sie und Henry zum Schulleiter zitiert hatte, um Charlies Zukunft in einer ‹trilateralen Beziehung› zu besprechen, was Bunty schlichtweg lächerlich fand.

Denn letztlich lief es darauf hinaus, dass die Schule Charlie nicht im Griff hatte. Und obwohl er gegen schulinterne Regeln verstoßen hatte, schickte man ihn als Disziplinarmaßnahme zu seinen Eltern. Damit fühlte Bunty sich persönlich bestraft. Ihn zu Hause unter Hausarrest zu stellen war unmöglich. Bei jeder Gelegenheit würde er nach London entwischen, um sich mit Freunden zu treffen und durch die Kneipen zu ziehen, und sie hatte keineswegs vor, ihr sorgfältig geplantes gesellschaftliches Leben aufzugeben, um seine Sozialarbeiterin oder Gefängniswärterin zu spielen.

All das hatte sie auch Henry gesagt, und dabei war ihr ein Geistesblitz gekommen. Sie würde ihn nach Charlton schicken und in Lady Pamelas Obhut geben. Auf dem Land gab es keine Zerstreuungen für ihn, und er mochte seine Großmutter. Die unselige Haschischepisode verdrängte sie fürs Erste. Er konnte in seinem Wagen, den er zum siebzehnten Geburtstag bekommen hatte, nach Charlton fahren und bei dieser Gelegenheit eine große Steinskulptur mitnehmen, die sie für den mexikanischen Garten gekauft hatte. All das teilte sie ihrer Schwiegermutter bei ihrem Anruf mit.

«Das ist alles gut und schön, es macht mir auch nichts aus, ihn hier zu haben, aber wie du weißt, fahren wir zum Rennen nach Cheltenham», erklärte Lady Pamela. «Was sollen wir dann mit ihm machen?»

«Ihr könnt ihn ja mitnehmen», sagte Bunty prompt.

Nachdem Lady Pamela den Hörer aufgelegt hatte, erklärte sie Maeve die Situation, die sofort sagte: «Und was ist mit Cheltenham? Was hat Bunty gesagt? Sollen wir ihn den ganzen Tag hier einsperren? An der Wand festketten?»

«Er soll mitkommen», sagte Lady Pamela. «Er ist kein schlechter Junge, nur leichtsinnig und leicht zu verführen. Ich glaube kaum, dass er Schwierigkeiten macht. Ich mag ihn sehr.»

«Ich auch», erklärte Maeve. «Wenn er seine Mutter ärgert, bin ich ganz auf seiner Seite.»

Als Charlie eintraf, stellte sich heraus, dass er zu einem blassen, schlaksigen Jugendlichen von fast achtzehn Jahren mit schlaff hängenden Haaren und schwachem Kinn herangewachsen war, seit Lady Pamela ihn zuletzt gesehen hatte. Er ist nicht viel anders als Henry in seinem Alter, dachte seine Großmutter, allerdings weniger verschlossen und fröhlicher. Er richtete sich in einem der freien Schlafzimmer ein, schlief fast den ganzen Tag, spielte Kassetten von *Massive Attack* und telefonierte die halbe Nacht auf seinem Handy. Maeve fand er ‹cool› und Lady Pamela ‹geil›. Maeve schätzte, dass er täglich etwa dreißig Zigaretten rauchte. Als er nach Castle Cary fuhr, um seinen Vorrat aufzustocken, fuhr sie mit und lud ihn in den Pub ein, nachdem sie eingekauft hatte und zur Bank gegangen war.

«Werden sie dich von der Schule schmeißen?», fragte sie, als sie in der leeren Wirtsstube saßen, Chips aßen und Apfelwein tranken.

Er zuckte die Achseln und schob die Ärmel seines Pullovers hoch. Am Arm trug er viele Perlenkettchen. «Keine Ahnung. Ist mir ziemlich egal. Mein Abi verhau ich sowieso. Ich habe nichts dafür getan.»

«Und was dann?»

«Ich gehe für ein Jahr nach Australien, aber ich vermute,

dass sie mich das Jahr noch mal wiederholen lassen. Am liebsten würde ich auf eine Penne in London gehen. Das wär cool.»

Maeve musste grinsen. In Gestalt ihres einzigen Sohnes erwartete Bunty noch einiges an Ärger. Er hatte eindeutig allen Veredelungsversuchen getrotzt. In seinen riesengroßen sackigen Tarnhosen, den schwarzen löcherigen Sweatshirts und der schwarzen Wollmütze auf dem Kopf sah er so proletenhaft aus wie die Teenager, die an Straßenecken herumlungerten. Vielleicht sollte sie ihn mit Mrs Days auf Abwege geratener Enkelin Tracey bekannt machen. Natürlich hob er sich durch die Tatsache ab, dass er schon einen eigenen Wagen hatte. Zwar keinen neuen, aber immerhin einen schicken schwarzen Golf. Er stand vor dem Pub mit Unmengen Kassetten in der Ablage vor dem Beifahrersitz und Stickern der Fußballmannschaft Chelsea an der Heckscheibe. Allerdings fuhr er auf den kleinen Landstraßen langsam, bog vorsichtig um die Kurven und lehnte Maeves unverantwortliches Angebot ab, noch etwas zu trinken.

Er ist längst nicht so wild, wie ich es in seinem Alter war, dachte sie. Wahrscheinlich wächst sich das bei ihm bald aus, und mit fünfundzwanzig ist er Banker.

Als sie nach dem Abendessen, das aus Makkaroni mit Käse und Salat bestanden hatte, alle gemeinsam vor dem Fernseher saßen und sich eine mit versteckter Kamera aufgenommene Dokumentation über einen Tag im Leben einer Fußpflegerin anschauten, klingelte das Telefon. Charlie ging an den Apparat.

«Es ist eine Jane Soundso», sagte er und reichte Lady Pamela das Telefon.

Dem, was Maeve hören konnte, entnahm sie, dass etwas mit Dancer war. Besorgt saß sie auf der Sesselkante und drehte nervös eine Haarsträhne.

«Was denken Sie also?», fragte Lady Pamela. «Wie lange wird es Ihrer Ansicht nach dauern?»

Sie wartete die Antwort ab und sagte: «Dann geben Sie mir Bescheid? Ich möchte natürlich nicht, dass er läuft, wenn er nicht völlig in Ordnung ist.» Sie gab Charlie das Telefon, damit er es zurückstellte, und sagte zu Maeve:

«Nicht gut. Dancer hat eine Entzündung am Fuß. Anscheinend ist er in etwas getreten, vielleicht in einen Nagel, der durch seinen Huf gedrungen ist. Er lahmt stark. Matthew war drüben und hat ihm Antibiotka gespritzt. Außerdem machen sie ihm Umschläge, aber es sieht nicht gut aus.»

«O nein!», stöhnte Maeve. «Mensch! Das halt ich nicht aus. Was sagt Jane dazu? Wird er rechtzeitig wieder besser?»

«Das Problem ist das Training», antwortete Lady Pamela. «Mit ein bisschen Glück lahmt er nicht lange, aber bis dahin kann er nicht trainieren und verliert Form.»

Maeve warf sich in ihren Sessel. Charlie schaute finster drein.

«Nun kommen Sie, Maeve», sagte Lady Pamela scharf. «Das ist doch keine Tragödie. Das Pferd wird sich schon erholen. Er wird wieder laufen, selbst wenn er es bis Cheltenham nicht schafft. So etwas passiert nun mal bei Pferden.»

«Es ist so verdammt unfair», schimpfte Maeve. «Warum musste ausgerechnet ihm das passieren und nicht einem der anderen Pferde von Jane? Wir haben schließlich nicht mehr viel Zeit. Wütend fuhr sie Charlie an: «Deine verdammte Mutter will dem ein Ende setzen, weißt du.»

Charlie schaute erschrocken drein, aber Lady Pamela unterbrach sie: «Hören Sie auf, Maeve. Es reicht. Das hat nichts mit Charlie oder seiner Mutter zu tun. Es ist äußerst ungehörig von Ihnen, so etwas zu sagen.»

«Aber es ist doch wahr», sagte Maeve. «Sie wird sich einmischen und verhindern, dass Sie ein Pferd halten. Sie wissen doch, dass sie das machen wird, wenn sie hier das Heft in die Hand nimmt.»

Lady Pamela erlaubte sich ein verschmitztes Grinsen. «Das wird sie wohl kaum können. Daran habe ich bereits gedacht. Auf Sams Rat habe ich beschlossen, Dancer Jane zu überlassen. Sie wird ihn von mir leasen. Diese Regelung ist durchaus nichts Ungewöhnliches im Rennsport, und auch wenn kein Geld fließt, wird er effektiv ihr Pferd und sie kann sämtliche Entscheidungen treffen.»

Maeve brauchte ein Weilchen, um das zu verarbeiten. «Also, Sie sind vielleicht eine gerissene alte Schlange», sagte sie schließlich. «Wann haben Sie sich das denn ausgedacht?»

«Als Sam das letzte Mal hier war, haben wir darüber gesprochen. Sie sind nicht die Einzige, die Einfälle hat, müssen Sie wissen.»

Maeve zog ein Kissen hinter ihrem Rücken hervor und schleuderte es auf Charlie. «Da hast du es, das kannst du deiner blöden Mutter sagen.»

«Maeve! Lassen Sie den armen Jungen in Ruhe.»

Als Jane am nächsten Morgen Dancers Fuß hielt, während Matt den Verband anlegte, hörten sie Stimmen auf dem Hof. Kurz darauf steckte Maeve den Kopf durch die Stalltür.

«Und?», fragte sie.

«Schwer zu sagen», antwortete Matt. «Über Nacht ist viel Eiter abgeflossen. Wir haben gerade einen frischen Umschlag gemacht. Er kann jetzt wieder besser auftreten. Gestern konnte er den Fuß kaum aufsetzen. Ich habe ihm zwei Spritzen Antibiotika gegeben, die gegen die Entzündung helfen müssten.» Er hatte den Verband fertig, und Jane ließ den Fuß los.

«Ich schätze, er braucht noch zwei oder drei Tage, bevor wir ihn wieder beschlagen können», sagte sie. Als sie hinter

Maeve zunächst Lady Pamela und dann Charlie auftauchen sah, fügte sie hinzu: «Wir können einfach noch nicht sagen, wie lange es dauert. Drücken Sie sämtliche Daumen. Vielleicht klappt es ja.» Sie tätschelte Dancers Nacken. «Heute Morgen tut er sich schon nicht mehr ganz so Leid.»

Matt und sie kamen aus dem Stall auf den Hof, wo Sally und Steve sich im fahlen Sonnenschein für einen Ausritt mit zwei Jungtieren fertig machten. Sally winkte ihnen flüchtig zu, wirkte aber niedergeschlagen. Offensichtlich hatte sie keine Lust, mit ihnen über Dancers Chancen auf eine rechtzeitige Erholung zu spekulieren.

«Komm schon, Matt», sagte Maeve und stieß ihn in die Rippen. «Mach schon, dass er wieder besser wird. Was bist du denn für ein Tierarzt? Du kannst doch bestimmt was machen?»

«Ich fürchte, mehr als ich schon getan habe, kann ich nicht machen. Wie Jane gesagt hat: Drückt die Daumen.»

Gemeinsam gingen sie zum Haus. «Kaffee?», fragte Jane. Maeve trat mit der Fußspitze in den Boden. Die gelassene Ruhe der anderen war ihr unerträglich. Sie hätte vor Wut platzen können. Jane packte ihren Arm. «Dieses Geschäft nimmt einen mit. Ständig geht was schief. Glaub mir, du musst lernen, damit zu leben.»

Eine philosophische Einstellung war etwas, was Maeve ganz und gar nicht lag. In den nächsten Tagen war sie unerträglich nervös, gereizt und schimpfte. Das Kochen gab sie fast völlig auf und setzte Lady Pamela und Charlie mit einer Miene Bohnen auf Toast vor, die sie deutlich warnte, sich ja nicht zu beschweren. Zu Charlie war sie besonders unfreundlich und schimpfte oft über seine ‹verdammte Mutter›. Stundenlang schloss sie sich in ihrem Zimmer ein, lag auf dem Bett und starrte an die Decke. Lady Pamela fragte sich, ob ihre finstere Stimmung nur mit Dancer zu tun hatte oder andere Ursachen haben mochte. Trotz Maeves Offenheit hatte sie den Eindruck, vieles nicht über sie zu wissen. Diese Wut kann nicht anhalten, dachte sie, aber ich muss der Tatsache ins Auge sehen, dass sie nicht hier bleiben wird, wenn die ganze Aufregung um das Pferd erst einmal vorbei ist. Sie ist jung und rastlos. Sie wird weiterziehen, und was soll ich dann machen? Ach, was soll ich machen? Lady Pamela war klar, dass Maeves sprühende Art ihr neues Leben eingehaucht hatte. Sie dachte zurück an Mrs Cook, das unappetitliche Essen und das freudlose Haus. Wieder überfiel sie im Stillen der innige Wunsch, aus dem Leben zu scheiden. Welchen Sinn hatte es, nach vorn zu schauen und weiterzumachen? Die Aufregung um Dancer war nur vorübergehend und änderte nichts am Tenor ihres Lebens, besonders wenn die Irin nicht mehr da wäre. Sie würde Charlton verlieren. Dem musste sie sich stellen. Viel blieb dann nicht mehr übrig. Vorerst noch das Pferd. Und dann Sam. Nur noch Sam.

Sam, der die gedrückte Stimmung am Telefon spürte, schlug vor, für einen Tag nach Somerset zu kommen.

«Liebling, wie schön. Aber rechne nicht damit, dass es etwas zu essen gibt. Die Irin streikt.»

«Wir lassen uns von Charlie in den Pub fahren», sagte Sam und kam pflichtschuldig mit einer Flasche Gin und einem Strauß Lilien.

«Ach, ein bisschen wie bei einer Beerdigung», sagte Lady Pamela.

«Aber sie duften so herrlich», sagte Sam und küsste sie.

Nachdem sie im Pub zu Mittag gegessen hatten, überredeten sie Charlie, ihnen im Wohnzimmer das Kaminfeuer anzuzünden. Dann erzählte Lady Pamela Sam von Maeve.

«Ich habe mir schon gedacht, dass etwas nicht stimmt, als sie nicht mit uns essen gehen wollte», sagte er.

«Das alles hier geht zu Ende», sagte Pammy mit einer ausholenden Handbewegung. «Ich bezweifle, dass ich noch lange hier sein werde. Maeve wird fortgehen. Eigentlich ist alles vorbei. Vielleicht nur noch ein paar Wochen.»

Sam tätschelte ihr mitfühlend die Hand. Wie leicht war im Vergleich dazu sein eigenes Leben ohne dieses Gerangel und den Kummer um ein Haus. Sein Leben lang hatten Orte ihm nie viel bedeutet, solange er es behaglich hatte und alles bequem geregelt war. Pammy war alles, was er je gewollt hatte.

«Eines muss ich noch erledigen, bevor ich loslassen kann, Liebling. Würdest du mir bitte helfen? Allein schaffe ich es irgendwie nicht.»

«Sicher, Liebling», sagte Sam und fragte sich beunruhigt, was sie wohl von ihm verlangen würde. Ein vages Unbehagen flackerte in ihm auf.

«Ich muss nach oben gehen und es holen», sagte Pammy. «Meinst du, wir könnten uns vorher eine kleine Stärkung gönnen? Ich weiß, es ist erst früher Nachmittag, aber ein Tropfen Whisky könnte vielleicht nicht schaden.»

Sam stand schwerfällig auf und half Pammy auf die Füße. Da sie so leicht war, hob er sie praktisch aus dem Sessel.

«Schür das Feuer, Schatz. Wir werden es brauchen.»

Stirnrunzelnd bückte er sich nach einem Scheit. Was sollte das? Er hoffte, dass es ihm hinterher nicht Leid tun mochte. Als er das Scheit auf das Feuer warf, sprühte es goldene Funken. Bedächtig ging er an den Beistelltisch und schenkte einen Fingerbreit Whisky in zwei Gläser. Er hörte Pammy oben durchs Zimmer gehen und dann die Treppe herunterkommen. Er stellte sich mit dem Rücken ans Feuer, die beiden Gläser in der Hand, um ihre Miene zu sehen, wenn sie ins Zimmer kam.

Zu seiner Verwunderung brachte sie eine längliche Holzkiste mit, die er erst auf den zweiten Blick als Kommodenschublade voller Papiere und Päckchen mit Fotos erkannte.

Sie stellte sie ehrfürchtig aufs Sofa, kam zu ihm und nahm das Glas, das er ihr reichte.

«Es geht um Lizzie», sagte sie schlicht. «Ich habe das Gefühl, dass ich mich jetzt darum kümmern muss. Alles, was mit Bumper zu tun hat, möchte Henry sicher haben. Sämtliche Familienbriefe und Fotos von meiner Seite der Familie wird Bunty wegen des Titels behalten wollen. Sie liebt solche Sachen. Damit bleibt Lizzie übrig. Diese Sachen will niemand haben. Sie werden aussortiert, auf den Boden geworfen und zum Müll gebracht. Ich möchte nicht, dass sie auf einer öffentlichen Mülldeponie landen. Lieber vernichte ich sie selbst. Jetzt. Mit dir. Nichts davon ist noch wichtig. Reine Sentimentalität. Aber mir haben sie viel bedeutet, und dir auch, Liebling, nur hast du es nicht gewusst.»

Sam sah, wohin das führte. Er nahm sie in die Arme und küsste ihren kleinen weißen Kopf. Er fühlte sich ihr näher denn je, als könne ihre dünne alte Haut sie nicht mehr daran hindern, miteinander zu verschmelzen.

«Natürlich habe ich es gewusst, Pammy, Liebste. Natürlich wusste ich, dass Lizzie meine Tochter ist. Ich habe gewusst, warum du die Fassade aufrecht erhalten hast. Es war die einzige Möglichkeit.»

Sie schaute ihn an. «Sam! Und du hast mir verziehen? Du hast zugelassen, dass ich mein ganzes Leben gelogen habe?»

«Es war das Beste so, Liebste. Es gab keine andere Möglichkeit. Für Lizzie war es das Richtige.»

«Ich hätte mutiger sein müssen. Mehr wie die Irin. Ich hätte keinen Deut darum geben sollen, was die Leute sagen würden.»

«Nein, Pammy, das hättest du nicht gekonnt. Damals war es anders. Du hast das Richtige getan. Du hattest einen Mann und Henry. Sie brauchten dich. Hier, trink einen Schluck.» Beide lächelten sich über den Rand ihrer Gläser hinweg an.

«Aber dir ist deine Tochter vorenthalten worden. Du hättest die Möglichkeit bekommen müssen, dich über deine Tochter zu freuen.»

«Das habe ich doch», sagte Sam. «Ich habe es immer gewusst. Ich konnte sie von Ferne lieben, und Bumper war ein besserer Vater, als ich es je gewesen wäre. Eines Tages hätten wir es ihr vielleicht sagen müssen. Darüber habe ich schon nachgedacht. Aber so, wie es gekommen ist, hat sie es nie erfahren müssen. Ihr ist die Wahrheit erspart geblieben.»

«Ach, Sam.» Eine Weile standen die beiden alten Menschen da und hielten Händchen.

Schniefend nahm Pammy einen Brief aus der Schublade. «Möchtest du sie sehen? Lesen? Hier drin sind Schulzeugnisse und alles Mögliche.»

«Nein», sagte Sam. «Das möchte ich nicht. Es ist nicht nötig. Das ist alles schon viel zu lange her. Sollen wir nicht einfach alles verbrennen? Ich erinnere mich gut an Lizzie, wie sie war. Mehr brauche ich nicht.»

Gemeinsam nahmen sie die gebündelten Briefe und Papiere und warfen sie ins Feuer und schauten zu, wie das Papier mit der Kinderschrift sich in den Flammen schwarz färbte, zusammenzog und zu grauer Asche zerfiel. Es folgten Fotos. Bilder des jungen intelligenten Gesichts, umrahmt von einer schwingenden Glocke blonden Haares, Kinderbilder und Aufnahmen eines schlanken jungen Mädchens. In den Flammen rollten sie sich zusammen und schrumpelten. Es dauerte nicht lange. Schließlich stocherte er mit dem Schürhaken in dem Haufen herum.

«Das ist gut», sagte Pammy. «Jetzt ist alles fort.» Aus ihrer Stimme klang aufgesetzte Heiterkeit. «Ich habe nicht geahnt, dass du es weißt, Sam. Manchmal dachte ich, du müsstest es wissen, aber du hast dir nie etwas anmerken lassen.»

«Es war besser so», sagte Sam. «Viel besser.»

Die Schublade war leer bis auf eine blaue Plastikklammer. Pammy nahm sie heraus und legte sie auf den Kaminsims. Von oben dröhnten die *Crash Test Dummies*.

«Weißt du», sagte sie, «es ist schön, Charlie hier zu haben. Das Haus braucht frisches Leben. Einen Neuanfang. Ich bin froh, dass es sein Zuhause wird.»

Während Lady Pamela, Sam und Charlie zum Mittagessen aus waren, raffte Maeve sich auf und radelte langsam zur Manor Farm. Vom Hof aus sah sie Matts Vater durch das Küchenfenster an der Spüle hantieren und ging durch die Hintertür hinein, ohne anzuklopfen. Da er die Radionachrichten laut gestellt hatte, hörte er sie nicht gleich kommen. Doch als er zum Schrank ging, um nachzusehen, ob das Brot so alt war, wie er vermutete, bemerkte er sie und strahlte sie erfreut an.

«Strahlen Sie nicht so», sagte sie. «Ich habe schlechte Laune.»

Er stellte das Radio ab. «Ach. Kann ich irgendwas dagegen tun? Würde ein Gin vielleicht helfen? Matt muss irgendwo eine Flasche haben.»

«Es ist wegen Dancer. Wenigstens zum Teil.» Sie setzte sich auf einen Stuhl, wechselte dann aber auf den Tisch neben eine leicht vor sich hin dampfende Tasse Dosensuppe. Commander Digby kramte im Schrank nach dem Käse. Er wusste, dass noch ein Stück da sein musste, und soweit er sich erinnerte, war es noch nicht pelzig blau vor Schimmel. Er fand es schließlich im Kühlschrank zusammen mit einer dänischen Salami, die er gekauft hatte, weil sie kräftig und billig war. Ohne sonderlichen Erfolg versuchte er, alles appetitlich auf einem Teller anzurichten.

«So», sagte er. «Essen Sie einen Happen. Obwohl mir klar ist, dass es kaum als Mittagessen durchgeht.» Er stellte den

Teller auf den Tisch und schob die Suppentasse zu Maeve hinüber.

«Ich mag nicht», sagte sie. «Außerdem ist es Ihre Suppe. Sie wollten sie doch gerade essen.» Sie schob sie zurück, schnitt sich mit seinem Messer ein Stück Käse ab und wickelte es in eine Scheibe Salami. «Das reicht mir. Dancer hat eine Entzündung am Fuß», erzählte sie.

Commander Digby setzte sich und nahm einen Löffel. «Kein Weltuntergang, will ich meinen.»

Maeve platzte. «Ihr seid alle gleich. Das braucht ihr mir nicht zu sagen. Ich weiß, dass es kein Weltuntergang ist, aber jedes Mal, wenn für mich mal was gut läuft, passiert was und macht alles kaputt. Immer, immer wieder. Ganz egal, was es ist. Es fängt ganz gut an, und ich denke, alles ist in Ordnung, das funktioniert, und sobald ich anfange, mich darauf einzulassen und ein winziges bisschen Hoffnung zu schöpfen, bums! Die Katastrophe. Ich weiß, Sie werden sagen, dieser Rückschlag mit Dancer hat nichts mit mir zu tun. Natürlich nicht, aber es ist ganz typisch, dass so was mir passiert. Ich ziehe das anscheinend an.»

«Seien Sie nicht albern», sagte der Commander ruhig. «Sie reden wie so eine New-Age-Bekloppte vom Glastonbury Festival. Sie können doch nicht wirklich glauben, dass Sie was an sich haben, was Kalamitäten anlockt, oder dass Sie Dancer irgendwie beeinflussen? Mit Pferden kann immer was schief gehen. Pferde brechen Herzen und ziehen einem das Geld aus der Tasche. Das ist altbekannt.»

«Das sagt mir jeder.»

«Also? Wollen Sie mir wirklich weismachen, dass Sie so kindisch sind, keine Enttäuschungen einstecken zu können? Mehr ist es doch nicht. Eine Enttäuschung.» Er löffelte seine Suppe.

«Hören Sie», sagte Maeve. «Ich weiß, dass es auf der Skala

menschlicher Katastrophen wahrscheinlich so gut wie gar nicht zählt, aber die Sache ist doch, dass es bei mir immer dasselbe ist. Ich wünsche mir so, dass alles gut wird, und sobald ich mal für einen Moment daran glaube, dass es klappt, kommt ausnahmslos nur Mist raus. Oder ich vermassele alles. Ich meine, ist das immer so im Leben? Darf man einfach nichts anderes erwarten? Und kommen Sie mir jetzt nicht mit Landminen in Angola, verhungernden Kindern und all dem Zeug. Ich meine, ich weiß, dass es mir besser geht als den meisten anderen auf der Welt und dass ich dankbar sein kann, noch beide Beine zu haben. Das akzeptiere ich ja. Ich muss einfach wissen, ob es falsch ist zu hoffen, dass alles so toll wird, wie ich es mir wünsche. Ist das denn eine Sünde? Liege ich damit so falsch? Belle ich ständig den falschen Gummibaum an?»

Commander Digby legte seinen Löffel beiseite. «Das fragen Sie mich? Ich bin wohl kaum der Richtige, Ratschläge zu geben. Ich bin nicht gerade für meinen Optimismus berühmt.»

Unwillkürlich hätte Maeve am liebsten über seine lange finstere Miene gelacht. Er starrte in seine Suppe und sagte: «Aber ich finde nicht, dass es falsch ist, nach Glück zu streben, wenn es das ist, was Sie wollen. Ob es je zu erreichen ist, ist eine andere Frage. Wie heißt es noch? ‹Besser voller Hoffnung unterwegs sein, als ankommen?› Ich finde, Sie sollten voller Hoffnung durchs Leben gehen, und ich glaube, das tun Sie auch. Meistens jedenfalls. Wenn Sie weder Hoffnung haben noch unterwegs sind – wie es bei mir im Augenblick der Fall ist –, dann müssen Sie etwas Drastisches unternehmen, um das zu ändern, wie auch immer.»

«Glauben Sie das wirklich von mir?», fragte Maeve fasziniert über diesen Scharfblick. «Dass ich voller Hoffnung unterwegs bin?»

«Ja, meine Liebe», sagte Commander Digby und tätschelte ihre Hand. «Anders könnten Sie gar nicht leben. Und ich fürchte, dass Sie damit rechnen müssen, immer wieder mal Schläge einzustecken. Das ist der Preis, den Sie dafür bezahlen, dass Sie das Leben mehr genießen als die meisten anderen. In dieser Hinsicht würde ich sagen, dass Sie und Lady Pamela sich sehr ähnlich sind. Allerdings schaffen Sie es noch nicht so gut, die unvermeidlichen Schläge einzustecken.»

Maeve schnitt sich noch ein Stück Käse ab. «Aber alles, was ich anpacke, geht anscheinend schief. Fast von meiner Geburt an.»

«Wie können Sie so einen Unsinn reden? Sie haben eine niedrige Toleranzschwelle, das ist alles, und sind einer der ungeduldigsten Menschen, die ich je getroffen habe. Wenn Sie Matthew zu ihren Katastrophen zählen, sollten Sie wissen, dass Sie ihn hätten halten können, wenn Sie ein bisschen zurückhaltender und weniger fordernd gewesen wären.»

Maeve funkelte ihn wütend an. «Wer sagt denn, dass ich das wollte?»

«Genau. Ihre Entscheidung. Nicht das boshafte Werk des Schicksals oder der Fluch der Delaneys.»

Maeve dachte nach und grinste. «Soph ist natürlich genau das, was? Weniger fordernd und ein Vorbild an Zurückhaltung.»

Commander Digby schwieg ein Weilchen, bevor er sagte: «Viele Leute», er räusperte sich und wischte sich mit einem Geschirrtuch die Suppe aus den Mundwinkeln, «finden Sie charmant, so wie Sie sind. Unbeständig, lebhaft, ich weiß nicht was.» Verlegen stand er auf und brachte auf Strümpfen schlurfend seine Suppentasse an die Spüle.

Maeve war gerührt. Es war vermutlich das Zärtlichste, was er seit Jahren gesagt hatte.

«Und was ist mit Ihnen?», fragte sie sanft. «Wie halten Sie

das aus, im Morast herumzuwaten und sich Sorgen zu machen, dass Sie bankrott gehen?»

«Niedrigere Erwartungen», sagte er. «Kein sonderlicher Erfolg in der Marine. Kam dazu, als die Einsparungen im Verteidigungsbereich sich bemerkbar machten, und hab die Streitkräfte nur im Niedergang erlebt. Am Ende schob ich nur noch Akten rum, obwohl ich gern auf einem Schiff gewesen wäre. Kein sonderlicher Erfolg als Bauer. Anfangs ein paar gute Jahre und dann die wahrscheinlich schlimmste Zeit für die britische Landwirtschaft seit der großen Wirtschaftskrise. Ich habe offenbar nicht das unternehmerische Geschick, andere Möglichkeiten zu sehen, wie die Farm sich bezahlt machen könnte. Matthews Mutter habe ich verloren, als sie fünfzig war; dabei hatte ich gehofft, mehr oder weniger eine Frau fürs Leben zu haben. Sie sehen also, ich bin der Falsche, um etwas über Erwartungen sagen zu können. Mir sind die Erwartungen abhanden gekommen.» Leicht verärgert fragte David Digby sich, ob er klang, als ob er Mitleid heischen wolle. Eigentlich hatte er einen leichten Ton anschlagen wollen.

Um das Gespräch in positivere Bahnen zu lenken, sagte er: «Ich habe übrigens über das nachgedacht, was Sie mir gesagt haben: dass ich verkaufen soll. Es ist komisch, aber das verlangt mehr Mut, als nur dazusitzen und auf den Gerichtsvollzieher zu warten, wozu ich von Natur aus eher neige. Kopf in den Sand stecken. Ich habe darüber nachgedacht.» Er rang um einen heiteren Ton. «Vielleicht wäre es genau das Richtige. Auf lange Sicht das Beste. Also, vielen Dank dafür.»

«Sie haben mich ja wohl nicht gebraucht, um Ihnen zu sagen, dass es eine Alternative ist, die Landwirtschaft aufzugeben?»

Commander Digby lächelte. «Erinnern Sie sich an all die Digby-Gräber auf dem Friedhof? Na ja, ich schätze, die meisten, die mich gut genug kennen, um mir so einen Vorschlag zu machen, sind davor zurückgeschreckt. Als ob es unerhört wäre, darüber auch nur zu reden. Sehen Sie, damit wäre ich der Digby, der den Hof, der seit Generationen in der Familie ist, verloren hat. Derjenige, der verkauft hat. So was würde Ihnen gar nicht in den Sinn kommen, oder?»

«Also jetzt schon, wo Sie es sagen; aber von selbst wäre ich nie drauf gekommen, nein. Ich kann nicht einsehen, dass die Vergangenheit eine Rolle spielt. Sie sind doch derjenige, der mit der Gegenwart fertig werden muss. Sie können nicht für Ihre Vorfahren leben. Ich nehme an, ihnen ist es verdammt gut gegangen, sie haben die großen Herren gespielt und die Pächter herumkommandiert. Ich wette, sie brauchten nie selbst auszumisten wie Sie.»

Sie grinsten sich an.

«Was haben Sie vor, wenn das hier vorbei ist?», fragte Commander Digby.

«Keine Ahnung», antwortete Maeve. «Ich habe drüber nachgedacht. Irgendwohin fahren. Ich brauche Sonne. Vielleicht gehe ich nach Thailand. Ich habe da einen Freund, der irgendwo im Norden eine Pension betreibt.»

«Ein Wandervogel, was?»

«Ja, das bin ich.»

Als Maeve nach Hause radelte, merkte sie, dass es ihr besser ging. Matts Vater hatte sie irgendwie wieder auf den Boden der Realität zurückgeholt und ihr das Gefühl genommen, hilflos trudelnd in ein schwarzes Loch gesogen zu werden. Bei dem Gedanken, dass er den Hof verkaufen und sich aus dem Staub machen könnte, grinste sie in sich hinein. Das würde alle auf Trab bringen. Die liebe Sophie sollte sich besser noch nicht darauf einstellen, Herrin auf der Manor Farm zu werden.

Als sie um die letzte Kurve bog, sah sie einen Viehtransporter zur Manor Farm einbiegen und erkannte Rob am Steuer. Er hielt auf der Straße und kurbelte sein Seitenfenster herunter.

«Hi, was hast du vor?»

Maeve stieg vom Fahrrad, warf es in die Hecke und stieg auf das Trittbrett des Lasters. «Mach die Tür auf, dann zeig ich es dir.»

Am nächsten Morgen rief Jane an, um zu sagen, dass der Hufschmied Dancer neu beschlagen hatte. Sie hatte das durch die Entzündung entstandene Loch mit Watte und Schwedenteer verschlossen. Er mache einen recht gesunden Eindruck und könne sofort wieder mit dem Training anfangen.

Das ganze Haus seufzte erleichtert auf. Der arme Charlie, der es gewöhnt war, dass man ihn anbrüllte, setzte eine weniger jämmerliche Miene auf und verkroch sich nicht mehr schmollend in sein Zimmer. Lady Pamela stellte fest, dass sie wieder quietschvergnügt war. Es beschämte sie, dass sie genau so schlimm war wie Maeve und sich von Dancers Rückschlag in trübsinnige Stimmung hatte stürzen lassen. Nach dem Gespräch mit Sam hatte sie beschlossen, Bunty gegenüber die Initiative zu ergreifen, um noch ein As im Ärmel zu haben und nicht abzuwarten, bis andere über ihr Leben entschieden. Auch das Essen besserte sich wieder. Sobald Jane angerufen hatte, fuhr Maeve zum Metzger und besorgte zum Mittagessen einen Rinderbraten.

Ein zweiter Anruf kam von Sophie. Maeve kannte sie so gut, dass sie ihre Unsicherheit und Nervosität sofort heraushörte. Was kommt jetzt, dachte sie. Sophie rückte damit heraus, dass sie sich ein Cottage in South Charlton ansehen und Maeve bitten wollte mitzukommen. Sie wollte am nächsten Tag kommen und Maeve abholen, falls sie einverstanden sei, und sie solle bitte Matt nichts davon sagen. Matt auszuschließen war ein meisterhafter Schachzug von Sophie, der Maeve wieder das Gefühl einer ausschließlichen Freundschaft vermittelte.

«Klar mach ich das, Mädchen. Gern. Also weißt du, es muss dir ja wirklich ernst sein mit deinem Loverboy. Hast du dich an den Gedanken gewöhnt, dass er zuletzt eine Kuh befummelt hat?»

Es war das erste Mal, dass Maeve und Sophie wieder einmal ganz unter sich waren. Als sie von Charlton nach Snook Cottage fuhren, fand Sophie durch Maeves normales Verhalten auch wieder zu ihrer früheren Ungezwungenheit zurück.

«Hör mal, Maeve, ich hatte nie Gelegenheit, richtig mit dir über das zu reden, was passiert ist. Es tut mir unheimlich Leid, dass wir dich hintergangen haben, aber damals sah es nicht so aus. Du warst die Letzte, der ich hätte wehtun wollen, aber jetzt muss ich damit leben. Ich muss einfach wissen, dass du mir verzeihst. Bitte. Dieser ganze Umzug nach hier draußen und alles ist mir verdorben, wenn es dich noch unglücklicher macht.»

Maeve schwieg eine Weile. «Schon gut, Mädchen. Ich weiß, dass es dir ehrlich Leid tut. Ich möchte dich nicht verlieren, aber das tue ich, wenn ich weiter böse auf dich bin. Gut, ich verzeihe dir. Übrigens war ich dieser Tage mit Rob zusammen», fügte sie spitzbübisch hinzu. «Es gibt doch nichts Besseres als einen guten Fick, um mich milde zu stimmen.»

Lachend hielten sie vor Snook Cottage. Colonel Vincent Durand, der auf einen schnellen, reibungslosen Verkauf des Hauses hoffte, beobachtete sie durch das Fenster und fand, dass sie viel zu jung, frivol und nicht annähernd reich genug aussahen, um sein Cottage zu kaufen. Außerdem waren sie gefährlich hübsch.

Das Cottage war grauenhaft. Der Colonel, ein makelloser

Franzose, erzählte ihnen, er habe es vor zwei Jahren gekauft, um für die Zeit seiner Tätigkeit bei der britischen Armee einen Wohnsitz in England zu haben. Ihm gefiel die Idee, einen ‹Jagdsitz› zu haben, wie er es nannte, aber Sophie konnte sich vorstellen, dass ein Blick auf die Schwarzdornhecken, Gräben und den Schlamm von Blackmore Vale genügt hatte, ihm Bedenken kommen zu lassen. In der Diele standen reihenweise auf Hochglanz polierte elegante Reitstiefel, und an den Wänden hingen Fotos von Vincent Durand in Paradeuniform auf diversen bildschönen Pferden. Sobald er erfuhr, dass Sophies Vater Oberst war, spickte er seine Schilderungen mit Erinnerungen an die ‹'Orseguards› und Begegnungen mit Angehörigen des Königshauses.

«Mann, die Franzosen lieben das, was?», sagte Maeve, als sie etwa eine Stunde später wieder abfuhren. «Sie kriegen glatt einen Orgasmus über unsere Monarchie. Sie haben wohl nur Johneee 'Alliday und den alten Chirac.»

«Das war bestimmt seine Bumsbude, oder?», sagte Sophie. «Dieses Riesenbett mit alle den Spiegeln drumherum, die grässliche Tapete und in den Schränken nichts als Alkohol.»

«Könntest du ihn attraktiv finden?», fragte Maeve. «Ich frage mich, wie er im Bett ist. Stell dir vor, wie dieser Schnurrbart kitzelt. Ich bin ja immer misstrauisch bei Männern, die Uniform und all dieses Zeug mögen. Meiner Ansicht nach kompensieren sie damit nur einen kleinen Schwanz.»

«Wenn er wüsste, was wir über ihn reden», lachte Sophie. «Aber der Champagner hat mir geschmeckt, und dir hat er seine Karte gegeben, stimmt's?»

«Ja. Wenn ich mal in London bin. Er hat da eine Wohnung am Belgrave Square. Hmm. Die Geliebte eines Franzosen. Klingt gut, oder? Könnte Spaß machen.»

«Und was ist mit dem Cottage? Von der Einrichtung abgesehen, könnte es ganz nett sein, findest du nicht? Schöne Lage und hübscher Garten.»

«Sophie, wenn du und ich über schöne Lagen sprechen, meinen wir zwei völlig verschiedene Dinge. Biete ihm zehntausend weniger, als er verlangt, dann kannst du mich als Zugabe drauflegen.»

Sophie lachte. Ihr war eine Last vom Herzen gefallen. Es war wieder ganz wie früher.

Vincent Durand brachte seine alten Champagnergläser in die Küche. Die beiden Engländerinnen hatten ihm gefallen, eine groß und ladylike, die andere dunkel, klein und frech. Er würde sie gern besser kennen lernen. Beide. Zusammen. Er zog Gummihandschuhe an, um die Gläser zu spülen. Ihm war klar, dass er für das Cottage einen lächerlich hohen Preis verlangt hatte. Vielleicht ließ sich ja eine Regelung finden.

Kapitel 14

Als das Rennen in Cheltenham näher rückte, packte auch Sophie die Aufregung. Sie freute sich auf die Rennen, aber vor allem sehnte sie sich danach, Matt wiederzusehen. Einen ganzen Vormittag lang durchstöberte sie Londoner Geschäfte nach Geschenken für ihn. Sie kaufte ihm ein Buch über Rugby, einen Schlüsselring mit einem grünen Gummistiefel als Anhänger, eine Wollmütze und ein Eau de Toilet namens *New Mown Hay*, Frisch gemähtes Heu. Für sich kaufte sie einen Lippenstift und einen Mohairschal in Schockfarben, die eigentlich eher zu Maeve passten als zu ihrem eigenen zurückhaltenden Geschmack. Für Commander Digby kaufte sie bei Fortnum and Mason etwas Tee, überlegte dann aber, dass er es vielleicht als aufdringlich empfinden könnte, und beschloss, ihn lieber ihrer Mutter zu geben.

Außer Maeve wusste niemand, dass sie sich Snook Cottage angeschaut hatte. Die Nacht vor dem Rennen wollte Matt mit ihr in einem teuren Landhotel verbringen. Sie stellte sich vor, wie sie sich nach dem Abendessen am lodernden Kaminfeuer bei Kerzenschein mit Kaffee und Brandy in ein Plüschsofa kuschelte und es ihm erzählte. Es sollte die erste Nacht werden, die sie richtig zusammen verbrachten. Bei der Aussicht darauf war sie nervös und aufgeregt. Aus einer Laune heraus kaufte sie sich ein hübsches Nachthemd in einer sündhaft teuren Boutique. Als die Verkäuferin es ihr einpackte, legte sie ein Probefläschchen eines Parfüms namens *Passion* dazu und bedachte Sophie mit einem wissenden Lächeln. Sie hatte versucht, sie für hauchdünne Spitzenwäsche, winzige Satinbüstenhalter und G-Strings zu begeistern. «Sie haben doch die Figur dafür. Sie würden fabelhaft darin aussehen.» Aber Sophie hatte abgelehnt. Es gab schließlich Grenzen. Schon jetzt hatte sie das Gefühl, sich in eine Welt von glamourhaften Liaisons, Verführung und teurer Romantik verirrt zu haben. Sie konnte gar nicht fassen, wie sehr ihr Leben sich verändert hatte. Matts Liebe hatte sie von einer erschöpften, verlassenen allein erziehenden Mutter, die in sackigen T-Shirts schlief, in diese Liebesgöttin verwandelt.

Als sie am nächsten Tag die Zwillinge nach Oxford brachte, musste sie ihrer Mutter ausweichende Antworten geben, wo sie die Nacht verbrachte. «Wenn du mich erreichen musst, ruf mein Handy an. Ich lasse es eingeschaltet.»

«Bleibst du denn nicht bei Maeve?»

Beiläufig erklärte Sophie: «Nein. In Charlton ist schon alles voll. Zum Rennen sind noch andere Gäste da. Ich bleibe bei Freunden. Die Telefonnummer weiß ich nicht.» Ihre Mutter musterte sie scharf. Es war unverkennbar, dass ihre Tochter sich in den letzten Wochen verändert hatte. Viel Einfühlungsvermögen war nicht nötig, um zu erkennen, dass es in ihrem Leben einen neuen Mann gab, der ihr wichtig war. Diese Geheimniskrämerei sah Sophie gar nicht ähnlich. Mrs Gladwell sagte jedoch nichts. Ich hoffe, er tut ihr nicht weh, dachte sie.

Da ihre Mutter nicht weiter nachhakte, wusste Sophie, dass sie erkannt hatte, was vorging, und sich vorsichtig zurückzog. Ihre unausgesprochenen Fragen standen zwischen ihnen. Ich erzähle es dir bald, dachte Sophie. Wenn ich mir sicher bin, erzähle ich es dir. Vorerst wollte sie Matt für sich behalten. Sie wollte ihre Beziehung nicht unter die Lupe genommen und erörtert wissen. Dafür war sie noch nicht stark genug.

Sie umarmte ihre Mutter und gab ihr einen Kuss.

«Viel Spaß, Schatz. Grüß Maeve von uns, und wir drücken die Daumen für Dancer.»

Sophie drückte die Zwillinge an sich. Flora machte sich zappelnd los. Sie wollte die Spielzeugkiste in der Küche inspizieren. Sophie gab beiden einen Kuss. Seit sie in die Spielgruppe gingen, hatte selbst Freddy eine unerschütterliche Unabhängigkeit gewonnen und machte keine Schwierigkeiten, wenn sie fortging. Auch ihr fiel es leichter, sich ohne die quälenden Ängste und Sorgen, dass sie die beiden vielleicht nie wiedersehen würde, von ihnen zu verabschieden. Als sie im Wagen saß, fühlte sie sich herrlich frei. Sie fuhr schnell, hörte laute Musik und strahlte sich im Rückspiegel an.

Als sie auf Manor Farm ankam, war es bereits dunkel. In der Küche brannte Licht, und sie sah Matts Vater herumhantieren. Sie klopfte an die Hintertür und ging hinein. Er bot ihr eine Tasse Tee an und wirkte weniger distanziert. Fast schon freundlich erkundigte er sich nach ihrer Fahrt und dem Verkehr. Wie Matt ihr später erzählte, hatte er einem Händler aus Cheshire ein paar Kälber zu einem annehmbaren Preis verkauft. Hilfsbereit räumte sie die Überreste des Mittagessens vom Tisch. Und dann leuchteten die Scheinwerfer von Matts Wagen auf dem Hof, die Tür schlug zu, und er kam in einer Brise frischer Luft herein, nahm sie in die Arme und drückte sie an seine Wachsjacke, die nach Desinfektionsmittel roch.

Auf dem Gestüt legten Sally, Jane und Steve letzte Hand an Dancer. Morgens hatten sie mit ihm ein leichtes Training absolviert und ihn nachmittags zur Lockerung eine halbe

Stunde auf dem Laufband gehen lassen. Als sie ihm nun für die Nacht seine Decke auflegten, fand Jane, dass er so fit wirkte, wie sie sich nur wünschen konnte. Seine Mähne und sein Schwanz waren bereits geflochten, weil sie früh aufbrechen wollten. Er hatte gefressen, scheinbar ohne etwas von der Anspannung um ihn her zu merken, und rupfte nun an seinem Heunetz. Am Nachmittag hatte der Hufschmied ihn mit den Hufeisen für das Rennen beschlagen. Bevor Jane die Tür seiner Box für die Nacht schloss, inspizierte sie ein letztes Mal besorgt sein Bein.

Steve ging zum Lastwagen. Tank voll, Öl und Reifen geprüft, und Dancers Ausrüstung eingepackt. Er überflog die Liste, die im Führerhaus hing. Sattel, Zügel, Ballastdecke, Sattelgurt, Decken, Stiefel, Bandagen. Alles da.

Im Haus schüttete Sally ihre Tasche aus und sah ein letztes Mal ihre Ausrüstung durch. Reitkappe, Seidentuch, Haarnetz, Trikot, Rückenschutz, Reithose, Stiefel, Gerte, Handschuhe. Ihre Mutter hatte ihr einen Vorrat an Energiedrinks und Traubenzucker mitgegeben, und sie hatte ein paar Karten eingepackt, auf denen Freunde ihr viel Glück wünschten. Ihre Finger tasteten nach dem Goldkettchen mit dem Hufeisen, das ihr Freund Mark ihr als Glücksbringer geschenkt hatte. Sie wünschte, sie hätte die Nacht schon hinter sich, könnten das Pferd einladen und losfahren. Jane hatte ihr angeboten, über Nacht zu bleiben, und sie hatte eingewilligt, aber nun wäre sie lieber zu Hause in ihrem gemieteten Cottage, säße mit Mark bei Bier und etwas zu essen aus der Imbissstube vor dem Fernseher, neben sich auf dem Sofa ihren schnarchenden Hund Maisie. In Janes kaltem Gästezimmer kam sie sich vor wie auf Besuch. Sie griff nach ihrem Handy.

Sie wollte Mark bitten, sie abzuholen. Er brauchte ihren gemeinsamen Wagen, um zur Arbeit zu fahren, aber es würde ihm sicher nichts ausmachen, sie morgens zum Gestüt zu bringen. Sie wusste, dass sie nur in ihrem eigenen Bett würde schlafen können, wo Mark den Arm um sie legte.

Drüben in Charlton warteten Lady Pamela, Maeve, Mohammed und Sam auf die Wettervorhersage nach den Fernsehnachrichten. Oben hörten sie Charlies Musik hämmern. «Was meint ihr, wie die Bahn sein wird?», fragte Maeve, schob die Vorhänge auseinander und betrachtete den Nachthimmel. «Frieren wird es nicht, das steht fest. Es sind keine Sterne zu sehen. Der Himmel ist ganz bewölkt.»

«Er dürfte gut bis fest sein, würde ich sagen», erklärte Lady Pamela. «Hart sicher nicht, und das ist die Hauptsache.»

«Ist er überhaupt schon mal über vier Meilen gelaufen?», fragte Sam.

«Dreieinhalb», antwortete Lady Pamela, «aber Jane ist überzeugt, dass er die Strecke schafft. Das Rennen wird nicht durch Schnelligkeit gewonnen, sondern durch Sprungkraft und Ausdauer. Dieser Hang in Cheltenham macht den Pferden beim Finish wirklich zu schaffen. Die Bahn ist hart, aber trotzdem wunderbar. Die Hindernisse sind sehr schön, natürlich haben sie die vorgeschriebene Höhe, aber sie sind solide und einladend gebaut.»

«Da kommt der Wetterbericht», sagte Sam, als im Fernsehen eine junge Frau vor einer Wetterkarte auftauchte. «Ach, gut. Mild und trocken. Es könnte gar nicht besser sein.»

«Ich denke, wir gehen zeitig schlafen, Schatz, meinst du nicht?», fragte Lady Pamela. «Morgen haben wir einen langen Tag vor uns.»

Maeve schlang in der Küche die Arme um Mohammed.

«Du okay?», fragte er.

«Ja», antwortete sie. «Ich bin okay, Mohammed. Ich war ein bisschen aus der Bahn geworfen, aber jetzt bin ich wieder okay. Im Augenblick denke ich nur an das Pferd.»

«Und nach dem Rennen?», fragte er.

«Ich mache noch ein bisschen hier weiter. Mal sehen, was passiert.»

«Lady Pamela? Du bleiben bei ihr, ich denken.»

«Kann ich noch nicht sagen.» Maeve hatte immer das Gefühl, dass man sie mit solchen Fragen in die Enge treiben wollte. «Ich weiß nicht, was aus ihr wird. Weißt du, ihre Familie will sie aus Charlton weg haben, und ich kann hier nicht ewig bleiben. Früher oder später bringen sie sie doch weg.»

Mohammed nickte. «Ich glauben, so wird kommen. Ich nix verstehen, aber Mr Elwes das auch glauben. Das wird Ende sein. Weißt du, dass er will, sie zu ihm nach London kommen? Weißt du das?»

Maeve wirkte nicht sonderlich überrascht. «Das habe ich mir schon gedacht. Aber Lady Pamela ist ein verstockter alter Vogel. Sie hat die Vorstellung, dass es unwürdig ist, alt und gebrechlich zu sein. Sie will nicht, dass er sie so sieht – vielleicht ans Bett gefesselt mit Bettpfanne und so. Ich glaube, dass sie es deshalb gar nicht erst in Betracht zieht.»

«Vielleicht. Ich mich um Mr Elwes kümmern, und das mich machen sehr glücklich. Du können auch nach London kommen und um Lady Pamela kümmern.»

«Nein danke, Mohammed. Ich bin keine Altenpflegerin, das weißt du doch. Es würde mich umbringen, bevor ich sie umbrächte. Nein, ich verschwinde wieder. Keine Ahnung wohin, aber es wird sich schon was ergeben.» Sie lächelte munter, um ihn abzulenken: «So, und jetzt komm und hilf mir, das Picknick fertig zu machen. Wir fahren morgen früh um neun. Habe ich dir gesagt, dass Matt dich in seinem Wagen mitnimmt? Ich muss mich auf Lady P.'s übliches Theater einstellen. Sie wird sich im letzten Moment wieder in alles einmischen. Ich will das ganze Zeug schon im Kofferraum von Charlies Wagen verstaut haben, bevor sie herunterkommt.»

Maeves Rennbahnerfahrung war keine ausreichende Vorbereitung auf Cheltenham. Ausmaß, Größe, die prachtvollen Tribünen und die makellose Bahn inmitten blauer Berge verschlugen ihr vor Staunen die Sprache.

«Mensch, das ist ja enorm! So elegant. So viele Leute!», rief sie, als Charlie auf den Parkplatz bog. Menschenmengen strömten bereits auf das Gelände. Auf dem Busparkplatz standen Reisebusse aus dem ganzen Land. Über ihren Köpfen setzten Hubschrauber zur Landung an.

«Hier ist die Heimat der National-Hunt-Rennen», erklärte Lady Pamela. «Das Beste, was es gibt.»

«Das ganze Festival hindurch wird hier im großen Stil gewettet», sagte Sam. «Für diese Männer, die da drüben Tabellen in den Rennunterlagen studieren, steht vermutlich ein Vermögen auf dem Spiel. Hier wechselt sehr viel Geld den Besitzer.»

Als sie aus dem Wagen stiegen, musterte Maeve die Menge. Es waren viele Menschen in Wachsjacken und Tweedanzügen da, die sie schon in Newton Abbot und Wincanton gesehen hatte, allerdings durchmischt mit Gruppen, die sie sofort als Iren erkannte, angezogen wie zu einem Samstagnachmittag im Wettbüro zu Hause. Der Geruch von Bier und gebratenen Zwiebeln lag über dem Gelände, und in den Restaurants oben auf den Tribünen sah sie bereits Zuschauer Champagner trinken. Ein Mädchen mit sehr langen Beinen und sehr kurzem Rock ging am Arm eines Mannes in Schaffelljacke an ihnen vorbei. Ihre Stilettos und das dünne Kostüm wirkten fehl am Platz, und sie zog nicht nur durch ihr Aussehen alle Blicke auf sich. «Sie ist für heute sein Ritt», lachte Maeve. Die meisten Frauen waren vernünftig und elegant für die Kälte angezogen. Es gab viele Samt- und Pelzhüte, flache Schuhe und Stiefel und lange Wollmäntel. «Diese pferdeverrückten Frauen», kicherte Maeve, «ich glaube, sie würden sich am liebsten selbst satteln lassen. Sie tragen gern kleine Trensen und Zaumzeuge an Schuhen und Taschen und sogar Broschen in Form von Sätteln, Stiefeln, Gerten und Sporen. Ach, da drüben kommen Matt, Sophie und die anderen. Los, Charlie, mach den Kofferraum auf, wir trinken erst mal ein Glas Port.»

Charlie, der in seinem langen schwarzen Mantel, komisch karierter Hose und schwarzer Wollmütze so verwahrlost aussah wie immer, trat seine Zigarette im Gras aus. Er hatte heimlich hinter dem Wagen geraucht. Das hier war viel besser als Schule, dachte er. Fröhlich schenkte er Portwein und Whisky aus den Flaschen ein, die Maeve in einen Korb gepackt hatte, und genehmigte sich selbst einen ordentlichen Schluck. Autofahren musste er erst wieder in einigen Stunden. Er hoffte, dass sein Schulleiter oder seine Mutter ihn im Fernsehen sehen würden.

Sam sah in seinem schönen alten Tweedanzug und dem weichen rehbraunen Sportmantel mit dem leicht abgetragenen Samtkragen einfach perfekt aus, fand Maeve. Sie hakte sich bei ihm unter und drückte seinen Arm.

«Sam, wissen Sie eigentlich, dass ich Sie anbete? Er ist der bestaussehende Mann hier, finden Sie nicht auch, Lady P.?» Sam tätschelte ihr erfreut die Hand. Lady Pamela lächelte. Er fand, dass sie entzückend aussah. Er erinnerte sich, diesen Mantel und den Hut zuletzt vor Jahren an ihr gesehen zu haben. Heute trug sie dazu den Schal um die Schultern, den er ihr zu Weihnachten geschenkt hatte.

«Wir beiden Alten könnten eigentlich schon einmal auf die Tribüne gehen und uns einen Sitzplatz suchen, meinst du nicht, Sam?», schlug sie vor. «Sollen wir uns um ein Uhr hier zum Mittagessen treffen? Das erste Rennen ist um zwei.»

Sie lehnten sämtliche Angebote ab, ihnen zu helfen, und zogen gemeinsam los, Lady Pamela mit ihrem Stock in einer Hand, die andere unter Sams Ellbogen geschoben. Maeve schaute ihnen liebevoll nach. «Sind sie nicht ein schönes Paar?», sagte sie. «Guckt nur, wie die Leute ihnen sogar hier, in dem ganzen Gedränge, Platz machen und zulächeln.»

Sophie, Matt, Mohammed und Commander Digby schlängelten sich zwischen den Autos zu ihnen durch. Maeve und Sophie umarmten sich.

«Du siehst toll aus, Soph», sagte Maeve. «*Love, Love changes everything*», sang sie leise vor sich hin und stieß Sophie in die Rippen. «Hier, Commander, eine Extraportion Rum für die Mannschaft oder so.» Damit reichte sie ihm ein großes Glas Portwein.

Vom Alkohol und der Aufregung beschwingt, bahnten sie sich später einen Weg durch die Menge zu den Tribünen. Maeve hörte überall irische Töne, besonders unter den Männergruppen am Totalisator, die Tabellen und die Sportseiten der Zeitungen studierten. Charlie holte sich einen Hamburger, von dem Maeve sich einen großen Bissen stibitzte. Als Ketchup und Senf aus dem Brötchen quollen und ihr über das Kinn liefen, wischte sie es lachend mit dem Ende seines Schals ab.

Sie gingen an die Rennbahn und schauten sich den dicken grünen Turf an, der für diesen Tag perfekt gerollt und vorbereitet war. «Das ist der berühmte Cheltenham-Hügel», erklärte Commander Digby. «Sehen Sie, was das für eine lang gestreckte Steigung ist, und das am Ende eines Rennens. Das stellt den Mumm und Mut eines Pferdes wirklich auf eine harte Probe.»

«Die Hindernisse sind so riesig», jammerte Maeve. «Sie machen mir Angst, wenn ich sie nur anschaue.»

«Sie haben die vorgeschriebene Mindesthöhe von 1,37 Meter, am Anfang der Saison sind es eher 1,42 Meter, aber sie haben eine wunderbare Form mit der abgerundeten Krone. Pferde springen gern darüber.»

«Ich habe Hunger», jammerte Charlie. «Ist noch nicht bald Mittagszeit?»

«Du hast Würmer», erklärte Maeve. «Wir treffen uns um halb eins in der Persian War Bar mit den Days. Sie kommen mit dem Reisebus aus Wincanton.» Sie nahm Matts Arm und schaute auf seine Armbanduhr. «Es ist Zeit, dass wir uns auf den Weg machen.» Als sie sich umdrehte, trat ein kleiner Mann mit Brille, dunklem Mantel und Filzhut, der ganz in ihrer Nähe am Geländer gestanden hatte, zu ihr und fasste sie am Arm.

«Ist das nicht Maeve Delaney?», fragte er in irischem Akzent.

Maeve wirbelte herum. «Jesses!», kreischte sie mit großen, strahlenden Augen. «Father O'Brien! Ich fass es nicht!» Sie gab ihm einen schmatzenden Kuss auf die Wange.

«Na, na», sagte er, wischte sich die Wange, wirkte aber durchaus erfreut. «Was machst du denn hier?»

«Father, Sie werden es nicht glauben, aber ich bin mit einem Pferd hier! Natürlich gehört es mir nicht. Es gehört der alten Dame, die ich betreue.»

«Maeve Delaney! Betreut eine alte Dame. Die Heiligen mögen uns bewahren.»

«Es ist wahr, Father. Unwahrscheinlich, aber wahr. Sie müssen meine Freunde kennen lernen!» Sie deutete mit einer ausholenden Armbewegung auf ihre Begleiter.

Der kleine Priester schüttelte jedem die Hand und erzählte, dass er alljährlich mit einer Gruppe seiner Pfarrkinder aus Belfast zum Cheltenham Festival komme. Er kannte Maeve und ihre Familie seit Jahren und war ein alter Freund ihres Vaters.

«Und welches Pferd unterstützt du? Sollte ich es kennen? Lohnt es sich vielleicht, ein oder zwei Pfund darauf zu setzen?»

Maeve erzählte von Irish Dancer, und Father O'Brien markierte sich den Namen auf seiner Rennkarte. «Auf jeden Fall ein schöner Name», sagte er augenzwinkernd.

«Kommen Sie, essen Sie mit uns zu Mittag, bitte», drängte Maeve.

«Das würde ich gern tun», antwortete er, «aber meine Freunde warten sicher schon auf mich. Wir sehen uns unten auf dem Sattelplatz wieder.» Er zog Maeve beiseite. «Weißt du, gelegentlich hat man mich gebeten, ein Pferd vor einem Rennen zu segnen. Ich fand das immer sehr schön. Denk mal drüber nach, ja?» Mit einem Augenzwinkern verabschiedete er sich von allen und verschwand in der Menge.

Maeve sagte zu Sophie und Matt: «Erstaunlich, dass ich ihm hier über den Weg laufe. Er war immer mein Lieblingspriester. Er ist der Einzige, der mich zu einer richtigen Katholikin machen könnte.»

Sophie lächelte. «Ich erinnere mich, dass du schon in der Schule von ihm erzählt hast. Er hat dich überredet, dich firmen zu lassen, stimmt's?»

«Ja, das stimmt. Hast du gehört, was er gesagt hat? Er wird Dancer segnen. Damit er und Sally wohlbehalten ankommen.»

Fröhlich plaudernd standen sie um den Kofferraum von Charlies Wagen herum und aßen zu Mittag. Wie üblich leitete Lady Pamela das Ganze vom Rücksitz aus und ließ die Beine zur offenen Wagentür hinaushängen. Sie und Sam hatten auf der Tribüne alte Bekannte getroffen. «Wally Dunlop habe ich seit dreißig Jahren nicht mehr gesehen», erzählte sie. «Ist er nicht alt geworden, Sam? Ein richtiger Greis, der Arme.»

Sam lächelte nachsichtig. «Ganz im Gegensatz zu uns, Liebling. Maeve, diese Sandwiches sind köstlich.»

«Noch jemand Früchtekuchen?», fragte Sophie und reichte die Dose herum. «Nach dem wohl gehüteten Rezept meiner Mutter.»

Commander Digby und Frank waren völlig in ihr Geschimpfe über die Landwirtschaft vertieft. Frank hatte eine Dose Bier in der Hand und Commander Digby ein großes Glas Portwein.

Sophie und Matt lehnten seitlich am Wagen und strahlten sich an. Matt küsste sie und stahl sich mit der Hand in ihren Mantel. «Ich liebe dich», flüsterte er und strich über ihren Hintern. Der Alkohol und ihr Glück machten sie ganz beschwingt. Die letzte Nacht war himmlisch verlaufen. Angeregt vom Champagner, hatte Sophie Matt von dem Cottage erzählt. Er war begeistert. Sie in der Nähe zu haben würde sie stärker in sein Leben einbeziehen. Auch sein Vater würde sie bald mögen. Er hatte das Gefühl, dass ein riesiges Hindernis aus dem Weg geräumt war.

Mohammed und Mrs Day informierten sich anhand der Rennkarte über die anderen Pferde und jagten sich gegenseitig mit deren bisherigen Leistungen Angst ein.

«‹Hat bei Geländejagdrennen exzellent abgeschnitten, vier Mal gewonnen. Außerdem das letzte Mal in Kelso gewonnen›», las Mrs Day. «‹Begann seine Karriere mit zwei Siegen in Hindernisrennen und war auch über Hürden und Wettkampfhindernisse erfolgreich. Er geht mit zwei Siegen in dieser Saison an den Start.›»

«Hört auf, ihr beiden», sagte Maeve. «Die anderen Pferde sind mir egal. Davon will ich gar nichts hören. Wir wissen alle, dass Dancer sie schlagen kann.»

Vor dem ersten Rennen mischten sie sich unter die Menge, die sich an der Einzäunung des Sattelplatzes drängte, um die Parade der Rennpferde zu sehen. Maeve fand alle Pferde prachtvoll wie Hochglanzmodels, die arrogant über den Laufsteg stolzierten. In der Mitte des Rings wurden Besitzer von Trainern beruhigt. Mit den Jockeys kamen leuchtende Farben auf den grünen Rasen. Rot mit gelben Tupfen, rote Ärmel, gelbe Kappe; weiß mit königsblauen Sternen, rote Ärmel, rotweiß gestreifte Kappe; königsblau mit gelben Querstreifen, schwarze Kappe; wie aus dem Käfig gelassene Papageien flatterten sie zu ihren Pferden und schwangen sich auf ihre Rücken.

«Glaubt ihr, dass Jane schon da ist? Inzwischen müsste sie eigentlich hier sein, oder?», fragte Sophie.

«Ja, sie sind da», sagte Charlie. «Oma wollte, dass ich Jane auf ihrem Handy anrufe. Sie sind vor etwa einer halben Stunde angekommen. Sie versuchen, Sally zu beruhigen, und Jack führt Dancer herum.»

«Sollen wir uns dieses Rennen ansehen?», schlug Matt vor. «Gehen wir auf die Tribüne. Da hat man einen phantastischen Blick.»

«Ich glaube, das halte ich nicht aus», sagte Maeve. «Ich will gar nicht sehen, wie Pferde stürzen, sich verletzen und Jockeys in Krankenwagen abtransportiert werden. Das halten meine Nerven nicht aus. Ich gehe in die Bar am Totalisator. Mir ist es lieber, mir das Ganze mit einem Drink in der Hand im Fernsehen anzuschauen. Kommt jemand mit?»

«Ich komme mit», sagte Sophie überraschend. Arm in Arm verschwanden die beiden in der Menge.

Als sie sich vor dem nächsten Rennen auf den Stufen oberhalb des Paraderings wieder mit den anderen trafen, grinste Maeve. «Wir sind gerade von dem Mann von *Horse and Hound* fotografiert worden. Ich habe ihm gesagt, er soll bloß dafür sorgen, dass wir neben den tollen Pferden nicht wie die Hunde aussehen.»

Mrs Day hatte zwanzig Pfund gewonnen und erklärte ihre Wett-Theorie: «Ich setze auf das Pferd, das mir auf dem Sattelplatz in die Augen schaut und mir zuzwinkert.» Commander Digby, der fünf Pfund auf den Favoriten gesetzt und verloren hatte, dankte ihr für den Tipp.

«Ich weiß aber nicht, ob das bei anderen auch funktioniert», warnte sie.

Sophie und Maeve waren schon wieder verschwunden, um sich die Verkaufsstände im Zeltdorf anzuschauen. Sie machten sich einen Spaß daraus, Hüte und teure Country-Kleidung anzuprobieren.

«Weißt du, so was wirst du wohl demnächst tragen müssen, wenn du in Snook Cottage wohnst, solche Windjacken und Tweedröcke.»

«Glaubst du wirklich?», fragte Sophie ernst. «Ich meine, glaubst du, dass ich in Snook Cottage wohnen werde?»

«Klar», sagte Maeve. «Ich habe dir doch erzählt, dass Monsieur le Moustache mich angerufen hat, oder?»

«Oberst Moustache», korrigierte Sophie. «Nein, hast du nicht! Wirklich?»

«Wir 'aben ein kleines Rendezvous», sagte Maeve mit französischem Akzent. «Monsieur verliert keine Zeit, n'est-ce pas?»

Unterdessen ging Jane mit Sally auf dem geschlossenen Parkplatz für Pferdelaster herum. «Komm bloß wohlbehalten an», sagte sie. «Du weißt, dass er es schafft. Pass auf dich auf. Sieh nur zu, dass du nicht in Schwierigkeiten gerätst. Du bist in guter Gesellschaft. Gute Pferde, die ihren Job kennen, erfahrene Jockeys. Aber lass dich nicht einschüchtern.»

«Bitte, Jane, hör auf. Das habe ich alles im Kopf. Ich weiß, was für ein Rennen ich reite. Das haben wir schon so oft durchgekaut.» Sally strich sich durchs Haar. Ihre Lippen bebten leicht. Vor Nervosität hatte sie keinen Bissen essen können. Das Sandwich, das Jane ihr aufgenötigt hatte, war ihr als trockener Klumpen im Hals stecken geblieben.

«Okay, Mädchen», sagte Jane. «Hol deine Sachen und zieh dich um. Lass dir Zeit. Wir bringen Dancer auf den Sattelplatz.»

Sally holte ihre Tasche und ging zur Umkleidekabine für Damen. Im Vergleich zu den improvisierten sanitären Einrichtungen, die weiblichen Jockeys auf vielen ländlichen Rennbahnen zur Verfügung gestellt wurden, war es hier geradezu luxuriös. Bis auf die mütterliche Toilettenfrau war die Kabine leer. Sie legte ihr Strickzeug beiseite und stand auf.

«Trinken Sie eine Tasse Tee, Liebes. Sie haben noch viel Zeit, und es beruhigt die Nerven. Heute Nachmittag hatte ich noch nicht viele junge Damen hier. Sie sind erst die Zweite.» Sie hantierte geschäftig mit Wasserkessel und Teekanne und brachte Sally dazu, sich hinzusetzen und Kekse zu essen. Sie redete über das Wetter, den Urlaub, den Verkehr, bis Sally sich bei ihrem banalen Gerede allmählich etwas entspannte. Sie war froh, von Jane fort zu sein.

Dann war es Zeit, sich umzuziehen. In Reithose und Stiefeln sah sie mit offenen Haaren aus wie der Inbegriff einer Männerphantasie. Sobald sie die Haare jedoch unter einem Haarnetz aufgesteckt hatte und die Reitkappe trug, wirkte sie durch und durch professionell.

«Viel Glück, Liebes. Wir sehen uns bald gesund und munter wieder», sagte ihre neu gewonnene Freundin gemütlich. «Dann haben Sie bestimmt mehr Appetit auf diese leckeren Sandwiches.»

Als die für das Rennen um halb fünf gemeldeten Pferde nach und nach auf den Paradering kamen, suchte Maeve in der Menge am Zaun und auf den Stufen nach Father O'Brien.

«Er muss hier sein», sagte sie zu Mohammed. «Er hat es versprochen.» Commander Digby und Matt hatten Lady Pamela und Sam von der Tribüne heruntergeholfen, wo sie sich die bisherigen Rennen angeschaut hatten. Nun warteten sie darauf, mit den übrigen Besitzern auf den Sattelplatz gelassen zu werden. Charlie hatten sie schon am frühen Nachmittag aus den Augen verloren, als er in die Vergnügungsarkade geschlendert war. Mr und Mrs Day hatten sich aufgemacht, um nachzusehen, welche Anfangsquoten die Buchmacher anboten.

«Da kommt Dancer», sagte Mohammed, als Steve den großen Braunen mit der länglichen Blesse im Gesicht hereinführte. «Das ist sein Tag, Inshallah.» Er drehte sich um und merkte, dass Maeve im Gedränge verschwunden war. Aber er entdeckte Sophie und ging zu ihr.

«Guck, Lady P. und Sam sind bei Jane auf dem Sattelplatz», sagte sie zu ihm. «Jane sieht toll aus. Ich habe sie noch nie im Rock gesehen. Sie hat umwerfende Beine.» Zur Feier des Tages trug Jane ein kurzes Kostüm, hohe Stiefel und einen Pelzhut auf ihrem hochgesteckten Haar.

«Sie schöne Frau», seufzte Mohammed. «Ihr alle schöne Frauen.»

«Und du bist ein schöner Mann.» Sie lächelte ihn liebevoll an und drückte seinen Arm. Sie schaute sich suchend um. «Wo steckt bloß Maeve? Ich dachte, sie wäre hier.»

«Sie suchen ihren Freund. Ihren Gottmann», sagte Mohammed und schaute sich ebenfalls suchend um.

Auf ein Klingelzeichen ging ein Raunen durch die Menge, und die Jockeys kamen heraus. Sophie legte die Hände ans Gesicht. «Mohammed, mir ist ganz schlecht vor Aufregung. Da kommt Sally. Sie sieht aus, als hätte sie furchtbare Angst.»

«Nein. Sie sein gut. Sie ruhig und stark.»

«Sie ist das einzige Mädchen im Rennen. Einige der Männer sehen so hart aus. O Gott! Bitte lass alles gut gehen. Wo steckt denn Maeve? Sie verpasst ja alles.»

Als die Aufforderung kam, die Pferde zu satteln, sprach Jane noch einmal kurz mit Sally, die feierlich mit dem Kopf nickte. Dann half Steve ihr in den Sattel und Dancer wirbelte herum. Matt tauchte neben Sophie auf. «Sie geht früher zum Start. Der Steward lässt sie gleich raus.»

«Maeve hat alles verpasst», stöhnte Sophie.

Steve stemmte sich mit der Schulter gegen das aufgeregte Pferd, das mit seinem gesenkten Nacken und hoch erhobenem Schwanz nur schwer zu halten war.

«Da ist sie!», rief Matt. «Guck, da am Ausgang. Der Priester ist bei ihr. Er segnet Dancer. Wirklich, er gibt ihm seinen Segen.»

Father O'Brien hatte Sally völlig überrascht. Er war aus dem Nichts unmittelbar vor ihnen aufgetaucht. Erst dann hatte sie Maeve bei ihm erkannt und gesehen, dass er die rechte Hand hob und ein Kreuzzeichen machte. «Er hat dich gesegnet, Sal», schrie Maeve. Doch schon waren sie fort, und sie sah nur noch Dancer, ein Meer von Gesichtern und Steves Kopf an ihrem Knie, als er sich anschickte, das Pferd loszulassen. Sie packte die Zügel fester und verschaffte ihren Füßen sicheren Halt in den Steigbügeln. Die Sonne war herausgekommen und ließ Dancers gestriegeltes Fell aufleuchten. Sie kniff ihn sanft in die Haut über den Schultern. Sobald sie den Turf erreichten und Steve sie losließ, waren sie beide allein. Sie sehnte sich danach, dass es endlich losging, sie in leichten Galopp fielen, ihre angestaute Kraft sich Bahn brach und sie an die Arbeit gehen konnten.

Steve rief etwas, worauf sie nickte. Er sprang beiseite. Dancer machte einen Satz nach vorn, und einen Augenblick lang dachte sie, er sei ihr entwischt, aber schimpfend bekam sie ihn wieder in den Griff. Das Gras jagte unter seinen polierten Hufen davon, die Tribünen, die Menge und der Lärm huschten vorbei.

Auf der Bahn waren nur Dancers Trappeln und sein rhythmisches Schnauben zu hören. Im Augenblick war Sally relativ ruhig. Unter sich sah sie seine kräftigen Schultern und seine Hufe auf dem Turf.

Er hatte die Ohren gespitzt und schaute von einer Seite

zur anderen. Er fühlte sich hier zu Hause. Zumindest wollte sie diesen Ritt genießen, der sie von den Tribünen und Einfriedungen fort vier Meilen durchs Gelände führte.

Langsam gingen Lady Pamela und Sam die Treppe zu den Tribünen hinauf. Da der Weg lang war, verpassten sie, wie Bumpers auffällige Farben an den Start ritten. Lady Pamelas Herz raste, sie hatte ein Pochen hinter den Augen. Sie kniff die Augen zu, um wieder klar zu sehen. Jetzt ist nicht der Zeitpunkt für einen Schlaganfall, sagte sie sich streng. Sophie schlug vor, sie solle hineingehen und sich hinsetzen, aber sie lehnte sich lieber an der frischen Luft an ein Geländer.

«Ich hole Ihnen ein Glas Wasser», sagte Sophie und verschwand. Typisch, dass Maeve nirgendwo zu sehen war. Sie war mit diesem Priester verschwunden. Lady Pamela hatte von dem Segen gehört. Mummpitz nannte sie so etwas, irischen Unfug. Als ob der liebe Gott sich bei allem, was sonst noch in der Welt passierte, für Pferderennen interessieren könnte. Sophie kam mit Mohammed und Matt wieder und brachte einen Plastikbecher Wasser mit, den Lady Pamela dankbar trank. Inzwischen gingen auch die anderen siebzehn Pferde in leichtem Galopp zum Start. Matt beobachtete sie durchs Fernglas und berichtete, dass man ihnen das erste Hindernis zeigte, um sie daran zu erinnern, wo sie waren und was sie zu tun hatten.

Lady Pamela fühlte sich etwas besser und lächelte Sam beruhigend an. Auf der Stufe unter ihr stand eine nett aussehende Frau mittleren Alters mit einem attraktiven Mann und einem jungen Mädchen. Ein gepflegtes, wohlhabendes Paar mit intelligenten, gut gelaunten Gesichtern. Das Mädchen sagte etwas, worauf sie sich zu ihr umdrehten und lachten. Der Mann legte ihr den Arm um und zog sie an sich. Lady Pamela meinte zu hören, dass er sie Lizzie nannte. Als das Mädchen ihren Blick bemerkte, lächelte es.

Jane, die zu ihnen auf die Tribüne gekommen war, schrie: «Es geht los! Sie starten!» Gedankenverloren trudelte Lady Pamela zurück in die Vergangenheit.

«Sie gehen es langsam an», sagte Matt. «Keiner will davonziehen.» Er schaute auf den Bildschirm über ihren Köpfen. «Dancer ist am Ende der Spitzengruppe.» Es hatte den Anschein, als liefen die Pferde in leichtem Galopp auf das erste Hindernis zu.

«Sie tut gut daran, ihn da zu halten», sagte Jane. «Sie liegt gut da, wo sie ist.» Alle bis auf Lady Pamela beobachteten auf dem Bildschirm, wie die Pferde das erste Hindernis nahmen.

«Der Sprung war gut», sagte Jane. «Genug Abstand. Es sieht aus, als hätte er ein bisschen aufgeholt.»

Sam musterte seine alte Freundin und berührte ihren Arm.

«Liebling?», sagte er. Lady Pamela schauderte leicht und schaute ihn ein bisschen verwirrt an.

«Ja», sagte sie. «Ja, Dancer. Das Rennen.»

«Die Hürde haben alle gut genommen», sagte Sophie. «Moment mal. Hinten ist eins gestürzt.»

«Gestürzt ist Ring Home», sagte der Bahnsprecher, als die Pferde in die Linkskurve gingen, die zu den vier Hindernissen auf der Geraden vor den Tribünen führte.

Auf der langen, leicht bergab führenden Galoppstrecke war die Platzierung der Pferde innerhalb der Spitzengruppe schwer zu erkennen, die sich dicht gedrängt an der Absperrung hielten. Da Sam ein bisschen schwerhörig war und den Bahnsprecher nicht richtig verstand, fragte er Jane.

«Wo ist er? Können Sie ihn sehen?»

«Alles in Ordnung. Auf dem Bildschirm erkennen Sie die orange Kappe ganz innen am Ende der Spitzengruppe.»

Lady Pamela sah auf dem Bildschirm lediglich unscharfe Farbkleckse. Unten auf der Rennbahn erkannte sie nur den grünen Turf, die weißen Zäune und die dunklen Linien der Hindernisse.

«Sie kommen zum vierten Hindernis», sagte Matt. «Es ist schwer zu erkennen, weil er ganz innen läuft. Mann! Das hat er toll genommen. Hast du gesehen, Soph?»

Endlich sah Lady Pamela in der Ferne dunkle Umrisse auf und ab hüpfen, als das Feld die Bahn entlangkam. Auf dem Fernsehschirm wirkte das Tempo gleichmäßig, aber die drei oder vier Pferde an der Spitze zogen davon und lösten sich vom Hauptfeld. Beim fünften Hindernis machte der Favorit, der bereits in Führung lag, einen groben Fehler und traf die Stange. Ein Raunen ging durch die Menge, als er kurz in die Knie ging und verschwand. Der Jockey wurde über seinen Kopf geschleudert, rollte sich instinktiv zu einer Kugel zusammen und bereitete sich darauf vor, dass fünfzehn Pferde im Galopp über ihn wegstürmten. Bevor das Pferd wieder auf die Füße kam, hatte es hinter sich eines zu Fall gebracht. Es prallte in seine Flanke und schleuderte den Jockey durch die Luft. Wieder ging ein Stöhnen durch die Menge.

«Gestürzt sind Laundromat und Celtic Stone», gab der Sprecher durch. Dancer wurde wieder nur flüchtig erwähnt. Wie Matt sagte, lag er etwa an achter Stelle.

Als die Pferde näher kamen, konnte Lady Pamela die orange Kappe und die Farben ihres Pferdes ausmachen. Sie erkannte seinen gleichmäßigen, entspannten Galopp und seine rhythmischen Sprünge. Als die Pferde die nächste Linkskurve ins Gelände nahmen und sich dem Wassergraben und den offenen Gräben näherten, war er bereits auf den sechsten Platz vorgerückt. Im hinteren Feld hatte ein offensichtlich lahmendes Pferd aufgegeben.

Schweigend standen Maeve und Father O'Brien unten an der Absperrung und schauten sich das Rennen an. Maeve hatte die Augen geschlossen und kehrte einmal sogar der

Bahn den Rücken, um mit verschränkten Armen und gesenktem Kopf dem Bahnsprecher zuzuhören. Solange sie Dancers Namen nicht hörte, wusste sie, dass mit ihm alles in Ordnung war. Father O'Brien schaute durch sein Fernglas.

«Das war ein guter Sprung», sagte er ihr, «aber er hat ein reiterloses Pferd neben sich, das ist nicht so gut. Da, sie sind alle über den Wassergraben geflogen wie die Vögel. So wie er aussieht, kann er gut galoppieren. Du kannst deine Augen wieder aufmachen, Maeve.»

Als sie um die nächste Kurve auf die Außenschleife der Bahn einbogen, merkte Sally, wie die Pferde vor ihr gerade in dem Moment davonzogen, als sie den Eindruck hatte, dass Dancer allmählich müde wurde und nachließ. Sie hatten schon drei Meilen und elf Hindernisse hinter sich. Sie war selbst schon ziemlich ausgepumpt, aber sie musste durchhalten. Wenn sie zuließ, dass Dancer den Anschluss an die Spitzengruppe verlor, wären sie aus dem Rennen und könnten nur noch hinterher trotten. Beim zweiten offenen Graben bemerkte sie ein reiterloses Pferd neben sich auf der Innenbahn. Im Sekundenbruchteil des Absprungs wurde ihr mit Schrecken klar, dass es quer in ihre Bahn springen würde. Instinktiv riss sie an den Zügeln. Dancer zögerte nur flüchtig, machte einen kurzen Zwischenschritt, schien zu stocken und zog sich mit einem Sprung aus der Affäre. Aber er schaffte es nur knapp über das Hindernis, streifte es und musste sich schräg legen, um nicht zu stürzen. Sally schleuderte es mit lockeren Zügeln seinen Nacken hinauf. Ich bin raus, dachte sie. Scheiße, das war's. Wie in Zeitlupe spürte sie, wie sie fiel. Doch plötzlich kam Dancers Nacken ihr entgegen. Mit beiden Armen umklammerte sie seinen Hals, bekam mit einer Hand einen Zopf der Mähne zu fassen und zog sich wieder in den Sattel.

Als sie weiter galoppierte, sah sie, dass der Beinahe-Sturz

sie drei oder vier Plätze gekostet hatte und das nächste Hindernis rasch näher kam. Sie hatte einen Steigbügel verloren und suchte ihn hektisch mit einer Hand. Das Leder hatte sich vorne am Sattel verfangen, und als sie es endlich befreit hatte, waren sie schon am nächsten Hindernis. Dieses Mal musste Dancer selbst sehen, wie er es nehmen konnte. Er hielt den richtigen Abstand und übersprang die Hürde mühelos. Sally dachte schon, es würde sie aus dem Sattel heben und von seinem Rücken schleudern. Wenn sie den Fuß nicht wieder in den Steigbügel bekam, würde sie sich nicht halten können. Ihre Fußspitze fand den baumelnden Eisenbügel und verschaffte sich Halt, als sie um die letzte Kurve am anderen Ende der Bahn bogen und noch vier Hindernisse und eine lange Galoppstrecke vor sich hatten.

Sobald Sally wieder fest im Sattel saß, forderte sie mehr von Dancer. Sie trieb ihn an, nicht nur den Anschluss zu halten, sondern das Tempo zu steigern. Der große Braune legte die Ohren an, spürte, wie sie ihr Gewicht verlagerte, und reagierte. Seine Schritte wurden länger. Er schien sich flacher zu machen und galoppierte kraftvoller. Langsam schob er sich innen an den beiden Pferden vorbei, die unmittelbar vor ihm waren. Am nächsten Hindernis sprang er sich auf den sechsten Platz vor. Hinter ihm stürzte ein Pferd. Sally wollte ihn auf der Innenbahn halten, um die Kurve zu nutzen, wurde aber vom Vordermann blockiert. Als sie sich an ihm vorbei zwängen wollte, drängte der Jockey sie fluchend ab. Sie suchte nach einer Lücke, fand aber keine. Diese Burschen waren alte Hasen, die hier eine Saison nach der anderen geritten waren. Sie würden ihr nichts schenken. Es gab nur einen Weg, und der führte außen herum. Sally gab Dancer das Zeichen, auf die Außenbahn zu schwenken. Er war müde. Sie mussten alle müde sein. Und vor ihnen lag noch ein langer Weg mit drei weiteren Hindernissen und dem gefürchteten

Anstieg im Finish. Sie gab Dancer die Gerte, und er zog nach außen. Wenn sie ihn dort halten konnte, wäre er in der Lage, es mit der Spitze aufzunehmen, sobald sie im Finish Druck machten. Als sie das drittletzte Hindernis erreichten, sprang Dancer neben einem der irischen Favoriten ab. Der Jockey wandte ihr sein bebrilltes Gesicht zu, um zu sehen, wer es war. Sally sah, wie er eine obszöne Geste machte. «Ich hol dich runter, wenn du mich überholst!», schrie er.

«Dann fang mich doch, du Schwein!», brüllte sie wütend zurück.

Nun lagen sie auf dem fünften Platz, hatten aber noch viel vor sich. Das Pferd vor ihnen war erschöpft. Es galoppierte zwar weiter, blieb aber fast auf der Stelle und grub sich bei jedem Schritt tiefer in den Boden. Als sie vorbeijagte, meinte sie zu sehen, dass der Jockey aufgab. Die letzte Kehre der Bahn brachte sie auf die Zielgerade, und dann war Dancer auf dem Anstieg. Er streckte sich gnadenlos vor ihnen in die Länge. Seine Schritte fühlten sich bleiern an, als die Steigung ihm die Geschwindigkeit raubte und an seinen Kräften zehrte.

Er war müde, erschöpft, und sie ebenfalls, aber wenn sie etwas, irgendetwas aus diesem Rennen machen wollten, musste er seine Kraftreserven aufbieten. Am zweitletzten Hindernis sprang sie neben einem Pferd und Jockey, die sie aus West Country kannte.

«Los, Mädchen», schrie Kevin. «Wir sind fertig. Er kann nicht mehr. Los, gib ihm Saures. Setz deinen dicken Hintern in Bewegung.»

Angespornt grinste Sally ihn an und hob eine Faust zum Gruß.

Durch ihre schlammbespritzte Brille sah sie in der Ferne die Ziellinie. Sie musste Dancer unterstützen und alle Kraft aufbieten, die sie noch hatte. Mit gesenktem Kopf und Arm-

und Beinarbeit trieb sie ihn an. Als der Abstand zwischen ihm und den beiden führenden Pferden sich verringerte, setzte sich sein sturer, arroganter Kampfgeist durch, auf den sie gehofft hatte, und ließ ihn um die Führung kämpfen. Er war müde, so müde. Sie spürte, welche Anstrengung es ihn kostete weiterzugaloppieren. Seine Schultern bebten, seine Ohren waren angelegt. Erschöpfte Pferde machen Fehler, und sie hatten noch das letzte Hindernis zu nehmen, dennoch musste sie ihn weitertreiben, seine Konzentration fordern, mehr von ihm verlangen. Sie hörten schon die Menge johlen. Die anfeuernden Rufe ließen Dancer die Ohren spitzen. «Komm, Dancer, zeigen wir es ihnen», schrie Sally.

Am letzten Hindernis lag er ein oder zwei Längen hinter dem Führenden. Aber er sprang gut, während das müde Pferd vor ihnen sich nur mühsam hinüber rettete, die Krone streifte und zurückfiel. Als sie an Maeve und Father O'Brien vorbeijagten, war der Priester sicher, dass er die Nase vorn hatte. Ein paar Meter weiter galoppierte Dancer als Sieger über die Ziellinie, und Maeve Delaney schwor, Nonne zu werden.

Matt hatte sich oben auf der Tribüne heiser geschrien, und Sophie war in Tränen aufgelöst. Jane und Mohammed waren schon die Treppe hinuntergesprungen und rannten wie wild zur Ziellinie, um Sally als Siegerin fortzuführen.

Sam wischte sich verstohlen eine Träne aus dem Auge. Es war fast zu viel für sein altes Herz. Die Aufregung, das Geschrei, die aufrüttelnden Gefühle. Pammy klammerte sich sprachlos und wie erstarrt an seinen Arm, unfähig, dem Sprecher zu folgen, aber dennoch mitgerissen von den letzten aufregenden Minuten, als sie ihr Pferd sich durchs Ziel kämpfen sah.

Das Ehepaar vor ihnen drehte sich um und gratulierte. Das blonde Mädchen mit der rot angelaufenen wintrig-blassen Haut platzte heraus: «Das ist Ihr Pferd, nicht wahr? Ich habe Sie mit ihm auf dem Sattelplatz gesehen. Ich habe auf ihn gesetzt. Mein ganzes Geld. Sein großer Kopf mit der langen Blesse auf der Nase hat mir gefallen.»

«Sie hat ein schönes Sümmchen gewonnen», lachte ihre Mutter.

«Eine unanständige Summe», sagte ihr Vater. «Aber es ist für ihr Jahr im Ausland. Sie will Kindern in Chile Englisch beibringen. Dafür braucht sie zweitausend Pfund.»

«Ich freue mich ja so, meine Liebe», murmelte Lady Pamela matt. Beunruhigt nahm Sophie ihren Arm, weil sie dachte, sie würde fallen. Sie gab Matt ein Zeichen, Sam die Treppe hinunterzuhelfen.

Das Mädchen plapperte immer noch über Dancer. «Komm, Lizzie», sagte ihre Mutter, «lass die Besitzerin des Siegerpferdes gehen. Sie muss den Cup entgegennehmen.»

Unten führte Jack Dancer gerade jubelnd fort. Sally kämpfte mit vor Erschöpfung und Bewegung puterrotem Gesicht gegen die Tränen an, während sich die Fernsehkameras zu einem kurzen Interview auf sie richteten, als sie vom Pferd stieg.

«Wie haben Sie das Rennen geplant?», wurde sie vom Kommentator gefragt. «Nach der Verletzungspause hing ja immer noch ein Fragezeichen über diesem Pferd. Haben Sie geglaubt, dass er es schaffen kann?»

Sally schluckte, strich sich über die Augen und sagte in das Mikrophon, das man ihr hinhielt:

«Ich habe immer geglaubt, dass er es kann. Ich war überzeugt, dass er die Hindernisse nimmt, aber ich wusste nicht, ob er am Ende das letzte Quentchen Kraft findet. Ich habe ihn gefordert, und er hat reagiert. Es war herrlich. Er ist ein großartiges Pferd. Ich bin so glücklich, dass ich diese Chance bekommen habe. Dass ich ihn hier reiten durfte.»

«Auch für seine Besitzerin, Lady Pamela Bentham, ist es großartig», sagte der Kommentator in die Kamera. «Ich weiß, es ist unhöflich, über das Alter zu sprechen, aber Lady Pamela ist in die Achtzig und hatte sich vom Rennsport zurückgezogen, bis sie beschloss, dieses Pferd wieder ins Rennen zu bringen und ihm eine zweite Chance zu geben. Lady Pamela», der Kommentator drängte sich durch die Menge, «wie fühlen Sie sich? Das ist doch sicher ein großer Tag für Sie?»

«Ein großer Tag», bestätigte Lady Pamela. «Ein großer Tag für die Mädchen, für Sally und für Jane Hedderwick, seine Trainerin. Er war praktisch schon zum alten Eisen geworfen, wissen Sie.»

«Und jetzt? Wie sehen Ihre Pläne für ihn aus?»

«Wir müssen abwarten. Jane und ich werden über seine Zukunft reden müssen. Fest steht, dass er nun eine Zukunft hat, was vor diesem Rennen durchaus nicht sicher war.»

Die Fernsehkamera schwenkte fort, und Lady Pamelas Freunde umringten sie wieder. Maeve war mit Father O'Brien aufgetaucht, der Lady Pamela die Hand geschüttelt und gesagt hatte, jetzt könne er sich ein neues Dach für den Altarraum leisten. Maeve hatte rot verweinte Augen, sagte aber sehr wenig. Nachdem alle Sally umarmt und beglückwünscht hatten, ging sie, um sich wiegen zu lassen. Doug Mitchell kam, um Jane zu gratulieren.

«Gute Arbeit», sagte er. «Ich hätte an ihm festhalten sollen.»

«Hör schön auf, Doug», sagte Jane spitz. «Du hattest ihn abgeschrieben. Wenn es nach dir gegangen wäre, stünde er jetzt als Konservendose auf dem Supermarktregal.»

Doug lachte. Er konnte es nicht abstreiten. Er tippte Jane auf den Arm und ging. Sein Pferd war der Favorit des nächsten Rennens.

Dancer stand auf dem Siegerplatz, eine Cheltenham-Sieger-Decke auf dem Rücken, und genoss mit hoch erhobenem Kopf die Aufmerksamkeit der Menge um ihn herum. Sein Fell glänzte schwarz vor Schweiß, und seine Flanken hoben und senkten sich immer noch von der Anstrengung, aber er strahlte Energie aus. Jack tätschelte ihm strahlend vor Stolz und Freude den Hals. Als Maeve ihm zuschaute, war ihr klar, dass er in seinem ganzen Leben keinen schöneren Augenblick mehr erleben würde. Kein Wunder, dachte sie. Sein Triumph beim Rennen würde seinen Gemüsegarten, sein Geflügel, sein Fahrrad und die stillen Sträßchen von Charlton für immer verwandeln. Dancer, sein Junge, hatte es geschafft.

Sam schaute sie an und reichte ihr lächelnd die Hand. «Das ist Ihr Werk, das wissen Sie doch?», sagte er. «Ohne Sie wäre das nie möglich gewesen.»

Als Lady Pamela sich umdrehte und die beiden sah, tat sie es Sam nach und nahm mit beiden Händen Maeves freie Hand.

«Ja, Irin», sagte sie. «Sam hat natürlich Recht. Ohne Sie wäre keiner von uns jetzt hier. Ich danke Ihnen, Maeve.»

Maeve hatte sich mittlerweile erholt, schaute die beiden an und sagte: «War es nicht einfach das Größte? Das Beste, was je passieren wird? Es ist genau, wie man immer sagt, obwohl ich es bis jetzt nie glauben wollte: besser als Sex!» Dabei grinste sie Matt und Sophie unverschämt an.

Kapitel 15

Wesentlich später ging die Gesellschaft, immer noch völlig überwältigt, zum Parkplatz und teilte sich für die Rückfahrt auf. Maeve, die sehr viel Champagner getrunken hatte, hakte Lady Pamela unter und erklärte, sie habe so viel gestrahlt, dass ihr ganzes Gesicht wehtue. Die Days nahmen Jack Dick mit zum Reisebus. Jack murmelte immer noch vor sich: «Ich hab gewusst, dass der Bursche es kann. Ich hab gewusst, er kann es!» Er hatte eine Menge Whisky geschluckt und war reichlich unsicher auf den Beinen. Sophie und Matt nahmen Mohammed und Commander Digby mit, während Lady Pamela, Sam und Maeve mit Charlie fuhren. Es dämmerte bereits und hatte zu regnen angefangen. «Ich glaube, es hat gar keinen Sinn, sich zu beeilen», sagte Matt. «Es gibt bestimmt einen Riesenstau hier raus. Ich glaube kaum, dass wir vor acht Uhr zu Hause sind.»

Sophie hatte ihre Eltern angerufen, die sich das Rennen im Fernsehen angeschaut hatten und ebenso begeistert waren wie sie. «Flora und Freddy waren ja so aufgeregt», erzählte ihre Mutter. «Sie hopsen immer noch herum. Dein Vater hat für sie ein bisschen Geld gesetzt. Ich fürchte, er gibt ihnen damit ein ganz schlechtes Beispiel, aber sie haben jeder zwölf Pfund gewonnen!»

Als sie sich in die Schlange vor der Ausfahrt des Parkplatzes einreihten, zog Charlies kleiner schwarzer Golf röhrend an ihnen vorbei und fädelte sich vor ihnen ein. Maeve winkte durch die Heckscheibe. Sie sagte etwas, was sie nicht verstanden. Der Polizist, der an der Ausfahrt den Verkehr regelte, ließ Charlie durch, aber Matt nicht. «Die sehen wir nicht so bald wieder», sagte Commander Digby. Sie mussten fünf oder sechs Minuten warten, bis sie weiterfahren konnten.

Im warmen Wagen wurde Sophie schläfrig, schloss die Augen und nickte auf dem Rücksitz ein. An diesen bemerkenswerten Tag würden Matt und sie, ja eigentlich alle, sich noch ewig erinnern wie an einen Meilenstein. Später würden sie sagen: «War das das Jahr, in dem Dancer in Cheltenham gewonnen hat?» Dieser Tag würde sämtlichen grauen Tagen davor und danach Farbe verleihen und den Monat, sogar das Jahr zu etwas Besonderem machen. Immer wieder strahlten sie und Mohammed sich auf dem Rücksitz an. Wenn Sophie die Augen schloss, sah sie Dancers Kopf mit der Blesse und hörte das Jubeln der Menge. Nie würde sie das vergessen, ihr Leben lang nicht.

Der Verkehr kroch im Schneckentempo weiter. Im Regen spiegelten sich Rücklichter und Scheinwerfer wie flüssige Farben auf der dunklen Straße. Sie war froh, dass Matt fuhr. Bei ihm fühlte sie sich sicher. Sie schaute gern auf seine Hände, die langen Finger seiner Linken, die zwischen Schaltknüppel und Lenkrad hin und her wechselten, während die Rechte leicht auf dem Steuer lag und er durch die Windschutzscheibe auf die Straße schaute.

«Gleich kommen wir auf die Autobahn», war das Letzte, was sie ihn sagen hörte, bevor sie mit dem Kopf an Mohammeds Schulter einschlief.

Etwa eine Stunde später wachte sie auf, als Matt gereizt sagte: «Mein Gott! Was ist denn da los. Ein Unfall.» In der

Dunkelheit sah sie entsetzlich verbogenes Blech, Glasscherben auf der Straße, Blaulicht, einen Krankenwagen und einen Polizisten in fluoreszierender Weste, der sie aufgeregt vorbeiwinkte. Genau in diesem Augenblick wusste sie es. Ein eisiger Klumpen sackte in ihre Magengrube, ihre Beine zitterten. Ihr wurde eng ums Herz.

«Das sind sie!», schrie sie. «Das ist Charlies Auto.»

Matt rief dem Polizisten etwas zu, der immer noch versuchte, sie vorbeizuwinken. Er fuhr an den Rettungsfahrzeugen vorbei, hielt an und stürzte aus dem Wagen. Sophie spürte einen Schwall kalter, feuchter Luft. Matt lief vorbei und schrie ihr zu, sie solle im Wagen bleiben. Einen schrecklichen Augenblick lang konnte sie nicht aussteigen. Commander Digby auf dem Beifahrersitz versuchte sie zurückzuhalten. Sie musste über Mohammed klettern, der erst halb wach war. Doch dann lief auch sie auf das Chaos zu, auf die im Scheinwerferlicht arbeitenden Gestalten und auf etwas unvorstellbar Schreckliches.

Als sie die Unfallstelle erreichte, stockte sie. Wohin? Charlies Wagen war noch zu erkennen, aber eine Seite war eingedrückt wie eine zertretene Konservendose. Die Fensterscheiben waren ein silbriges Netz aus zerschmettertem Glas, aber an der Heckscheibe klebte immer noch der Fußballsticker. Dunkle Flüssigkeit tropfte auf den Asphalt. Sie hatte die grauenhafte Vorstellung von weichem, pulsierendem Fleisch, rosiger Haut, aufgerissen, zerschnitten von gezacktem Metall, von Schädeln, geborsten wie Eierschalen. Am Straßenrand leistete man jemandem, wohl einem Lastwagenfahrer, erste Hilfe. Er sah fast grün aus im Scheinwerferlicht. Sein Laster war wie ein Spielzeugauto über die Fahrbahn geschleudert. Das Führerhaus war seltsam gekippt und große Kabelschlaufen hingen in dem Zwischenraum wie Gedärm. Sie sah Matt mit einem Polizisten sprechen und lief zu ihm.

«Wo sind sie?», schrie sie. «Wo sind sie?»

Er packte sie fest am Arm. Sein Gesicht war völlig verzerrt vor Schock, als er heulte: «Sie sagen, sie ist tot. Sie war auf der Stelle tot. Sie ist tot. Tot.»

Drei Monate nach Maeves Beerdigung bereitete Sophie ihren Umzug von London ins Snook Cottage vor. Systematisch hatte sie die Kleider der Zwillinge sortiert und alles, was zu klein war, gewaschen, gefaltet und in einen Koffer gepackt. Unten im Koffer lagen winzige Babysachen. Sie nahm einen kleinen Strampelanzug heraus und drückte ihn an ihr Gesicht. Wer weiß, dachte sie, vielleicht brauche ich sie ja bald wieder. Matt hatte sie gebeten, ihn zu heiraten, und sie hatte ja gesagt, wollte aber ein Jahr warten. Nach ihrer Heirat würde Matt zu ihr ins Cottage ziehen, aber vorerst wollte sie einige Zeit allein dort wohnen, um sich einzugewöhnen.

Inzwischen hatte sie fast alles fertig gepackt für den Umzug am nächsten Tag. Während die Zwillinge im Kindergarten waren, wollte Sophie den Schrank in ihrem Schlafzimmer ausräumen. Ihn hatte sie bis zuletzt vor sich hergeschoben, weil unten hinter ihren Schuhen die beiden Plastiktüten von Maeve standen. Sie hatte sich nicht stark genug gefühlt, sich damit zu beschäftigen, bis sie dazu gezwungen war. Als sie die Tüten nun herausholte, überlegte sie, dass sie einfach damit um die Ecke zu der Baustelle gehen und sie ungeöffnet in einen Müllcontainer werfen könnte, um sich den Schmerz zu ersparen, Maeves Handschrift zu sehen, ihre Stimme zu hören und ihre Gegenwart in der Wohnung zu spüren.

Die Tatsache, dass sie auf der Stelle tot war und vermutlich nichts davon gemerkt hatte, war Sophie kaum ein Trost. Das Bild, wie Maeve sie zum letzten Mal durch das Heckfenster von Charlies Wagen angelacht hatte, verfolgte sie. Sie vermisste sie fast körperlich, und noch einige Wochen nach dem

Unfall meinte sie oft, in der Ferne eine schwungvolle kleine Gestalt zu sehen, einen dunklen Haarschopf, in einem Pub über ein Glas Bier gebeugt, ein lachendes Gesicht in einer Warteschlange an der Bushaltestelle. Wenn das Telefon klingelte, dachte sie oft: Das ist sicher Maeve, bis ihr mit stechendem Schmerz einfiel, dass sie nicht mehr da war. «Sie ist tot, sie ist tot, sie ist tot», sagte sie sich immer wieder.

Alles, was Sophie seitdem erlebt hatte – ihr Entschluss umzuziehen, Matts Heiratsantrag, der Verkauf ihrer Wohnung –, kam ihr vor wie in einem Traum, der in Zeitlupe ablief. Sie fühlte sich, als kämpfe sie unter Wasser gegen eine starke Strömung an. Dinge, die sie hätten überglücklich machen und ihren Himmel erstrahlen lassen sollen wie von einem Feuerwerk, waren überschattet von Trauer, die sich wie ein Leichentuch über sie alle legte. Für sie stimmte, was die Leute über Menschen sagten, die einen Verlust erlitten hatten: Kinder sorgten dafür, dass das Leben weiterging. Die Zwillinge waren unbeirrt munter und akzeptierten Maeves Tod mit dem schlichten Verständnis kleiner Kinder. Warum sollte Mami traurig sein, wenn Maeve doch bei Jesus im Himmel war, fragte Flora, die sich vorstellte, wie sie mit den Engeln auf sie aufpasste. Freddy fand es tröstlich, dass Maeve schon im Himmel war und jeden überfahrenen Dachs oder jedes Kaninchen, das sie auf den Straßen rund um Snook Cottage fanden, in Empfang nehmen konnte.

Matt hatte sich wunderbar verhalten. Hätte Sophie noch irgendwelche Zweifel an ihm gehegt, so hätten die Tage nach dem Unfall sie gründlich zerstreut. Sam und Lady Pamela lagen beide in Bath im Krankenhaus, Lady Pamela mit einem gebrochenen Bein und Brustverletzungen, Sam mit gebrochenen Rippen. Es war erstaunlich, dass sie relativ unbeschadet davongekommen waren. Charlie lag mit Verdacht auf Halswirbelverletzungen und zwei gebrochenen Beinen auf der Intensivstation. Nach ein paar Tagen war sein Zustand jedoch nicht mehr kritisch und besserte sich zusehends. Sobald wie möglich ließ Bunty ihn in eine Privatklinik in London verlegen. So konnte sie seine Genesung besser beaufsichtigen, und seine Familie und Freunde konnten ihn leichter besuchen.

Nach dem Unfall war er sehr bedrückt. Der traumatische Zusammenstoß hatte ihm sein unbekümmertes Selbstvertrauen genommen, und obwohl außer Frage stand, dass ihn keine Schuld traf, durchlebte er immer wieder, wie der Wagen auf der Ölspur ins Schleudern geriet, die Scheinwerfer des Lastwagens ihn blendeten, als sein Wagen auf dessen Fahrspur rutschte, er die Hände vom Steuer nahm und vors Gesicht schlug. Bunty und Henry machten sich um seinen seelischen Schaden ebenso große Sorgen wie um seine körperlichen Verletzungen. Sosehr sie und sogar ein Polizist, der verlegen an seinem Bett saß und seine Mütze in den großen roten Händen drehte, ihm auch versicherten, dass es nicht seine Schuld war, konnte Charlie nicht mit seiner Beteiligung an dem Unfall fertig werden. Zum ersten Mal war er mit dem Tod und seiner eigenen Sterblichkeit konfrontiert worden.

Matt hatte Maeves Vater anrufen müssen, um ihm die schlechte Nachricht mitzuteilen. Sophie hatte zwar erklärt, sie werde es tun, war aber erstarrt und in schmerzliches Schluchzen ausgebrochen, sobald sie Mr Delaneys Stimme gehört hatte. Matt war in die Bresche gesprungen. Mr Delaney reagierte sehr ruhig und gefasst. Zuerst wollte er ihren Leichnam nach Irland überführen lassen, aber Matt überredete ihn, sie auf dem kleinen Friedhof in South Charlton beerdigen zu lassen. Maeves Mutter machte gerade eine Entziehungskur für Alkoholiker und konnte weder ihre Meinung äußern noch zur Beerdigung kommen.

Auch Matts Vater hatte sich wunderbar benommen. Er

hatte sich um den Gottesdienst, den Vikar und den Organisten gekümmert und angeboten, alle bei sich unterzubringen, die für die Nacht ein Bett brauchten. Solange er etwas zu tun hatte, kam er zurecht. Ansonsten versank er in tiefen, undurchdringlichen Trübsinn. Sophie konnte sich nicht vorstellen, dass er so sehr trauerte. Schließlich hatte er Maeve doch kaum gekannt.

Die Beerdigung hatte sich in Sophies Gedächtnis eingebrannt wie ein Schwarzweißfilm. In den vorderen Reihen der kleinen Kirche saßen Maeves Vater – klein, grau und in Kopf- und Kinnhaltung seiner Tochter schmerzlich ähnlich –, die Days, Rob, Sally, Steve und die Mädchen vom Gestüt, Jack Dick, George, einige ihrer Bekannten aus dem Rugby-Club, Mohammed und Khaled und natürlich Commander Digby. Sophie war in Begleitung ihrer Eltern. Ihre Mutter hatte sie beschützend untergehakt, und ihr Vater schaute sie besorgt an, wie sie sich hielt. Schwester Davina aus dem Internat St. Teresa's war gekommen und auch Father O'Brien. Eine Frau, die niemand kannte, kam etwas später. Hinterher stellte sie sich als Diana Tripp, Henry Benthams Sekretärin vor. Sie sagte, Henry und Bunty hätten sie gebeten, Blumen zu schicken, aber sie habe persönlich kommen wollen. Sie habe Maeve zwar nur ein einziges Mal gesehen, aber sofort gewusst, dass sie etwas Besonderes sei.

Der bärtige Vikar, an den Sophie sich noch von Weihnachten erinnerte, hielt den Gottesdienst. Der Sarg war winzig wie ein Kindersarg. Sophie musste ständig daran denken, wie Maeve darin lag, kalt und bleich, und wie einsam sie sich fühlen musste, sie, die das Leben, Menschen, Lärm und Lachen geliebt hatte. Jemand hatte eine kleine Vase mit Schneeglöckchen auf den Sarg gestellt. Die winzigen weißen Blüten mit ihren schlanken Stängeln und hängenden Köpfen wirkten so kalt und zart. Sie sangen einen Choral und beteten.

Das alles hatte Commander Digby arrangiert. Sophie hatte keine Entscheidungen treffen können. Während des Gottesdienstes las Mr Delaney eine Passage aus dem *Sommernachtstraum* vor:

Oh, sie hat arge Tück in ihrem Zorn.
Sie war 'ne böse Sieben in der Schule.
Und ist entsetzlich wild, obschon so klein.

Dann sagte er, gerade diese Eigenschaften habe er an Maeve so geliebt, und Sophie dachte: Ja, ich auch. Er sprach über ihr Leben, das sie in vollen Zügen auf ihre eigene Art gelebt hatte. Sophie konnte nicht weiter zuhören, weil das Blut in ihrem Kopf rauschte und Tränen ihr in den Augen brannten.

Als sie den Sarg in das Grab ließen, das Jack Dick in einer Ecke des Friedhofs gegraben hatte, überfiel Sophie das Gefühl, dass alles völlig falsch war und man sie nicht in die Erde stecken dürfe. Sie hörte sie förmlich sagen: «Lasst mich nicht hier in diesem Scheisskaff. Ich will ein bisschen Leben um mich haben.» Doch als sie aufsah und die ruhige Schönheit der Berge und das Vogelgezwitscher in der stillen Luft wahrnahm, hoffte sie, dass Maeve den Frieden finden mochte, der ihr im Leben versagt geblieben war.

Als Matt Sophie sagte, dass sie und Mrs Day Maeves Sachen aus Charlton forträumen sollten, erledigte sie diese Aufgabe, ohne sich Gedanken zu erlauben wie: Diesen herrlich bunten Pullover hat sie immer getragen, wenn es sehr kalt war, oder: Diese pink Jeans hatte sie an, als sie zum letzten Mal in London war. Maeves Schlafzimmer unter dem Dach war so unglaublich unordentlich, dass Mrs Day und sie über das Chaos grinsen mussten, das sie um sich verbreitet hatte. Mrs Day packte schwarze Säcke für Oxfam, den wohltätigen Second-hand-Laden. Es versetzte Sophie einen Stich, als sie obenauf das rosa Chanel-Kostüm entdeckte. Kleider, die zu abgerissen waren, um sie weiterzugeben, packten sie in Müllsäcke, und Maeves Armbänder, Perlen und Ohrringe legten sie auf einen Haufen. Ihr Anblick, so zerbrechlich, hübsch und unbedeutend, ließ Sophie wieder in Tränen ausbrechen. Mrs Day legte ihr die Arme um die bebenden Schultern und weinte mit.

«Die nehme ich», schniefte Sophie schließlich und betrachtete den Schmuck in ihrer Hand. «Sonst will sie ohnehin niemand. Sie sind nichts wert.»

Unten in einer Schublade fand Sophie das Foto von Lizzie.

«Ich frage mich, wer das ist», sagte sie.

Mrs Day hörte auf, die Säcke in den Flur zu schaffen, und schaute ihr über die Schulter. «Das ist Lady Pamelas Tochter, das weiß ich. Sie hat ein Foto von ihr am Bett stehen. Nur das eine. Ich frage mich, wie es hierher gekommen ist.» Sie stockte, die Hände in die Hüften gestemmt. Dann fiel es ihr ein. «Komisch, Maeve hat manchmal von ihr gesprochen – von Lizzie. Sie war anscheinend fasziniert davon, wie nah sich die beiden gestanden hatten. Sie erkundigte sich nach mir und meiner Tochter, ob wir uns verstehen und so. Als ich ihr sagte, dass wir die besten Freundinnen sind, war sie ganz verstört. Ganz so, als hätte sie gewusst, dass ihr was entgangen ist.»

Sophie dachte nach. «Na ja, das war auch so. Ihre Mutter war keine gute Mutter. Sie lief davon, als Maeve noch ganz jung war, danach hat sie sie kaum nochmal gesehen. Viel zu selbstsüchtig. Aber ich hätte nie gedacht, dass es ihr viel ausmachte. Sie sagte immer, sie hasse es, bemuttert zu werden.» Sie legte das Foto beiseite. Wie gut hatte sie ihre Freundin eigentlich gekannt? Hatte Maeve den Schnappschuss als Kuriosität aufbewahrt, weil dieses Mädchen mit dem glatten blonden Haar und dem netten Lächeln eine tiefe Mutterliebe erfahren hatte, die ihr versagt geblieben war? Sophie hoffte, dass Maeve nicht das Gefühl gehabt hatte, sie habe eine solche Liebe vielleicht nicht verdient. Sosehr sie einen auch hatte ärgern können, war es nie schwer gefallen, sie zu mögen.

«Und dann ist da noch das Geld», sagte Mrs Day, als ihr der Scheck einfiel.

«Welches Geld?», fragte Sophie. Sie gingen gemeinsam hinunter und fanden den Scheck immer noch unter dem Eierbecher auf dem Küchenschrank. Sophie betrachtete ihn.

«Am besten schicke ich ihn an ihren Vater zurück», sagte sie. «Es ist merkwürdig, dass sie all dieses Geld hatte, ohne etwas davon zu sagen oder den Scheck einzulösen. Wissen Sie, angefangen hat sie mit Nichts. Deshalb hat sie ja diese Stelle angenommen. Deshalb ist sie überhaupt nach Charlton gekommen.»

Für David Digby waren die Wochen nach der Beerdigung kaum zu ertragen. Maeves Tod bestätigte ihn in der Ansicht, dass das Leben grausam war, und erschütterte ihn bis in die Grundfesten in seinem Glauben an Gott. Warum hatte er nicht sein unnützes Leben genommen? Er wäre gern an ihrer Stelle gestorben. Auch für ihn bedeutete ihr Tod einen großen Verlust. Maeve hatte sein Herz auftauen lassen. Er hatte sie geliebt, das wurde ihm nun klar. Egal, ob es unpassend, unangemessen war … er hatte sie geliebt. Er hatte die Wärme geliebt, die sie in sein kaltes Leben gebracht hatte, die Tatsache, dass sie ihn mochte, wie er war, die Zuneigung, die zu zeigen sie den Mut hatte. Was immer sie auch mit ihm gemacht hatte, welche Veränderung sie bei ihm bewirkt hatte, das alles war jetzt vorbei. Er empfand einen körperlichen Schmerz an der Stelle, an der er sein Herz vermutete. Wie sollte er sich davon je erholen, fragte er sich. Niemand versuchte ihn zu trösten. Warum sollten sie auch, sie konnten seinen Kummer ja nicht ahnen. Stattdessen drängten sie sich um Sophie, deren Schultern vor Schluchzen bebten. Was war sie denn schon für eine Freundin, dachte er wütend. Niemand hatte Maeve so geliebt wie er.

Wie einfach wäre es doch, seinem Leben ein Ende zu setzen. Im Waffenschrank hatte er ein Gewehr und eine Schachtel Patronen. Zwei Dinge hielten ihn davon ab. Zum einen wollte er niemandem zur Last fallen. Eine solche Tat würde alle belasten. Jemand müsste sauber machen. Und es würden Schuldgefühle und Schmerz zurückbleiben. All das wollte er nicht. Außerdem waren da noch seine Kühe. Bald würde das Kalben anfangen. Seine Färsen vertrauten ihm, die älteren Kühe waren an ihn gewöhnt. Er wollte sie nicht beunruhigen und aufregen, und Matt würde es schwer fallen, jemanden zu finden, der sie übernähme. Nein, zuerst hatte er noch eine Aufgabe zu erledigen.

Er dachte an das letzte Mal, als Maeve zu ihm auf den Hof gekommen war. Sie hatte nur von Pferden geredet, da Cheltenham unmittelbar bevorgestanden hatte. Dann hatte sie ihn gefragt, ob er noch einmal über Neuseeland nachgedacht habe. Er hatte ihr erklärt, er grüble noch darüber, und dann hatte sie etwas gesagt, was er nie vergessen würde: «He! Ich hab ein bisschen Kohle. Ich könnte mitkommen. Wir wär's? Wir hätten bestimmt viel Spaß, oder? Wir würden die Kiwis ganz schön auf Trab bringen.» Und sein dummes altes Herz hatte einen Sprung getan.

Er wusste, dass es albern war. Er war kein verblendeter alter Narr und erwartete nicht, dass sie seine Liebe erwiderte. Es reichte, dass sie seine Gesellschaft suchte und ihn mochte. Die Vorstellung, dass sie zusammen verreisen könnten, war absurd, aber allein schon die Tatsache, dass sie es vorgeschlagen hatte und ihn in diese Vision eines ungebundenen, sorglosen Lebens auf der anderen Seite der Welt einbezogen hatte, bedeutete ihm mehr, als er sagen konnte.

Jetzt lagen die Prospekte aus dem Reisebüro unter einem Stapel der *Farmers Weekly*. Er hatte noch im Ohr, wie Maeve ihn gedrängt hatte, seine Sachen zu packen, hier zu verschwinden und daran zu glauben, dass er noch eine Zukunft hatte. Doch durch ihren Tod war eine Tür zugeschlagen. David Digby glaubte an gar nichts mehr.

Sophie hatte Angst davor gehabt, es Lady Pamela zu sagen. Schließlich war Bunty damit herausgeplatzt, die natürlich vor allem dankbar war, dass Charlie überlebt hatte, und Maeves Tod nur als tragische Begleiterscheinung erwähnte. «Es ist natürlich schrecklich, aber ein Wunder, dass Charlie lebendig herausgekommen ist. Und du und Sam natürlich. Die Polizei sagt …»

Lady Pamela wandte den Kopf ab und lag lange mit geschlossenen Augen da. Bunty dachte, sie sei eingeschlafen.

Die alte Dame sagte kaum etwas. Sie wusste, dass Sam im selben Krankenhaus lag, aber nicht schwer verletzt war. Sie musste ihn unbedingt sehen. Als Sophie und Matt sie besuchten, war sie vage und distanziert, schien sie kaum zu erkennen und nahm keine sonderliche Notiz von den Blumen, die Sophie sorgfältig ausgesucht hatte. Maeve erwähnte sie nicht.

«Glaubst du, sie versteht, was passiert ist?», fragte Sophie, als sie von ihr fortgingen. Auf dem Weg zum Ausgang fragte sie eine Krankenschwester: «Lady Pamela wirkt so weit weg. Weiß sie über den Unfall Bescheid? Weiß sie, dass jemand dabei gestorben ist?» Die Schwester, die darauf trainiert war, sämtliche Fragen abzuwimmeln, erklärte: «Das liegt an dem Trauma und den Medikamenten. Sie wird noch ein oder zwei Wochen durcheinander sein. Sind Sie eine Verwandte?»

«Nein, nein. Aber meine beste Freundin ist in dem Wagen umgekommen, in dem sie saß.» Sophie spürte, wie ihr die Röte ins Gesicht stieg. «Entschuldigung», sagte sie und lief zum Ausgang. Die Schwester, die Dramen gewöhnt war, ging achselzuckend weiter.

Endlich brachte man Sam im Rollstuhl zu Lady Pamela. Er trug seinen alten gestreiften Pyjama und einen seidenen Morgenmantel, sein dichtes weißes Haar war gekämmt, und sein Gesicht hatte eine gesunde Farbe. Eine Schwester, mit der er bereits auf gutem Fuße stand, schob ihn an ihr Bett und zog rücksichtsvoll die Vorhänge um sie herum zu. Die beiden alten Leute streckten ihre gebrechlichen Arme nacheinander aus, erreichten aber nur ihre Hände. Zum ersten Mal liefen Lady Pamela Tränen über die Wangen, und auch Sam weinte.

«Warum nicht wir?», flüsterte sie. «Sam, warum nicht ich? Es ist so grausam. Es ist so grausam, dass es schon wieder passiert. Ich habe sie geliebt, Sam. Ich habe sie geliebt.»

«Liebling, Liebling. Wir alle haben sie geliebt. Auf eine seltsame Weise war sie für uns alle ein Segen.»

«Aber wo gehörte sie hin, Sam? Du und ich, wir haben uns. Charlie hat seine Familie. Es ist, als wäre sie in diesem Wagen die Entbehrliche gewesen, und das kann ich nicht ertragen.»

«Pammy, denk so was nicht. Du oder ich wären gern an ihrer Stelle gestorben. Sie war so jung, so voller Leben, aber Unfälle entziehen sich jeglicher Vernunft, und das gilt auch für einen gewaltsamen Tod. Das weißt du doch. Denk nur an den Krieg. Denk daran, wen wir alles verloren haben.»

Schweigend hingen sie ihren Erinnerungen nach. «Weißt du noch, was wir damals empfunden haben, Pam? Dass wir davongekommen sind und die Pflicht haben, das Leben in vollen Zügen zu genießen? Dasselbe müssen wir jetzt auch für Maeve tun. Du musst wieder besser werden, Liebling. Wir müssen weiterleben.»

Zwei Wochen später wurde Sam aus dem Krankenhaus entlassen. Mohammed hatte es so eingerichtet, dass er sich von nun an ganz um ihn kümmern konnte. Khaled holte ihn im Krankenhaus ab, und als Sam nach London kam und Mohammed ihm in den Aufzug half und die Wohnungstür aufschloss, war alles sauber und ordentlich, auf dem Tisch standen Blumen, und in der Küche wartete ein Essen aus dem Restaurant unter einem sauberen Geschirrtuch darauf, aufgewärmt zu werden. Er war froh, wieder zu Hause zu sein. Das Krankenhaus war der reinste Albtraum. Nach dem ersten Besuch bei Pammy gestaltete es sich schwierig, eine der überlasteten Schwestern zu überreden, ihn noch einmal zu ihr zu bringen. So mussten sie sich damit begnügen, sich nur zu sehen, wenn ein Besucher eine Schwester bewegen konnte, einen Rollstuhl zu besorgen und ein Treffen im schäbigen Aufenthaltsraum der Station zu organisieren, wo ständig das Fernsehen in voller Lautstärke lief und zerfledderte, ein Jahr alte Zeitschriften herumlagen.

Lady Pamela erholte sich nur langsam. Es bestand die Gefahr einer Infektion. Bei ihrem nächsten Besuch fand Sophie die alte Dame recht eingefallen. Die Schwestern hatten sie aus dem Bett geholt, und sie ging an Krücken, wirkte aber winzig und geistig leicht benommen. Sie und Sam hatten über die Zukunft gesprochen und nach vielem Nachdenken beschlossen zusammenzuziehen. Sams Wohnung lag zwar im zweiten Stock, hatte aber einen Aufzug, und der gute Mohammed hatte versprochen, sich um sie beide zu kümmern, sobald sie aus dem Krankenhaus kamen. «Wir werden in Sünde leben, meine Liebe», sagte sie zu Sophie. «Maeve fände das sicher gut, glauben Sie nicht auch?»

Erst nachdem Sam aus dem Krankenhaus entlassen war,

raffte Lady Pamela sich anscheinend auf, wieder gesund zu werden. Eine der Schwestern, eine fröhliche Schwarze namens Louella, die begriffen hatte, dass zur Pflege mehr gehörte, als Medikamente auszuteilen, half ihr, sich zu schminken und machte einen Termin mit einer Friseuse, die kam und ihr das Haar schnitt. Sie ließ sich die Hände maniküren und begann, wieder die Zeitung zu lesen, die bisher ungeöffnet auf ihrem Nachttischchen liegen geblieben war. Dass es auch Charlie allmählich besser ging, munterte sie auf.

«Ich muss ihn sehen», sagte sie zu Henry. «Er soll wissen, dass wir ihn sehr lieben.» Es war, als hätte das Leben wieder Fuß gefasst. Als ein Doktor eine Bemerkung über ihren gebesserten Zustand machte, antwortete sie schnippisch: «Ich bin noch nicht bereit, vom Ast zu fallen. Ich möchte mein Pferd noch einmal laufen sehen.»

Sally und Jane hatten sie besucht. Mit ihren rosigen Frischluftwangen wirkten sie fast schon zu gesund. Beide hatten Stallmist an den Stiefeln und hinterließen kleine Strohhalme auf dem Boden. Sie brachten Fotos vom Rennen, Zeitungsausschnitte und viel Lebendigkeit mit. Dancer ginge es gut, erzählten sie. Nach dem Rennen sei er ein bisschen zappelig gewesen, aber nun sei er wieder ganz fit und sie müssten entscheiden, wann er das nächste Rennen laufen solle.

«Das ist Ihre Entscheidung, Jane», erinnerte Lady Pamela sie. «Er ist jetzt Ihr Pferd.»

«Wir möchten aber, dass Sie dabei sind», sagte Jane und drückte ihr die Hand. «Sonst wäre es nicht das Gleiche.»

«Unsinn», sagte Lady Pamela. «Sam und ich sind ganz zufrieden, wenn wir es uns im Fernsehen anschauen. Der Liebe sorgt dafür, dass ich den Rennkanal bekomme. Wissen Sie schon, dass ich nach London ziehe?»

Die jungen Frauen nickten. Einen Augenblick trat Stille ein, da jede daran dachte, wie sehr Maeve dazugehört hatte.

«Ich bin froh, dass Sie zu Ihrem Freund ziehen», sagte Jane verlegen. Es war ihr unangenehm, sich auf dieses heikle Terrain vorzuwagen. «Maeve hätte sich gefreut.»

«Ja, das glaube ich auch», sagte Lady Pamela.

Als sie nach dem Besuch der beiden die aus Zeitungen ausgeschnittenen Fotos durchblätterte, merkte sie, dass Jane unter allen den Text abgeschnitten hatte. Offenbar waren sie nicht im Sportteil erschienen, sondern als Illustration zu dem tragischen Unfall, der die strahlende Siegergruppe, die den Hals des großen Pferdes mit der weißen Nase tätschelte, kurz darauf ereilt hatte. Eine gute Zeitungsstory.

Auch Commander Digby kam sie besuchen. Er saß da und drehte seine Mütze in den großen knochigen Händen mit den braunen Handrücken und den von schwerer Arbeit rissigen Handflächen. Es war zu warm und zu hell im Zimmer, und er saß verlegen auf dem Stahlrohrsessel an Lady Pamelas Bett. Jedes Mal, wenn eine Krankenschwester auftauchte, sprang er auf, um nicht unwillentlich Zeuge einer intimen medizinischen Prozedur zu werden. Er war hier ebenso fehl am Platz wie sein zerbeulter, schlammiger Land Rover auf dem Parkplatz, wo seine beiden Collies Jess und Gyp auf dem Rücksitz schnarchten oder Passanten anbellten.

Lady Pamela bemerkte seine glanzlosen Augen, seine starre Miene und seinen Schmerz. Er hat sie geliebt, dachte sie. Sie reichte ihm ihre zarte Hand mit den durchschimmernden Venen und den zerbrechlichen Knochen.

Er nahm sie dankbar. «David», sagte sie, «in gewisser Weise haben wir sie alle geliebt, wissen Sie. Sie war unverschämt und wild, aber sie hatte etwas ganz Besonderes. Sam sagt, sie war für uns alle ein Segen, und ich finde, das stimmt genau. Sie war doch ein Segen, oder nicht? Sie hat uns Möglichkeiten vor Augen geführt.»

Commander Digby starrte aus dem Fenster auf die Silhouette der Bürohäuser. Sein Blick fand ein paar Tauben, die sich auf einer Platane auf dem Krankenhausgelände zankten. Er wollte seine Gefühle nicht zeigen.

«Sie hat mir vorgeschlagen, ich soll alles verkaufen und ins Ausland gehen», sagte er in einem knurrigen Ton, der zeigen sollte, dass es eine unsinnige Idee war. «Hat sogar gesagt, sie würde mitkommen.» Er konnte es kaum ertragen, die Worte über die Lippen zu bringen und sie der Lächerlichkeit preiszugeben.

Lady Pamela schwieg. Sie fragte sich, womit sie den Schmerz dieses hageren leidenden Mannes lindern könnte.

«Sie hat Sie sehr gemocht, David», sagte sie schließlich. «Es hat mich ziemlich geärgert. Es war kleinlich von mir, aber ich habe mit ihr geschimpft, weil sie so viel Zeit auf der Manor Farm verbracht hat. Ehrlich gesagt, ich war eifersüchtig.»

Er schaute sie verwundert an. Stimmte es also doch? Hatte er es sich nicht nur eingebildet? Maeve hatte ihn wirklich gemocht? «Eifersüchtig?», schnaubte er. «Dazu gab's ja wohl keinen Grund.»

«Vielleicht nicht, aber es stimmt trotzdem.»

Wieder entstand eine lange Pause. Lady Pamela fühlte sich mit einem Mal sehr müde. Commander Digby beobachtete die Tauben auf dem Baum. Sie saßen mittlerweile nebeneinander auf dem nackten Ast. Plötzlich fiel ihm wieder ein, wo er war, und er stand mit einem nervösen Hüsteln auf. Er tastete nach einem Taschentuch, zog es mit den Überresten einiger zerbröselter Rosskastanien aus der Tasche und putzte sich die Nase. «Schön, dass es Ihnen wieder besser geht. Jetzt muss ich aber gehen, damit Sie Ruhe haben …», murmelte er und starrte verlegen auf das Bett.

Lady Pamela wusste, was sie zu tun hatte. «Sie sollten fahren», sagte sie. «Machen Sie Ihre Reise. Nach Neuseeland, oder? Maeve hat es mir erzählt. Sie wäre mit Ihnen gefahren, wissen Sie.»

Als Commander Digby im Dunkeln nach Hause fuhr, fühlte er sich beschwingt, wie erlöst, als habe ihm jemand den Segen erteilt. Wenn das Kalben vorbei war, wollte er Pläne machen.

Es dauerte nicht lange, bis Bunty Charlton an sich riss und mit der Erweiterung des Wohnzimmers, dem Umbau der Küche und der Badezimmer begann. Seit Sophie die Schlüssel zu Snook Cottage hatte, fuhr sie oft an Charlton vorbei und sah, dass die Büsche an der überwucherten Einfahrt ausgerissen, eine neues schmiedeeisernes Tor aufgestellt und der Platz vor dem Haus mit frischem Kies bedeckt war. Sie hatte den Eindruck, das Haus habe seine Geheimnisse preisgegeben. Ohne die alten Kletterpflanzen und den Wein schien die Fassade nicht mehr zu lächeln, wie Maeve es ihr beschrieben hatte. Nun sah sie aus wie jedes andere hübsche Queen-Anne-Haus.

Häufig sah sie Peregrine im Garten arbeiten. Wenn er ihren Wagen erkannte, winkte er, wandte sich aber schnell ab. Maeves Tod war schwierig für ihn. Er hatte nicht gern mit Tragödien zu tun. Der Beerdigung war er zu Sophies Verwunderung ferngeblieben, dabei hatte sie gedacht, dass die beiden sich angefreundet hatten. Ihr wurde klar, dass Peregrine Ähnlichkeit mit seinen exotischen einjährigen Pflanzen hatte, die nur einmal blühen und dann welken. Ganz anders als Jack, der schon Maeves Grab bepflanzt hatte und in Ordnung hielt.

«Sie war ein tolles Mädchen», sagte er knurrig, als er Sophie auf der Straße traf. «Es gibt nicht viele wie sie.» Man hatte ihm angeboten, weiter in Charlton zu arbeiten, aber er hatte lieber eine Anstellung auf Janes Gestüt angenommen.

Jetzt gab es mit Bunty Gerangel um sein Cottage. Commander Digby, der im Pfarrgemeinderat saß, hatte sich seiner Sache angenommen.

Mrs Day hatte gekündigt und arbeitete mittlerweile in der Käsefabrik in Frome. Mr Day arbeitete als Gärtner und hatte Spaß daran.

Alles ist anders, alles hat sich verändert, dachte Sophie, als sie die erste von Maeves Plastiktüten öffnete. Sie schüttete den Inhalt auf den Fußboden und sortierte ihn. Maeve hatte anscheinend alles aufbewahrt und trotz ihrer unsteten Lebensweise mit sich herumgeschleppt: Alte Konzertkarten, Programmhefte, Schulzeugnisse, Kassetten, Bücher, Fotos. Sophie legte alles auf einen Stapel, was sie Maeves Vater schicken wollte. Auf einem Foto stand die etwa sechsjährige Maeve mit stockigen Armen und Beinen und einem breiten Grinsen zwischen ihrem Vater und ihrer Mutter und schaute triumphierend zu ihrem Vater auf, der ausdruckslos zu ihr hinuntersah.

Es gab noch viel mehr Fotos, die Sophie in einen großen Umschlag steckte, bevor sie sich die gebündelten Briefe vornahm. Erstaunt erkannte sie ihre eigene jugendliche Handschrift. Maeve hatte sämtliche Briefe aufbewahrt, die Sophie ihr je geschrieben hatte. Als sie die ordentlich beschriebenen Seiten überflog, stellte sie beschämt fest, wie selbstgerecht ihre Schilderungen von Pony-Club-Treffen, Partys und Familienausflügen klangen. Am liebsten hätte sie die Briefe zerrissen, aber wenn Maeve sie aufbewahrt hatte … Traurig legte sie sie beiseite. Sie waren Indizien, was für ein Mensch sie als Mädchen war.

Es folgten die Tagebücher. Sophie schlug eines der Schulhefte auf, las ein oder zwei Zeilen und schloss es wieder. Es gab Dinge, die sollten Privatsache bleiben, dachte sie. Manches war zu persönlich für die Augen anderer. Sie würde sie mit nach Somerset nehmen und eines Tages draußen im Garten verbrennen. Irgendwo hatte sie einmal gelesen, dass Feuer in Indien als reinigende Kraft galt, die die menschliche Seele befreite, um zu ihrem Gott aufzusteigen. Ihr fiel ein, wie beklemmend sie die Vorstellung empfunden hatte, Maeve in der kalten, nassen Erde zu lassen. Diese Schulhefte, in denen sie ihre Hoffnungen und Ängste festgehalten hatten, enthielten ihr Leben. Sie konnte sich vorstellen, wie sie in blaugelbe Flammen aufgingen und als Rauchfahne zum Himmel aufstiegen. Genau das würde sie tun. Sie würde Maeve befreien.

Sie wischte sich über die Nase. Maeve hätte dieses Geheule und die langen Gesichter gehasst. Sie hätte den Zwillingen Recht gegeben: Ein bisschen traurig sein und sich dann wieder den schönen Dingen zuwenden. Sie hätte keine Geduld für ihre Trauer aufgebracht, die sie als Selbstmitleid bezeichnet hätte. Grinsend fiel Sophie ein, dass Vincent Durand etwas sehr Merkwürdiges getan hatte. Er war nicht zur Beerdigung gekommen, hatte aber eine Kiste Champagner geschickt. Auf einer beiliegenden Karte stand in seiner fremdländisch wirkenden Handschrift: «Es wird eine Zeit kommen, in der Sie froh sein und sich an Maeve erinnern können, wie sie es sich wünschen würde.» Er hatte natürlich Recht. Vielleicht sollten sie und Matt eine Party geben, wenn sie sich in Snook Cottage eingerichtet hatte. Maeves Freunde einladen und mit teurem französischem Champagner auf sie trinken. Das würde ihr gefallen.

Sophie war fast fertig. Sie schüttelte die letzten Gegenstände aus der Plastiktüte. Sie erkannte das abgegriffene Buch im Leineneinband sofort: ihr altes Schulgebetbuch. Sie schlug es auf. Es war so entstellt, wie sie es erwartet hatte. Maeve hatte bei vielen Kirchenliedern die Texte geändert und die Seiten voll gemalt und gekritzelt. Sophie legte das Buch zu den Dingen, die sie wegwerfen wollte.

Das Letzte war ein billiger herzförmiger Bilderrahmen mit einem Foto von zwei glücklichen lachenden Schülerinnen in karierten Schuluniformen: eine groß, dünn und blond mit Alice-Haarband, die andere mit Zahnlücke, breitem Grinsen und dunkler Lockenmähne.